Sylvia Renz

JAKOBS SOHN

Sylvia Renz

Jakobs Sohn

FRANCKE
Verlag der Francke-Buchhandlung GmbH

Über die Autorin:
Sylvia Renz hat neben ihrer Arbeit als Pastorenfrau und Mutter von drei Kindern verschiedene Aufgaben als Mitarbeiterin in christlichen Werken übernommen. Dennoch bleibt ihr genug Zeit zu einer umfangreichen schriftstellerischen Tätigkeit.

Bibliografische Information Der Deutschen Bibliothek
Die Deutsche Bibliothek verzeichnet diese Publikation in der Deutschen Nationalbibliografie; detaillierte bibliografische Daten sind im Internet über http://dnb.ddb.de abrufbar.

ISBN 3-86122-766-5

35037 Marburg an der Lahn
Umschlaggestaltung: Henri Oetjen, Design-Studio Lemgo
Satz: Verlag der Francke-Buchhandlung GmbH
Druck: Oldenbourg Taschenbuch GmbH

www.francke-buch.de

Inhaltsverzeichnis

Drittes Buch – Israel und seine Söhne

Viertes Buch – Josef in Ägypten

Für Ingrid

Erstes Buch
Die Wurzeln

1. Der Wanderer

Er kann kaum noch die Füße heben. Die Sohlen seiner Ledersandalen sind so dünn geworden, dass er jeden spitzen Stein spürt. Er hebt den Wasserschlauch an die Lippen – leer. Als er den Brotbeutel untersucht, findet er nur noch zwei harte Krusten und einen Dattelkern. Schwer stützt er sich auf seinen langen, kräftigen Stock und wirft einen Blick zur Sonne, die schon bedenklich hoch steht. Bald wird es heiß, dann muss man sich einen Felsen suchen oder einen Strauch, der Schatten wirft, das Kopftuch tief in die Stirn ziehen und warten, warten, warten, bis der Wind am Nachmittag auffrischt. Seufzend zwingt er sich zum Weitergehen und erklimmt einen kleinen Hügel. Von oben hat er einen guten Ausblick. Weit oben im Norden steigt eine Bergkette[1] über der Ebene hoch; er sieht nur ihre wolkengleichen Silhouetten. Doch vor seinen Füßen weitet sich ein fruchtbares Land – Dattelpalmen, Tamarisken und kleine Büsche wechseln sich mit großen Grasflächen ab, auf denen Schafe weiden. Dazwischen schlängelt sich ein blaues Band – ob es schon der Fluss Balich ist? Noch weiter hinten sieht er Häuser und Gehöfte – hoffentlich Haran! *Gott meiner Väter, lass es Haran sein!* Er geht, nein, er rennt mit langen Sätzen den Hügel hinab; hätte er den Stab nicht immer wieder als Bremse benutzt, dann wäre er sicher gestürzt.

Zwischen großen Steinen verstreut lagern Schafe. Ein Leitschaf blökt warnend, als es den Störenfried bemerkt, und will sich ihm in den Weg stellen; einige Mutterschafe rappeln sich auf und rufen ihre Lämmer. Er schaut in die Runde – zwei, drei Herden zählt er. Die Hirten können nicht weit sein.

Und richtig, hinter einer Steinhalde findet er sie. Die drei Männer hocken neben einem riesengroßen flachen Stein und palavern. Er räuspert sich, um sie nicht zu erschrecken, und als sie aufblicken, begrüßt er sie höflich und fragt, ob er seinen Trinkbeutel füllen dürfe. Sie grinsen und zeigen auf den großen Stein, der das

[1] Der Taurus begrenzt die fruchtbare Ebene Mesopotamiens, früher „Paddam Aram" genannt.

Wasserloch verschließt. Er bückt sich und ruckt daran, doch seine schmerzenden Glieder lassen ihn im Stich.

Die Hirten lachen und werfen ihm ihre Ledersäcke zu, damit er sich erfrischen kann, und er lacht mit ihnen und nimmt ihre Gastfreundschaft an, indem er aus jedem Beutel trinkt – immer nur einen großen Schluck.

Er muss sich beherrschen, denn am liebsten würde er trinken, trinken, bis ihm das Wasser von innen bis an die Zähne reicht! Aber das wäre Selbstmord, nachdem er so lange nichts getrunken hat. Als er sich die Tropfen aus dem Bart schüttelt, kramen die Hirten in ihren Brottaschen und stecken ihm Datteln und getrocknete Feigen zu. Einer gibt auch einen Kranz aus gepressten Rosinen. Der Wanderer isst langsam und kaut mit geschlossenen Augen und schluckt erst, als ihm die süßen Früchte auf der Zunge zergangen sind. Die Hirten schweigen und warten, bis er seinen ärgsten Hunger gestillt hat, denn es wäre eine grobe Unhöflichkeit, einen Menschen, der mit leerem Beutel aus der Steppe gekommen ist, bei seiner ersten Mahlzeit zu stören.

Endlich wischt er sich den Mund mit dem Ärmel und dankt den freundlichen Männern. Jetzt ist Zeit zum Reden. „Ich komme aus Beerscheba[2]."

Die Hirten nicken, aber ihre Augen bleiben leer. *Wahrscheinlich wissen sie nicht, wo das ist,* denkt er und erklärt: „Ich bin vor einigen Wochen von meinem Heimatort aufgebrochen, der weit unten im Südwesten liegt, und bis nach Lus[3] gekommen. Dann ging ich durch das Jordantal auf der Königsstraße bis nach Damaskus. Meine letzten Stationen hießen Hama und Aleppo ..."

Sie schnalzen mit den Zungen. „So weit bist du gewandert? Ganz allein?"

Er nickt und denkt daran, um wie viel leichter es seine Mutter hatte, die damals den umgekehrten Weg im Schutz einer Karawane bewältigen konnte. Doch das ist lange her ...[4]

„Und wo kommt ihr her?", erkundigt er sich.

---

[2] „Brunnen des Schwurs", Grenzstadt im Süden Israels, heißt heute Beersheba

[3] „Mandelbaum", später hieß die Stadt Bethel = Haus Gottes, heute heißt sie Betin und liegt 16 km nördlich von Jerusalem.

[4] 97 Jahre vorher, etwa im Jahr 2030 v. Chr.

„Wir sind von Haran[5]“, erklärt der älteste Hirt.

Die Augen des Wanderers leuchten bei dieser Nachricht auf und seine Schultern straffen sich. „Von Haran?! Kennt ihr Laban[6] ben Gaham[7]?“

„Ja, wir kennen ihn“, sagt der Wortführer.

Der Wanderer atmet tief und murmelt: „El sei Dank! Ich bin am Ziel.“ Dann wendet er sich wieder an die Hirten. „Geht es ihm auch gut?“

Ein anderer Hirte antwortet: „Ja, es geht ihm gut. Dort hinten kommt seine Tochter Rahel[8].“

Er hebt die Hand an die Augen und schattet sie gegen die Sonne. Aus einer Staubwolke schält sich die Gestalt einer jungen Frau, die eine Schafherde vor sich her treibt. Sie geht mit leichten Füßen, kaum berührt sie den Boden, und ihr langes, dunkelbraunes Haar flattert offen in der leichten Mittagsbrise. Auf dem Kopf balanciert sie einen großen Wasserkrug und im Arm trägt sie ein kleines Lamm. Die Tränen steigen ihm in die Augen, als er sie näher kommen sieht.

Die Hirten beobachten ihn, da schüttelt er die Rührung ab und springt auf. „Was ist? Warum sitzen wir hier herum? Es ist doch viel zu früh zum Heimtreiben!“, ruft er. „Tränken wir die Schafe und dann können sie weiterweiden.“

Der Wortführer der Hirten schaut ruhig zu ihm hoch und sagt: „Wir warten noch, bis alle da sind. Dann wälzen wir den Stein weg und tränken die Schafe.“

„Aber warum? Die Schafe sind durstig!“, widerspricht er.

Einer der Hirten zuckt mit den Schultern: „Das haben wir schon immer so gemacht.“

Die anderen brummen zustimmend, und der Wortführer fügt hinzu: „Der Stein ist zu schwer für uns drei.“

---

[5] Assyrisch: „Harrannu“, „Weg oder Straße“, Stadt in Nordmesopotamien, benannt nach Abrahams jüngstem Bruder Haran, der dort starb, als Abrahams Familie auf dem Weg nach Kanaan aus Chaldäa aufgebrochen war.

[6] Weiß machen, rein waschen

[7] Der Schnarcher; auch nach ihm wurde eine Stadt in Nord-Mesopotamien benannt.

[8] Mutterschaf

„Warum sucht ihr dann keinen Stein, der leichter ist?“, fragt der Fremde.

„Damit jeder Dahergelaufene unser Wasser stehlen kann?“, gibt der Wortführer zurück.

Inzwischen ist das Mädchen herangekommen und sieht aus den Augenwinkeln zu ihm herüber. Ihr verstohlener Blick gibt ihm plötzlich Kraft. Es fährt ihm wie Feuer in die Arme, und er bückt sich und packt einen faustgroßen Steinbrocken mit der Rechten. Mit der Linken schiebt er seinen Wanderstock unter den flachen runden Stein, der den Brunnen verschließt. Er treibt seinen Stock mit dem Faustkeil immer weiter unter den Deckel, benutzt ihn als Hebel. Dann fasst er blitzschnell mit beiden Händen unter den Rand des Steins und streckt sich mit einem gewaltigen Schrei. Jetzt steht der Stein aufrecht, und er kann ihn zur Seite wälzen.

Die Hirten sind aufgesprungen und starren ihn an. Aber er hat keine Augen für sie, er sieht Rahel an. Rahel lässt ihren Blick an ihm heruntergleiten, betrachtet die verfilzten Haare, die aufgesprungenen Lippen, die sonnenverbrannte Nase, von der sich die Haut ablöst. Sie mustert seine schorfigen Hände, unter deren Fingernägeln das Blut hervorquillt, das staubige Obergewand, die zerfetzten Sandalen, und eine kleine Falte erscheint zwischen ihren Brauen.

„Ich biete keinen passablen Anblick, aber ich war sehr lange unterwegs“, sagt er zur Entschuldigung. Sie verzieht keine Miene. Um sich abzulenken, greift er nach dem Krug, den sie vor den Füßen abgestellt hat. Er bückt sich und senkt den Krug ins Wasserloch, bis er voll gelaufen ist. Dann geht er hinüber zu den Tränkrinnen und gießt das Wasser aus. Die gewohnte Arbeit macht ihn ruhiger. Als die Tröge bis zum Rand gefüllt sind, winkt er dem Mädchen, das ihn stumm beobachtet hat.

„Jetzt können deine Schafe trinken“, sagt er und lächelt unter Tränen.

Sie holt tief Atem. „Warum tust du das für mich?“, fragt sie beklommen.

„Weil ich so froh bin, dass ich dich gefunden habe, Rahel!“, stößt er hervor.

„Woher kennst du meinen Namen?“

„Meine Mutter ist die Schwester deines Vaters“, sagt er. „Ich bin Jakob, Rebekkas Sohn.“

„Oh“, sagt sie und streicht sich mit einer anmutigen Geste das Haar hinters Ohr. „Der Enkel des berühmten Abraham! Dann sind wir ja verwandt.“ Sie geht zwei kleine Schritte auf ihn zu und lächelt. „Willkommen, Cousin Jakob!“

Er zieht sie in die Arme und küsst sie zart auf beide Wangen. Behutsam lässt er sie los, aber sein Blick hält sie fest. Die Hirten stoßen sich an und flüstern miteinander, aber das kümmert ihn nicht.

„Ich muss es meinem Vater sagen“, sagt sie atemlos, und ihre Wangen sind glutrot geworden. „Warte hier. Es wird nicht lange dauern!“

2. Die Sonnentochter

Von klein auf hat man Rahel jeden Wunsch erfüllt, und sie ist daran gewöhnt, aller Welt Liebling zu sein. Sie nimmt sich, was sie will, und bisher hatte ihr das auch noch keiner verwehrt. Die jungen Männer im Ort grüßen sie mit Bewunderung im Blick, schon mancher hat sich beim Vater um sie beworben, aber sie findet an jedem etwas auszusetzen.

„Die Männer von Haran sind alle so *primitiv*", sagt sie dann. Der Vater darf solche Reden nicht hören, sonst wird er wild. Aber ihre ältere Schwester Lea[1] und die anderen Frauen des Haushalts sind es gewöhnt, dass Rahel ihre scharfe Zunge wetzt und an keinem Mann ein gutes Haar lässt. So auch an diesem Tag: bei Tebach stört sie der Wabbelbauch, bei Tara kritisiert sie die krummen Beine, bei Nahim beanstandet sie eine beginnende Glatze, bei Nimo spottet sie über die üppige Lockenpracht. „Wie eine Löwenmähne, pfui", meint sie.

„Deshalb könnte er doch trotzdem ein guter Mensch sein", wendet Lea ein.

Rahel wirft die Lippen auf. „Was nützt mir das, wenn er grauslich aussieht? Ich will einen Mann, den ich bewundern kann. Der Mann, den ich heirate, muss schön sein. Und reich. Und klug."

„Das Letzte würde ich mir an deiner Stelle nicht wünschen", murmelt Lea. „Es könnte deine Chancen verringern."

Rahel starrt sie an. Eine Ader an ihrer Stirn beginnt zu pochen. „Was willst du damit sagen?"

Die Hausmagd Silpa[2], seit jeher Leas Vertraute und einzige Freundin, kichert in ihren Ärmel. Rahel fährt sie an: „Du, misch dich nicht ein! Was hast du hier in der Küche überhaupt verloren?"

Lea greift ein: „Sie soll für mich die Gerste mahlen, damit ich Brotfladen backen kann."

„Was steht sie dann hier herum?", schnappt Rahel.

Silpa huscht hinüber zum Mahlstein und schüttet eine Hand voll Gerste auf die flache Steinplatte. Dann kniet sie sich davor und

---

[1] Arabisch: Wildkuh, eine Antilopenart

[2] vertraut, nahe

schiebt mit beiden Händen den Mahlstein hin und her, bis die Körner zu feinem, weißen Mehl zerrieben sind.

„Beeil dich!", befiehlt Rahel. Silpa beißt sich auf die Unterlippe und zieht die dichten Brauen zusammen. Sie lässt sich nicht gern von der jüngsten Tochter des Hauses herumkommandieren.

„Vielleicht könnte Bilha[3] mithelfen", schlägt Lea vor. „Ich muss das Abendessen zubereiten. Wir haben einen Gast."

„Also hat Vater ihn doch eingeladen ...", murmelt Rahel.

„Von wem sprichst du?", erkundigt sich Lea, während sie Öl in eine Schüssel gießt und etwas Mehl hineinknetet.

„Ich habe am Brunnen einen Mann getroffen. Er ist unser Cousin. Der Sohn unserer Tante Rebekka, den Abraham für seinen Sohn Isaak holen ließ. Er heißt Jakob[4]."

„Da passt er ja gut in die Familie", meint Lea trocken. „Wie alt?"

Rahel zuckt die Achseln, während sie mit dem Zeigefinger eine Straße ins Mehl zeichnet. „Schwer zu sagen. Er hat schon ein paar graue Haare. Andererseits ist er stark wie ein Stier. Er hat den Stein vom Brunnenloch gewälzt – er ganz allein!"

„Alle Achtung. Und was kann er sonst noch?"

Rahel fischt eine eingelegte Olive aus einem Krug und wischt sich in Gedanken verloren die öligen Finger an Leas Schultertuch ab. „Ich weiß nicht. Er spricht – seltsam. Ich glaube, er kommt von weither."

„Sehr scharfsinnig. Abrahams Sohn wohnt im Süden. Wahrscheinlich ist das eine Reise von einem Monat oder noch länger. Und was will dieser Jakob hier bei uns?"

„Das habe ich noch nicht herausgefunden. Vielleicht gehe ich mal rein und höre, was sie reden. Hast du einen Korb mit Datteln oder ein paar Trauben, die ich den Männern bringen kann? Damit es nicht so auffällt."

Lea wischt sich mit der bemehlten Hand eine Haarsträhne aus der Stirn. „Such dir selbst zusammen, was du haben möchtest. Ich kann dich nicht auch noch bedienen."

---

[3] schüchtern, furchtsam

[4] „Fersenhalter", soviel wie „Schlitzohr" oder Betrüger. Er bekam diesen Namen, weil er bei der Geburt die Ferse seines Zwillingsbruders umklammert hielt und sich auf diese Weise herausziehen ließ.

Rahel verzieht unwillig die schönen Lippen, dann hebt sie das Kinn und ruft: „Silpa! Ich will einen Obstkorb zusammenstellen. Hilf mir, bring mir die Früchte."

„Silpa muss sich mit dem Mehl beeilen, sonst werden die Brotfladen nicht fertig", widerspricht Lea. „Lass dir von Bilha helfen."

Die junge Magd zuckt zusammen, als sie ihren Namen hört, aber dann springt sie wieselflink von ihrem Hocker in der Ecke auf und läuft in die Vorratskammer. Sie kommt mit einem Korb zurück, der mit Granatäpfeln, Trauben und Datteln beladen ist. Rahel nimmt ihr den Korb ab und stemmt ihn in die Hüfte. Mit der freien Hand nimmt sie einen Kessel und betrachtet sich im blank polierten Boden. Sie nickt zufrieden und schüttelt ihr Haar zurecht. Dann gleitet sie mit einer weichen, anmutigen Bewegung zur Tür hinaus.

3. Das Schattenkind

Lea kniet vor einem sauberen Holzbrett und knetet den Brotteig. Brotbacken gehört zu den Hauspflichten, die ihr Spaß machen. Dabei kann sie ihren Gedanken nachhängen und zugleich die Muskeln betätigen. Sie summt leise vor sich hin, und Silpa stimmt in das Lied ein. Nach einer Weile fragte Lea: „Wo steckt denn Bilha? Sie war doch vorhin noch hier?"

Silpa dreht den Kopf und hebt sich halb zum Stehen, um auch in die letzten Ecken schauen zu können. „In der Küche ist sie nicht mehr", verkündet sie.

„Ich weiß auch nicht, wie sie das macht", seufzt Lea. „Sie verschwindet wie der Tau in der Mittagssonne. Als wäre sie am liebsten unsichtbar."

„Aber warum? Wovor fürchtet sie sich? Hier tut ihr doch niemand etwas zu Leide", meint Silpa.

„Das will ich hoffen!", sagt Lea. „Ich glaube, sie hat etwas Schlimmes erlebt. Vater erwähnte etwas von Wüstenräubern, die ihrem Vater im Schlaf ein Messer in den Leib jagten. Was sie mit der Mutter machten, erzähle ich lieber nicht."

Silpa schaudert zusammen. „Schrecklich! Kein Wunder, dass sie Angst vor ihrem eigenen Schatten hat." Sie fegt das Mehl mit der flachen Hand in eine Schale und trägt sie zu Lea hinüber. Dann schüttet sie das Mehl auf das Brett und sprengt aus einem Krug Olivenöl darüber, während Lea mit beiden Händen knetet und den Teig durchwalkt.

Nach einer Weile sagt sie: „Ich habe diesen Jakob gesehen, als er ins Haus kam. Er – er sieht gut aus ..."

Lea schaut kurz auf, dann widmet sie sich wieder dem Brotteig.

„Es stimmt schon, was Rahel sagt, er ist wohl nicht mehr jung. Im Bart hat er schon ein paar Silberfäden, und er hat ein richtiges Männergesicht mit Falten um die Augen und um die Mundwinkel. Er ist schlank und groß, und seine Schultern sind schmal, aber ich sage dir, er hat nichts als Muskeln am Rücken. Seine Haut ist weiß, nur an den Händen und im Gesicht ist er braun gebrannt. Und er hat schöne Hände mit zarten, langen Fingern."

„Du hast ihn dir aber sehr genau angeschaut“, stellt Lea fest.

Die Magd lächelt verschmitzt. „Ich musste ihm doch das warme Wasser bringen für sein Bad.“

„Aha. Und dann?“

„Was kann ich dafür, wenn der Türvorhang ein kleines Loch hat“, kichert Silpa.

Lea schüttelt den Kopf und versucht, eine strenge Miene aufzusetzen, aber es misslingt.

„Ich habe das Loch ein bisschen vergrößert“, gesteht Silpa. „Ich glaube, er ist hierher gekommen, weil er eine Frau sucht. Warum sonst?“

„Du schwatzt zu viel“, murmelt Lea.

„Ich mache mir meine Gedanken, ist das verboten? Aber er ist zu alt für Rahel, glaube mir!“, flüstert Silpa, und es klingt wie eine Beschwörung. „Wenn er nur einen Funken Verstand im Kopf hat, wird er *dich* wählen.“

Lea schießt die Röte ins Gesicht. Mit einer ärgerlichen Bewegung wischt sie sich mit dem Unterarm über die schweißnasse Stirn.

Die Natur hat sie nicht gerade üppig mit weiblichen Reizen ausgestattet, und sie ist realistisch genug, sich das einzugestehen. Als die Mutter starb, übertrug man ihr die Verantwortung für den großen Haushalt. Da ist viel zu tun, da bleibt kaum Zeit für Schönheitsmasken und Schminke und schöne Kleider. Von früh bis spät ist sie auf den Beinen: backen, kochen, waschen, putzen, bis sie spät nachts erschöpft auf ihr Lager fällt. Kein Wunder, dass schon die ersten Krähenfüße um ihre Augenwinkel geistern. Verglichen mit ihrer strahlend schönen Schwester wirkt Lea stumpf und schwerfällig.

Andererseits hat sich in der Stadt herumgesprochen, wie tüchtig ihre Hände zupacken können. Ab und zu finden sich Männer ein, die ihr den Hof machen – meist verwitwete Männer, schon etwas eingeschrumpelt, oder solche, die ihre Frauen verstoßen haben und jemanden brauchen, der ihnen den Haushalt führt und die Kinder versorgt, weil sie das ihren flatterhaften Mätressen nicht zumuten können. Eine solche Ehe ist nicht gerade das, was sich Lea kurz vor dem Einschlafen zusammenträumt. Deshalb ist sie auch nicht untröstlich, wenn eine solche Werbung erfolglos bleibt – gewöhnlich scheitert sie an der knauserigen Mitgift und am überhöhten Brautpreis. Der Vater ist ein kühler Rechner.

Leider bemühen sich keine jungen Männer um sie. Das hat sie Rahel zu verdanken. Mit einem Schwung ihrer Hüften, mit dem Schleierhaar, den nachtdunklen Augen und dem Rätselmund kann die kleine Schwester fast jedem Mann den Kopf verdrehen. Und wenn sie ihn erst einmal gezähmt hat, bis er ihr hinterherläuft wie ein zutrauliches Lamm, dann hat sie das Spielchen satt und quält ihr Opfer mit Spott und Hohn, bis er sich gedemütigt und wütend zurückzieht und in Zukunft einen Bogen um ihr Vaterhaus macht.

„Herrin, du denkst vielleicht, wir merken es nicht, aber wir Diener haben auch Augen und Ohren", versichert Silpa. „Und wir nehmen es deiner Schwester übel, dass sie dir jedes Mal die Männer ausspannt, die sich um dich bewerben."

Lea setzt zu einer scharfen Antwort an, wird aber von Rahel unterbrochen, die gerade in die Küche rauscht und den letzten Satz gehört hat.

„Ach? Ich hab dir doch wohl nicht das Herz gebrochen?", fragt sie leichthin, und als Lea schweigend weiterknetet, zuckt sie die Achseln und stellt den Korb auf den Boden. „Diese Kerle haben ohnehin nichts getaugt. Sonst wären sie mir doch nicht nachgelaufen wie die Gockel." Rahel wirft den Kopf zurück. „Du solltest froh sein, dass ich deine Bewerber auf die Probe gestellt habe. Aber wahrscheinlich weißt du diesen Dienst nicht zu schätzen ..."

„Wahrscheinlich nicht", murmelt Lea.

4. Der weiße Stein

Der weiße Stein ist seit jeher Leas Lieblingsplatz. Er liegt fünfzig Schritt hinter dem Haus, durch einen kleinen Hügel abgeschirmt, so dass man in Rufweite bleibt und trotzdem vom Haus nicht zu sehen ist. Oben ist der Stein glatt geschliffen, so dass man sich bequem draufsetzen oder sogar ausstrecken kann. Eine Tamariske bietet ein wenig Schatten, und wenn sich Lea auf den Rücken legt, kann sie durch die Zweige ein Stück Himmel sehen. Sie liebt es, wenn die Wolken am Himmel um die Wette reiten, sich jagen und überholen, einander umfangen und schließlich versöhnt weiterziehen. Manchmal sitzt sie auch hier, wenn die Nacht ihr glitzerndes Halsband anlegt, und schaut nach oben, bis ihre Nackenmuskeln schmerzen. *Gott, bist du da oben?*, flüstert sie dann. *Über den Sternen?*

Als kleines Kind glaubte sie noch an die Götterfiguren, die ihr Vater überall im Haus aufgestellt hat, damit sie Glück bringen sollen. Sie brachte kleine Blumensträuße und ein Körbchen Datteln oder Feigen, die sie sich vom Mund abgespart hatte, und stammelte ihre kleinen Gebete.

Aber dann wurde sie älter und machte sich ihre eigenen Gedanken, vor allem, seit sie wusste, wie derartige „Götter" entstehen. Mehr als einmal hat sie es gesehen, wie der oberste Hirte einen Holzblock spaltet. Die eine Hälfte wirft er ins Lagerfeuer, um Licht und Wärme zu haben, die andere klemmt er sich zwischen die Knie. Und nun schnitzt er mit flinkem Messer eine neue Götterfigur, glättet die Kanten, schmirgelt mit Sand nach. Sein ältester Sohn, der gut mit dem Pinsel umgehen kann, malt der Figur braune Augen und rote Lippen, die Frau des Hirten näht aus Stoffresten ein Gewand und bestickt es mit Goldfäden. Eine dieser Figuren steht im Wohnzimmer auf einem Sockel. Jeden Tag bringt Rahel neue Blumen und Früchte und dekoriert damit den Hausaltar, dann kniet sie davor nieder und betet.

Einmal wurde sie ärgerlich, als sie Lea mit verschränkten Armen daneben stehen und spöttisch lächeln sah. „Was stehst du so stolz herum? Komm, bete mit mir! Wir brauchen die Gunst unserer Götter – du hast sie noch nötiger als ich!"

„Nein. Ich bete nicht zu einem Stück Holz, und wenn es noch so schön bemalt ist."

„Dann werden dich die Götter bestrafen!", warnte die jüngere Schwester.

„Was will ich denn mit einem Gott, der nicht hören und nicht sehen kann?", wandte Lea ein. „Er kann nicht einmal die Fliegen verscheuchen, die über sein Gesicht kriechen. Wie könnte ein solcher Gott mir helfen?"

„Aber man kann doch nicht gottlos leben!", rief Rahel.

„Ich glaube wohl an einen Gott", meinte Lea. „Aber er muss größer sein als das, was wir Menschen schaffen können, viel größer."

Rahel schaute ihre Schwester nachdenklich an. „Vater hat einmal erzählt, dass unser Onkel Abraham an einen solchen großen Gott glaubt. Er nannte ihn ‚El Shaddai'. Ob es ihn wirklich gibt?"

„Aber natürlich gibt es ihn. Er ist Abraham erschienen. Er hat mit ihm gesprochen. Wäre sonst unser Großonkel von Haran weggezogen in ein Land, das er noch nie gesehen hat?"

„Dazu gehört viel Mut", sagte Rahel leise. „So ein Glaube macht mir Angst. Ich halte mich lieber an das, was ich sehen und anfassen kann. Außerdem hat mir unser Hausgott schon so oft Glück gebracht."

Lea zuckte die Achseln. „So was kann man sich auch einbilden. Aber wenn du meinst ... Für mich ist das jedenfalls ein Stück Holz, nichts weiter."

Dabei sehnt sich Lea nach einem Gott, den sie anbeten kann. Und wenn sie dann hier draußen sitzt beim weißen Stein und dem Wind zuhört, der in den Zweigen flüstert, dann fühlt sie ein Ziehen im Herzen. Ihre Sehnsucht findet keine Worte, und sie streckt sich mit aller Macht nach einem Gott aus, der stärker ist als die kleinen Widrigkeiten ihrer Tage. *Er muss doch irgendwo da oben sein ...*

An diesem Abend ist es schon dunkel, als Lea zu ihrem heimlichen Zufluchtsort schleicht. Sie setzt sich mit gekreuzten Beinen auf den Stein und genießt es, einmal nicht vom Vater und den Brüdern und der Schwester hin und her gescheucht zu werden. Die Nacht ist warm, eine Zikade beginnt über ihr zu raspeln, sonst ist es still. Die blühenden Gräser auf der Schafweide wiegen sich in der leichten

Brise und verschicken ihren Duft. Lea träumt vor sich hin und hört nicht das leise Rascheln, den Schritt, der sich nähert. Erst das Räuspern weckt sie aus ihren Gedanken. Sie fährt auf.

„Ich bin es, Jakob. Hoffentlich hab ich dich nicht erschreckt", sagt er leise.

Lea holt tief Luft. Wieder einmal fehlen ihr die Worte.

„Ich komme gern hierher", sagt der Cousin und setzt sich neben sie. Sie rückt ein Stück beiseite. Noch nie hat sie so nahe bei einem Mann gesessen. Es ist ein seltsames Gefühl – als hätte sie plötzlich einen Bienenschwarm im Magen. Aber nicht unangenehm, nein, das nicht. Während sie noch überlegt, ob es überhaupt schicklich ist, dass sie hier neben einem Mann sitzt, den sie noch kaum kennt, wendet ihr Jakob das Gesicht zu.

„Ich freue mich über dieses Treffen. Du hast tagsüber immer so viel zu tun, da findet man kaum Zeit zum Reden."

Sie nickt wortlos, und er spricht weiter. „Ich habe mir schon immer eine Schwester gewünscht. Leider habe ich nur einen Bruder, mit dem ich mich gar nicht gut verstehe."

„Gibt es in deiner Familie keine Frauen?", fragt Lea. Es klingt blechern, sie schämt sich dafür. Aber Jakob scheint sich nicht daran zu stören.

„Da ist meine Mutter und ihr Kindermädchen, beides alte Damen, aber man kann gut mit ihnen reden. Sonst hat mein Vater noch ein paar Mägde und Hirtenmädchen, aber sie sind so dumm, dass sie ihren eigenen Namen kaum kennen. Außerdem gibt es noch die Frauen, die zu meinem Bruder gehören."

Lea weiß nicht warum, aber plötzlich fühlt sie sich froh und leicht. „Und jetzt bist du da ...?"

„Ja", sagt er. „Jetzt habe ich auf einmal zwei Schwestern." Sie hört das Lächeln in seiner Stimme und sieht seine Zähne blitzen.

Nach einer Weile seufzt er: „Trotzdem vermisse ich meine Mutter. Wir sind uns sehr nahe."

„Tante Rebekka", murmelt Lea. „Mein Vater hat oft von ihr erzählt. Wie geht es ihr?"

„Als ich ihr Lebewohl sagte, war sie sehr unglücklich."

„Weil du fortgingst?"

„Das war nicht das Schlimmste. Mein Bruder hat zwei Frauen

geheiratet, die ihr großen Kummer machen, und vor kurzem nahm er noch eine dritte Frau dazu."

„Drei Frauen ...", murmelt Lea.

„Ja, das ist schrecklich, nicht? Die streiten den ganzen Tag, weil sie eifersüchtig sind. Sie spinnen Intrigen und versuchen sich gegenseitig auszustechen. Es ist die Hölle, sag ich dir."

„Bist du deshalb von zu Hause weggegangen?"

Jakob bewegt die Schultern, als sei ihm unbehaglich. „Ja, auch ... dazu kommt noch, dass diese Frauen keinen Sinn für Anstand haben. Ist auch kein Wunder, sie sind mit Götzenbildern aufgewachsen und beten zu Baal und zu Astarte, die keine Treue und keine echte Liebe kennt."

„Die Mondgöttin, nicht wahr? Hier in Haran gibt es auch eine Zikkurat[1], die ihr geweiht ist."

„Ja, ich habe den Tempel gestern gesehen. Gehst du manchmal dorthin?"

Lea schüttelt den Kopf. „Nein. Ich mag diese Religion nicht. Sie ist schrecklich."

„Wenn sie so ähnlich ist wie der Kult in meiner Heimat, dann gebe ich dir Recht. Bei uns schlafen die Frauen mit den Priestern und die Männer lassen sich mit den Tempelhuren ein. Die Kinder, die daraus entstehen, werden gleich nach der Geburt geschlachtet und verbrannt als Opfer für Baal und Astarte."

„Ich glaube nicht an solche Götter. Das haben sich alles Menschen ausgedacht, und noch dazu Menschen, die nicht besonders gut und anständig sind. Und die Götzenfiguren, die aus Ton geknetet sind oder aus Holz geschnitzt, können uns nicht weiterhelfen."

„Woran glaubst du dann?"

„Es muss einen Gott geben, der größer ist als all das, was man sehen kann", sagt Lea. „Er ist irgendwo da draußen, hoch über uns."

„Ja", sagt Jakob. „Das glaube ich auch." Wieder meint Lea, in seiner Stimme ein Lächeln zu hören. Auf einmal spürt sie etwas wie Freude, eine Wärme breitet sich in ihr aus, die sie nie zuvor gefühlt hat.

„Wirklich? Du glaubst also auch an El Shaddai, den Allmächtigen?"

---

[1] Stufenförmiger Tempelturm

„Ich weiß, dass er lebt", sagt Jakob feierlich. „Meine Mutter hat seine Stimme gehört und ich selbst habe auch schon meine Erfahrungen mit El Shaddai gemacht. Davon werde ich dir später erzählen."

„Ja, bitte", flüstert Lea. „Ich höre so gern etwas über ihn. Mein Vater hat mir nur wenig von ihm gesagt. Er nimmt sich kaum Zeit für solche Dinge", fügt sie hinzu.

„Hmm ...", brummt Jakob, was soll er darauf auch erwidern?

Die Stille breitet sich aus, aber es ist keine harte, trennende Stille, sondern ein weiches Band, das von Lea zu Jakob reicht und wieder zu ihr zurückkehrt. Aber sie traut diesem geheimnisvollen Band noch nicht. Zu oft ist sie schon enttäuscht worden. Sie will ihn auf die Probe stellen mit einem ihrer geheimen Gedanken. Wird er sie auslachen? Oder wird er – begreifen?

„Weißt du, was ich mir manchmal denke, wenn ich abends zum Himmel hinaufschaue? Ich stelle mir vor, das Dunkle wäre ein Zelt aus Ziegenwolle. Es hat kleine Löcher, und man sieht das Licht durchscheinen", sagt sie leise.

Jakob dreht den Kopf und sieht sie voll an. „Ja", sagt er, „das Licht aus Gottes Himmelwelt."

In Leas Kopf summt es. Sie springt vom Stein, sie kann nicht mehr ruhig dasitzen. „Jakob", stößt sie hervor. „Du kennst ihn? Hast du ihn schon einmal gesehen?"

„Ja, Lea. Er ist mir einmal erschienen." Seine Stimme zittert plötzlich, und er atmet ein paar Mal tief ein und aus, bis er sie wieder in der Gewalt hat. „Ich habe deinem Vater erzählt, warum ich herkam. Ich musste Beerscheba schnell verlassen. Das war keine normale Abreise, obwohl ich mich von meinen Eltern verabschieden konnte. Es war eher eine Flucht."

„Eine Flucht? Warst du in Gefahr?"

„Ja", sagt Jakob. „Mein Bruder ist sehr zornig über mich. Er will mich umbringen."

Lea schlägt die Hand vor den Mund. „Umbringen? Aber warum denn?"

„Das – das erzähle ich dir vielleicht später einmal. Ich musste also verschwinden. Ich packte meinen Wasserschlauch und einen Brotbeutel und etwas Geld und lief los. Dort in unseren Bergen lauern Räuber. Man muss sehr vorsichtig sein, wenn man allein reist. Und einer Karawane wollte ich mich nicht anschließen, sonst hätte mein Bruder meine Spur schnell gehabt, und dann ... Ich musste mich verstecken und die größeren Orte meiden. Am Abend des zweiten Tages war ich in die Nähe der Stadt Lus[2] gekommen. Die Dunkelheit überraschte mich auf dem freien Feld. Ich hatte Angst, mich zu verirren, also blieb ich ihn der Nähe des Pfades, der mich hergeführt hatte. Ich war müde und niedergeschlagen und fühlte mich unsagbar einsam. Ich weiß nicht, ob du solche Stunden kennst, wo man nur noch Mauern sieht?"

Lea nickt. „Die kenne ich gut."

„Ja, und da hilft es einem auch nicht sehr, wenn man einsieht, dass man selbst an allem schuld ist, nicht wahr? Diese Selbstvorwürfe – ‚hätt ich doch ..., wär ich nur ...' bringen uns nicht weiter, denn es ist nun mal geschehen und lässt sich nicht rückgängig machen." Er macht eine kurze Pause, als müsse er nachdenken. Dann erzählt er weiter. „Vor Kummer und Verzweiflung war ich ganz erschöpft. Ich suchte mir einen Stein als Stütze – etwas flacher als dieser hier, aber auch weiß und glatt – und betete zu Gott. Ich bekannte meinen Fehler und bereute ihn. Und dann fasste ich mir ein Herz und bat Gott um Hilfe, obwohl ich das wirklich nicht verdient hatte. Vor Traurigkeit und Verzweiflung schlief ich ein. Plötzlich sah ich im Traum eine Leiter, die hoch hinaufführte bis in die Wolken hinein. Die Wolken brachen auf, und der Himmel öffnete sich. Auf dieser Leiter stiegen seltsame Wesen hinauf und andere kamen herunter – das müssen Engel gewesen sein."

„Was hatte diese Leiter zu bedeuten?"

„Ich denke oft darüber nach. Wahrscheinlich sollte sie mir zeigen, dass kein Mensch von sich aus den Weg zum Himmel bahnen kann. Das muss Gott selber tun. Er kommt zu uns, er begleitet uns, auch wenn wir ihn nicht sehen können."

„Aber die Engel – wie sahen die Engel aus?", fragt Lea und beugt sich vor, weil sie kein Wort verpassen möchte.

„Wie Menschen, nur größer. Stark, aber hell, als hätten sie eine Lampe im Innern. Ich hatte keine Angst vor ihnen. Ich fühlte mich

---

[2] Nördlich von Jerusalem, später in Beth-El umbenannt

plötzlich beschützt. Und oben auf dieser Leiter sah ich El Shaddai. Ich kann dir seine Gestalt nicht schildern, ich sah nur ein helles Licht, aber ich wusste, dass er da war."

„Hat er mit dir gesprochen?"

„Er sagte: ‚Ich bin der Herr, der Gott deines Vaters Abraham und Isaaks Gott. Das Land, auf dem du liegst, werde ich dir und deinen Nachkommen schenken. Du wirst zu einem großen Volk werden, das sich ausbreitet wie der Staub – nach Westen, Osten, Norden und Süden. Durch dich und deine Nachkommen sollen alle Generationen gesegnet werden, die noch auf der Erde leben werden.'"

Lea weicht zurück und zieht ihr Tuch enger um die Schultern, weil ihr ein Schauer über den Rücken läuft. „Du bist ein Gesegneter!", ruft sie. „Du bist auserwählt!"

Jakob streckt die Hand aus und legt sie leicht auf ihren Arm. „Du musst keine Angst haben", sagt er weich. „Gott ist freundlich. Er meint es gut mit uns. Damals habe ich den weißen Stein als Denkmal aufgerichtet. Er soll alle Menschen daran erinnern, dass Gott zu den Menschen kommt und ihnen beisteht. Und ich habe Gott geschworen, ihm den zehnten Teil von meinem Besitz zurückzugeben. Er ist Herr über die ganze Welt, und wenn wir meinen, etwas zu besitzen, so ist es uns doch nur von Gott geliehen."

„Ja", sagt Lea. „Das verstehe ich. Du zahlst Gott die Pacht, die ihm zusteht."

„Und Gott hat mir versprochen, dass er mit mir geht und mich behütet und wohlbehalten in mein Land zurückbringt."

„Also wirst du bald wieder fortgehen", flüstert Lea und lässt den Kopf sinken.

„Noch lange nicht!", sagt Jakob, und seine Stimme klingt fröhlich. „Schließlich finde ich hier, was ich gesucht habe."

„Und was hast du gesucht?", fragt sie.

Der Druck seiner Hand verstärkt sich. „Menschen, die mich verstehen und die meinen Glauben teilen."

„Ja", sagt Lea. „Das möchte ich gern. Ich habe Sehnsucht nach El Shaddai."

„Wir können gemeinsam zu ihm beten", sagt Jakob. Er rutscht vom Stein und hebt die Arme zum Himmel und ruft: „Herr, du sollst unser Gott sein und kein anderer. Wir wollen dir dienen!"

Lea hält den Atem an, als könne sie eine Antwort hören, aber nur die Stille hüllt sie ein. Es ist eine gute Stille, und sie bedauert es, als Jakob einen Schritt beiseite tritt und sagt: „Es ist spät geworden. Du solltest ins Haus gehen."

„Kommst du auch?", fragt Lea. Ihre Zunge fühlt sich dick und schwer an.

„Ich werde nach den Herden schauen", sagt Jakob. „Gute Nacht."

Sie geht langsam zurück zum Haus. Als sie sich noch einmal umdreht, sieht sie Jakob immer noch an dem Platz stehen, wo sie ihn verlassen hat. Er schaut zum Himmel hinauf. Sie hebt die Hand zum Gruß, aber er merkt es nicht. Er ist in seinen Gedanken versunken.

Seufzend geht sie in ihre Kammer und kleidet sich aus. Bevor sie einschläft, berührt sie mit den Lippen die Stelle an ihrem Unterarm, auf die er seine Hand gelegt hat. Sie fühlt sich immer noch warm an ...

5. Hirtenglück

Jakob hat eine Flöte geschnitzt und bläst ein paar Töne. Sie zittern in der klaren Morgenluft und heben sich hoch empor, als hätten sie Schwingen. In der vergangenen Nacht haben drei Mutterschafe zum ersten Mal geworfen und er kam nicht zum Schlafen, weil er ihnen bei der Geburt helfen wollte. Es hat ihn schon immer fasziniert, wie neues Leben zur Welt kommt, deshalb gab er sich schon als Kind lieber mit den Schafen und Ziegen ab, als mit dem wilden Bruder auf die Jagd zu gehen. Esau hat ihn deshalb verachtet, „Muttersohn" und „feige Memme" genannt. Der Bruder liebt den Kampf. Schon als kleiner Junge rannte er durch die Wälder und schlug die Hirsche und Antilopen in die Flucht. Er sucht die Gefahr und das Abenteuer. Ein ruhiger Abend am Herdfeuer ist nichts für ihn. Und der Vater bestärkte ihn noch darin und bewunderte ihn wegen seiner Kühnheit.

Jakob verzog sich lieber in Mutters Zelt und hörte Geschichten zu. Er war sich nicht zu fein, die Garnhaspel zu halten oder das Weberschiffchen zu führen. Die Mutter brachte ihm bei, wie man töpfert, wie man webt, wie man Stoffe durch Fäden miteinander verbindet. Sie lehrte ihn Kochen und Haushaltsführung. Und sie erklärte ihm alles, was man als Hirte wissen muss. Er war mit den Tieren vertraut, die auf dem Hof leben, er kannte ihre Namen und ihre Eigenarten und er mochte jedes Einzelne, als wäre es ein Bruder, eine Schwester. Er konnte aus ihrem Blöken heraushören, was sie ihm mitteilen wollten, und er verstand auch in ihren Augen zu lesen. Dadurch wurde er zum besten Hirten, den sein Vater Isaak jemals hatte, und diese Gabe kommt ihm auch jetzt bei seinem Onkel Laban zugute. Seit er die Verantwortung für die Herden übernommen hat, ist noch kein Schaf verendet. *Wenn das kein Grund zum Singen ist ...*

Er flötet weiter. Unten beim Haus regt sich etwas. Eine Frau schiebt den Türvorhang beiseite. Sie wirft einen Blick in die Runde, dann hebt sie den Wasserkrug mit Schwung auf den Kopf und macht sich auf den Weg zur Quelle. Jakob erkennt sie am Gang: so leicht, als würden ihre Füße den Boden kaum berühren. Sie braucht den Krug nicht einmal zu halten, um ihn auf dem Kopf zu balancieren, so sicher geht sie über den steinigen Pfad. Ihr dunkles Haar flattert. Gleich wird sie an ihm vorüberkommen. Als sie vor ihm steht, zieht sich sein Herz krampfhaft zusammen und er bekommt plötzlich keine Luft mehr. Sie wirft ihm unter langen Wimpern einen Blick zu, den er nicht deuten kann, und hebt die Hand zum Gruß. Sie ist nicht einmal stehen geblieben, schwebt an ihm vorüber wie ein rosiger Nebelhauch. Er starrt ihr hinterher. Als hätte sie es gespürt, wendet sie sich um und lächelt. Er schimpft sich einen „Dummkopf" und zwingt seine Augen in die andere Richtung, aber sie werden wie von Zauberhand immer wieder zu ihr hingelenkt, bis sie hinter den Felsen verschwunden ist.

Sie ist zu jung, sie ist noch ein halbes Kind, denkt er. *Sie ist eitel und oberflächlich und denkt nicht weiter als bis zu ihrer Nasenspitze. Und außerdem hat sie auch nicht viel für mich übrig.* Er seufzt und steht auf, um nach den neugeborenen Lämmern zu sehen. Zwei davon hat er – zusammen mit den Mutterschafen – in einer windgeschützten Mulde untergebracht. Die Mutterschafe vertrauen ihm, sie blöken leise und wehren sich nicht, als er mit sanften Händen die Lämmer aufnimmt und abtastet. Er prägt sich die Gesichter ein und legt sie vorsichtig wieder zurück an ihren Platz. Dann macht er sich auf die Suche nach dem dritten Lamm. Die Mutter war zu schwach, ihren Gebärplatz zu verlassen. Sie lagert immer noch an einer zugigen Ecke zwischen großen Steinen und hat ihr Lamm dicht neben sich. Das Lamm blökt herzerweichend und zerrt an ihren Zitzen. Als sich Jakob über die Schafmutter beugt, reagiert sie kaum. Ihre Augen sind verdreht; sie atmet nur noch flach und fühlt sich eiskalt an.

Jakob nimmt das kleine Lamm auf den Arm. Es schmiegt sich in seine Halsbeuge und zittert vor Schwäche. Er hüllt es in einen Zipfel seines Umhangs. Dann stößt er einen gellenden Pfiff aus und winkt seinem Gehilfen. Gaham kommt mit langen Sätzen herübergelaufen und betrachtet die Schafmutter. Er schüttelt den Kopf. „Sie packt es nicht. Innere Blutungen wahrscheinlich", sagt er. „Ich rufe Tara, damit er mir tragen hilft. Wir bringen sie am besten gleich zum Haus runter."

„Ja, tut das. Ich versorge inzwischen das Lamm. Es ist schon ganz schwach."

Gaham nickt. „Geh nur, wir erledigen das andere", sagt er. Jakob legt ihm dankbar die Hand auf die Schulter. Nicht alle Unterhirten sind ihm so wohlgesonnen wie Gaham. Einige beneiden ihn um seine Position.

Jakob läuft den steilen Abhang hinunter und ruft nach den Mägden. Sie kommen herbei, auch Lea taucht aus dem Türvorhang auf.

„Was bringst du da? Ein kleines Lamm", sagt sie ernst. „Aber es ist schrecklich mager. Es wird nicht einmal zum Abendessen reichen."

Jakob zuckt zusammen und hält das Lamm fest an sich gepresst. „Du willst es schlachten? Es hat doch noch kaum gelebt! Ist erst heute Nacht zur Welt gekommen!"

Lea sagt: „Ich glaube nicht, dass du es durchbringst. Man muss es alle zwei Stunden füttern. Hast du so viel Zeit?"

„Nein, aber ich dachte – vielleicht kannst du – oder Silpa ..."

„Unmöglich. Keiner von uns kann den ganzen Tag lang für ein Lamm sorgen. Wir können die andere Arbeit doch nicht liegen lassen."

„Und wenn es nun – dein Kind wäre?", fragt Jakob.

Einen kurzen Augenblick werden Leas Augen weich. Sie streicht mit der Hand über den kleinen wuscheligen Kopf des Lammes. Aber dann presst sie die Lippen aufeinander und sagt: „Aber das ist kein Kind. Es ist ein junges Schaf. Entweder bringt ein Schaf Wolle oder Fleisch. Dieses Schaf wird wahrscheinlich gar nichts bringen. Es ist zu schwach. Es wird eingehen, und dann nützt es keinem. Nicht einmal das Fell taugt etwas. Wenn wir es jetzt gleich schlachten, dann haben wir wenigstens das zarte Fleisch für die Abendmahlzeit. Und dafür kann ein anderes Lamm am Leben bleiben. Du weißt doch besser als ich, wozu wir Schafe und Ziegen halten. Du bist der Oberhirte."

„Was du sagst, ist vernünftig, und trotzdem – es schneidet mir ins Herz. Ich habe dieses Lamm mit Mühe zur Welt gebracht, es lag quer und hatte die Nabelschnur um den Hals. Ich habe ihm das Leben gerettet. Und wofür? Für den Kochtopf?" Jakob streichelt zart um das Mäulchen des Tieres. „Sieh nur, es ist hungrig, es saugt an meinem Finger, es will leben!"

„Leben wollen wir alle", sagt Lea, „und deshalb schlachten wir Schafe und essen ihr Fleisch. Oder willst du heute Abend fasten?"

Sie wirft ihm einen Blick zu, bei dem er sich plötzlich wie ein kleiner Junge vorkommt.

„Gib mir das Lamm!“, sagt eine silberhelle Stimme hinter ihm. Rahel ist auf leisen Sohlen herangekommen. Er will sich noch nicht ganz von dem Tier trennen, weil er nicht weiß, was sie vorhat – sie wird ihm doch nicht den Hals umdrehen? Rahel tritt dicht neben ihn, so dass er ihren Atem spürt und neigt sich über das Lamm, das er in den Armen hält. Sie nimmt den kleinen Kopf des Lammes in beide Hände und betrachtet es aufmerksam.

„Es ist zu schön zum Sterben. Ich dulde nicht, dass es geschlachtet wird. Ich werde es großziehen“, sagt sie und hebt das Kinn. „Und dann wird es mir gehören, mir ganz allein.“ Ihre Augen sind dunkel vor Zorn, und die steile Falte schwebt zwischen ihren Brauen.

Er sagt: „Ich will ja auch nicht, dass das Lamm getötet wird. Ich habe es lieb gewonnen.“

Nun lächelt sie, und das Licht kehrt in ihre Augen zurück. Sie wendet sich an die Mägde: „Bilha, hol mir eine Schale Schafsmilch. Silpa, besorge mir einen sauberen Lappen.“ Dann winkt sie Jakob: „Am besten bringst du das Lamm in meine Kammer.“

Lea öffnet den Mund, als wolle sie etwas einwenden, doch Rahel ist schon im Haus verschwunden, und Jakob muss sich beeilen, damit er sie nicht aus den Augen verliert. Er läuft hinter ihr her. Auf ihrer Türschwelle zögert er und lässt seine Augen schweifen, betrachtet die weichen Felle auf der Schlafmatte, den Schminktisch, die roten und blauen Gewänder, die über eine Truhe geworfen sind. Es duftet nach Zimt und Nelken. Rahel hat sich auf einen niedrigen Hocker gesetzt und streckt die Hände nach dem Lamm. Mit drei Schritten ist er bei ihr und lässt sich auf die Knie fallen. Ihm ist, als würde er ihr ein neugeborenes Kind in die Arme legen. Ihre Hände berühren sich, und ihn durchzuckt es heiß, doch sie bleibt ruhig, als spüre sie nichts von dem Sturm, der in seinen Adern tobt.

Bilha und Silpa poltern in die Kammer und reichen ihr die Milch und den Lappen. Dann sehen sie zu, wie Rahel das Schaf auf ihrem Schoß zurechtlegt und den Lappen in die Schafsmilch taucht. Sie tupft dem Lamm damit aufs Maul. Mit einem heiseren Laut – halb Klage, halb Sehnsucht – schnappt es nach dem Lappen und saugt daran, zappelt ungeduldig, will mehr, immer mehr. Rahel streicht mit der freien Hand über die Ohren des Tieres und summt eine leise Melodie. Und das Lamm trinkt und saugt, als ginge es um sein Leben.

Jakob bleibt auf den Knien liegen, als wäre er dort angewachsen. Erst als Silpa sich räuspert, erwacht er aus seinen Träumereien und steht auf. „Ich glaube, ich gehe dann besser ...“

„Sie ist darin sehr geschickt“, erklärt Silpa. „Sie hat schon viele kleine Dinger gerettet. Wenn wir alle Lämmer zusammentreiben würden, die Rahel mit dem Lappen großgezogen hat, dann wäre das eine hübsche Herde.“

„Rahel – Mutterschaf“, murmelt Jakob und schaut im Hinausgehen noch einmal kurz zurück. Rahel hebt den Kopf und wirft ihm einen strahlenden Blick zu, der sich in sein Herz eingräbt und eine tiefe Furche hinterlässt, die nie, nie mehr zuwachsen wird.

6. Krämerseele

Jakob sitzt mit Labans Familie beim Abendessen. Die älteren Söhne haben längst ihre eigenen Häuser, nur der jüngste wohnt noch beim Vater und leistet ihm jetzt Gesellschaft. Die beiden Töchter des Hauses kommen ab und zu hereingehuscht und bringen Platten mit Lammbraten, Schüsseln mit Soße und frisches Fladenbrot herein. Jakob bedankt sich jedes Mal höflich für diesen Dienst und lächelt den Mädchen zu. Dann wirft Laban seinem Sohn einen bedeutsamen Blick zu oder stößt ihn mit dem Ellenbogen an. Als die Mädchen wieder hinausgegangen sind, wischt Laban seinen Essnapf mit einem Stück Fladenbrot aus, steckt es in den Mund und taucht die Hände in die Wasserschale, die neben ihm steht. Er trocknet sich die Hände am Oberkleid ab und lehnt sich zurück.

„Ah ...", sagt er. „Lea kocht wirklich gut." Er zwinkert seinem Sohn zu.

Der glotzt eine Weile verständnislos, dann aber verzieht er den Mund zu einem Grinsen. „Ich finde, sie kocht sogar besser als meine Frau."

„Das ist kein großes Kunststück", brummt Laban. Sein Sohn will zornig auffahren, aber er bringt ihn mit einer herrischen Geste zum Schweigen und wendet sich an seinen Gast. „Vier Wochen bist du jetzt schon bei uns."

Jakob legt den Knochen, den er gerade abnagt, zur Seite und nickt.

„Ich bin froh, dass du da bist", versichert Laban. „Du bist ein großer Gewinn für meine Familie. Ich habe noch nie einen Hirten gehabt, der so geschickt mit den Lämmern umgehen konnte. Und der so fleißig und so hart arbeitet."

Der Sohn räuspert sich, doch Laban lässt ihn nicht zu Wort kommen. „Du bist sehr tüchtig. Abgesehen von dem einen Mutterschaf, das dir vor zehn Tagen einging, kann ich wirklich nicht klagen. Das Lamm konnte Rahel zum Glück noch retten. Es ist erstaunlich, wie sie das immer wieder schafft. Eine kleine Zauberin ..."

„Ja, ich wollte schon –"

Laban fällt ihm ins Wort. „Ich weiß, was du sagen willst. Aber ich bin dir nicht böse. Es kann jedem Hirten einmal passieren, dass ein Mutterschaf die Geburt nicht überlebt. Du brauchst das Tier nicht zu ersetzen, ich habe dir verziehen, denn ich mag dich. Ich habe dich ins Herz geschlossen. Weißt du was? Allmählich komme ich mir wie ein Sklavenhalter vor, der seine Verwandten ausnutzt. Du mühst dich den ganzen Tag für mich ab und bekommst keinen Lohn. Nein, widersprich mir nicht!"

„Immerhin bekommt er von uns Essen und Kleidung", grummelt Labans Sohn.

„Das gebietet die Gastfreundschaft", sagt Laban, und seine Stimme klingt salbungsvoll. „Schließlich gehörst du zur Familie. Aber das ist nicht genug. Auf Dauer kann es nicht so weitergehen. Du arbeitest für mich, also sollst du auch belohnt werden."

„Und wie?", fragt Jakob.

Labans Sohn zieht die Luft ein, worauf ihm sein Vater einen scharfen Blick zuwirft. „Du kannst deinen Lohn selbst bestimmen", sagt Laban und lächelt gemütlich. Doch seine Augen bleiben wachsam und hart.

„Können wir das unter vier Augen besprechen?", fragt Jakob. Laban zieht die Augenbrauen hoch, dann schickt er seinen Sohn mit einer herrischen Handbewegung weg. Als sie allein sind, beugt sich Jakob zu seinem Onkel hinüber und flüstert:

„Gib mir deine Tochter als Lohn."

Laban hebt die Hände und ruft: „Oh! Welche Überraschung! Wer hätte das gedacht?! Du willst meine Tochter haben. Ja, Lea ist wirklich tüchtig und –"

„Ich meine *Rahel!*", sagt Jakob leise und wirft einen gehetzten Blick zur Tür.

„Meine kleine Rahel? Sie ist doch noch ein Kind! Sag, was hast du eigentlich gegen Lea?"

Jakob knetet seine Fingerknöchel. „Ich schätze Lea sehr, wirklich –"

„Na bitte. Sie ist ein tüchtiges Mädchen. Ich habe sie gut erzogen. Sie kann arbeiten, nicht wahr? Was sie anpackt, das gelingt. Dass sie nicht mehr die Jüngste ist, dürfte dich nicht stören. Sie weiß, worauf es im Leben ankommt. Und ihre Hüften sind breit ..." Er stößt Jakob in die Seite und blinzelt verschwörerisch. „Du willst doch viele Kinder? Söhne? Da ist Lea goldrichtig!"

„Bitte hör mich an!", fleht Jakob. „Lea ist mir eine gute Freundin, eine Schwester geworden, ich verstehe mich gut mit ihr. Ich weiß auch, dass sie eine gute Ehefrau wäre. Und trotzdem – Rahel gefällt mir besser. Ich – ich habe sie lieb gewonnen. Ich kann nicht gegen mein Herz an."

„Herz?", fragt Laban und betrachtet Jakob forschend. „Entscheidest du diese wichtige Frage nach dem Gefühl? Befragst du nicht deinen Verstand?"

Jakob schlägt die Hände vors Gesicht und murmelt: „Ich habe mir noch nie etwas so sehr gewünscht wie Rahel."

„Nun gut, aber wie denkst du über den Altersunterschied? Du könntest ihr Vater sein!"

„Ich bin kein alter Mann!", fährt Jakob auf. „Ich habe mich all die Jahre aufbewahrt für die Frau meines Herzens, und jetzt habe ich sie gefunden. Wenn du mir Rahel nicht gibst, dann muss ich mir woanders eine Frau suchen."

„Nicht so hastig, mein Lieber ... Mir liegt viel daran, dass du bleibst. Immerhin wäre Rahel bei dir in guten Händen ... ", sinniert Laban. „Ich vertraue dir, du bist mein Neffe – warum soll ich sie einem Fremden geben?"

Jakob lässt die Hände sinken, die er in sein Obergewand gekrallt hat, und schließt die Augen. „Du bist also einverstanden ..."

„Wenn du sie unbedingt willst, dann sollst du sie haben", sagt Laban und tätschelt ihm die Schulter. „Und wie viele Jahre willst du für Rahel arbeiten?"

Jahre, schreckt Jakob auf.

Laban lächelt breit. „Du wirst verstehen, dass ich ein so schönes Mädchen nicht herschenken kann. Sie ist jung und hat eine gute Figur. Also sag mir, wie viel sie dir wert ist."

Jakob steht auf und wandert durch den Raum, weil er seine Aufregung kaum noch bändigen kann. „Sie ist für mich die Sonne, die meinen Tag erleuchtet. Sie ist die Quelle, die meinen Durst löscht. Sie ist die Palme, die mir in der Mittagshitze Schatten gibt."

Laban seufzt verständnisinnig und murmelt: „Du kannst ohne sie nicht weiterleben."

Jakob legt den Kopf in den Nacken und starrt zur Decke hinauf. Dann sagt er: „Zwei Jahre?" Als keine Antwort kommt, sagt er:

„Dann also drei ...“ Doch Laban schweigt. Jakob nimmt seine Wanderung wieder auf und knetet dabei seine Finger. „Gut, ich werde vier Jahre lang für dich arbeiten, aber – ...“

Laban sagt immer noch nichts. Jakob presst die Kiefer aufeinander und stöhnt: „Bist du nie zufrieden? Willst du, dass ich dir fünf Jahre diene?“

Laban betrachtet die Fingernägel seiner rechten Hand, haucht sie an und poliert sie mit einem Zipfel seines Oberkleides.

„Gut, dann sechs Jahre!“, platzt Jakob heraus. Laban beäugt seinen Daumennagel und schnalzt besorgt mit der Zunge.

„Sieben Jahre, das ist mein letztes Angebot!“, ruft Jakob und geht zur Tür. Er hält den Vorhang schon in der Hand, will ihn beiseite schieben, als Laban sagt: „Gut, wenn du unbedingt willst ... Sieben Jahre dann.“

Jakob schaut nicht mehr zurück. Er stürmt durch den Flur nach draußen.

Labans Jüngster hat sich in einen Winkel gedrückt und gelauscht, und als der Vater an ihm vorüberkommt, kneift er seinen Sohn in die Wange: „Hast du begriffen, wie man's macht?“

Der junge Mann nickt mit schmalen Augen.

„Aber du hältst den Mund! Kein Wort! Zu keiner Menschenseele!“

Wieder nickt der Sohn.

Laban reibt sich die Hände und schmunzelt.

7. Liebeserklärung

Laban sorgt dafür, dass der künftige Schwiegersohn nicht allzu viel freie Zeit hat. Ständig jagt er ihn mit einem neuen Auftrag auf die Weide und lässt ihn kaum Atem schöpfen. Bei der Abendmahlzeit ist Jakob so müde, dass ihm manchmal die Schüssel aus der Hand gleitet. Doch sobald Rahel den Raum betritt, erwachen seine Lebensgeister. Dann plaudert er und lacht und gibt witzige Bemerkungen zum Besten. Dabei folgt er ihr mit den Augen. Die Mägde haben es längst bemerkt, auch Rahel ist sich dieser Blicke bewusst. Sie genießt es, von einem Mann bewundert zu werden, auch wenn dieser Mann so viel älter ist als sie und zudem ein Cousin.

„Er ist gar nicht so übel", vertraut sie Bilha an, der stillen, furchtsamen Magd. Bei ihr sind Geheimnisse gut aufgehoben. „Vielleicht könnte ich mich eines Tages sogar in ihn verlieben ... Schau, diese Berglilie hat er mir gebracht. Sie wachsen dort oben auf dem Hügel."

Bilha schaut in die vorgegebene Richtung und nickt.

„Aber wahrscheinlich bin ich zu jung für ihn. Er sieht in mir ein Kind, nicht wahr? Er nimmt mich nicht wirklich ernst."

Bilha zuckt die Achseln.

„Oder glaubst du, dass er mich mag? Oder sogar – liebt?"

Bilha schweigt.

„Sag doch etwas!", drängt Rahel.

„Er redet oft mit Lea", flüstert Bilha.

„Reden! Reden! Was ist das schon!", schnaubt Rahel. „Mag er mit ihr reden, bis ihr die Ohren abfallen, solange er sie nicht begehrt, als Frau, meine ich. Oder schaut er sie etwa genauso an wie mich? Mit diesen heißen Augen?"

Sie packt Bilha bei den Oberarmen und schüttelt sie, bis sie den gequälten Blick der Magd auffängt und ihr entsetztes Gesicht wahrnimmt und sich erinnert. „Ist ja schon gut. Nicht weinen, Bilha. Nicht weinen."

* * *

Auch Lea spürt die zarten Fäden, die sich zwischen Jakob und Rahel anspinnen. Am liebsten würde sie mit beiden Händen in dieses Gespinst hineingreifen und das Zauberband zerreißen, aber sie fürchtet, dass sie dadurch das Vertrauen zerstören könnte, das in den letzten Monaten zwischen Jakob und ihr selbst gewachsen ist. Sie setzt auf Jakobs Vernunft. Sie weiß, dass Männer sich schnell betören lassen, aber Jakob ist zu besonnen, zu klug, um einer solchen flüchtigen Leidenschaft nachzugeben und damit seine Zukunft aufs Spiel zu setzen. Sollte er wirklich eine Frau lieben können, deren Herz so eng ist wie ein Fingerhut? Die abergläubische Vorstellungen hegt und sich vor Tonfiguren hinkniet? Nein, Jakob will mehr vom Leben. Er braucht eine Frau an seiner Seite, die Ja sagt zu seiner Berufung, denn soll er nicht der Ahnherr eines großen Volkes werden? Er ist ein Erwählter!

Lea baut auf die Gemeinsamkeiten, auf ihr Verstehen, das größer ist als Worte, wenn sie abends am weißen Stein sitzen und die Sterne betrachten. Obwohl sich ihr Herz vor Sehnsucht zusammenzieht, zwingt sie sich zur Ruhe. Sie ahnt, dass sie ihn nicht drängen darf, sie muss still abwarten und zuhören. Und Jakob weiß das zu schätzen.

Er öffnet ihr Fenster in eine neue Welt. Stundenlang erzählt er von seinem Großvater Abraham und seiner Wanderung, die ihn von Mesopotamien nach Kanaan führte und weit hinunter in den Süden bis nach Ägypten. Sie sieht die prächtigen Paläste vor sich, den Pharao und seine Sekretäre, die herausgeputzten Krieger und die bunten Tücher in den Frauengemächern, in die auch Abrahams Frau Sara gebracht worden war.

„Erzähl weiter“, seufzt sie eines Abends. „Ich weiß noch so wenig. Ich möchte so gern einmal etwas anderes erleben als dieses langweilige Haran. Hier wurde ich geboren, hier habe ich bis heute gelebt und hier werde ich sterben.“

„Du bist noch zu jung für solche Gedanken“, sagt Jakob herzlich und greift nach ihrer Hand. „Warte nur, bis der Richtige kommt, der dich zur Frau nimmt. Dann wirst du in andere Länder reisen.“

Ihre Hand zuckt in seiner, und er lässt sie los, als hätte er sich daran verbrannt.

„Wer wird mich schon zur Frau wollen“ sagt sie langsam und schlägt die Augen nieder.

„Lea“, flüstert er heiser. „Ich bin sicher, dass eine große Liebe auf dich wartet. Du bist dazu geschaffen, einen Mann sehr, sehr glücklich zu machen. Hab Geduld, meine Schwester, hab Geduld.“

„Ich habe schon so lange gewartet“, sagt sie nach einer Weile.

„Ich auch“, nickt Jakob. „Aber jetzt wird es nicht mehr lange dauern.“

Was ist das? Eine Verheißung? Der Vorgeschmack eines Versprechens? Diese Nacht ist anders als die früheren. Liegt es an dem Blütenduft, der von der Wiese herübergetragen wird? An dem lauen Wind, der Leas Wangen umschmeichelt und in ihren Haaren spielt? Oder an der süßen Melodie des Nachtvogels, der seinen Kindern das Schlaflied singt?

Wird er heute sprechen? Wird er die eine Frage stellen, die ihm schon lange auf der Zunge liegen muss?

Jakob steht auf und schlendert auf und ab. Er sucht nach Worten. Endlich bleibt er mit dem Rücken zu ihr stehen und sagt: „Ich muss dir etwas sagen, Lea.“

Sie reißt die Hände vor die Brust und holt tief Atem. *Allmächtiger Gott, jetzt gehen alle meine heimlichen Gebete in Erfüllung!*

„Du hast es bestimmt schon bemerkt, vor dir kann man so etwas ja nicht verbergen, obwohl ich es am liebsten für mich behalten würde, weil es mir wehtut, wenn andere sich die Mäuler zerreißen über etwas, was mir heilig ist.“

Sprich weiter, Liebster! Sag es!

„Doch ich kann nicht mehr länger schweigen, ich muss einfach darüber sprechen. Ich muss dir mein Herz ausschütten, denn niemand versteht mich so gut wie du.“

Lea lächelt und legt ihm die Hand auf den Arm. „Ich bin froh, dass du das weißt“, sagt sie sanft.

Er nimmt ihre Hand und drückt sie kurz, dann dreht er sie unschlüssig hin und her, um sie schließlich wegzulegen wie ein Werkzeug, das man nicht mehr braucht. Und dann sagt er die Worte, die Lea ins Mark treffen wie ein vergiftetes Messer. „Ich liebe Rahel.“

Es gellt in ihren Ohren wie ein furchtbares Echo. „Ich liebe Rahel – ich liebe Rahel.“

Sie holt tief und zitternd Atem. Ihre Brust fühlt sich an, als wäre sie zwischen zwei Mahlsteinen eingeklemmt.

Jakob spricht weiter: „Du denkst vielleicht, es wäre eine vorübergehende Verliebtheit, und ich gebe zu, dass es vielleicht nicht sehr vernünftig aussieht, aber ... ich habe noch nie einen Menschen so sehr, so innig geliebt!“, sagt er, und sie kann nicht einmal aufschreien vor Qual, sie muss dasitzen und lächeln und zuhören, während Jakob das Messer in der Wunde dreht und noch tiefer hineinstößt: „Aber ich glaube nicht, dass sie meine Gefühle erwidert. Sie spielt mit mir, sie kokettiert, aber sie meint es wohl nicht ernst. Du musst mir helfen. Ich brauche deinen Rat.“

Lea beißt sich auf den Daumen, um das Schluchzen zu unterdrücken, das aus ihrer Kehle dringen will.

„Sie ist so jung ... meinst du, sie wird mich jemals lieben? Du kennst sie besser als jeder andere. Sag mir, was ich tun muss, um ihre Liebe zu erringen!“, drängt Jakob.

Ganz tief senkt Lea den Kopf, damit er die Tränen nicht sieht, die aus ihren Augen quellen und ihr auf die verkrampften Hände tropfen.

„Vielleicht muss ich ihr einfach mehr Zeit geben. Ist es das, was sie braucht? Sie muss sich erst an mich gewöhnen, nicht wahr? Oder hängt ihr Herz an einem anderen Verehrer, an einem jungen Mann? ... Lea! So antworte doch!“

„Rahel liebt keinen anderen, so viel ist sicher“, sagt Lea mit schwerer Zunge. „Rahel liebt immer nur sich selbst.“

Jakob starrt sie an. „Aber so kannst du doch nicht reden! Sie ist deine Schwester!“

„Was wahr ist, muss wahr bleiben“, beharrt Lea. Endlich hat sie wieder Gewalt über ihre Stimme. „Meine Schwester hat nie gelernt, an einen anderen Menschen zu denken. Sie kreist den ganzen Tag nur um sich selbst.“ Und in Gedanken setzt sie hinzu: *Wenn du nicht so blind verliebt wärst, hättest du das längst gemerkt.*

„Ich weiß, dass Rahel stark mit sich selbst beschäftigt ist“, sagt Jakob nachdenklich. „Das ist nun mal die Art vieler Menschen, die noch jung sind. Aber sie wird sich ändern, da bin ich ganz sicher.“

Lea seufzt. „Du bist also fest entschlossen, dein Leben mit dem ihren zu verbinden?“

Jakob nickt. „Ich will sie heiraten. Wenn die sieben Jahre vorüber sind, dann feiern wir Hochzeit.“

„Weiß Rahel von deinem Plan?“

„Ich will sie nicht erschrecken. Deshalb bitte ich dich: Sprich nicht darüber. Mein kleines Mädchen hat noch so viel Zeit ...“

Lea steht auf. „Ich bin müde. Ich werde jetzt gehen.“

„Warte, Lea. Ich möchte dir danken. Du bist mir eine echte Schwester geworden. Ich wüsste nicht, was ich ohne dich anfangen würde.“

Lea denkt an die vielen schlaflosen Nächte, die vor ihr liegen, an die Tränen, die ihr Lager netzen werden, an die Qual der nächsten sieben Jahre. Und als Jakob sie kurz in seine Arme zieht zu einer brüderlichen Umarmung, da klammert sie sich an seinen Hals, dass er beinahe erstickt. Er macht sich behutsam von ihr los.

„Sag mir nur noch eins, Jakob. Hast du deine Berufung vergessen?“

„Wie könnte ich das vergessen? Ich denke jeden Tag daran.“

„Aber du brauchst eine Frau, die dir zur Seite steht – dich auf deinem Weg begleitet und stützt. Glaubst du wirklich, Rahel könnte diese Frau sein?“

„Lea“, sagt Jakob, und sie sieht seine Zähne blitzen, „meine Berufung ist meine Sache. Davon verstehst du nichts. Du bist ja nur eine Frau.“

Dieser Stich geht tiefer als alle vorigen. Lea schluckt an ihren Tränen.

„Und jetzt geh ins Haus, es ist Zeit. Gute Nacht, Lea.“

„Gute Nacht, Jakob.“ Das kommt tonlos. Als wäre ihre Stimme schon gestorben.

8. Brautzeit

Für Jakob flattern die Monate vorüber wie Zugvögel. Er nutzt jeden Tag, um seine Liebste zu betrachten und zu studieren. Er hat schnell bemerkt, dass Rahel Menschen verachtet, die ihr nur Bewunderung entgegenbringen. Sobald sie Macht über andere bekommt, nutzt sie das aus und spielt mit den Gefühlen ihrer „Untertanen". Jakob nimmt sich vor: *Mir darf das nicht passieren!* Aber was kann er tun, um seiner Liebsten diese Flausen auszutreiben?

Er überlegt sich eine neue Strategie. Von nun an übersieht er Rahels koketten Blick und schaut gedankenvoll in die andere Richtung. Er zwingt seine Gesichtszüge zur Ruhe und duldet nicht, dass sie die Sehnsucht seines Herzens nach draußen tragen. Er achtet darauf, dass er immer besonnen spricht und handelt, sobald Rahel in die Nähe kommt. Höflich ist er immer gewesen, dazu hat ihn schon die Mutter erzogen, aber nun bemüht er sich, alle weiblichen Wesen des Haushalts mit gleicher Freundlichkeit zu behandeln. Und das zeigt Wirkung.

Ada, die Frau des jüngsten Sohnes, beteiligt sich auf einmal bei der Küchenarbeit und lernt, schmackhaftes Essen zu kochen, was ihrer Ehe gut bekommt – der restlichen Familie übrigens auch.

Silpa wundert sich zunächst über diese ungewohnte Aufmerksamkeit, die ihr der Oberhirte entgegenbringt, aber nach einiger Zeit beginnt sie seine Aufmerksamkeit zu genießen. Sie kleidet sich in bunte Gewänder und bindet ihr Haar hoch, was ihren schlanken Hals zur Geltung bringt. Ist sie früher oft schnippisch gewesen, so singt und trällert sie nun den ganzen Tag. Und sie ist Jakob derart treu ergeben, dass sie ihm jeden Wunsch von den Augen abliest und keine Mühe scheut, um ein Lächeln zu ergattern.

Bilha weicht anfangs erschrocken zurück, wenn Jakob sie anspricht, in den Augen den gehetzten Ausdruck einer Antilope, der es vor dem Löwen graut. Doch er gibt nicht auf. Immer wieder redet er mit ihr und fragt sie nach Dingen, von denen sie etwas versteht. Geduldig hört er ihrem Gestammel zu und bestärkt sie in ihrer Meinung. Und je öfter er ihre Arbeit lobt, um so fleißiger wird sie und wächst über sich hinaus. Als er ihr eines Tages eine schwere Last Holz von den Schultern nimmt und an ihrer Stelle zum Feuerplatz ins Haus schleppt, da hat er sie endgültig erobert. Von diesem Tag an ist sie wie verwandelt. Sie huscht nicht mehr mit hochgezogenen Schultern und angstvollen Augen durch die Räume, sie bewegt sich mit neuer Grazie. Und eines Tages hört Jakob doch tatsächlich, wie sie einem Hirten, der sie necken will, eine schlagfertige Antwort an den Kopf wirft, und er denkt: *Alle Achtung, sie macht sich!*

Lea nimmt es dankbar an, dass er ihr weiterhin seine Zuneigung zeigt und erwidert seine Freundlichkeit mit Wärme. Wenn er wüsste, wie es in ihr aussieht, würde er sich freilich mehr zurückhalten, vor allem bei ihren Treffen am weißen Stein. Jakob ahnt nicht, welches Feuer er in Lea entfacht hat, weil sie es sorgfältig vor ihm verbirgt. Deshalb erzählt er offen und frei, was er empfindet, wenn er Rahel sieht. Er schildert sein Entzücken über jeden neuen Wesenszug, den er bei seiner Liebsten entdeckt und der ihm viel versprechend erscheint. Er beschreibt ihre Gesten, ihr Haar, ja ihren Duft, und merkt nicht, wie sich Lea unter dieser Folter windet. Gleichzeitig dürstet sie aber nach diesen Gesprächen wie nach einer Droge, denn dann redet sie sich ein, es wäre sie selbst, Lea, die er mit seinen Schwärmereien besingt, und sie saugt jedes Wort ein und kostet seine Süße.

Wenn er freilich von seinen Grübelnächten erzählt, gequält von Erinnerungen an eine herzlose Antwort Rahels, die immer wieder, wie es ihrer leichtfertigen Art entspricht, ihre Klauen in seine liebende Seele schlägt, dann stürzt Lea in tiefe Verwirrung. Am liebsten würde sie schreien: „Oh, lass dich doch nicht so von ihr tyrannisieren, nimm lieber mich!" Aber das darf sie nicht, das würde alles verderben. Manchmal rettet sie sich in einen Tränenstrom, dann wird sie von Jakob gerührt in die Arme genommen, denn er missdeutet ihren Schmerz als schwesterliches Mitempfinden. Hinterher schämt sie sich für ihren Betrug und ist doch außerstande, die Wahrheit zu gestehen – wie soll sie überleben ohne diese Brosamen, die vom überreich gedeckten Tisch seiner Liebe herunterfallen?

Und Rahel? Rahel ist irritiert, weil sie nicht mehr alle Blicke auf sich zieht, wenn sie den Raum betritt. Auf einmal sind viele andere Frauen da, mit denen gescherzt wird und die angelächelt werden. Sogar der Vater nennt sie nicht mehr mit Kosenamen und hat ihr schon lange kein Geschenk mehr mitgebracht. Sie vermutet, dass Lea dahinter steckt, und damit liegt sie nicht einmal falsch. Vor einigen Tagen führte Lea ein ernstes Gespräch mit ihrem Vater. „Verzeih mir, Vater, wenn ich das so offen sage, aber ich fürchte, du schadest Rahel, wenn du sie so verwöhnst. Sie muss endlich erwachsen werden. Sie darf sich nicht mehr als Nabel der Welt betrachten. Sonst findet sie sich später nicht zurecht."

„Weise gesprochen, meine Tochter", murmelte Laban. „Also keine Sonderbehandlung mehr für mein kleines Mädchen ..."

„Kleines Mädchen? Sie wird bald heiraten!", erinnerte Lea.

Der Vater hob die Augenbrauen. „Du weißt davon? Hat dein Bruder geplaudert?"

„Mein Bruder? Jakob hat es mir gesagt." Plötzlich schoss ihr das Wasser in die Augen, und sie wandte sich ab. Doch der Vater hatte es schon bemerkt und legte ihr den Arm um die Schulter. „Arme Lea", sagte er mit ungewohnter Zärtlichkeit. „Du hast immer das Nachsehen ... Trotzdem solltest du mit deiner Schwester noch nicht über die Hochzeit reden."

„Auf keinen Fall!", versicherte Lea. „Sie darf noch nicht wissen, wie viel sie Jakob bedeutet. Nicht bevor sie reif geworden ist und seine Liebe erwidern kann."

„Vielleicht kannst du sie ein wenig erziehen und formen, damit sie so wird, wie Jakob es will?"

„Wäre das recht? Sollte sich nicht jeder Mensch zu dem entfalten, was Gott in ihn hineingelegt hat?"

„Gott ... was hat er damit zu tun? Er kümmert sich doch nicht um Frauen."

Lea knirschte mit den Zähnen und krampfte die Hände ineinander. Aber sie hatte sich bald wieder gefangen und wagte einen bescheidenen Widerspruch: „Vielleicht aber doch ... weißt du, was mir Jakob neulich erzählt hat? Sein Großvater hatte eine ägyptische Sklavin namens Hagar. Eines Tages lief Hagar davon und verirrte sich in der Wüste. Sie war am Verdursten. Da erschien ihr der Engel Gottes und zeigte ihr einen Brunnen. Er sprach mit ihr und machte ihr Mut zum Leben. Daraufhin gab sie Gott einen neuen Namen. Sie nannte ihn El Roi, ‚Gott sieht mich'."

Laban seufzte. „Das sind alte Geschichten, Lea. Man kann sie glauben – oder auch nicht. Mir ist jedenfalls noch kein Engel begegnet."

So war Leas Gespräch mit dem Vater verlaufen, und Laban hatte sich seither tatsächlich an die neue Regel gehalten und behandelte Rahel fest und manchmal sogar streng. Anfangs war sie darüber zornig und ließ ihre Launen an Silpa und Bilha aus. Daraufhin verbannte Laban sein Nesthäkchen von der gemeinsamen Abendmahlzeit – sie durfte ein paar Tage lang nicht einmal die Fleischplatten hereintragen, sondern musste in der Küche bleiben. Das war eine harte Strafe, und Rahel lief mit rot geweinten Augen herum und war nicht mehr dieselbe wie zuvor.

* * *

Jakob allerdings ist die ganze Zeit über gleichbleibend freundlich. Wenn er draußen bei den Herden auf Rahel trifft, dann spricht er mit ihr über die Schafe, als wäre sie einer der Hirten und hätte genauso viel Sachverstand wie jeder andere Mann. Noch nie hat ein Mann mit ihr geredet, als wäre sie ihm ebenbürtig! Es tut ihr gut. Es gefällt ihr besser als die schwärmerischen Blicke, die sie früher einkassierte wie einen Tribut, der ihr wie selbstverständlich zustand. Allmählich beginnt sie, über Jakob nachzudenken.

Dieser Jakob ist anders als die Männer, die sie kennt. Und er hat eine seltsame Macht über alle, die mit ihm zusammentreffen. Das macht ihr Eindruck. Sie ertappt sich immer öfter dabei, dass sie ihn betrachtet, erst von weitem, dann wagt sie sich näher heran. Sie will sehen, was er tut. Sie will hören, was er sagt. Sie will wissen, was er denkt. Und sie möchte das Rätsel ergründen, das ihr keine Ruhe lässt: Warum beachtet er sie nicht mehr? Hat sie seine Blicke früher falsch gedeutet? Oder ist er enttäuscht? Findet er sie nicht mehr schön? Und wenn er nicht mehr länger durch ihre Schönheit und Anmut zu bezaubern ist, wenn sie ihm jetzt nicht mehr wichtiger ist als die anderen unscheinbaren Frauen, wie kann sie dann seine Gunst gewinnen? Denn nun meint sie, ohne seine Aufmerksamkeit nicht mehr leben zu können, sie hungert nach einem freundlichen Blick, nach einem sanften Wort aus seinem Mund.

Rahel beobachtet Lea und lernt sie ganz neu kennen. Eines Abends, während sie sich in ihrer Kammer zum Schlafen fertig macht, spricht sie mit Bilha darüber.

„Hast du bemerkt, wie gut Lea zuhören kann?“, fragt sie, während sie mit dem grobzinkigen Kamm durch ihr Haar fährt und die Kletten herauslöst.

Bilha nickt und sagt in ihrer kindlichen Art: „Sie versteht einen, als hätte man ein Loch im Herzen, und sie könnte reingucken.“

„Und sie spricht immer sehr respektvoll mit Vater und den Brüdern, nicht?“

„Auch mit Jakob“, flüstert Bilha, „und ihm gefällt's.“

Das hört Rahel weniger gern, aber sie schluckt ihren Ärger herunter und setzt ihr Verhör fort.

„Und Silpa? Was mag Jakob an Silpa?“

„Die weiß immer, was er braucht – ein neues Fell für sein Lager, ein' Riemen für die Sandalen, ein' frischen Wasserschlauch, und dann bringt sie's ihm, ohne dass er was sagen muss.“

„Und woher weiß sie das?“, bohrt Rahel.

„Die guckt ihn von oben bis unten an, dann merkt sie, was fehlt. Ich glaub, die guckt immerzu.“

Rahel zerrt an einer Haarsträhne, bis sie im Kamm hängen bleibt. Dann dreht sie sich zu Bilha um und fragt: „Und was gefällt ihm an dir, Bilha?“

Die Kleine wird über und über rot und senkt die Augen. „Ich – ich weiß nicht“, stammelt sie. „Ich hab nix getan, desderwegen er so nett zu mir sein müsst. Vielleicht weil ich mir von ihm helfen lass?“

„Was soll denn das wieder heißen?“

Bilha schluckt, dann sagt sie: „Wenn ich was Schweres tragen muss und so, und Jakob kommt und nimmt es mir ab, damit mir der Rücken nicht wehtut, dann ist er jedes Mal so freundlich und ich glaub, er mag es, wenn er was für mich tun kann.“

„Seltsamer Mann“, murmelt Rahel.

„Aber mein Papa war auch so!“, platzt Bilha heraus. „Er hat meiner Mutter gern geholfen und sie ihm auch und beide hatten sich sehr lieb und haben nie gestritten oder sich geschlagen oder so ..." Ihre Stimme ertrinkt in einem Meer von Tränen. Rahel seufzt und nimmt die junge Magd in die Arme und wiegt sie, bis ihr Schluchzen verebbt ist. Es ist ein neues Gefühl, einen Menschen zu trösten, bisher hat sie das nur bei Lämmern getan, aber es gelingt ihr gut.

In der Nacht kann sie nicht schlafen. Sie malt sich aus, wie sie im Dunkeln über die Hügel wandert, bis sie zum Pferch kommt, wo die Herden lagern. Dort würde Jakob an einem wärmenden Lagerfeuer sitzen. Er würde beiseite rücken, damit sie sich neben ihn setzt und seine einsame Nachtwache teilt. Vielleicht würde er ihr eine Decke über die Schultern hängen gegen die Nachtkälte. Er würde auf seiner Flöte blasen oder eine Geschichte erzählen. Und sie würde ihm zuhören und dabei sein Gesicht betrachten. Sie stellt sich seine Stimme vor, die ihr inzwischen so vertraut ist, dass sie sie aus allen anderen heraushört. Sie malt sich aus, wie seine Hände einen Brotfladen zerreißen und ihr die Hälfte davon reichen. Sie hat oft genug gesehen, wie kraftvoll diese Hände zupacken können, aber sie sind auch zart mit den empfindlichen Lämmern. Wie mag sich diese Hand auf ihrer bloßen Haut anfühlen? Auf ihrem Haar?

Seit jenem Begrüßungskuss am Brunnen hat Jakob sie nie wieder berührt. Er achtet darauf, dass er ihr nicht nahe kommt. Bei den anderen Frauen hält er sich nicht so zurück – mit ihnen geht er unbefangen um. Ob sie etwas an sich hat, was ihn abstößt?

Rahel hat bisher noch nie das Verhalten anderer Menschen beobachtet und daraus ihre Schlüsse gezogen. Aber nun spürt sie, dass es nötig ist, und sie widmet sich diesen Gedanken mit Hingabe.

Aus solchen Grübelnächten kommt sie mit dunklen Ringen unter den Augen hervor, mit einem neuen Ernst und einer ungewöhnlichen Sorge um andere, als wolle sie sich damit die Liebe ihrer Umgebung sichern. Dann kann Jakob kaum an sich halten, weil er sie am liebsten in die Arme ziehen und trösten würde, aber er hält sich zurück – es wäre noch zu früh.

9. Nestbau

Eines Abends sitzt Jakob noch lange mit Laban im großen Wohnraum, als sich die anderen schon zur Ruhe gelegt haben. Er wartet höflich, bis Laban die letzte Dattel verzehrt und sich die Hände in der Wasserschüssel gespült hat. Erst als er sich behaglich seufzend zurücklehnt, eröffnet Jakob das Gespräch: „Die sieben Jahre sind bald vorüber."

Laban hebt träge die Hand und sagt: „Noch nicht ganz, du hast noch zwei Monate Dienst."

„Ja, ich weiß. Aber wenn es dann soweit ist, würde ich meine Frau gern in ein eigenes Heim holen. Die kleine Kammer in der Scheune, in der ich schlafe, ist wohl kaum geeignet."

„Meine Tochter hat ein großes Zimmer in meinem Haus", bemerkt Laban. „Wenn du damit nicht zufrieden bist, dann musst du dir ein eigenes Haus bauen."

„Dazu fehlt mir die Zeit. Die Herden brauchen mich den ganzen Tag über und manchmal auch in der Nacht. Wie kann ich da Bäume fällen und Balken schneiden und Ziegel brennen? Außerdem habe ich kein Geld für das Baumaterial."

Laban nickt bekümmert. „Leider haben sich meine Geschäfte in letzter Zeit auch nicht gut entwickelt. Ich werde dir kein Geld leihen können. Ich kann meiner Tochter nicht einmal eine Mitgift bieten."

Jakob reißt die Augen auf. „Aber es ist doch üblich ...", setzt er an.

„Ich weiß, was du sagen willst. Normalerweise hat meine Tochter ein Anrecht auf den Brautpreis. Er soll sicherstellen, dass sie nicht in Not gerät, wenn ihrem Gatten etwas passiert. Aber in unserem Fall ist es anders. Ihr lebt ja hier mit uns zusammen, einer hilft dem anderen, da sind solche Vorsichtsmaßnahmen völlig unnötig, findest du nicht auch? ... Mein lieber Neffe, was starrst du mich so an? Schwere Zeiten sind das."

Seufzend greift Jakob nach dem Wasserkrug und gießt sich den Becher voll.

„Ein neues Haus übersteigt meine Möglichkeiten, das musst du einsehen. Aber wie wäre es mit einem Zelt? Lea und Silpa sind meisterhafte Weberinnen. Ich werde Ada bitten, dass sie in der nächsten Zeit das Kochen übernimmt. Ihre Magd kann sich um den Haushalt kümmern. Und unsere Mädchen weben dir ein Zelt. Mit einem wunderschönen Frauengemach!“ Laban zwinkert verschwörerisch. „Und, mein Lieber, du brauchst die Wolle nicht einmal zu bezahlen. Ich schenke sie dir zur Hochzeit.“

Jakob steht auf. Die Enttäuschung ist ihm ins Gesicht geschrieben. Er kann noch nicht fassen, was er gerade gehört hat, aber was kann er tun? Er hat keine andere Wahl. Und nun ist er Laban sogar zu Dank verpflichtet. Das stört ihn sehr. Aber er beherrscht sich.

„Dann kann ich Pläne zeichnen und den Frauen morgen die Anweisung geben?“, sagt er knapp.

„Tu das, mein Lieber. Aber halte deine Hochzeitspläne noch geheim. Es soll eine Überraschung werden.“

„Dann werde ich jetzt gehen und nach den Herden schauen. Zwei von den Mutterschafen sind schon kurz vor der Zeit.“

„Wer hat Nachtwache?“

„Tebach und Gaham.

„Gut. Ich bin sehr zufrieden mit dir.“

Jakob seufzt und wünscht sich wieder einmal, Labans Zufriedenheit würde sich nicht in seinen Worten verausgaben, sondern sich auch mal praktisch erweisen ...

* * *

Am nächsten Morgen ruft er die Mädchen zusammen und zeigt ihnen die Pläne für das neue Zelt. Silpa und Billha strahlen und überbieten sich gegenseitig mit Vorschlägen und Ideen. Rahel hat wieder die steile Falte zwischen den Brauen und sieht ihn an mit einer stummen Frage im Blick. Diesmal kann er nicht so tun, als wäre sie für ihn nur eine von vielen – er schaut sie voll an, und diesmal verraten seine Augen, was er all die Jahre hindurch vor ihr versteckt hat. Sie holt tief und zitternd Atem, ihre Lippen öffnen sich und er hätte beinahe dem Zauber dieser Stunde nachgegeben, wenn nicht Lea dicht neben ihm einen erstickten Laut von sich gegeben hätte. Da erwacht er wie aus einem Traum.

„Wir werden es genauso machen, wie du es geplant hast“, sagt

Lea, und ihre Stimme klingt rau. „Rahel, du bist geschickt im Spinnen, du kannst sofort anfangen. Nimm die beste Wolle, die du im Lager findest. Silpa, du lässt dir von Tebach die Stangen zuschneiden. Bilha, du baust mit mir zusammen den Webstuhl auf. Wir dürfen keine Zeit verlieren. Wo soll das Zelt später einmal stehen, Jakob?"

„In der Mulde hinter dem weißen Stein", sagt er ruhig.

Sie zuckt zusammen und öffnet den Mund, als wolle sie etwas sagen, doch Jakob schaut sie so fest und bestimmt an, dass sie das Gesicht abwendet.

„Und du bist dort jederzeit willkommen, das weißt du."

Lea schüttelt den Kopf und flüstert: „Ich kann unmöglich – während Rahel und du ..."

„Aber warum nicht? Du bist doch unsere Schwester!", beharrt er.

Seufzend rafft sie die Lederstücke zusammen, auf denen er die Pläne gezeichnet hat, und birgt sie in ihrem Umhang. „Das kannst du nicht verstehen."

* * *

Später läuft sie dem Vater über den Weg. „Zeig mir die Pläne für das neue Zelt!", fordert er. Er brütet eine Weile über den Tuschezeichnungen, dann hebt er den Kopf. „Das Abteil für die Frauen muss größer sein", sagt er.

„Frauen? Aber Jakob hat –"

„Widersprich mir nicht. Ich werde einen neuen Plan zeichnen. Meine Tochter soll nicht wie eine Bettlerin unter einem windigen Stück Ziegenfell hausen. Da muss noch viel mehr Platz geschaffen werden – zum Beispiel für eine Zofe. Außerdem ... kann man nie wissen, was kommt."

„Wovon sprichst du, Vater?"

Er lächelt mit den Lippen, aber seine Augen bleiben hart.

„Jakob wird uns dankbar sein, dass wir beizeiten an die Zukunft gedacht haben."

„Ach so, du meinst die Abteile für die Kinder."

„Ja, natürlich, die Kinder. Macht das Zelt doppelt so groß, wie Jakob es haben wollte. Dazu brauchen wir natürlich auch viel mehr

Material ...“ Er seufzt. „Aber was sein muss, muss sein. Am Ende wird es sich schon bezahlt machen.“

„Vater???“

„Sag mir, Lea, wie steht es mit Rahel? Ahnt sie schon etwas?“

„Ja. Ich glaube, sie weiß es jetzt. Du hättest einmal sehen sollen, wie er sie angeschaut hat ...“ Das kommt bitter.

Labans Mund verzieht sich zu einer schmalen Linie. „Dann werden wir sie gut überwachen. Sorge dafür, dass immer eines von den Mädchen bei ihr ist. Ich werde Jakob mit ein paar Aufträgen nach Aleppo schicken, bis wir Schafschur halten. Drüben bei den östlichen Weiden. Bis dahin werdet ihr mit dem Zelt fertig sein. Dann bereiten wir die Hochzeit vor und dann ...“

„Was dann, Vater?“

Er lächelt verschlagen. „Dann soll Jakob sein Liebesglück genießen.“ Dabei glitzern seine Augen.

10. Hochzeitsvorbereitungen

Unter den geschickten Hände der Mädchen wachsen die braunen und dunkelgrauen Zeltbahnen, bis sie dem neuen Plan entsprechen. Laban hat die Stangen bringen lassen und sieht zu, wie die Knechte und Mägde das Zelt aufstellen.

„Bist du zufrieden, Vater?“, will Rahel wissen.

„Gute Arbeit“, sagt er trocken. „Nur der Standplatz gefällt mir nicht. Zu weit vom Haus entfernt. Zu einsam. Zu windig.“

„Jakob findet diesen Platz schön“, sagt Lea.

„Nun gut, wenn er unbedingt will ...“, brummt Laban.

Silpa kommt mit einem Arm voller Teppiche herbei und legt den Boden damit aus.

„Jetzt fehlen noch die Vorhänge zum Abteilen“, sagt Rahel. „Haben wir welche im Lager?“

Laban erwacht wie aus schweren Gedanken und lächelt. „Geh und sieh nach.“

„Darf ich aussuchen, was ich will? Bitte, Papa“, schmeichelt sie und hat plötzlich die Stimme eines kleinen Mädchens.

„Nun gut, aber nimm nicht die teuren Stoffe“, sagt Laban. „Und wenn du mit dem Aussuchen fertig bist, dann pack deine Sachen. Ich will dich in den Nachbarort schicken zu deinem ältesten Bruder.“

„Aber jetzt doch nicht – so kurz vor der Hochzeit!“

„Gerade jetzt. Du bleibst ein paar Tage bei deinem Bruder. Nutze die Zeit und lerne von deiner Schwägerin, wie man kocht und einen Haushalt führt. Du wirst es brauchen.“

„Aber das weiß ich doch schon“, trumpft Rahel auf. „Lea hat mir das Kochen beigebracht und Silpa das Weben und – “

„Keine Widerrede, mein Täubchen. Du darfst auch die weiße Kamelstute reiten, sie geht am ruhigsten. Gaham wird dich begleiten. Ich lasse dich holen, wenn es Zeit ist.“

Rahel geht mit dem Vater zum Haus. Unterwegs fragt sie: „Und wann kommt Jakob zurück?“

„Warum willst du das wissen?“

„Ich vermisse ihn ...“ flüstert Rahel.

„Das sind ganz neue Töne", stellt Laban fest. „Du bist in den letzten Monaten so anders geworden. Was ist denn in dich gefahren?"

Rahel bekommt träumerische Augen und lächelt mit geschlossenen Lippen.

Laban schüttelt den Kopf. „Hätte nie gedacht, dass du dich von so einem zähmen lässt ..."

* * *

Am Nachmittag ist die Stute aufgezäumt und gesattelt. Gaham hat für sich eine Eselin vorbereitet und ein Maultier, das hoch mit Wollballen beladen ist. Rahel soll sie auf dem Markt verkaufen oder gegen andere Waren eintauschen.

„Findest du es schlimm, dass Vater dich gerade jetzt wegschickt?", fragt Lea.

Rahel schüttelt den Kopf. „Ich bin gern mal wieder auf dem Markt. Das Handeln liegt mir. Hab ich wahrscheinlich von Vater geerbt. Und man trifft interessante Leute."

„Und außerdem kannst du dich vor den Hochzeitsvorbereitungen drücken", sagt Lea.

„Ja, ich hab mal wieder das bessere Los gezogen, denn du musst meinen Teil an Arbeit übernehmen", grinst Rahel. „Arme Lea! Vater meint es eben gut mit mir." Sie nimmt die Kamelstute am Zügel und gibt einen Befehl. Das Kamel kniet nieder, und sie klettert in den Sattel. Ein kurzer Klaps, und die Kamelstute steht mit den Hinterbeinen auf. Danach stemmt sie sich auch mit den Vorderbeinen hoch. Gaham wirft die Beine über die niedrige Eselin und schnalzt mit der Zunge. Die kleine Karawane reitet aus dem Hof und Lea schaut ihrer Schwester nach, bis sie hinter dem Hügel verschwunden sind. Dann wendet sie sich seufzend um und geht ins Haus zurück.

* * *

In den nächsten Tagen hat Lea wenig Zeit zum Grübeln. Es gibt so vieles vorzubereiten. Die Gäste müssen geladen werden, der Ablauf der Speisen muss geplant werden, der Dorfälteste muss verständigt werden, damit er als Zeuge dient, wenn der Ehevertrag geschlossen wird. Das Haus wird geschmückt. In der Küche wirbeln die Mägde herum, die Ada als zusätzliche Hilfen eingestellt hat, denn für die Hochzeitsfeier müssen viele Schafe geschlachtet werden. Jetzt schon türmen sich Berge von Fladenbrot auf den Holzbrettern.

Und dann ist der große Tag da – viel zu früh, wie Lea meint. Vaters Schwägerin, die beste Köchin von Haran, klettert gerade von ihrem Maulesel und sucht auf krummen Beinen den Weg zur Küche. Lea läuft hinter ihr drein, aber als sie hört, wie die alte Tante die Herrschaft über die Küche an sich reißt und alle nach ihrem Kommando exerzieren müssen, verzieht sie sich nach draußen. Es ist ohnehin Zeit, einmal nach Jakobs neuem Zelt zu schauen. Er selbst hat es noch nicht gesehen; er ist vor einigen Minuten von der Schafschur zurückgekehrt und wird sich wohl in seiner Kammer umkleiden und auf die Feier vorbereiten.

Der Weg zum weißen Stein erscheint ihr an diesem Tag lang und mühsam. Wer weiß, ob sie ihn jemals wieder gehen wird? Das Zelt hat ihr den Lieblingsplatz verleidet; hier wird sie nie mehr ihren Träumen nachhängen können. Der weiße Stein, der Zeuge ihrer hochfliegenden Wünsche, hat auch die Stunde ihrer tiefsten Verzweiflung miterlebt.

Vom Zelt her hört sie fröhliches Geplauder. Silpa und Bilha stecken gerade die Metallringe in rot und blau gefärbte Stoffbahnen und fädeln die Ringe auf Seile, die sie quer durchs Zelt gespannt haben.

„Wir sind fast fertig", sagt Bilha stolz. Und Silpa wispert: „Rahel hat die schönsten Stoffe ausgewählt, die im Lager waren."

„Hat mein Vater das gesehen?"

Silpa lässt ihr Grübchen tanzen. „Er hatte anderes zu tun."

„Er wird toben, wenn er merkt, dass Rahel seine Schätze geplündert hat", vermutet Lea. „Am besten räumt ihr erst einmal alle Lampen zur Seite, damit es im Zelt dunkel ist, wenn Vater den Bräutigam zum Zelt geleitet. Sind schon Felle da fürs Bett?"

„Rahel hat sie hergeschleppt", sagt Silpa. „Kurz vor ihrer Abreise. Als Laban gerade woanders beschäftigt war ..." Sie wirft Lea einen bedeutungsvollen Blick zu.

„Also wird sie nicht gerade die alten und harten Felle genommen haben, die Vater dafür vorgesehen hat", murmelt Lea.

Bilha sagt mit großen Augen: „Es sind weiße Lammfelle, ganz weich gegerbt – so weich müssen die Wolken sein."

„Grad richtig für die Brautnacht!", kichert Silpa, und Bilha wird ein wenig rot.

Früher hätte dich diese Vorstellung noch in Panik versetzt, denkt Lea. *Wie hast du dich verändert. Aber Jakob hat uns alle verändert.*

Als sie zum Haus zurückkehrt, strömen die Gäste schon ins Haus. Die Knechte haben alle Hände voll zu tun, um die Reittiere zu tränken und das Gepäck abzuladen. Jakob ist inzwischen von der Schafschur zurückgekehrt und zieht sich in seiner kleinen Kammer um. Silpa hat den Badezuber aus dem Schuppen geholt und in Rahels Zimmer aufgestellt. Bilha trägt krügeweise heißes Wasser herbei und streut eine Handvoll Lavendel und Zimtblüten hinein. Lea drapiert Rahels Hochzeitskleid und die dichten Schleier auf ihrer Kleidertruhe und träufelt etwas Parfümöl darüber. Ihre Hände sind dabei kalt und ihr Blick ist leer, als wären ihr alle Träume gestorben.

11. Zielgerade

Die Sonne geht gerade unter, als der Bräutigam festlich geschmückt aus seiner Kammer tritt. Draußen vor dem Haus warten die Musikanten. Sie geleiten ihn zu einem Festzelt. Dort sitzt Laban auf einem prunkvollen Polster, auf den Knien hält er ein Dokument, das auf dünn ausgewalztem Leder geschrieben ist. Jakob verneigt sich vor ihm, dabei kommt sein Kopfputz aus Blumen und Halbedelsteinen ins Rutschen. Er kann ihn gerade noch mit der Hand auffangen, und die Zuhörer seufzen erleichtert, denn es wäre ein schlechtes Omen, wenn der Bräutigam seine Krone verlöre. Als sich alle wieder beruhigt haben, nimmt der Dorfälteste den Ehevertrag von Labans Knien und liest vor. In geschnörkelten Wendungen wird versichert, dass Jakob die Tochter seines Onkels Laban zur Frau nehmen darf, nachdem er sieben Jahre Dienstzeit als Brautpreis abgeleistet hat.

Laban und Jakob müssen das Dokument festhalten, der eine links, der andere rechts. Der Dorfälteste zieht ein kleines Messer aus dem Burnus und schneidet das Vertragsformular mit einem glatten Schnitt von oben bis unten durch.

„Wer diesen Vertrag bricht, dem soll es ebenso ergehen", sagt er feierlich.

Alle Umstehenden murmeln zustimmend. Laban und Jakob heben ihre Lederstücke hoch und verwahren sie in der Brusttasche ihrer Kleidung. Die Trommler schlagen auf ihre Pauken, die Flöten krönen den Rhythmus mit einer leichten, frohen Weise. Da zerstreuen sich die Gäste über den Hof, lagern sich auf Polstern und Matten. Ächzend schleppen die Knechte und Mägde schwer beladene Fleischplatten herbei, Körbe mit Brot, Krüge mit Dattelbier und feinem Rotwein. Keiner muss zum Essen, zum Trinken genötigt werden; alle greifen herzhaft zu. Der Bräutigam geht von einer Gruppe zur anderen und plaudert mit den Gästen. Überall muss er einen Schluck mittrinken. So kommt es, dass er nicht mehr ganz sicher auf den Beinen steht, als sich endlich der Festzug formiert, der den Bräutigam zu seinem neuen Zelt geleitet. Auf beiden Seiten des Weges haben sich Mädchen aufgestellt, die Tonschalen in der Hand halten. Sie sind mit Öl gefüllt.

Labans Jüngster entzündet die Dochte in diesen kleinen Lampen, und die Nacht wird hell.

Unter feierlichem Schweigen bringen sie Jakob ins Zelt. Er setzt sich mit gekreuzten Beinen in den Eingang, während der Festzug umkehrt und die Braut aus dem Haus abholt. Sie ist dicht verschleiert, der Vater muss sie führen, damit sie unterwegs nicht stolpert und fällt.

Jakob springt auf, als er seine Braut herankommen sieht. Sein Herz klopft *Glück! Glück! Glück!* Behutsam streckt er die Hand aus und berührt ihre Fingerspitzen, die unter den langen Ärmeln beinahe verschwinden. „Komm, meine Taube", flüstert er.

Das Mädchen steht jetzt vor ihm. Der Duft von Zimt und Süßholz steigt ihm in die Nase. Langsam zieht er sie in seine Arme. Sie schmiegt ihren Kopf in seine Halsgrube, und er staunt, wie weich ihre Haut ist. Die Gäste klatschen laut, die Flöten setzen zu einem schrillen Fortissimo an, die Trommler wirbeln ihre Stöckchen, bis die Musik mit einem lauten Schlag abbricht. Die plötzliche Stille lässt Jakob stärker taumeln als der Wein, denn jetzt ist der Augenblick da, nach dem er sich sieben Jahre lang gesehnt hat. Die Gäste kehren zurück zum Haus, mit ihnen verschwinden auch die kleinen Lichter. Das Brautpaar bleibt im Dunkeln zurück.

„Dir ist kalt", sagt Jakob, als er spürt, wie das Mädchen unter dem dünnen Umhang zittert. „Sollen wir ins Zelt gehen?"

Er spürt, wie sie nickt. Langsam ertastet er sich den Weg bis ins Innenzelt und lässt sich aufs Lager niedersinken. „Hast du Angst, meine Braut, meine Schöne? Du musst dich nicht fürchten. Ich werde dir ein klein wenig wehtun müssen, aber danach nie wieder. Ich will dir zeigen, wie schön die Liebe ist. Komm zu mir, komm ..."

Unter Koseworten zieht er sie auf die Felle und schiebt die weichen Stoffe beiseite, in die man sie eingehüllt hat. Seine Hände gleiten über ihre Haut, bis sie glüht und vor Wonne seufzt. Und er lässt sich fallen in diesen Rausch, davontragen von den Freuden der Liebe, bis er zu fliegen meint in einer Ekstase, die kein Ende findet.

12. Überraschung

Sie erwacht von einem Schrei: „*Du* bist das?“ Mühsam reibt sie sich die Augen nach einer kurzen Stunde Schlaf. Draußen singen die Vögel, die Sonnenstrahlen hüllen das Zelt in ein weiches Dämmerlicht, doch es ist hell genug, dass man die Gesichtszüge des anderen erkennen kann. Lea setzt sich auf.

Jakob, der sich über sie gebeugt hatte, fährt zurück, als hätte er in ein Grab geblickt. „Aber wie kann das sein – ich habe – habe doch – “

„Du hast mich gestern geheiratet“, sagt Lea leise. „Vor allen Zeugen. Und vor Gott.“

„Aber ich wusste nicht – ich dachte, du seist *Rahel!*“, bricht es aus ihm hervor.

Darauf kann Lea nichts antworten. Jakob lässt sich auf die Bettkante fallen und dreht ihr den Rücken zu. Er verbirgt das Gesicht in den Händen und stöhnt. „Und ich war so glücklich heute Nacht! Ich dachte, ich wär im Himmel! ... Und jetzt das!“ Er fährt zu ihr herum, das Gesicht verzerrt vor Qual und Zorn. „Warum? Warum hast du das getan?“ Er packt sie bei den Schultern und schüttelt sie, bis ihre Zähne klappern und ihre Augen vor Angst dunkel werden. Da lässt er sie wieder los. „Nun? Hast du mir nichts zu sagen? Nichts zu erklären?“

Lea leckt sich die trockenen Lippen und versucht das Schluchzen zurückzudrängen, das schon in der Kehle lauert. Soll sie ihm ihre Liebe gestehen? Ihre Sehnsucht? Ihr Entzücken, dass ihr heimlicher Traum jetzt wahr geworden ist – als sie ihn schon gestorben glaubte? Sie schaut ihm in die Augen. Doch da entdeckt sie einen so grauenhaften Schmerz, dass sie davor zurückschreckt. So sagt sie nur: „Der Vater hat mich dazu gezwungen.“

„Aber warum hast du eingewilligt? Du hättest dich weigern können.“

„Weigern? Kennst du meinen Vater immer noch nicht?“

Jakob knirscht mit den Zähnen. An seiner Stirn pocht eine Ader und seine Hände haben sich verkrampft. „Aber warum hast du mir nicht wenigstens ein Zeichen gegeben?“

„Damit mein Vater vor allen als Betrüger dasteht? Das ganze Dorf war dabei.“

Er atmet tief und zitternd ein. „Ich verstehe dich. Du warst hin und her gerissen zwischen der Treue zu deinem Vater und der Freundschaft zu mir. Du wolltest den Skandal vermeiden. Aber als wir beide im Zelt allein waren, da hättest du ehrlich sein können. Ein Wort von dir und es wäre nicht geschehen.“

Lea schließt die Augen. Das ist der schlimmste Schlag von allen – dass er ihre Liebesnacht bereut und am liebsten ungeschehen machen würde. Nun kann sie die Tränen nicht mehr zurückhalten und bricht in Schluchzen aus. Jakob flüchtet aus dem Zelt.

* * *

Die Hochzeitsgäste sitzen schon im Hof beim Frühstück und grüßen ihn mit Händeklatschen. Rasch greifen die Musiker zu ihren Pfeifen und Pauken und wollen aufspielen. Doch Jakob stürmt an ihnen vorüber ins Haus. Uza, der Dorfälteste, kratzt sich den Bart und murmelt: „Er wird doch an seiner Braut nichts auszusetzen haben?“

Seine Frau kichert. „Rahel hat vielen Männern den Kopf verdreht. Wer weiß, in welchem Zustand –“

„Schweig!“, donnert ihr Mann. „So etwas solltest du nicht mal denken!“

„Eins wundert mich“, sagt der Teppichhändler. „Gestern Mittag sah ich Rahel noch auf dem Markt in der Nachbarstadt. Wie konnte sie so schnell hierher kommen? Ich habe das schnellste Reitkamel weit und breit, und ich bin losgeritten, als die Sonne am höchsten stand. Aber sie musste ja noch ihren Marktstand abbauen und die Ware aufladen, und als ich ihren Stand verließ, war alles noch an seinem Platz und von Eile hab ich nichts bemerkt ...“

„Laban hat zwei Töchter“, sagt Uza und macht ein strenges Gesicht, „und jetzt hört endlich auf, euch das Maul zu zerreißen. Wir werden später erfahren, was hier geschehen ist. Und bis dahin möchte ich mein Frühstück in Ruhe genießen.“

Die anderen gehorchen. Schließlich ist Uza der Dorfälteste.

* * *

Laban sitzt mit seinem Jüngsten beim Frühstück, als Jakob hereinplatzt. „Ich will mit dir reden!“, keucht er, atemlos vom schnellen Lauf.

Laban lächelt gemütlich und wischt sich die Hände an einem Tuch ab. „Setz dich zu mir, du hast noch nichts gegessen, nichts getrunken, dabei bist du die Hauptperson bei diesem Fest.“

„Mir ist der Appetit vergangen. Du hast mich betrogen!“, stößt Jakob hervor.

Laban zieht die Augenbrauen hoch. „Wie das? Ich habe dir meine Tochter versprochen, und du hast meine Tochter bekommen. Alle waren Zeugen, wie du sie zur Frau genommen hast. Und das Brautlaken, das mir Silpa vorhin gezeigt hat, ist der Beweis, dass du Lea angenommen hast. Was willst du von mir?“

Jakob schwankt und muss sich an die Wand lehnen. „Aber ich habe dir um Rahel gedient ...“, flüstert er.

Laban zuckt die Achseln. „Rahel oder Lea, was macht das schon ... Rahel war nicht zu Hause.“

Jakob macht einen Sprung wie ein Panther zu Laban und reißt ihn an den Armen hoch. „Wo ist sie? Was hast du mit ihr gemacht?“ Es kommt heiser.

Laban stöhnt unter dem harten Griff und keucht: „Rahel ist bei meinem ältesten Sohn und arbeitet auf dem Markt ... Es geht ihr gut ... Mach dir keine Sorgen – ich kann dir alles erklären – “

Endlich lässt Jakob los und verschränkt die Arme über der Brust.

Laban reibt seine Oberarme und lässt sich wieder auf das Polster sinken. „Setz dich hierher, damit wir in Ruhe miteinander reden können ... Du willst lieber stehen? Auch gut. Also hör zu. Es ist bei uns nicht Sitte, dass die jüngere Tochter vor der älteren heiratet. Ich hatte all die Jahre gehofft, dass ich einen guten Mann für Lea finde. Sie liegt mir sehr am Herzen, weißt du? Sie ist ein gutes Mädchen. Sie hat es nicht verdient, in meinem Haus zu vertrocknen wie eine alte Dattel. Sie ist für die Ehe geschaffen, sie wünscht sich Kinder. Sie wird dir eine gute Ehefrau sein, da bin ich sicher.“

„Aber ich liebe sie nicht!“, schreit Jakob. „Ich liebe Rahel, und Rahel wollte ich heiraten, und jetzt ...“ Er wendet sich abrupt ab, damit die anderen seine Tränen nicht sehen.

Laban seufzt. „Ich hatte dich für vernünftiger gehalten. Ich dachte, dass dein Rausch verfliegt und dass du einsiehst, wie viel besser Lea zu dir passt."

„Wie kann ich eine Frau lieben, die mich hintergangen hat?", presst Jakob zwischen zusammengebissenen Kiefern hervor.

„Lea trifft keine Schuld", behauptet Laban. „Sie hat mir gehorcht, weil sie weiß, dass ich ihr Bestes will. Und ich lasse nicht zu, dass Lea verstoßen oder schlecht behandelt wird!"

„Und was ist mit Rahel? Und was ist mit meinem Herzen, mit meinen Gefühlen?"

„Du wirst deinen Zorn mäßigen und dich so verhalten, wie es dem Schwiegersohn in einer angesehenen Familie ansteht!", sagt Laban streng. „Du wirst die Hochzeitswoche feiern, wie es bei uns üblich ist. Du wirst deine Frau ehren und dich mit ihr zeigen, damit alle gratulieren können. Das verlange ich von dir, um Leas willen. Und wenn du nach dieser Woche unbedingt willst, kannst du noch einmal sieben Jahre dienen und bekommst Rahel."

„Noch einmal ... sieben Jahre?"

„Selbstverständlich, mein Lieber. Oder dachtest du, ich verschenke meine Töchter?"

Jakob stöhnt: „Sieben Jahre ... wie soll ich das ertragen?"

Laban steht auf und legt ihm die Hand auf die Schulter: „Du hast vor kurzem erwähnt, dass dir die sieben Jahre so schnell vergangen sind wie Tage. Was sind schon sieben Jahre? Aber es bricht mir das Herz, wenn ich dich so sehe – ich will nicht grausam sein. Du kannst Rahel schon nach einer Woche heiraten."

„Dann habe ich zwei Frauen", knirscht Jakob.

„Du kannst dich glücklich schätzen. Viele werden dich beneiden", versichert Laban.

Jakob schüttelt den Kopf. „Ich wollte Rahel, sonst nichts."

Laban hebt die Hände. „Das Leben ist hart. Nicht immer kriegt man das, was man sich vorgestellt hat. Aber du hast Glück. Du bekommst doppelt so viel, wie du gewollt hast."

„Hast du deshalb mein Zelt so groß gemacht?"

„Ich bin ein Mann, der weit vorausschaut", philosophiert Laban. „Du solltest mir dankbar sein."

Jakob wirft ihm einen wilden Blick zu, dann läuft er mit langen Schritten hinaus.

Labans Jüngster grinst. „Er hat dich angesehen, als würde er dir gleich an die Gurgel gehen!“

Der Vater zuckt die Achseln. „Er wird sich wieder beruhigen. Auf jeden Fall habe ich gekriegt, was ich gewollt habe. Ohne eine Münze dafür zu zahlen.“ Er reibt sich die Hände. „Beide Töchter gut verheiratet und kostenlos einen tüchtigen Oberhirten.“

„Und die Mitgift, Vater?“

„Mein Sohn, merke dir eins: Zahle nie einem anderen Menschen Geld, wenn es sich vermeiden lässt. So wird man reich. So hat man Erfolg. Du kannst mir gratulieren.“

13. Krise

Rahel genießt die Tage im Haus ihres ältesten Bruders. Hier ist sie die unumschränkte Königin. Ihre Schwägerin Judit, eine farblose, unscheinbare Frau, betet sie förmlich an. Die zwei Wochen verfliegen wie ein Rausch.

Dann eine Nachricht vom Vater: Der Bruder und seine Frau werden dringend in Haran gebraucht; Rahel soll aber erst zwei Tage später nachkommen.

Judit sagt: „Du musst dich um den Marktstand kümmern. Wenn keiner von uns da ist, machen wir zu viele Verluste. Genieße noch zwei Tage Freiheit."

Rahel denkt an die vielen Pflichten, die in Haran auf sie warten, und lacht: „Ich bin froh, dass ich erst kommen muss, wenn es interessant wird." Judit wirft ihr einen schrägen Blick zu und schweigt.

* * *

Zwei Tage später reitet sie in den heimatlichen Hof ein. Gamal hilft ihr aus dem Sattel. Rahel bewundert die Blumengirlande über dem Hauseingang. Auch die Ställe und Scheunen sind festlich geschmückt.

„Das hat Lea schön gemacht", sagt Rahel zu Gamal. „Aber findest du nicht, dass die Blumen schon ein wenig welk aussehen? Man hätte sie länger feucht halten müssen. Bis heute Abend lassen sie die Köpfe hängen." Sie drängt sich an den Gästen vorbei, die im Hof lagern. In der hinteren Ecke brennt ein lustiges Feuer, über dem zwei Knechte einen Hammel am Spieß drehen.

„Seltsam ... ", murmelt sie. „Wieso sind die Gäste jetzt schon am Feiern?"

Einer der Knechte schaut sie an, als hätte sie zwei Köpfe. *„Schon??"* Er wechselt einen Blick mit seinem Kameraden, der statt einer Antwort ins Feuer spuckt. Von drinnen hört man Musik.

Rahel lässt die Trageriemen des schweren Korbes von den Schultern gleiten und stellt ihn ab, wirft ihr Kleiderbündel in eine Ecke. Sie läuft in die Küche.

Dort hat sonst immer Lea die Oberaufsicht, doch heute steht Judit in der Mitte des großen Raumes und ruft Befehle. Die gemieteten Mägde beladen Platten mit Scheiben von Hammelfleisch und Ziegenkäse und schleppen Obstkörbe fort. Das Gedränge und Geschiebe erinnert Rahel an den Marktplatz vom Nachbarort. Endlich kann sie sich zu ihrer Schwägerin durchkämpfen.

„Judit!“, ruft sie. „Ich bin wieder da!“

Judit zuckt beim Klang ihrer Stimme zusammen. „Ah, du bist angekommen ...“, sagt sie zögernd.

„Judit, wieso essen die Leute schon? Ich dachte, das kommt erst nach der Zeremonie?“

Judit beißt sich auf die Lippen. „Es soll – es soll eine Überraschung sein.“

„Überraschung?“ Rahel runzelt die Stirn. Was ist denn plötzlich in den Vater gefahren? Man kann doch die alten Bräuche nicht einfach missachten! Und weshalb sehen sie alle so merkwürdig an? Hat sie einen Fleck im Gesicht?

Sie huscht zu einem Wasserbecken und betrachtet ihr verschwommenes Abbild. *Nein, daran liegt es nicht.* Sie zieht die Schultern hoch und lässt sie sinken, will die düstere Vorahnung abschütteln, die sich wie ein nasses Fell auf sie herabzusenken droht. Mit einer flinken Bewegung stibitzt sie eine Feige aus dem Korb.

„Hmmm – herrlich süß und saftig“, murmelt sie. „Davon muss ich noch mehr haben.“ Sie nimmt sich zwei weitere Feigen und stopft sie in den Mund.

Judit wechselt einen Blick mit Silpa, die gerade Brotfladen in einen flachen Korb häuft, doch Silpa zuckt die Achseln.

Rahel atmet tief ein. „Wenn die Gäste schon alle da sind, dann muss ich mich aber beeilen. Wo ist Bilha? Sie soll mein Bad vorbereiten. Und mein Brautkleid richten.“

Judit ruft quer durch die Küche: „Bilha, komm her! Rahel braucht deine Hilfe.“

Bilha lässt die Trauben stehen, die sie gerade gewaschen hat, und kommt mit ängstlichen Trippelschritten und gesenktem Kopf näher.

Judit sagt: „Deine Herrin möchte baden. Aber vorher solltest du sie zu ihrer Schwester Lea führen."

„Was soll ich denn bei Lea? Ist ihr was passiert?", fragt Rahel, während sie sich mit spitzen Fingern den Feigensaft vom Kinn tupft.

„Ja, es ist etwas passiert", sagte Judit. „Lea ist drüben beim neuen Zelt. Eil dich."

Rahel verzieht spöttisch die vollen Lippen. „Wahrscheinlich hat Jakob ihr das Herz gebrochen, und ich muss sie trösten."

„Dann tu das!", befiehlt Judit, und ihre Stimme ist plötzlich hart wie der Schleifstein, an dem sie die Messer schärfen.

14. Schock

Unterwegs versucht Rahel, ihre Zofe auszufragen. „Ist Lea sehr traurig?“

Bilha schüttelt den Kopf. „Lea geht's gut.“

„Und Jakob? Hatte er einen Unfall? Ist er krank geworden?“

„Nein, er ist nicht krank. Aber –

„Aber? Aber? Aber *was?!*“

„Ich – ich kann dir's nicht sagen“, flüstert Bilha. „Du musst selber gucken ...“

„Das heißt ‚nachschauen‘, wie oft muss ich dir das noch sagen?“, herrscht Rahel die Zofe an. „Du redest immer noch wie ein kleines Kind – lernst du nie dazu?“

Bilha weicht einen Schritt zurück, als fürchte sie einen Schlag. Rahel seufzt und beschleunigt ihren Schritt, so dass sie außer Atem am weißen Zelt ankommt. Sie bleibt stehen, die Hand in die schmerzende Seite gepresst, und sagt: „Na, wenigstens steht es noch. Ich hatte schon Sorge, das Zelt wäre abgebrannt. Ist Lea da drin?“

Die Zofe nickt.

„Mach nicht so ein Gesicht!“, schimpft Rahel. „Man könnte denken, meine Schwester hätte den Aussatz bekommen.“ Mit rascher Hand rafft sie den Türvorhang und schiebt sich ins Zelt.

Was sie sieht, erscheint ihr so unglaublich, dass sie hysterisch zu lachen beginnt: Lea mit einem Blumendiadem in den Haaren. Sie trägt das Brautkleid, das sie – Rahel – sich aus Vaters bestem Stoff nähen ließ. Eine Goldkette schmückt ihre Brust. Die Schminke ist unter den Augen verwischt, als habe Lea geweint. Ihre Augen treffen sich, und Rahel bleibt der letzte Lacher im Hals stecken.

„Was – was machst du hier? Warum hast du mein Kleid genommen und ...“ Ihre Augen irren im Zelt umher und bleiben auf einem weißen Tuch haften, auf dem unübersehbar ein dicker Blutfleck prangt.

Leas Blick ist starr und ihre Stimme klingt leblos, als sie sagt: „Jakob hat mich gestern geheiratet.“

„Das lügst du! Das ist nicht wahr!“, schreit Rahel und stürzt sich auf die Schwester. Ihre Finger zu Krallen verkrümmt, schlägt sie die Nägel unbarmherzig in Leas Wangen und kratzt und reißt, kratzt und reißt.

Lea wehrt sie nicht einmal ab, lässt es geschehen. Rahel hätte ihrer Schwester wohl das Fleisch bis auf die Knochen zerfetzt, doch zwei starke Hände packen ihre Arme und ziehen sie weg. Rahels Brust bebt vom Schreien und Schluchzen, und sie zittert so sehr, dass die Beine unter ihr nachgeben. Doch Jakob hält sie in den Armen und trägt sie zu einem Bündel Felle, das in der Ecke liegt.

„Warum hast du das getan?", weint Rahel. „Warum sie, warum nicht mich?"

„Dein Vater hat mich betrogen", sagt Jakob düster.

„Und du, Lea, hast bei diesem Betrug mitgespielt! Du hättest dich weigern können! Du hast mir meinen Liebsten gestohlen!", bricht es aus Rahel heraus. „Ich hasse dich!"

Lea schweigt, und als sie aufsteht und langsam aus dem Zelt geht, sind ihre Bewegungen müde wie die einer uralten Frau.

* * *

Erst viele Stunden später hat sich Rahel so weit beruhigt, dass man mit ihr sprechen kann. Silpa löst Bilha bei ihrer „Wache" ab. Sie schildert der betrogenen Braut in allen Einzelheiten – und nicht ohne Schadenfreude –, wie die Hochzeit ablief.

„Dein Vater hatte nur seinen ältesten Sohn und Judit in seinen Plan eingeweiht. Alle anderen waren ahnungslos. Auch Lea wusste nichts davon, das schwöre ich. Sie hat dein Bad gerichtet, dein Brautkleid zurechtgelegt und dann wartete sie auf dich, weil sie dir beim Ankleiden helfen wollte. Aber du kamst nicht. Plötzlich tauchte dein Vater auf. Er schickte mich hinaus, aber ich habe natürlich vor der Tür gelauscht."

Rahel seufzt. „Natürlich. Und was hast du gehört?"

„Dein Vater wanderte im Zimmer auf und ab und murmelte vor sich hin: ‚Rahel ist immer noch nicht aus der Stadt zurück.' Lea wollte ihn beruhigen und versicherte ihm, dass du bald kommen würdest. Sie sagte: ‚Rahel wird bestimmt gleich kommen. Sie freut sich doch auf diesen Tag. Hab Geduld, Vater.' Aber dein Vater wurde ärgerlich, weil er meinte, er habe dich schon am Morgen erwartet.

Er wollte Lea einreden, dass du aus Angst vor dieser Heirat nicht nach Hause gekommen wärst."

„Aus Angst?", fährt Rahel auf.

„Ja. Er meinte, Jakob wäre dir zu alt. Er sagte, es gäbe wohl keinen anderen Grund, der dich an deinem Hochzeitstag von deinem Zuhause fernhalten könnte."

„Der alte Heuchler!", schreit Rahel. „Dabei hat er mir selbst befohlen, noch ein paar Tage länger bei meinem Bruder zu bleiben!" Sie springt auf und schleudert eine Tonschale zu Boden.

Silpa bückt sich, und während sie die Scherben aufliest, berichtet sie weiter.

„Jedenfalls gab dein Vater nicht auf. Er sagte zu deiner Schwester: ‚Wir können diese Hochzeit nicht absagen. Was soll Jakob von mir denken? Er wird mich hassen. Wie peinlich für uns ... die Gäste sind schon da und warten ... was tun wir jetzt nur? Lea, meine Gute ... lass mich nicht in Schande fallen, ich bitte dich. Nur du kannst die Familienehre retten. Ich bitte dich, nimm die Stelle deiner Schwester ein.'"

„Diese Hexe!", knirscht Rahel. „Darauf hatte sie ja nur gewartet."

„Das glaub ich nicht", entgegnet Silpa. „Lea wehrte sich gegen diesen Vorschlag. Sie sagte: ‚Das ist Rahels Hochzeit und nicht meine.' Aber dein Vater beschwor sie mit vielen Worten. Er sagte: ‚Lea, sei nicht dumm. Deine Schwester taugt nicht für Jakob. Du siehst ja, wie launisch und unzuverlässig sie ist. Jakob braucht eine tüchtige Hausfrau, eine gute Mutter.' Lea widersprach: ‚Aber Jakob liebt sie doch! Wie kann ich meiner Schwester den Mann wegnehmen?' Das wollte dein Vater nicht gelten lassen. Er sagte: ‚Noch ist er nicht ihr Mann. Ich bin euer Vater, und ich entscheide, wem ich meine Tochter zur Frau gebe. Und ich habe beschlossen, dass Jakob dich heiraten wird.' Lea rief: ‚Aber das will er nicht!' Herrin, da hättest du deinen Vater einmal sehen sollen. Er wurde regelrecht wütend. Er begann zu schreien: ‚Was? Dieser dahergelaufene Habenichts verschmäht meine Tochter? Meine gute, tüchtige und brave Tochter Lea?'"

Silpa schielt aus den Augenwinkeln zu Rahel hinüber und genießt die Wirkung ihrer Worte, denn Rahel ist blass geworden und kaut auf ihrer Unterlippe herum.

„Ja, und dann", setzt die Zofe den Bericht fort, „dann wurde er plötzlich sanft. ‚Meine liebe große Tochter, ich möchte dich glücklich sehen. Ich dulde nicht länger, dass du hinter deiner Schwester zurückstehen musst. Es ist ungerecht. Das hat nun ein Ende. Zieh jetzt Rahels Kleid an und nimm den Schleier, wie es bei uns Sitte ist. Sei klug und gib keinen Laut von dir, bevor er dich zu seiner Frau gemacht hat!' In dieser Art redete er noch eine Weile auf sie ein, und da gab deine Schwester nach. Was blieb ihr anderes übrig? Sie musste doch gehorchen."

„Sie hätte Jakob einen Wink geben können", zischt Rahel.

„Und wäre dann als verstoßene Braut zum Gespött des ganzen Landes geworden. Kannst du dir dieses Gelächter vorstellen? Diese Schande, diese Schmach? Danach hätte sie genauso gut ins Wasser gehen können."

Rahel schweigt, und Silpa schießt ihren letzten Pfeil ab, den sie mit dem untrüglichen Gespür einer klugen Dienerin an die Stelle lenkt, wo er am tiefsten verwunden und am bittersten schmerzen muss: „Jedenfalls war es eine großartige Hochzeit. Alle haben sich gefreut, und für unseren Herrn Jakob ist es so viel besser. Auf diese Weise hat er wenigstens eine richtige Frau bekommen."

Geschickt weicht sie dem Krug aus, den Rahel nach ihr wirft, und mit Triumph im Blick läuft sie aus dem Zelt.

15. Flitterwochen

In diesen Tagen fragt keiner, wie es Lea zumute ist. Sie ist tief verletzt von Jakobs Enttäuschung, die er nur zu deutlich zeigt. Anfangs hat sie gehofft, Jakobs Zuneigung durch ihre beständige Liebe zu gewinnen. Dann erfährt sie, dass ihr Mann schon in wenigen Tagen ihre Schwester heiraten wird. Das stürzt sie in Verzweiflung. Aber sie darf ihre Gefühle nicht zeigen. Wollte sie ihren Tränen freien Lauf lassen, dann müsste es heimlich geschehen, wenn alle schlafen und sie sich aus dem schwülen Zelt in die klare Nachtluft schleichen kann, hin zum weißen Stein, der ihr nun wieder ein Zufluchtsort geworden ist. Dabei zählt sie die Tage, an denen sie ihren „Liebsten" wenigstens äußerlich für sich hat. Sie weiß, dass sie ihn am Ende dieser Woche verlieren wird – so kurzlebig ist ihr Glück!

* * *

Eine Woche, für Jakob länger als ein ganzes Leben. Eine Woche, die ihm graue Strähnen in die Haare malt. Eine Woche, die seine Schultern nach vorne sacken lässt. Dabei ist Lea aufmerksam und freundlich und versucht ihm jeden Wunsch von den Augen abzulesen. Nur den einen kann sie nicht erfüllen, und der heißt: „Wenn du nur Rahel wärst!"

Denn an Rahel hat er sein Herz verloren. Nicht einmal die klare Erkenntnis, dass Lea die bessere Hausfrau und Mutter ist, die reifere Gattin, viel besser dazu geeignet, Stamm-Mutter eines großen Volkes zu werden, kann ihn trösten. Am liebsten würde er Lea verstoßen, so erbittert ist er über ihren Verrat. Doch er hat sich an diesen Ort gebunden, weil er Rahel über alles liebt. Und er ist abhängig vom Schwiegervater, der seinen Neffen so gastfreundlich aufgenommen hat. Wie kann er weiter in dieser Familie leben, wenn er die ältere Tochter des Hauses in Schande stürzt? Was kann er ihr vorwerfen, außer dass sie nicht Rahel ist und er sie deshalb nicht lieben kann – ein Umstand, an dem sie nun wirklich keine Schuld trägt?

Laban hat versprochen, nach dieser Woche eine zweite Hochzeit zu arrangieren, natürlich nicht so prächtig und teuer wie die erste, mit weniger Speisen, weniger Musik und Pomp. Obwohl Jakob von dem, was sein Bruder Esau erlebt hatte, genau weiß, wie bitter es ist, wenn Frauen einen Herd teilen müssen und – noch schlimmer – einen Mann, fiebert er der zweiten Heirat entgegen.

Rahel hat inzwischen ihr Schmollen aufgegeben und näht Tag und Nacht an ihrem Brautkleid; niemand kann von ihr erwarten, sich mit dem Kleid zufriedenzugeben, in dem ihre Schwester Hochzeit feierte! Silpa und Bilha müssen mit fliegenden Händen Vorhänge weben, die das große Frauenzelt in zwei Abteilungen trennen und wenigstens einen Sichtschutz bieten sollen.

* * *

Die zweite Hochzeit nach der einen, furchtbar langen Woche besitzt für ihn keinen Glanz, auch wenn es diesmal wirklich Rahel ist, die er im Nachtdunkel des Zeltes aus den Schleiern schält. Er meint, er müsse gegen Gespenster kämpfen, denn bei allem, was er tut, schiebt sich die Erinnerung an Lea dazwischen. Und da die ältere Schwester die reifere, erfahrenere ist, hat er mit ihr eine Erfüllung erlebt, von der er nie zu träumen wagte.

Rahel ist launisch, sprunghaft und alle Augenblicke abgelenkt – und er kann sich nicht verkneifen, beide Frauen miteinander zu vergleichen. Er hasst sich dafür.

Es dauert Monate, bis es ihm gelingt, diesen Selbsthass auf Lea umzuleiten. Schließlich ist sie an seinem Elend schuld, meint er, denn sie hätte sich immerhin weigern können, bei diesem widerlichen Betrug mitzuspielen, den sein Schwiegervater Laban ausgeheckt hatte.

Immer, wenn er an Laban[1] denkt, schmeckt er rostiges Metall im Mund, weil dieser Mann so ganz anders ist als sein Name verspricht – einer, der reinigt und läutert ist er wirklich nicht, wenn er auch so tut, als trüge er eine weiße Weste. Ein sauberer Onkel und Schwiegervater ...

[1] Weiß machen, sauber waschen

16. Rivalinnen

Endlich kann Jakob durchsetzen, dass er ein zweites Zelt bekommt, genauso groß und schön wie das erste. Rahel erträgt es nicht, mit Lea auf so engem Raum zusammenzuleben und sich mit ihr den Liebsten zu teilen.

Nach Wochen ist das zweite Frauenzelt fertig, und er baut es hinter dem weißen Stein auf, der nun in der Mitte zwischen beiden Zelten liegt.

Während er mit Rahel in das neue Zelt umzieht, sitzt Lea am weißen Stein und schaut zu. Sie wirkt müde, folgt ihm mit den Augen, während er Decken und Kissen trägt, aber sie macht keine Anstalten, ihm zu helfen. Rahel ist immer neben ihm, lässt ihn keinen Wimpernschlag lang aus den Augen, und sie redet pausenlos auf ihn ein. Ihre Worte quellen aus ihrem Mund wie Wasser aus einer nie versiegenden Quelle. Sie sprudelt ihren Triumph hinaus, bis Jakob die Ohren gellen. Er presst die Lippen aufeinander und arbeitet schweigend.

Schon ziehen die Abendschatten über die Hügel herüber, da kann er Leas traurige Augen nicht mehr länger ertragen. Er schickt Rahel ins neue Zelt, sie soll das Abendessen zubereiten, und geht mit langsamen Schritten auf Lea zu.

„Es ist besser so", sagt er, „für uns alle."

Lea antwortet nicht, schaut ins Leere.

Jakob setzt noch einmal an, denn plötzlich ist ihm, als brauche er Leas Absolution. „Denke nicht, ich hätte dich verlassen oder verstoßen ... es wird dir an nichts mangeln."

„Ich bin ebenso deine Frau wie meine Schwester", sagt Lea. Es klingt erloschen. „Du hast – uns beide – geheiratet."

„Daran musst du mich nicht erinnern!", braust Jakob auf. „Ich habe eine Ehe zu dritt nicht gewollt."

Lea hebt die Augenbrauen ein wenig, als zweifle sie an seinen Worten, dann legt sie die Hand auf seinen Arm und sagt: „Jakob, ich bin schwanger."

Es reißt ihm den Kopf hoch. Er starrt sie an, kann es nicht fassen. Er wird Vater?

„Ich glaube, es wird ein Sohn“, sagt Lea, und nun hat sie den Triumph in der Stimme.

Er kann nicht anders, er muss sie in die Arme schließen und herumwirbeln. Dann setzt er sie vorsichtig ab und fragt: „Wann?“

Sie nimmt seine Hand und legt sie lächelnd auf ihren Bauch. „Fühlst du ihn, deinen ersten Sohn?“

„Das – das ist er?“, fragt Jakob mit leiser Stimme und zieht die Hand zurück, als hätte er sich verbrüht.

Lea nickt stolz. „Ich spüre ihn schon seit zwei Tagen. In fünf Monaten[1] kommt er zur Welt.“

Rahel freut sich nicht über diese Nachricht. Sie wirft die Schale mit dem gekochten Gerstenbrei absichtlich zu Boden und weint bittere Tränen. Es dauert Stunden, bis Jakob sie beruhigt hat und beide endlich zur Ruhe kommen.

Doch der Schlaf flieht vor Jakob. Ist es der knurrende Magen, der ihn wach hält? Oder der neue, ungewohnte Geruch des Zeltes? Warum nur eilen seine Gedanken immer wieder hinüber zu Lea, die nun im alten Zelt zurückgeblieben ist – allein.

Nicht ganz allein, berichtigt er sich in Gedanken. *Silpa, ihre Zofe, ist bei ihr. Nun hat Lea viel mehr Platz. Außerdem wird sie mehr Ruhe und Schlaf finden, wenn wir sie nicht stören.*

In den kommenden Tagen betrachtet er Lea mit neuen Augen. Tatsächlich, sie hat sich verändert. Ihr Gesicht ist voller geworden. Und wenn sie geht, dann setzt sie die Füße zart, behutsam, als müsste sie den Schlaf des Sohnes behüten, der in ihr wächst.

Vier Monate ziehen ins Land, randvoll mit Arbeit. Tagsüber hütet er Labans Herden und oft muss er nach einem hastig verschlungenen Abendessen wieder hinaus zur Weide. Die gemieteten Hirten sind unzuverlässig, er muss selbst nach dem Rechten sehen, denn der Schwiegervater macht ihn für jedes fehlende Tier haftbar. Jakob findet kaum Zeit zum Schlafen, fühlt sich ständig müde, ausgelaugt.

Nur die kurzen Nächte trösten ihn, in denen er neben Rahel auf den weichen Fellen liegen und den Duft ihrer Haut atmen darf. Ihre Leidenschaft ist launisch wie alles in ihrem Wesen – schnell entflammt wie ein Feuer im Stroh und ebenso schnell wieder

[1] Damals wurden die Monate zu je 28 Tagen gezählt, eine Schwangerschaft dauert nach dieser Rechnung 10 Mond-Monate, ca. 280 Tage.

erloschen. Trotzdem schlafen sie häufig miteinander. Sie wünscht sich ein Kind, hat es sich in den Kopf gesetzt, aber sie wird und wird nicht schwanger. Während der Zeit ihrer Menstruation verkriecht sie sich in das schwarze Frauenzelt hinter dem Hügel, wo die Frauen zusammentreffen.

Die anderen Frauen erzählen ihm, dass Rahel alle Tage ihrer Menstruation nichts anderes tut als weinen, weinen. Sie will sich nicht trösten lassen. Von Monat zu Monat steigern sich Trauer und Kummer, Zorn und Anklagen, bis zur Drohung: „Wenn ich kein Kind kriege, will ich sterben!" Als ob er etwas daran ändern könnte! Als ob er der Herr wäre über Leben und Tod! ...

17. Kindersegen

Zehn Monate nach der Hochzeit ist Lea so weit. Jakob sieht Silpa mit fliegenden Haaren ins Dorf laufen und nach der Hebamme rufen. Aus dem alten Zelt hört Jakob lautes Stöhnen und Klagen. Er will hinein zu Lea, doch Rahel hält ihn zurück und schickt ihn fort. Er soll Feuerholz bringen. Das ist schnell getan, und dann steht er vor dem Zelt und lauscht und bangt und hört auf jeden einzelnen Ton.

Als die Mittagshitze jeden Gedanken aus seinem Hirn ausgedörrt hat, erträgt er dieses hilflose Warten nicht mehr. Er drängt sich an den Frauen vorbei ins Zelt und kauert sich neben Lea auf die Felle. Dankbar lächelt sie ihm zu und greift nach seiner Hand. Ihre ist heiß und trocken, und als er mit dem Finger darüberstreicht, spürt er die harten Schwielen. Rahels Hände sind anders: weich und glatt mit oval geformten Nägeln ... Leas Ächzen reißt ihn aus den Träumen. Er fasst sie an der Schulter und dreht sie auf die Seite, von sich weg, dann massiert er ihr eine Weile den Rücken.

Als die Wehen stärker werden, greift Lea wieder nach seiner Hand und drückt sie fest. Nun bäumt sie sich auf und stöhnt. Die Hebamme hockt auf den Fersen vor ihr und feuert sie an. „Weiter! Pressen! Es kommt! Es kommt!"

Lea schiebt sich ein Stück Leder zwischen die Zähne und beugt den Kopf. Sie krümmt sich zusammen. Ihr Stöhnen wird laut. Jakob schließt die Augen, weil er ihr schmerzverzerrtes Gesicht nicht sehen mag. Da, ein Schrei und gleich darauf ein klägliches Jammern. Jakob reißt die Augen auf und sieht das rote Bündel, das die Hebamme Lea auf den Bauch legt. Er springt hoch und schaut: Es ist ein Junge!

„Lea! Ein Sohn! Wir haben einen Sohn!", ruft Jakob.

„Ich nenne ihn Ruben[1]!", sagt Lea mit überraschend klarer Stimme. „Der Herr hat meine elende Lage gesehen, jetzt wird mich mein Mann endlich lieb haben."

Ihre Lippen sind blutig gebissen, um ihre Augen liegen tiefe Schatten, aber sie lächelt.

Jakob kann sich an dem kleinen Kind nicht satt sehen. Es hat

[1] Seht, ein Sohn

schwarze Haare, die sich um seinen Kopf kräuseln. Seine Nase ist noch ein kleiner Stups im Babygesicht und die Augen schauen blicklos, haben noch nicht gelernt zu fixieren, doch seine kleine Hand hat Jakobs Daumen umfasst und versucht, daran zu saugen.

In dieser Nacht kann sich Jakob nur schwer von Lea trennen, aber die Frauen scheuchen ihn hinaus, denn die Wöchnerin braucht Ruhe. Außerdem gilt sie in den nächsten Wochen noch als „unrein" und wird Menschenansammlungen meiden, bis der Wochenfluss versiegt ist.

Rahel aber spricht in dieser Woche kein Wort mit ihm, sie ist in eine Traurigkeit versunken, die keine Worte findet.

* * *

Es dauert nicht lange, da ist Lea wieder schwanger. Die Monate sind wie immer mit viel Arbeit erfüllt, und Jakob ist überrascht, als ihn ein Knecht von der Weide holt, um seinen zweiten Sohn zu begrüßen. „Er heißt Simeon[2]!", ruft Lea. „Der Herr hat gehört, dass ich ungeliebt bin, und hat mir noch einen Sohn gegeben."

Wenn Jakob über Rahels Unfruchtbarkeit klagt, zuckt Lea die Achseln: „Was willst du denn anderes erwarten von einer Frau, die alles an sich reißt? So ist sie eben." Oder sie sagt: „Wie viel Liebe passt in eine Nuss-Schale? Ihr Schoß ist nicht größer als ihr Herz – sie saugt deine Liebe auf und gibt dir nichts zurück." Oder sie versucht ihn zu trösten: „Du hast doch mich – eine Frau, die dich liebt. Gib dich zufrieden."

Er knirscht mit den Zähnen, wenn sie solche Reden führt, will sie abtun als Weibergewäsch, doch ihre Worte haben Widerhaken. Und trotzdem liebt er Rahel über alles; dass Rahel im Grunde ein selbstsüchtiges und eitles Wesen ist, kann den Zauber nicht zerstören, den sie über ihn geworfen hat. Der Schmerz, den er spürt, wenn sie wieder einmal nur an sich selber denkt und andere mit dem Ellenbogen beiseite stößt, fesselt ihn nur noch enger an seine junge Frau. Er hofft, er könnte sie durch seine Liebe, seine bedingungslose Hingabe befreien aus diesem Käfig des „Ich und immer nur Ich". Doch es gelingt ihm nicht.

[2] Erhörung

* * *

Lea hat inzwischen einen dritten Sohn geboren: Levi[3]. Sie sagt dazu: „Nun wird mein Mann endlich Zuneigung zu mir fühlen und an mir hängen, denn immerhin habe ich ihm drei Söhne geboren!" Und sie wird noch einmal schwanger und bringt einen vierten Sohn zur Welt. Juda nennt sie ihn, „Lobpreis", weil sie vor Dankbarkeit schier überschäumt.

Als Rahel das hört, wird sie wild vor Zorn. Sie ruft Jakob. „Ich will jetzt endlich ein Kind haben. Schlaf mit meiner Zofe! Sie soll das Kind auf meinem Schoß zur Welt bringen. Dann gilt es als meins!" Es klingt wie ein Befehl.

Jakob sträubt sich. Die scheue Bilha, die als Kind so viel Schlimmes erlebt hatte, soll er benutzen – als Mittel zum Zweck? Wird er sie damit nicht unheilbar verletzen in ihrer Frauen-Würde, die er so mühsam aufgebaut hat? Doch Rahel schreit und tobt und weint und schmollt, bis er mürbe ist und nachgibt.

Am gleichen Abend findet er das Mädchen auf seinem Lager, zitternd, mit Tränen in den Augen. Ihre Angst rührt ihn und lässt seine Bitterkeit dahinschmelzen. Er setzt sich neben sie auf den Boden und bedenkt ihr Los. Sie ist lebenslang dazu verdammt, jeder Laune ihrer Herrin gefällig zu sein, hat keine Aussicht auf eine eigene Familie. Wenn sie ein Kind von ihm bekommt, gilt sie als seine Nebenfrau, wird mehr Rechte und viel mehr Freiheit haben als jetzt.

„Bilha", sagt er freundlich, „du weißt, was deine Herrin von uns erwartet. Bist du bereit?"

Die schmalen Schultern der Zofe zucken, sie verbirgt ihr Gesicht in den Händen.

Jakob seufzt. „Ich werde dich nicht mit Gewalt nehmen. Du musst es auch wollen. Willst du mit mir schlafen?"

Bilha schluchzt auf. „Ich muss ja."

„Nein, das musst du nicht. Hör mir zu. Wenn ich mich zu dir lege, dann geschieht es nicht, weil ich dir wehtun möchte. Ich möchte ein Kind zeugen. Hast du das verstanden?"

---

[3] Anhänglichkeit

Das Mädchen hebt den Kopf und sieht ihm ins Gesicht. „Aber du liebst mich nicht! Du liebst Rahel!“

„Wer hat mich gefragt, wen ich liebe, als man mir Lea unterschob?“, murmelt Jakob. „So ist das nun mal. Wir sind gefangen wie Vögel im Netz und müssen oft etwas tun, das wir gar nicht wollen.“

„Find’st du mich so – so grässlich?“, flüstert Bilha.

Er starrt sie an. „Aber nein, überhaupt nicht!“, sagt Jakob rasch und legt seine Hand auf Bilhas Arm. „Du bist hübsch und freundlich und hilfsbereit – ein liebenswertes Mädchen. Deshalb möchte ich dich ja zu meiner Nebenfrau nehmen.“

„Und wenn es keine Rahel gäb – wär ich dann gut genug für dich?“, bohrt Bilha.

„Aber ja!“, beteuert Jakob und denkt: *Wieder einmal lüge ich für einen guten Zweck.*

Das Mädchen atmet tief ein und lässt sich auf die Felle sinken. „Also – dann mach’s. Aber sei nicht grob.“

„Bestimmt nicht“, verspricht Jakob, bevor er die Lampe löscht. Und er hält sein Versprechen.

* * *

Am nächsten Morgen ist Bilha schon fort, als Jakob erwacht. Ihm brummt der Kopf, als hätte er zu lange in der Sonne gesessen. Er tritt aus dem Zelt, trinkt einen halben Lederschlauch leer und geht hinüber zum weißen Stein. Der Wind flüstert in den Zweigen der Tamariske. Irgendwo krächzt ein Rabe.

„Warum muss ich ein Leben führen, das ich hasse?“, grollt er vor sich hin. „Warum werde ich immer wieder zu Taten gezwungen, die mir zuwider sind? Ist das nun die Quittung dafür, dass ich meinen Bruder zweimal überlistet habe?“

„So, hast du das?“, fragt eine sanfte Stimme hinter ihm. Er fährt herum. Lea steht vor ihm, den Wasserkrug auf der Schulter.

Er lässt sich an den Stamm der Tamariske sinken. „Es blieb mir keine Wahl. Die Zukunft der Familie stand auf dem Spiel. Ich tat es nicht aus Eigennutz“, murmelt er. Das hat er sich in den letzten Jahren so oft vorgesagt, dass er es inzwischen selber glaubt.

„Was ist damals geschehen? Du hast mir nie davon erzählt“, sagt

Lea und stellt den Krug ab. Sie setzt sich auf den weißen Stein und schlägt mit der Hand neben sich. „Komm und setz dich her. Erzähl mir, was damals zwischen dir und deinem Bruder vorgefallen ist."

„Esau ist ganz anders als ich, obwohl wir Zwillinge sind", beginnt Jakob. „Er ist groß und breit und rothaarig. Sehr rot und sehr haarig, auch an den Armen und Beinen. Von Anfang an hatte Vater meinen Bruder lieber als mich, vielleicht, weil er so kräftig war, so gesund. Mein Vater war eher ruhig und nachgiebig, zu weich für einen Mann. Esau hatte Leidenschaft und Temperament für zwei, und schon als Junge liebte er die Jagd über alles. Er kehrte selten ohne eine Jagdbeute heim. Dafür hatte er kein Interesse an dem Auftrag, den Gott unserem Großvater Abraham gegeben hatte. Es war ihm gleichgültig, dass wir die Stammväter eines Volkes sein sollten, mit dem der Allmächtige ganz besondere Pläne hatte. Dabei war er der Erstgeborene."

Lea nickt. „Das heißt, er hätte den doppelten Anteil am Erbe bekommen."

„Ja. Und nicht nur das. Er hätte auch die Verheißung geerbt, dass aus seiner Linie einmal der Retter der Welt stammen soll. Dieses Versprechen ist mit dem Erstgeburtsrecht verknüpft."

„Ah so, ich verstehe ...", murmelt Lea.

Jakob hebt die Augenbrauen, überrascht von ihrer raschen Auffassungsgabe. *Genau genommen bin ich ein Glückspilz, dass der Himmel mir eine solch kluge Frau geschenkt hat. Und dazu Rahel, meine Geliebte. Warum bin ich trotzdem nicht zufrieden?*

„Erzähl mir mehr", bittet Lea, die ihn aufmerksam beobachtet, als könne sie in seiner Miene lesen.

Jakob seufzt. „Mein Vater war so vernarrt in ihn, dass er Esaus Fehler übersah. Aber Mutter wusste, dass er niemals den Status als Erstgeborener haben durfte. Gott hatte ihr das schon während ihrer Schwangerschaft gesagt."

„Gott hat mit deiner Mutter gesprochen?", fragt Lea überrascht.

„Ja. Rebekka glaubte an El Shaddai. Als sie nach fast 20 Jahren Ehe immer noch kein Kind empfangen hatte, flehte sie Gott um Hilfe an und wurde erhört. Aber sie hatte eine schwere Zeit – viele Beschwerden und Schmerzen. Eines Tages fragte sie Gott: ‚Warum geht es mir so schlecht?' Da antwortete er ihr: ‚Zwei Völker wohnen in deinem Leib, und der Ältere wird dem Jüngeren dienen.' Meine Mutter hat oft mit mir darüber gesprochen. Für sie war es ganz klar, dass ich das Erstgeburtsrecht bekommen sollte und nicht Esau. ‚Gib Acht und nutze deine Chance', sagte sie immer wieder. Und eines Tages kam meine goldene Stunde." Wieder seufzt er und streicht sich mit der Hand über die schmerzenden Augen. „Esau war den ganzen Tag auf der Jagd gewesen. Er kam müde und hungrig zurück. Ich hatte gerade einen Eintopf aus roten Linsen gekocht und wollte essen, da polterte er ins Küchenzelt und rief: ‚Ich will essen! Gib mir einen Teller Linsen.'"

„Nicht gerade sehr höflich", meint Lea.

„Das war so seine Art. Er bat nie, er befahl. Ich sagte: ‚Es sind meine Linsen, ich habe sie für mich gekocht.' Und er sagte: ‚Ich sterbe vor Hunger. Gib endlich her!' Da verkaufte ich ihm einen Teller Linsen und ein Stück Brot für sein Erstgeburtsrecht."

Lea zieht scharf die Luft ein. „Und er ist auf dieses Geschäft eingegangen?"

Er zuckt die Achseln. „Ja. Esau dachte immer nur an den Augenblick. Für ihn gab es nichts Höheres, nichts Besseres, als hier und jetzt seine Wünsche zu erfüllen. Deshalb hat er auch zwei Frauen geheiratet, die prächtig anzusehen sind, aber nichts im Kopf haben. Mit ihrem albernen Geplapper und ihren Launen bringen sie meine Eltern fast um den Verstand." Er schweigt, sammelt sich kurz, dann berichtet er weiter. „Und dann kam der Tag, auf den ich heute gar nicht stolz bin, aber was sollte ich machen? Es musste sein!"

„Was musste sein?"

„Mein Vater wollte über Esau den Erstgeburtssegen sprechen."

„Ich dachte, du hättest Esau das Recht auf diesen Segen abgekauft."

„Hatte ich ja, aber Esau dachte nicht daran, seinen Schwur zu halten. Er ging auf die Jagd und wollte Vater sein Lieblingsessen kochen. Die Mutter hatte das erfahren. Sie sagte: ‚Jetzt müssen wir handeln. Ich werde ein Essen kochen, wie es dein Vater liebt, und du bringst es ihm und holst dir deinen Segen.' Ich hatte Angst, dass mein Vater den Betrug durchschauen könnte und einen Fluch über mich bringen würde. Aber Mutter beruhigte mich. ‚Dein Vater ist blind. Wenn du wie Esau riechst und dich so anfühlst wie er, dann wird er gar nicht merken, dass du Jakob bist. Du musst nur deine Stimme verstellen.'"

„Und du hast auf deine Mutter gehört."

„Ja. So wie du auf deinen Vater gehört hast."

Lea zuckt zusammen. Dann hebt sie das Kinn ein wenig höher und sagt: „Wie du vorhin schon sagtest, stand die Zukunft der Familie auf dem Spiel."

„Was du getan hast, war glatter Betrug, war Lüge. Ich habe damals nur ..." Er nagt an seiner Unterlippe, dann zuckt er die Achseln. „Nun gut. Ich sah keinen anderen Weg. Das Erbe war mir nicht wichtig, aber die Verheißung. Und so belog ich meinen Vater. Ich tat es für einen guten Zweck, aber ..."

„Hat er den Betrug bemerkt?"

„Erst als Esau kam und auch noch gesegnet werden wollte, aber da war es schon zu spät. Vater hatte nur einen Erstgeburtssegen zu vergeben."

„Ich kann mir vorstellen, dass sich Esau darüber geärgert hat."

„Geärgert? Er kochte vor Zorn! Er wollte mich erschlagen. Deshalb musste ich fliehen."

Lea betrachtet nachdenklich ihre Hände, die von der schweren Arbeit rau und schorfig geworden sind. Dann sagt sie: „Und was heute Nacht geschah, das hast du natürlich auch nur zum Wohl der Familie getan."

„Du weißt es also schon?"

„Ich habe zufällig gehört, was Rahel mit Bilha besprochen hat. Und du hast mitgespielt."

„Rahel hat es gewollt", sagt Jakob tonlos. „Sie möchte das Kind als ihr eigenes ausgeben."

Lea schüttelt ihr Haar mit einer fließenden Bewegung nach hinten. Diese Geste hat sie Rahel abgeschaut wie so vieles andere, was Jakob an Rahel liebt. Ja, sie ist klug und sucht immer nach neuen Wegen, um ihren Mann für sich zu gewinnen. „Rahel kann es nicht ertragen, dass ich fruchtbar bin und sie nicht. Das macht sie rasend."

Jakob schüttelt den Kopf, als könne er den Schmerz damit vertreiben. „Und du findest es gut so?"

Lea wendet das Gesicht ab; er soll nicht sehen, wie sie leidet.

„Was ich denke oder fühle, ist nicht wichtig", sagt sie, und ihre Stimme klingt sanft und nur ein klein wenig traurig.

„Für meine Gefühle interessiert sich auch keiner", knirscht er. „Ich komme mir vor wie ein Zuchtwidder, der zu den Mutterschafen getrieben wird."

„Du hättest dich weigern können", sagt Lea, immer noch zur Tamariske gekehrt.

„Ich hätte, jawohl. Immerhin habe ich schon vier Söhne von dir. Aber Rahel ist unzufrieden."

„Kannst du das nicht begreifen?", fragt Lea, endlich ihm zugewandt. „Meine Söhne sind nicht ihre Söhne. Sie will dir eine vollwertige Ehefrau sein, nicht nur eine halbe."

„Aber sie ist eine voll –", fährt er auf.

„Scht, sie kommt!", zischt Lea, steht auf und greift nach dem Wasserkrug.

Wie eine Königin schreitet Rahel auf die beiden zu, eine steile Falte zwischen den Brauen.

„Wo ist Bilha?", fragt sie. Ihre Stimme klingt scharf wie das Gras in der Ebene, an dem man sich schneidet, wenn man hindurchgeht.

Jakob sagt: „Ich weiß nicht, wohin Bilha gegangen ist. Vielleicht braucht sie etwas Zeit für sich." Er schaut Lea nach, die mit dem schweren Krug zum alten Zelt hinübergeht, dann begleitet er Rahel zum neuen Zelt. Rahel klappt die Zelttür auf und späht in das Frauenabteil. Sie sieht die zerwühlten Felle und ballt die Fäuste.

Jakob legt ihr den Arm um die Schulter. „Wir haben dir gehorcht", sagt er leise. „Bist du nun zufrieden?"

„Das wird sich zeigen", murmelt Rahel. „Hoffentlich hat das Mädchen empfangen. Wie – wie war sie?"

Er schweigt.

„Es muss reizvoll sein, drei Frauen zu besitzen", sagt Rahel, und nun schwingt in ihrer Stimme die Schärfe einer frisch geschliffenen Sichel.

„Quäl mich nicht mit solchen Reden", stöhnt Jakob. „Ich habe das alles nicht gewollt."

* * *

Doch er wird diese Reden noch oft ertragen müssen. Erst als sich Bilhas Bauch rundet, wird Rahel freundlich und behandelt sie mit Rücksicht. Schließlich gilt es als „ihr" Kind, was da ausgetragen wird!

Und dann kommt der große Tag der Geburt. Ohne viel Umstände, wenn auch unter Schmerzgewimmer bringt Bilha einen Jungen zur Welt. Es ist ein Junge! Rahel nennt ihn Dan[4] und ruft im Triumph: „Gott hat mir Recht verschafft! Er hat mich erhört!"

Bilha schweigt, wenn Silpa sie dazu ermutigen will, für mehr Rechte zu kämpfen. Sie ist glücklich über ihren kleinen Sohn. Zwar gilt er als Rahels Kind, und anfangs will Rahel den Kleinen immer um sich haben, doch ihre sprichwörtliche Geduld mit neugeborenen Lämmern hat sich leider nicht auf ihren Umgang mit ihrem Leihsohn übertragen. Dan schreit und quengelt, wenn sie ihn berührt, und so muss sie ihn Bilha überlassen, die ihn hingebungsvoll nährt und wickelt und in den Armen wiegt. Immerhin wächst das Baby in ihrem Zelt auf und Jakob scheint sich über den Kleinen zu freuen. Er schläft öfter im neuen Zelt als im alten bei Lea und ihren Kindern.

Doch Rahel ist mit diesem Sieg längst nicht zufrieden. „Ich will mehr Kinder!"

Inzwischen hat sich Bilha in ihre neue Rolle als Nebenfrau hineingefunden und ist nicht mehr so scheu. Als Jakob auf Rahels Drängen noch einmal mit ihr schläft, wird sie sofort wieder schwanger. Und nun zeigt sie mehr Stärke und lässt sich von Rahel nicht mehr versklaven und schikanieren. Sie gönnt sich und dem wachsenden Kind mehr Ruhe. Auch diesmal übersteht sie die Wehen und die Geburt ohne Klagen und Weinen und präsentiert sich und der Welt einen Prachtburschen: rothaarig mit Grübchen und kräftigen Armen und Beinen. Als Jakob ihn sieht, sagt er nur ein Wort: „Esau!", und lacht. Und Rahel ruft, dass man es weithin hört: „Dieser mein Sohn soll Naftali[5] heißen, weil ich gegen meine Schwester gekämpft und gesiegt habe."

Das Lachen erstirbt auf Jakobs Zügen, schweigend geht er aus dem Zelt und übernachtet bei den Herden.

Lea nimmt die Herausforderung an. „Ich möchte, dass du mit

[4] Richter

[5] Kämpfer

Silpa schläfst", sagt sie eines Abends, und Jakob weiß, was das bedeutet: Lea hat seit langem kein Baby mehr getragen und fühlt sich ihrer Schwester unterlegen.

Silpa ziert sich nicht; sie kostet die Freuden der Liebe mit allen Fasern aus und lässt einen erschöpften Jakob im Zelt zurück. Es bleibt nicht bei dem einen Mal, sie möchte sichergehen und bedrängt Jakob jeden Tag, bis sie sicher weiß, dass sie schwanger ist. Sie fühlt sich wohl in ihrer Haut und lässt alle an ihrer Fröhlichkeit teilhaben. Das alte Zelt bebt in diesen Monaten von Silpas dunklem Lachen, und mit ihrer guten Laune steckt sie alle anderen an.

Sie lacht immer noch, als die Wehen kommen, und schreiend und lachend presst sie den neuen Jakobssohn ins Tageslicht. Lea ist überglücklich über dieses braunhaarige und runde Baby. Sie nennt den Kleinen Gad[6].

Silpa macht es viel Vergnügen, eine richtige Ehefrau zu sein; sie umgarnt Jakob mit weiblicher List und lockt ihn immer wieder auf ihr Lager. Bald darauf ist sie wieder schwanger. Auch der nächste Sohn wird ein fröhlicher kleiner Racker und Lea meint vor Glückseligkeit zu platzen. Sie gibt diesem Kind den Namen Asser[7].

* * *

Eines Tages bringt Ruben, Leas ältester Sohn, zwei Hand voll rote Äpfelchen mit. „Die sind für dich, Mama", kräht er, und Lea wird rot vor Freude. Rahel nagt an der Unterlippe und runzelt die Brauen. „Das sind Liebesäpfel", murmelt sie. „Ich will auch welche haben. Gib mir ein paar ab.

Lea weigert sich. „Du hast mir meinen Mann gestohlen, jetzt willst du auch noch die Liebesäpfel nehmen, die mir mein Sohn gebracht hat?"

„Hab dich nicht so", knurrt Rahel. „Von mir aus kann Jakob heute Nacht bei dir schlafen. Dafür bekomme ich deine Liebesäpfel."

Als Jakob am Abend vom Feld kommt, läuft Lea ihm entgegen und ruft: „Du schläfst heute Nacht bei mir. Ich habe dich gekauft."

[6] Glück ist gekommen!
[7] Glück

„Du hast – mich – gekauft?“, staunt Jakob. „Was sind denn das für Sitten?“

„Ich habe Rahel die Liebesäpfel gegeben, die mir unser ältester Sohn gebracht hat“, gesteht Lea. „Dafür hat sie erlaubt, dass du heute Nacht bei mir schläfst. Bitte komm doch, ich liebe dich so sehr.“

Jakob betrachtet ihre Züge, die so weich und sanft geworden sind. Gerührt zieht er sie in die Arme und kann beinahe vergessen, dass sie nicht Rahel ist, seine Geliebte. In dieser Nacht empfängt sie und trägt die neue Schwangerschaft mit Stolz und Freude. Ihren Sohn nennt sie Issaschar[8], denn Lea fühlt sich belohnt für die Opfer, die sie in ihrer Ehe gebracht hat.

Inzwischen hat Jakob begriffen, dass er sie nicht vernachlässigen darf. Immerhin ist sie seine erste Ehefrau und hängt hingebungsvoll an ihm. Von da an schläft er fast jede Nacht im alten Zelt. Und da wird sie wieder Mutter, zum sechsten Mal, und wieder ist es ein Sohn. „Jetzt wird mich mein Mann zur rechtmäßigen Ehefrau erheben!“, jubelt sie und nennt den Jungen Sebulon[9].

* * *

Rahel hat sich in diesen sechs Jahren verändert. Sie ist stiller geworden, aufmerksam, hat Zuhören gelernt. Oft sitzt sie einfach nur da und denkt nach. Einmal hat Jakob sie sogar beim Beten überrascht. Rahel, die sich über alles lustig macht, was mit Gott und Gottesdienst zu tun hat! Rahel, die gleichzeitig so abergläubisch ist, dass sie nie von der linken Seite in einen Spiegel blickt, Rahel betet zu El Shaddai!

Vielleicht hat sie Mut gefasst, nachdem ihr Jakob erzählt hat, dass seine Mutter zwanzig Jahre lang warten musste, bis sich ihr Kinderwunsch erfüllte. Und bei der Großmutter Sara waren es sogar 25 Jahre gewesen!

Hat sie vielleicht mit Lea über deren Glauben an El Shaddai geredet? Haben Jakobs Bekenntnisse zu seinem Gott, die er hier und da einstreut, wie man eine Hand voll Blumensamen auf die

[8] Belohnung

[9] zur rechtmäßigen Ehefrau erheben

Erde wirft, endlich eine Ernte hervorgebracht? Oder ist es der Leidensdruck, der sie schließlich dazu treibt, es einmal mit „diesem Gott" zu versuchen?

Kurz nach diesem Gebet – gut sechs Jahre nach der Hochzeit – erwartet Rahel ihr erstes Kind.

Sie blüht in diesen Monaten auf wie eine Lilie im Sonnenschein und reißt alle anderen mit ihrer Begeisterung mit. Selbst Lea schluckt ihre treffenden, manchmal bissigen Sprüche hinunter und gibt Ratschläge. Und dieser Rat ist immer gut und nützlich. Fast wider Willen muss Jakob anerkennen, dass seine erste Frau mehr innere Stärke besitzt als die anderen drei zusammen. Und über den ewigen Zank der Kinder und die Rivalitäten der Frauen legt sich wie ein zarter Schleier die Neugier und Vorfreude: Alle warten auf Rahels Baby.

Zweites Buch
Josef

1. Wunschkind

Sie haben ihn aus dem Zelt geschickt. Jetzt geht er unruhig auf und ab und ringt die Hände. Wenn Rahel etwas zustößt ... nicht auszudenken. Er meint, den Verstand zu verlieren. Die Zeltleinwand raschelt, er fährt herum – es ist Lea, nur Lea. Er geht hinüber zum weißen Stein, lehnt sich dagegen, birgt den Kopf in den Händen.

Der Schrei aus Rahels Zelt reißt ihn aus seinen Gedanken. Er drückt den Kloß weg, der ihm den Hals versperrt, und murmelt: „Vielleicht braucht sie Hilfe ..."

Lea schüttelt den Kopf. „Ich habe schon nach der Hebamme geschickt. Sie muss gleich da sein."

„Glaubst du, dass es für sie – schwer wird?", fragt Jakob. Seine Stimme klingt immer noch fremd, wie eingeklemmt in einer engen Satteltasche.

„Nicht schwerer als für jede andere Frau", sagt Lea hart, und zwischen ihren Worten spürt er die Spitze: *Hast du dich um mich jemals so gesorgt?*

Diesmal ist er es, der die Hand ausstreckt und sie am Arm berührt. „Lea, meine Liebe, weißt du nicht mehr, wie ich stundenlang an deinem Lager saß und dir die Hand hielt? Als Ruben[1] zur Welt kam?"

Sie nickt langsam und Jakob lächelt. „Ich werde nie vergessen, wie du dich bei den letzten Wehen an mich geklammert hast. Du drücktest meine Hand so fest, dass sie schmerzte." Er wird wieder ernst, als ihm einfällt, was Lea damals rief, als er ihr das Baby reichte: „Gott hat mein Elend gesehen; jetzt wird mein Mann mich lieben, weil ich ihm einen Sohn geboren habe."

Ob Lea auch daran denkt? Ihre Hoffnung wurde nicht erfüllt, auch nicht beim zweiten Kind. „Gott hat gemerkt, dass ich nicht geliebt werde. Darum hat er mir noch einen Sohn geschenkt!", hatte sie gesagt und den Jungen Simeon[2] genannt. Und beim dritten Sohn, Levi[3], seufzte sie: „Nun wird mein Mann endlich an mir hängen, weil ich ihm drei Söhne geboren habe."

---

[1] Seht, ein Sohn!

[2] Erhörung

[3] Anhänglichkeit

Wie kann ich ihr klar machen, dass man Liebe nicht erzwingen, nicht erkaufen kann, weil Liebe nun mal ein Geschenk ist, das oft auch einem „Unwürdigen“ zuteil wird? Oder hat sie es inzwischen von selbst begriffen?, denkt Jakob und fragt, ein wenig beklommen: „Warum hast du unseren vierten Sohn Juda[4] genannt?“

„Ich war so dankbar“, sagt sie. „Weißt du, ich habe gemerkt, wie reich mein Leben eigentlich ist. Vier gesunde Söhne durfte ich zur Welt bringen. Was wollte ich mehr? Das war doch genügend Grund, unseren Gott zu loben, oder nicht?“

Er presst die Kiefer zusammen und wünscht, er wäre so leicht zufrieden zu stellen wie Lea! Ob sie wirklich ehrlich zu ihm ist? Er bohrt tiefer: „Und warum musste ich dann unbedingt mit Silpa schlafen, deiner Zofe? Nur damit du wieder ein Kind mehr hast?“

„Zwei Söhne mehr“, korrigiert sie sanft. „Du hast mich damit so glücklich gemacht!“

„Obwohl du sie nicht selbst geboren hast“, sagt er brutal. Plötzlich will er ihr wehtun, er weiß selbst nicht, warum.

Sie schluckt, dann bekennt sie: „Ich wollte nicht hinter Rahel zurückstehen. Ihre Dienerin Bilha hat dir schließlich auch zwei Söhne geschenkt.“

„Weißt du, wie ich mich fühlte bei eurem Wettgebären?“

„Es hat sich schon gelohnt“, flüstert Lea, und er hört ein Lächeln in ihrer Stimme, „dass ich für die eine Nacht mit dir meine Liebesäpfel geopfert habe. Damals hast du Issaschar[5] gezeugt.“

„Ihr habt um mich geschachert, als wäre ich eine Ware! Ein Stück Fleisch, das man nach Belieben hin und her schieben kann!“, schnaubt er. „Kannst du dir überhaupt vorstellen, wie man sich dabei vorkommt?“

„Nein, das kann ich sicher nicht“, sagt sie. „Als Frau habe ich natürlich keine Ahnung davon, wie das sein könnte, wenn man der Willkür anderer Menschen ausgeliefert ist, auf Gedeih und Verderb auf ihre Gnade angewiesen und – und wenn man benutzt wird, damit andere ihre Ziele erreichen. Wie ein Sklave.“

Er zieht scharf die Luft ein. „Lea! Habe ich dich jemals schlecht behandelt?“

---

[4] Lobpreis

[5] Belohnung

„Du hast mir ein Zelt gegeben. Du hast mir genügend Essen gebracht. Und wenn Rahel es erlaubte, dann hast du auch hin und wieder eine Nacht bei mir geschlafen. Oder ein paar Stunden. Gerade lang genug, um einen Sohn zu zeugen."

„Warum hast du unseren letzten Sebulon[6] genannt?", sagte er, um abzulenken.

„Kannst du dir das nicht denken?"

„Du – du möchtest, dass ich dich zu meiner Lieblingsfrau mache und immer bei dir wohne", sagt Jakob. „Aber das kann ich nicht."

„Warum nicht?" Lea tritt nah an ihn heran. „Warum *kannst* du nicht bei mir wohnen? Habe ich dir nicht sechs Söhne geboren und trage wieder ein Kind von dir? Vielleicht wird es diesmal ein Mädchen. Ich wünsche mir so sehr eine Tochter. Aber ich weiß schon, wir sind alle nichts im Vergleich zu dem Gold-Kind, das deine teure Rahel zur Welt bringen wird."

Will sie ihn verhöhnen? Seine Hand zuckt, aber er hält sich zurück. Noch nie hat er seine Frauen, seine Kinder geschlagen, das widerstrebt ihm. Wenn er strafen muss, dann durch Verachtung oder Liebesentzug. Doch wäre das eine passende Strafe für Lea? Gegen dieses Zuchtmittel hat sie sich längst verhärtet. Oder doch nicht?

Er seufzt. „Wahrscheinlich kannst du mich nicht verstehen. Ich begreife es selbst nicht. Ich wünschte mir so sehr, dass ich dich lieben könnte, wirklich lieben wie Rahel."

„Wenn du es dir wünscht, dann tu es doch!"

„Ach Lea ... es geht einfach nicht. Aber du kannst nichts dafür, dass du so denkst. Du weißt eben nicht, was Liebe ist."

„So, weiß ich das nicht", murmelt Lea, und erst als sie an ihm vorübergehuscht ist, mit gesenktem Kopf und hochgezogenen Schultern, wird ihm klar, was er soeben angerichtet hat, und er schlägt in hilflosem Zorn mit beiden Fäusten auf den Stein, bis sie bluten.

---

[6] zur rechtmäßigen Ehefrau erheben

2. Lebensgefahr

Als er Stunden später zum Zelt zurückkehrt, sind die Wunden an seinen Händen schon verkrustet. Trotzdem hängt der Geruch von Blut in der Luft. Bilha und Silpa schleppen einen Bottich mit heißem Wasser an ihm vorüber, die Haare hängen ihnen strähnig in die Stirn, sie schwitzen. Er hält ihnen den Zeltvorhang auf, doch sie quittieren diese Geste mit keinem Wort, mit keinem Blick. Ihre Augen sind vor Erschöpfung stumpf. Kein Wunder, sie mühen sich schon seit dem Morgen um die Herrin.

Sie liegt unter einem rot gefleckten Laken und stöhnt und zieht die aufgesprungenen Lippen von den Zähnen. Jakob bricht neben ihrem Lager in die Knie.

„Rahel!", ruft er.

Ein schwaches Gurgeln ist die Antwort.

„Wie steht es?", fragt er die Hebamme. Die wischt sich mit dem nackten Unterarm über die Stirn.

„Sie ist eng gebaut", sagt sie, „und nicht mehr die Jüngste."

„Wird sie es schaffen?" Das kommt ängstlich.

Die Hebamme zuckt die Achseln. „Das weiß man nie."

„Rahel, was habe ich dir angetan!", schreit er auf. „Ich will dich nicht verlieren!"

Lea und die beiden Dienerinnen wechseln Blicke. Zum ersten Mal fragt er sich, ob seine geliebte Rahel bei diesen Frauen wirklich in den besten Händen ist. Aber Lea würde doch nie ...? Ihre eigene Schwester ...?!

Jakob schiebt den Unterkiefer vor. Draußen am Stein hat er gründlich nachgedacht. Ihm ist klar geworden, dass er völlig neu beginnen muss. So will er nicht mehr weiterleben. Er wird die Beziehungen zu seinen Frauen und Kindern neu ordnen. Er wird nicht mehr alles laufen lassen, weil er zu müde ist, zu schwach. Sieben lange Jahre lang hat er von diesem Kind der Liebe geträumt, diesem ganz besonderen Sohn, der sein Leben endlich aus der Bahn der Mittelmäßigkeit hinausschleudern soll in eine neue Umlaufbahn. Soll er diesen Traum aufgeben, jetzt, wo er der Erfüllung so nahe gekommen ist, resignieren? Nein, er wird um Rahels Leben kämpfen und um das Kind, dieses Zeichen seiner Liebe.

Und er kämpft, und wie er kämpft! Seine Hände sind durch die vielen Jahre der Schinderei nicht steif und hart geworden. Immer noch holt man Jakob, wenn sich ein Lamm im Geburtskanal verklemmt hat. Die langen, sehnigen Finger erspüren jedes Hindernis und räumen es behutsam fort, bis das kleine Lamm ungehindert passieren kann. Dazu braucht man nicht nur Kraft, man muss spüren, mit den Fingerspitzen sehen.

Er zieht das Laken beiseite und tastet Rahels Bauch ab. Sie wehrt ihn mit schwachen Gesten ab, doch er lässt sich nicht beirren, bis er genau geortet hat, wo der Kopf des Kindes liegt.

„Festgeklemmt im kleinen Becken", sagt er zur Hebamme.

Die nickt und meint: „Wenn sie sich ein bisschen Mühe geben würde, aber so ... Die Wehen haben beinahe aufgehört."

„Kannst du einen Sud kochen, der die Wehen wieder anregt?", fragt er.

„Ja, aber ich weiß nicht, ob das Sinn hat. Sie will nicht mehr. Sie wehrt sich gegen die Wehen."

Jakob setzt sich auf die Fersen und überlegt. Dann lässt er sich ein Becken mit frischen Wasser reichen und wischt Rahel mit einem weichen Tuch über das Gesicht. Er kämmt ihr die Haare aus der Stirn und hält ihr ein Büschel Duftkräuter unter die Nase.

„Hör mir zu, Rahel", sagt er eindringlich. „Es ist gleich vorüber. Aber du musst mithelfen. Unser Kind ist da, es wartet, dass du es in die Welt hinauslässt. Du darfst es nicht zurückhalten. Du darfst dich nicht gegen die Schmerzen wehren. Dein Schmerz ist für dein Kind der einzige Weg zur Freiheit, verstehst du mich?"

Rahel schlägt die Augen auf. Sie sind dunkel und leuchten im Fieber. Er hebt ihren Kopf an und lässt sie ein paar Schlucke Wasser trinken.

„Jetzt versuchst du es noch einmal. Ich helfe dir dabei. Du wirst doch jetzt nicht aufgeben?"

Bilha bringt frische, saubere Tücher herbei, und Jakob lässt sich von Silpa ein Bündel Felle geben, stopft sie Rahel in den Rücken, dass sie beinahe zum Sitzen kommt. Jakob muss Lea nicht erst darum bitten; ohne dass er sie aufgefordert hätte, hat sie sich schon hinter Rahel gesetzt und stützt sie mit ihren Beinen und hält mit beiden Händen ihren Kopf.

Jakob sucht im Zelt herum, bis er einen langen Pflock gefunden hat. Er knotet eine Lederschlinge daran und packt den großen Zelthammer. Bilha schreit auf, als er den Hammer hoch über Rahels Kopf schwingt, und will ihm in den Arm fallen, aber Silpa hält sie zurück. „Lass!", ruft sie. „Er will ihr doch nur einen Handgriff machen."

Mit einem wimmernden Laut weicht Bilha zurück, und Silpa schüttelt den Kopf. „Dass du immer noch so ängstlich bist!"

Der Pfosten wird zwischen Rahels Füßen eingeschlagen, sie kann sich nun dagegenstemmen und mit den Händen an der Schlinge ziehen. Inzwischen ist der Wehensud fertig. Die Hebamme füllt den Tee von einer Schale in die andere, damit er rascher abkühlt, dann flößt sie Rahel das bittere Gebräu ein.

Rahel schüttelt sich. Jetzt ist sie ganz wach.

„Wenn die nächste Wehe kommt", sagt Lea, „dann holst du tief Luft und presst, so fest du kannst. Ich drücke von hinten dagegen. Du wirst sehen, es hilft!"

Jakob wirft ihr einen dankbaren Blick zu, und sie lächelt. Einen Wimpernschlag lang bereut er, dass er ihr vorhin etwas Böses zutrauen konnte, aber dann schiebt er die Gedanken weg – jetzt muss er an Rahel denken und sonst nichts.

Kurze Zeit später zeigt der Sud eine erste Wirkung. Rahel will losschreien, doch Lea befiehlt: „Nicht schreien, Luft anhalten und drücken. Fest! Feeeest!"

Die Wehe ebbt ab, Lea lässt Rahels Kopf zur Seite sinken, wischt ihr mit flinken Händen den Schweiß ab und sagt: „Jetzt ruhig atmen, entspanne dich. Du kannst dich eine Weile erholen. Sei ganz ruhig, alles wird gut."

Jakob sagt wie ein Echo: „Alles wird gut", und die anderen Frauen stimmen ein: „Alles wird gut." Es klingt wie eine Beschwörung.

Drei Wehen später sind sie nicht einen Zoll weitergekommen. Rahel lässt ihren Tränen freien Lauf und Jakob ist der Verzweiflung nahe. Endlich stammelt Rahel mit zerbissenen Lippen: „El Shaddai, du Gott meines Mannes, hilf mir! Gib mir Kraft, dass ich dieses Kind gebären kann!"

Die Hebamme schüttelt den Kopf. „Die Götter kümmern sich nicht um Frauen. Was nützt es ihnen, wenn ein Kind geboren wird?"

Doch Rahel lässt sich nicht beirren. Sie ruft noch lauter: „Hilf mir, Allmächtiger, hilf mir!"

Und Lea spürt, wie sich Rahels Muskeln straffen. Die nächste Wehe kommt mit Urgewalt, und Rahel lässt ein tiefes, kehliges Stöhnen hören, doch sie schreit nicht. Sie nutzt den Druck und krümmt sich zusammen. Jakob drückt mit beiden Fäusten auf ihren Leib und schiebt und spürt auf einmal, wie der Körper des Kindes sich bewegt und durch den engen Kanal drängt.

„Ja! Ja! Ja!", rufen die anderen Frauen, und die Hebamme murmelt: „Sowas hab ich noch nie erlebt."

Die nächste Wehe bringt den Kopf nach draußen. Knirschend reißt der Damm, als die Schulter geboren wird, und dann rutscht das Baby nach.

Ermattet lässt sich Rahel nach hinten sinken, in die Arme ihrer Schwester. Sie spürt nicht die warmen Tropfen, die aus Leas Augen strömen, sie schaut nicht auf das Gewimmel von geschäftigen Händen, sie horcht und lauscht auf den ersten Schrei. Und da ist er – ein feiner Ton, etwas beleidigt vielleicht, aber nicht krank, nicht schwach. Überhaupt nicht schwach. Sie seufzt und schließt die Augen.

„Es ist ein Sohn", sagt Jakob, und seine Stimme zittert dabei. „Wie wirst du ihn nennen?"

Rahel holt tief Luft, dann hebt sie den Kopf. „Er heißt Josef[1]", sagt sie mit neuer Festigkeit, „denn das ist nicht mein letztes Kind. Gott wird mir hoffentlich noch einen Sohn dazugeben!"

Silpa verdreht die Augen, die Hebamme murmelt einen Zauberspruch, und Lea bringt es auf den Punkt: „Das könnte dein Tod sein ..."

„Und wenn schon!", sagt Rahel, und plötzlich blitzen ihre Augen und sie wirft den Kopf nach hinten und lacht.

Jakob hat nicht zugehört. Er hält seinen Sohn im Arm, den die Hebamme in ein weiches Tuch gehüllt hat. Er zählt die winzigen Zehen, die Finger, betrachtet die fein geschnitzten Ohren, die hohe Stirn, auf der ein paar rötliche Locken kleben. Er betrachtet den zarten Mund unter der aufgestülpten Nase – bis jetzt nicht mehr als

[1] er fügt hinzu

ein Knopf im Kindergesicht –, ist entzückt über das energische Kinn. Die Augen können noch nicht fixieren, aber er hält sie weit offen. Josef weint nicht mehr, er hält still und wartet, wartet ...

3. Der Kronprinz

Die Geburt des kleinen Josef löst anfangs große Begeisterung aus, aber dieses Hochgefühl hält nicht lange vor. Jakob ist natürlich vor Freude außer sich, auch Rahel schwebt in den Wolken und fühlt sich allen anderen weit überlegen. Sie kommandiert die Nebenfrauen herum, nicht nur ihre eigene Zofe Bilha, sondern auch Silpa, die ihr das übel nimmt, da sie sich vor allem ihrer Herrin Lea verpflichtet fühlt. Als Rahel ihr Zepter sogar über Lea schwingen will, gibt es Ärger. Die ältere Schwester verbittet sich das.

„Vergiss niemals, dass *ich* die erste Frau unseres Mannes bin!", sagt sie streng.

„Dafür *liebt* er mich und mich allein!", schnappt Rahel zurück.

Lea stemmt die Arme in die Seiten und wirft den Kopf zurück. „Du bist wohl auch noch stolz darauf?! Bildest dir etwas darauf ein, dass du mir sein Herz gestohlen hast und seine ganze Liebe für dich selbst verbrauchst!? Denkst du nie daran, wie uns anderen zumute ist?", schreit sie.

Rahel reißt die Augen auf und starrt ihre Schwester an. Dass die sanfte Lea zu solchen Ausbrüchen fähig ist!

Leas Stimme wird bitter. „Ich habe unserem Mann sechs Söhne geboren und bin gerade wieder schwanger. Die beiden Söhne von Silpa gehören mir auch, das sind insgesamt 9 Kinder. Aber seit Josef da ist, zählen wir anderen überhaupt nicht mehr!" Und leise setzt sie hinzu: „Wir könnten genauso gut tot sein ..."

Rahel senkt den Blick, weil ihr die Tränen kommen. Sie hat noch nie versucht, in die Haut der anderen zu schlüpfen. Von klein auf hat man ihr jeden Wunsch erfüllt, und sie ist daran gewöhnt, der Liebling der ganzen Welt zu sein. Immer konnte sie sich nehmen, was sie wollte, bisher hatte ihr das auch noch keiner verwehrt.

In den vielen Stunden, die sie hilflos und schwach auf dem Lager verbringen musste, weil sie sich nur schwer von der Geburt erholen konnte, dachte sie gründlich nach und kam zu dem Schluss, dass sie nicht mehr nur an sich selbst denken durfte, jetzt, wo sie einem solchen Prinzen das Leben geschenkt hatte.

Von diesem Tag an sieht sie die Zofen mit anderen Augen. Sie beobachtet sie und liest in ihren Gesten, ihren Mienen. Sie hört zu und lauscht auf das, was keiner ausspricht. Und nun spürt sie auch, was alle längst wissen: dass unter dem dünnen Teppich der Kameradschaft viel Neid und Missgunst aufgekeimt ist und ans Licht drängt.

Sie spricht mit Jakob darüber. Er schaut von Josefs Korb auf, über den er sich gebeugt hat. „Ach, das darf man nicht so ernst nehmen ... Ich kaufe jeder Frau ein neues Kleid, dann sind alle wieder zufrieden."

„Vielleicht Silpa und Bilha, aber Lea?", zweifelt Rahel. „Sie wird mir nie verzeihen, dass du mich liebst und sie nicht."

„Lea ist ein guter Mensch", behauptet Jakob. „Außerdem stimmt es nicht, dass ich Lea nicht liebe. Ich habe sie auf eine andere Art gern als dich."

„Ich glaube, sie hasst mich ... alle hassen mich ...", murmelt Rahel. „Und eines Tages werden sie mir ... oder Josef ..."

Jakob fegt ihre Ängste mit einer ungeduldigen Hand beiseite. „Das ist Unsinn! Komm lieber her zu unserem Kind und schau dir das an", schwärmt er. „Wie er die Faust ballt! Ich glaube, er lutscht manchmal am Daumen. Siehst du das? Er hat eine Schwiele am rechten Daumen! Du musst ihm mehr Milch geben!"

Rahel lacht etwas gezwungen. Ihre Milch reicht nicht für den unersättlichen Appetit ihres Sohnes, dabei sind die Brustwarzen schon wund gekaut und blutig. Bilha muss immer wieder kühlen Ziegenquark auflegen, um die Entzündung herauszuziehen. Aber was macht das schon – Jakob ist bei ihr. Noch nie hat sie ihn derart glücklich und entspannt erlebt – als wäre er mit diesem lang ersehnten Kind wieder jung[1] geworden. Das macht alles wieder wett.

Zum ersten Mal in ihrem Leben kreist Rahel nicht um ihre eigenen Wünsche und Bedürfnisse; sie kostet von der Freude, die nur dort wächst, wo man zuerst an das Glück des anderen denkt. Ihr neues

---

[1] Jakob war 77, als er zu Laban kam, 84 bei seiner Hochzeit und 91, als Josef geboren wurde. Allerdings war er zu diesem Zeitpunkt noch rüstig und stark, ein Mann in den „besten Jahren". Man muss bedenken, dass die Lebenserwartung damals höher war. Jakob starb mit 147 Jahren, sein Großvater Abraham wurde 175, sein Vater Isaak 180. Allerdings war Isaak im Alter von 137 Jahren schon blind und litt unter Alterserscheinungen.

Lebensziel heißt nun „Josef und Jakob glücklich machen“, und sie widmet sich dieser Aufgabe mit demselben Eifer, den sie früher auf die Pflege ihrer kostbaren Figur verwendet hatte.

Aber sie schlürft nicht nur Freude, sie durchlebt auch eine neue Furcht – Angst um die Menschen, die man liebt. Wohl jede Mutter möchte ihr Kind beschützen, doch bei Rahel wird dieser Wunsch zur Besessenheit. Sie spürt ja die Missgunst der anderen. Sie will verhindern, dass Josef seinen älteren Geschwistern ähnlich wird: unzivilisiert, ungepflegt, ungezogen.

Ihr kleiner Prinz ist etwas ganz Besonderes. Er soll nicht von den anderen verdorben werden. Deshalb zieht sich Rahel immer mehr von den anderen Frauen zurück. Sie fordert von Jakob ein neues Zelt. Sobald es fertig ist, quartiert sie Bilha mit ihren beiden Söhnen aus, so dass sie nun mit Josef allein wohnt, und Jakob ist froh, wenn er nach einem heißen, anstrengenden Tag in ihr kühles, stilles Zelt einkehren darf.

Hier wartet eine Schale mit Datteln auf ihn und dazu frische Ziegenmilch. Rahel lässt täglich Brot backen und hat immer verschiedene Braten bereitstehen, dazu Oliven und Ziegenkäse und saftige Gurken. In Rahels Zelt kann Jakob auftanken. Da kreischen keine hysterischen Frauen durcheinander, keine Kinder zanken und balgen auf dem Zeltboden – hier herrschen Frieden und Harmonie.

Ist es ein Wunder, dass er seine anderen Frauen nicht mehr aufsucht? Es muss genügen, dass er ihnen im Vorübergehen höflich zuwinkt und auch hin und wieder einem seiner Söhne durch den Haarschopf wuschelt. Die Geburt von Leas Tochter ist ein Ereignis, das er eher am Rande mitbekommt. Er schaut sich das kleine Mädchen an, als er vom Feld kommt, wundert sich über den Namen, den Lea dem Baby gegeben hat: Dina – Richterin – was hat das zu bedeuten? Aber er grübelt nicht lange darüber nach, sondern eilt gleich wieder zu Rahel, seiner Oase.

Rahel hat immer Zeit für ihn. Bilha muss sich die Hände wund arbeiten, damit die Hausarbeit rechtzeitig erledigt ist, bevor Jakob heimkommt. Und ein Heim ist es geworden, das neue Zelt: Nachdem sich Rahel von der schweren Geburt erholt hat, schleicht sie tagsüber oft hinüber ins Haus und kommt schwer beladen zurück. Sie dekoriert ihr Zelt mit bunten Tüchern und weichen Kissen. Sie sammelt duftende Kräuter und näht sie in kleine Beutel, die sie überall aufhängt. Und sie duldet nicht den kleinsten Erdklumpen auf ihren Teppichen; jeder Besucher muss sich am Eingang die Schuhe ausziehen und in ein Becken mit Wasser treten. Ja, das neue Zelt wäre eines Beduinenkönigs würdig!

* * *

Bald nach Josefs Geburt kommt Vater Laban zu Besuch. Zuerst freut Rahel sich über diese besondere Ehre; wann ist er schon mal in Jakobs kleinem Zeltdorf erschienen? Zu Rubens Geburt, und seitdem nicht wieder. Aber dann bemerkt sie, wie ihr Vater jeden Gegenstand im Zelt mustert, und seine Augen werden dabei hart.

„Wo hast du diese Sachen her?“, bohrt er.

„Von Jakob bestimmt nicht, er arbeitet immer noch für meinen Brautpreis!“, faucht sie. „Wie lange willst du ihn noch wie einen Sklaven halten? Die vierzehn Jahre sind längst um.“

Laban hebt beschwichtigend die Hände. „Das habe ich heute früh auch schon zu Jakob gesagt ‚Es wird endlich Zeit, dass du auch einmal an dich denkst‘, habe ich gesagt.“

„Kann es sein, Vater, dass du hier etwas durcheinander bringst?“

Er blinzelt verschwörerisch. „Kann sein, kann auch nicht sein, ich werde alt und vergesslich. Jakob will ja unbedingt in seine Heimat zurückkehren. Aber das darf er euch nicht zumuten. Eure Kinder sind noch viel zu klein für eine solche Reise. Ich konnte ihn überreden, dass ihr bleibt. Auf jeden Fall haben wir einen neuen Vertrag gemacht. Jakob wird weiterhin für mich arbeiten, aber diesmal kann er sich eine eigene Herde aufbauen. Damit ihr Mädchen reich werdet! Wie ihr es euch immer gewünscht habt!“

„Wir wären unserem Ziel schon näher, wenn du uns eine Mitgift ausbezahlt hättest, wie es hier in Haran Recht und Gesetz ist!“

Laban erhebt sich ächzend und streicht sein Gewand glatt. „Nun, mein Kleines, reg dich nicht auf. Du weißt doch, dass alles, was mir gehört, auch dein ist. Wir sind eine große Familie, wir werfen alles Geld in einen Topf, und davon zehren wir gemeinsam.“

„Ach? Davon habe ich bisher noch nichts bemerkt“, sagt Rahel spitz.

„Ich merke, mein Schatz, dass dich unser Gespräch zu sehr anstrengt. Von zu viel Aufregung wird dir die Milch sauer." Er grinst mit einem Mundwinkel und tätschelt ihr die Hand. „Das sind ja alles Männersachen, darüber musst du dir dein hübsches Köpfchen nicht zerbrechen."

Er schnauft und dreht sich zum Ausgang. Über die Schulter wirft er zurück: „Nur frage ich mich wirklich, wie du es geschafft hast, dein Zelt so elegant einzurichten. So schön ist nicht mal mein Haus."

Rahel hebt Josef an die Schulter und wiegt ihn und schnalzt mit der Zunge, hofft, den Vater damit abzulenken. Doch wenn Laban einmal eine Spur aufgenommen hat, dann ähnelt er einem Jagdhund: Er lässt nicht locker.

„Ich meine sogar, den einen oder anderen Gegenstand schon einmal gesehen zu haben ...", sagt er mit einem falschen Lächeln. „Kannst du mir das erklären?" Seine Stimme hat nun einen Klang wie Stahl.

Rahel schluckt, dann sagte sie leichthin: „Wie du schon sagtest, sind wir eine große Familie. Was dein ist, das gehört mir auch. Deshalb habe ich mir das eine oder andere aus dem Haus *geliehen*. Es lag ja nur herum ... keiner brauchte diesen Kram!" Sie macht eine wegwerfende Handbewegung, und als Laban empört nach Luft schnappt, fällt sie ihm ins Wort: „Du wolltest deine Lieblingstochter bestimmt nicht als Bettlerin in die Ehe schicken. Was hätten die Leute aus Haran dazu gesagt?"

„Aber deine Brüder – "

„Meine Brüder haben ihre eigenen Herden. Sie können arbeiten. Sie brauchen ihrem Vater nicht mehr auf der Tasche zu liegen. Das hast du immer gesagt."

Laban lässt die Luft ausströmen und breitet die Arme aus. „Ich konnte dir noch nie etwas abschlagen", murmelt er. „Du kannst diese Sachen behalten. Aber damit ist es genug. Nimm nichts mehr aus meinem Haus."

„Unserem Haus, Vater", verbessert Rahel und legt schelmisch den Kopf schief.

Er seufzt und beugt sich vor, um sie rechts und links auf die Wange zu küssen. „Schalom, Tochter."

„Schalom, Vater", grüßt sie und bleibt am Zelteingang stehen, bis seine Schritte im Sand verklungen sind. Dann nimmt sie Josef hoch und flüsterte ihm ins Ohr: „Und jetzt erst recht!!!“

4. Tarifstreit

Als Jakob an diesem Abend nach Hause kommt, hat Rahel ihren Prinzen in ein buntes Tuch eingewickelt. Sie selbst hat ein dunkelrotes Wollkleid angezogen und trägt ihr schwarzes Haar hochgesteckt zu einer Krone. Bilha bringt Lammbraten und frisches Fladenbrot herbei, dann murmelt sie einen Gruß und zieht sich zurück; sie muss ihre beiden Söhne versorgen und zu Bett bringen.

„Endlich ungestört", seufzt Rahel und reicht Jakob die Platte mit dem kalten Lammbraten. Josef liegt zu ihren Füßen auf dem weichen, flauschigen Teppich und spielt mit seinen nackten Zehen. Jakob seufzt wohlig und belädt seinen Teller mit Fleisch und Brot. Während er kleine Stücke von den weichen Brotfladen abreißt und sie in die bitterscharfe Kräutersoße tunkt, betrachtet er seinen Lieblingssohn nachdenklich. Rahel lächelt und sagt: „Heute kam Vater hierher."

„So?", murmelt Jakob. „Was wollte er?"

„Ich vermute, er wollte seinen jüngsten Enkel besichtigen. Er war hingerissen von unserem Goldkind."

„Das wäre immerhin etwas Neues. Bis jetzt habe ich ihn nur hingerissen erlebt, wenn es um wirkliches Gold ging", knurrt Jakob.

„Du hast Recht, er besteht fast nur aus Habgier", stimmt Rahel zu. „Deshalb hat er uns auch nichts in die Ehe mitgegeben. Wenn ich mir nicht ab und zu nehmen würde, was uns zusteht, müssten wir auf der kahlen Erde schlafen."

„Sehr kahl finde ich es hier eigentlich nicht", schmunzelt Jakob. „Hat dein Vater nicht protestiert, als er seine besten Teppiche und Stoffe hier wiederfand?"

Rahel zuckt die Achseln. „Er sprach von Gütergemeinschaft, ich habe ihn beim Wort genommen. Aber wie soll es mit uns weitergehen? Deine Dienstzeit ist abgelaufen, jetzt bist du frei."

Jakob seufzt. „Eigentlich würde ich lieber heute als morgen von hier weggehen. Doch wovon sollten wir dann leben? Außerdem möchte ich nicht mit leeren Händen in meine Heimat zurückkehren. Dein Vater hat mich überredet, dass ich noch bleibe."

„Dass *wir* noch bleiben", verbessert Rahel sanft und schiebt eine

Schale mit eingedickter Schafsmilch zu ihm hinüber, die mit Honig und Dattelmus gesüßt ist.

„Jedenfalls habe ich mich überzeugen lassen, dass es unvernünftig wäre, jetzt schon aufzubrechen. Die Kinder sind noch zu empfindlich. Sie würden die lange Reise schlecht verkraften."

Sie nickt und als er schweigt, hakt sie behutsam nach. „Auf welchen Lohn habt ihr euch denn geeinigt?"

„Als ich zu euch kam, hatte er wenig, und heute ist dein Vater reich. Er hat endlich eingesehen, dass seine Herden nur deshalb so fruchtbar und wohlgenährt sind, weil meine Arbeit von Gott gesegnet ist. Deshalb wollte er die Höhe des Lohnes mir überlassen."

Rahel zieht die Füße auf das Sitzpolster. „Das sieht ihm gar nicht ähnlich. Hat er das ernst gemeint?"

„Wir werden sehen, ob er sich an die Abmachung hält. Ich forderte von ihm alle gefleckten und bunten Schafe, auch die bunten und gefleckten Ziegen. Das ist nur ein kleiner Teil der Herde[1], aber wenn Gott mir hilft, dann werden sich die Tiere vermehren ... Was ist? Warum runzelst du die Stirn?"

„Hast du dir deine Tiere schon ausgesucht?", fragt Rahel, und ihre Stimme klingt eng, beklommen.

„Ich fand noch keine Zeit, will das aber nachher erledigen", sagt Jakob und setzt die Schale mit der dicken Milch an, schlürft das Dessert und seufzt behaglich, als er die Schale abstellt. Er wischt sich die Hände an dem weichen Tuch ab, das Rahel ihm reicht, und greift nach dem Baby, hält es hoch, kitzelt es, bis es quietscht, dann schaukelt er den Kleinen auf den Knien. Rahel ist aufgestanden und geht unruhig im Zelt auf und ab.

Schließlich nimmt sie ihm das Kind ab und drängt: „Du kannst später mit Josef spielen. Geh erst zur Herde und sammle unsere Tiere!"

„Aber warum? Es ist noch eine ganze Weile hell!"

„Bitte geh, Liebster!", fleht sie. „Du kennst meinen Vater nicht, ich habe einen Verdacht ..."

Jakob schüttelt den Kopf, aber er scheitert an Rahels Hartnäckigkeit; wenn sie sich etwas in den Kopf gesetzt hat, gibt

---

[1] Im Nahen Osten sind Ziegen gewöhnlich schwarz oder dunkelbraun, nur selten findet man weiße oder gescheckte Tiere. Schafe wiederum sind meistens weiß, nur wenige sind schwarz oder gefleckt.

sie keine Ruhe. Seufzend stemmt er sich zum Stehen hoch. „Also gut. Ich komme später."

Als Jakob das Zelt verlässt, hockt sich Rahel vor die Schüsseln und Schalen und isst alles auf, was er übrig gelassen hat. Manchmal träumt sie davon, einmal im Leben mit ihm zusammen zu essen, aber sie wagt nicht, darum zu bitten. Das wäre ein grober Verstoß gegen die gute Sitte. Frauen und Kinder essen immer getrennt von den Männern. In vielen Sippen müssen sie sich mit den Resten begnügen, doch die Frauen in Labans Haushalt haben frühzeitig gelernt, dass Bescheidenheit mit einem knurrenden Magen belohnt wird. Deshalb schaffen sie einen Teil der guten Nahrungsmittel rechtzeitig beiseite oder bereiten entsprechend große Mengen zu.

Als Rahel satt ist, räumt sie Schüsseln und Schalen in einen großen Korb und trägt ihn hinüber zu Bilhas Zelt. Dann stillt sie Josef, der mit leisem Maunzen seine Mahlzeit einfordert. Er schläft an ihrer Brust ein, die kleinen Fäuste entspannt, einen Tropfen Milch im Mundwinkel. Vor Rührung werden ihr die Augen feucht. Behutsam legt sie das Kind auf die weichen Lammfelle in den Korb, der seine Schlafstelle ist, und tritt vors Zelt.

Die Sterne stehen schon am Himmel. Aus den anderen Frauenzelten dringt Kindergeschrei, Silpas Schimpfen, drüben summt Lea mit sanfter Stimme ein Schlaflied. Unruhig wandert Rahel zwischen den drei großen Zelten hin und her. *Wo bleibt er nur – er müsste schon längst wieder hier sein? So viele bunte Schafe und Ziegen hat mein Vater gar nicht …*, grübelt sie.

Erst Stunden später kehrt Jakob zurück. Seine Lippen sind zu einem harten Strich verkniffen, und die Furche von den Nasenflügeln zu den Mundwinkeln hat sich vertieft. Rahel läuft ihm die letzten Schritte entgegen.

„Endlich! Ich habe mir Sorgen gemacht! Hattest du einen Unfall?" stößt sie hervor.

Er schüttelt den Kopf. „Ich glaub es nicht. Ich glaub es einfach nicht …"

„So sprich doch!", keucht Rahel. „Was ist geschehen?"

Jakob geht mit schweren Schritten zum Zelt und hält den Vorhang auf, damit Rahel vor ihm hineinschlüpfen kann. Dann lässt er den Türvorhang fallen und sagt dumpf: „Er hat mich betrogen."

„Mein Vater?“

„Wer sonst? Oder wie erklärst du dir das: Ich habe in den Herden deines Vaters keine einzige gefleckte Ziege gefunden und kein geschecktes Schaf. Alle Ziegen sind braun oder schwarz. Alle Schafe sind plötzlich weiß geworden. Wie kommt das?“

Rahel knirscht mit den Zähnen. „Das sieht ihm ähnlich! Er muss heute über Tag alle Tiere herausgeholt haben, die du haben wolltest.“

„Aber wo sind sie? Wo hat er sie versteckt?“, fragt Jakob.

„Das werde ich herausfinden!“, verspricht Rahel. Ihre Augen blitzen, als sie einen schwarzen Umhang aus der Truhe zieht. Sie wirft sich den Mantel um und ruft über die Schulter: „Bleib hier bei Josef. Ich komme bald wieder.“ Sie eilt hinaus.

* * *

Als Rahel wieder ins Zelt tritt, dämmert schon der Morgen. Jakob schreckt aus unruhigem Schlummer auf.

„Hast du die Tiere gefunden?“, fragt er hastig.

Rahel legt den Finger auf die Lippen. „Scht ... damit wir Josef nicht wecken. Komm nach draußen.“

Vor dem Zelt schüttelt sie den Umhang aus und legt den Mantel sorgfältig zusammen. Die steile Falte zwischen den Brauen gibt ihrem Gesicht eine ungewöhnliche Strenge. Sie weicht Jakobs Blick aus und murmelt: „Du hattest Recht. Vater hat die Tiere weggeschafft.“

„Hat er sie – verkauft?“, fragt Jakob.

„Leider nicht. Sonst könnten wir das Geld einfordern. Er hat die Tiere zu meinen Brüdern gebracht.“

„Also in die nächste Stadt?“

„Noch viel weiter weg. Gamal sagte mir, dass die Tiere zu meinen anderen Brüdern gebracht werden sollen.“

Jakob schlägt mit der Faust in die Hand. „Drei Tagesreisen weit. Und wann sind die Hirten aufgebrochen?“

„Gestern, ziemlich früh. Mein jüngster Bruder hat sie begleitet.“

„Dann sind sie schon weit über die Gebietsgrenzen hinaus, und ich habe keinen Anspruch ...“, knirscht Jakob.

Rahel lässt sich bekümmert auf ihr Lager sinken. „Wenn Vater alle gescheckten Ziegen und alle dunklen Lämmer weggeholt hat, dann werden in Zukunft nur einfarbige Tiere geworfen."

„Glaubst du das wirklich?"

„Ich bin eine Hirtentochter", sagt Rahel und strafft den Rücken.

„Und doch nicht allwissend", erwidert Jakob. Sie will aufbegehren, aber er verschließt ihr den Mund mit einem Kuss, bis ihr Widerstand erlahmt und sie sich in seine Arme schmiegt, als wäre er ihr einziger Halt, der Mittelpunkt ihrer Welt.

5. Reisepläne

Sechs Jahre sind vergangen. Jakob hat sich längst eigene Herden angeschafft, die er auf andere Weiden schickt als Labans Tiere. In jedem Frühjahr, wenn die kräftigen Tiere in die Brunst kommen, legt er Holzstäbe in die Tränkrinnen, an denen er die Rinde zum Teil entfernt hat. Dann paaren sich die Schafe und Ziegen, während sie die bunten Stäbe vor Augen haben[1]. Und das Wunder geschieht: Die Tiere werfen bunte, gescheckte und gefleckte Tiere. Wenn sich die Tiere zum zweiten Mal paaren, legt er die bunten Stäbe nicht in die Rinnen. Dadurch überlässt er den zweiten, schwächlichen Wurf seinem Schwiegervater.

Mit der Zeit ist Jakob reich geworden. Er stellt Knechte ein, die ihn entlasten. Eine Schar von Dienerinnen soll seinen vier Frauen helfen. Auch Kamele und Esel kann er sich nun leisten. Aber er baut keine Häuser. Er lebt im Zelt, wie er es seit zwanzig Jahren gewohnt ist. Das soll ihn stets daran erinnern, dass er sich in Mesopotamien als Gast fühlt. Seine Heimat heißt Kanaan, und dorthin will er irgendwann zurückkehren. Seine Frauen und Kinder wissen das ...

* * *

An einem Frühsommertag zur Zeit der Schafschur erzählt ihm Rahel, wie ihre Brüder über ihn denken. „Sie behaupten, du hättest den Reichtum unseres Vaters an dich gerissen“, sagt sie. „Ich glaube, sie hassen dich.“

„Und dein Vater?“, fragt Jakob.

Rahel schlägt die Augen nieder. „Das müsstest du doch am besten wissen. Du triffst oft mit ihm zusammen.“

---

[1] Dieser „Trick“ beruhte vermutlich auf Aberglauben. Man weiß heute, dass es in der Plazenta und der Nabelschnur keine Nerven gibt. Die spätere Fellfarbe eines Tierfetus wird bereits bei der Zeugung durch die Gene festgelegt und ist nicht durch optische Reize zu beeinflussen. Dass einfarbige Tiere trotzdem mehrfarbige Nachkommen werfen konnten, beruht auf Farbgenen, die zwar beim reinerbigen Tier unterdrückt sind, aber doch durch Vererbung weitergegeben werden können.

„In der letzten Zeit nicht so oft", gibt Jakob zu. „Dein Vater geht mir aus dem Weg. Hoffentlich wird er mich nicht ..." Er bricht ab. Und so sehr Rahel ihn auch drängt – er bleibt stumm und behält seine Sorgen für sich.

Drei Tage nach diesem Gespräch kommt ein junger Hirte ins Zeltdorf gerannt. „Herrin Rahel und Herrin Lea!", keucht er. „Unser Herr Jakob ruft nach euch. Es ist wichtig!"

Rahel schlägt die Hände vor den Mund und sieht den Boten flehend an. „Was ist passiert?"

„Ist mein Mann verletzt?", schreit Lea auf.

„*Unser* Mann!", zischt Rahel.

„Der Herr Jakob ist – ", sagt der Hirte, nachdem er einen Schluck Wasser aus seinem Lederschlauch getrunken hat, „wohlauf. Er möchte mit euch sprechen. Er sagt, er hat Gottes Stimme gehört."

„Gottes Stimme?", fragt Rahel ungläubig. „Wie kann er ...?"

Lea weist sie durch einen scharfen Blick zurecht. „Wir kommen gleich", sagt sie dem Boten. „Wir müssen nur noch ein paar Aufträge verteilen."

Sie bittet Silpa und Bilha, auf die anderen Kinder zu achten und die nächste Mahlzeit zu richten.

Rahel huscht inzwischen in ihr Zelt und bürstet sich die Haare, bis sie glänzen. Sie pflückt eine Blüte aus dem Strauß, den Bilha täglich erneuern muss, und steckt sie ins Haar. Dann beugt sie sich über Josef, der in einer Ecke mit Holzklötzen spielt, und gibt ihm einen Kuss auf die Stirn.

„Vater hat mich gerufen, ich muss zu ihm auf die Weide. Aber ich komme bald zurück. Bleib solange im Zelt, damit dir nichts passiert. Geh nicht zu den anderen Kindern, hörst du?"

Der Junge sieht sie aus großen, verträumten Augen an und nickt. Dann senkt er den Kopf über seine Klötze und spielt weiter.

* * *

Jakob sitzt am Berghang und beobachtet seine Herden. Als die beiden Frauen ankommen, steht er auf und läuft ihnen entgegen. Er winkt sie zu einem großen, flachen Stein.

„Setzt euch. Ich habe euch holen lassen, weil ich mit euch reden muss. Euer Vater ist mir nicht mehr gut, ich sehe das an der Art, wie er mich anschaut. Ich fürchte, er schmiedet Pläne gegen mich. Ihr wisst selber, wie hart ich für euren Vater gearbeitet habe. Dabei hat er meinen Lohn zehnmal verändert, weil er nicht wollte, dass ich reich werde."

„Davon hast du mir gar nichts erzählt!", ruft Lea und wirft Rahel einen misstrauischen Blick zu. Rahel hebt die Augenbrauen und macht ein hochmütiges Gesicht.

„Ich wollte euch nicht damit belasten", sagt Jakob schnell, bevor die beiden Frauen wieder einmal aufeinander losgehen können. „Gott hat auch nicht zugelassen, dass ich dadurch zu Schaden kam. Als euer Vater sagte: ‚Die bunten Tiere sollen dein Lohn sein!', warf die ganze Herde nur bunte Lämmer und Zicklein. Das hat ihn natürlich geärgert, und er sagte: ‚Ab jetzt werden die gesprenkelten Tiere dir gehören.' Und beim nächsten Wurf waren alle Jungtiere gesprenkelt."

„Wie hast du das gemacht?", wundert sich Rahel.

Lea sagt zu ihr: „Er hat bunte Stäbe in die Tränkrinnen gelegt, hast du das nie gesehen?"

„Natürlich hab ich es gesehen, ich bin ja nicht blind!", ruft Rahel. „Aber sollte das nützen?"

Jakob hebt die Schultern und lächelt. „Zuerst dachte ich, dass es meine List wäre, die zum Erfolg geführt hätte, aber dann besuchte mich Gottes Bote im Traum und sagte zur mir: ‚Schau dir die Herde an: Die Zuchtböcke sind alle gesprenkelt, gefleckt und bunt, denn Gott hat mit angesehen, was Laban dir antut.'"

„Du hast geträumt? Wann war das?", fragt Rahel.

„Als die Brunstzeit begann", sagt Jakob.

„Und du bist sicher, dass dieser Traum wirklich von Gott kommt?", bohrt sie nach.

„Es war Gott und kein anderer. Derselbe Gott, der mir bei Beth-El erschienen ist", sagt Jakob.

„Dort, wo du die Leiter sahst, die bis zum Himmel reichte?", fragt Lea.

„Ja. Gott erinnerte mich daran, dass ich ihm damals einen Gedenkstein weihte und ein Versprechen gab. Und er rief mich zurück in das Land meiner Väter."

Die Schwestern sehen sich an, und zum ersten Mal verstehen sie sich ohne Worte.

„Wir sind einverstanden. Was sollen wir noch hier?“, sagt Lea.

Rahel fügt hinzu: „Vater hat unseren Brautpreis für sich verbraucht, nicht einmal eine Mitgift haben wir bekommen!“

„Aber Gott hat seine Habsucht bestraft. Er hat ihm seinen Reichtum weggenommen und uns gegeben“, sagt Lea, während ihr Blick über das weite Tal schweift.

Es ist übersät von bunten Punkten: Die Ziegen weiden oben am Hang, unten hüpfen die jungen Lämmer zwischen den Mutterschafen umher. Die Zuchtwidder und Böcke haben einen gesonderten Pferch, und dort, wo das Tal in eine Ebene mündet, hat Jakob große Koppeln für die Kamele und Esel bauen lassen. Dort herrscht geschäftiges Treiben; die Männer zäumen die Reit-Tiere auf, die Frauen schleppen Bündel herbei und stapeln sie aufeinander.

Lea schaut eine Weile zu, dann wendet sie sich wieder Jakob zu und sagt: „Gott hat dich gerufen. Du bist ein Erwählter, und wir stehen an deiner Seite.“

Jakob treten die Tränen in die Augen. Er streckt seine Arme aus und zieht Lea und Rahel an seine Brust, und so stehen sie lange.

6. Flucht

Der Zeitpunkt ist günstig gewählt, denn Laban muss seine Schafe scheren und ist drei Tagereisen weit von Haran entfernt bei den Herden, die er seinen Söhnen anvertraut hat. Bevor er von ihrer Abreise erfahren wird, sind sie auf und davon. Jakobs Knechte und Mägde sind ihm treu ergeben, weil sie gut bezahlt und freundlich behandelt werden. Keiner von ihnen wird sie verraten.

Aber es gibt auch anderes Personal in Labans Haus, und diese Leute dürfen nicht zu früh von den Reiseplänen erfahren. Solange es hell ist, geht das Leben in Jakobs Zeltdorf seinen gewohnten Gang, doch sobald die Sonne untergeht, wimmeln die Leute umher wie Ameisen. In aller Eile werden Schlafmatten zusammengerollt, Kleider und Geschirr verpackt, Teppiche zusammengelegt und hinüber ins Tal der Herden geschafft. Leise huschen die jungen Mägde hin und her, führen die zwölf Kinder hinüber ins Tal und müssen zwischendurch noch ihre eigenen Habseligkeiten einpacken und aufladen.

Dann endlich ist es so weit: Jakob ruft Frauen und Kinder zusammen. Als Erstes hebt er Rahel in einen neuen Kamelsattel. Er hat sogar einen Baldachin, der vor der Sonne schützen soll. Als sie sich bequem niedergelassen hat, streckt sie die Hände nach Josef aus. Er reicht ihr den Jungen und bindet ihn mit einem festen Gurt am Sattel fest.

„Vater, wo reiten wir hin?“, fragt Josef.

„Wir machen eine lange Reise“, sagt Jakob und tätschelt seinem Liebling die Wange. „Wir besuchen deinen anderen Großvater.“

„Werden wir bei ihm wohnen?“, will Josef wissen.

„Ja. Wir werden in dem Land leben, das Gott meinen Vorfahren versprochen hat.“

Josefs blaugrüne Augen strahlen. „Wohnt Gott auch dort? Kann ich ihn sehen?“

Jakob beugt sich über ihn und küsst ihn auf die Stirn. „Ich hoffe, mein Kleiner“, sagt er weich.

Er wendet sich Lea zu und hilft ihr auf das Kamel. Ihr Sattel ist schon ein wenig abgeschabt, aber oben hat er ebenfalls ein

Sonnensegel angebracht. Silpa ist zur Stelle und hebt die kleine Dina hoch. Jakob nimmt sie ab und hält sie eine Weile auf dem Arm. Er betrachtet sie aufmerksam. So aus der Nähe hat er sie lange nicht mehr gesehen.

„Kleine Puppe", murmelt er und tippt ihr mit dem Finger auf die Stupsnase. Dina kreischt vor Entzücken und greift mit beiden Händen in sein Haar. Lea versucht, die Kinderfinger zu lösen.

„Die hält, was sie in die Hand bekommt", lächelt Jakob und streicht Dina über die seidigen Locken. Lea sucht seinen Blick. Er sieht todmüde aus, und doch glimmt in seinen Augen ein Feuer, das sie seit vielen Jahren nicht mehr an ihm gefunden hat.

„Freust du dich, dass wir nach Hause gehen?", flüstert sie.

Er nickt und sagt leise: „Aber ich habe auch Angst davor."

„Angst? Weshalb?"

„Hoffentlich zettelt dein Vater keinen Stammeskrieg an. Wir müssen uns beeilen."

Bilha und Silpa müssen sich von den Knechten in die Sättel helfen lassen. Die älteren Kinder dürfen jeweils zu zweit in einer Sänfte reiten, und Ruben, der mit seinen stolzen zwölf Jahren schon beinahe als Mann gilt, muss auf sie aufpassen. Während Jakob die letzten Anweisungen an die Hirten gibt und den Leitesel besteigt, jagt ein Trupp von zuverlässigen Knechten zurück ins verlassene Zeltlager. Mit flinken Händen ziehen sie die Zeltnägel heraus, rollen die Stoffbahnen auf und binden die Stangen zusammen. Sie packen die Zelte auf Lastkamele und führen die Karawane auf den Weg, den Jakob mit seiner Familie vorausgegangen ist. Als die Sonne ihre ersten Strahlen über die Häuser von Haran wirft, ist von Jakobs Zeltdorf nichts weiter übrig als ein zertrampelter Platz rund um den weißen Stein und viele Hufspuren, die nach Südwesten führen.

7. Menschenjagd

Drei Tage später erfährt Laban von Jakobs Abreise. Er ruft seine Söhne, Schwager und Cousins zusammen. „Jakob, der alte Halunke, hat meine Töchter und Enkelkinder entführt, auch einen großen Teil meiner Schafe“, behauptet er. „Ich brauche eure Hilfe, sonst bin ich ein armer Mann.“

Der älteste Sohn grinst viel sagend. „Was kriegen wir, wenn wir Jakob überfallen?“

„Jeder bekommt das, was er erbeutet“, verspricht Laban. „Natürlich ist davon mein persönliches Eigentum ausgenommen.“

Die anderen Söhne schlagen sich lachend auf die Schenkel. „Mit anderen Worten – wir gehen leer aus.“

„Das habe ich nicht gesagt ...“, versucht sich Laban herauszuwinden.

„Komm schon, Laban, wir kennen dich doch!“ Nun stimmen auch die Cousins in das Lachen ein.

„Also gut. Wir werden die Beute teilen“, lenkt Laban ein. „Wer kommt mit?“

Seine Verwandten kennen den sagenhaften Reichtum, den sich Jakob in den letzten sechs Jahren verdient hat. Keiner will auf seinen Anteil verzichten.

„Und unsere Schwestern?“, wagt der jüngste Sohn einzuwenden. „Was wird ihnen bleiben?“

„Sie können froh sein, wenn ich sie wieder in meinem Haus aufnehme“, sagt Laban mit gespielter Würde. „Sie und ihre ganze verdammte Brut.“

Da verstummt das Lachen, die Männer wechseln beklommene Blicke, und einer nach dem anderen schleicht beiseite.

* * *

Es dauert noch zwei Wochen, bis Laban seinen Trupp beisammen hat. Das Fest der Schafschur darf nicht unterbrochen werden; schließlich haben sich die Scherer redlich geplagt und wollen sich wenigstens an Braten und Wein schadlos halten, wenn schon am Lohn geknausert wird, wie es bei Laban üblich ist.

Endlich sind die Männer reisebereit. In Haran macht Laban eine erste Rast. Eine alte Magd läuft ihm mit schrillem Zetern entgegen: „Jakob, dieser Verbrecher! Er hat deine Töchter geraubt – und nicht genug damit, er hat auch deinen Gott gestohlen!“

„Meinen Gott!!!“, ruft Laban und eilt in die Wohnhalle. Tatsächlich, der Altar ist leer geräumt. Ungläubig schüttelt Laban den Kopf. „Was will er denn mit unserem Teraphim? Er betet doch zu El Shaddai! Konnte er mir den Hausgott nicht lassen? Aber warte, Freundchen, das sollst du mir büßen!“

In aller Eile werden die Kamele getränkt, neuer Proviant wird aufgeladen, und los geht die Jagd. Sie werden von einem Knecht geführt, der sich gut aufs Spurenlesen versteht. Schließlich landen sie am Euphrat. Der Spurenleser führt sie zu einer Stelle, an der das Ufer von vielen Hufen zertreten ist.

Laban steigt ab und betrachtet die Spuren. „Das gibt es nicht ... unmöglich ....“, murmelt er.

Der älteste Sohn grunzt: „Hier sind sie durch ...“

„Aber wie haben sie das geschafft bei dem Hochwasser?“, wendet sein jüngerer Bruder ein.

„Mit all den beladenen Eseln?“, fragt ein anderer.

„Und die Schafe, die Ziegen? Er hat die frisch geworfenen Lämmer dabei!“

„Falls er sie nicht unterwegs gefressen hat!“, knurrt ein Cousin gehässig.

„Jakob? Da kennst du ihn schlecht“, widerspricht Labans jüngster Sohn. „So wie ich ihn kenne, lässt er die schwachen Milchlämmer *reiten*!“

Die Männer prusten los. Doch Laban stimmt nicht ein, er runzelt die Brauen und sagt düster: „Er ist der beste Hirte, den ich kenne. Das muss man ihm lassen. Er würde seine Tiere niemals überanstrengen.“

Sie suchen lange, bis sie eine Furt gefunden haben, an der sie die Flussdurchquerung wagen können. Obwohl ihre Rennkamele gut ausgebildet und stark sind, wird eins von ihnen von den Fluten mitgerissen und ertrinkt. Auch der Reiter kommt ums Leben, weil

Laban das Führungsseil um keinen Preis durchschneiden will. Er hofft bis zuletzt, dass ihm das wertvolle Tier erhalten bleibt. Als die Männer schließlich durchnässt und abgekämpft am anderen Ufer angekommen sind, zieht Laban das tote Tier mit seinem Reiter an Land und meint: „Wenigstens müssen wir nicht lange nach den Leichen suchen."

Die anderen schweigen, als Laban seinem toten Cousin die Augen zudrückt.

„Warum tut er das?", fragt sein jüngster Sohn im Flüsterton.

Sein Bruder zischelt: „Damit er nicht sieht, wie Vater seine Taschen durchsucht."

Und tatsächlich greift Laban sofort in den Beutel des Toten. Die anderen Reisebegleiter murren darüber, doch keiner fällt Laban in den Arm.

„Ich muss seiner Witwe doch ein Andenken mitbringen", erklärt er salbungsvoll, und die Söhne wechseln Blicke.[1]

Es wird Abend, bis sie genügend Steine für ein Grabmal zusammengetragen haben. Als der Tote bestattet ist, funkeln schon die ersten Sterne am Himmel. In einer geschützten Senke schlagen sie ihr Lager auf, doch finden sie in dieser Nacht keine Ruhe. Das tote Kamel hat schon die ersten Geier angelockt. Einmal fliegen sie auf, als auf leisen Sohlen eine Raubkatze heranschleicht. Das Muskelfleisch reißt unter den gewaltigen Zähnen der Löwin. Die Männer drängen sich eng aneinander und werfen frisches Holz ins Lagerfeuer, das die Tiere fern halten soll.

Am nächsten Morgen müssen sie lange suchen, bis sie die Spuren der Flüchtlinge wieder entdeckt haben. Sie führt ins Bergland, das südlich vom Yarmuk-Fluss liegt.[2] Sie reiten bis zur Erschöpfung. Es dämmert schon, da ruft der Kundschafter: „Alles haaaalt! Da vorne sind sie!"

---

[1] Diese Details sind frei erfunden, aber sie würden zu Labans Charakter passen.

[2] Diese Gegend ist etwa 450 km von Haran entfernt; mit Rennkamelen kann man diese Distanz in einer Woche bewältigen. Jakob, der viele Herden mit sich führte, brauchte dazu wesentlich länger – vielleicht einen Monat, da er pro Tag nicht mehr als 15 km zurücklegen konnte. Es ist anzunehmen, dass Laban nach der Schafschur die Verfolgung nicht sofort aufnahm; er wusste ja, dass er Jakob ohnehin einholen würde.

Laban lässt die Männer absitzen und befiehlt: „Seid still! Wir müssen sie überrumpeln." Er stellt sich neben den Spurensucher und späht hinab ins Tal. Dort unten stehen Jakobs Zelte. Die Schafe und Ziegen wimmeln durcheinander; drüben lagern die Kamele. Die Rauchsäule eines Kochfeuers steigt in den Himmel wie ein bittender Finger. Der Wind weht ein Kinderlachen hinauf.

Laban weicht zurück. „Wir suchen einen geschützten Platz für die Nacht", sagt er. „Heute sind wir müde. Wir müssen uns ausruhen. Außerdem müssen wir die Schlacht planen."

Die anderen sind einverstanden. Mit ihren Messern schneiden sie Äste und schlagen schlanke Stämme im Hochwald. Rasch sind die Zeltbahnen darüber geworfen, die Halteseile mit Zeltnägeln fest im Boden verankert. Einer hat unterwegs eine wilde Bergziege gefangen, die braten sie jetzt über einem kleinen Feuer. Bis spät in die Nacht palavern sie und hecken grimmige Schlachtpläne aus. Aber sie werden nicht einig. Schließlich legt sich einer nach dem anderen zur Ruhe. Nur Laban bleibt noch lange am Feuer sitzen, in düstere Grübeleien versunken.

8. Zusammenstoß

Ruben stürzt in Jakobs Zelt. „Vater, wach auf! Großvater hat uns gefunden!“, keucht er.

Jakob fährt aus dem Schlaf hoch und starrt seinen ältesten Sohn an, fragt mit belegter Stimme: „Woher weißt du das?“

„Dort oben am Berg hat ein Kamel geschrien. Davon bin ich wach geworden. Ich habe Simeon und Levi geweckt. Wir sind hingeschlichen und haben das Lager gefunden.“

„Wie viele sind es?“

„Ich weiß es nicht, einige hatten sich schon zum Schlafen hingelegt. Wir zählten 75 Rennkamele.“

„Sind die Männer bewaffnet?“

Ruben nickt. „Wir haben sie belauscht. Sie wollen morgen früh über uns herfallen.“

Josef, der neben Jakob auf der Matte gelegen hat, setzt sich auf. „Werden sie uns wehtun, Vater?“

„Machst du dir wieder mal vor Angst in die Hose, du Milchbub?“, spottet Ruben.

Jakob hat inzwischen die Sandalen geschnürt und steht im Zelt. „Komm!“, sagt er zu Ruben, und an Josef gewandt: „Geh hinüber zu Mutter!“

„Ich würde aber lieber mit dir gehen, Vater!“, sagt Josef.

Jakob wuschelt ihm mit der Hand durch die rötlichen Locken und sagt zärtlich: „Mein Kleiner, das ist nichts für dich. Es könnte gefährlich werden.“

Simeon und Levi haben inzwischen die Knechte geweckt. Als Jakob aus dem Zelt tritt, stehen seine Männer notdürftig angekleidet vor ihm und erwarteten seine Befehle. Die Viehhirten tragen ihre Stäbe mit dem Haken; damit können sie ein Schaf am Bein erwischen und in die Herde zurücktreiben. Der Stab ist gleichzeitig eine gute Waffe, weil er an der anderen Seite eine eiserne Spitze hat, mit der man Löcher in den Boden graben kann – oder auch ein Raubtier vertreiben. Jakob hat seine Hirten gut ausgebildet. Sie sind geschickt im Schleudern von Steinen. Einer von ihnen kann sogar den Flügel einer Heuschrecke treffen. Seine Steine sieht man nicht, man hörte sie heransirren – und sie treffen immer ihr Ziel.

Auch die Reitknechte haben sich bewaffnet: Sie tragen Stöcke und Lederpeitschen, einige haben Forken über der Schulter, mit denen sie sonst den Mist wegräumen.

Der dienstälteste Knecht tritt vor und sagt: „Die Frauen sind auch schon alle wach. Sollen wir die Kamele aufzäumen, damit du mit deiner Familie fliehen kannst? Wir bleiben hier und decken euch den Rücken."

Jakob zwinkert eine Träne weg. „Ich danke euch allen für eure Treue. Das werde ich euch nicht vergessen. Aber ich hoffe, dass eine Flucht nicht nötig sein wird. Immerhin handelt es sich bei den Verfolgern um unsere Verwandten."

Die Männer murren, und Jakob muss seine Stimme heben, um gehört zu werden. „Ich weiß, dass ihr nichts Gutes von Laban erwartet. Ich denke genauso. Aber ich vertraue dem Allmächtigen. Er hat mir befohlen, in meine Heimat zurückzukehren. Also wird er auch dafür sorgen, dass wir das Land meiner Väter betreten."

Lea tritt aus ihrem Zelt und fragt: „Sollen wir packen und die Zelte abschlagen?"

„Nein", sagt Jakob. „Vielleicht einigen wir uns ohne Kampf und Blutvergießen. Wenn nicht, wenn Laban als Feind kommt und uns ausplündern will, warum sollen wir ihm dann die Arbeit erleichtern, indem wir alles bündeln und zusammenpacken? Ganz im Gegenteil. Ihr Hirten, lauft zu den Herden und treibt sie auseinander. Vor allem die Lasttiere und die Kamele sollten in das Nachbartal gebracht werden. Wir wollen es den Verfolgern so schwer wie möglich machen."

* * *

Josef hockt im Zelteingang und starrt nach draußen auf den Platz, wo der Vater mit seinen Leuten spricht. Seine Augen brennen, aber er drängt die Tränen zurück: *Bloß nicht weinen. Wenn mich Simeon oder Levi beim Weinen erwischen, werden sie wieder spotten.* Hinter ihm im Dunkel des Zeltes knarrt ein Kistendeckel, Stoffe rascheln, er hört, wie etwas Schweres über den Teppich geschleift wird, aber er dreht den Kopf nicht zur Mutter. Er fühlt sich wie gelähmt vor Furcht. Der Großvater, von dem Mutter und Vater ziemlich verächtlich sprechen, weil er sie so schlecht behandelt hat, ist wohl doch kein schwacher Greis, der sich von seinen Kindern überlisten lässt. Josef hatte ihn nur selten gesehen und denkt mit Schaudern an seine kalten, harten Augen.

„Mutter ...", fragt Josef über die Schulter, „was wird uns Großvater antun? Wird er uns schlagen?"

„Das soll er nur versuchen!", zischt Rahel. „Er wird es nicht wagen, die Hand gegen uns zu heben. Ich bin seine Tochter, sein eigenes Fleisch und Blut!"

„Aber was wird er mit mir machen? Und mit meinen Brüdern? Mit Dina?"

Rahel tritt zu ihm und kauert sich neben ihn. „Mach dir keine Sorgen. Dein Vater wird uns beschützen. Du siehst ja selbst, wie viele starke Knechte wir haben. Auch ihre Frauen sind mutig und tapfer."

Josef schluckt schwer. „Und warum ist Großvater böse auf uns?"

Die Mutter seufzt. „Junge, das verstehst du nicht. Dein Großvater ist ein Mensch, der immer zuerst an sich selber denkt. Es ärgert ihn, wenn wir etwas tun, was er nicht erlaubt hat. Es muss immer alles nach seinem Kopf gehen."

* * *

Als Laban bei Sonnenaufgang mit seinen Männern heranprescht, findet er das Zeltdorf vorbereitet. Die Wachen haben sofort Alarm geblasen, als die Reiterschar den Berghang hinabdonnerte, und im Nu ist die Zeltstraße von bewaffneten Knechten flankiert. Mitten im Zeltdorf sitzt Jakob mit verschränkten Armen und sieht starr geradeaus.

Josef hat den Türvorhang ein wenig zur Seite geschoben und späht hinaus. Ihm stockt der Atem, als Labans Kamelstute im gestreckten Galopp vorüberjagt und knapp vor Jakob zum Stehen kommt[1]. Jakob

[1] Solche Reiterkunststücke und Drohgebärden sind heute noch Brauch bei den Nomadenvölkern des Ostens. Damit möchte man den Feind einschüchtern und den eigenen Mut zeigen.

hat sich keine Handbreit zur Seite bewegt. Kein Muskel zuckt in seinem Gesicht. Er bleibt sitzen und wartet, bis die ganze Gruppe herangestürmt ist. Dann erhebt er sich mit Würde und nimmt Labans Kamel am Zügel, schnalzt mit der Zunge und befiehlt dem Tier, in die Knie zu gehen. Mit dem Arm stützt er Laban und hilft ihm aus dem Sattel.

„Friede mit dir, Vater", sagt er würdevoll.

Labans Gesicht ist vom schnellen Ritt hochrot angelaufen. Er atmet stoßweise und schüttelt sich Schweißtropfen von der Stirn. Seine Begleiter sitzen noch auf ihren Tieren und werfen sich unschlüssige Blicke zu. Auf Jakobs Wink treten seine Knechte heran und helfen beim Absteigen.

Lea hat die Szene beobachtet. Sie ruft einige Dienerinnen und befiehlt: „Bringt den Gästen Wasser und Tücher, damit sie sich erfrischen können!"

Silpa huscht an Josef vorüber. Sie hat Felle über den Arm gehängt, die sie draußen auf dem Versammlungsplatz im Kreis auf dem Boden auslegt, damit sich die Männer zum Palaver darauf niederlassen können. Im Hintergrund stehen Jakobs Bogenschützen bereit, halten die Bogen gespannt, die Pfeile liegen auf den Sehnen. Auch die Schleuderschützen haben Steine in ihre Lederschlingen eingelegt. Die „Gäste" sinken mit scheuen Schulterblicken auf die Sitzpolster.

Ruben, Simeon, Levi und Juda haben sich neben dem Vater postiert und lassen die Eindringlinge nicht aus den Augen. Lea, Bilha und Silpa stehen in ihren Zelten, halten die Türvorhänge auf, damit die jüngeren Söhne zuschauen können. Auch Rahel stellt sich in den Zelteingang, aber sie lässt den Vorhang hängen und lauscht, ohne zu sehen und gesehen zu werden.

Dina entwischt ihrer Mutter und hüpft hinüber zu Josef, ihrem liebsten Spielgefährten. „Die Jungs ärgern mich schon wieder", wispert sie in sein Ohr, und er legt den Arm um ihre Schulter und verspricht: „Hier bist du sicher!" Daraufhin streckt sie ihrem Halbbruder Dan, der aus Bilhas Zelt lugt, die Zunge heraus.

Laban räuspert sich, und alle werden still. „Warum hast du meine Töchter verschleppt, als wären sie Kriegsgefangene?", beginnt er.

Jakob sagte: „Sie sind freiwillig mit mir gekommen. Ich habe niemanden gezwungen. Frag sie selbst.“

„Aber warum hast du dich heimlich davongemacht wie ein Dieb? Bei uns ist das nicht Sitte. Ich hätte dich gern ein Stück begleitet – zum Klang der Pauken und Harfen. Wir hätten gesungen und gefeiert. Dann hätten wir dich entlassen.“

„Mich hättest du wohl entlassen, aber nicht deine Töchter. Du hättest sie mir wahrscheinlich mit Gewalt weggenommen.“

Laban heuchelt Entrüstung. „Wie kannst du so etwas behaupten? Ich *liebe* meine Töchter! Ich will, dass sie glücklich sind! So gern hätte ich meine Mädchen zum Abschied geküsst und meine Enkel noch einmal gesegnet.“ Er tupft sich die Augen mit einem feinfädigen Schweißtuch.

„Er lügt!“, flüstert Dina. „Mich hat er noch nie gesegnet. Er weiß gar nicht, wer ich bin.“

Josef nickt. „Ich glaube ihm auch nicht.“

„Du hast sehr unüberlegt gehandelt!“, predigt Laban. Er lässt seinen Blick abschätzend herumschweifen. „Eigentlich hast du einen Denkzettel verdient ... Wer könnte mich daran hindern, dich hier und jetzt zu bestrafen?“

Die Knechte werfen sich Blicke zu und straffen die Schultern. Jakob runzelt die Stirn, aber noch gibt er kein Signal zum Angriff.

Laban hat das wohl bemerkt und lächelt tückisch. Seine Blicke wandern über die bewaffneten Knechte, die Bogenschützen, die einen Ring um sie gebildet haben. Seine Söhne und Verwandten lassen die Köpfe hängen. Jakobs Reichtümer scheinen heute keinen zu locken. Da schwenkt er um und knurrt: „Keine Angst, ich werde euch schon nichts Böses tun.“

Josef lässt die Luft heraus, die er schon lange angehalten hat. Er drückt Dinas heiße Hand und sagt: „Gott hat geholfen.“

„Wieso? Hast du denn gebetet?“, fragt sie.

Er nickt eifrig. „Vater hat mir gesagt, ich soll jeden Tag mit El Shaddai reden und meine Bitten vor ihn bringen.“

„Mutter betet auch jeden Tag mit mir“, erklärt Dina. „Aber die Jungs haben keine Lust, die machen immer nur Unfug, wenn Mutter von Gott erzählt.“

„Aber jetzt sei still, ich will nichts verpassen“, sagt Josef.

Laban schildert gerade einen Traum. „Dein Gott ist mir erschienen. Er hat mir befohlen, freundlich mit dir zu reden. Deshalb will ich noch einmal Gnade vor Recht ergehen lassen."

„Was meinst du mit ‚Recht'?", hakt Jakob nach.

„Mein lieber Schwiegersohn, ich kann verstehen, dass du Heimweh hast und deine Eltern wiedersehen möchtest. Aber warum hast du mir meinen Teraphim gestohlen[2]? Du hast doch selbst einen Gott. Wozu brauchst du meinen?"

„Ich weiß nicht, wovon du sprichst", sagt Jakob.

„O doch, das weißt du. Ich spreche von meinem Hausgott. Er gehört mir und wird an meinen erstgeborenen Sohn übergehen. Einer von euch hat ihn gestohlen. Ich will ihn zurückhaben!"

Jakob springt auf. An seiner Schläfe pocht die Zornader. „Deine Söhne und deine Brüder sind Zeugen. Durchsuche meine Zelte und sieh nach, ob du etwas findest, was dir gehört. Nimm dir, was dein ist. Und den Dieb bestrafe ich mit dem Tod!"[3]

Josef schlägt sich die Hand vor den Mund und gibt einen erstickten Laut von sich.

„Was hast du?", fragt Dina.

„Der Hausgötze ...", flüstert Josef.

In diesem Augenblick spürt er eine feste Hand im Nacken. Rahel packt ihn am Genick, als wäre er eine junge Katze, und schüttelt ihn leicht.

„Dina, geh zu deiner Mutter!", sagt sie streng. Josef wirft seiner Halbschwester einen flehenden Blick zu. Sie nickt, bevor sie aus dem Zelt schlüpft.

„Ich brauch dich als Spion!", befiehlt Rahel. „Setz dich vors Zelt und sag mir genau, was du siehst. Ich werde drinnen auf Großvater warten. Hörst du?"

---

[2] Diese „Teraphim" waren meistens kleine bis mittelgroße Holzfiguren. Sie galten als „Hausgott", und man sprach ihnen beschützende Zauberkräfte zu. Manche hatten weibliche Figuren und wurden als Fruchtbarkeits-Göttinnen verehrt. Der Hausgott wurde vom Vater auf den ältesten Sohn weitervererbt. Wenn ein Mann Söhne hatte, konnten seine Götter nicht an seine Töchter übergehen. Dokumente, die in Nuzu, Mesopotamien gefunden wurden, beweisen, dass der Besitz des Hausgottes das Erbrecht garantierte (ANET 219, 229).

[3] Auf Diebstahl von heiligen Gegenständen stand damals tatsächlich die Todesstrafe, siehe Codex Hammurabi, Abschnitt 6.

Josef senkt ergeben den Kopf und hockt sich im Schneidersitz auf den Boden.

„Großvater geht jetzt in Vaters Zelt hinein", meldet er halblaut. Er wäre gern hingelaufen und hätte zugesehen, aber er spürt, dass seine Mutter an diesem Tag keinen Spaß versteht. Es dauert lange, bis Laban wieder auftaucht.

„Jetzt kommt Großvater heraus und geht hinüber zu Lea", ruft er halblaut.

Er hört Lea schimpfen. Nach einer Weile erscheint Laban wieder im Zelteingang. „Großvater hat einen roten Kopf", sagt er. „Und Vater sieht auch nicht gerade fröhlich aus. Er zeigt ihm den Weg zu Silpas Zelt", berichtet er.

Draußen vor dem Zelt brütet die Sonne auf dem Sand. Eine Ameise kriecht über Josefs nackten Zehen. Er folgt ihrem Pfad und beobachtet, wie sie eine zweite Ameise trifft und mit den Fühlern winkt. Andere Ameisen stoßen dazu und unterhalten sich mit lebhaften Gesten. Josef ist fasziniert von den winzigen Tieren und hat sich voll und ganz in die Szene vertieft. So bemerkte er nicht, dass der Großvater schon längst wieder herausgekommen ist und jetzt gerade Bilhas Zelt durchsucht.

Als Laban plötzlich vor ihm auftaucht, überschlägt sich Josefs Stimme. „Er kommt her – Mutter, er kommt direkt auf mich zu!"

„Lauf weg. Versteck dich hinter den Zelten und sei still ...", flüstert es aus dem Innenzelt. Doch Josef kann sich nicht von der Stelle rühren – als wären seine Beine festgewachsen. Er spürt, wie Tropfen auf seiner Stirn wachsen und links und rechts herunterrinnen, aber er kann die Hand nicht heben, um den Schweiß wegzuwischen. Ihm klingen immer noch die harten Worte des Vaters im Ohr: „Den Dieb bestrafe ich mit dem Tod!" *Wenn er wüsste!*

Inzwischen haben ihn die beiden Männer erreicht. Laban starrt ihn an, als sähe er ihn zum ersten Mal.

„Mach Platz!", herrscht er seinen Enkel an.

Jakob streckt die Hand aus und zieht Josef hoch. „Komm, Junge", sagt er freundlich und drückt ihm die Schulter, als er spürt, wie Josef zittert. Obwohl ihm die Mutter befohlen hat, sich hinter dem Zelt zu verstecken, schleicht er neben den Männern her.

Rahel thront im Kamelsattel. Sie hat die Haare hochgesteckt und trägt ein hellblaues Kleid. Wieder einmal staunt Josef über die Schnelligkeit, mit der sich seine Mutter verwandeln kann. Sie blickt konzentriert auf ein Stoffstück in ihren Händen, dann hebt sie langsam den Kopf. Dabei verzieht sie das Gesicht zu einem Lächeln – langsam, aber stetig wird es hell und freundlich. „Vater!“, ruft sie und tut überrascht. „Du kommst mich besuchen!“

Sie streckt die Hand in seine Richtung und deutet eine Verneigung an. „Bitte verzeih, dass ich nicht aufstehe ... ich habe solche Bauchschmerzen ... meine Regel, du weißt schon ...“[4]

Laban wird vor Verlegenheit noch röter. „Es tut mir Leid, dass ich dich belästige, aber ich suche meinen Teraphim.“

„Hier – bei mir?“ Sie lacht silberhell. Josef schauert zusammen, und wenn er nicht die Hand des Vaters auf seiner Schulter spürte, liefe er schreiend hinaus.

Der Großvater lässt seinen Blick durchs Zelt wandern. Mit schweren Schritten geht er hinüber zu einem Bündel Felle und hebt sie hoch. Er wühlt im Kleiderkorb, er klopft das Bett ab und streicht mit beiden Händen an den Vorhängen entlang. Er drückt und schüttelt, griffelt und tastet das ganze Zelt mehrmals ab, aber er findet keine Götterfigur. Nach einer Weile hebt er die Achseln, lächelt süßsauer und wendet sich zum Gehen. Jakob und Josef folgen im Abstand. Erst als sie draußen stehen, kann Josef den Mund bewegen. „Vater ...“, flüstert er.

Jakob bückt sich, bringt sein Ohr an Josefs Mund. „Was ist, mein Kleiner?“

Josef stöhnt. Fast übermächtig wird der Drang, dem Vater alles zu verraten, denn man darf ein Unrecht doch nicht verschweigen? Oder doch? Muss man es vielleicht, um ein Leben zu retten? Seine Augen schwimmen in Tränen, seine Lippen zittern.

Der Vater sieht ihn fragend an, mit leichten Zeichen der Ungeduld. Da verlässt ihn aller Mut. Er wischte sich mit dem Ärmel über das Gesicht und läuft hinüber zu den älteren Brüdern. Sie beachten ihn nicht, und er verbirgt sich hinter Judas Rücken.

---

[4] Die damalige Sitte forderte, dass Kinder aufstanden, wenn ihre Eltern den Raum betraten. Siehe auch 3. Mose 19,32; 1. Könige 2,19. Andererseits mussten sich menstruierende Frauen absondern; sie galten als unrein und deshalb vermieden die Männer in dieser Zeit jeden näheren Kontakt.

9. Gerichtsverhandlung

Inzwischen ist Laban zu seinen Begleitern zurückgegangen. Die Männer sprechen leise miteinander. Immer noch stehen Jakobs Knechte da, die Fäuste um die Stäbe gekrallt: ein Signal – und sie würden losschlagen. Jakob geht mit langen Schritten in die Mitte des Versammlungsplatzes und ruft: „Du bist mir ein sauberer Vater! Nennst mich einen Dieb! Jagst mich wie einen Wüstenräuber! Was hab ich dir denn getan?"

Er stellt sich breitbeinig vor Laban hin. „Du hast meine Sachen durchwühlt. Kein Stück, das du nicht in der Hand hattest. Und? War etwas dabei, das dir gehört? Dann leg es hier in die Mitte! Deine Brüder und deine Söhne sollen zwischen uns richten!"

Laban versucht ein Lächeln, es misslingt. Er hebt die Hände in einer hilflosen Geste und öffnet den Mund, doch Jakob fällt ihm ins Wort.

„Zwanzig Jahre hab ich bei dir geschuftet!", bricht es aus ihm heraus. „Wie einen Sklaven hast du mich behandelt. Tagsüber kam ich vor Hitze beinahe um, nachts fror ich mir die Seele aus dem Leib und musste wach bleiben und auf deine Herden achten. Denn wenn ein Schaf von einem Raubtier gerissen wurde, dann musste ich es dir ersetzen[1]."

Labans Cousins stoßen sich an und flüstern miteinander. Sein ältester Bruder runzelt die Stirn. Er tritt einen Schritt zurück, als wolle er damit zeigen, dass er mit dieser Ungerechtigkeit nicht einverstanden ist.

Aber Jakob ist noch nicht fertig. „Ja, ich habe deine Tiere gut gehütet! Niemals habe ich einen Widder gestohlen und aufgegessen. Deine Schafe und Ziegen hatten keine Fehlgeburt. Ich habe sie umsorgt und die kleinen Lämmer beschützt. Stimmt das oder nicht?" Labans Söhne nicken und brummen: „Das stimmt."

„Jakob ist ein tüchtiger Hirte."

„Ich kenne Vaters Herden. Sie sind gut gepflegt!"

---

[1] Das widersprach den Gesetzen von Mesopotamien; im Codex Hammurabi (Abschnitt 267) stand, dass ein Hirte nur dann einen Verlust ersetzen musste, wenn er durch eigene Nachlässigkeit daran schuld war.

„Da hörst du es! Was also wirfst du mir vor? Vierzehn Jahre lang habe ich gearbeitet, um den Brautpreis für deine Töchter zu verdienen. Und dann habe ich sechs Jahre lang gedient, um mir eine eigene Herde zu schaffen. In dieser Zeit hast du meinen Lohn zehnmal verändert. Du hättest mich sogar mit leeren Händen weggejagt, wenn nicht der Gott meines Vaters zu mir gehalten hätte. Aber El Shaddai, den mein Vater Isaak verehrt, hat mir heute Recht verschafft."

Endlich hat Laban Worte gefunden. „Mein lieber Sohn", sagt er und gibt seiner Stimme einen rührseligen Klang. „Rede doch nicht so hart mit mir! Bin ich denn ein Feind?" Er kräuselt die Lippen und tupft sich wieder mit seinem feinen Tuch die Augen ab.

Doch falls einer seiner Verwandten erwartet, dass Laban sein Unrecht einsehen und um Verzeihung bitten würde, so wird er enttäuscht. Mit keiner Silbe gibt der alte Mann seine Fehler zu. Stattdessen verkündet er salbungsvoll: „Deine Frauen sind meine Töchter, ihre Kinder sind meine Enkel. Alles, was du siehst, gehört mir."

Jakob knirscht mit den Zähnen, nur mühsam kann er sich beherrschen.

„Komm, mein Sohn, wir wollen Frieden schließen – hier vor allen Zeugen", schlägt Laban vor und lächelt falsch. Jakob wartet drei Atemzüge lang, dann nickt er.

„Ja", sagt er. „Wir wollen das in einem Vertrag festhalten." Er sucht mit den Augen und findet einen großen, schmalen Stein. Den schleppt er hinüber auf einen kleinen Hügel, der sich mitten im Tal erhebt. Er richtet ihn auf, so dass er wie eine Säule zum Himmel zeigt.

Laban geht hinüber und verkündet feierlich: „Dieser Stein ist unser Zeuge! Holt noch mehr Steine!"

Die Männer schwärmen aus und sammeln einen großen Haufen Steine, schichten sie neben der Steinsäule aufeinander.

„Hier auf diesen Steinen werden wir essen", verkündet Jakob. Er klatscht in die Hände. Die Knechte und Mägde laufen herbei, und Jakob gibt seine Befehle. Es dauert nicht lange, bis frisches Fladenbrot gebracht wird, dazu kalter Lammbraten und eine Kräutersoße. Die Männer hocken sich im Kreis auf das Steinplateau und essen. Danach hebt Laban beide Arme zum Himmel und ruft: „Dieser Ort heißt von nun an Zeugenhügel[2]."

Jakob stimmt in den Ruf ein und nennt die Gedenkstätte „Gal-Ed"[3] und die Steinsäule Mizpa[4].

„Dein Gott wird es sehen, wenn du meine Töchter schlecht behandelst!", warnt Laban.

Josef steht bei seinen Brüdern und hört zu. Bei diesen Worten des Großvaters kauert er sich zusammen, sein Magen schmerzt bei dem Gedanken an das, was beinahe geschehen wäre. Er stellt sich seine Mutter Rahel vor, wie sie von gnadenlosen Richtern auf diesen Steinen totgeschlagen würde. Rasch presst er die Hände vor den Mund, um nicht aufzuschreien.

Der Großvater predigt weiter. „Wehe dir, wenn du dir noch andere Frauen nimmst!"

Jakob lächelt wehmütig ...

„Dieses Denkmal soll uns davor warnen, dass keiner von uns diese Grenze zum anderen mit feindlicher Absicht überschreitet!", dröhnt Laban. „Der Gott Abrahams und der Gott Nahors sollen den bestrafen, der sich nicht an dieses Bündnis hält!"

Josef denkt mit Schaudern an den hölzernen Hausgötzen mit den Smaragdaugen, den die Mutter unter dem Kamelsattel versteckt hat. Er weiß, dass der Großvater zu diesem Götterbild gebetet hat, die Mutter selbst kniet oft davor und bekränzt die faltige Stirn mit Blumen. Beinahe musste sie diesen Götzendienst mit dem Leben bezahlen.

Aber sein Vater Jakob glaubt an einen Gott, der das Leben schuf und schützt. „Ich schwöre bei dem Gott, dem mein Vater Isaak in großer Ehrfurcht dient", ruft Jakob. „Und nun bringt mir einen Widder zum Opfer!"

Der älteste Knecht eilt hinüber zu den Herden und schleppt den besten Zuchtwidder heran und wirft ihn auf die Steine. Er drückt ihn mit den Hörnern zu Boden. Jakob zieht seinen scharfen, krummen Dolch aus dem Gürtel und trennt mit einem raschen Schnitt dem Opfertier die Halsschlagader durch. Der Widder zuckt ein paar Mal und verdreht die Augen, liegt still.

---

[2] Aramäisch: Jegar-Sahaduta.

[3] Hebräisch: Steinhaufen des Zeugnisses, daraus wurde später Gilead

[4] Hebräisch: Wachturm

Während das Blut über die Steine fließt, kommen die Knechte heran und führen lange Schnitte, um das Fell abzulösen. Jakobs ältere Söhne sammeln Holz für das Opferfeuer. Das Fett und die inneren Organe werden verbrannt. Danach braten die Knechte das Muskelfleisch, bis es krustig braun geworden ist. Jeder der Männer bekommt ein Stück.

Josef sieht zu, wie die Männer das Opferfleisch verzehren. Er erinnert sich an die Geschichten, die der Vater erzählt hat: vom Paradiesgarten und vom verbotenen Baum, von der Frucht, die den Tod brachte. Und doch hat Gott den Menschen verziehen, tötete Adam und Eva nicht. Sie durften weiterleben, aber dafür mussten unschuldige Schafe sterben. Ihr Fell diente den Menschen als Schutz und Kleidung, damit sie nicht vor Scham über ihre Schuld umkamen.

„Dabei war dieses Opfer nur ein Zeichen", hat der Vater erklärt. „Tierblut kann Schuld nicht sühnen. Aber es soll uns an den Retter erinnern, der kommen wird." Bei diesen Worten wurde Vaters Stimme ganz feierlich und er flüsterte: „Und dieser Retter wird aus *unserer* Familie kommen. Denke immer daran – aus unserer Sippe!"

Inzwischen haben die Männer ihr Mahl beendet. Es ist dunkel geworden, der Nachtwind spielt in ihren Haaren, packt ihre Überkleider und lässt sie flattern. Die Knechte und Mägde gehen zur Ruhe. Lea, Silpa und Bilha rufen ihre Kinder zu sich. Josef hat sich in einem Gebüsch in der Nähe der Männer versteckt und hört zu, wie Jakob von El Shaddai erzählt und den Sinn der Tieropfer erklärt.

Die ganze Nacht bleiben sie beieinander, stellen Fragen, bedenken die Antworten. Gegen Morgen werden die Gespräche leiser, einer nach dem anderen erhebt sich, streckt die müden Glieder, murmelt etwas und schleicht hinüber zu seinem Reittier, kramt in den Satteltaschen nach einem Mantel, einer Schlafmatte oder versucht, im Sitzen zu dösen. Nur Laban und Jakob bleiben nebeneinander sitzen, bis die Sonne ihre ersten Strahlen über die Berge schickt.

Schließlich seufzt Laban und sagt: „Es wird Zeit, wir müssen aufbrechen. Ruf meine Töchter und meine Enkel zusammen, damit ich Abschied nehmen kann."

Als Jakob ins Zeltdorf geht, kommt er an Josef vorüber. Der Junge ist blass und seine Augenlider schwer von der durchwachten Nacht.

Jakob streicht ihm übers Haar und murmelt: „Du bist die ganze Nacht wach geblieben ...“

Josef nickt und flüstert: „Ich hatte – Angst!“

„Angst vor Großvater? Und vor seinen Verwandten?“

„Ja. Sie waren so viele. Und sie waren so wütend.“

Jakob sieht hinauf zu der Hügelkette und dem Saum von Bäumen, hinter denen das Lager der Verfolger versteckt ist.

„Du hast Recht“, gibt Jakob zu. „Sie hätten uns schrecklichen Schaden zufügen können. Aber der Gott meines Vaters hat uns beschützt. Vergiss das nie, mein Sohn. Behalte das gut im Gedächtnis, vergiss es nie!“, und in seiner Stimme schwingt die Zärtlichkeit und Sehnsucht eines ganzen Lebens. Und Josef spürt die Kraft dieser Liebe und legt seine Arme um den Vater und drückt sein Gesicht in den rauen Stoff an Jakobs Brust.

10. Abschied

Kurze Zeit später ruft Jakob seine Familie zusammen. Die Kinder sind schläfrig und ungewaschen, die Frauen kneifen die Lippen zusammen; ist es die Anspannung des letzten Tages oder Ärger, weil man sie so früh geweckt hat?

Rahel steht zehn Schritte weit von Lea entfernt und krampft ihre Hand um Josefs Hand, als habe sie Angst, jemand könne ihn rauben. Laban schreitet großspurig auf Lea zu und umarmt sie überschwänglich. Er winkt die Söhne Leas zu sich und küsst sie. Er geht zu Rahel hinüber und nimmt sie kurz in den Arm. Josef legt er eine schwere Hand auf den Scheitel und segnet auch noch die Kinder der beiden Nebenfrauen und nickt ihnen zu. Dann dreht er sich um und geht zu seinem Kamel.

„Kein Abschiedskuss für mich", murmelt Jakob, und Josef sieht, wie sich die Furche vertieft, die sich von seinen Nasenflügeln zu den Mundwinkeln zieht.

Jakob wechselt ein paar Worte mit Labans Söhnen, Brüdern und Cousins, dann sitzen die Männer auf und reiten aus dem Zeltdorf, ohne sich noch einmal umzusehen.

„Soll ich ihnen nachreiten und ihren Weg ausspionieren?", bietet Ruben an.

Simeon nickt eifrig. „Ja. Wir sollten herausfinden, ob sie wirklich nach Haran ziehen. Vielleicht ist das nur ein Trick."

„Und sie überfallen uns nächste Nacht ...", ruft Levi und ballt die Fäuste. Die drei sind immer für ein Abenteuer zu haben.

„Lass uns gehen, bitte, Vater!", bettelt Juda, der nicht zurückstehen möchte.

Aber Jakob schüttelt den Kopf. „Nein. Ihr bleibt hier. Wir wollen mit diesen Menschen nichts mehr zu tun haben."

Am nächsten Morgen wird das Zeltdorf abgebrochen. Josef muss seiner Mutter beim Packen helfen. Sonst hat es ihm immer Spaß gemacht, die kleinen Tontöpfchen und Tiegel mit den duftenden Salben in einen Korb zu sortieren. Er hat auch gern ihre weichen Kleider zusammengelegt und die Lederriemen der Sandalen mit

Widderfett eingecremt. Dann polierte er sie normalerweise mit einem alten Fellstück, bis sie glänzen.

Aber heute ist ihm das Zelt seiner Mutter verleidet. Scheu schleicht er an dem Kamelsattel vorüber und wirft immer wieder ängstliche Blicke über die Schulter. Ob die Mutter seine Furcht spürt? Sie greift sich ein großes, altes Tuch und geht hinüber zum Sattel.

„Komm her und pack an!“, befiehlt sie. Er muss den großen, geflochtenen Sitzkorb hochheben, und sie schiebt rasch das Tuch darunter und verhüllt den Götzen. Gemeinsam tragen sie den Kamelsattel nach draußen vors Zelt und Rahel befiehlt einem Knecht, ihre Kamelstute zu satteln.

Josef trödelt draußen herum; er hat keine Lust, in die Nähe des Hausgötzen zu kommen, der seine Mutter beinahe ums Leben gebracht hat. In seinem kindlichen Denken ist der Teraphim daran schuld, dass er sich unbehaglich fühlt, sobald er das Zelt der Mutter betritt. Und er schreibt diesem Holzklotz eine unheilvolle Macht zu.

Gegen Mittag haben sie die Zelte abgeschlagen. Die Hirten treiben die Tiere zusammen. Jakob ordnet den Zug und gibt den Befehl zum Abmarsch. Bevor er seine kluge Mauleselin besteigt, die die Führung der Karawane übernehmen soll, wirft er einen letzten Blick auf den verlassenen Lagerplatz. Zertretenes Gras, Asche und die geweihte Steinsäule – mit einem Gemisch aus Wehmut und Erleichterung sieht er zurück. Zwanzig Jahre in Paddam-Aram – das ist mehr als genug!

Nun will er nach Kanaan, in das Land, das Gott seinem Großvater Abraham als Eigentum zugesprochen hat. Er freut sich auf das Wiedersehen mit den Eltern. Ob sie noch am Leben sind?

„Ich werde Boten voranschicken – alte Leute vertragen keine Überraschungen“, sagt er zu seinem ältesten Knecht. „Rufe mir drei Männer auf schnellen Kamelen.“

Kurze Zeit später melden sich drei junge Reiter bei ihm. Er beschreibt ihnen den Weg nach Beerscheba. „Meldet uns bei meinen Eltern an, damit sie vor Freude keinen Schreck bekommen!“, befiehlt er. Er trägt ihnen eine Botschaft an seinen Bruder Esau auf. Esau soll nicht denken, der Bruder wolle nun sein Recht auf das Erbe einfordern.

„Und nun reitet los und kommt bald wieder zurück!“, befiehlt Jakob. Die drei Männer preschen davon.

„Hoffentlich bringt ihr mir gute Botschaft“, murmelt Jakob. Dann schnalzt er mit der Zunge und galoppiert an seinen Platz an der Spitze des Zuges.

11. Doppeleskorte

Wenige Tage später reitet Jakob gerade um eine Wegbiegung, als er vor sich eine Gruppe von Reitern sieht. Er schirmt die Augen gegen die Sonne ab und treibt seiner Eselin die Fersen in die Seite. Sie rafft sich zu einem Galopp auf, aber es gelingt ihm nicht, die geheimnisvollen Reisenden einzuholen. Von einem Hügelkamm aus schaut er auf das hintere Ende seines Zuges hinunter und entdeckt, dass hinter dem letzten Kamel ebenfalls eine Gruppe von Reitern herkommt.

Er jagt nach hinten und wartet auf die Reisegruppe. Sie kommen näher, aber er hört keinen Hufschlag. Kein Körnchen Sand wird aufgewirbelt. Da begreift er: Das sind keine gewöhnlichen Menschen und schon gar keine Feinde. Gott selbst hat ihm zwei Wächtertrupps geschickt, die ihn beschützen sollen.

Jakob lenkt seine Eselin in die Mitte der Karawane, wo seine Söhne reiten. Inzwischen hat jeder der älteren Jungen sein eigenes Reittier.

„Kommt mit, ich muss euch etwas zeigen!“, ruft er und führt die Tiere seiner Söhne so weit auf den Berghang, bis sie die ganze Karawane überblicken können.

„Schaut euch das an!“, ruft er. „Dort vorne! Und da hinten!“

Die Jungen starren in die angegebene Richtung, aber keiner sagt ein Wort. Endlich holt Ruben tief Luft und fragt: „Was soll da sein, Vater?“

„Seht ihr die Reiter nicht?“

„Ich sehe nur unseren Führer. Und die Reitknechte.“

„Simeon! Levi! Strengt eure Augen an! Seht ihr die Soldaten nicht? Sie sind doch deutlich zu erkennen.“

„Soldaten?“, staunt Juda.

„Ja. Zwei Trupps. Einer reitet als Vorhut und einer als Nachhut. Und ich sage euch, das sind keine sterblichen Menschen. Das sind Gottes Engel!“

Ruben drängt seinen Esel näher an Jakob heran und nimmt seinen Lederschlauch von der Schulter.

„Vater, trink etwas“, sagt er leise. „Es wird dir gut tun.“

Simeon meint: „Als wir vorgestern durch diese elende Wüste ritten, habe ich einen klaren blauen See gesehen, wo in Wirklichkeit nur Sand war.[1]"

„Kein Wunder bei der Hitze", murmelt Levi.

Jakob schaut von einem zum anderen. Das Herz wird ihm schwer. „Ihr meint wohl, ich bilde mir das ein?", fragt er, und seine Stimme klingt plötzlich müde wie die eines uralten Mannes.

Josef steigt vom Esel und zwängt sich durch die Reittiere der Brüder zu seinem Vater. „Du hast wirklich zwei Gruppen von Engeln gesehen?", fragt er.

„Ja, mein Sohn. Sie beschützen uns."

Josefs Augen werden groß, und das Lächeln steigt ihm ins Gesicht. „Dann müssen wir keine Angst haben. Dann kann uns nichts geschehen", sagt er träumerisch.

„Sag bloß, du siehst sie auch!", ruft Juda und pufft seinen jüngeren Bruder in die Seite.

Josef senkt den Kopf. „Nein. Aber Vater sieht sie und ich glaube ihm. Und ich gäbe viel darum, einmal einen Engel zu sehen ... oder sogar Gott ..."

Die Brüder stoßen sich mit den Ellenbogen an, aber die spöttischen Worte sterben auf ihren Lippen, als sie Jakobs strenge Miene sehen. „Das ist nichts zum Lachen! Das ist heilig!", knirscht der Vater, und da müssen sie plötzlich ihre Zügel kontrollieren oder das Zaumzeug richten.

„Zurück auf eure Plätze", befieht Jakob, und sie gehorchen ohne Widerspruch. Als er einen letzten Blick über die Schulter wirft, kann er die Engel nicht mehr sehen. Und doch ist er sicher, dass sie immer noch da sind.

Abends am Lagerfeuer erzählt er allen von seinem Erlebnis und keiner wagt, seine Geschichte zu bezweifeln. Er nennt diesen Ort „Doppellager"[2].

---

[1] Durch Luftspiegelungen kommt es in der Wüste manchmal zur so genannten „Fata Morgana".

[2] Hebräisch: Mahanajim, später ist dort eine Stadt gegründet worden, die in Jos. 13, 26; 21,38; 2. Sam. 2,8 erwähnt wird. Es könnte sich dabei um das heutige Machna handeln, etwa 18 km nordwestlich von Djerash, der alten Stadt Gerasa.

* * *

Endlich kommen die Boten zurück, die Jakob ausgeschickt hat.

„Wir bringen schlechte Nachrichten", sagt der Sprecher. „Es tut uns Leid. Deine verehrte Mutter ist gestorben."

Jakob zuckt zusammen wie unter einem Schlag. Er zieht den Zipfel des Kopftuches über sein Gesicht, damit keiner seine Tränen sieht. Rahel und Lea brechen in laute Klagelaute aus, und auch Silpa und Bilha stimmen ein, wie es die Sitte vorschreibt.

Die älteren Jungen haben sich zu einem Rudel zusammengerottet und machen lange Ohren. Sie wollen keine Neuigkeit verpassen. Dass jemand gestorben ist, den sie nicht kennen, bewegt sie nicht. Unter einer Großmutter können sie sich nichts vorstellen; sollte sie dem Großvater Laban ähneln, konnte man gut auf sie verzichten ...

Nur Josef, der etwas abseits von seinen Brüdern steht, spürt einen Stich im Herzen. Er versucht sich das Gesicht der Großmutter vorzustellen. Sein Vater Jakob hat sie oft beschrieben, und wenn Josef die Augen schließt, meint er die feine, gerade Nase zu sehen und die unerschrockenen Augen, den kühnen Schwung ihrer Brauen und das energische Kinn. Nun wird er Rebekka[3] niemals kennen lernen.

Aber die Boten sind noch nicht fertig. „Dein Vater Isaak wohnt nicht mehr in Beerscheba. Er ist nach Hebron übergesiedelt. Er ist blind und wird von seinen Knechten versorgt. Eine alte Amme ist auch noch dort. Sie bat uns dringend um ein Wiedersehen mit dir. Sie sagte, sie hätte große Sehnsucht nach ihrem Liebling."

Jakob lächelt. „Debora[4] – sie hat mir viele Geschichten erzählt. Und von ihr bekam ich öfter Leckereien zugesteckt. Dass sie noch lebt – sie muss schon 140 Jahre alt sein[5]! Wir werden sie zu uns holen, sobald wir einen festen Lagerplatz gefunden haben. Und sonst? Habt ihr meinen Bruder Esau gesehen?"

Die Boten wechseln Blicke. Der Sprecher beißt sich auf die Unterlippe und scharrt mit der Sandale im Sand. Endlich gibt er

---

[3] Hebräisch: „Strick mit einer Schlinge" = ein fesselndes Mädchen; kann auch heißen: „angebundenes Lamm".

[4] Biene

[5] Jakob war damals etwa 97 Jahre alt.

sich einen Ruck. „Dein Bruder Esau lebt nicht mehr bei deinem Vater. Wir sind zu seinem neuen Wohnort geritten. Er wohnt im Bergland von Seir[6]."

„Was habt ihr zu meinem Bruder gesagt?", fragt Jakob.

„Das, was du uns befohlen hast", murmelt der Bote.

„Wiederhole es!", befiehlt Jakob.

Der Bote schließt die Augen, als könnte er sich so besser erinnern. „Wir sagten: ‚Verehrter Herr Esau, euer Knecht Jakob lässt euch Folgendes ausrichten: Ich bin bis jetzt bei unserem Onkel Laban gewesen. Ich habe dort großen Reichtum erworben – Ochsen und Esel, Schafe und Ziegen. Ich habe Knechte und Mägde, die für mich arbeiten. Das möchte ich dir mitteilen, und ich hoffe, dass du mich freundlich aufnimmst.'"

„Und? Was hat er geantwortet?"

„Dein Bruder zieht dir entgegen ..."

„Wirklich? Habt ihr gehört, Kinder? Euer Onkel Esau will euch begrüßen!", ruft Jakob.

„Ja, aber – er hat – er hat 400 schwer bewaffnete Soldaten bei sich", flüstert der Bote.

Jakob fährt zusammen. Ihm ist, als hätte sich eine Wolke vor die Sonne geschoben. „400 Kämpfer? Was hat er vor? Will er einen Krieg anzetteln? Uns niedermachen und ausplündern?"

Wieder wechseln die Boten Blicke. Dann zuckt der Sprecher die Achseln. „Wir sollten diese Möglichkeit in Betracht ziehen."

---

[6] Zerklüftetes Felsengebirge auf der Ostseite des Wadi el-araba, südlich des Toten Meeres. Die Bewohner der schwer zugänglichen, befestigten Städte haben wahrscheinlich den Handel auf der großen Araberstraße kontrolliert und von Raub und Schutzzöllen gelebt. Heute ist vor allem die Felsenstadt Petra bekannt; sie bildete die Hauptstadt des späteren Königreiches Edom. Der berühmteste Abkömmling dieses Volkes war später König Herodes der Große.

12. Kriegslisten

Jakob atmet schwer, als hätte er eine Last zu tragen, die ihn niederdrückt. „Jetzt weiß ich, warum meine Mutter in all den Jahren keine Botschaft schickte. Mein Bruder Esau hat mir nicht verziehen. Er will sich rächen." Er lässt seinen Blick über die Karawane schweifen, über die riesigen Viehherden, die nebenher trotten. „Das wird ein furchtbares Blutbad geben!" Er schauert zusammen.

„Was sollen wir tun?", fragt der Reiseführer.

„Wir trennen uns in zwei Gruppen", sagt Jakob. Er winkt seinem ersten Knecht. „Teile alle Herden und alle Leute und bringe den einen Trupp in das Nebental. Wenn mein Bruder die eine Hälfte überfällt, kann sich die andere vielleicht retten."

Der Knecht nickt und reitet davon, brüllt Befehle, winkt und gestikuliert. Die Hirten treiben sofort einen Teil der Tiere in Richtung des Nachbartales. Schafe blöken, Ziegen fallen in den Chor ein, Staub wirbelt auf. Jakob lässt sich aus dem Sattel gleiten und setzt sich am Weg auf einen Stein. Er stützt die Ellenbogen auf die Knie und verbirgt das Gesicht in den Händen.

Da spürt er eine sanfte Berührung am Arm und schaut auf. Josef steht vor ihm und fragt: „Was hast du, Vater?"

Jakob presst die Lippen zusammen. Dann sagt er leise: „Ich fürchte mich ..."

„Aber wovor? Bald sehen wir deinen Bruder Esau, das wird schön. Stimmt es, dass er so rote Haare hat wie ich?"

„Ja, das stimmt", sagt Jakob. „Aber Esau ist wütend auf mich."

Josef seufzt. „Simeon und Levi sind auch oft wütend auf mich. Sie drohen mir mit Prügel. Dann hätte ich gern Engel auf meiner Seite. Du hast doch welche gesehen, nicht, Vater?"

„Engel ...", murmelt Jakob.

„Und wir können beten, dass sie uns helfen, nicht, Vater?"

Jakob sieht in das Kindergesicht, so ernst, so offen, und atmet tief ein.

„Ja. Wir können beten", sagt er. Er steht auf, hebt die Arme zum Himmel.

„Du Gott meines Großvaters Abraham, der du auch der Gott

meines Vaters Isaak bist! Du selbst hast mir befohlen, nach Kanaan zurückzukehren. Du hast mir deinen Schutz zugesagt – nicht weil ich ihn verdiene, sondern weil du so treu und so barmherzig bist. Als ich damals den Jordan überquerte, hatte ich nichts als meinen Wanderstab. Und jetzt besitze ich so viel, dass meine Leute zwei Zeltstädte bilden. Rette mich vor dem Zorn meines Bruders! Ich habe Angst, dass er mich erschlägt und meine Frauen und meine Kinder niedermetzelt."

„Er will uns – töten?", flüstert Josef. „Das hab ich nicht gewusst. Auch – auch uns Kinder?" Seine Augen sind weit aufgerissen, und er beginnt zu zittern.

Jakob zieht den Jungen in die Arme und wiegt ihn tröstend hin und her. Er schließt die Augen und betet weiter:

„Herr, du hast versprochen, dass du mir Gutes tust. Du selbst willst meine Nachkommen so vermehren, dass man sie genauso wenig zählen kann wie den Sand am Meeresstrand."

Josef schluchzt auf und löst sich aus den Armen des Vaters. „Wenn Gott das versprochen hat, dann wird uns nichts geschehen", sagt er und wagt ein zaghaftes Lächeln. „Aber Vater, warum ist dein Bruder denn so zornig?"

Jakob verzieht das Gesicht und brummt: „Das ist eine lange Geschichte ..."

„Vater, bitte erzähl sie mir! Ich liebe lange Geschichten!"

Jakob, der seinem Lieblingssohn noch nie einen Wunsch abschlagen konnte, erzählt: „Mein Bruder und ich, wir sind Zwillinge. Esau kam zuerst heraus. Deshalb galt er als der Erstgeborene."

Josef nickt eifrig. „Ihm steht ein doppelter Anteil am Erbe zu."

„Ja. Aber damit ist auch eine Pflicht verbunden. Der Erstgeborene ist der Priester der Familie. Er muss dafür sorgen, dass die Familie Gott kennen lernt und ihm dient. Und von ihm soll auch der Retter abstammen, den Gott eines Tages schicken wird. Dieses Versprechen hat Gott meinem Großvater Abraham gegeben."

„Das weiß ich", sagt Josef und hebt das Kinn. „Der Erlöser wird aus unserer Familie kommen."

„Esau hat sich aber nie um unseren Gott gekümmert. Die kostbaren Voraussagen, die Gott unserer Sippe anvertraut hat, bedeuten ihm nichts. Meine Mutter wusste, wie wichtig mir das alles ist. Sie hat –

ähm – dafür – gesorgt, dass ich diesen Segen bekam." Jakob wischt sich mit dem Ärmel über die Stirn und weicht den klaren Augen seines Sohnes aus. „Du kannst dir denken, dass mein Bruder darüber sehr wütend war."

Josef runzelt die Stirn. „Wollte Onkel Esau nicht einsehen, dass zum Segen auch eine Pflicht gehört?"

„Nein. Ihm war das Erstgeburtsrecht so wenig wert, dass er es für einen Teller Linsensuppe an mich verkaufte. Und dann heiratete er zwei Frauen, die Götzen anbeten."

Der Junge zieht die Unterlippe ein. „Darf man keine Frau heiraten, die Götzen anbetet?", fragt er, und seine Stimme ist ganz dünn geworden.

„El Shaddai möchte, dass wir ihm vertrauen, weil er allmächtig ist. Ein Götze ist nur eine Figur aus Holz oder Ton oder Stein. Sie kann nicht wirklich helfen. Wer zu einer Figur betet, wird enttäuscht und betrogen. Verstehst du das?"

Josef nickt und flüstert: „Aber *Lea* betet zum Allmächtigen ..."

Bevor Jakob begriffen hat, was ihm sein Liebling damit andeuten wollte, ist der Junge schon davongerannt. Der Vater schaut ihm stirnrunzelnd nach, dann schüttelt er den Kopf. Er steigt wieder in den Sattel und reitet hinüber zum Oberhirten.

„Ich will versuchen, meinen Bruder zu besänftigen. Vielleicht lässt er sich durch ein Geschenk erweichen. Hole mir zweihundert Ziegen und zwanzig Zuchtböcke, zweihundert Schafe und zwanzig Widder, dreißig säugende Kamele mit ihren Fohlen, vierzig Kühe und zehn junge Stiere, zwanzig Eselinnen und zehn Esel. Wähle fünf tüchtige Hirten aus, die diese Tiere hierher bringen."

„Das sind Geschenke für einen Fürsten!", gibt der Oberhirte zu bedenken. „Jedes einzelne ist sehr wertvoll."

„Ja. Das weiß ich, und mein Bruder weiß es hoffentlich auch."

Es dauert einige Zeit, bis die Tiere zusammengesucht sind. Jakob tauscht einige Tiere aus, und dann ist er mit der Auswahl zufrieden. Er ruft einen jungen Hirten herbei und befiehlt: „Du treibst diese Herde weiter, bis du meinem Bruder Esau begegnest. Wenn er dich fragt: ‚Zu wem gehörst du und wem gehören diese Tiere?', dann sagst du: ‚Das gehört deinem Knecht Jakob, der schickt dir dieses Geschenk. Er kommt hinter uns her.' Hast du das verstanden?"

Der Hirte nickt und macht sich mit den Tieren auf den Weg.

Als sich die Staubwolke gelegt hat, die die Tiere aufgewirbelt haben, ruft Jakob einen Schafhirten und gibt ihm denselben Auftrag. Auch einen Kamelhirten, einen Kuhhirten und einen Eselshirten schickt er los. Er reitet auf einen kleinen Hügel und schaut den Herden noch lange nach, in tiefe Gedanken versunken.

13. Nahkampf

Als es dunkel wird, wird Jakob unruhig. Er ruft seine Frauen und Kinder zusammen. „Hier ist es zu gefährlich“, sagt er. „Ich bringe euch über den Blauen Fluss[1]. Da seid ihr besser geschützt.“

Der Führer der Karawane findet eine flache, schmale Stelle, an der sie das Wasser gut durchqueren können. Jakob sorgt dafür, dass auch das Gepäck und die restlichen Herden hinübergebracht werden. Er gibt Anweisungen und hilft den Knechten, ein Notlager aufzuschlagen. Dann geht er zurück zum Ufer.

Josef läuft ihm nach. „Vater, wo willst du hin? Bleibst du nicht bei uns?“

Jakob schüttelt den Kopf. „Ich gehe wieder hinüber.“

„Darf ich dich begleiten?“, bettelt der Junge.

„Nein. Ich muss allein sein und nachdenken. Ich will ungestört mit Gott sprechen.“

Er streicht dem Jungen noch einmal übers Haar, dann wendet er sich ab und watet ins Wasser.

Josef bleibt mit hängenden Schultern stehen und starrt ihm nach. Die Tränen laufen ihm übers Gesicht, aber Rahel hört keinen Laut. Sie muss ihn an der Schulter rütteln: „Komm, Junge, du musst mir mit dem Gepäck helfen.“

„Aber Vater ist allein dort drüben“, weint er auf.

„Er will es ja nicht anders haben“, sagt Rahel schnippisch.

Lea wirft ihr einen vorwurfsvollen Blick zu. Sie legt Josef die Hand auf den Arm und sagt freundlich: „Josef, du weißt doch, dass dein Vater niemals ganz allein ist. Auch wenn es so aussieht: El Shaddai hat ihn nicht verlassen.“

„Bleibt Gott immer bei uns? Auch wenn wir etwas Falsches getan haben?“, will Josef wissen, und Lea fragt sich nicht zum ersten Mal, wie viel dieser Junge eigentlich weiß.

„Unsere Schuld trennt uns von Gott“, gibt sie zu.

---

[1] Hebräisch: Jabbok; heute: Nahr ez-Zerqa, der östliche Zufluss zum Jordan, der ein tiefes Tal ins Gebirge eingeschnitten hat und etwa 37 km nördlich des Toten Meeres in den Jordan mündet.

„Dann beschützt er uns also nicht, wenn wir gesündigt haben?“, bohrt Josef weiter.

Lea seufzt. „Wenn es so wäre, dann könnte uns Gott nur sehr selten beschützen ...“

Rahel wird ungeduldig. „Bist du mit deiner Predigt bald zu Ende?“, fragt sie spitz. „Wenn du so klug bist, warum bringst du deinen Kindern kein besseres Benehmen bei? Sie sind unverschämt und boshaft.“

„Du hast gut reden – mit deinem Musterkind von Sohn. Ich weiß manchmal nicht, wo mir der Kopf steht, wenn die Kinder alle gleichzeitig auf mich einreden!“

„Sieben eigene Kinder und zwei angenommene Kinder großziehen – das ist viel Mühe. Zu viel für eine Frau“, sagt Rahel.

Lea schließt die Augen, als könne sie damit den triumphierenden Zug um Rahels Mund aussperren, aber es hilft nichts ... sie kennt diesen Gesichtsausdruck nur zu gut.

„Lass uns jetzt nicht streiten“, sagt sie matt. „Wenn es jemals eine Zeit gab, in der wir zusammenhalten sollten, dann heute.“

Rahel denkt eine Weile darüber nach, dann streckt sie die Hand nach ihrer Schwester aus. „Du hast Recht. Es tut mir Leid, was ich gerade sagte. Bitte vergiss es.“

Zehn Schritte weiter weg fasst Silpa die Bilha am Arm: „Schau, die beiden wollen sich vertragen!“

Bilha nickt. „Is' gut so. Dann werden auch die Kinder nich' zanken.“

* * *

Am anderen Ufer des Jakob läuft Jakob unruhig auf und ab. Die Erinnerung an seine Tat quält ihn, und wenn er die Augen schließt, sieht er die Szene vor sich: den blinden Vater, der die Arme des Sohnes abtastet und grübelt: „Bist du wirklich mein Sohn Esau?“ Seine Beteuerungen: „Ja, ich bin Jakob!“, sein Drängen: „Segne mich, Vater, segne mich jetzt!“ Dann die Segensworte, die Isaak im Auftrag des Allmächtigen sprach: „Gott gebe dir den Tau des Himmels, dein Acker soll fruchtbar sein, du sollst Korn und Wein im Überfluss besitzen. Ganze Völker werden dir dienen, viele

Stämme werden dir zu Füßen fallen. Sei ein Herr über deine Brüder – sie werden sich vor dir verneigen. Verflucht sei, wer dir flucht, gesegnet sei, wer dich segnet![2]" Unvergessliche Worte! Damals drangen sie wie heißes Öl in seine Seele und erfüllten ihn mit Kraft – mit einer Hoffnung, die alle Träume in den Schatten stellte.

Aber dann kam Esau von der Jagd und brachte dem Vater sein Lieblingsessen: Wildgulasch, und der Vater erschrak, weil er nun wusste, dass er betrogen worden war. Esaus verzweifeltes Weinen klingt Jakob immer noch in den Ohren. „Vater, segne mich auch! Hast du nur einen Segen?"

Und die Vorhersage des Vaters: „Du wirst in einem Land wohnen, das unfruchtbar und trocken ist. Vom Schwert wirst du dich ernähren, und du wirst deinem Bruder dienen, bis du endlich sein Joch von deinem Hals reißt." Und dann Esaus Drohung, die ihm von der Mutter hinterbracht wurde: „Ich bringe ihn um! Sobald mein Vater nicht mehr lebt, bring ich meinen Bruder um!"

Offenbar will Esau nicht auf den Tod des Vaters warten, er will seine Rache hier und jetzt. Und wer kann ihn daran hindern? Jakobs Geschenke, die ihm zeigen sollen, dass der Bruder keinen Anspruch auf das väterliche Erbe erhebt? Seine Bereitschaft, sich dem Bruder unterzuordnen und ihn als seinen „Herrn" anzuerkennen? Das sind kluge Schachzüge, aber werden sie zum Ziel führen?

Jakob schaut zum Himmel hinauf. Der Wind jagt Wolkenfetzen über die Sterne. Kein Mond schickt sein tröstendes Licht. Wo sind nun die Engelheere, die Gott ihm als Eskorte gesandt hat? Wird Gott einen Lügner und Betrüger schützen? Andererseits kennt Gott seine Motive – er muss doch gewusst haben, dass es ihm nicht um das Erbe ging, sondern um die Ehre, der Stammvater des verheißenen Retters zu sein. Danach hatte er sich mit aller Kraft gesehnt, und wenn er heute seinen Betrug bereut, dann ist er traurig über die Mittel, zu denen er gegriffen hat. Er wollte Gottes Willen durchsetzen – mit einer unrechten Tat. Er hatte gedacht, auf eigene Faust dafür sorgen zu müssen, dass Gottes Plan in Erfüllung gehen konnte. War das sein Fehler? Auf die eigene Kraft zu vertrauen, statt auf den Allmächtigen zu warten, damit er auf seine Weise und auf seine Art dafür sorgt, dass sein Meisterplan ausgeführt wird?

---

[2] 1. Mose 27,28-29

Drüben am anderen Ufer lagern die Menschen, die er liebt: seine Frauen, seine Kinder, seine Knechte und Mägde, die Hirten und Reitknechte. Sie sind ihm gefolgt, weil sie ihm vertrauen, und jetzt hat er sie in Lebensgefahr gebracht. Esau und seine Räuberschar werden die Männer erschlagen, die Frauen schänden und die Kinder als Sklaven entführen.

Jakob denkt an seinen Liebling Josef, dessen Augen so träumerisch in die Ferne starren können, an seine Einfühlungsgabe, seine Herzensgüte. Mit seinen sechs Jahren ist schon der scharfe Verstand zu spüren, der sich hinter der hohen Stirn regt. Er hat Rahels feine, ebenmäßige Gesichtszüge geerbt, ihre Porzellanhaut. Mit seinem rötlichen Haar und den grünen Augen sticht er aus der Schar der Kinder heraus wie ein Kolibri unter Spatzen. Was wird Esau mit ihm anstellen?

Jakob wischt sich die Tränen ab, die unaufhörlich fließen. Noch nie zuvor hat er seine Schuld so klar vor Augen gesehen. Und nun werden mit ihm auch die Unschuldigen bestraft. Nur Gott kann ihm helfen, doch er verdient seine Hilfe nicht. Er hat zu viele Fehler gemacht. Er hat zu oft versagt. Er ist unwürdig.

Nun steigt ihm das Weinen in die Kehle, und er lässt ihm freien Lauf. Während er vor sich hinschluchzt, wird er plötzlich von einer harten Hand an der Schulter gepackt. Er wehrt sich mit aller Kraft gegen den eisernen Griff des Gegners. Er drückt und drängt, versucht, Raum zu gewinnen, die Hände des Feindes abzuschütteln, doch es gelingt ihm nicht. Er hat alle Mühe, auf den Beinen zu bleiben, denn wenn ihn der andere zu Boden werfen sollte – wer könnte ihm da noch helfen?

Es ist ein Ringkampf auf Leben und Tod. Die beiden Gegner keuchen und stöhnen, keiner will eine Handbreit nachgeben. Jakobs Beine zittern vor Erschöpfung, der Schweiß läuft ihm in breiten Bächen über die Stirn, aber noch ist kein Ende des Kampfes abzusehen.

Plötzlich nimmt der andere eine Hand weg, mit der er Jakobs Oberarm umfasst hat, und schlägt ihm auf das Hüftgelenk. Wie glühendes Eisen fährt es Jakob durchs Gelenk, als der Gelenkkopf aus der Hüftpfanne springt. Stöhnend bricht er in die Knie, doch er klammert sich immer noch an den Gegner – fester denn je, denn jetzt weiß er, dass dies kein Räuber ist, auch kein Späher seines Bruders. Solche Kraft besitzt kein sterblicher Mensch: Jakob kämpft mit einem übernatürlichen Wesen.

„Lass los!“, sagt der geheimnisvolle Gegner. „Ich muss fort, es wird schon Morgen.“

Und richtig – im Osten wird der Himmel hell, eine rötliche Wolke taucht über der Hügelkuppe auf. Jakob keucht: „Ich lass dich nur gehen, wenn du mich segnest!“ Der Schmerz wühlt in seinem Hüftgelenk, aber er lockert seinen Griff nicht, krallt sich in das Gewand des Mannes, den er jetzt für einen Engel hält. Ein Weinkrampf überfällt ihn, denn eines sieht er ganz klar: Er will nicht einen Wimpernschlag länger leben ohne die Zusage, dass Gott ihm verziehen hat. Er fleht und bettelt: „Gib mir Gottes Segen!“

„Wie heißt du?“, fragt der Unbekannte.

„Jakob – ich heiße Jakob“, schluchzt er.

„Du sollst nicht mehr Jakob[3] genannt werden, sondern Israel[4], denn du hast mit Menschen und mit Gott gekämpft, und du hast gesiegt.“

Mit Gott gekämpft? Ist mein tiefster Wunsch erfüllt worden, ist es Gott selbst, den ich berühren darf?, durchzuckt es Jakob. Er stößt hervor: „Sag mir doch deinen Namen!“

„Warum fragst du noch?“, kommt es sanft. Eine Hand legt sich mit segnender Gebärde auf Jakobs Kopf.

Jakob schließt die Augen. „Ich habe Gott mit eigenen Augen gesehen und habe diesen Anblick überlebt. Jetzt ist meine Seele heil geworden“, flüstert er. „Dieser Platz heißt von nun an ‚Angesicht Gottes‘[5].

Die Sonne geht auf, als er zum Ufer hinkt. Immer noch leidet er starke Schmerzen, aber er strahlt vor Freude und Zuversicht: Er ist von Gott gesegnet.

---

[3] „Fersenhalter“ = Betrüger

[4] Dieser Name wurde später zum Namen des Volkes, das Gott sich erwählt hatte.

[5] Hebräisch: Pnuel/Pniel; vermutlich Tulu edh-Dhahab am Jabbok, etwa 10 km östlich vom Jordan.

Drittes Buch
Israel und seine Söhne

1. Versöhnung

Jakob hat eine schlaflose Nacht voller Angst und Sorgen hinter sich. Sein Bruder trachtet ihm nach dem Leben und er kann seiner Heeresmacht nichts entgegensetzen. Aus dem langen, zähen Ringen mit dem geheimnisvollen Gegner kommt Jakob als Krüppel hervor; seine verrenkte Hüfte schmerzt und nur mit Mühe kann er den kleinen Fluss durchwaten. Doch er strahlt und lächelt in das fragende Gesicht seines Lieblings hinein, der am Ufer auf ihn wartet: „Josef, ich habe Gott gesehen."

„Wirklich?", staunt der Junge und weicht einen Schritt zurück. „Dann hast du keine Angst mehr?"

„Nein", sagt Jakob. „Der Allmächtige hat mich gesegnet."

„Das ist gut", seufzt Josef. „Dann wird er nicht zulassen, dass wir sterben."

„Warum denkst du ans Sterben?", fragt Jakob und nimmt Josefs Hand in seine.

Josef zeigt auf die Bergspitze, hoch über dem schmalen Flusstal.

„Wir waren da oben, meine Brüder und ich. Und da haben wir die Männer gesehen. Es sind viele."

„Mindestens vierhundert, habe ich gehört", sagt Jakob.

Josef nickt. „Sie sehen wild aus. Und sie kommen immer näher."

„Wir wollen ihnen entgegengehen", sagt Jakob.

Er hinkt zu den Frauen hinüber, die sich wie eine ängstliche Kükenschar zusammendrängen. Die Kinder rennen lärmend durcheinander.

„Alle hierher zu mir!", ruft Jakob und da gehorchen sie und schleichen heran.

„Bilha, du stellst dich mit Dan und Naftali dort an den großen Stein. Silpa, du stehst mit Gad und Asser hinter ihr. Lea, nimm Ruben, Simeon, Levi und Juda zu dir. Issaschar und Sebulon nehmen Dina in die Mitte und stellen sich neben dir auf. Und den Schluss macht Rahel mit Josef."

Während er die Kinder in eine Reihe einordnet, sind die ersten Köpfe über dem Rand der Schlucht zu sehen, und schon stürmen Esau und seine Männer den Berghang herab.

Jakob ruft seiner Familie zu: „Rührt euch nicht von der Stelle; ich werde Esau begrüßen."

Alle schweigen beklommen, während Jakob der Räuberbande entgegenhinkt[1]. Man hört nur die Marschtritte der vierhundert Männer, unter ihren Sandalen spritzen kleine Steine auf, die Felsen werfen das Echo zurück. Jakob bleibt stehen, verneigt sich bis zum Boden[2], richtet sich mühsam wieder auf, geht weiter. Das tut er sieben Mal.

Da löst sich ein Mann aus der Truppe. Sein flammend rotes Haar leuchtet in der Morgensonne. In großen Sätzen rennt er auf Jakob zu.

„Das ist Onkel Esau!", ruft Josef aufgeregt. Rahel packt seine Hand fester.

„Sei still!", zischt sie, doch die gespielte Strenge kann ihr Zittern nicht verbergen.

Jetzt hat Esau seinen Bruder erreicht. Er streckt die Arme vor, aber nicht, um Jakob zu Boden zu werfen. Nein, er reißt ihn an seine Brust und drückt ihn an sich. Dann hält er ihn mit beiden Armen ein Stück von sich weg, um ihn immer wieder an sich zu ziehen. Beide Männer weinen laut und küssen sich immer wieder.

„Zwanzig lange Jahre warst du fort!", poltert Esau. „Unsere Mutter ist inzwischen gestorben."

„Ich bin sehr traurig, dass ich sie vorher nicht mehr sehen konnte", sagt Jakob leise.

Esau brummelt: „Sie hat dich vermisst. Aber Vater lebt noch." Er wischt sich mit dem Unterarm den Schweiß von der Stirn. „Was ist mit deinem Bein passiert? Bist du verletzt?"

„Mir wurde heute Nacht die Hüfte verrenkt", gesteht Jakob. „Bei einem Ringkampf mit einem – mit einem Engel ..." Er sagt es zögernd, als müsse er befürchten, verspottet zu werden. Doch Esau zieht nur die Augenbrauen hoch und sagt: „Ein Engel ... hm ..." Er wendet sich ab, zieht eine Grimasse, dann zeigt er auf die Frauen und Kinder: „Und wer ist das da hinten?"

---

[1] Die jüdische Sitte, niemals die innere Sehne bzw. das Fleisch am Hüftgelenk eines Tieres zu essen, soll an Jakobs Kampf mit dem Engel erinnern, bei dem ihm die Hüfte verrenkt wurde.

[2] Mit dieser altorientalischen Geste wurde Unterwerfung gezeigt; das sollte heißen: Ich erkenne dich als meinen Herrn an.

„Das sind die Kinder, die Gott deinem Knecht geschenkt hat – und meine Frauen."

Auf einen Wink treten Silpa und Bilha mit ihren Söhnen heran und verneigen sich vor Esau. Danach kommt Lea mit den Kindern. Auch sie verbeugen sich respektvoll vor Esau. Den Schluss macht Rahel, und als sich Josef beinahe bis zum Boden vor dem Onkel neigt, da lacht Esau auf und wuschelt ihm mit der mächtigen Pranke durch die roten Haare.

„Die hat er von mir[3]!", behauptet er. „Aber sag mir, Bruder, was wolltest du mit den Herden, die mir unterwegs entgegenkamen?"

„Das ist mein Versöhnungsgeschenk", sagt Jakob.

„Aber mein Lieber, das wäre nicht nötig gewesen. Ich habe mehr als genug. Behalte deine Tiere."

„Nein, mach mir die Freude und nimm mein Geschenk an", bittet Jakob. „Ich bin so dankbar, dass du mir nicht mehr böse bist. Dein freundliches Gesicht erinnert mich an die große Güte Gottes. Er hat mich so reich beschenkt, ich habe mehr, als ich brauche."

Eine Weile fliegen die Worte hin und her, beide beharren auf ihrer Bitte. Endlich gibt Esau nach und brummt: „Wenn du unbedingt willst – du hast mich überredet. Aber jetzt haben wir genug geschwatzt. Auf, Leute, weiter geht's!"

Die Männer, die sich während der Begrüßung der beiden Brüder höflich im Hintergrund gehalten haben, schnüren die Sandalen neu und nehmen ihre Schwerter und Lederschleudern wieder zur Hand.

„Ich werde mit dir reisen", bietet Esau an. „Unter meinem Schutz kann euch nichts passieren."

„Ich danke dir für dein Angebot", lächelt Jakob. „Du bist der Hauptmann, der hier die Befehle gibt. Aber ich bitte dich, schau dich einmal um. Meine Kinder sind noch klein. Da drüben stehen die Milchlämmer und die Kälber und die Muttertiere. Sie brauchen Schonung. Wenn ich sie auch nur einen Tag zu schnell vorantreibe, stirbt mir die ganze Herde."

Esau nickt bedächtig. „Das verstehe ich ..."

---

3 Der britische Archäologe David Rohl hat im Palastgarten eines Gouverneurspalastes in der Nahe von Auaris/Avaris in einem Grab eine Riesenstatue entdeckt, die er für eine Nachbildung Josefs hält. Die Statue trägt eine rote Pilzfrisur.

„Es bleibt natürlich dir überlassen, wie wir es machen. Aber ich schlage vor, dass du mit deinen Männern vorausmarschierst. Ich werde mit meinen Leuten langsam hinterherreisen, gerade eben so schnell, wie die Kinder und die Muttertiere vorankommen. Dann komme ich dich irgendwann in deiner Stadt im Bergland Seir besuchen."

„Das ist gut", stimmt Esau zu. „Aber ich sollte einige meiner Leute bei dir lassen, damit sie euch vor den Räubern schützen."

„Das ist nicht nötig", sagt Jakob. „Wenn du mir gut gesonnen bist, was kann mir dann passieren?"

Die beiden Brüder fallen sich zum Abschied noch einmal um den Hals. Dann ruft Esau seinen Männern einen Befehl zu. Sie laufen den Berghang hinauf und sind so schnell verschwunden, wie sie vorher aufgetaucht sind.

Jakob schaut ihnen nach, da zupft ihn Josef am Ärmel und sagt: „Onkel Esau hat heute Nacht auch einen Engel gesehen."

Ruben pufft seinen kleinen Bruder in den Rücken und ruft: „Du und deine Märchen!"

Simeon und Levi lachen: „Der will sich wieder wichtig machen!"

Juda runzelt die Stirn und sagt: „Lasst ihn doch erzählen. Vielleicht weiß er wirklich etwas."

Der Vater beugt sich zu seinem kleinen Sohn herunter und fragt: „Was sind das für Geschichten?"

Josef hebt das Kinn und sagt unerschrocken: „Der Mann, der neben Onkel Esau stand, hat es mir gesagt. In der letzten Nacht hatte unser Onkel einen Traum, den hat er seinen Männern weitererzählt. Und er verbot ihnen streng, auch nur eine Hand gegen uns zu heben."

„Aber warum?", fragt Simeon und öffnet und schließt seine rechte Faust. „Ich hatte mich schon auf einen Kampf gefreut."

Jakob betrachtet seinen Sohn und schüttelt den Kopf. „Du und deine Prügeleien ..."

„Woher weißt du das?", knurrt Simeon, und Josef sagt vorwurfsvoll: „Du raufst dich ja dauernd mit irgendjemand. Wenn Ruben und Levi nicht mitmachen, dann forderst du die Hirten heraus. Oder du quälst die Hunde, bis sie sich wehren. Kein Wunder, dass du so viele Narben an den Beinen hast. Und an den Armen blaue Flecken."

„Ach, sei still, du Besserwisser!", faucht Simeon und fletscht die Zähne. Als er Jakobs fragenden Blick sieht, lenkt er ab: „Sag, Vater, warum haben uns die Soldaten nicht angegriffen?"

„Weil der Gott unserer Vorfahren bei uns ist und uns beschützt", ruft Josef. „Darum!"

„Glauben diese fremden Männer auch an unseren Gott?", wundert sich Levi, der inzwischen herangekommen ist.

Josef überlegt und hebt die Schultern. „Das weiß ich nicht. Aber sie gehorchen ihrem Anführer."

„Ich bin sehr dankbar", sagt Jakob, „dass unser Gott geholfen hat. Nur er kann harte Herzen weich machen. Nur er kann Groll und Hass in Verzeihung und Liebe verwandeln."

2. Ankunft

Es wird Abend, bis Jakob mit seiner Familie und mit den Herden das schmale Jabbok-Tal verlassen hat. Dort, wo der Fluss in den Jordan einmündet, haben Wind und Wasser ein flaches Delta geformt. Saftig grüne Wiesen und schattige Bäume heißen die Reisenden willkommen. Jakob gibt das Signal zum Halten.

„Vater, bleiben wir eine Weile hier?“, fragt Josef. „Ich bin so müde ...“

Jakob lächelt auf seinen Sohn herunter, der schon seit Stunden neben seiner Mauleselin hertrabt, weil er dem Vater nahe sein will. „Gefällt es dir in Kanaan?“

Josef seufzt: „So schön muss es im Paradiesgarten gewesen sein ...“

Jakob schwingt die Beine herum und rutscht vom Rücken der Eselin. Der älteste Knecht steht sofort an seiner Seite und wartet auf Befehle.

„Wir werden hier lagern. Es ist genügend Wasser da und Gras zum Weiden.“

„Wie lange bleiben wir hier?“, will der Knecht wissen.

„So lange, bis es uns hier nicht mehr gefällt“, sagt Jakob. „Die Kinder müssen sich von den Strapazen der Reise erholen. Auch die Muttertiere und die Lämmer brauchen Ruhe. Lass die Zelte aufschlagen.“

Als die Nachricht nach hinten durchgegeben wird, erhebt sich lautes Freudengeschrei.

„Wie du hörst, haben deine Brüder nichts dagegen einzuwenden, dass wir hier bleiben“, sagt Jakob zu Josef.

Der Junge nickt ernst. „Ich gehe nach hinten und helfe Mutter.“

„Ja, tu das“, sagt Jakob.

Während er dem Jungen hinterhersieht, fragt er sich wieder einmal, was dieses Kind von allen anderen unterscheidet. Seine Klugheit? Keiner seiner anderen Söhne lernt so rasch und so leicht. Josef muss einen Fehler nur einmal machen; er beobachtet seine Brüder und vermeidet viele Pannen, indem er vorher gründlich nachdenkt.

Oder ist es seine Schönheit? Jakob kann sich an dem klaren Kindergesicht niemals satt sehen. Die seidigen roten Locken rahmen ein herzförmiges Gesicht ein, und die großen, blaugrünen Augen blicken forschend, als wollten sie alles ergründen. Josef hat lange, schmale Hände und Füße. Wenn er läuft, dann erinnern seine fließenden Bewegungen an eine Antilope – es ist, als streiften seine Sohlen kaum den Boden. Im Gegensatz zu den anderen Kindern ist Josefs Stimme immer klar und klangvoll – Rahel hat ihm beigebracht, deutlich zu sprechen.

Allerdings ist der Junge altklug, weil er so viel Zeit mit den Eltern verbringt und nur selten mit anderen Kindern spielt, höchstens mit seiner Halbschwester Dina, die fast im gleichen Alter ist.

Wäre Lea nicht gewesen, denkt Jakob zum hundertsten Mal, *hätte sie mir Ruben nicht geboren und nicht die anderen Söhne, dann stünde Josef das Erstgeburtsrecht zu. Aber so ist Ruben der Erbe, und er wird nach meinem Tod der Führer der Familie sein, der Stammvater des verheißenen Retters – der leidenschaftliche, schnell erregbare Ruben, der ein großes Herz besitzt, aber nur wenig Voraussicht, der immer zuerst handelt und danach über die Folgen seines Tuns entsetzt ist.*

Jakob seufzt, dann geht er nach hinten und beaufsichtigt die Knechte und Mägde beim Aufstellen der Zelte.

* * *

In der Nacht wird er wach, weil ihm Wasser ins Genick tropft. Der Regen trommelt auf die gespannten Ziegenfelle, die an einigen Stellen durchgescheuert sind und das Wasser durchlassen. Er tastet hinüber zu Josef. Sofort setzt sich der Junge auf: „Vater, was ist?"

„Bist du trocken?", flüstert Jakob.

Josef fühlt mit beiden Händen, dann springt er auf. „Meine Decke ist nass."

„Komm, wir ziehen unsere Schlafmatte in eine andere Ecke", sagt Jakob und hilft dem Sohn beim Umräumen. Als der Junge wieder eingeschlafen ist, schlüpft Jakob aus dem Zelt und kontrolliert die anderen Zelte. Leas Zelt ist mit seinen vierzehn Jahren das älteste und inzwischen an vielen Stellen undicht geworden. Bilhas und Silpas Zelte haben nur ein paar kleine Löcher. Rahels Zelt bleibt völlig trocken. Er schickt Leas Söhne zu Bilha und Silpa; Lea und Dina sollen bei Rahel unterschlupfen.

Sie zetert zuerst eine Weile, aber dann siegt doch die Barmherzigkeit. Rahel zieht ein Bündel Felle hervor und bereitet am anderen Ende des Zeltes ein weiches Lager für ihre Schwester und deren Tochter.

Am nächsten Morgen prasselt ein großes Lagerfeuer im Zeltdorf. Knechte und Mägde schleppen Felle und Decken aus den Zelten und legen sie über Holzgestelle zum Trocknen.

„Hier im Bergland regnet es viel", meint der älteste Knecht. „Wir haben uns gestern die Bäume am Hügel angesehen. Sie haben alle zur Wetterseite hin Moos angesetzt."

„Und die Zelte sind brüchig", ergänzt sein Stellvertreter.

„Wenn wir längere Zeit hier bleiben wollen", spinnt Jakob den Faden weiter, „dann brauchen wir entweder neue Zelte oder – "

„ – oder wir müssen uns Hütten bauen!", sagt eine klare Stimme hinter seinem Rücken.

Jakob greift mit der Hand dorthin und zieht Josef in die Mitte. „So, müssen wir das?"

Josef nickt eifrig. „Wir bohren Holzstangen in die Erde und flechten Zweige dazwischen."

„Der Junge hat Einfälle!", staunt der älteste Knecht.

„Und wie würdest du die Hütten oben abdecken?", fragt Jakob.

Josef überlegt eine Weile, dann meint er: „Wir könnten es genauso machen wie bei den Wänden. Wir flechten Lianen und Zweige zwischen Holzstangen."

„Wie dichten wir das Dach gegen den Regen ab?"

„Mit Lehm. Den gibt es unten am Fluss. Ich war vorhin mit Dina dort. Wir haben Figuren gemacht." Er öffnet die Faust und hält sie Jakob vors Gesicht.

„Ein kleines Lamm", lächelt der Vater.

„Dina hat auch eins. Wir trocknen sie an der Sonne."

„Zeig mir die Stelle, wo ihr den Lehm gefunden habt", verlangt Jakob, und Josef nimmt seine Hand und führt ihn zum Flussufer.

Es dauert keine Woche, da hat Jakob am Berghang eine große Hütte gebaut. Jede seiner Frauen bewohnt mit ihren Kindern einen eigenen Raum mit einer Tür nach draußen. Er selbst hat an der Ecke noch einen Anbau gemacht. Da wohnt er allein und kann jederzeit von den Hirten und den Knechten aufgesucht werden, ohne die Familie zu stören. Allerdings besteht Josef darauf, bei ihm zu schlafen, und er hat den Jungen viel zu gern bei sich, um ihn wegzuschicken. Von diesem erhöhten Standpunkt aus kann Jakob die Herden gut überschauen. Außerdem sind Frauen und Kinder hier oben vor dem Hochwasser sicher.

Für die jungen Schafe und die Kälber baut Jakob Unterstände, die nach zwei Seiten offen sind, aber doch Schutz gegen den Nachtwind und die häufigen Regengüsse bieten. Als er merkt, wie gut die Tiere gedeihen, weil sie nun besser gegen die Kälte geschützt sind, lässt er noch mehr Holz in den Hügeln schlagen und baut große Stallungen, in denen alle wertvollen Tiere Platz finden. Er nennt den Ort „Sukkot“[1].

Schließlich sind alle untergebracht, und Jakob ruft seine Frauen zusammen.

„Wie gefällt es euch hier?“, fragt er.

Rahel sagt in ihrem weichen Singsang, den sie manchmal gebraucht, wenn sie ihn besonders beeindrucken will: „Ich danke dir, dass du mir den schönsten Raum gegeben hast. Er ist voller Licht, weil du ihn nach Osten gebaut hast.“

Lea runzelt die Braue: „Mein Raum ist zu klein. Wir sind acht Personen und haben nicht einmal genügend Platz für alle Schlafmatten. Und warum geht die Tür nach Westen?“

Bilha flüstert: „Bei mir ist's immer kalt. Kein bisschen Sonne kommt rein.“

„Ich weiß nicht, was du hast!“, plustert sich Silpa auf. „Bei mir scheint sie den ganzen Tag. Ich find's zu heiß.“

Jakob hebt abwehrend die Hände. „Es ist schwer, euch zufrieden zu stellen. Silpa und Bilha, ihr könnt die Räume tauschen. Lea, ich werde unseren vier älteren Söhnen den Auftrag geben, dass sie sich selbst eine Hütte bauen. Sie sind zu alt, um noch an Mutters Rockzipfel zu hängen.“

Als er diese Worte ausspricht, durchzuckt es ihn: Genauso hatte

[1] Jakob hat als einziger der „Patriarchen“ zeitweise in einem festen Haus gelebt; es war wohl für die damalige Zeit auch ungewöhnlich, das Vieh in Ställen zu halten, deshalb wurde es in 1. Mose 33,17 besonders erwähnt. Sukkot ist wahrscheinlich der heutige Hügel „Deir alla“ an der Einmündung des Jabbok ins Jordantal.

sein Vater Isaak zu seiner Mutter gesagt: „Lass doch dem Jungen seine Freiheit. Er ist zu alt, um an deinem Rockzipfel zu hängen. Du verweichlichst ihn. Den ganzen Tag hockt er bei dir im Zelt herum. Und was lernt er da? Kochen? Nähen? Weben? Spinnen? Sind das Arbeiten für einen Mann? Schick ihn hinaus. Er soll mit Esau auf die Jagd gehen. Schau dir *meinen* Jungen an. Das ist ein Kerl, was? Muskeln, wohin man sieht!"

Jakob hört seines Vaters Stimme in seinem Innern, erinnert sich an das Gespräch, als wäre es vor einer Stunde erst gewesen. Und seine Mutter Rebekka hatte widersprochen: „Ich will nicht, dass Jakob so wild wird wie Esau. Und was schadet es schon, wenn er kochen lernt? Es ist niemals falsch, etwas zu können."

„Du redest daher wie meine Mutter!", stöhnte der Vater. „Sie wollte mich immer in der Nähe haben. Als hätte sie Angst, es könnte mir etwas zustoßen!"

Und Rebekka hatte geantwortet: „Das musst du verstehen, sie hat 25 lange Jahre gewartet, bis du zur Welt kamst. Natürlich hatte sie Angst, ihren geliebten Sohn zu verlieren. Er war ja ihr einziger!"

„Wir haben zwei Söhne", sagte Isaak, und seine Stimme hatte dabei einen beschwörenden Klang.

„Ja, und einen davon hast du schon verdorben!", zürnte Rebekka. „Weil du seinen Launen nachgibst. Siehst du nicht, was aus ihm geworden ist? Nein, lass mir meinen Jakob, er ist der Trost meiner alten Tage[2], und glaube mir, ich weiß schon, was ich tue. Jakob soll ein Mann werden, an dem Gott seine Freude hat!"

Solche Gespräche habe Jakob immer und immer wieder mit angehört, das Ohr an der Zeltwand, mit zitterndem Herzen und großem Bangen. Denn er *wollte* bei der Mutter bleiben; hier im Frauenzelt fühlte er sich wohl und sicher vor Esaus derben Streichen.

Und nun versucht er dasselbe wie sein Vater: Er will die älteren Jungen von ihrer Mutter trennen. Als hätte ihm der Abschied damals nicht das Herz zerrissen – sie stand in der Zelttür und sah ihm nach, ihre winkende Hand flatterte wie ein Vogel über ihrem Kopf,

[2] Jakob wurde etwa 20 Jahre nach der Heirat seiner Mutter geboren. Er floh mit 77 Jahren nach Haran. Damals muss Rebekka schon weit über 100 Jahre alt gewesen sein.

und jeder hastige Schritt von ihr fort schnitt ihm in die Seele wie ein unbarmherziges Messer ...

Jede Nacht, bevor er einschlief, stand ihm ihr Bild vor Augen, denn Rebekka war auch als alte Frau noch schön und anmutig. Er hatte dieses Bild verjagt, hatte es im tiefsten Keller seiner Erinnerung vergraben, und die vielen arbeitsreichen Jahre hatten ihn davon abgehalten, hinabzusteigen und die Vergangenheit zu suchen.

Aber nun lebt seine Familie in Sicherheit. Weder Regen noch Kälte kann ihnen etwas anhaben. Die Tiere können sich satt fressen; der Fluss bringt Fische, und in den Wäldern wachsen Beeren und Früchte. Alle sind gut versorgt, nun kann Jakob endlich seiner Sehnsucht nachgeben, die so viele Jahre in ihm geschwelt hat wie ein Kohlenfeuer unter dicker Asche.

Er schließt kurz die Augen, sammelt sich, wartet, bis das Schwatzen der Frauen verstummt ist, dann sagt er: „Ich werde meinen Vater besuchen. Wer will mich begleiten?"

Lea stöhnt. „Schon wieder reisen?"

Silpa sagte schnell: „Ich bleibe hier und gebe auf die Kinder Acht!"

Bilha flüstert: „Muss ich mitkommen?"

Auf seinen fragenden Blick hebt Rahel den Kopf und sagt: „Natürlich begleite ich dich. Ich möchte deinen Vater kennen lernen. Josef nehmen wir auch mit."

* * *

Aber als dann der Tag der Abreise[3] gekommen ist, muss Rahel zurückbleiben. Sie hat sich am Fuß verletzt – keine schlimme Sache, aber ernst genug, um keine große Reise zu unternehmen. Und so

[3] Für diesen Besuch Jakobs bei seinem Vater Isaak gibt es keinen biblischen Hinweis. Allerdings ist es kaum wahrscheinlich, dass Jakob nach seiner Heimkehr ins Land Kanaan keinen Kontakt mit seinem Vater aufgenommen haben soll. Da Debora, die Amme seiner Mutter, an späterer Stelle als zu Jakobs Haushalt gehörig erwähnt wird, ist anzunehmen, dass Jakob sie irgendwann zu sich geholt hat – warum nicht zu dieser Zeit, als Jakobs Familie in „sicheren, festen Häusern" wohnte? Siehe auch SDABC, Band 1, S. 410/17. Diese Reise wie auch das Wiedersehen mit Isaak beruht auf Vermutungen. Natürlich ist auch möglich, dass Debora zu einem anderen Zeitpunkt zu Jakob stieß.

sattelt Jakob seine Mauleselin, hebt Josef auf ein zuverlässiges Kamel und winkt den Knechten, die ihn begleiten sollen.

Auf seinen Ruf hin erhebt sich das Kamel, die Mauleselin trabt an und in Jakob singt im Takt ihrer Schritte: „Nach Hause! Nach Hause! Es geht – nach Hause!"

3. Heimkehr

„Vater, ich grüße dich. Ich bin aus Paddam-Aram zurückgekommen!“, sagt Jakob, als er Isaaks Zelt betritt. Der alte Mann hebt den Kopf und richtet die erloschenen Augen auf ihn.

„Du warst lange fort – zu lange ...“, murmelt er und breitet langsam, zögernd, die Arme aus. Jakob wirft sich hinein und verbirgt sein Gesicht am faltigen Hals des Vaters. Sein Herz klopft wild, und er denkt: *Wie ich ihn liebe! Mein Leben lang habe ich mich danach gesehnt, meinem Vater recht zu sein – so wie ich bin. Und immer der Stachel im Herzen, dass ich nur die zweite Wahl bin. Wie oft spürte ich seinen tadelnden Blick auf mir, weil ich nicht so war, wie er sich seinen Sohn gewünscht hätte: männlich und aufrecht, stark und furchtlos. Dabei ist mein Vater doch selbst nachgiebig, fast weich; ein friedfertiger Mensch, der sich lieber Unrecht tun lässt, als um sein Recht zu kämpfen. Ganz anders als Mutter, die das Abenteuer liebte!*

„Ich nehme an, du hast deinen Bruder schon gesehen“, sagt Isaak.

„Ja. Wir trafen uns vor einiger Zeit am Jabbok.“

„Und dein Bruder hat dir verziehen?“

„Sonst wäre ich wohl nicht mehr am Leben. Der Allmächtige hat seinen Engel geschickt und unser Leben bewahrt.“

Isaak nickt dazu, als hätte er nichts anderes erwartet. „Du bist vom Allmächtigen gesegnet und stehst unter seinem Schutz.“

„Ja, Vater. Das habe ich in den vergangenen Jahren immer wieder erlebt.“ Und er erzählt von seiner überstürzten Flucht, von der Himmelsleiter in Lus, das er von da an Bet-El nannte, das Haus Gottes. Er berichtet von der mühsamen Wanderung und von der Ankunft in Haran. Er beschreibt Rahel, die Liebe seines Herzens, und malt ihr Bild in so leuchtenden Farben, dass dem alten Vater eine sanfte Röte in die Wangen steigt. Als er von Laban erzählt, verzieht sich Isaaks Mund zu einem zahnlosen Lächeln.

„Der alte Gauner“, kichert er. „Deine Mutter hat mir von seinen Betrügereien erzählt. Er war schon immer berechnend und nur auf seinen Vorteil bedacht. Aber nun erzähle mir von deinen Kindern. Wie heißen sie?“

Und Jakob nennt die Namen seiner Kinder, erklärt das Wesen seiner Söhne, preist ihre Vorzüge, bis der alte Vater seufzt. „Schade, dass du sie nicht mitgebracht hast."

„Einen habe ich mitgebracht", wirft Jakob ein. „Er steht draußen vor dem Zelt. Darf ich ihn hereinholen?"

Josef trippelt ins dämmerige Zelt. Zaghaft betrachtet er den alten Mann, den weißen Bart, der die Brust bedeckt. Die Greisenaugen starren ins Leere, doch die Hände tasten und suchen herum, bis sie den kleinen Jungen gefunden haben.

„Wie heißt du?", fragt Isaak.

„Josef", flüstert der Junge.

„Komm näher, damit ich dich anschauen kann."

Ganz still hält Josef, während Isaaks knotige Finger sein Gesicht erforschen, über den Haarschopf wandern, die Schultern herabgleiten, die Arme und Hände erkunden.

„Ja, du gefällst mir", lächelt der Greis. „Und nun sag mir, was wünschst du dir am meisten?"

Josef zieht die Unterlippe ein und runzelt die Brauen. Dann holt er tief Atem und stößt hervor: „Ich wünsche mir, dass der Retter bald kommt."

„Was ist das für eine Antwort? Du bist doch noch ein kleiner Junge?!", ruft Isaak. „Was weißt du vom Messias?"

„Mein Vater hat mir von ihm erzählt. Und von der Stadt, die Gott selbst gebaut hat."

„So? Du weißt von der Stadt", wundert sich Isaak. „Mein Vater Abraham hat sie gesucht. Aber er fand sie nicht."

„Das konnte er auch nicht", behauptet Josef, und seine Stimme bekommt einen altklugen Ton wie immer, wenn er meint, andere belehren zu müssen. „Die Stadt ist noch nicht hier. Sie ist bei Gott im Himmel."

„Ja, das stimmt. Bevor diese Stadt herabkommen kann, muss die Erde mit dem Allmächtigen versöhnt werden", sinniert Isaak. „Ein Opfer muss gebracht werden – ein großes Opfer ... ja ... unermesslich groß ... teuer, sehr teuer ..." Er verliert sich in seinen Grübeleien.

Josef schaudert. „Großvater", flüstert er, um den Alten aus seinen Gedanken zu holen. „Großvater, was ist das für ein Opfer?"

„Das erzähle ich dir ein anderes Mal, mein Junge“, sagt Isaak und schließt die Augen. Josef wartet eine Weile, dann schleicht er hinaus.

4. Wiedersehensfreude

Josef findet seinen Vater und sagt: „Ich glaube, Großvater ist müde. Er hat die Augen zu und sagt nichts mehr ..."

„Es ist auch schon bald Abend. Ich werde ihn fragen, ob er etwas braucht."

Er schlägt den Zeltvorhang beiseite und tritt ins Zelt. „Vater, ich bin's, Jakob."

Isaak brummt: „Als ob ich deine Stimme nicht erkennen könnte. Das konnte ich schon immer. Was willst du?"

„Ich möchte fragen, ob du mit uns essen möchtest."

„Jetzt nicht mehr. Ich will jetzt schlafen. Rufe nach Debora, sie wird euch das Gästezelt zeigen."

„Wo ist sie?", fragt Jakob ungeduldig.

„Nie allzu weit entfernt", lächelt der alte Mann. „Sie ist mir eine große Stütze." Er wendet sich an Josef. „Debora ist die Amme deiner Großmutter gewesen. Sie hat auch deinen Vater Jakob großgezogen. Er war immer ihr besonderer Liebling."

Jakob eilt durch die Gasse der kleinen Zeltstadt: „Debora! Wo bist du!"

Viele Türvorhänge bewegen sich, er sieht neugierige Frauenköpfe, hört Kichern und Rascheln. Endlich schießt aus einem Zelt eine rundliche Frau[1] heraus wie ein Kiesel, der sich aus der geschleuderten Lederschlinge löst. „Ja, ist es denn wahr?!", trompetet sie. „Das ist doch Jakobs Stimme! Jakob ist da?"

Sie fällt ihm um den Hals und beteuert unter Weinen und Lachen: „Was hab ich dich vermisst, mein Junge. Du hast mir gefehlt. Jeden Tag hast du mir gefehlt!"

Jakob wischt sich mit dem Unterarm die Tränen weg und versucht, sich zu fassen. Diese Frau versuchte immer, ihn zu verstehen. Bei ihr fand er, was er so verzweifelt brauchte: Liebe ohne Bedingungen. Debora liebt die Menschen, wie sie sind. Außerdem ist sie jetzt das letzte Band, das ihn mit seiner Mutter verknüpft.

---

[1] Debora muss bei allen, die sie kannten, überaus beliebt gewesen sein, denn ihr späterer Tod löste heftige Trauer aus. Daraus schließe ich, dass sie gemütlich und herzlich war, ein Mensch, der seine Gefühle offen zeigte und auf andere zuging.

„Ich möchte dir meinen Sohn vorstellen“, sagt er und schaut sich nach Josef um. Der Junge steht drei Schritte hinter ihm und sieht mit großen Augen zu der alten Frau hinüber, die seinen Vater „mein Junge“ genannt und mit ihren Küssen überschüttet hat.

„Das ist Josef, der Sohn meiner geliebten Rahel“, sagt er, und Josef verneigt sich höflich.

Debora lächelt, so dass sich ihr Gesicht in tausend kleine Falten legt. „Sehr nett. Ist er dein Ältester?“

„Nein, aber ...“

Deboras Augen werden schmal. „Warum hast du gerade ihn hierher gebracht, wenn er nicht dein Erbe ist?“

Jakob weicht ihrem prüfenden Blick aus. „Er ist etwas Besonderes“, murmelt er. „Er ist der Einzige meiner Söhne, der an die Verheißung denkt.“

„Warum hast du deine Söhne nicht besser unterrichtet?“, fragt Debora, und ihre Stimme bekommt einen Eisenklang. „Du weißt, wie viel davon abhängt!“

„Als die Jungen geboren wurden, blieb mir keine Zeit für die Familie, ich musste als Hirte bei Laban arbeiten – vierzehn Jahre für den Brautpreis und sechs Jahre für eine eigene Herde.“

„Und die Mutter? Warum hat sie die Söhne nicht gelehrt, was sie wissen müssen?“

„Debora, ich habe vier Frauen“, seufzt Josef.

Sie schlägt die Hände über dem Kopf zusammen. „Vier Frauen! Mein armer Junge!“

„Laban hat mich betrogen. Er schob mir Lea ins Brautzelt. Und weil Rahel so lange unfruchtbar war, ließ ich mich überreden und nahm ihre Dienerin zur Nebenfrau. Ich wollte Söhne haben.“

Debora nickt. „Ich verstehe das. Du willst ein Volk werden, ein großes Volk, wie Sand am Meer.“

„Das hat der Allmächtige unserem Ahnen Abraham versprochen. Wie soll sich das erfüllen, wenn meine Frau unfruchtbar ist?“

„Auch Sara war lange unfruchtbar. Und meine kleine, liebe Rebekka – wie hat sie geweint, weil sie so lange keine Kinder bekommen konnte. Aber dann hat sie aufgehört zu weinen und zu jammern. Sie hat dem Allmächtigen vertraut. Und sie hat geduldig gewartet. Und dann wurde sie endlich schwanger.“ Debora seufzt.

„Du weißt das alles. Du kennst die alten Geschichten. Und jetzt sag mir: Bist du glücklich?“

Jakob lässt seinen Blick über die schwarzen und braunen Zelte aus Ziegenfell schweifen. Dort drüben liegt der kleine Wald namens Mamre[2], den der Großvater Abraham für vierhundert Silberstücke kaufte, weil es darin eine Begräbnishöhle gibt, in der er seine Frau Sara bestatten wollte. Ist Abraham denn glücklich gewesen? Hat er das Ziel erreicht, nach dem er sich sein Leben lang ausstreckte? Wehmütig kehren seine Augen zurück zu Debora.

„Ich weiß es nicht“, gesteht er. „Manchmal denke ich, ich wäre glücklich. Wenn ich sehe, wie die Wolken über den Himmel ziehen. Oder wenn ich mit meinem Sohn Josef rede und ihn beobachte bei seinem Spiel. Oder wenn Rahel bei mir liegt. Aber bin ich es wirklich?“

„Ich werde dafür sorgen, dass du glücklich bist!“, sagt Debora mit einer Stimme, die keinen Widerspruch duldet. „Ich werde dich zu deinem Lager begleiten. Die jungen Frauen von heute wissen nicht, was ein Mann wirklich braucht. Ich werde es ihnen beibringen.“

Jakob lächelt über ihren Eifer, und je länger er über ihren Vorschlag nachdenkt, umso besser gefällt ihm diese Idee.

---

[2] Fettigkeit, Männlichkeit, Stärke

5. Lebenskunde

Die folgenden Tage verbringt Josef im Zelt seines Großvaters. Stundenlang steht er zwischen Isaaks Knien im dämmerigen Zelt, streichelt die blaugeäderte Hand und hört seinen Erzählungen zu. Und Isaak kann gut erzählen! Seit über zwanzig Jahren ist er blind und „sieht" die Welt mit den Ohren, mit den Händen, mit der Nase.

„Du musst genau hinschauen, mein Kleiner", sagt er. „Nicht nur auf das, was dir die Leute zeigen wollen, sondern auf das, was dahinter steckt. Ich kann schon lange nichts mehr sehen, und trotzdem merke ich genau, wenn mein Verwalter mich anlügt. Dann rieche ich seinen Schweiß. Manchmal knackt er mit den Gelenken. Er kann nicht ruhig vor mir stehen, seine Kleidung raschelt. Ich höre es auch an seiner Stimme. Wenn er aufgeregt ist, dann klingt seine Stimme höher als sonst immer. Er spricht dann auch schneller und verschluckt die Silben. Aber so leicht kann mich keiner mehr überlisten!" Er schmunzelt in seinen Bart hinein. „*Die* Zeiten sind vorbei!"

Wenn der Großvater eine Pause macht, dann bettelt Josef: „Erzähl mir von deinem Vater Abraham." Diese Geschichten kann er nicht oft genug hören. Und Isaak kramt in der Schatzkiste seiner Erinnerungen und zieht „Juwelen und Perlen" hervor.

Er erzählt von Ur, der berühmten Stadt in Mesopotamien, die er mit eigenen Augen nie gesehen hat. Aber seine Mutter erzählte ihm von den breiten, gepflasterten Straßen, von den mehrstöckigen Häusern, von dem Kanalsystem, den Badezimmern mit fließendem Wasser in den Mosaik-Becken. Aus diesem Wohlstand hatte der Allmächtige den Ahnen Abraham herausgerufen. Er sollte nach Kanaan ziehen und dort sein Leben lang ein Wanderer bleiben, unterwegs zu einer Stadt, die Gott selbst erbaut hätte.

„Als es ein Jahr lang nicht geregnet hatte, zogen meine Eltern ins fruchtbare Niltal[1], um nicht zu verhungern. Meine Mutter Sara war

[1] Ägyptische Dokumente erwähnen häufig, dass Menschen aus Kleinasien ins Land kamen, um ihre Herden am Leben zu erhalten. Ein Bild, mit dem das Grab eines Fürsten (um 1880 v. Chr.) dekoriert war, zeigt die Ankunft von 37 semitischen Beduinen, die Kosmetika an die Ägypter verkauften. Auf dem Bild sind ihre bunten Gewänder zu sehen, ihre Waffen und Musikinstrumente.

damals immer noch[2] eine schöne Frau. Vater hatte Angst, jemand könnte ihn umbringen, um an seine Frau heranzukommen. Deshalb gab sich Mutter manchmal als seine Schwester aus."

„Aber das war doch eine Lüge, oder?", will Josef wissen.

„Keine ganze Lüge, denn Sara war die Halbschwester meines Vaters. Aber es war auch nicht die ganze Wahrheit, denn die beiden waren verheiratet. Sie liebten sich sehr und sie wollten nicht getrennt werden. Aber der Pharao hörte von Saras Schönheit und ließ sie zu sich in den Palast kommen."

„Wollte er sie anschauen?", fragt Josef arglos.

Isaak lächelt milde und streicht sich den Bart. „Ja, aber das war ihm nicht genug. Er wollte sie zur Frau nehmen."

„Aber deine Mutter hatte doch schon einen Mann. Wollte sie denn zwei Männer haben?"

„Ich glaube nicht, dass sie den Pharao heiraten wollte. Deshalb rief sie zu Gott um Hilfe. Der Allmächtige wollte ja auch nicht, dass Abraham seine Frau verlor. Deshalb schickte er eine Krankheit in den Palast des Pharao. Der Pharao erkannte, dass er Unrecht getan hatte. Er rief meinen Vater in den Palast und gab ihm seine Frau zurück. Mein Vater durfte ungehindert aus dem Land gehen. Er bekam sogar eine Abteilung Soldaten als Eskorte, damit er unterwegs nicht ausgeraubt werden konnte. Denn Vater hatte vom Pharao viele Schafe und Ziegen bekommen, auch Rinder und Kamele und Sklaven."

„Was sind Sklaven?", fragt Josef.

„Das sind Menschen, die einem anderen gehören. Er kann mit ihnen machen, was er will. Sie müssen für ihn arbeiten, aber sie bekommen dafür keinen Lohn. Sie müssen ihr Leben lang bei ihm bleiben. Als der Allmächtige mit meinem Vater Abraham ein Bündnis schloss, ließ er ihn in die Zukunft blicken. Er sagte: ‚Deine Nachkommen werden in ein fremdes Land ziehen. Dort werden sie zu Sklavendiensten gezwungen. Die vierte Generation wird wieder nach Kanaan zurückkehren und wird es als ihr Eigentum erobern.' Weißt du, was das bedeutet, mein Kleiner? Unsere Nachkommen werden viele Jahre lang Sklaven sein."

[2] Sara muss zu dieser Zeit etwa 65 gewesen sein; da sie 127 Jahre alt wurde, war sie „in den besten Jahren".

„Großvater, das ist schrecklich!", stöhnt Josef. „Dürfen sie niemals etwas tun, was sie selber möchten?"

„Niemals. Sie müssen in allem ihrem Herrn gehorchen."

Josefs Unterlippe zittert und eine Träne läuft ihm über die Wange. Er holt bebend Atem und flüstert: „Auch wenn er böse ist und schlechte Befehle gibt?"

„Auch dann muss man gehorchen."

„Aber warum hilft Gott den Sklaven nicht? Er ist doch so stark, er kann sie doch vor den bösen Menschen beschützen!", weint Josef auf.

Isaak zieht den Enkel an sich und wiegt ihn eine Weile in den Armen. Dann sagt er: „Der Allmächtige könnte sein Volk vor bösen Menschen beschützen, er ist stark genug. Aber manchmal hat er andere Pläne. Er sieht auf das Ende, weißt du? Deshalb duldet er die Ungerechtigkeit eine Weile und bestraft die Bösen nicht sofort. Er gibt ihnen Zeit, damit sie sich ändern können. Erst wenn sie ihr Maß an Bösem vollgemacht haben, greift er ein."

Immer noch schluchzt Josef.

Isaak streicht ihm über die seidigen Locken und murmelt: „Nimm dir das nicht so zu Herzen, mein Kleiner. Es hat ja nichts mit dir zu tun. Ich glaube nicht, dass du das erleben wirst. Es passiert bestimmt erst viel später."

Doch Josef lässt sich nicht beruhigen. Er reißt sich vom Großvater los und läuft aus dem Zelt. Dort sucht er sich eins von den kleinen Milchlämmern, die auf der Wiese spielen. Er lockt es zu sich und nimmt es in die Arme, schmiegt sein Gesicht in das lockige Fell und weint und weint.

So findet ihn schließlich Debora, die ihn schon überall gesucht hat. Sie streicht ihm ein paar Mal über den Rücken, dann fragt sie: „Warum weinst du, Josef?"

„Ich bin so traurig, weil es Sklaven gibt", wispert der Junge. „Und weil Gott ihnen nicht hilft."

Die alte Amme seufzt. „Hat dir der Großvater von Hagar erzählt?"

„Nein. Wer ist das?"

„Die Sklavin seiner Mutter hieß so. Sie stammte aus Ägypten und wurde Abrahams Nebenfrau, weil Sara so lange kein Kind bekam."

„Mein Vater hat auch zwei Nebenfrauen", erklärt Josef. „Bilha und Silpa. Aber ich glaube nicht, dass sie Sklavinnen sind. Sie tun fast immer, was sie selber wollen."

„Das tat Hagar auch, obwohl sie eine Sklavin war. Sie wollte sogar ihrer Herrin Sara den eigenen Willen aufzwingen", erzählt Debora. „Als sie merkte, dass sie ein Kind von Abraham bekommen würde, lief sie einfach davon."

„Sie lief davon?", stößt Josef hervor, die Augen weit aufgerissen.

„Ja. Sie rannte in die Wüste. Sie lief so lange, bis sie eine Oase fand. Dort ruhte sie sich aus. Und dort kam Gottes Engel zu ihr."

„Sie hat einen Engel gesehen???"

„Ja. So hat sie es mir erzählt. Der Engel fragte: ‚Hagar, Saras Sklavin, woher kommst du? Und wohin gehst du?'"

„Woher kannte der Engel ihren Namen?"

„Gottes Engel wissen alles über uns."

Josef runzelt die Stirn. „Wenn er alles wusste, warum musste er Hagar fragen?"

Debora lächelt und streicht Josef eine feuchte Haarlocke aus der Stirn. „Wenn Gott uns Fragen stellt, dann will er, dass wir nachdenken und die richtige Antwort finden."

„Und hat die Sklavin die richtige Antwort gefunden?"

„Ja, mein Junge. Sie erkannte, dass es nicht hilft, einfach davonzulaufen. Flucht bringt keine echte Freiheit. Der Engel sagte ihr: ‚Geh zurück und ordne dich unter. Der Allmächtige wird dir so viele Nachkommen schenken, dass man sie nicht zählen kann. Du wirst einen Sohn zur Welt bringen, der wird Ismael heißen, denn Gott hat deinen Hilferuf gehört.'"

„Gott hat ihr Gebet gehört, aber sie durfte trotzdem nicht frei sein?", bohrt Josef.

Debora überlegt, dann erklärt sie: „Sieh mal, wo hätte Hagar ihr Kind zur Welt bringen sollen? In der Wüste? Da wäre es gestorben. Das Kind brauchte ja auch einen Vater. Abraham hätte sich große Sorgen gemacht, wenn Hagar nicht zurückgekommen wäre. So konnte Ismael an einem Ort aufwachsen, wo er sicher und geborgen war. Und als er groß und stark geworden war[3], sagte Gott zu

---

[3] Mit 13 Jahren galten die Jungen im Orient als „erwachsen", sozusagen volljährig.

Abraham: ‚Jetzt kannst du Hagar fortschicken.‘ Da ließ er sie mit ihrem Jungen fortgehen.“

„Kanntest du Ismael?“, fragt Josef.

„Dein Großvater hat viel von ihm erzählt. Er ist genauso wild und tapfer geworden, wie es damals der Engel vorhersagte. Die Prophezeiung hieß: ‚Er wird gegen jeden kämpfen und jeder gegen ihn. Er lebt getrennt von seinen Brüdern und fordert sie alle heraus.‘“[4]

„Also ist die Sklavin am Ende doch frei geworden“, trumpft Josef auf.

„Zur rechten Zeit, Josef. Es kommt alles auf den richtigen Zeitpunkt an. Wir Menschen sind ungeduldig und meinen, wir müssten uns wehren und das Joch abschütteln, das andere uns auferlegen. Aber damit zerstören wir Gottes Pläne. Wir müssen geduldig abwarten, bis Gott handelt – zu seiner Zeit, auf seine Art. Verstehst du das, mein Kleiner?“

Jakob schaut ihr in die Augen und nickt langsam.

* * *

Am nächsten Morgen läuft Josef gleich nach dem Frühstück hinüber in Isaaks Zelt. „Lieber Großvater, erzähl mir eine Geschichte“, schmeichelt er, und Isaak erzählt nur zu gerne.

„Habe ich dir schon von den vielen Oasen erzählt, die ich in der Wüste gefunden habe?“, beginnt der Großvater.

„Ja, Großvater, aber ich würde die Geschichte gerne noch einmal hören“, sagt Josef höflich. „Und danach muss ich noch mehr über die Stadt erfahren, die Gott erbaut hat. Kommt sie bald?“

Isaak seufzt. „Ich habe dir schon oft gesagt, dass wir Geduld haben müssen. Bevor die Stadt zur Erde kommt, muss noch viel geschehen.“

„Ich weiß. Der Retter muss vorher kommen und sein Opfer bringen.“

---

[4] 1. Mose 16,12; diese alte Weissagung hat sich in den Nachkommen Ismaels, den arabischen Völkern, in vielen Jahrhunderten erfüllt. Der alte Bruderstreit zwischen Juden und arabischen Völkern hat noch kein Ende genommen.

„Ja, und der Retter stammt aus einem großen Volk, das von deinem Vater abstammt."

„So viele Nachkommen wie Sand am Meer", nickt Josef.

„Und wo ist dieses große Volk? Kannst du mir das sagen, du kleiner Alleswisser?"

Josef gräbt seine große Zehe in das weiche Schaffell zu seinen Füßen. Schließlich gibt er zu: „Das große Volk gibt es noch nicht. Wir – wir sind elf Brüder und dazu kommt Dina, meine Schwester."

„Mädchen zählen nicht", sagt der Großvater.

„Aber warum nicht? Dina ist sehr lieb und freundlich. Sie spielt mit mir und ärgert mich nie", meint Josef.

Hat ihn der Großvater überhaupt gehört? Er hat die Augen weit geöffnet und starrt über den Kopf des Kindes hinaus, als könne sein Blick die Zeltwand durchbohren und in die Zukunft sehen. Josef zieht seine Hand aus der heißen, trockenen Greisenhand heraus und tritt einen Schritt zurück. Er fühlt sich plötzlich eingeklemmt und bedrängt ... etwas Fremdes ist um den Großvater.

Endlich spricht der alte Mann: „Wenn ihr zum großen Volk geworden seid, dann wird eines Tages der Retter da sein. Und er wird die Erde mit dem Himmel versöhnen."

„Und das Opfer – wird dann das große Opfer gebracht?", stößt Josef hervor. „Erzähl mir davon!"

Isaak schüttelt langsam den Kopf. „Später, mein Junge. Wenn du älter bist." Und er lässt sich durch keine Schmeichelrede und kein Flehen von seiner Weigerung abbringen.

* * *

Als Josef am Abend von Debora ins Bett gebracht wird, fragt er: „Stimmt es, dass Mädchen nicht zählen?"

„Wie kommst du darauf? Mädchen sind sehr wichtig", versichert Debora. „Das merkst du daran, dass Gott seinen Engel zu Hagar schickte. Sie war eine Sklavin, und trotzdem sprach Gott mit ihr. Und sie war die erste Frau, die Gott einen eigenen Namen gab."

„Wirklich? Wie hat sie den Allmächtigen genannt?"

„Sie nannte ihn ‚Jahwe-Jireh', den Gott, der mich gesehen hat", erzählt Debora. „Gott ließ sich von einem ägyptischen

Sklavenmädchen einen Namen geben. Vor ihm sind alle Menschen gleich, ob sie Männer sind oder Frauen, ob sie reich sind oder arm, klug oder dumm, alt oder jung. Merke dir das gut, kleiner Josef. Und denke niemals, ein anderer Mensch wäre weniger wert als du."

Josef kräuselt die Nase und schaut die alte Amme zweifelnd an.

„Du kennst meine Brüder nicht", murmelt er. Sollen seine wilden Brüder wirklich genauso viel wert sein wie er? Simeon, der so oft mit einer blutigen Nase nach Hause kommt, Levi, der ihn fast täglich schubst oder boxt, Dan, der immer nach Schweiß stinkt und sich nicht waschen mag, Naftali, der so undeutlich nuschelt und dem ständig die Nase läuft, der krummbeinige Issaschar, der dickliche Sebulon – manchmal kann er kaum glauben, dass dies seine Brüder sind. Der lustige Gad, der fröhliche Asser können gute Kameraden sein, wenn sie dazu aufgelegt sind. Aber darauf kann man sich nicht verlassen.

Ihm klingt die süße Stimme seiner Mutter im Ohr: „Mein Prinz, mein Goldjunge, meide diese ungezogenen Kerle. Halte dich lieber an deinen Vater. Da lernst du etwas."

Von Ruben würde er gern etwas lernen, doch Ruben ist beinahe erwachsen[5] und kümmert sich nicht um die kleinen Brüder. Außerdem schaut er immer den jungen Hirtenmädchen hinterher, und dann glänzen seine Augen wie schwarze Oliven. Auch mit Juda ist nicht viel anzufangen. Er streift den ganzen Tag in den Hügeln herum und keiner weiß, was er macht und was er denkt. Und diese Brüder sollen wirklich genauso wertvoll sein wie er, der Lieblingssohn? Ob Debora damit wirklich Recht hat?

---

[5] Etwa 6 Jahre älter als Josef, zu diesem Zeitpunkt also ca. 12/13 Jahre alt.

6. Lehrzeit

Am nächsten Tag hat der Vater die Reittiere aufgezäumt, die Lasttiere bepackt. Debora eilt mit fliegenden Rockzipfeln von einem Zelt ins andere, um überall Abschied zu nehmen. Als Jakob sie auf ihr Kamel hebt, weinen viele, weil sie Deboras Liebenswürdigkeit und Herzensgüte vermissen werden.

Josef ist – wie meistens – im Zelt des Großvaters zu finden. Er kniet vor ihm, und Isaak hat seine Hände in einer Segensgeste auf Josefs Kopf gelegt.

„Komm bald wieder, mein Junge", sagt er.

Jakob umarmt seinen Vater zum Abschied und führt Josef nach draußen. Kurze Zeit später ist Josef im Kamelsattel festgegurtet. Jakob sitzt auf und gibt das Zeichen zur Abreise. Auf dem Heimweg über die alte Karawanenstraße kehren sie in den Herbergen ein. Dabei macht Jakob die Bekanntschaft mit vielen Händlern und erfährt von ihnen vieles, was er über seine neue Heimat wissen will.

Schließlich kommen sie in die Stadt Sichem, die im Talkessel zwischen zwei Bergen liegt.[1]

„An dieser Stelle hat unser Ahnherr Abraham den ersten Altar in Kanaan gebaut", erklärt Jakob seinem Sohn. „Siehst du dort hinten die Bäume?[2] Dieser Wald ist heilig, denn dort erschien ihm der Allmächtige und versprach ihm: ‚Dieses Land will ich deinen Nachkommen geben!'"[3]

„Vater, hier möchte ich wohnen!", ruft Josef. „Wenn Gott hier

---

[1] Sichem lag an der alten Karawanenstraße an einer strategisch wichtigen Stelle zwischen den Hügeln Ebal und Garizim. Heute heißt dieser Ort Balatah, in der Nähe von Nablus. Er ist verödet. Ausgrabungen zeigen, dass Sichem zu Abrahams Zeit eine stark befestigte und blühende Stadt war. Ein früher ägyptischer Feldzug war gegen diese Stadt gerichtet. Die Stele eines ägyptischen Kriegers, der unter König Sen-Usert III diente (1878-1840 v. Chr, 12. Dynastie), beschreibt die Unterwerfung der Einwohner. Zu Abrahams Zeiten war die ganze Gegend von Ägypten abhängig, das in den Hauptstädten Gouverneure hatte und Steuern eintrieb. Sie berieten die kanaanitischen Häuptlinge und lenkten die Politik.

[2] Das hebräische Wort kann sich auch auf einen Hain beziehen, Luther übersetzt: heilige Eiche.

[3] 1. Mose 12, 7

schon einmal erschienen ist, dann kommt er bestimmt noch einmal an diesen Ort. Und dann kann ich ihn auch sehen!"

Jakob lächelt über seinen Eifer. „Meinst du, wir sind an dieser Stelle Gott näher als in Sukkoth?"

Der Junge sieht nachdenklich zum Himmel hinauf. „Ich weiß nicht", sagt er schließlich. „Vielleicht, wenn wir auf einem hohen Berg stehen?"

„Komm, wir schauen uns einmal den Altar an, den Abraham gebaut hat", sagt Jakob. Er lässt sich aus dem Sattel seiner Mauleselin gleiten und gibt Josefs Kamel den Befehl zum Knien. Langsam und hochmütig lässt sich das Tier vorne auf die Knie nieder, dann knickt es auch hinten ein. Jakob löst die Gurte und hebt Josef aus dem Sattel.

Sie gehen ein paar Schritte, dann bleibt Jakob stehen. „Hier ist es."

Nur noch ein Haufen Steine kündet davon, dass an diesem Ort Abraham dem Allmächtigen seine Opfer darbrachte.

„Wir müssen den Altar neu aufbauen!", ruft Josef und packt mit beiden Händen einen schweren Stein.

„Vielleicht tun wir das eines Tages", nickt Jakob. „Aber jetzt reiten wir erst einmal nach Hause."[4] Nach den mühsamen Tagen im Sattel sehnt er sich nach seinem Haus mit den festen Wänden und dem regendichten Dach.

* * *

Die Rückkehr löst im Lager große Freude aus. Für Debora wird ein besonders komfortables Zelt aufgestellt, denn sie weigert sich beharrlich, ins Haus einzuziehen.

„Ich fühle mich zwischen festen Wänden gefangen", gesteht sie. „Ich liebe den Sand unter meinen Füßen und den Wind in meinem Haar."

Damit hat sie auf einen Schlag die Zuneigung sämtlicher Hirtenfrauen gewonnen. Aber auch Rahel, Lea und die beiden

---

[4] Es ist nicht bekannt, wie lange Jakob in Sukkoth blieb; da er dort ein festes Haus gebaut hatte und Unterstände für sein Vieh, können es sogar Jahre gewesen sein.

Nebenfrauen behandeln Debora mit großer Achtung. Im Hause Labans ist die alte Amme zu einer Art Legende geworden; unzählige Geschichten ranken sich um ihre Weisheit und ihr Geschick im Umgang mit Menschen. Nun ist sie leibhaftig da, und alle wollen sie sehen und ihren Rat hören. Doch am liebsten kümmert sich Debora um Josef.

Nicht lange nach ihrer Ankunft ruft sie ihn morgens in aller Frühe zu sich. Sie trägt einen großen Korb am Arm, den stellt sie Josef vor die Füße und hockt sich daneben. Sofort kniet sich Josef neben die alte Frau. Sie hebt das Tuch ab, das den Korb bedeckt.

„Sieh mal, dieses kleine Lamm hab ich gerade gefunden. Die Mutter ist ihm gestorben. Wenn keiner das Lamm versorgt, wird es verhungern und verdursten. Willst du es haben? Magst du es großziehen?"

Josef nickt. „Ich möchte so gern dem Lämmchen helfen. Was muss ich da tun?"

„Du musst es immer bei dir tragen, am besten in deinen Armen, damit es deine Wärme spürt. Nur wenn es schläft, darfst du es in den Korb legen. Und dann fütterst du es mit Schafmilch, sooft es blökt."

„Muss ich die Milch selber melken?", fragt Josef.

„Natürlich. Am besten nimmst du immer dasselbe Mutterschaf. Kennst du die Kräuter, mit denen man die Schafe lockt?"

„Noch nicht, aber ich möchte sie kennen lernen", sagt Josef.

„Frag deine Mutter", sagt Jakob, der zu ihnen getreten ist. „Sie hat schon viele Lämmer großgezogen."

„Aber meine Mutter schläft gerade", gibt Josef zu bedenken. „Und das Lamm hat sicher jetzt schon großen Hunger."

„Da hast du Recht", sagt Debora. Sie zieht eine Hand voll duftender Kräuter aus dem Korb. „Schau sie dir genau an. Sie wachsen dort am Hügel. Die Mutterschafe lieben dieses Futter. Während sie fressen, kannst du sie ein wenig melken. Weißt du, wie das geht?"

Josef sagt schnell: „Das kann ich schon."

„Gut. Das Lamm wird aber sehr oft Hunger haben. Viele Male am Tag und auch manchmal in der Nacht."

Der Junge zieht die Stirn kraus. „Dann muss ich eben schlafen, wenn mein Schaf auch gerade schläft."

„Wirst du es schaffen, mein Junge?", fragt Debora.

„Ja. Das Lämmchen wird überleben", versichert Josef. Er beugt sich über den Korb und streichelt den Kopf des kleinen Tieres. Dann richtet er sich wieder auf. „Wie kommt die Milch zum Lamm?"

Debora unterdrückt ein Lächeln. „Was glaubst du denn? Wie könnte das gehen?"

Josef überlegt, dann sagt er triumphierend: „Ich werde meinen Finger in die Milch tauchen. Oder einen sauberen Lappen."

„Geh zu meinem Zelt, im Eingang findest du einen Korb mit sauberen Tüchern", sagt Debora.

* * *

In den nächsten Tagen müht sich Josef ohne Pause um das kleine Tier. Als es endlich so weit ist, dass es festes Futter zu sich nehmen kann, sind Josefs Gesichtszüge spitz geworden, und unter seinen Augen liegen tiefe Schatten. Er gähnt ununterbrochen und stolpert vor Erschöpfung über die eigenen Füße.

Immer wieder mahnt Rahel: „Junge, du musst schlafen. Junge, du musst dich ausruhen!"

Aber Josef schüttelt den Kopf und beharrt: „Mein Schaf braucht mich. Ich darf es nicht verlassen, sonst stirbt es."

Debora bestärkt ihn darin. „Du bist für dein Tier verantwortlich", sagt sie eindringlich. „Der Allmächtige schaut vom Himmel herab und beobachtet dich. Er sieht alles, was du tust. Und er weiß es auch, wenn du etwas unterlässt. Vergiss das niemals!"

Und Josef prägt sich diese Gedanken fest ein und stellt sich vor, Gott der Allmächtige stehe neben ihm. Aber er sieht ihn nicht als einen strengen Wärter, sondern als einen gütigen Helfer. Hat dieser Gott nicht einer ägyptischen Sklavin beigestanden, als sie weder aus noch ein wusste? Hat er nicht den eigenen Vater auf seiner Flucht beschützt und ihn mit großem Reichtum wieder in das Land seiner Ahnen gebracht? Warum sollte er einen solchen Gott fürchten, der doch auf seiner Seite steht?

7. Übersiedelung

Mittlerweile ist die Stimmung in Sukkoth nicht mehr so friedlich wie am Anfang. Immer wieder geraten die Hirten aneinander und streiten um die besten Weiden. Endlich kommt der Oberhirte zu Jakob und sagt: „Ich muss mit dir sprechen. Können wir nicht woandershin ziehen? Hier in Sukkoth ist es zu einsam. Wo sollen wir unsere Wolle verkaufen und die Überschüsse an Fleisch und Käse und Milch?"

Jakob runzelt die Stirn. „Denken viele so wie du?"

„Die meisten", gesteht der Oberhirte.

Daraufhin ruft Jakob die Familie zusammen. „Gefällt es euch hier in Sukkoth?"

Ruben schiebt sich mit einer schwieligen Hand die Haarsträhne weg, die ihm in die Stirn fällt. „Es ist langweilig hier."

„Ich kenne hier jeden Stein und jeden Baum", beschwert sich Juda. „Ich möchte mehr von dem Land sehen, das Gott uns geschenkt hat."

„Und du, Josef?", fragt Jakob.

Josef hebt den Kopf, sieht ihm in die Augen und sagt: „Ich würde gern dort wohnen, wo Gott unserem Ahnherrn Abraham erschienen ist."

Rahel lächelt über seinen Eifer. „Und ich möchte gern wieder einmal auf einem Markt einkaufen."

„Ich auch!"

„Und ich erst!", rufen Bilha und Silpa.

Und Lea stellt fest: „Es wird für uns alle leichter werden, wenn wir nicht alles selbst herstellen müssen, was wir brauchen."

Der älteste Knecht und der Oberhirte nicken dazu, weil sie an ihre Frauen und Kinder denken.

„Also gut. Ziehen wir weiter", verkündet Jakob.

„Wann brechen wir auf?", will der Oberhirte wissen.

„Morgen früh beginnen wir mit dem Packen", sagt Jakob. „Wir müssen nicht hetzen, nicht eilen, aber wir sollten so bald wie möglich aufbrechen."

* * *

Jakob reitet mit den ältesten Söhnen voraus und besichtigt verschiedene Lagerplätze. Wenn sie sich für einen guten Platz entschieden haben, lassen sie den Rest der Karawane nachkommen[1]. Dort brennt dann schon ein einladendes Kochfeuer und heißt die Hirten und ihre Familien am neuen Platz willkommen. Die ersten Pferche sind rasch aufgebaut, und die älteren Söhne Jakobs helfen beim Aufbau der Zelte. Die jüngeren Brüder sortieren das Gepäck und gehen ihren Müttern zur Hand.

Es ist schon dunkel geworden, als Jakob zu dem niedergebrochenen Altar geht, den damals sein Großvater Abraham baute. Er wandert zwischen den zerstreuten Steinen auf und ab, tief in Gedanken versunken. Da bemerkt er, dass er nicht allein ist.

„Josef, was tust du hier?“, fragt er.

„Das ist ein guter Platz zum Beten, Vater. Ich habe mich bei Gott bedankt, dass er uns auf der Reise beschützt hat.“

„Ja. Darüber bin ich auch sehr froh“, lächelt Jakob.

„Bauen wir heute den Altar wieder auf? Und erzählst du mir dann die Geschichte vom großen Opfer?“

Jakob seufzt. „Heute ist es schon zu spät, aber morgen vielleicht ... Komm jetzt, du musst hungrig sein.“ Er legt dem Jungen den Arm um die Schulter und schlendert mit ihm ins Lager zurück.

Am nächsten Morgen sagt Jakob: „Ich werde nach Sichem gehen und mich mit dem Landesherrn bekannt machen.“

„Warum?“, fragt Ruben.

„Er soll wissen, dass wir in friedlicher Absicht gekommen sind“, erklärt Jakob. „Ich möchte ihn um die Erlaubnis bitten, vor seiner Stadt zu lagern.“

„Ich dachte, das ganze Land gehört uns?“, begehrt Ruben auf. „Gott hat es dir doch geschenkt, oder nicht?“

„Ja, warum sollen wir jemanden um Erlaubnis fragen?“, stimmt Simeon bei.

Jakob erklärt: „Noch sind wir ein kleiner Trupp und kein großes

---

[1] Von Sukkoth bis Sichem sind es etwa 30 km Luftlinie; mit einem schnellen Reittier kann man diese Strecke in einem Tag bewältigen. Allerdings dauerte es wohl etwas länger, alle Herden und das Gepäck zu transportieren.

Volk. Wir müssen uns einfügen und dürfen keinen Krieg vom Zaun brechen. Ich möchte in Frieden mit den Nachbarn leben."

Er sattelt seine Mauleselin und reitet hinüber nach Sichem.

Im Stadttor[2] trifft er die Söhne des Landesherrn Hamor. Er stellt sich vor und nennt sein Anliegen.

Sie fordern: „Wenn du vor unserer Stadt lagern willst, dann musst du das Land bezahlen, auf dem deine Zelte stehen."

Jakob erinnert sich an seinen Großvater Abraham. Der hatte bei Hebron auch ein Stück Land gekauft – einen kleinen Wald mit einem Felsen und einer Begräbnishöhle. Was spricht dagegen, dass er ebenfalls ein Grundstück kauft? Er verhandelt mit den Männern und kauft den Lagerplatz für hundert Kesita[3].

Danach ruft er die Familie zusammen und geht mit ihnen hinüber zu den Steinen, die von Abrahams Altar stammen.

„Helft mir!", befiehlt er seinen Söhnen, und vom Jüngsten bis zum Ältesten tragen sie Steine herbei, die er aufeinander schichtet. Er lässt Holz bringen und auf dem steinernen Tisch aufschichten. Dann wählt er ein Lamm aus der Herde. Er trägt es zum Altar und legt es auf die Holzscheite. Es hält still, als er ihm mit einem geschickten Schnitt die Halsschlagader durchtrennt und die Holzscheite in Brand steckt. Als die Flamme zum Himmel auflodert, hebt er die Hände und ruft: „Für Gott, den Gott Israels!"[4]

„Warum tust du das?", fragt Ruben, als der Vater zu ihm tritt.

„Dieses Opfer soll an den Gott im Himmel erinnern", sagt Jakob. „Er ist der Schöpfer des Lebens."

„Wieso muss dabei ein Tier sterben?", will Juda wissen.

„So sagt es der Brauch", sagt Jakob. „Mein Großvater hat es so gemacht, mein Vater hat es so gemacht, und ich setze diese Sitte fort."

---

[2] Das Stadttor war zu alttestamentlicher Zeit der Ort, an dem man Verhandlungen führte und offizielle Verträge abschloss.

[3] Gold- oder Silberstücke, die nach Gewicht bewertet wurden; eine alte Quelle setzt eine Kesita mit zehn Schekeln gleich, es ist aber nicht möglich, den heutigen Wert dieses Kaufpreises zu bestimmen. Diese Maßeinheit wird in der Bibel noch an zwei anderen Stellen erwähnt: Josua 24, 32, wo der Kauf eben dieses Grundstückes erwähnt wird, und in Hiob 42,11: Die Verwandten Hiobs beschenken ihn mit jeweils einem goldenen Ring und einer Kesita.

[4] Hebräisch: El-elohe-Israel!

„Aber weshalb?“, fragt Josef, der sich zwischen die großen Brüder gedrängt hat.

„Als Gott die ersten Menschen aus dem Paradiesgarten vertrieb, brachte er das erste Opfer. Er machte ihnen Kleider aus Schaffellen“, erklärt Jakob.

„Und die Schafe hat er geschlachtet“, sagt Simeon.

„Schafe sind ja dazu da, dass wir zu essen haben und nicht frieren und damit wir überleben können“, stimmt Levi zu.

Josef denkt an das kleine Lamm, das er mit so viel Mühe und Sorgfalt großgezogen hat. Vor kurzem war es verschwunden. Er suchte es überall und fand schließlich am äußersten Ende des Lagers ein blutiges Lammfell, in dem er die Züge seines verlorenen Tieres wieder erkannte. Es war wohl in einem Kochtopf gelandet ... Er fühlt sich seither schuldig, weil er – wie er meint – nicht gut genug auf das Lamm Acht gegeben hat. „Aber warum will Gott, dass wir unschuldige Lämmer töten?“, bohrt er.

„Ich verstehe es selber nicht ganz“, gesteht der Vater. „Wenn ein Mensch gegen Gott sündigt, dann hat er den Tod verdient. Seine Tat kann nur mit Blut gesühnt werden. Damit er am Leben bleiben kann, muss ein anderes Lebewesen sterben – an seiner statt.“

„Kannst du uns die Geschichte vom großen Opfer erzählen?“, bittet Josef.

„Ich kenne diese Geschichte nicht so gut wie dein Großvater“, wehrt Jakob ab. „Aber eins weiß ich: Wenn wir ein Lamm opfern, dann ehren wir damit unseren Gott. Und wir zeigen allen, die um uns herum leben, dass wir zu El Shaddai gehören und dass wir ihm treu sind und ihn allein verehren.“

Von diesem Tag an opfert Jakob an jedem Morgen und an jedem Abend auf diesem Altar ein Lamm, und Josef schaut ihm dabei zu und fragt sich zum tausendsten Mal nach dem Geheimnis, das hinter diesem Brauch verborgen ist.

8. Abenteuer

„Heute geh ich in die Stadt!“, flötet Dina, während sie ihre Schlafmatte zum Trocknen in die Sonne legt. „Ich muss nur noch Wasser holen und das Holz fürs Kochfeuer bereitlegen, dann kann ich gehen.“

„Ich begleite dich!“, bietet Josef an.

„Nein, ich will mich mit einigen Mädchen treffen“, sagt Dina. „Da störst du nur.“

Josef wird rot vor Ärger und zieht die Unterlippe ein. Nach einer Weile murmelt er: „Ich glaube, die Mädchen von Sichem sind ganz anders als unsere Mädchen hier im Lager.“

„Ja, nicht so langweilig wie diese dummen Töchter der Hirten!“, kichert Dina. „Mit denen kann man nur über Schafe reden und über sonst nichts!“

„Sie können nichts dafür, dass sie dumm sind“, widerspricht Josef. „Ihre Eltern müssen den ganzen Tag arbeiten. Sie kennen keine andere Welt als die Herden.“

„Und ich kenne auch keine andere Welt. Deshalb gehe ich heute nach Sichem.“

„Aber vielleicht ist es auch gefährlich, wenn du allein gehst“, gibt Josef zu bedenken. „Du weißt doch, dass die Leute in diesem Land ganz andere Sitten haben als wir.“[1]

„Ach, was du immer denkst ... was soll mir schon passieren? Du willst ja nur deinen Kopf durchsetzen, gib's zu! Aber daraus wird nichts! Ich geh ohne dich!“ Sie läuft ins Zelt und kommt mit einem Umschlagtuch zurück, das sie sich um Kopf und Schultern wickelt.

„Sei ein guter Bruder und hole Wasser für mich. Und – und Holz!“, ruft sie ihm zu. Josef zieht einen Flunsch, aber dann greift er nach dem Krug und trottet hinüber zum Brunnen.

Der Vater hatte den Brunnen gleich nach ihrer Ankunft gegraben. Es war mühsam gewesen, denn die Erde war hart und steinig. Viele Eimer Sand und Steine mussten sie aus dem Schacht heraufziehen,

---

[1] In der Naturreligion der Ureinwohner von Kanaan spielte die Fruchtbarkeit eine große Rolle. Die kultische Prostitution war üblich, im kultischen Rahmen wurde die sexuelle Freizügigkeit gefördert.

und immer weiter fraß sich der Pickel in den Boden. Am Ende war der Vater kaum noch zu sehen da unten. Doch dann kam der Ruf: „Zieht mich herauf! Schnell!"

Ruben und Simeon hatten das Seilende gepackt, zwei Hirten waren noch hinzugesprungen und zogen mit aller Kraft, und doch war Jakob zur Hälfte durchnässt, als er aus dem Brunnen kroch.

„Eine gute Quelle![2]", hatte er versichert. „Das Wasser schmeckt frisch."

Während Josef den Eimer am Seil hinablässt, sieht er Dina zwischen den Zelten davonhuschen.[3] Er lässt den Eimer voll laufen, zieht ihn hoch und füllt den Krug. Als er den Krug vor Leas Zelt stellt, ist Dina nur noch eine winzige Gestalt unter den vielen, die dem offenen Stadttor zuströmen.

An diesem Tag geht Josef keine Arbeit von der Hand. Beim Holzspleißen jagt er sich einen Splitter in den Daumen, beim Salzen der Schafe wird er von einem Zuchtwidder umgerannt und dann verbrennt er sich noch die Zunge an der Linsensuppe, die er in seiner Ungeduld aus der Schale schlürfen will, bevor sie abgekühlt ist.

„Wo bist du heute mit deinen Gedanken?!", zürnt Debora, die ihn beobachtet hat.

„Ich denke an Dina", gesteht er leise.

„Was ist mit ihr?"

„Sie ging heute Vormittag in die Stadt, und sie ist noch nicht zurückgekehrt", sagt Josef.

„Bist du sicher?"

Josef nickt. „Ich habe in Leas Zelt gefragt, ich habe mich auch bei den Hirtenfrauen erkundigt. Sie ist nicht im Lager."

---

[2] Der Jakobsbrunnen existiert noch heute; auch zur Zeit des Neuen Testamentes spielte er eine Rolle. Damals wohnten Samaritaner in diesem Gebiet, ein Mischvolk, das von den Assyrern dort angesiedelt worden war und von den Juden verachtet wurde.

[3] Ob Dina damals über die möglichen Gefahren ihres Alleingangs aufgeklärt war, ist im Licht der Ereignisse zweifelhaft. Möglicherweise wurde sie von ihrer Familie noch als „Kind" betrachtet, sonst hätte man sie sicher besser beaufsichtigt. Wir wissen nicht genau, wie alt sie zu dieser Zeit war – vermutlich zwischen 14 und 15, an der Schwelle zwischen Kind und Frau.

Debora wickelt sich eine Haarsträhne um den Finger wie immer, wenn sie angestrengt nachdenkt.

„Frag noch einmal bei den Hirten. Einige waren heute in Sichem auf dem Markt. Vielleicht haben sie Dina gesehen", schlägt Debora vor, und Josef stellt seine halb volle Suppenschale ab und läuft los.

Außer Atem kommt er zurück, einen jungen Hirten neben sich. Josef fährt sich mit dem Arm über die schweißnasse Stirn und keucht: „Ela – hat sie – gesehen! Am Markt – aber sie – war nicht allein."

Debora wirft ihm einen scharfen Blick zu. „Wir müssen mit Lea sprechen. Kommt mit! Schnell!"

Lea tritt aus dem Zelt, als sie die Rufe hört. Sie stemmt die Arme in die Seiten und betrachtet die kleine Abordnung, die sich vor ihr aufgebaut hat. „Du willst mir etwas sagen?", fragt sie Josef.

„Es ... es ist wegen Dina", sagt er beklommen. „Dina ist noch nicht zurück. Sie – sie wollte nach Sichem gehen ... ein paar Mädchen treffen. Ela hat sie dort gesehen."

Lea runzelt die Brauen. „Was hast du gesehen, Ela?"

„Deine Tochter stand neben einem jungen Mann, der kostbar gekleidet war. Er lächelte sie an und redete auf sie ein." Er unterbricht sich und spuckt in den Sand. „Man konnte sehen, dass er nichts Gutes im Sinn hatte, so wie er sie anschaute! Aber die junge Herrin hat nichts gemerkt. Sie hat immer nur gelacht. Dann hat der junge Fürst seinen Arm um sie gelegt. Er führte sie zu einem Palast, der am Marktplatz steht. Ich habe sofort meine Lammfelle liegen lassen, wo sie lagen, und bin hinterhergelaufen. Aber als ich am Tor ankam, war die junge Herrin schon in den Hof gegangen. Der Wächter schlug mir die Tür vor der Nase zu. Ich hörte die junge Herrin schreien: ‚Mama! Hilf mir!' Dann brach das Schreien plötzlich ab."

Lea schlägt die Hände vors Gesicht. Ihre Schultern fallen nach vorn.

„Warum hast du uns nicht sofort davon erzählt, als du ins Lager kamst?", fragt Debora streng.

„Ich – ich hatte Angst", stottert Ela. „Ich wollte mich nicht einmischen. Ich möchte nicht schuld sein, wenn – "

Debora seufzt. „Wir müssen es Jakob sagen. Er wird wissen, was zu tun ist."

Jakob sitzt vor seinem Zelt, als sie zu ihm treten: Debora, die die schluchzende Lea am Arm führt, und Josef, der den zitternden Ela nicht aus den Augen lässt. Als Jakob die ganze Geschichte gehört hat, schließt er die Augen und senkt den Kopf.

„Mein kleines Mädchen ...“, flüstert er. „Mein kleines, süßes Mädchen.“

„Sie ist längst kein kleines Mädchen mehr“, wagt Debora einzuwerfen. „Sie ist beinahe eine junge Frau.“

„Tu doch etwas!“, weint Lea. „Unser Kind, unsere Tochter ist geschändet worden, und du schweigst dazu?“

Josef neigt sich hinüber zu Debora und flüstert: „Was heißt das: ‚geschändet‘?“

Die alte Amme wispert zurück: „Sie hat ihre Ehre verloren, weil sie jetzt keine Jungfrau mehr ist.“

„Aber was heißt das?“

Debora seufzt. „Das lass dir von deinem Vater erklären.“

Doch der Vater schweigt und wiegt sich hin und her, als könne er durch sein Schaukeln die Trauer bezwingen, die nach seinem Herzen gegriffen hat.

9. Brautpreis

Die Sonne senkt sich dem Horizont zu, als zwei prächtig aufgeputzte Maulesel auf Jakobs Zeltstraße einbiegen. Die Reiter – ein alter Herr und ein junger – tragen kostbare Gewänder. Die Frauen und Kinder flüchten in die Zelte und lugen durch die Zeltvorhänge, nur Jakob bleibt sitzen, wo er ist, und Josef hockt sich hinter ihn in den Zelteingang.

Die Männer zügeln ihre Reittiere und sitzen ab. Nun hebt Jakob den Kopf. Mühsam kämpft er sich zum Stehen hoch und verneigt sich, wie es die Sitte verlangt, denn vor ihm steht kein anderer als der Landesherr Hamor, der Hewiter.[1]

„Friede dir und den deinen", sagt Hamor feierlich. „Ich hoffe, es gefällt euch in meinem Land. Ich schätze eure Nachbarschaft sehr."

Jakob schweigt und der junge Mann räuspert sich und flüstert seinem Vater etwas ins Ohr. Der Vater nickt.

„Ich will gleich zur Sache kommen. Ich besuche dich heute als Ehevermittler", sagt Hamor. „Mein Sohn Sichem ist in großer Liebe zu deiner Tochter Dina entbrannt. Er möchte sie heiraten."

Jakob winkt Josef, und der versteht den Wink zu deuten: Er soll seine Brüder zusammenholen, denn diese Entscheidung muss von allen Männern der Familien getroffen werden.

Während sich Hamor und sein Sohn Sichem auf bequemen Kissen lagern und Rahel die Männer bewirtet, läuft Josef hinüber zu den Weiden, wo seine älteren Brüder die Herden versorgen. Sie kommen ihm auf halbem Weg entgegengerannt, Zornglut in den Gesichtern: Ela hat dafür gesorgt, dass sie schon alles wissen.

„Das ist ein Verbrechen!", schreit Simeon. „Das soll der Kerl büßen!"

„So eine Schande, so eine Schande", jammert Levi.

„Er hat sie wie eine Hure behandelt!", knurrt Juda, und Ruben schüttelt die Faust.

---

[1] Volksstamm in Kanaan, der wohl aus dem Libanon bzw. dem Hermongebirge kommend bis ins Gebirge Ephraim sesshaft wurde. In manchen Bibelübersetzungen steht auch „Horiter".

Josef, der das Wort Hure noch nicht kennt, versucht sich vorzustellen, was geschehen ist.

Inzwischen sind die Brüder bei Jakobs Zelt angekommen. Auf einen Wink des Vaters verneigen sie sich widerwillig und lassen sich auf den Sitzkissen nieder. Lea reicht ihnen den Wasserbecher, so dass sie sich erfrischen können. Sie kochen vor Wut, doch sie wissen, dass sie in der Gegenwart eines Fürsten zu schweigen haben, bis er das Wort an sie richtet.

„Ich komme als Vermittler“, sagt Hamor und lächelt einen nach dem anderen an. „Mein Lieblingssohn Sichem hat sich in Dina verliebt. Er möchte sie zur Frau haben. Und warum auch nicht? Ihr wohnt hier bei unserem Volk und haltet Frieden. Wir können uns miteinander verschwägern. Heiratet unsere Mädchen und gebt uns eure Mädchen, treibt Handel und werdet reich – das ganze Land steht euch offen!“

Josef betrachtet seinen Vater: Jakob ist blass. Tiefe Linien graben sich von seinen Nasenflügeln zu den Mundwinkeln. In seinem Blick liegt so viel Schmerz, dass Josef zusammenzuckt. Aus Leas Zelt hörte er lautes Klagen und Weinen. Er dreht den Kopf und sieht seine Brüder an. Sie pressen die Lippen aufeinander, sie verbergen die geballten Fäuste hinter dem Rücken, sie kämpfen mühsam um Fassung.

Und der junge Übeltäter? Er lächelt sanft, als hätte er noch nie im Leben ein böses Wort gehört, als wären ihm Neid und Missgunst völlig fremd, als käme er von einem anderen Stern. Sanft klingt auch seine Stimme, als er bittet: „Ich bitte euch um diese Gunst. Ich will euch alles geben, was ihr fordert. Verlangt einen hohen Brautpreis, ein teures Geschenk – ihr sollt es haben, alles was ihr wollt, wenn ich nur Dina zur Frau bekomme.“

„Wo ist meine Tochter?“, fragt Jakob mit bebenden Lippen, und das ist das erste Wort, das er an die Männer richtet.

„Sie ist in meinem Palast und es geht ihr gut“, beteuert Hamor.

Jakobs Söhne wechseln Blicke.

„Ich liebe Dina sehr!“, versichert Sichem, und seine Stimme wird weich wie frisch geschorene Milchlammwolle. „Sie ist so süß – sie hat mich verzaubert. Ich kann ohne das Mädchen nicht mehr weiterleben.“

„Ja, was sagt ihr?", fragt Hamor, der Fürst.

Wieder sehen sich die Brüder an: erhobene Augenbrauen, ein rasches Zwinkern, ein Zucken am Mundwinkel.

Schließlich sagt Ruben: „Wir können unsere Schwester nicht an einen Mann verheiraten, der eine unbeschnittene Vorhaut hat."

Juda stimmt ein: „Damit hätten wir unsere Ehre verloren."

„Ja, wir können uns nur dann mit euch verschwägern, wenn ihr so werdet wie wir", sagt Simeon.

Sichem lächelt gewinnend. „Und was müssen wir tun, damit wir so werden wie ihr?"

Levi sagt: „Alle Männer und Jungen müssen an der Vorhaut beschnitten[2] werden. Dann werden wir ein einziges Volk."

Hamor starrt ihn an, und Sichem fällt die Kinnlade auf die Brust. Er sieht unschuldiger aus denn je.

„Wenn ihr damit nicht einverstanden seid", sagt Simeon, „dann holen wir unsere Schwester und ziehen fort!"

„Nein, nur das nicht!", schreit Sichem auf, und Hamor nickt: „Wir tun alles, was ihr verlangt." Er erhebt sich feierlich und neigt den Kopf als Abschiedsgruß. Auch Jakob und seine Söhne stehen auf und verneigen sich. Dann besteigen die beiden Fürsten ihre Reittiere und preschen davon.

Die Staubwolke hat sich noch nicht gelegt, als Simeon und Levi schon die Köpfe zusammenstecken und miteinander flüstern. Sie winken Ela herbei, der sich aus Neugier in der Nähe herumdrückt, und schicken ihn in die Stadt.

„Zieh dir ein Tuch über den Kopf, damit man dich nicht erkennt!", befiehlt Levi.

„Und sperr dir Ohren auf und sag uns alles, was du hörst!", ruft Simeon.

---

[2] Bei der Beschneidung wird das überstehende Stück der Vorhaut entfernt. Dieser Ritus geht auf Abraham zurück. Als Gott mit ihm einen Bund schloss, wurde dieser Vertrag durch das äußere Zeichen der Beschneidung besiegelt. Es war das Zeichen der Volkszugehörigkeit. Noch heute werden die jüdischen kleinen Jungen am 8. Tag an der Vorhaut beschnitten. An diesem Tag ist der Blutgerinnungsfaktor besonders hoch, gleichzeitig erreicht der Anteil an Vitamin K einen nie wieder erreichten Höhepunkt und verhindert so eine mögliche Infektion der Wunde. Auch die Moslems praktizieren die Beschneidung der Vorhaut.

* * *

Als Ela zurückkehrt, berichtet er: „Ich habe gehört, wie Sichem und Hamor alle Bürger der Stadt zusammenriefen. Sie sagten: ‚Jakobs Leute sind sehr friedlich. Durch den Handel mit diesen Leuten können wir nur gewinnen. Wir haben genug Platz für sie. Also sollten wir ihre Töchter zu Frauen nehmen und ihnen unsere Mädchen geben. Wir werden zu einem einzigen Volk verschmelzen.'"

„Und? Wie haben die Bürger geantwortet?", fragt Levi.

„Ich glaube, dieser Sichem steht in hohem Ansehen", meint der Bote. „Sie tun alles, was er will. Wahrscheinlich verzaubert er die Leute."

Johlendes Gelächter, Simeon und Levi schlagen sich gegenseitig auf den Rücken, dass es kracht.

„Sichem hat sie überredet. Er behauptete, unser Vieh und unser Reichtum würden dann ihnen gehören, weil alle zu einer einzigen Sippe würden."

„Und weiter? So lass dir doch nicht jedes Wort aus der Nase ziehen!", schnaubt Ruben.

„Ja, was soll ich sagen? Hamors Diener haben große Tische aufgestellt und Steinmesser geholt, und dann ..." Ela gluckst, „dann kamen alle Männer unters Messer."

„Du meinst, sie wurden sofort beschnitten?"

Der Bote nickt. „Und so, wie sie es anstellen, werden sie furchtbare Schmerzen bekommen, denn sie wischen die Messer nicht sauber, bevor sie den Nächsten beschneiden."

„Nicht nur Schmerzen werden sie leiden, das Wundfieber wird kommen!", triumphiert Simeon.

Levi nickt. „Lassen wir ihnen noch zwei Tage – und dann ..."

„Und dann!", presst Simeon zwischen verklemmten Kiefern hervor.

Josef hat das alles mit angehört, aber er fühlt sich innerlich wie betäubt – als wäre das alles ein böser Traum, aus dem er schon bald erwachen würde. Seine Augen brennen, doch die Tränen wollen nicht fließen. Stundenlang wälzt er sich auf seiner Matte herum, ohne Schlaf zu finden, und dass sich der Vater in seine Trauer vergräbt und keinen Ton von sich gibt, macht es auch nicht leichter.

Josef steht auf und geht hinüber zu Rahels Zelt. Dort ist alles dunkel, er hört keinen Laut und wagt nicht zu rufen. Dann lauscht er zu Leas Zelt hinüber: immer noch lautes Weinen und Klagen, Jammern und Heulen. Er denkt: *Wenn ich nur jemanden fragen könnte, was für ein Unglück meiner Schwester widerfahren ist!* Er begreift es nicht. Der junge Sichem sah so freundlich aus, als könne er keinem Lamm ein Leid antun. War es wirklich ein Verbrechen, dass er Dina in seinen Palast geführt hat? Vielleicht wollte er ihr etwas Schönes zeigen. Josef versucht sich vorzustellen, wie es in einem solchen Herrenhaus aussehen mag: dicht gewebte Teppiche, in die man versinkt wie in weichen Sand, kostbar geschnitzte Truhen und Tische, bequeme Stühle und ein Bett, in das die Sandflöhe und Käfer nicht kriechen können, weil es auf einem Podest erhöht ist ... Einer der Hirten hat einmal einen Blick in einen solchen Palast geworfen und ihm davon erzählt! Und sicher gibt es auch Vorhänge gegen die Fliegen und Mücken und Palmwedel, mit denen man sich frische Luft zufächeln kann. Sollten der Vater und die Brüder nicht dankbar sein, dass solche feinen Leute ihre Dina zu sich genommen haben?

* * *

Die Antwort kommt drei Tage später. Als Josef am Brunnen Wasser holt – Lea ist immer noch nicht dazu fähig –, sieht er Simeon und Levi auf die Stadt zulaufen. Sie tragen etwas unter ihren Umhängen, doch er weiß nicht, was es ist und wozu sie nach Sichem rennen. Die anderen Brüder galoppieren ihnen nach, und was er in ihren Zügen liest, lässt ihn erschaudern. Ihm ist, als hätte sich eine Wolke vor die Sonne geschoben, und er fröstelt.

Nicht lange danach hört er Schreie, er sieht Feuer aufzüngeln, dann wälzt sich ein Strom von Flüchtlingen aus dem Stadttor: Frauen und Kinder. Sie sind mit Stricken aneinander gefesselt. Ruben und Juda treiben sie bis ins Zeltdorf und drängen sie in einen leeren Pferch. Dort müssen sich alle hinsetzen.

Aber das ist noch nicht alles: Schwer beladene Esel, Kamele und Maultiere traben heran, geführt von Josefs Brüdern. Und an der Spitze des Zuges: Simeon und Levi. Sie ziehen eine Rutsche hinter sich her, auf der jemand festgebunden ist. Sie marschieren ins Lager bis hin zu Jakobs Zelt. Josef rennt hin, so schnell die Füße tragen. Wer ist der Mensch, den sie so furchtbar verschnürt haben?

Simeon lässt die Rutsche zu Boden gleiten, Levi zieht den Dolch und schneidet die Stricke durch. Mit einem Ruck zieht er der Gestalt, die – so plötzlich von ihren Fesseln befreit – haltlos zu Boden gesunken ist und sich wimmernd im Staub windet, das Tuch vom Kopf: Dina.

„Wir bringen unsere Schwester zurück!", ruft Simeon und schwenkt sein blutverschmiertes Schwert.

„Wir haben ihre Ehre gerächt!", schreit Levi und steckt den Dolch neben sein Krummschwert.

Jakob starrt sie an. „Was – was habt ihr getan?", stammelt er.

„Wir haben alle Männer in Sichem getötet", sagt Simeon und wischt sich mit dem Ärmel den Mund ab.

„Weil ein Mann schuldig geworden ist, habt ihr sie – alle umgebracht?", schreit Jakob auf.

„Jawohl. Und ihre Frauen und Kinder sind schon hier", grinst Levi. „Jemand muss sich um sie kümmern."

Ruben tritt hinter die Brüder und sagt in geschäftsmäßigem Ton, als berichte er über ganz normale Vorgänge im Lager: „Vater, wir haben alles Wertvolle aus den Häusern geholt. Wir werden die Beute gleichmäßig verteilen."

Juda fragt: „Und? Bist du mit uns zufrieden?"

Jakob steht auf. Sein Mund verzieht sich zum Weinen, aber er hält sich noch zurück. Mit gebrochener Stimme stößt er hervor: „Ihr habt mich ins Unglück gestürzt! ... Ihr habt meinen Ruf ruiniert! ... Wenn sich dieses Blutbad bei den anderen Stämmen des Landes herumspricht, dann werden sie sich gegen uns zusammenrotten! Sie werden uns alle erschlagen! Keiner wird überleben, keiner von uns! Unsere Sippe wird ausgelöscht!"

„Aber Vater!", schreit Simeon. „Durfte dieser Dreckskerl unsere Schwester wie eine Hure behandeln? Wir mussten ihn bestrafen!"

Dina weint bei diesen Worten auf, und Debora kann sich nicht mehr zurückhalten. Sie schimpft: „Ihr gefühllosen Monster! Denkt ihr überhaupt einmal an eure Schwester? Wie sie sich fühlt, was sie denkt, was in ihr vorgeht?"

Erschrocken senken die Brüder die Köpfe.

Debora hockt sich neben das Mädchen und schlingt ihre Arme

um seinen zitternden Körper. Sie hält es fest und wiegt es, wie man ein kleines Kind beruhigt.

Schließlich sagt Jakob: „Was geschehen ist, ist geschehen. Es lässt sich nun nicht mehr ändern. Kommt mit mir zu den Leuten, die ihr hergeschleppt habt. Vielleicht brauchen sie etwas."

Als die Brüder fortgegangen sind, steht Josef auf und geht zu Debora hinüber. Ohne ihn anzusehen, murmelt sie: „Wir bringen deine Schwester in mein Zelt. Sie braucht Ruhe."

„Nicht zu ihrer Mutter?", fragt Josef.

Debora schüttelt den Kopf. „Dort findet sie jetzt keinen Trost."

Er nimmt Dina an beiden Händen und zieht sie zum Stehen hoch, aber sie verbirgt ihr Gesicht vor ihm. Sie reißt sich los und klammert sich an Debora, als könne sie ohne ihre Hilfe keinen Schritt mehr gehen. Während sie langsam, Schritt für Schritt, zu Deboras Zelt hinüberschleichen, wimmert Dina unaufhörlich wie ein wundes, todkrankes Reh.

10. Trauerarbeit

In dieser Nacht schläft niemand in Jakobs Zeltdorf. Aus dem Pferch, in dem die Frauen und Kinder lagern, hört man lautes Weinen und Klagen. Jakob befiehlt seinen Frauen und den Hirtenfrauen, die Gefangenen mit Essen zu versorgen. Zuerst kann sich Lea nicht dazu aufraffen, aber dann geht Rahel zu ihr und rüttelt sie an der Schulter.

„Du bist nicht die Einzige, die hier trauert!", sagt sie streng. „Denk an die Frauen, die ihre Männer verloren haben. Und die Kinder, die das mit ansehen mussten. Deine Söhne waren es, die dieses Unglück angerichtet haben!"

„Ich habe Bestien in die Welt gesetzt!", klagt Lea. „Monster sind sie, grausam wie Tiere!"

Rahel schnaubt. „Du hättest dich mehr um deine Kinder kümmern müssen, als sie noch klein waren. Dann wäre es mit Dina gar nicht so weit gekommen."

„Du hast gut reden – mit deinem einzigen Sohn, und das ist noch dazu ein Musterkind!", schluchzt Lea.

Dieser Hieb sitzt: Rahel wünscht sich immer noch verzweifelt ein zweites Kind. Sie würgt eine Weile, als hätte sie einen großen Bissen zu verschlucken. Dann holt sie tief Luft und sagt etwas freundlicher als sonst: „Lass uns jetzt nicht streiten. Jakob braucht deine Hilfe. Keiner kann so gut wie du einteilen und ordnen. Komm, Schwester. Komm mit."

Und Lea folgt ohne Widerrede.

* * *

Josef hat die ganze Nacht vor Deboras Zelt gewacht wie ein getreuer Diener. Er brachte frisch gebrühten Minztee, er holte Krüge voll Wasser, das Debora über dem Kochfeuer wärmte und in einen Zuber schüttete, in dem sie Dina badete. Er beschaffte Tücher für Umschläge, als Dina zu fiebern begann und wirres Zeug redete. Er konnte keinen klaren Gedanken fassen außer dem einen: „Gott, hilf meiner Schwester!

Am nächsten Morgen winkt ihn Debora zu sich. „Setz dich ganz still hinters Zelt, ich werde es nicht schließen, so dass du alles gut hören kannst. Ich will versuchen, deine Schwester zum Sprechen zu bringen, denn wenn sie nicht redet, setzt sich dieses furchtbare Erlebnis in ihr fest wie ein böser Knoten. Und dich brauche ich als Zeugen. Du kannst dann deinem Vater davon berichten."

Josef gehorcht und sucht sich eine schattige Ecke hinter Deboras Zelt. Er hört, wie die alte Kinderfrau im Zelt hantiert; Wasser plätschert, dann Dinas Stimme: „Es war so schrecklich, das alles! Wenn ich die Augen schließe, dann sehe ich das alles wieder vor mir."

„Erzähl mir davon, Kind, am besten von Anfang an", sagt Debora sanft.

Unvermittelt beginnt Dina zu schluchzen. „Ich hab doch nicht gewusst, was er von mir will! Er – er wollte mir sein Haus zeigen. Da bin ich – mit ihm gegangen. Ich – ich war – neugierig. Ich habe noch nie einen Palast von innen gesehen."

Debora sagt: „Und wie sah es dort aus?"

„Ich konnte nicht – ich weiß nicht."

„Was konntest du nicht, mein liebes Kind?"

„In Ruhe schauen. Sichem hielt mich auf einmal so fest – und – und dann riss er mir das Kleid auf und packte mich und warf mich auf ein Bett – und – " Sie schluchzt lauter.

„Dina, wusstest du nicht, wie es ist zwischen einem Mann und einer Frau?", fragt Debora. „Hat es dir die Mutter nie erklärt?"

Das Mädchen wimmert.

„Dina, du weißt, wie sich die Tiere paaren. Du hast schon oft zugesehen, wenn der Widder zum Schaf geführt wird und wie der Bock die Ziege bespringt."

„Ja, aber das sind Tiere!", weint sie. „Ich dachte, dass es bei Menschen anders ist."

„Es ist ja auch anders, wenn sich ein Mann und eine Frau lieben", sagt Debora. „Hattest du Sichem lieb?"

Dina schweigt eine Weile, dann klingt ihre Stimme fester. „Zuerst hat er mir gefallen. Ich habe noch nie einen Mann gesehen, der so aussieht wie er – so sauber und glatt und freundlich. Und seine Stimme war nicht so rau wie bei meinen Brüdern. Es war wie Musik, wenn er mit mir sprach."

„Ja, das stimmt. Ich habe ihn gesehen", sagt Debora. „Er war hier. Sein Vater hatte ihn mitgebracht, um alles für die Hochzeit vorzubereiten. Wärst du gern seine Frau geworden?"

Dina seufzt. „Ich hätte gern in diesem großen Haus gelebt – mit vielen Dienern und glatten Böden."

„Und Sichem? Hättest du ihn *lieben* können?"

Dina jammert: „Er hat mir so wehgetan! Seine Augen waren ganz fremd, als er – als er ..." Sie schluchzt. „Gierig und – böse."

„Und danach?"

„Danach hat er mich geküsst und gestreichelt und hat gesagt: ‚Dina, es tut mir Leid, ich wollte dich nicht erschrecken, aber ich liebe dich so sehr, dass ich ohne dich nicht leben kann, heirate mich.' Ja, das hat er gesagt."

„Und was hast du geantwortet?"

„Ich sagte: ‚Du musst mir versprechen, dass du mir nicht mehr wehtust.' Und er sagte: ‚Das verspreche ich dir.'"

„Und? Hat er sein Versprechen gehalten?", will Debora wissen.

„Ja, er – er hat sich nicht mehr auf mich gelegt. Er hat gemerkt, dass er mich so sehr erschreckt hatte."

„Und was ist dann passiert?"

„Etwas später kam sein Vater herein. Sichem erzählte, dass er mich heiraten will. Hamor war sehr freundlich zu mir. Er sagte: ‚Ich gehe zu deinem Vater und bereite die Hochzeit vor.' Sichem begleitete ihn. Am Abend kamen sie zurück und sagten mir, dass wir bald heiraten könnten, denn Vater und die Brüder wären mit der Heirat einverstanden, wenn sich Sichem beschneiden ließe. Und Sichem hat das machen lassen. Er hat zu mir gesagt: ‚Das tu ich für dich, weil ich dich so sehr liebe.' Und die Diener haben mir erzählt, dass Sichem alle Bürger aus der Stadt überredet hat, sich auch beschneiden zu lassen. Ich habe mich darüber gefreut, weil es doch heißt, dass wir dann ein Volk sind. Oder stimmt das nicht?"

Debora seufzt. „So einfach ist das nicht. Ein Schnitt mit dem Messer macht aus einem Hiwiter noch keinen Israeliten. Vater Abraham hat es mir so erklärt: Wenn ein Mann bereit ist, ein Stück von seiner Vorhaut abschneiden zu lassen, dann zeigt er damit, dass er von nun an zum allmächtigen Gott gehört. Er will keinen anderen Gott verehren, nur ihn, verstehst du das? Und an diese Entscheidung wird er jeden Tag erinnert – immer wieder. Damit er es nie vergisst. Das ist der Sinn der Beschneidung. Aber nun erzähle weiter."

„Sichem hatte große Schmerzen und sogar Fieber. Ich saß an seinem Bett und legte ihm feuchte Tücher auf die Stirn. Auch sein Vater war krank und all die anderen Diener auch. Auf einmal hörte ich draußen im Hof lautes Geschrei. Kurz darauf riss Levi die Türe auf und rief: ‚Hier halten sie dich also gefangen!' Er stürmte herein und ging mit einem blutigen Schwert auf Sichem los. Ich wollte dazwischengehen, da kam Simeon dazu und hielt mich fest." Ihre Stimme wurde laut und schrill. „Levi stach in Sichems Bauch, immer wieder, das Blut färbte die Decken rot – das viele Blut –" Sie bricht ab.

„Hat sich Sichem nicht gewehrt?"

„Er hatte Fieberträume. Er sah mich an und flüsterte: ‚Dina, meine Braut!' Dann fiel sein Kopf zur Seite, und sein Blick wurde leer. Ich schrie: ‚Hört auf! Hört auf!', aber Simeon und Levi lachten mich aus. Dann nahmen sie mich bei den Armen und zogen mich hoch. ‚Komm nach Hause!', befahlen sie mir, aber ich wollte dort bleiben, in diesem schönen, stillen Haus mit den glatten Böden und den hohen Fenstern."

„Sie nahmen dich also mit", sagt Debora.

„Ja, und als wir über den Hof gingen und ich das viele Blut sah, da wurde mir schwarz vor den Augen." Sie beginnt wieder zu weinen. „Und jetzt sind sie alle tot, und ich bin schuld! Werde ich jetzt bestraft?"

„Nein, du hattest keine böse Absicht. Keiner wird dich bestrafen. Ruh dich aus, mein Kleines, ich habe dir einen Schlaftee gekocht."

„Aber ich kann nicht schlafen. Immer, wenn ich die Augen schließe, sehe ich Levis Schwert und das viele Blut!"

„Es wird eine Zeit dauern, bis diese Bilder verblassen. Rede darüber und vergrabe sie nicht in deinem Innern. Wenn du weinen möchtest, dann weine. An jedem Tag wird es ein bisschen leichter, du wirst sehen. Und dann kommt die Stunde, in der du zum ersten Mal wieder lachst und fröhlich bist. Glaub mir, du wirst nicht immer so unglücklich bleiben wie heute."

Dina schluchzt eine Weile, dann wird es still im Zelt. Debora kommt zu Josef heraus und winkt ihn ein Stück abseits.

„Du hast ihre Geschichte gehört. Berichte eurem Vater, was du gehört hast“, sagt sie.

„Wird Dina – wieder gesund?“, fragt Josef beklommen.

„Ich hoffe, dass sie darüber hinwegkommt. Vielleicht bleiben innere Wunden zurück, die niemals heilen. Und all dieses Furchtbare geschah, weil ein junger Mann seine Wünsche sofort erfüllen wollte. Er beherrschte sein Verlangen nicht und damit verletzte er deine Schwester in ihrer Seele. Er nahm ihr die Unschuld und das kindliche Vertrauen. Sie wird nie mehr sein wie früher.“

Josef senkt den Kopf. Wird er je vergessen können, was Dina widerfahren ist? Oder muss er bei ihrem Anblick nun immer daran denken, wie sie geschrien und um sich geschlagen hat, als der fremde Mann ihr die Kleider vom Leib riss und über sie herfiel? Und wird sie selbst vergessen können? Haben diese Schrecken alle Quellen der Liebe in ihr verstopft?

Langsam setzt er einen Fuß vor den anderen und sucht den Weg aus dem lauten Zeltdorf. Er möchte allein sein. Dieser Tag hat einen Schatten auf seine Seele geworfen, der ihn aus dem Paradies seiner Kindheit vertreibt – und eine Rückkehr gibt es nicht.

11. Der Ausweg

Als Josef den Altar umrundet, den Jakob in der Nähe der großen Eiche gebaut hat, bemerkt er seinen Vater. Jakob liegt auf dem Boden, das Gesicht in die Erde gedrückt. Seine Schultern beben wie im Krampf. Josef kniet neben ihm nieder und berührt ihn am Arm.

„Vater ...“, flüstert er.

Jakob hebt den Kopf. „Gott hat mit mir gesprochen“, sagt er heiser. „Ich bekannte ihm unsere große Schuld, ich flehte um Rat und um Hilfe, da gab er mir Antwort. Er befahl mir: ‚Zieh weg von hier und schlage deine Zelte in Bethel[1] auf. Baue mir dort einen Altar.‘“ Jakob richtet sich auf. „Ruf alle zusammen. Ich muss ihnen sagen, dass Gott uns nicht verlassen hat.“

Josef läuft los und rennt ins Zelt seines Vaters. Er greift nach dem Widderhorn, das neben dem Eingang hängt, und bläst dreimal kurz hinein: das Signal zum Sammeln. Männer, Frauen und Kinder wimmeln durcheinander und eilen zum großen Sammelplatz. Auch die Frauen und Kinder aus Sichem werden geholt. Ruben und Juda wälzen einen großen Stein in die Mitte und helfen ihrem Vater hinauf. Nun kann er von allen gesehen und gehört werden.

„Meine Trauer, meine Reue kann nicht ungeschehen machen, was passiert ist. Wir sind in großer Gefahr. Die umliegenden Städte werden schon bald erfahren, dass meine Söhne die Stadt Sichem beraubt haben. Die Bluträcher werden sich verbünden und gemeinsam über uns herfallen.

Es gibt nur einen, der uns retten kann: der allmächtige Gott. Ich habe schon einmal erlebt, wie er mir in einer aussichtlosen Lage geholfen hat. Damals war ich auf der Flucht vor meinem Bruder Esau ...“

Es wird still auf dem großen Platz. Atemlos hören sie zu, wie Jakob die Geschichte seiner Flucht erzählt und von seinem Traum in Bethel. Hier und dort wischen sich die Frauen Tränen aus dem Gesicht, als Jakob seine Einsamkeit schildert, seine Todesangst und den Kummer, von der geliebten Mutter auf lange Zeit – vielleicht

[1] Etwa 90 Landstraßen-Kilometer

für immer? – getrennt zu sein. Auch die Männer sind tief bewegt, und Simeon und Levi, die gern so tun, als ließen sie sich durch nichts erschüttern, lauschen mit offenem Mund.

„Dort ist mir Gott erschienen. Ich sah eine hohe Leiter, die bis zum Himmel reichte. Und oben stand ER in einem gleißenden Licht ... Ich hörte seine Stimme. Er versprach mir seinen Schutz und Beistand. Und ich gelobte ihm, dass ich mein Leben lang nur ihn verehren würde und ihm von allem Besitz den zehnten Teil zurückgeben wollte. Denn er ist allmächtig und nur er kann uns helfen. Wollt ihr das?"

Wie aus einem Mund steigt der Schrei zu ihm empor: „Jaaaa! Das wollen wir!"

„Gut. Aber der Gott Abrahams und Isaaks ist nicht ein Gott unter vielen. Er möchte unsere ganze Verehrung, unsere ganze Hingabe. Deshalb werft eure falschen Götter fort, die ja gar nicht retten können. Sie wiegen euch in einer falschen Sicherheit. Trennt euch von allen Götzen und Zaubermitteln, von euren Amuletten und den Talismanen. Bringt sie her, wir wollen uns davon trennen. Und wascht euch, wechselt eure Kleider, damit wir das, was geschehen ist, hinter uns lassen können."

Sie stehen da wie festgezurrt. Aber dann raschelt ein Frauenkleid: Rahel schreitet hinüber zu ihrem Zelt und kommt mit einem Bündel zurück, das sie auf beiden Armen trägt wie einen schlafenden Säugling. Sie legt das unförmige Ding vor Jakobs Füße.

„Was ist das?", fragt er verblüfft.

Mit zitternden Fingern wickelt sie das Wolltuch ab, mit dem die Figur verhüllt ist.

Lea schreit auf: „Der Teraphim unseres Vaters!", und Silpa und Bilha wechseln Blicke.

„Du hast diesen Götzen die ganze Zeit in deinem Zelt gehabt, und ich wusste nichts davon ...", presst Jakob zwischen den Zähnen hervor.

Rahel hebt die Achseln. „Es tut mir Leid", flüstert sie. „Aber jetzt will ich ihn fortwerfen. Ich will dem Allmächtigen vertrauen und nicht mehr einem Stück Holz."

Nun kommt Bewegung in die Menge. Männer, Frauen und Kinder laufen zu ihrem Gepäck und kramen darin. Sie kehren mit vollen

Händen zurück, bringen Tonfiguren, Goldstatuen, silberne Stelen, edelsteingeschmückte Amulette und goldene Ohrringe. Ruben und Juda sammeln die Götzen und den Schmuck in großen Körben und tragen ihn zur großen Eiche[2].

Unter ihren Zweigen haben Simeon und Levi im Auftrag des Vaters ein tiefes Loch gegraben. Dort leeren sie die Körbe hinein, und Jakob schaufelt das Loch mit Erde zu und klopft sie fest. Dann hebt er die Arme zum Himmel und ruft: „El Shaddai, wir wollen dich allein verehren. Bitte rette uns vor den Feinden. Bewahre unser Leben!"

Es dauert nicht lange, bis das Zeltdorf abgebaut ist, denn jeder will so schnell wie möglich von diesem Schreckensort verschwinden. Jakob schickt die schnellsten Reiter als Späher aus, die erkunden sollen, ob sie mit feindlichen Überfällen zu rechnen haben. Doch alles bleibt ruhig. Unbehelligt kann Jakob mit seinem Tross von Sichem abziehen. Auf der gesamten Reise nach Bethel werden sie nicht belästigt. Jakob kann es kaum fassen. Mehr als einmal sagt er zu Josef: „Es kommt mir vor, als hätte Gott die Nachbarstädte so erschreckt, dass sie uns in Ruhe lassen."

Und dann sind sie endlich in Bethel. Nachdem das Zeltdorf aufgebaut ist und die Frauen und Kinder untergebracht sind, geht Jakob mit seinen Söhnen zu dem schlanken Stein, den er vor vielen Jahren als Kopfkissen benutzt und später als Gedenkstein aufgerichtet hat. Gemeinsam sammeln sie große Steine. Jakob fügt sie ineinander, schichtet Holz darüber und legt ein Opferlamm darauf. Als das Tier in Flammen aufgeht, ruft er: „Dieser Altar ist dem Gott geweiht, der mir hier in Bethel[3] erschienen ist." Und zu seinen Söhnen sagt er: „Hier sind wir wirklich zu Hause!"

---

[2] Diese Eiche muss damals ein Wahrzeichen der Gegend gewesen sein.

[3] „Haus Gottes"

12. Gottes-Haus

Josef besucht den neuen Altar an jedem Tag. Wenn der Vater morgens und abends ein Opfer bringt, dann betet der Junge inbrünstig mit. Und dann kann er sich eines Tages nicht mehr zurückhalten. „Vater, du hast diesen Ort ‚Haus Gottes' genannt. Wohnt er wirklich hier?"

„Natürlich nicht. Der Allmächtige ist so groß, dass ihn diese Erde nicht fassen kann. Aber hier hat er sich mir gezeigt."

„Am liebsten würde ich hier neben dem Gedenkstein schlafen. Vielleicht sehe ich auch einmal eine Himmelsleiter und höre Gott reden", sagt Josef nachdenklich.

Jakob lächelt. „Wenn du dich so sehr danach sehnst, den Allmächtigen zu sehen, dann wird er dir vielleicht eines Tages deinen Wunsch erfüllen. Aber ich kann dir versichern, dass er auch dann bei dir ist, wenn du ihn nicht siehst."

„Jahwe-Jireh", flüstert Josef, und Jakob nickt. „Aber nun komm, ich habe Arbeit für dich."

„Darf ich nicht noch eine Weile hier bleiben?"

Jakob schüttelt den Kopf. „Gott steht neben dir, wenn du betest, aber auch, wenn deine Hände etwas tun. Ich brauche deine Hilfe bei den Schafen."

Er führt Josef zu einem Pferch, in dem die Mutterschafe mit ihren neugeborenen Lämmern untergebracht sind. Dort steht ein Korb in der Ecke, aus dem jämmerliches Blöken dringt. „Ein Mutterschaf ist mir heute morgen verblutet. Ich konnte es nicht retten. Aber das Lämmchen lebt noch." Mit einem geschickten Griff nimmt er das kleine Tier aus dem Korb und legt es Josef in die Arme. Der Junge zieht es an die Brust und streichelt vorsichtig das kleine Tiergesicht. Er betrachtet das Lamm, dann sagt er: „Ich glaube, es hat Hunger. Und es fürchtet sich."

„Ja", sagt Jakob. „Das hast du gut erkannt. Was wirst du gegen seinen Hunger tun?"

Josef schaut suchend umher. „Ich werde eins von den Mutterschafen melken. Mit der Milch füttere ich das Schaf."

„Wie wirst du das machen?"

„Mit einem sauberen Lappen. Ich tauche ihn in die Milch, und das Lamm saugt daran. Ich habe schon mal ein Lämmchen großgezogen."

Jakob nickt. „Und wie willst du seine Angst lindern?"

„Ich werde mir eine Schlinge umhängen und das Lamm bei mir tragen. Dann wird es warm und fühlt sich nicht allein."

„Gut so!", sagt Jakob. Als er dem Jungen nachschaut, tritt ein stolzer Glanz in seine Augen.

* * *

In den nächsten Tagen sieht man Josef niemals ohne sein Lamm, das er bei sich trägt. Manchmal lässt er es ein paar wackelige Schritte versuchen, aber es ist zu schwach, um größere Strecken zu bewältigen. Er füttert es geduldig, und das Lamm wächst zu einem starken Widder heran.

Debora sagt zu Jakob: „Ich hätte nicht gedacht, dass er dieses Tier durchbringt."

„Ja, er weiß, was er will", sagt Jakob und streicht sich zufrieden den Bart. „Und wenn er eine Aufgabe übernimmt, dann gibt er niemals auf. Ich kann mich auf meinen Sohn verlassen!"

„Auch die anderen sind deine Söhne", erinnert Debora sanft.

Jakob runzelt die Stirn. „Sie sind wild und lassen sich nichts sagen."

Die alte Kinderfrau seufzt. „Lea hätte mehr Hilfe gebraucht. Es war viel für sie, ein Kind nach dem anderen zu gebären und aufzuziehen. Es ist nicht genug, den Kindern Essen und Kleider zu geben. Man muss auch ihre Seele füttern. Sie brauchen Liebe und Wärme, und sie brauchen das Wissen, dass der Vater stolz auf sie ist."

„Wie kann ich auf meine Söhne stolz sein?", knurrt Jakob. Seine Stimme klingt bitter.

„Jeder von ihnen trägt Juwelen in seinem Innern. Du musst sie ans Licht bringen und dich darüber freuen."

„Wahrscheinlich habe ich an meinen Kindern versagt", murmelt Jakob. „Und jetzt ist es zu spät, um noch etwas gut zu machen."

„Solange wir leben, ist es nie zu spät", widerspricht Debora. „Bemühe dich um Ruben. Er ist dein Ältester, er wird später einmal die Familie führen müssen. Weiß er, was das bedeutet? Hast du ihn darauf vorbereitet?"

„Ruben hat nichts als Mädchen im Kopf", seufzt Jakob.
„Ein Grund mehr, ihm Zeit zu widmen", sagt Debora energisch. „Und jetzt musst du mich entschuldigen. Ich will mit Lea zu den Leuten aus Sichem hinübergehen."
„Wie finden sie sich bei uns zurecht?"
„Sie fügen sich gut ins Lagerleben ein, denn Lea hat jeder einen Platz zugeteilt und eine feste Arbeit. Sie sorgt auch für Essen und Kleidung. Und sie achtet darauf, dass keine dieser Frauen verachtet oder gequält oder geschlagen wird. Manche haben es hier besser als früher bei ihren Männern."
„Und Rahel? Hilft sie auch mit?", fragt Jakob.
„Sie muss sich ein wenig schonen", lächelt Debora. „Du weißt, warum. Oder etwa nicht?"
Jakob starrt sie an. „Sie ist doch nicht – krank?"
„Aber wo! Sie ist sehr glücklich. Sie wird in einigen Monaten ihr zweites Kind zur Welt bringen – wenn alles gut geht."
Jakob hat die letzten Worte schon nicht mehr gehört. Er stürmt hinüber zu Rahels Zelt.
„Ist es wahr, was Debora gesagt hat?", keucht er.
Rahel sitzt an einem kleinen Webstuhl und lässt das Schiffchen hin- und herfliegen. „Was soll denn wahr sein?"
„Dass du schwanger bist!", stößt Jakob hervor.
Sie legt die Hände in den Schoß. „Ja, es ist wahr!", sagt sie feierlich.
„Möge Gott dich schützen", stöhnt Jakob. „Dich und das ungeborene Kind!" Er vergräbt sein Gesicht in ihren langen dunklen Haaren und umarmt sie lange.

* * *

Bevor Debora an diesem Abend schlafen geht, ruft sie Josef zu sich. „Wie denkst du über all das, was in der letzten Zeit geschehen ist?", fragt sie, während sie dem Jungen eine Schale Sauermilch reicht.
„Ich bin traurig. Dina ist immer noch krank. Und die Frauen und Kinder aus Sichem hassen uns. Sie spucken aus, wenn meine Brüder an ihnen vorübergehen. Ich höre die Kinder weinen, wenn ich zu ihren Zelten gehe, und ich sehe, wie unglücklich die Mütter sind."

„Lea versucht sie zu trösten“, sagt Debora. „Sie möchte, dass sich die Fremden hier zu Hause fühlen.“

„Wie können sie das?“, ruft Josef leidenschaftlich. „Sie haben ihre Heimat verloren und auch ihre Freiheit, denn wo können sie hingehen, wenn sie es bei uns nicht aushalten? Wie Sklaven hat man sie verschleppt!“

„Ihre Herzwunden werden heilen“, sagt Debora sanft. „Dann schmerzen die Erinnerungen nicht mehr. Dann können sie wieder lachen. Aber das braucht Zeit.“

„Zeit!“, braust Josef auf. „Warum geht das nicht schneller? Warum wird Dina nicht wieder gesund? Sie ist schon ganz weiß im Gesicht, und ihre Knochen stehen überall heraus wie bei einem dürren Baum in der Wüste! Ich bete jeden Tag für sie, aber es hilft nicht!“

Debora legt ihm die Hand auf den Arm. „Gott hört deine Gebete. Und er greift ein, aber zu seiner Zeit und auf seine Art. Vertrau ihm. Hör nie auf, mit seiner Hilfe zu rechnen. Gott hilft schon jetzt – durch Menschen wie Lea.“

„Was kann eine Frau wie Lea schon tun!“, schnaubt Josef. „Meine Mutter ist viel klüger und geschickter.“

Die alte Kinderfrau wiegt den Kopf. „Man kann Feigen nicht mit Trauben vergleichen“, sagt sie nachdenklich. „Warum meinst du, dass du deine Mutter verteidigen musst?“

„Die anderen Frauen meines Vaters denken, sie sei böse und Gott habe sie bestraft, weil sie nur ein Kind bekommen konnte“, erklärt Josef.

„Und was denkst du?“

„Ich weiß nicht. Sie hatte viele Jahre lang einen gestohlenen Teraphim in ihrem Zelt versteckt. Das war eine böse Tat. Aber – aber sie ist doch meine Mutter und ich habe sie trotzdem lieb.“

„Das ist auch richtig so. Auch Gott liebt uns, obwohl wir vieles falsch machen. Mein lieber Junge, merk dir eins: Glück ist nicht immer eine Belohnung für unseren Gehorsam, obwohl es manchmal so aussieht. Und Unglück ist nicht immer eine Strafe Gottes. Unser Gott ist gnädig und barmherzig, er behandelt uns nicht so, wie wir es verdienen. Er kümmerte sich um eine heidnische Sklavin und gab ihr seinen Schutz und Segen, das darfst du nie vergessen.“

* * *

Am nächsten Morgen wartet Lea vergeblich auf Debora. Sie hustet leise, um die alte Kinderfrau zu wecken, doch als weiterhin kein Laut aus ihrem Zelt dringt, schlägt Lea den Zeltvorhang beiseite und geht hinein. Schreiend läuft sie heraus.

„Sie ist tot! Debora ist tot!", gellt sie. Sie bückt sich und nimmt eine Hand voll Staub in die Hand, streut es über ihr offenes Haar. Dann packt sie das Obergewand mit beiden Händen und reißt es entzwei.

Wie ein Steppenbrand verbreitet sich die Nachricht „Debora ist tot!" im Zeltlager. Alle lassen die Arbeit liegen und laufen zu Deboras Zelt. Auch die fremden Frauen und Kinder kommen heran und weinen um die alte Kinderfrau, die bis zum letzten Lebenstag alle anderen mit ihrer Weisheit und ihrer Freundlichkeit beschenkt hat.

Jakob bestattet sie[1] in Bethel neben dem Gedenkstein unter einer großen Eiche. Von diesem Tag an heißt der Baum „Klageeiche", Trauerbaum.

---

[1] Debora muss damals mindestens 150 Jahre alt gewesen sein.

13. Aufbruch

Jakob kann sich lange nicht von diesem Verlust erholen. Debora war das letzte Band, das ihn mit seiner geliebten Mutter verknüpfte, und er fühlt sich inmitten seiner großen Familie einsam und verloren.

Eines Abends geht er hinüber zum Gedenkstein, um dort zu weinen. Plötzlich spürt er die Gegenwart Gottes wie nie zuvor, und dann sieht er – IHN! Später kann er diese Erscheinung nicht beschreiben, aber eins weiß er: Gott war da und hat ihn gesegnet.

„Du sollst nicht mehr Jakob[1] heißen, sondern Israel[2]! Ich bin der allmächtige Gott. Ich werde dich fruchtbar machen, so dass deine Nachkommen ein großes Volk werden – ja, viele Völker werden von dir abstammen und sogar Könige. Und ich gebe dir und deinen Nachkommen das Land, das ich Abraham und Isaak versprochen habe."

Jakob saugt diese Worte in sich hinein. Und dann sieht er, wie Gott nach oben schwebt, bis er seinen Blicken entschwunden ist. Sofort wälzt er einen großen Stein an die Stelle, an der Gott gestanden hat. Er gießt Wein[3] und Öl darauf und weiht auch diesen Gedenkstein dem Gott, der ihm erschienen ist.

Als er später ins Zeltdorf zurückkehrt, ruft er die Familie zusammen und sagt: „Ich habe Gott gesehen. Er ist mir wieder erschienen, und er hat uns das ganze Land Kanaan zugesprochen."

„Warum bleiben wir dann hier?", fragt Juda. „Die Wiesen sind abgegrast, es wird Zeit, dass wir weiterziehen."

„Wir könnten nach Hebron gehen", sagt Josef. „Ich würde gern den Großvater wiedersehen."

„Ja, so lange er noch lebt", nickt Jakob. „Er wird sich freuen."

Er holt das Signalhorn und bläst zum Sammeln. Als alle Lagerbewohner vor ihm stehen, erklärt er ihnen: „Wir brechen auf. Packt eure Sachen, wir reisen nach Hebron[4]."

---

[1] Fersenhalter = Betrüger

[2] Gotteskämpfer oder „es streitet Gott"

[3] Zur Zeit des Mose bestand ein Trankopfer aus einem Viertel Hin Traubenwein, das sind etwa 1,3 l.

[4] Luftlinie ca. 40 km

Josef muss diesmal das Zelt seiner Mutter abschlagen und ihre Sachen packen, denn ihr Bauch ist groß geworden, und das Bücken fällt ihr schwer. Vorsichtig hebt Jakob seine Lieblingsfrau in den Kamelsattel. Er hat ihn diesmal besonders dick unterfüttert, damit sie bequemer reist.

* * *

Am zweiten Reisetag haben sie gerade das Gebiet der Jebusiter[5] in einem weiten Bogen umgangen und haben es nicht mehr weit bis Efrata[6].

Plötzlich schreit Rahel auf. Josef hebt sich im Sattel und hält sich mit der Hand an Rahels Kamelsänfte fest. „Mutter, was ist?"

„Das Kind kommt!", wimmert sie. „Ich habe solche Schmerzen!"

„Ich hol den Vater!", ruft Josef und drückt seinem Maulesel die Fersen in die Flanken.

Sofort gibt Jakob das Signal zum Halten. In aller Eile bauen seine Söhne ein Behelfszelt auf. Jakob und Josef heben Rahel aus der Sänfte und tragen sie ins Zelt. Lea, Silpa und Bilha holen Decken und Tücher, sorgen für Wasser. Die Frau eines Hirten, eine geschickte Hebamme, gibt letzte Anweisungen.

Rahel fühlt sich von den Wehen überrumpelt, überrollt. Sie stöhnt und presst und drückt und schnauft, doch vergebens – das Baby sitzt fest. Jakob versucht, das Kind zu drehen, aber es gelingt ihm nicht. Den ganzen Tag über mühen sie sich. Rahel wird immer schwächer. Sie hat kaum noch Kraft, den Kopf zu heben. Dann bricht eine Woge von Schmerzen über ihr zusammen, und sie krümmt sich in einer letzten, übermenschlichen Anstrengung zusammen.

Die Hebamme schreit: „Es kommt! Das Kind kommt!" Und zu Rahel gewandt: „Freu dich, es ist ein Sohn!"

Doch Rahel lächelt nicht. Die blutig gebissenen Lippen verziehen sich zu einer schmerzlichen Grimasse. „Nennt – ihn Benoni[7]",

---

[5] Die Bergfeste Jebus war von einem kriegerischen Stamm bewohnt, der erst später unter König David besiegt werden konnte. David nannte diese Stadt „Jerusalem". Sie liegt ca. 15 km südlich von Bethel.

[6] Hieß später Bethlehem, „Haus des Brotes", ca. 8 km südlich von Jerusalem

[7] Schmerzenskind

haucht sie. Dann fällt ihr Kopf zur Seite, die Augen verdrehen sich und brechen. Beklommene Stille, nur der kleine Neugeborene winselt leise vor Kälte und Schrecken.

Jakob küsst das blasse Gesicht seiner Lieblingsfrau. Dann drückt er ihr die Augen zu und steht von ihrem Lager auf. Lange steht er da, bebt wie ein Baum im Sturm und blickt auf den Körper hinunter, der ihm seit vielen Jahren das Liebste auf der Welt gewesen ist.

Immer noch wimmert der kleine Junge, der seiner Mutter so viele Schmerzen bereitet hat. Sein Kind. Rahels Sohn. Mitleid mit dem mutterlosen Baby packt ihn. Er nimmt seinen Sohn auf den Arm und sagt leise: „Du sollst nicht dein Leben lang mit diesem schrecklichen Namen herumlaufen. Ich nenne dich Benjamin[94], denn du wirst mich immer an das Glück meines Lebens erinnern, an Rahel."

Er ruft Josef zu sich. „Deine Mutter ist tot", sagt er und zeigt auf das Lager.

Josef kniet an Rahels Seite nieder und legt seine Hand auf ihre Stirn. Das Weinen übermannt ihn, und er bricht neben dem Bett zusammen. Als er wieder zu sich kommt, sind alle fort, er ist allein im Zelt. Nur hinten aus einer dunklen Ecke dringen leise Klagetöne. Josef geht hinüber und sieht seinen kleinen Bruder auf einem Bündel Felle liegen. Er nimmt ihn auf den Arm und legt sein tränennasses Gesicht an das kleine Köpfchen.

„Wir haben keine Mutter mehr", schluchzt er. „Aber ich werde dich nicht verlassen. Das versprech ich dir. Ich werde auf dich aufpassen! Immer!" Er sucht ein weiches, warmes Wolltuch und hüllt das Neugeborene ein. Dann läuft er hinüber zu den Zelten der Hirten.

„Wisst ihr eine Frau, die ein Baby stillt?", fragt er.

Der Oberhirte legt ihm den Arm um die Schultern. „Wir haben erfahren, das Rahel tot ist", sagt er. „Aber der kleine Sohn soll leben. Ich suche dir eine gute Amme für das Kind."

Schließlich finden sie eine junge Mutter, die mehr Milch hat, als ihr Baby trinken kann. Josef reicht ihr den kleinen Benjamin und bittet: „Achte gut auf ihn. Meine Mutter hat ihr Leben hingegeben, damit er leben kann. Er muss leben!"

[94] Glückskind

Die Frau sieht ihm ernst in die Augen und nickt. „Du kannst dich auf mich verlassen“, verspricht sie. „Ich habe die Herrin Rahel immer bewundert. Es ist mir eine Ehre, ihren Sohn zu nähren.“

* * *

Jakob hat inzwischen ein Grab ausgehoben. Lea, Silpa und Bilha tragen die Tote herbei und lassen sie langsam in die Grube gleiten. Die älteren Söhne schaufeln das Grab zu und Jakob schleift zusammen mit Josef und einigen kräftigen Hirten eine Steinsäule herbei. Sie stellen den Stein auf Rahels Grab.[8]

Viele Stunden lang bleibt Jakob an diesem Grab sitzen und klagt um seine Lieblingsfrau. Sein Herz liegt wie ein harter Klumpen in der Brust, und bei jedem Schlag meint er, es müsse zerbersten. Wie soll er es über sich bringen, sie hier draußen in der Einöde allein zu lassen? Am liebsten würde er sich neben die Steinsäule in die krümelige Erde hineinwühlen und dort liegen bleiben, nie mehr aufstehen ...

Doch dann beschließt er, diesen großen Kummer in der tiefsten Höhle seiner Seele zu verstecken, ihn zu verschließen und nie, nie, nie mehr daran zu rühren. Er will nicht mehr an Rahel denken – er kann nicht! Denn er spürt, dass er gebraucht wird. Er wirft sich auf die Knie und ruft: „Herr, du hast mir mein Liebstes genommen. Warum nicht Lea? Warum nicht eine von den anderen Frauen? Warum gerade sie? ... Aber du wirst mir darauf keine Antwort geben. Irgendwie muss ich ohne sie weiterleben. Kannst du mir zeigen, wie?“

Er beißt die Zähne zusammen, bis seine Kiefer krachen. Er zwingt sich zum Aufstehen. Es ist ein zäher Kampf, aber schließlich gelingt es ihm, dem jungen Grab den Rücken zu kehren und davonzugehen, als kümmere ihn das alles nicht mehr ... Er weiß, dass er sich selbst

---

[8] Dieser Grabstein war viele Jahrhunderte als „Rahels Grab“ bekannt. Sogar zu Samuels Zeiten wird er noch erwähnt (1. Samuel 10,2). Heute erinnert nördlich von Bethlehem die Kapelle „Kubbet Rachil“ an das Grab der Stammesmutter. Dieses moslemische Heiligtum ist ca. vierhundert Jahre alt und markiert nach einer alten christlichen, jüdischen und moslemischen Tradition den Standort des Grabes.

belügt. Er spürt, dass es ihn viel Kraft kosten wird, dieses Bild vor sich und den anderen aufrechtzuerhalten, aber er sieht keinen anderen Weg.

Jakob gibt das Zeichen zur Weiterreise. Wieder werden die Tiere beladen, die Kamele und Maultiere bestiegen. Weiter wälzt sich der lange Zug über die Karawanenstraße. Am Abend schlagen sie ihr Lager hinter einem Turm auf, der den Schafhirten als Aussichtsplattform dient.[9]

* * *

In den kommenden Nächten kann Josef nicht schlafen. Seine Schultern verkrampfen sich, wenn er an das kalte Grab denkt, in dem seine Mutter liegt. Dann hämmert der Schmerz in den Schläfen, sein Magen beginnt zu revoltieren, bis der Brechreiz kommt. Er weiß sich keinen Rat und keine Hilfe, er steht auf und wandert stundenlang durchs Zeltdorf und lauscht den ruhigen Atemzügen der Schläfer.

Er geht auch hinüber zu dem Zelt der jungen Amme, die sich um Benjamin kümmert, und lauscht. Drinnen ist alles still. Er seufzt erleichtert auf. Er ist froh, dass sein Vater diese Entscheidung billigt. Jakob hat der Frau sogar eine gute Bezahlung angeboten, doch sie hat abgelehnt.

„Der Allmächtige hat mir so viel Milch geschenkt, dass es für zwei Söhne reicht“, hat sie gesagt.

Wenn Josef seine Pflichten erledigt hat, dann sitzt er gern vor dem Zelt der Amme und wiegt den kleinen Benjamin, um ihn zu beruhigen. Wenn er das tut, dann hat er das Gefühl, dass seine Mutter doch nicht ganz fort ist. Er schließt die Augen und versucht, sich ihre dunklen Haare vorzustellen, ihren stolzen Mund, ihre Augen ...

Und dann kommt ein Tag, an dem Josef das Bild seiner Mutter kaum mehr sehen kann. Er ist traurig darüber, dass ihre Gesichtszüge so blass und verschwommen sind, doch andererseits spürt er, dass

[9] Wörtlich: Migdol-Eder. Der genaue Standort ist nicht bekannt, wird aber wohl an der großen Karawanenstraße gelegen haben, die nach Süden führte.

sein Magen weniger schmerzt, seiner Schultern seltener nach vorne fallen und er ab und zu wieder das Lied eines kleinen Vogels wahrnimmt oder den Duft einer Blume.

Drinnen stillt die Amme ihr eigenes Kind. Nach einiger Zeit kommt sie mit dem Baby heraus und streckt den freien Arm nach Benjamin aus.

„Zwei so kleine Kinder machen viel Mühe“, meint Josef. „Du brauchst Hilfe.“

Sie lacht leise. „Wir können keine Dienerin bezahlen. Und die anderen Hirtenfrauen haben alle mit ihren eigenen Kindern zu tun.“

„Vielleicht könnte dir eine Frau meines Vaters helfen“, überlegt Josef. „Ich werde mit ihm sprechen.“

Er sucht Jakob und sagt: „Benjamins Amme kann die beiden Kinder nicht allein versorgen. Ich helfe ihr zwischendurch, aber ich bin auch nicht immer zur Stelle. Soll ich Lea fragen? Oder Silpa? Oder Bilha?“

Der Vater wirft ihm einen müden Blick zu. „Tu, was du für richtig hältst“, sagt er schließlich.

Josef läuft zu Leas Zelt und ruft leise. Der Vorhang wird beiseite geschoben, und Lea kommt heraus.

„Ich suche jemanden, der meinen kleinen Bruder versorgt“, sagt Josef. „Eine Amme haben wir schon gefunden, aber sie schafft es nicht allein, die beiden Babys zu hüten.“

„Ich kann dir leider nicht helfen“, sagt Lea. „Ich habe alle Hände voll zu tun. Ich muss mich um die Frauen und die Kinder aus Sichem kümmern. Und meine eigenen Söhne brauchen auch ihr Essen und möchten saubere Kleider tragen und ein reines Zelt bewohnen. Außerdem ist Dina immer noch krank und braucht Pflege. Wenn ich nicht bei ihr sein kann, dann muss Silpa einspringen. Vielleicht fragst du Bilha? Ihre beiden Söhne machen ihr wenig Mühe, und seit sie nicht mehr für Rahel sorgen muss –“ Sie unterbricht sich, weil Josef bei diesen Worten zusammenzuckt.

Nach einer Weile sagt sie sanft: „Mein Junge, ich vermisse sie auch. Sie war meine Schwester.“

Josef kämpft lange mit sich, bis er sich wieder gefangen hat. Dann geht er zu Bilhas Zelt hinüber und ruft nach ihr.

„Wir brauchen deine Hilfe bei der Pflege des kleinen Benjamin“, sagt er – forscher als ihm zumute ist.

Bilha starrt ihn an.

„Das Zelt der Amme steht dort hinten, das schwarze mit dem braunen Vorhang, siehst du es?"

Immer noch gibt Bilha keine Antwort.

Josef hebt das Kinn. „Warum redest du nicht mit mir?"

Sie senkt den Kopf und verbirgt ihr Gesicht hinter dem Vorhang ihres braunen Haares.

Der Junge holt tief Luft. „Du meinst wohl, ich wäre noch ein kleiner Junge, auf den du nicht hören musst. Aber du hast dich getäuscht. Du bist die Dienerin meiner Mutter und ich bin ihr ältester Sohn. Und ich befehle dir, dass – "

Sie wirft ihm einen erschrockenen Blick zu und flüchtet ins Zelt. Sie lässt ihn draußen stehen, als wäre er Luft! Empört läuft er durchs Zeltdorf und sucht den Vater. Er will ihm berichten, dass Bilha ihm den nötigen Respekt verweigert. Doch der Vater ist im ganzen Lager nicht aufzufinden.

Als er bei den Pferchen nach seinem Lamm schaut, das zu einem starken Zuchtwidder herangewachsen ist, trägt ihm der Wind ein paar Satzfetzen zu. Er erkennt Rubens Stimme.

„... nicht den Mund zugehalten, warum auch? ... wunderbar weiches Fleisch ... so süß ... ich kann Vater nicht verstehen ... kümmert sich nicht ... ich weiß nicht, ob ich noch einmal ..."

Von wem redet er? Von einem Hirtenmädchen? Weiß er nicht, was passiert, wenn ihr Vater das herausfindet?, überlegt Josef. *Dann muss er sie heiraten, ob er will oder nicht.* Er schauert zusammen, als er an Dina denkt, die sich immer noch nicht von ihrem Schrecken erholt hat.

Später sitzen die Brüder am Lagerfeuer zusammen. Wenn sie meinen, er sähe es nicht, gestikulieren sie wild und heftig, sind aber sofort still und starren ins Leere, sobald sie merken, dass er sie beobachtet. Er ist es gewöhnt, aus ihren Gesprächen ausgeschlossen zu sein, und so wundert er sich nicht weiter darüber.

Aber dann kommt Bilha mit dem Wasserkrug vorüber, und er fängt einen Blick auf, den Ruben mit Simeon wechselt. Levi prustet los und schlägt die Hände vors Gesicht, und Juda wird über und über rot.

„Du solltest sie wirklich noch einmal –", grinst Dan und macht eine obszöne Geste. Ruben runzelt die Stirn und zischt mit einem Seitenblick auf Josef: „Psst – *er* ist hier."

Langsam steht Josef auf und geht auf Ruben zu. „Wie konntest du nur ...", murmelt er. „Sie ist die Frau unseres Vaters!"

Ruben weicht seinem Blick aus. „Kleiner, das verstehst du nicht", murmelt er.

„Ich bin nicht klein, und ich verstehe sehr gut!", sagt Josef, aber dann bemerkt er die geballten Fäuste der Brüder und die grimmigen Mienen und zieht sich zurück.

Den Rest der Nacht irrt er im Zeltdorf umher und versucht, seine Gedanken zu sammeln, die durcheinander wimmeln wie Ameisen, denen man den Bau zerstört hat.

14. Der Skandal

Josef ist im Zwiespalt. Soll er – oder muss er dem Vater erzählen, was er gehört hat? Damit wird er ihm das Herz brechen, so viel ist sicher, denn Ruben ist der Erstgeborene und hat die Vorrangstellung unter den Brüdern.

Vielleicht ist auch alles ein Irrtum? Aber wen soll er fragen? Bilha weicht ihm aus, als hätte er den bösen Blick[1]. Ruben droht ihm mit Blicken und mit der Faust. Und Lea wird ihm nicht glauben, denn ihr ältester Sohn ist ihr ganzer Stolz.

Nach einigen Tagen, in denen er nicht isst und nicht schläft, nimmt ihn Silpa beiseite.

„Junge, du bist krank", sagt sie. „Oder trauerst du immer noch um deine Mutter?"

Josef nickt. „Ich muss immerzu an sie denken", flüstert er. „Aber es ist noch etwas anderes. Ruben prahlt damit, dass er mit – mit Bilha – im Zelt ..."

Silpa stemmt die Arme in die Seiten und runzelt die Stirn. „Sag das noch einmal!", befiehlt sie. Aber die Worte wollen ihm nicht mehr über die Lippen gehen.

„Du meinst, er hat sie – gegen ihren Willen?"

„Ich weiß nicht", murmelt Josef.

„Jetzt ist mir alles klar", sagt Silpa. „Ich dachte zuerst, sie wäre so verstört, weil ihre Herrin tot ist. Obwohl das eigentlich für sie doch eine Befreiung sein müsste, denn nun ist keiner mehr da, der sie herumhetzt und von früh bis spät arbeiten lässt. Dabei ist Bilha immer sehr ängstlich und braucht jemanden, der ihr genau sagt, was sie zu tun hat. Du kennst sie ja."

Josef nickt. „Aber jetzt hat sie noch mehr Angst."

„Das glaube ich auch. Wenn Jakob das erfährt – weiß er es schon?"

„Von mir nicht", sagt Josef.

---

[1] Im Orient herrscht immer noch die abergläubische Vorstellung, dass manche Menschen die anderen mit ihrem Blick verhexen oder verfluchen können. In der Türkei z.B. werden heute noch Amulette mit Augen verkauft, die einen solchen „schlimmen Zauber" abwehren sollen.

„Ich werde es ihm sagen", beschließt Silpa. „So schnell wie möglich. Bevor es die Lerchen vom Himmel heruntertirilieren."

Diesmal bereitet es Silpa keinen Genuss, eine schlimme Botschaft zu verkünden. Obwohl Bilha ihre Rivalin ist, empfindet sie kaum Schadenfreude, eher Mitleid mit der Frau, die schon als kleines Kind so furchtbare Schrecken erlitten hat und auch jetzt vor der Willkür unbeherrschter Männer nicht sicher ist.

Andererseits kann sich dadurch ihre eigene Lage nur verbessern: Rahel ist tot, Lea als Mutter des ungeratenen Sohnes mitbetroffen, Bilha gilt als Ehebrecherin – wer bleibt übrig, um die Stellung der ersten Frau einzunehmen?

Sie bereitet ihr Szenenbild sorgfältig vor – ein gut gewürztes Essen mit frischem Brot, zum Nachtisch reife Feigen und dazu Granatapfelmus. Bevor sie Jakob mit der schlechten Nachricht überrumpelt, soll er wissen, was er an ihr hat, als Hausfrau, als Mutter, als Geliebte. Bei einem raschen Besuch in Rahels Zelt – Jakob hat es aufgestellt, als wäre es noch bewohnt – steckt sich Silpa einige Tiegel mit kostbaren Ölen und Salben in den Gewandbausch. Sie tupft sich die Duftcremes hinter beide Ohren und auf die Handgelenke und legt ein feines Baumwollkleid an, das Rahel als ganz junge Frau getragen hat. Jakob wird es wohl nicht mehr wiedererkennen; seine Augen sind noch von der Trauer getrübt, aber der vertraute Duft, der bekannte Anblick können seine Gefühle wecken und vielleicht auch noch mehr ... Silpa rechnet mit allem.

Und wird doch bitter enttäuscht, denn als Jakob die schlimme Nachricht hört, da fällt er in sich zusammen, als hätte er sich das Kreuz gebrochen. Er schließt die Augen und schweigt. So viel sie auch auf ihn einredet, sie kann ihm kein Wort entlocken und keinen Blick.

Stunden später verlässt er ihr Zelt, ohne die Mahlzeit beendet zu haben. Josef, der vor dem Zelt gekauert hat, läuft ihm nach. Stumm wandert er neben dem Vater in die Nacht hinein, stumm hockt er sich neben ihn auf den kalten Nachtboden und zittert vor Angst und Kummer und Traurigkeit. Stumm kehren sie ins Zeltdorf zurück, und nur ein müder Blick verrät ihm, dass der Vater seine Gegenwart wahrgenommen hat.

„Was wirst du tun, Vater?", fragt Josef mit banger Seele.

Jakob seufzt. „Ruben ist mein Erstgeborener. Kann ich ihn töten? Und Bilha, das arme Mädchen? Wird dadurch etwas besser, wenn ihr Blut fließt?“

„Aber sie sind schuldig!“, stößt Josef hervor.

„Bin ich das nicht auch?“, antwortet der Vater. „Sind wir das nicht alle?“

15. Das große Opfer

Eines Tages schlägt Jakob das Lager ab und zieht mit seinen Leuten nach Hebron[1]. Im Terebinthenhain namens Mamre[2], ganz in der Nähe der Begräbnishöhle, in der Sara und Abraham bestattet sind, wohnt der blinde Isaak mit seinen treuen Knechten.

„Nun kommt endlich etwas Leben in meine alten Tage", sagt er zu Jakob. „Esau lässt sich auch nur selten sehen. Er hat so viele Herden zu bewachen und so viele Leute zu versorgen, dass er hier nicht bleiben konnte. Er hat jetzt seine feste Bleibe in Seir[3]."

Jakob stellt dem alten Vater seine Kinder und Frauen vor. Lea, Silpa und Bilha bereiten ein Festessen, das Isaak mit großem Genuss verzehrt. Dann wird es still im Lager. Jeder sucht sich einen Schlafplatz. Nur Josef kommt nicht zur Ruhe. Er wandert zum Zelt des Großvaters und hustet leise.

„Komm herein, Josef", kichert der Alte. „Ich hab dich schon erwartet."

Josef stellt sich neben den Großvater und betrachtet ihn aufmerksam. „Woher wusstest du, dass ich es bin?", fragt er.

„Ich habe es mir gewünscht", sagt Isaak. „Ich habe dich in der langen Zeit sehr vermisst."

„Ich wäre schon viel früher gekommen", gesteht Josef, „aber der Vater hatte andere Pläne."

„Dein Vater führt sein eigenes Leben", sagt Isaak.

„Aber jetzt bleiben wir hier bei dir."

„Darüber freue ich mich ... es war schon sehr einsam hier, seit Esau mit seinen Frauen und Kindern weggezogen ist", seufzt Isaak.

„Ich komme dich jeden Tag besuchen", verspricht Josef. „Du weißt so vieles, ich möchte so viel von dir erfahren."

---

1 Hebräisch: Bundesort; früher hieß die Stadt Kirjath-Arba, etwa 22 km südlich von Jerusalem

2 Fettigkeit, Stärke

3 Die Bibel erwähnt, dass Esau „von seinem Bruder Jakob hinweg nach Seir" zog. Ob er dort schon vorher wohnte oder nur gelegentlich von seinen Schlupfwinkeln aus die Karawanenstraße kontrollierte, ist nicht bekannt. Am Jabbok hatten sich die Brüder in Frieden getrennt, das heißt aber nicht, dass zwischen ihnen plötzlich eine enge Beziehung gewachsen wäre.

Isaak lächelt sein mildes Greisenlächeln. „Denkst du an etwas Bestimmtes?"

„Ja – die Geschichte vom großen Opfer!", stößt Josef hervor.

„Nun, ich glaube, du bist inzwischen alt genug für diese Geschichte", meint Isaak. „Aber sie ist lang. Such dir ein Sitzpolster und setz dich, damit du besser zuhören kannst."

Josef findet einen Sitz aus weichem Leder und rückt ihn nahe zum Großvater, damit ihm auch ja kein Mienenspiel und kein einziges Wort entgeht. Denn er spürt, dass diese Geschichte der Schlüssel ist zu etwas Größerem, und wenn er diesen Schlüssel besitzt, dann kann er sich Antworten auf viele andere Fragen holen.

Isaak beginnt: „Ich war der einzige Sohn meiner Eltern, nachdem mein Vater die Magd Hagar mit meinem Halbbruder Ismael weggeschickt hatte. Wir waren sehr eng miteinander verbunden. Vor allem meine Mutter hing an mir. Ständig war sie in Angst und Sorge, dass mir etwas geschehen könnte. Na, du weißt ja, wie Mütter sind, die nur ein einziges Kind haben."

„Meine Mutter brachte vor einiger Zeit einen zweiten Sohn zur Welt", sagt Josef. „Er heißt Benjamin."

„Ja, ich erinnere mich – du hast mir den kleinen Jungen vor dem Essen gebracht", sagt Isaak. „Benjamin ... ein guter Name. Aber ich hörte, dass deine Mutter bei der Geburt starb."

„Ja. Sie hat ihr Leben für ihren Sohn geopfert."

„Und von solch einem Opfer handelt auch meine Geschichte", fährt Isaak in seiner Erzählung fort. „Eines Nachts hörte mein Vater Abraham Gottes Stimme."

„Woher wusste dein Vater, dass es wirklich Gottes Stimme war?", fragt Josef.

„Er kannte seine Stimme, denn er hörte sie nun schon zum achten Mal. Der Allmächtige schickte meinen Vater ins Land Morija[4]. Er sollte dort auf einem Berg ein Opfer bringen. Am nächsten Morgen stand er früh auf und zäumte seinen Esel auf. Er weckte mich und zwei Knechte. Während wir unsere Bündel packten, spaltete er Holz

---

[4] „Jahwe wird sich darum kümmern/auswählen" – wahrscheinlich bekam der Berg erst nach diesem Ereignis diesen Namen. Der Hügel liegt mitten in der heutigen Altstadt von Jerusalem. Salomo baute darauf den Tempel, heute stehen dort die muslimischen Heiligtümer Omar-Moschee und Felsendom.

und packte etwas Glut vom Lagerfeuer in einen Eisenkessel. Ich wollte die Mutter zum Abschied küssen, aber Vater ließ es nicht zu. Er drängte zum Aufbruch. An seinem ernsten Gesicht erkannte ich, dass Gott ihm einen wichtigen Auftrag gegeben haben musste. Deshalb wollte ich ihn nicht in seinen Gedanken stören.

Am Morgen des dritten Reisetages sah mein Vater im Norden eine strahlende Wolke über dem Gipfel eines Berges. Er zeigte mir die Wolke und sagte zu den Knechten: ‚Ich gehe jetzt allein mit meinem Sohn weiter. Wenn wir Gott angebetet haben, dann kommen wir wieder hierher zurück.' Er nahm die Holzscheite vom Esel und band mir das Bündel auf den Rücken. Dann nahm er den Kessel mit den glühenden Kohlen und sein Schlachtmesser und winkte mir. Wir stiegen auf den Berg."

„Aber wo war das Opfer?", fragt Josef.

„Genau das habe ich meinen Vater auch gefragt. Ich sagte: ‚Wir haben Feuer, wir haben Holz, aber wo ist das Schaf zum Brandopfer?' Und mein Vater sah mir ernst in die Augen und sagte: ‚Gott wird selbst für das Opferlamm sorgen.' Ich staunte über diese Antwort, denn mein Vater war ein energischer Mann, der gewöhnt war, sich um alles zu kümmern. Als wir oben angekommen waren, suchte ich große Steine, die mein Vater aufeinander legte, bis der Altar fertig war. Er nahm mir das Bündel mit den Holzstücken ab und schichtete sie darüber. Den Strick behielt er in der Hand. Dann winkte er mich zu sich. ‚Isaak, ich muss dir etwas sagen, was mir das Herz bricht', sagte er. ‚Ich bin davon so tief erschüttert, dass ich in den letzten Nächten nicht schlafen konnte. Das Schaf, das Gott sich ausgewählt hat, das bist du!'"

Josef zieht scharf die Luft ein. „*Du* solltest geopfert werden, Großvater? Das kann doch nicht wahr sein!"

„Mein lieber Junge, das dachte ich auch. Ich sagte: ‚Vater, wir sind doch keine Heiden, die den Allmächtigen nicht kennen und meinen, sie müssten die Götter durch Menschenopfer gnädig stimmen!'"

„Ich habe gesehen, dass die Leute hier im Land manchmal ihre neugeborenen Kinder schlachten und verbrennen", murmelt Josef düster.

„Ja, das tun sie immer wieder. Aber höre weiter. Mein Vater sagte:

‚Vielleicht will Gott mich prüfen. Vielleicht sucht er einen Beweis dafür, dass ich ihn über alles liebe.' Mir kamen die Tränen, weil mein Vater mir immer wieder gesagt hatte: ‚Junge, du bist das Kostbarste, was ich habe.' Und das war nicht nur so dahingesagt. Er meinte das so."

„Aber das verstehe ich nicht", bohrt Josef. „Von dir sollte doch ein ganzes Volk abstammen. Wie konnte dann der Allmächtige verlangen, dass du getötet wirst?"

„Eben weil er der Allmächtige ist", lächelt Isaak. „Mein Vater erklärte mir das ganz genau. Er sagte: ‚Gott kann dich wieder auferwecken[5], denn du bist der Sohn, durch den sich Gottes Versprechen erfüllt. Und Gott hält sein Versprechen. Er will sehen, ob ich ihm auch dann vertraue, wenn ich sein Handeln nicht begreife. Und ob ich ihm auch dann gehorche, wenn ich den Sinn seiner Befehle nicht verstehe.' Als er das gesagt hatte, streckte ich ihm meine Hände hin und sagte: ‚Also gut, Vater, du musst es tun. Aber binde mich fest, sonst laufe ich aus Angst davon.' Mein Vater weinte, als er mir mit dem Strick die Hände auf dem Rücken zusammenband. Dann hob er mich sehr sanft auf den Holzstoß und küsste mich. Er sagte: ‚Es ist gleich vorüber. Ich bin sicher, dass dich der Allmächtige wieder auferwecken wird.'"

„Hattest du keine Angst?", flüstert Josef und neigt sich dem Großvater entgegen.

„Natürlich hatte ich Angst – weniger vor dem Tod, denn mein Vater hatte mir erklärt, dass es ein Schlaf ist, von dem man nichts spürt. Aber ich fürchtete mich vor dem Messer. Es war scharf, und mein Vater war ein geschickter Mann, der einem Schaf mit einem einzigen raschen Stich die Halsschlagader öffnen konnte, so dass es keine Schmerzen spürte. Aber würde er beim ersten Mal treffen? Oder würde seine Hand zittern? Ich sah, wie er zum Stoß ausholte, doch plötzlich blieb sein Arm mitten in der Luft stehen –"

„Blieb stehen?", schreit Josef und springt auf.

„Ja. Als hätte Gott seinen Arm festgehalten. Ich hörte eine Stimme vom Himmel, die rief: ‚Abraham! Abraham!' Und mein Vater ließ das Messer sinken und antwortete: ‚Ja, hier bin ich.' Da sagte die

---

[5] Diesen Gedanken äußerte der Autor des Hebräerbriefes Kapitel 11,19.

Stimme Gottes: ‚Tu dem Jungen nichts, denn jetzt weiß ich, dass du Gott von ganzem Herzen verehrst. Du hast deinen einzigen Sohn nicht verschont und wolltest ihn Gott opfern.'"

Josef atmet tief ein. „Er musste es nicht tun. Er musste dich nicht wirklich schlachten."

„Nein. Aber er wäre dazu bereit gewesen. Doch nun war es nicht mehr nötig. Er band mich los und half mir vom Altar herunter, und als er sich umdrehte, entdeckte er in der Hecke hinter sich einen Widder, der sich mit seinen Hörnern in den Zweigen verfangen hatte. Diesen Schafbock trug er zum Altar und schlachtete ihn und steckte das Holz in Brand, bis das Opfer verzehrt war."

„Und du warst sehr froh, nicht wahr?"

„Ja, ich war froh, und mein Vater war überglücklich. Aber damals hab ich eins begriffen, und das, mein Junge, solltest du nie vergessen. Ein solches Opfer, wie es mein Vater bringen wollte, wird der Allmächtige selbst bringen. Er wird seinen Sohn hingeben – als Opferlamm –, damit die Schuld der Menschen gesühnt wird. Und er wird ihn wieder zu neuem Leben erwecken."

„Das ist der versprochene Retter, der aus Abrahams Familie stammt!", sprudelt Josef heraus.

„Ich dachte, er käme aus Esaus Linie", sagt Isaak nachdenklich. „Aber ich hatte mich getäuscht. Er wird von Jakob herkommen. Einer seiner Söhne wird der Urahn des Retters sein."

Hoffentlich ich!, denkt Josef. Wenn er sich je etwas gewünscht hat, dann dies! In dieser Stunde fasst er den Entschluss, dieser ehrenvollen Berufung würdig zu werden. *Gott soll Freude an mir haben*, nimmt er sich vor. *Und mein Vater auch!*

16. Der Träumer

Von diesem Tag an bemüht sich Josef, alle Pflichten ordentlich und rasch zu erledigen. Wenn ihm der Vater einen Auftrag gibt, dann kann er sich darauf verlassen, dass er gut erfüllt wird. Das ist Balsam auf Jakobs innere Wunden: Wenigstens ein Sohn, auf den er rundherum stolz sein kann! Er überträgt ihm immer mehr Verantwortung, weil er spürt, dass Josef ein natürliches Talent zum Führen besitzt und selbständige Entscheidungen trifft, die gut überlegt sind.

Inzwischen ist Josef 17 Jahre alt[1] und hat seine festen Pflichten als Aufseher der Hirten. Er arbeitet mit den Söhnen von Bilha und Silpa zusammen, die weniger ablehnend sind als Leas Söhne. Ruben, Simeon, Levi und Juda ziehen meist an einem Strang, auch ihre jüngeren Brüder Issaschar und Sebulon halten zu ihnen und schauen verächtlich auf die vier Söhne der Nebenfrauen herab.

Dina hat sich immer noch nicht von den schrecklichen Erlebnissen in Sichem erholt. Sie hält sich auch von ihren Brüdern fern. Die frohe Kameradschaft mit Josef ist dahin. Wenn er sie anspricht, hat sie den Kopf gesenkt und flüstert nur einsilbige Antworten, als schäme sie sich, überhaupt da zu sein.

Josef beobachtet mit Kummer, was seine Brüder treiben: wie Ruben die Töchter und Frauen der Hirten begafft, als wäre er das Raubtier und sie die Beute, wie grausam und gemein Simeon und Levi mit den Knechten und Reittieren umspringen, wie gierig und berechnend Juda ist, wenn er einen Gewinn erzielen kann.

Ab und an berichtet er dem Vater davon und hofft, Jakob würde ein Machtwort sprechen. Doch der Vater hat resigniert. Solche schlechten Nachrichten bestärken ihn nur in dem einen Entschluss, den er fassen kann: Er will das Erstgeburtsrecht seinem Lieblingssohn geben.

Als Zeichen seiner besonderen Zuneigung lässt er für Josef eine Tunika aus vielfarbiger Wolle weben. Sie hat lange Ärmel und reicht bis an die Knöchel. Solche Gewänder besitzen die Fürsten – bei der täglichen Arbeit sind die langen Ärmel eher hinderlich. Um seinen

[1] Jakob war inzwischen 108 Jahre alt

Vater zu ehren trägt Josef dieses Festkleid jeden Tag und versucht, die höhnischen Bemerkungen seiner Brüder zu überhören: *Sie sind ja bloß neidisch!,* denkt er.

Aber manchmal ist er traurig, dass er aus allen Unternehmungen ausgeschlossen wird. Wenn er in die Nähe kommt, verstummen die Gespräche. Die Brüder werfen sich viel sagende Blicke zu und drehen ihm den Rücken zu. Benjamin ist der Einzige, der unbefangen und fröhlich mit Josef spielt und ihm zulächelt.

Der Junge wohnt nun in Bilhas Zelt, und Josef besucht ihn dort jeden Tag und erzählt ihm Geschichten von Abraham, Hagar und Ismael, so wie er sie von Isaak und der alten Kinderfrau Debora gehört hat. Benjamin kann stundenlang zuhören. Dann sitzt er still da, macht ein ernstes Gesicht und saugt alles in sich auf, was Josef ihm sagt.

Eines Nachts hat Josef einen seltsamen Traum, der ihm tagelang nicht aus dem Kopf gehen will. Schließlich erzählt er seinen Brüdern davon.

„Stellt euch vor, wir waren gemeinsam bei der Gerstenernte auf dem Feld und banden die Halme zu Garben. Meine Garbe stand hoch aufgerichtet und gerade, und eure Garben stellten sich im Kreis auf und verneigten sich vor meiner Garbe. Was kann das nur bedeuten?"

Ruben faucht ihn an: „Du willst wohl unser König sein?"

Simeon droht mit der Faust. „Möchtest über uns herrschen!"

Und Levi schreit: „Das könnte dir so passen!"

Die anderen Brüder weichen vor ihm zurück und starren ihn finster an, als wäre er ein Todfeind. Von diesem Tag an spricht keiner von ihnen mehr ein freundliches Wort mit ihm.

Kurze Zeit später träumt Josef wieder so merkwürdig. Diesmal ahnt er, was der Traum bedeutet, und das erfüllt ihn mit Genugtuung. Triumphierend stellt er sich vor die Brüder und berichtet. Widerwillig hören sie zu, als er erzählt: „Ich sah, wie sich Sonne, Mond und elf Sterne vor mir verneigten."

„Das muss Vater hören!", explodiert Juda. „Vielleicht kann er diesem Angeber Grenzen setzen!"

Als sie abends vor Jakobs Zelt zusammensitzen, sagt Ruben: „Vater, Josef hat dir etwas zu sagen!"

Zehn bitterböse Augenpaare sind auf ihn gerichtet, als er seinen Traum schildert. Und diesmal nimmt Jakob seinen Liebling nicht in Schutz. Er schimpft ihn aus.

„Was bildest du dir ein? Sollen deine Eltern und Brüder etwa vor dir niederfallen und dich verehren wie einen König?"

„Aber ich kann doch nichts für meine Träume", sagt Josef trotzig. „Ich hab sie nicht gerufen. Sie waren – einfach da!"

„Weil der Kerl an nichts anderes denkt!", ruft Ruben. „Er hält sich für den Klügsten, den Schönsten und den Besten!"

„Und wir anderen sind in seinen Augen Dreck!", ergänzt Simeon.

Jakob sagt streng: „Ich verbitte mir einen solchen Ton! Geht schlafen, morgen wartet viel Arbeit auf uns. Und du, Josef, hör auf, solches Zeug zu reden!"

Josef steht auf und geht. Mit eingezogenen Schultern schleicht er hinüber zu seinem einsamen Schlafplatz. Dann verziehen sich die Brüder, murren noch eine Weile, es wird still vor Jakobs Zelt. Nur der Vater sitzt noch viele Stunden lang vor seinem Zelt und denkt über die Träume nach.

Einige Tage später kommen die älteren Söhne zu ihm und wollen mit ihm reden.

„Die Wiesen hier sind abgeweidet", sagt Ruben.

„Wir wollen in den Norden ziehen. Dort gibt es genügend Gras für die Tiere", meint Juda.

Jakob wiegt den Kopf. „Ich möchte Mamre nicht verlassen. Mein Vater ist alt, er könnte bald sterben[2]. Ich will in seinen letzten Tagen bei ihm sein."

„Wir können ohne dich gehen", schlägt Simeon vor. „Wir nehmen nur einen Teil der Schafe und Ziegen mit."

„Wo wollt ihr sie weiden lassen?", erkundigt sich Jakob.

„Dort, wo wir schon einmal gewohnt haben", sagt Levi. „Bei Sichem."

„Das ist gefährlich", warnt Jakob. „Die Leute vergessen nicht so schnell."

„Immerhin haben wir dort ein Grundstück", widerspricht Juda. „Wir haben ein Recht, dort zu sein."

---

[2] Isaak lebte noch 12 Jahre; er starb mit 180, damals war Jakob 120 Jahre alt.

Simeon zuckt die Achseln. „Wir nehmen unsere Schwerter mit. So leicht kann uns niemand überfallen."

Sie nehmen sein Schweigen für Einverständnis und packen ein paar Dinge zusammen. Dann treiben sie die Herden zusammen und besteigen ihre Maulesel. Sie winken zum Abschied, dann setzt sich die Karawane in Bewegung.

Jakob lässt die Männer[3] ziehen, aber nicht mit leichtem Herzen. Er schaut ihnen nach, bis die Staubwolke sich gesetzt hat und das letzte Blöken eines Schafes verklungen ist.

Einige Wochen vergehen ohne Nachricht von ihrem Ergehen. Jakob ruft Josef zu sich ins Zelt. „Deine Brüder sind nach Sichem gezogen. Hoffentlich ist ihnen nichts geschehen. Reite hin und schau nach, ob es ihnen gut geht."

„Nach Sichem, das ist eine weite[4] Reise ...", murmelt Josef.

„Du wirst es schon schaffen, mein Sohn!", sagt Jakob. „Ich verlasse mich auf dich."

Josef wird blass. Aber er geht ohne Widerspruch hinaus, verabschiedet sich von Benjamin, holt seine kostbare Kamelstute von der Weide und zäumt[5] sie auf. Er nimmt sich getrocknete Datteln und einige Feigenkuchen[6], füllt seinen Lederschlauch mit Wasser, schürzt die knöchellange Tunika, schiebt die langen Ärmel hoch und schnalzt mit der Zunge, um das Tier in Trab zu bringen. Er reitet auf der alten Karawanenstraße bis in die Nähe der Stadt Sichem. Aber er findet keine Spur von seinen Brüdern und von den vielen Herden, die sie weiden. Er sucht die ganze Gegend ab und verirrt sich schließlich in einer baumlosen Steppe.

Er hätte vor Erleichterung weinen mögen, als er endlich eine Gestalt sieht, die sich langsam nähert. Er gibt der Stute die Sporen und galoppiert hin. Ein Mann kommt ihm entgegen und neigt grüßend den Kopf.

„Salam – Friede. Wo kommst du her, und wo möchtest du hin?", fragt er, wie es üblich ist.

[3] Ruben, der Älteste, war damals etwa 23.

[4] Immerhin rund 90 km

[5] Die Bibel sagt nichts darüber, ob Josef zu Fuß ging oder auf einem Maulesel ritt; als Lieblingssohn eines reichen Herdenbesitzers liegt es nahe, dass er ein Reittier besaß und auch benutzte, sonst wäre er zu lange unterwegs gewesen.

[6] Zusammengepresste, getrocknete Feigen waren ein beliebtes Stärkungsmittel.

Josef gibt seinem Kamel den Befehl zum Hinknien und steigt ab.

„Friede auch dir. Ich bin Josef, der Sohn Jakobs ...“, sagt er zögernd und sieht dem Mann scharf ins Gesicht. Ob dieser Fremde ein Bluträcher ist? Wird er nun über ihn herfallen wie über seine Brüder, von denen keine Spur zu finden ist?

Der Fremde zieht fragend die Augenbrauen hoch, das macht Josef Mut. *Vielleicht weiß er nicht ... kann nichts mit dem Namen Jakob anfangen.*

„Ich suche meine Brüder“, sagt er. „Sie wollten hier in dieser Gegend unsere Schafe weiden.“

„Ach, die Hirten aus dem Süden ...“, ruft der Mann. „Ja, die habe ich gesehen. Aber sie sind nicht mehr hier. Ich hörte, dass sie die Herden nach Dotan[7] bringen wollten. Weißt du, wo das liegt? Du musst auf der alten Karawanenstraße nach Norden reiten. Von Samaria ist es nicht mehr weit. Du kannst Dotan nicht verfehlen, die Stadt liegt in einer weiten Ebene. Dort sind die Wiesen saftig und fruchtbar. Deine Brüder haben gut gewählt. Eure Schafe werden sich dort dick und rund fressen.“

Josef bedankt sich höflich für diese Auskunft und besteigt sein Kamel. Er reitet die staubige Straße entlang, überholt Karawanen und kleine Gruppen von Händlern, bis er endlich nach Dotan kommt und das Weideland aufsucht.

---

[7] Ca. 18 km nördlich von Samaria

17. Das Komplott

Schon von weitem sieht Josef die wolligen Leiber der Schafe, die schwarzen und braunen Ziegen, die dunklen Hirtenzelte. Endlich am Ziel! Er feuert sein Tier zu einem Schnellgalopp an und kommt unmittelbar vor seinen Brüdern zum Stehen. Das Kamel kniet nieder, er rutscht aus dem Sattel und seufzt: „Ich bin so froh, dass ich euch endlich gefunden habe! Das war gar nicht so leicht."

Keiner antwortet, stattdessen begrüßen ihn finstere Mienen, geballte Fäuste, pulsierende Zornadern.

Er schluckt und weicht einen Schritt zurück. „Was – was habt ihr?", stammelt er.

Simeon tritt vor, die Arme vor der Brust verschränkt. „Na, du Träumer?", höhnt er.

Die Brüder rücken näher, kesseln ihn ein, bilden einen Ring aus unbarmherzigen Leibern, der sich immer enger zusammenzieht. Erschrocken schaut Josef in die Gesichter seiner Brüder und findet nichts als böse Augen und zusammengepresste Kiefer. Plötzlich fühlt er sich wie ein Schaf, das von einem Rudel hungriger Löwen umzingelt ist. Er holt tief Luft, probiert ein Lächeln. Es misslingt.

Er räuspert sich und sagt: „Viele Grüße von Vater. Zu Hause ist alles in Ordnung. Ich hoffe, auch bei –"

Sie lassen ihn den Satz nicht zu Ende bringen. Simeon streckt die Arme aus und packt mit beiden Fäusten an seinen Halsausschnitt. Mit einem scharfen Ruck reißt er das kostbar verzierte Gewand mitten durch. Levi zerrt am rechten Ärmel, Issaschar packt den linken.

Josef will schreien: „Hört auf, was wird Vater sagen?" Aber er kriegt keinen Ton heraus.

Sebulon streift ihm die Fetzen der Tunika von den Schultern und wirft sie in den Staub. Sie lachen laut, als sie seine Blöße sehen. Sie zeigen mit Fingern auf ihn und spucken ihn an. Er fühlt sich hilflos und ganz und gar ausgeliefert. Hat Dina so empfunden, als Sichem ihr Gewalt antat? Plötzlich begreift Josef, welche Scham sie fühlte, welche Angst.

Aber es ist noch nicht vorüber. Simeon schlägt ihm ins Gesicht, so dass sein Kopf von einer Seite zur anderen fliegt. Er versucht seinen Kopf mit den Armen zu schützen. Nun stoßen sie ihn hin und her, rempeln ihn mit den Schultern, schubsen ihn, als wäre er ein Spielball. Er stolpert und fällt. Levi tritt ihm in die Nieren, in den Unterleib. Josef krümmt sich zusammen und stöhnt.

„So, das reicht fürs Erste", zischt Simeon. „Du kannst froh sein, dass Ruben für dich gesprochen hat. Sonst hätte ich dich mit eigenen Händen erwürgt!"

„Und ich hätte deine Leiche in ein Loch geworfen!", johlt Levi.

„Was soll nur aus deinen Träumen werden?", lacht Sebulon.

„Aber wir wollen unsere Hände nicht mit deinem Blut besudeln. Ruben hat Recht. Immerhin bist du immer noch unser Bruder."

Josef hebt den Kopf und versucht, die verschwollenen Augen zu öffnen. „Bitte Wasser – nur einen Schluck", flüstert er.

Simeon schlägt ihm einen Wasserschlauch auf den Kopf. „Da – trink doch – wenn du kannst!", spottet er.

Josef hat den Mund voller Sand, er hustet und spuckt Blut. Dann versucht er sich aufzurichten. Doch Simeon ist schon über ihm wie ein Lämmergeier. Er packt seine Arme, Levi nimmt ihn an den Beinen, dann schleifen sie ihn über den steinigen Boden. Josef versucht sich freizustrampeln, doch er ist zu schwach für eine echte Gegenwehr; er fühlt, wie sich Steinsplitter in seinen Rücken bohren; der Sand brennt in den frischen Schürfwunden. Plötzlich weicht der Boden unter ihm zurück und er fällt, fällt, fällt ...

* * *

Als Josef aus seiner Ohnmacht erwacht, weiß er zuerst nicht, wo er ist. Seine Hände tasten Erdkrümel. Um ihn herum ist es dunkel, nur ganz oben sieht er eine helle Scheibe. Nachdem sich seine Augen an den Dämmerschein gewöhnt haben, kann er die Konturen der Zisterne wahrnehmen, die sich nach unten verbreitert wie eine Birne. Mühsam rappelt er sich hoch, streckt die Arme: Nicht einmal mit den Fingerspitzen erreicht er die Stelle, wo die Zisterne enger wird. Der Boden ist trocken, kein Tropfen Wasser ist hier, dabei hat er solchen Durst! Das eingetrocknete Blut auf seinen Wunden spannt. Er beginnt zu rufen: „Ruben! Juda! Wo seid ihr?"

Es dauert lange, bis eine Antwort kommt. Zuerst fallen ihm viele scharfkantige Steinchen auf den Kopf, dann rieselt ihm Sand in die Augen. Ein Kopf erscheint und schließt das Sonnenlicht aus.

„Was willst du?", knurrt Simeon.

„Holt mich raus", sagt Josef. „Sonst erzähle ich Vater davon."

„Ein Grund mehr, dass wir dich nicht rausholen!", brüllt Simeon. „Du bleibst da unten, bis du verfault bist!"

„Wollt ihr mich verdursten lassen?", ruft Josef.

„Erraten!", johlt Simeon. „Verdursten und verhungern. Je schneller, umso besser!"

Und wieder regnet eine Ladung Sand und Steine zu ihm herab.

Nach einer Weile hört er ein Feuer prasseln. Die Brüder haben sich neben der Zisterne zum Mittagsmahl hingesetzt. Josef hat ein feines Gehör, wenn er die Augen schließt, dann meint er, bei ihnen zu sitzen – er hört das Fett ins Feuer zischen, das aus dem Lammbraten trieft, er hört unterdrücktes Schimpfen, als einer der Brüder sich die Finger verbrennt, er hört, wie sie das Fleisch zerschneiden und zerreißen, wie sie abbeißen und kauen. Der Speichel läuft ihm im Mund zusammen, er glaubt sogar den Duft des gebratenen Fleisches zu riechen. Noch zweimal ruft er nach den Brüdern, doch sie haben für ihn nur ein Hohnlachen übrig.

Josef zittert vor Kälte, er hat die nackten Arme um die Knie geschlungen und wiegt sich vor und zurück wie ein Kind, das trauert. Er denkt an den Vater, an seine gütigen Augen, die von einem Netz von unzähligen Fältchen umgeben sind, wenn er lächelt. Er denkt an Benjamin und seine weiche Haut, an den Geruch seiner Locken, wenn sie vom Spielen schweißfeucht im Nacken kleben. Er denkt an das kleine Schaf, dem er das Leben gerettet hat und das zu einem starken, schönen Zuchtwidder herangewachsen ist. Und an die Mutter erinnert er sich, die so schön und so stolz war und ihn gelehrt hat, auf sich selbst zu achten und niemals gering von sich selbst zu denken. Auch der Großvater kommt ihm in den Sinn; das Opfer auf dem Berg Morija. Wie alt mochte er gewesen sein, als er den sicheren Tod vor Augen hatte?

„Aber ich will noch nicht sterben!", flüstert Josef vor sich hin. Und als er sich ausmalt, wie es sein wird, wenn die Mittagssonne wie ein böses, heißes Auge über seinem Brunnenloch erscheint und ihn ausdörrt wie den Wüstenboden, als er sich vorstellt, wie die Fieberschauer seinen blutigwunden Körper schütteln und ihm schlimme Träume aufdrängen, da greift die Furcht wie eine eiskalte Hand nach seinem Herzen. Er kann kaum noch atmen, immer enger wird sein Hals, seine Brust. Nur noch einen Gedanken hat er, und er klammert sich an ihn, als wäre er ein Rettungsseil: *Jahwe Jireh, ein Gott, der sieht.* Und auf einmal wird es ihm ein wenig leichter zumute. El Shaddai, der Allmächtige. *Ismael – der Herr hört,* so schießt es ihm durch den Kopf. Und sein eigener Name: *Er füge hinzu.*

Und so wirft sich Josef auf die Knie und fleht zu dem Gott, den er – seit er denken kann – verehrt, ohne ihn einmal gesehen zu haben. Er legt sein junges Leben ganz in die Hand dessen, dem sein Großvater, sein Vater und auch er selbst vertraut. Und darüber wird er ruhig, und seine Angst ebbt ab. Die Worte Deboras fallen ihm ein: „Warte ab, Gott handelt zu seiner Zeit und auf seine Art. Er ist treu. Du kannst dich auf ihn verlassen."

18. Die Befreiung

Josef kommt es vor, als hätte er tagelang im dumpfen Brunnenloch gesessen, als endlich ein freundliches Seil zu ihm herunterschwebt.

„Halt dich fest, ich zieh!“, ruft Juda.

Josef hat Mühe, das Seil in den aufgeschürften Händen zu halten, aber dann ist er doch oben. Simeon packt ihn an den Haaren, Levi greift unter seine Schultern, gemeinsam hieven sie ihn über den Brunnenrand.

„Danke!“, stammelt Josef, doch keiner der Brüder erwidert seinen Blick. Juda bringt eine Schale mit Wasser und ein raues Tuch und beginnt, ihm das Blut aus dem Gesicht zu reiben. „Du musst anständig aussehen, sonst bekommen wir keinen guten Preis“, murmelt er.

„Preis? Wofür? Was – was meinst du damit?“, keucht Josef.

„Dreh dich um, dann weißt du Bescheid“, grinst Simeon. „Du gehst auf eine schöne, lange Reise.“ Er klopft Juda auf die Schulter und lacht. „Du hast doch immer die besten Ideen. Wir verkaufen Josef an die ismaelitischen Händler und dadurch sind wir den Kerl endlich los. Und kriegen noch Geld dafür!“

Josef starrt ihn an. „Ihr wollt – ihr wollt mich als Sklaven verkaufen?“, stößt er hervor. „Bitte nicht! Nicht als Sklaven! Das ist schlimmer als der Tod!“

Aber Simeon hat sich abgewandt und kramt in seinem Bündel. „Hat einer von euch ein sauberes Oberkleid für unseren Prinzen?“

Schließlich finden sie eine braune Wolltunika und streifen ihm den Kittel über. Der raue Stoff scheuert und kratzt, aber Josef ist stumm vor Schrecken und lässt alles über sich ergehen.

Die Händlerkarawane kommt näher, und Juda springt auf und läuft zum Anführer hin. Er gestikuliert und redet auf ihn ein. Nach einer Weile winkt er den Brüdern.

„Also, auf geht's!“, grunzt Simeon. Er reißt Josef am Arm in die Höhe und zerrt ihn mit sich.

„Lass mich los! Bitte lasst mich doch!“, schreit Josef und will um sich schlagen, doch Simeons Fäuste halten fest wie Eisenklammern.

„Bitte! Ich flehe euch an!“, weint Josef. „Ich will nicht fort! Ich will kein Sklave sein!“

„Halt den Mund, sonst muss ich dich knebeln!“, herrscht Simeon ihn an.

Nun sind sie bei den Händlern angekommen. Der Kaufmann geht einmal um Josef herum, dann tritt er näher, mustert sein Gesicht, tastet seine Armmuskeln ab, zwingt seine Kiefer auseinander und prüft seine Zähne. Josef fühlt sich unendlich gedemütigt und hilflos. Noch einmal bettelt er: „Juda! Dan! Asser! Bitte helft mir doch!“

Doch Juda hat nur Augen für den Händler. Der nickt und meint: „Zwanzig Silberstücke, weil er noch jung ist und gut aussieht.“

Es beginnt in Josefs Ohren zu rauschen. Wie durch einen Tunnel sieht er den Lederbeutel, aus dem ein Silberstück nach dem anderen hervorkriecht und den Weg in Judas Hände findet: „Kling, Klong, Kling“, eine fröhliche Melodie. Dann fühlt er einen Strick um seine Handgelenke. Der Händler fesselt ihn und setzt ihn auf sein Kamel. Vergeblich bittet er um einen Schluck Wasser, um einen Bissen Brot, vergeblich stößt er die Namen seiner Brüder heraus. Sie haben keine Ohren für seine Not, keine Augen für seine Qual.

Als er im Weiterreiten über die Schulter zurückschaut, sieht er, wie Ruben seine Tunika zerreißt, hört ihn laut schreien: „Wo ist der Junge? Was habt ihr mit ihm gemacht? Ich wollte ihn dem Vater wiederbringen!“

Josef will rufen: „Hier bin ich, Ruben! Hilf mir! Rette mich!“, doch er bringt keinen Ton heraus.

Er sieht, wie die Brüder auf Ruben einreden, ihn beschwichtigen. Aber was wollen sie mit dem Ziegenbock? Josef kneift die Augen zusammen, um in der flirrenden Hitze besser zu sehen. Blut sprudelt dem Tier aus einer Halswunde. Levi hält eine Schale darunter. Und was tauchen sie nun in das Blut? Ist das seine Tunika? Sein Prinzengewand, wie Ruben es nennt? Das Kleid, mit dem der Vater ihm und allen zeigte, wie sehr er ihn liebte? Das ist nun zerrissen und besudelt, und Josef ahnt, wozu sie es brauchen. Sie werden es dem Vater als Beweis bringen, dass er von einem Raubtier gefressen wurde.

Es dauert lange, bis die Händler zur Nacht rasten und ihm Wasser und Brot geben. Einer der Männer fragt nach seinem Namen und zieht den Kopf ein, als er hört, dass sie hier den Sohn des reichen Hirten Jakob mit sich führen.

Er sagt zum Anführer: „Wir müssen schnell an Hebron vorüberreiten, sonst sind wir den Jungen bald wieder los.“ Dabei zeigt er mit dem Kinn auf Josef.

„Ist ein feines Bürschchen, wird uns einen guten Gewinn einbringen“, grinst der Anführer und reibt sich die Hände.

Josef rückt die schmerzenden Schultern gerade und hebt den Kopf. „Lasst mich frei! Mein Vater wird euch eine hohe Belohnung zahlen!“, beteuert er.

Der Anführer schüttelt den Kopf. „Hältst du uns für so dumm? Dein Vater würde uns grün und blau prügeln lassen und davonjagen, und auf diese Art von Belohnung verzichten wir.“

„Ich bitte euch, hört mir zu!“, fleht Josef. „Mein Vater heißt Jakob, und Ismael ist der Bruder meines Großvaters. Ihr könnt doch einen Verwandten nicht als Sklaven verkaufen!“

„Warum nicht? Wenn deine Brüder es konnten?“, schmunzelt der Händler. „Verwandt oder nicht – für ein paar Silberstücke sind wir immer offen.“

Und der Führer der Karawane meint: „Es wäre unklug, deine Brüder zu verärgern. Wir laufen ihnen vielleicht öfter über den Weg, als uns lieb ist. Und du kennst sie ja – denen sitzt der Dolch locker im Gürtel.“

19. Die Reise

Stunde um Stunde vergeht, während sie über die staubige Straße dahinreiten. Josef sieht die vertrauten Hügel, hinter denen sich die Zelte seines Vaters in die Täler schmiegen. Sein Herz schlägt schneller, als sie auf der Karawanenstraße andere Reisende treffen. Jedes Mal hofft er, einen Bekannten seines Vaters zu sehen, den er als Boten nach Hebron schicken könnte. Doch er wird enttäuscht – nur Fremde begegnen ihnen.

Als es Nacht wird und er auf seiner harten Decke liegt, quält ihn der Gedanke an den Kummer des Vaters. Er kann es förmlich vor sich sehen, dieses Bild: der Bote, den die feigen Brüder mit den blutverschmierten Fetzen seiner Tunika zum Vater gesandt haben, Jakob, der den Stoff an sich reißt und aufschreit, weil er zu wissen meint, was das bedeutet ... die Tränen, die Trauer, das Wissen: Nun muss ich ohne diesen geliebten Menschen weiterleben, doch wie kann ich das? Es tut so weh!

Josef ahnt, wie schwer es seinem Vater fällt, seine Gefühle zu zeigen. Wie schwer müssen sie ihn niederdrücken! Der Gram wird ihn von innen aufzehren. Und dann denkt er an den kleinen Benjamin, so unschuldig und sonnig, der noch nicht weiß, wie bösartig die älteren Brüder sein können. Sie würden nicht davor zurückschrecken, den kleinen Jungen beiseite zu schaffen, falls sie den Verdacht hätten, dass ihn der Vater lieber hätte als sie ...

Je länger er darüber nachdenkt, umso unruhiger wird er. „Ich *muss* nach Hause!“, schreit es in ihm. „Ich muss dem Vater sagen, dass ich lebe. Ich muss ihm die Augen öffnen über meine Brüder. Wie soll sich Gottes Versprechen in unserer Familie erfüllen – in einer Sippe von Mördern und Lügnern?“

Mit der ganzen Seelenkraft eines 17-Jährigen wünscht er sich mehr als alles andere ein Messer, um seine Fesseln zu durchschneiden. Er rutscht von der Decke und rollt sich auf den Rücken. Nach langem Tasten findet er einen Stein mit einer scharfen Kante. Er kümmert sich nicht darum, dass ihm der Stein die Haut am Handgelenk abschürft. Er reibt und scheuert die Lederschnur so lange, bis sie mürbe ist und zerreißt. Vorsichtig bewegt er die tauben Handgelenke und streckt die Arme, um auch die Fußfesseln zu lösen, da fällt ein Schatten auf ihn.

„Na, Kleiner, was treibst du da?“, brummt der Wächter. „Kannst wohl nicht schlafen?“

Er bückt sich und tastet Josefs Hände ab. „Hah! Du hast sie durchgerieben! Ein schlauer Bursche! Aber nicht schlau genug.“ Immer noch lachend zieht er neue Lederschnüre aus seiner Tasche und fesselt Josef fester als vorher. „Wir wollen doch deine lieben Brüder nicht enttäuschen“, grinst er. Josef würgt an seinen Tränen, beißt sich auf die Lippen vor ohnmächtiger Wut, aber es hilft nichts: Er liegt da, hilflos verschnürt, und hofft, dass der kommende Tag endlich Rettung bringt. Hat er nicht Gott um Hilfe angefleht? Den Allmächtigen, der keinen vergisst und seine treuen Anbeter nicht verlässt?

Am nächsten Tag entfernen sie sich immer weiter von der Heimat. Doch Josef lässt die Hoffnung nicht sinken. Die Karawanenstraße führt durch ein Gebiet, in dem die Kämpfer seines Onkels Esau die Straße überwachen. Vielleicht trifft er Esau selbst? Oder einen seiner Offiziere, der sich an ihn erinnert?

Tatsächlich prescht ein Trupp von wilden Männern aus den Felsen hervor. Sie umzingeln die Karawane, reißen den Führer vom Maulesel. Doch bevor sich Josef bemerkbar machen kann, hat der Führer den Räubern schon einen prallen Lederbeutel zugeworfen. Die Räuber zählen das Geld und winken die Karawane weiter.

Wieder schluckt Josef an ein paar Tränen. Die Enttäuschung brennt ihm in der Kehle wie purer Essig und er lässt den Kopf auf die Brust sinken. Nun weiß er keinen Ausweg mehr.

* * *

In den nächsten Tagen und Wochen wird aus dem Hätscheljungen Josef endgültig ein Mann. Er begreift, dass er keine Schonung zu erwarten hat. Kein Mensch hält zu ihm. Er steht ganz allein da.

Aber ist er deshalb völlig verlassen? Seit seiner Kinderzeit glaubt er an einen Gott, der alles sieht und alles kann. Und in dieser schweren Zeit, als die Fragen nach dem „Warum?“ und die Angst vor der Zukunft schier übermächtig werden, beschließt er, sich ganz und gar der Fürsorge des Allmächtigen anzuvertrauen. Auch wenn er es nicht erkennen kann, muss doch ein Sinn hinter diesem schrecklichen Geschehen stecken, denn hätte Gott es sonst geduldet, dass ihm so übel mitgespielt wurde?

Und als sie die Grenze zu Ägypten überschreiten und er Stunden später am Horizont die Umrisse der ersten Pyramiden entdeckt, blitzt eine Erinnerung in ihm auf: Der Großvater sprach immer wieder davon, dass Abrahams Nachkommen vier Generationen lang als Sklaven in Ägypten wohnen und danach als großes Volk wegziehen würden. Ist das der erste Schritt in diese Richtung?[1]

Noch ist der Gedanke verschwommen, schwebt wie eine Fata Morgana über den heißen Dünen, viel zu vage, um greifbar zu sein, aber er gibt Josef Hoffnung und Mut.

So viel Mut, dass er Tage später am Sklavenmarkt in Avaris[2] die Schultern zurücknimmt, das Kinn hebt und dem ersten Interessenten tapfer in die Augen sieht. Der schaut sich den Jungen genauer an. Er bemerkt die festen Muskeln und Sehnen, aber auch den empfindsamen Mund und den feinen Schnitt des Gesichtes. Er spricht den Jungen in gebrochenem Aramäisch an: „Wie heißt du?"

„Josef, der Sohn Israels aus Hebron."

Der Mann lächelt. „Du gefällst mir. Bist ein hübscher Junge. Und deine Stimme ist klar und weich. Ich kaufe dich", sagt er auf Ägyptisch. Er zieht einen feinen Leinenbeutel aus dem Gewand und winkt den Händler herbei. Nachdem er bezahlt hat, lässt er Josef die Fesseln durchschneiden.

„So wie ich dich einschätze, wirst du mir nicht davonlaufen", sagt er, „sonst ..." Er macht die Geste des Halsabschneidens.

Josef versteht seine Worte nicht genau, aber doch den Sinn, und er nickt. Er reibt die Handgelenke, die von den Fesseln aufgescheuert

---

[1] In 1. Mose 15,13-14 sagt Gott Abraham diese exakte Zeitspanne: „Das sollst du wissen, dass deine Nachkommen Fremdlinge sein werden in einem Land, das nicht das ihre ist, und da wird man sie plagen vierhundert Jahre. Aber ich will das Volk richten, dem sie dienen müssen. Danach sollen sie ausziehen mit großem Gut." Es liegt nahe, dass Abraham mit seinem Sohn Isaak über diese Vorhersage gesprochen hat.

[2] Diese Stadt war zeitweise das Regierungszentrum von Nord-Ägypten und lag im Nordosten des Nildeltas, in der Nähe der Landschaft Gosen (ca. 37 km entfernt).

sind, bückt sich, um die Sandalen neu zu schnüren. Dann richtet er sich auf und trabt hinter seinem „Besitzer“ her zu seinem neuen Zuhause.

Viertes Buch

Josef in Ägypten

1. Das Wunderland

Josef blieb der Mund offen stehen, als er vor dem zweistöckigen Palast stand, in dem der Führer der königlichen Leibwache residierte: So etwas hatte er sich in seinen kühnsten Träumen nicht vorgestellt. Die Sonne gleißte und glitzerte auf der weiß verputzten Hauswand, so dass er für einen Moment geblendet die Augen schloss. Oben auf der Dachterrasse standen riesengroße Terrakotta-Kübel mit Palmen, die einladend ihre Fächerblätter senkten und hoben, als wollten sie ihn willkommen heißen. Potiphar winkte ihn an seine Seite und führte ihn durch das große Nord-Tor in einen ummauerten Hof. Josef schaute sich um. In einer schattigen Ecke waren Getreidesäcke und Körbe mit Obst und Gemüse gelagert, daneben standen Arbeitstische und ein großer Mahlstein mit mehreren kleineren Handsteinen, auf denen eine Hand voll Gerstenkörner lag. Noch war der Hof menschenleer.

Nachdem Potiphar mit einem Klöppel auf einen Bronzegong geschlagen hatte, erschien ein kahlköpfiger Eunuch in der offenen Haustür.

„Schick mir Antef heraus!“, befahl Potiphar.

Kurze Zeit später kam ein kleiner Mann in einer weißen Leinen-Tunika aus dem Haus gehinkt. Sein Hals hob sich kranichartig aus der reich gefälteten[1] Halskrause. Er verneigte sich vor seinem Dienstherren.

„Zeig dem neuen Sklaven das Haus und seine Unterkunft“, befahl Potiphar. „Erklär ihm alles, was er wissen muss, damit er sich schnell zurechtfindet. Er wird sich freuen, endlich wieder Aramäisch zu sprechen.“

Josef freute sich nicht nur, er war entzückt, als er Laute seiner Muttersprache hörte, denn der Schreiber war gleichzeitig Haus-Lehrer[2] und beherrschte mehrere Sprachen. Der junge Sklave lächelte

---

[1] Solche „Plissees“ wurden mit geriffelten Holzbrettern in die Stoffe gepresst.

[2] An der Spitze der ägyptischen Gesellschaft standen Schreiber und Gelehrte. Sie konnten Karriere machen. Ägypten hatte damals für die Kinder der oberen Schicht ein strenges Schulsystem. Die Jungen mussten vom 9. Lebensjahr an 5 Jahre lang lernen. Diszipliniert wurde durch Tadel und körperliche Strafen.

dem alten Mann dankbar zu. Mit diesem strahlenden Lächeln eroberte er sein Herz, denn der Lehrer hatte in den letzten Jahren ein einsames Dasein geführt: Es gab hier keine Kinder zu unterrichten, und keiner der Sklaven konnte sich dafür begeistern, etwas Neues zu lernen.

„Woher kommst du?", fragte der kleine Schreiber.

„Ich stamme aus Kanaan", sagte Josef. „Mein Vater wohnte in Mamre, nicht weit von Schechem. Weißt du, wo das ist?"

„Natürlich", krächzte Antef. „Denkst du, wir wären Ignoranten? Wir haben gute Landkarten. Und du bist erst seit kurzem in Ägypten?"

Josef nickte. „Das alles ist – ist sehr neu für mich", sagte er leise.

„Das kann ich mir vorstellen", kicherte der Alte. „Du siehst nicht so aus, als wärst du ein Sklavenleben gewohnt." Er nahm Josefs Hand und betrachtete sie. „Hast wohl noch nie besonders schwer arbeiten müssen. Haben sie dich entführt?"

„So – so ähnlich ...", brachte Josef mühsam heraus.

„Na, lassen wir das jetzt. Ich werde dir alles erklären, was du wissen musst. Schau hierher", rief Antef und schlug mit der flachen Hand gegen die Hauswand. „Die Ziegel sind aus Nilschlamm erbaut. Weißt du, wie man sie formt?"

Josef schüttelte den Kopf. „Bitte erkläre es mir!"

Ein Lächeln wie ein Sonnenaufgang verschönte das faltige Gesicht des Schreibers. „So, du willst also etwas lernen. Das ist gut!" Eifrig schilderte er seinem neuen „Schüler", wie man den Schlamm in Ledereimern aus dem flachen Nilufer schöpfte und zum Bauplatz schaffte, wie dann die Arbeiter Stroh und Kiesel hinzufügten und das Gemisch in Holzformen gossen. Dann mussten sie die Formen in die Sonne stellen. Sobald sie trocken waren, wurden sie mit Mörtelmasse zu Mauern verbaut und hinterher mit Kalk verputzt.

Er führte Josef zur Tür. „Die Fenster sind absichtlich klein gehalten, damit die Räume kühl bleiben", erklärte er. „Durch die Gitterfenster kommt nur wenig Sonne und Staub hinein. Dafür fängt sich der kühle Nordwind in den oberen Zimmern."

Josef stand im großen Flur und sah sich um. Überall führten Türen in große, geflieste Räume; eine Treppe mit einem kunstvoll gedrechselten Geländer aus schwarzem Holz schwang sich ins Obergeschoss. „Das Ebenholz stammt aus Nubien", erklärte Antef.

„Das liegt weit im Süden. In einem Land, wo die Menschen genauso schwarz sind wie dieses Holz."

„Wohin kommt man, wenn man dieser – dieser Leiter folgt?", fragte Josef und starrte nach oben.

„Die Treppe führt in die Privatgemächer der Herrin. Hüte dich, dort einzudringen, wenn du nicht gerufen wurdest!", warnte der kleine Schreiber. Seine flinken Augen huschten über Josefs Gestalt, blieben an seinem Gesicht hängen, und er fügte lächelnd hinzu: „Und hüte dich erst recht, *wenn* du von ihr gerufen wirst!"

„Ich verstehe nicht ...", murmelte Josef.

Antef seufzte. „Bist du noch so unschuldig, oder tust du nur so? Ich kann dir nur raten, sieh dich vor. Geh ihr aus dem Weg ... das wird das Beste sein ... Also, sie hat dort oben ihr Schlafzimmer, ihr Ankleidezimmer, ihr Frühstückszimmer, ihr Schminkzimmer und ihr Bad, außerdem ihre Dachterrasse."

„So viele Räume für einen einzigen Menschen?", staunte Josef.

Obwohl Antef einen Kopf kleiner war als Josef, lächelte er ein wenig von oben herab. „Du kommst wohl aus einer sehr kleinen Hütte?"

„Meine Familie wohnt in Zelten", sagte Josef. „Wir sind Hirten."

„Phhh!", machte Antef und rümpfte die Nase. „Lass das bloß den Herrn nicht hören! Viehhirten sind hier nicht besonders beliebt. Sie sind dumm, und sie stinken."

Josef schluckte die heftige Entgegnung herunter, die ihm auf der Zunge lag. Natürlich musste die eigene Familie ärmlich erscheinen im Vergleich zu dem, was er hier in Ägypten an Luxus und Schönheit gesehen hatte.[3] Er fühlte sich wie ein Bettelkind. Aber dann dachte er an die klare Luft in den heimatlichen Hügeln, an die Sonne in seinem Gesicht, an den Wind, der nachts in den Terebinthen geflüstert hatte, an das Gefühl von unbegrenzter Freiheit, wenn er auf seinem Rennkamel über die Steppe brauste. Er dachte an die liebevollen Augen des Vaters, an seine schwielige, schwere Hand, die er so oft auf seiner Schulter gespürt hatte. *Diese Erinnerungen machen mich reich. Die kann mir keiner nehmen,* dachte er. *Und*

---

[3] Während der 12./13. Dynastie befand sich Ägypten auf dem Höhepunkt, was Kunst, Architektur und Literatur betraf.

außerdem glaube ich an den, der über den Sternen wohnt – an den allmächtigen Gott. Er wird mich nicht verlassen.

Dieser Gedanke tröstete ihn ein wenig.

Inzwischen hatte ihn Antef aus dem Haupthaus in ein kleines Nebengebäude geführt. „Hier ist der Kochtrakt untergebracht – damit der Knoblauchgeruch niemanden stört." Er zwinkerte Josef zu. „Wenn wir ein großes Fest feiern, dann müssen alle Sklaven Tag und Nacht schuften. Aber das wirst du früh genug erleben." Er öffnete mehrere Türen und zeigte die Vorratsräume, die Bäckerei, die große Hauptküche mit den Öfen und Feuerstellen.

„Was esst ihr hier in Ägypten?", erkundigte sich Josef.

„Unser Hauptnahrungsmittel ist Gerste und Emmer. Wir backen Brot daraus oder verwenden flüssiges Brot."

„Was ist das?"

„Bier natürlich", schmunzelte Antef. „Wir weichen Gerstenbrot in warmem Wasser ein und lassen es einige Tage stehen. Dann zerdrücken wir das Brot und filtern das Bier durch ein Sieb ... Köstlich, sag ich dir! Ja, was essen wir noch – natürlich Gemüse wie Zwiebeln, Knoblauch, Lauch, Bohnen, Linsen, Salat, Kürbisse und Gurken. Wir lieben Datteln, Feigen und Melonen. Als Nachspeise backt unser Hausbäcker leckere Kuchen aus fein gesiebtem Gerstenmehl. Er süßt sie mit Honig oder mit Datteln. Natürlich genießen wir auch die Trauben aus dem Nildelta, frisch oder getrocknet oder vergoren."

„Vergoren?"

„Als Wein", erklärte der Schreiber. „Kennst du das nicht? Davon wird man sehr, sehr lustig. Na gut, manchmal auch traurig. Bei unseren Festen wird sehr viel davon getrunken. Nur unser Herr bleibt dann immer noch auf seinen Beinen stehen. Ihn trinkt so schnell keiner unter den Tisch."

Josef überdachte das und versuchte, sich einen Reim darauf zu machen. Seufzend musste er einsehen, dass er noch vieles nicht begriff.

„Was gibt es außer dem Wein denn noch bei den Festessen?", fragte Josef, der seit Wochen von trockenen Brotfladen und gepressten Feigen gelebt hatte.

„Gans oder Ente, Rind oder Antilope, Gazelle oder Schwein.

Manchmal essen wir auch Schaffleisch oder Ziege, aber ich mag es nicht – es hat so ein seltsames Aroma."

Josef zog die Schultern hoch und schloss die Augen. Wie weit war er von der Heimat entfernt – wie weit ... was hätte er gegeben für ein Stück gut durchgebratenes Lammfleisch oder einen Ziegenkäse! Dieser Duft würde von nun an einen Dorn in sein Herz treiben, einen ziehenden, nagenden Schmerz hinterlassen.

„Die armen Leute können sich Fleisch natürlich nicht leisten", schwatzte Antef weiter. „Sie essen nur selten etwas Geflügel, meistens Fisch. Hier, kennst du das?" Er hob ein Körbchen mit Sykomorenfeigen an. „Köstlich! Und diese Datteln! Und du musst den Wein kosten, den unser Koch daraus bereitet! Obwohl, wenn ich mir's richtig überlege, solltest du ihn vielleicht lieber nicht probieren ... oder höchstens stark verdünnt. Dort drüben liegen schon die Palmfrüchte bereit, die gibt es heute Abend."

Josef nahm einen Trinkbecher in die Hand, der die Form eines Granatapfels hatte, und drehte ihn nach allen Seiten.

Antef dozierte selbstgefällig: „Ja, da staunst du ... Wir haben begnadete Kunsthandwerker im Land. Schau dir zum Beispiel diese Taube an. Sie ist aus gebranntem, glasiertem Ton und innen hohl. Der Koch füllt sie mit Olivenöl. Wenn die Herrin etwas Öl zum Salat wünscht, dann nimmt sie die Taube und gießt – siehst du, so – einige Tropfen Öl aus dem Loch über dem Flügel."

Josef nahm das Ölgefäß in beide Hände und bewunderte die lebensechte Darstellung der Taube. Behutsam stellte er sie ins Regal zurück, als hätte er Angst, ihr wehzutun.

„Du hast geschickte Hände", lächelte Antef. „Bist nicht so ein Tölpel wie manche, die hierher kommen. Ich glaube, mit dir hat unser Herr einen guten Griff getan."

Antef führte Josef durch einen dunklen Flur und schob links und rechts Türen auf, die zu einfachen Schlafräumen führten: Auf niedrigen Holzgestellen lagen Matten, an den Wänden dahinter waren Haken in die Wand geschlagen, an denen Kleidungsstücke hingen. Darüber zog sich ein Regalbrett an der Wand entlang, auf dem verschiedene Habseligkeiten lagen.

„Hier wohnen die Haussklaven. Du bist dort hinten untergebracht, in der Ecke. Dort wo kein Kleid am Haken hängt, ist die Matte frei. Ich besorge dir nachher ein paar Sachen aus dem Magazin. Und jetzt zeige ich dir meinen Lieblingsraum."

Antef stieß eine weitere Tür auf. Sie führte in einen hellen Raum, in dem niedrige Schreibpulte standen. Auf einem Tisch stapelten sich große Bogen Papyrus[4], daneben lagen Pinsel und einige Quasten aus Papyrus-Faserschnur.

„Das ist mein Schreibzimmer!", verkündete Antef stolz. Er zeigte auf kleine Tiegel, in denen Holzkohlepulver, roter Ocker, blauer und grüner Sand gelagert wurden.

„Wenn du dich gut anstellst, dann werde ich dich eines Tages in der ägyptischen Schrift unterrichten", sagte er. „Sie ist schwer, unsere Bilderschrift, aber schön und erhaben[5]. Siebenhundert Zeichen musst du auswendig lernen. Wirst du das können?"

Josef schöpfte tief Atem. „Ich werde es versuchen", versprach er. „Ich möchte so viel lernen, wie ich kann."

Antef strahlte. „Das ist gut. Das wird unserem Herrn gefallen! Aber jetzt muss ich dir noch die Werkstatt zeigen. Hier findest du alle Geräte, die du zur Arbeit brauchst."

Er drehte einen riesigen Eisenschlüssel im Schloss und öffnete die knarrende Holztür. Dort waren – ordentlich an der Wand aufgehängt – verschiedene Werkzeuge zu sehen: Säge und Hobel, Polierstein, Drillbohrer mit Bogen, Ahle zum Setzen von Löchern. Antef nahm eins nach dem anderen ab und erklärte Josef, wozu es diente. Er führte den jungen Sklaven hinüber zum Spinnrad, zum Webrahmen, zeigte die Nähnadeln und Eisenmesser.

„Und hier drüben sind die Jagdwaffen, die unser Herr benutzt", sagte Antef. „Er schießt mit Pfeil und Bogen auf Vögel, er benutzt

---

[4] Papyrus wurde aus einer Schilfart hergestellt, die am Flussufer wuchs. Das weiße Innere des Rohres wurde herausgelöst und eingeweicht, dann in Streifen geschnitten und nebeneinander gelegt. Die nächste Schicht wurde quer dazu obendrauf gelegt. Dann wurden die Pflanzenfasern gepresst und gewalzt, bis sie aneinander haften blieben. Sie mussten nur noch geglättet werden und konnten mit Tusche oder Tinte oder Farben aus zerriebenen Mineralien bemalt werden.

[5] Die Hieroglyphen schrieb man von rechts nach links und in der folgenden Zeile von links nach rechts oder aber auch von oben nach unten. Verträge, Briefe und Geschichten schrieb man von rechts nach links in einer Art Schnellschrift, dem „Hieratischen". Später entwickelte man die „Demotische Schrift", die man noch schneller schreiben konnte (für Urkunden u.ä.).

aber auch das Wurfholz. Und zum Fischen nimmt er diese Angelhaken. Wenn wir viele Gäste haben, dann müssen die Küchensklaven mit dem Schleppnetz fischen." Er zeigte auf ein großes Fischnetz, das mit Bleigewichten beschwert war.

„Was ist das da?", fragte Josef und deutete auf eine Harpune.

„Damit jagt man Nilpferde. Vom Boot aus verwundet man das Tier so lange mit Harpunen, bis es keine Kraft mehr hat. Dann legt man ihm ein Seil um den Hals und zieht es an Land. Aber komm jetzt nach draußen. Du hast den Garten noch nicht gesehen."

Er führte Josef um eine Ecke des Hauses. Ein großer Park, von Sykomoren, Dattelpalmen und Akazien gesäumt, lag vor ihnen. In der Mitte war ein Teich angelegt. Josef trat zögernd heran und beugte sich nieder und berührte mit dem Zeigefinger eine Lotusblüte. Im klaren Wasser des Teiches sah er silberne Fische hin und her huschen. Er schloss die Augen und holte tief Luft. Dann sagte er leise: „Ich glaube, so etwas Schönes wie diesen Garten habe ich noch nie gesehen ..."

Und mit diesen Worten hatte er sich die ewige Freundschaft des Schreibers Antef gesichert, denn er war es, der geschickte Künstler und Denker, der diesen Garten seinerzeit angelegt hatte.

2. Bei Potiphar

Josef hatte es gut getroffen: Der Oberbefehlshaber[1] der königlichen Leibwache war ein kluger Mann, der seine Sklaven gerecht behandelte. Er verlangte gute Leistung, und wenn er sie bekam, dann sparte er nicht mit Lob und Anerkennung. Und Josef gab sich Mühe, ihn zufrieden zu stellen. In kurzer Zeit hatte er die Abläufe in Potiphars[2] Haushalt durchschaut. Er lernte die ägyptische Sprache. Er erledigte seine Pflichten rasch und gründlich, denn er fühlte sich unter Gottes Augen, in seiner Nähe, unter seinen schützenden Händen.

Seit er die ägyptische Sprache beherrschte, wurde er nicht mehr von den anderen Sklaven gegängelt; es machte sich nun bezahlt, dass Josef immer höflich und freundlich blieb und seinen Kameraden beisprang, wenn sie Hilfe brauchten.

Potiphar hatte schon bald beobachtet, dass Josef treu und zuverlässig war. Allmählich übertrug er ihm Verantwortung. Er forderte von Tag zu Tag mehr selbständiges Denken und Handeln und ließ den jungen Sklaven daran stark und tüchtig werden.

Nach kurzer Zeit musste Josef nicht mehr die groben Arbeiter-Schürzen tragen, die am Gesäßteil mit Leder verstärkt waren. Das war die Kleidung der niederen Klassen. Josef trug eine Tunika aus feiner Baumwolle und darüber ein Netz aus bunten Perlen. Daran konnte jeder erkennen, dass er als Hausdiener arbeitete.

Sein rotes Haar hatte er unter einer schwarzen Perücke verborgen, wie es der Mode entsprach. An den Füßen trug er die üblichen Ledersandalen, bei denen die beiden ersten Zehen durch einen Lederstreifen gesteckt wurden.

Antef hatte sein Versprechen wahr gemacht und brachte ihm auf Potiphars ausdrücklichen Wunsch hin die Hieroglyphenschrift bei. Der alte Schreiber war ein geduldiger Lehrer, und als er merkte,

---

[1] Das hebräische Wort lautet „saris" und bedeutet Obereunuche. Das muss nicht im wörtlichen Sinn verstanden werden, denn Potiphar war verheiratet. Die Bibel betont, dass Potiphar ein Ägypter war; unter den semitischen Königen der Hyksos-Periode gab es viele Pharaonen mit semitischem Hintergrund.

[2] „Derjenige, dem der Gott Re etwas gegeben hat" – P'a-di-p'a-Re'

dass Josef rasch lernte und immer mehr tat, als von ihm gefordert wurde, blühte er auf. Er unterrichtete ihn nicht nur in der Schrift, sondern auch in der Hofetikette und schulte ihn so gründlich, dass Josef schon bald all das beherrschte, was ein guter Haussklave können musste.

Josef freute sich über das Lob, das ihm nun von allen Seiten zuteil wurde: Es wirkte wie Balsam auf die wunde Seele. Der Gedanke an den Hass, mit dem ihn die Brüder verstoßen hatten, ja dass sie ihn töten wollten und in die Sklaverei verkauft hatten, schmerzte immer noch tief. Der brutale Überfall nach seiner Ankunft, die endlosen Stunden im Brunnen, die raue Behandlung der Sklavenhändler hatten ihn unsanft aus seinem Traum erweckt. Bitter schmeckte das Wissen, dass sein kostbares Fürstenkleid ihm nichts nützte, auch nicht seine Herkunft und die Vorzugsstellung, die ihm der Vater eingeräumt hatte: Für seine Umwelt war er nicht viel mehr wert gewesen als eine Hand voll Straßendreck. Auf der langen Reise nach Ägypten hatte er begriffen, dass nur einer seinen echten Wert kannte und bestimmen konnte: der allmächtige Gott. An ihn hielt er sich mit aller Kraft und Sehnsucht.

Und nun spürte er, wie er aufwärts getragen wurde. Die Arbeit ging ihm leicht von der Hand, ihm glückte alles, was er anpackte. Das fiel allen auf, auch die Freunde und Gäste bemerkten es. Potiphars Wohlstand wuchs, und nicht nur Antef führte diesen Erfolg auf Josef zurück. Auch der Hausherr wusste seinen Sklaven immer mehr zu schätzen. Schließlich beförderte er ihn an die höchste Position, die in seinem Haushalt zu erreichen war: Er machte Josef zu seinem Stellvertreter.

„Ich merke, dass du unter dem Schutz der Götter stehst", sagte er, als er Josef feierlich in seinen neuen Posten einführte, indem er ihm einen Schlüsselbund und einen Siegelring überreichte.

„Der Gott meiner Väter steht mir bei", sagte Josef bescheiden.

„Erzähl mir mehr über ihn. Wie ist er? Wie sieht er aus? Mit welchem Ritus betest du zu ihm?"

Josef sagte: „Ich weiß nicht, wie er aussieht. Er ist meinem Vater mehrmals erschienen, auch meine Vorfahren haben ihn gesehen. Aber keiner von ihnen hat seine Gestalt beschrieben. Vielleicht hat er die Gestalt eines Menschen angenommen, damit die Sterblichen seinen Anblick ertragen können. Aber ich weiß von ihm, dass er alles sieht und alles hört und sich um seine Geschöpfe kümmert. Ich fühle mich immer mit ihm verbunden."

„Aber ich sehe dich gar nicht in den Tempel gehen", wunderte sich Potiphar.

Josef lächelte. „Ich brauche keinen Tempel, um meinen Gott anzubeten. Ich tue das früh am Morgen, wenn ich aufstehe, ich danke ihm für die Nahrung, die er uns Menschen gibt. Ich bitte ihn um Rat bei meiner Arbeit, um Weisheit, damit ich richtig entscheide, um Kraft, damit ich den Aufgaben gewachsen bin. Und wenn mir etwas gelungen ist, dann danke ich ihm dafür, denn *er* ist es, der mir den Erfolg gibt."

Potiphar schüttelte erstaunt den Kopf. „Das klingt so, als wäre Gott dein Freund und Gefährte."

„Ja. Aber er ist mehr als das. Er ist auch mein oberster Dienstherr, dem ich gehorche und dem ich von ganzem Herzen diene."

„So bist du also im doppelten Sinne ein Sklave?"

„Mehr als ein Sklave – ich gehorche meinem Gott, weil ich es so will und weil es recht ist."

„Du bist auch in meinem Haus mehr als ein Sklave", murmelte Potiphar. „Manchmal denke ich, du fühlst dich genauso verantwortlich wie ich es bin."

Josef nickte. „So ist es. Ich wünsche das Beste für meinen Herrn und für sein Haus."

Antef war entzückt über Josefs Beförderung. Josef sorgte dafür, dass sein Freund und Lehrer noch mehr Freiheiten für die Ausgestaltung des Gartens bekam. Außerdem ließ Josef eine große Menge feine Papyrus-Bögen kaufen und überredete einige Haussklaven, die Hieroglyphenschrift zu erlernen. Weiterhin kümmerte sich Josef um die Küche und überwachte den Kauf hochwertiger Zutaten und die Zubereitung der Mahlzeiten. Er war auch zugegen, wenn Gäste im Haus bewirtet wurden. Oft waren das Leute mit Rang und Namen, die am Hof des Pharao aus und ein gingen. Josef stand in der Halle und sorgte dafür, dass die Mahlzeiten geordnet abliefen und jeder das bekam, was er sich wünschte. Dabei hielt er Augen und Ohren offen und verfolgte die Tischgespräche, so gut es ging.

Auf diese Weise erfuhr er vieles über die Politik des Landes. Er lernte eine Menge über Agrarwirtschaft und Volkswirtschaft, über Handel und Religion. Und alles, was er hörte, hielt er in seinem Gedächtnis fest. Manchmal fragte er Antef nach Einzelheiten, und der alte Lehrer freute sich, seinen gelehrigen Schüler noch tiefer in die Mysterien der Wissenschaft einzuführen. Manchmal lieh Antef für Josef Papyri aus der Palastbibliothek aus, damit er sich weiterbilden konnte.

Potiphar sah das mit Vergnügen. Manchmal reckte er am Ende eines geschäftigen Tages die Arme in die Luft und gähnte behaglich. „Josef, du hast das alles fest im Griff. Ich brauche mich um nichts kümmern, nur noch um die Auswahl meiner Lieblingsspeisen und Getränke. Alles andere machst du."

Dann neigte Josef lächelnd den Kopf und sagte: „Dazu bin ich da – ich bin dir gern behilflich."

Doch abends, wenn er endlich allein war – man hatte ihm längst einen Raum für sich allein zugeteilt, warf er sich auf sein Lager und verbarg den Kopf in den Armen. Dann sah er die heimatlichen Hügel vor sich, er hörte den Wind in den Terebinthen flüstern. Er dachte an seinen Vater, und die Sehnsucht presste ihm das Herz zusammen wie eine gewaltige Faust. Und er hatte Angst davor, dass dieser Stachel in der Seele bleiben würde, so lange er lebte, und er nie, nie wieder unbefangen glücklich sein könnte.

3. Die Herrin

Zehn Jahre waren ins Land gegangen. Josef hatte oft in den Privatgemächern seines Herrn zu tun, und so blieb es nicht aus, dass er hin und wieder der Frau des Hauses begegnete. Er hatte die Warnung des alten Lehrers nicht vergessen und senkte stets den Blick, wenn er Potiphars Frau über den Weg lief. Das war auch um seiner eigenen Fassung willen notwendig, denn die Herrin trug ein weißes Leinengewand, das wie ein durchsichtiger Nebel um sie herumwallte; der Stoff war so zart, dass man ihn durch einen Ring durchziehen konnte. Dieses Kleid verhüllte nichts, und selbst ein flüchtiger Blick trieb Josef die Hitze in die Wangen und ließ seine Knie zittern.

Die Frau des Hauses führte ein Luxusleben. Sie hatte sich um nichts zu kümmern außer um die Pflege ihres Körpers und die Launen ihres Mannes. Und da Potiphar beruflich stark eingespannt war, hatte sie viele Stunden des Tages zur freien Verfügung.

Eines Tages rief sie Josef zu sich in ihr privates Empfangszimmer.

„Ich brauche den weißen Alabasterkrug aus meinem Schminkzimmer. Er steht dort auf dem Bronzetisch. Hol ihn mir, aber schnell!“, sagte sie, ohne ihn anzusehen.

Während Josef in das Schminkzimmer ging, wunderte er sich über diese neue Laune. Normalerweise waren die Zofen und persönlichen Dienerinnen für solche Botengänge zuständig. Warum wollte sie ausgerechnet von ihm bedient werden? Er war immerhin der oberste Verwalter des Haushalts. Seine Aufgaben lagen im Bereich der Verwaltung und Organisation. Die Zeit, in der er untergeordnete Botendienste erledigen musste, waren schon lange vorüber. Aber er wollte der Herrin nicht widersprechen und außerdem war er neugierig, denn diesen Raum sah er zum ersten Mal.

Der Schminktisch aus schwarzem Ebenholz stand an der Wand, und darüber hing ein dreiteiliger Kupferspiegel, dessen Außenteile nach innen geklappt werden konnten. Die Tischplatte bestand aus Elfenbein-Einlegearbeiten, und in einer Ecke war ein Sammelsurium von Verschönerungswerkzeugen aufgebaut: grobe und feine Kämme,

Pinzetten, kleine Tiegel mit verschiedenen Salben, Döschen mit rötlichem Lehmstaub und eine Dose mit weißem Puder – als Josef vorsichtig mit dem Finger hineintupfte, merkte er, dass es Mehl war.

In einer kleinen Tonschale war eine blaugrüne Salbe angerührt als Schminke für die Augen. Daneben lagen Pinsel in allen Größen und verschiedene Bronzespiegel. Ein Körbchen beherbergte künstliche Locken in allen Längen, daneben tummelte sich ein Heer von Haarnadeln. Neben dem Schminktisch standen fünf Tonköpfe auf Ständern, die schwarze Perücken in verschiedenen Haarlängen trugen. Auf einem niedrigen runden Bronzetisch waren kleine Tonflaschen und Alabasterkrüge aufgereiht, denen verlockende Düfte entstiegen. Josef nahm den weißen Krug hoch und schnupperte daran. Ihm wurde schwindelig. Wie würde das erst riechen, wenn der Stopfen geöffnet war?

Als Josef das Zimmer wieder betrat, schien es leer zu sein. Er schaute sich um – wo mochte die Herrin sein, war sie inzwischen hinausgegangen? Aus dem Nebenraum drang ein erstickter Laut; die Tür stand weit offen, er ging hinüber.

Ein großes Himmelbett stand mitten im Zimmer, die weißen Leinenvorhänge bauschten sich in der Nachmittagsbrise, ein Stück davon hatte die Herrin herabgerissen, als sie sich mit der Hand hineingekrallt hatte. Sie lag quer über dem Bett, ihre Schultern zuckten heftig. Rasch trat er heran und beugte sich über sie.

„Herrin, was ist mit dir?“, fragte er. „Bist du krank?“

Ihre Schultern zuckten und sie wimmerte vor sich hin.

Josef holte tief Luft und stellte den Alabasterkrug ab. „Soll ich deine Zofe rufen?“, fragte er fester, als ihm zumute war.

Sie schüttelte den Kopf. „Hilf mir auf“, flüsterte sie. Josef griff ihr unter die Arme und hob sie ganz auf das Lager, bettete ihren Kopf auf das weiche Polster der Nackenstütze. Weil er ihr nicht ins Gesicht schauen wollte, betrachtete er die Stütze von allen Seiten, als sähe er so etwas zum ersten Mal. Sie war in der Form eines Hasen geschnitzt. Er hatte diese Art des Kopfkissens schätzen gelernt; in den schwülen Nächten war man für jeden Windhauch dankbar, der den Kopf kühlte. Außerdem schützte diese Kopfstütze vor Käfern, die am glatten Holz abrutschten und so dem Schläfer nicht ins Ohr kriechen konnten. Nachdem er sich ein paar Atemzüge lang auf solche Betrachtungen konzentriert hatte, floss ihm das Blut wieder ruhig durch die Adern.

Auch seine Herrin weinte nicht mehr. Sie hatte den Arm über die Augen gelegt und sagte mit spröder Stimme: „Ich bin so einsam ... Mein Mann liebt mich nicht mehr."

Josef wich einen Schritt zurück, doch sie hatte seine Bewegung gespürt und streckte die freie andere Hand nach ihm aus, packte sein Gewand und zog ihn dicht an die Couch heran. „Komm her!", bat sie. „Komm näher." Und er gehorchte widerstrebend.

Sie nahm den Arm von den Augen und richtete sich auf. „Ich habe zu früh geheiratet. Ich wusste noch nichts vom Leben", sagte sie. „Meine besten Jahre habe ich diesem – diesem Polizeihund geopfert, der Tag und Nacht nur daran denkt, wie er den Pharao beschützen kann."

„Das ist sein Beruf", sagte Josef leise. „Und mein Herr ist darin gut. Bisher konnte er alle Anschläge auf den König verhindern."

„Was interessiert mich der Pharao!", platzte sie heraus. „Er hat genügend Diener und Soldaten. Aber wer fragt nach *mir*?"

Josef dachte an das harte Leben, das die Frauen seiner Familie im Zeltdorf geführt hatten. Eine solche Frage hatte er noch nie aus dem Mund einer Frau gehört – ob sie dort jemandem in den Sinn gekommen war? Rahel vielleicht, seiner Mutter? Oder Lea, der tüchtigen, die sich für das ganze Zeltdorf verantwortlich fühlte und überall nach dem Rechten sah? Vielleicht hatte Dina so gedacht, die geliebte Schwester; sie hatte das Trauma ihrer Vergewaltigung nie überwunden. Seit jenem Tag waren Dinas Augen leer, als hätten sich ihre Gedanken in einem fremden Land verirrt und nicht mehr nach Hause gefunden. Lea übertrug ihr die leichtesten Arbeiten im Zeltdorf, und auch die hatte sie oft nicht zu Ende gebracht, weil sie schnell müde wurde und vieles falsch machte.

Dina ... Es stieg ihm heiß in die Augen, als er an sie dachte. Wie schön sie gewesen war vor jenem Tag, wie anmutig.

Und danach? Die Haare glanzlos, die Schultern vornübergekippt, die Füße kraftlos, als hätte sie einen Weg zu gehen, der viel zu weit für sie war. Ja, Dina hatte vielleicht ähnlich empfunden.

„Woran denkst du?", fragte die Herrin.

Josef zuckte zusammen. Ob sie in seinem Mienenspiel gelesen hatte? Er konnte seine Gedanken noch immer nicht so gut verbergen wie die Ägypter.

„Sag es mir“, kam es sanft. „Du bist traurig ... was bekümmert dich?“

Ihre Freundlichkeit rührte ihn, und er seufzte. „Ich dachte gerade an meine Schwester Dina. Ein Mann hat ihr Gewalt angetan ... als sie noch sehr jung war.“

Die Herrin schob den Unterkiefer vor. „Solche Männer sollte man –“ Sie zeichnete mit dem feinmanikürten Finger einen Halbkreis an ihrer Kehle nach.

„So dachten meine Brüder auch. Sie erstachen ihn, als er in Dinas Armen lag. Und sie ist über diesen grauenvollen Tag nie hinweggekommen.“

„Hat sie diesen Mann geliebt?“

„Ich weiß nicht. Sie war noch so jung ... vielleicht hätte sie gelernt, ihn zu lieben, wenn man ihr Zeit gelassen hätte. Aber so – blieb ihr gar nichts mehr.“

Die Herrin nickte. „Ach, die Ärmste! Ein grausames Schicksal. Was ist aus ihr geworden?“

„Ich weiß nicht. Als ich aus meiner Heimat verschleppt wurde, lebte sie im Zeltdorf meines Vaters.“

„Unverheiratet?“

„Ja. Ich weiß nicht, ob sie gelernt hat, einem Mann zu vertrauen. Sie ist sogar vor mir zurückgeschreckt, obwohl wir uns vorher sehr nahe standen.“

„Armes kleines Ding ... wie mag es ihr gehen?“

„Ja, das frage ich mich auch. Sie ist ungefähr so alt wie ich“, murmelte Josef.

„Also 27, nicht wahr?“ Die Herrin richtete sich zum Sitzen auf und schlang die Arme um die hochgezogenen Beine. „Wie lange bist du jetzt in unserem Haus? Zehn Jahre, glaube ich. Du hast dich gut herausgemacht. Ein Mann in den besten Jahren. Tüchtig und zuverlässig.“ Sie ließ seine Augen nicht los. „Und du kannst Frauen verstehen. Wo hast du das gelernt?“

Josef senkte den Kopf. „Zu Hause. Mein Vater hatte vier Frauen. Viele Hirten lebten bei uns. Wir waren *eine* Familie. Jeder nahm Anteil an dem, was der andere erlebt hatte.“

Die Herrin nagte an der vollen, kirschrot geschminkten Unterlippe. „Du liebst deine Mutter sehr, nicht wahr? Lebt sie noch?"

Er schüttelte den Kopf. „Sie starb, als ich – als ich noch ein Junge war."

„Und dann? Wer hat dich getröstet, wenn du Kummer hattest, Josef?"

Überrascht hob er die Augen – sie kannte seinen Namen! Und sie sprach ihn so zärtlich aus, wie er ihn nur aus Rahels Mund gehört hatte. Er spürte, wie seine Knie weich wurden, und schluckte.

„Ich kann dich verstehen", sagte sie leise. „Ich habe meine Mutter auch früh verloren. Und dann wurde ich an diesen groben Klotz verschachert, der nur seinen Dienst im Kopf hat, die hohe Politik, das Wohl unseres Volkes." Sie seufzte. „Ich weiß, wie bitter die Einsamkeit schmeckt."

„Aber du bist Herrin über ein großes Haus, und Potiphar –", warf Josef ein.

„Er ist ein großer und berühmter Mann, mein Potiphar. Damit er mit mir prahlen kann, verwöhnt er mich mit Schmuck und kostbaren Kleidern. Er liest mir jeden Wunsch von den Augen ab. Nur einen erfüllt er mir nicht: Sein Herz ist nicht bei mir. Manche Nacht liege ich hier und kann nicht schlafen vor Sehnsucht." Sie legte ihre Hand auf die Brust, die unter dem seidendünnen Kleid hervorschimmerte. „Hier, hier drin tut es mir weh, und manchmal denke ich, ich müsse sterben." Ihre Stimme zitterte.

Josef atmete tief und mühsam ein, das Blut brauste in seinen Ohren.

„Du kannst mich verstehen, nicht wahr? Auch du bist einsam ...", flüsterte sie. Der Druck ihrer Hand verstärkte sich, und Josef wich einen Schritt zurück, so dass ihre Hand herabfiel. Die Frau schwang die Beine vom Bett und stand auf. Josef starrte auf die Löwenfüße und die Intarsienarbeit aus Elfenbein an der Bettseite, damit er nicht sah, wie ihre Hüften schwangen.

„Komm und setz dich neben mich", bat sie. Sie hatte sich auf einer weißen Couch niedergelassen.

„Herrin, ich –", zögerte er.

„Ich bitte dich sehr", sagte sie und sah ihn demütig flehend an, dass er sich zögernd neben sie auf die Kante sinken ließ.

„Ich bin sehr unglücklich", erklärte sie. „Niemand fragt danach, was ich fühle und was ich denke. Meine Zofe ist wütend auf mich, weil sie unter meinen Launen leidet. Und die anderen Sklaven grollen mir, weil ich sie so hart arbeiten lasse. Alle hassen mich!"

„Ich hasse dich nicht, Herrin", sagte Josef, und das war die Wahrheit. Wie konnte man ein Geschöpf hassen, das so zart und zerbrechlich war? Er hob seinen Blick zu ihrem Gesicht. Die Haut war fleckig vom Weinen, aber er bewunderte die zarte Nase mit den fein geschwungenen Flügeln und ihre vollen Lippen, die hohe weiße Stirn.

Wenn er richtig darüber nachdachte, dann war sie die schönste Frau, die er je aus der Nähe gesehen hatte, und heute war sie ihm sehr, sehr nahe – zu nahe! Ihre Hand kroch über den weißen Leinenstoff zu der seinen und schlüpfte hinein. Das ging ihm durch wie ein Lanzenstoß, und er dachte: *Wenn sie doch nur meine Hand loslassen würde! Diese schmale Kinderhand, die in meiner bebt und zittert, als wäre sie ein kleiner Vogel auf der Suche nach einem Nest! Wie kann ich sie zurückstoßen? Und doch muss ich, ich kann doch nicht – darf doch nicht – sie ist mir Mutter, ist mir Schwester ...*

Da lehnte sich die Frau an seine Schulter und gurrte: „Josef, ich sehne mich so nach dir. Und du liebst mich auch. Das fühle ich, das spüre ich ..."

Er sah den gierigen Glanz in den Augen seiner Herrin und begriff mit einem Schlag: Da war nichts zu sehen von der zärtlichen Fürsorge einer Mutter, nichts da von der reinen Liebe einer Schwester. Sie wollte ihn haben, ihn besitzen, ihn aussaugen, und plötzlich regte sich etwas in ihm mit Urgewalt: diese Frau erobern und unterwerfen und ihr weiches Fleisch in seinen Armen schmelzen lassen, dieser qualvollen Lust, die in ihm drängte, endlich freien Lauf lassen.

Hatte sie seine Gedanken erraten? Sie flüsterte ihm heiß ins Ohr: „Komm, lass uns die Liebe feiern. Sie ist eine Gabe der Götter."

Der Götter? Ich kenne nur einen Gott! Allmächtiger, hilf mir!, schrie Josef in Gedanken.

Und der Nebel wich, der sich vor seine Augen geschoben hatte. Er sprang auf und keuchte: „Herrin, nein, das können wir nicht tun!"

„Aber warum nicht? Ich will es", beharrte sie.

Er schloss die Augen, presste die Lippen aufeinander. *Gott, hilf mir!!!*

Beim Ausatmen kam eine große Ruhe über ihn. Er öffnete die Augen und sah die Frau an.

„Mein Herr vertraut mir in allem. Ich darf alles hier im Haus verwalten, kann tun und lassen, was ich will. Nur du bist mir verwehrt, denn du bist seine Frau."

„Aber die Götter –", warf sie ein.

Josef schüttelte den Kopf. „Das wäre ein großes Unrecht und eine Sünde gegen den Gott des Himmels", sagte er fest. „Und jetzt entschuldige mich, ich habe zu tun." Er stand auf.

Sie packte den weißen Krug und schleuderte ihn zu Boden. Scherben klirrten und ein betörender Duft verbreitete sich im ganzen Raum. „Geh nicht!", keuchte sie.

„Herrin", sagte Josef und wich drei Schritte zurück, „du weißt, dass ich für das Fest heute Abend noch vieles vorbereiten muss."

„Lass mich nicht allein!", schrie sie auf.

Aber Josef neigte den Kopf zum Abschiedsgruß und schlüpfte durch die Tür. Er flog die Treppen hinab wie eine Maus, die einer Katze knapp entkommen ist. Er stürzte hinüber zur Küche und ratterte seine Befehle in einem Tempo herunter und in einer Lautstärke, die sogar Antef die Augenbrauen heben ließ.

4. Test

Von da an wurden Josef die Tage zur Last, die Nächte zur Qual. Denn die Herrin trat ihm in den Weg, wann immer sie Gelegenheit fand, und sie hörte nicht auf, ihn zu locken mit Kleidern, die mehr zeigten als verbargen, mit einem Timbre in der Stimme, die in ihm eine Saite zum Klingen brachte, von der er nicht geahnt hatte, dass er sie besaß. Und sie bedrängte ihn mit Blicken, die Butter zum Schmelzen gebracht hätten, und mit Gesten, die Josef das Blut in die Lenden jagten. Er zählte die Stunden bis zum späten Abend, als er sie endlich in ihren eigenen Räumen wusste. Dann konnte er in seine Kammer flüchten und den breiten Riegel vorlegen.

Doch die Gedanken machten vor der Tür nicht Halt. Sie verfolgten ihn bis in die Träume, aus denen er keuchend aufschreckte, voller Angst, er hätte der Versuchung doch nachgegeben. Nur eines half ihm: das Beten. So manche Nacht verbrachte er kniend auf den harten Mosaiksteinen vor seinem Bett und wagte nicht, sein Gebet zu unterbrechen, weil ihn sonst die schillernden Bilder eingeholt hätten.

Josef wurde blass, er hatte dunkle Ringe unter den Augen, doch das schien die Flammen in der Herrin nur noch anzufachen. Tag um Tag peinigte sie ihn mit ihren Versuchungen. Schon begannen die anderen Sklaven zu tuscheln. Antef, der ahnte, was Josef quälte, lenkte die anderen ab und setzte das Gerücht in Umlauf, der Verwalter hätte eine rätselhafte Krankheit. Potiphar hörte davon und schickte Josef einige Wochen in seine Ländereien, damit er sich dort erholen könnte.

Die Kur half; als Josef zurückkehrte, fühlte er sich stärker. Nun gelang es ihm besser, seine Fantasien zu zügeln und die Blicke in eine andere Richtung zu zwingen, wenn die Herrin vorübertänzelte. Er verbot sich streng, an sie zu denken, und lenkte sich mit Arbeit ab.

* * *

Einige Wochen später stand er am Schreibpult und ordnete die Rechnungen der Woche. Das Haus war still, die meisten Sklaven waren zum Hafen gegangen, denn an diesem Tag lief ein großes Handelsschiff ein, da wurde Markt gehalten und die Vorräte mussten aufgefüllt werden.

Josef hatte sich in seine Arbeit vertieft und überhörte den leichten Schritt der goldfarbenen Sandalen. Erst als ihn ein Hauch von Moschus umwehte, blickte er auf.

Sie stand vor ihm und sah verlockender aus als je zuvor. Wie ein Schlag traf ihn das Wissen, dass er ihr ausgeliefert war und dass es keinen Ausweg gab; sie würde niemals locker lassen, bis sie ihren Willen bekommen hätte.

Da züngelte es in ihm auf: *Gib endlich nach, wem tust du damit weh? Für sie ist es nicht das erste Mal; sie hat Potiphar schon oft betrogen. Er wird es nicht mal merken. Gib nach – nur dieses eine Mal.*

Josef verjagte diese Gedanken mit einem klaren: „Nein!"

Doch Frau Potiphar ließ sich davon nicht beeindrucken. Sie schnurrte, gurrte, koste mit Blicken und Worten, und als das alles nicht half, streckte sie die Arme aus, um Josef zu umfassen.

Er riss sich von ihr los, doch sie hielt fest, und so wand er sich in der Tunika, die sie mit eisernen Fingern umkrallte, bis der Stoff nachgab und in ihren Händen blieb. Er floh nackt – flüchtete in seine Kammer, so wie er war, verriegelte die Tür, warf sich auf das kurze Lager, dass die Lederriemen ächzten. Er zog die Beine hoch an die Brust und drückte die Fäuste auf die Ohren, um das Hämmern seines Blutes nicht zu hören. Es dauerte lange, bis er wieder ruhig atmen, ruhig denken konnte. Aber dann kniete er sich neben sein Lager und betete: „El Shaddai, du mein Gott, ohne dich hätte ich der Versuchung nachgegeben. Aber du gabst mir Kraft. Ich danke dir. Ich weiß nur nicht, wie ich das noch länger ertragen kann. Bis jetzt bin ich entkommen, aber was wird beim nächsten Mal geschehen? Hilf mir, bitte!"

* * *

Am Abend klopfte es. Josef schreckte hoch.

„Wer ist da?"

„Mach auf, ich bin es, Antef“, kam es gedämpft von draußen.

Josef sprang auf, warf sich eine frische Tunika über und schob den Riegel zurück.

Der alte Lehrer musterte ihn prüfend, dann betrat er die Kammer, schaute überall herum, beugte sich über Josefs zerwühltes Bett, tastete und schnupperte, brummte: „Das habe ich mir gedacht ...“ Dann richtete er sich stöhnend auf. „Au, mein altes Kreuz.“

„Was ist? Was suchst du hier?“, fragte Josef.

„Du sollst zum Herrn kommen“, sagte Antef und wich seinem Blick aus.

Josef fuhr sich mit allen zehn Fingern durchs Haar; er fühlte sich zu elend, um große Toilette zu machen. Als er neben Antef über den Hof trabte, flogen ihm die Blicke der anderen Sklaven nach wie hinterhältige Pfeile. Er hörte sie zischen und zog die Schultern hoch, als könnte er sich damit schützen.

„Was haben sie nur? Warum schauen sie so?“, fragte Josef.

„Das müsstest du doch am besten wissen!“, knurrte Antef. „Und ich habe dich oft genug gewarnt.“

„Ich habe nichts Falsches getan“, sagte Josef.

Antef blieb stehen und starrte ihn an. „Falsch oder richtig – das ist einerlei. Hast du das immer noch nicht begriffen?

„Ich sage es noch einmal: Ich tat nichts, wofür ich mich schämen müsste.“

„Und dein Oberkleid? Wie kommt sie zu deinem Oberkleid?“

Josef zog scharf die Luft ein. „Die Herrin hat davon erzählt, was sie – was sie wollte?“

„Erzählt? Sie hat ein großes Geschrei gemacht! Alle Hausdiener sind zusammengelaufen. Hast du nichts davon bemerkt?“

Josef schüttelte den Kopf. „Ich verstehe das nicht. Sie kann doch nicht herausposaunen, was sie vorhatte. Wenn Potiphar davon erfährt – “

Wieder musterte ihn Antef mit zusammengezogenen Brauen, dann murmelte er: „Armer Freund, armer, armer Freund. Und ich kann dir nicht helfen.“

Schweigend gingen sie die letzten Schritte bis zum Wohnraum hinüber. Dort saß Frau Potiphar mit rot geweinten Augen, zu ihren Füßen lag ein Stoffknäuel. Als Josef den Raum betrat, wimmerte sie auf und verbarg ihr Gesicht in den Händen. Potiphar stand mit verschränkten Armen daneben. Sein Gesicht war hochrot vor Zorn, und eine Ader an seiner Schläfe pochte.

„Wie konntest du nur, Josef!", knirschte er. „Ich habe dir vertraut!"

„Zu Recht, Herr, denn ich habe nicht –", begann Josef.

„Schweig!", donnerte Potiphar. „Alle meine Sklaven haben ihr Schreien gehört. Sie sagt, du wärst in ihr Schlafzimmer eingedrungen. Du wolltest ihr Gewalt antun. Du hattest dich schon ausgezogen, aber als sie schrie, wärst du geflüchtet. Ist das dein Oberkleid, ja oder nein?"

„Ja, aber –"

„Du trittst meine Ehre in den Staub! Ich bin der Oberkommandeur der königlichen Leibwache. Der ganze Hof wird über mich spotten! Ein hebräischer Sklave hat Potiphar Hörner aufgesetzt! Hah! Wie soll ich Pharao unter die Augen treten?"

„Herr, ich versichere dir, ich habe nicht –"

Potiphar trat so nahe an Josef heran, dass er die saure Wut förmlich riechen konnte.

„Wage nicht, meine Frau eine Lügnerin zu nennen!", polterte Potiphar.

„Töte ihn!", keuchte die Frau heiser. „Er hat mich beleidigt, er muss es büßen." Sie hatte den Kopf gehoben. Ihr Gesicht war mit roten Flecken übersät, und ihre Augen flackerten.

Potiphar stieß die Luft aus und wanderte durchs Zimmer. „Beruhige dich, meine Liebe. Dir ist nichts geschehen, du hast keinen Grund, dich so aufzuregen."

„Keinen Grund?", heulte sie. „Ich werde keine Nacht mehr ruhig schlafen können. Ich fühle mich in meinem Haus nicht mehr sicher, seit du diesen hebräischen Sklaven hergebracht hast, diesen Verbrecher, diesen ekelhaften Widerling!"

Potiphar blieb abrupt stehen und zog die Augenbrauen hoch. „Widerling? Jetzt übertreibst du. Früher hat er dir doch sehr gut gefallen, oder? Oder habe ich deine Blicke falsch gedeutet?"

„Er hat mich entehrt, er wollte mich schänden, er hat –"

Potiphar fiel ihr ins Wort. „Es ist genug. Ich will nichts mehr davon hören."

„Ich will ihn hängen sehen!", schrie sie.

Antef brummelte etwas, und Potiphar wandte sich ihm zu. „Was denkst du, mein weiser Lehrer? Wie sollen wir diesen anmaßenden Sklaven bestrafen?", fragte er.

Die beiden Männer steckten die Köpfe zusammen und berieten sich im Flüsterton, dann nickte Potiphar. „Du hast Recht. Es wäre Verschwendung. Mein gutes Geld und deine gute Ausbildung. Hauptsache, er ist fort und der Herrin aus den Augen."

„Was ist mit meinen Augen? Ich will ihn tot sehen!", beharrte sie.

„Du gehst für zwei Monate auf unser Landgut. Wenn du zurückkommst, wird es dir besser gehen!", bestimmte Potiphar.

„Aber ich will –"

„Kein Widerrede. Du musst dich erholen. Ich muss mich erholen. Wir alle müssen uns erholen. Und jetzt bringt den Hebräer weg."

Antef packte Josef am Arm und führte ihn zur Tür. Dort wandte sich Josef noch einmal um und warf einen Abschiedsblick zurück. Aus den Augen der Herrin, die ihn noch vor wenigen Stunden zärtlich angefunkelt hatten, schlug ihm glühender Hass entgegen, doch Potiphars Miene zeigte Schmerz und Bedauern.

5. Der „Lohn“

Antef brachte Josef nach draußen und rief zwei Wachsoldaten. „Bringt ihn zum Gefängnis, in dem die politischen Häftlinge einsitzen“, befahl er.

„Was hat er verbrochen?“, wollte der eine wissen, während er Josef mit einem eisernen Griff den Arm nach hinten verdrehte.

„Das geht dich nichts an. Und sei nicht grob zu ihm“, brummte Antef.

„Warum nicht? Verbrecher verdienen es nicht besser“, grinste der Soldat und drückte noch ein wenig härter.

„Er ist kein Verbrecher.“

„Du – du weißt, dass ich – unschuldig bin?“, keuchte Josef unter Schmerzen.

„Ich weiß es, und unser Herr ahnt es“, murmelte Antef. „Sonst hätte er dich ganz anders bestraft.“

Josef stieß die Luft aus. „Er *ahnt* es? Er kennt mich doch. Er muss wissen, dass ich sein Vertrauen nie missbraucht hätte.“

„Leider nützt dir das nichts“, seufzte Antef. „Potiphar muss sein Haus in Ordnung halten. Er kann sich Gerüchte nicht leisten. Um seiner Ehre willen musst du gehen. Es – es tut mir Leid.“

„Wo bringen sie mich hin?“, fragte Josef.

„In ein schönes, dunkles Loch!“, grölte der Wachsoldat, der seinen Arm verdreht hielt.

„Ja, zu den Ratten und dem fauligen Stroh“, lachte der zweite. „Los geht's!“

Leider war das kein Scherz. Sie brachten Josef zu einem großen kreisrunden Haus. Das Dach reichte beinahe bis zum Erdboden herab. Fenster sah man keine, aber eine schmale Tür, durch die Josef gestoßen wurde.

Drinnen begrüßte ihn der Kerkermeister mit einem Hagel von Faustschlägen. Josef sah bunte Kreise, dann ging ihm das Licht aus.

Ein beißender Gestank weckte ihn. Er riss die Augen auf und sah – nichts.

„O mein Gott, ich bin blind!“, schrie er auf. „Sie haben meine Augen zerstört!“

Neben ihm raschelte etwas im Stroh. Er drehte den Kopf nach dem Geräusch. Da verstummte das Rascheln.

Josef versuchte sich aufzusetzen. Seine Füße waren in einem Loch in der Wand eingeklemmt, und an den Armen trug er Eisenketten, die klirrten, wenn er sich bewegte.

„Wenigstens kann ich noch hören“, stöhnte Josef. Er versuchte, die Hände zum Gesicht zu bringen, aber die Kette war zu kurz. Er krümmte sich zusammen und brachte seinen Kopf zu den Händen hinunter, tastete die Nase ab, den Mund, das Kinn. Verkrustetes Blut, meldete die Zunge, die Nase war dick geschwollen, an der Schläfe wuchs eine Beule. Auch die Beine schmerzten. Durst quälte ihn, aber noch schlimmer die Angst, die Ungewissheit.

Wie eine giftige Woge überschwemmte ihn die Bitterkeit. Was hatte ihm seine Anständigkeit eingebracht? Hätte er der Herrin lieber nachgeben sollen? Sie hatte ihm versprochen: „Ich bringe dich mit den ganz Großen aus Ägypten zusammen. Ich mache dich berühmt, du wirst sehen! Und wenn ich dich nicht mehr brauche, dann lasse ich dich frei. Dann kannst du wieder nach Hause reisen, in deine Heimat.“

Dieser Gedanke hatte ihn genauso verlockt wie ihre alabasterweiße Haut, die unter den dünnen Leinenkleidern hervorschimmerte. Doch er hatte der Versuchung widerstanden, weil es unrecht war, in die Ehe eines anderen einzubrechen. Er wollte sich nicht versündigen, und Gott hatte ihm Kraft zum Widerstand gegeben. Aber nun ...

„Bist du da, Gott? Hast du gesehen, was man mir antut? Warum hast du das zugelassen? Warum hilfst du mir nicht? Aus Liebe zu dir habe ich Nein gesagt. Ich wollte nicht in eine fremde Ehe eindringen. Ich wollte meinen Herrn nicht hintergehen. Und ich wollte nicht mit einer Frau schlafen, die nicht die meine ist. War das falsch? Habe ich dich missverstanden?“

Sein Kopf wurde heiß, die Zunge klebte am Gaumen.

„Warum hat man mich überhaupt aus der Zisterne gezogen, als die Brüder mich loswerden wollten? Hätten sie mich doch da unten verfaulen lassen!“ Der alte Schmerz von damals züngelte in ihm hoch, die Trauer über ihren Verrat. Als wäre es gestern erst gewesen.

„Vielleicht ist es gut, wenn sie mich bald hinrichten“, überlegte

Josef. „In diesem feuchten, schmutzigen Loch werde ich nicht alt. Und wie soll ich mit solchen Erinnerungen weiterleben?"

Seine Gedanken zogen ihn immer tiefer in den dunklen Strudel der Seelenqual hinab.

* * *

Irgendwann musste er doch eingeschlafen sein, denn er wachte auf, weil ihn jemand am Arm rüttelte. Eine Fackel brannte und räucherte. Josef seufzte vor Erleichterung: Er war also doch nicht blind.

„Komm, steh auf!", herrschte ihn der Wärter an. „Hast lang genug gefaulenzt. Wir haben Arbeit für dich!"

Sein Gehilfe bückte sich über das Loch, in dem Josefs Füße festgeschraubt waren, und löste das Brett.

„Ich spüre meine Zehen nicht, und meine Füße sind taub", stöhnte Josef. Als er versuchte, sich hochzustemmen, gaben die Beine unter ihm nach.

„Na-na", knurrte der Wärter. „Stell dich nicht so an. Bist doch ein kräftiger Bursche. Kann dich hier gut gebrauchen."

Mühsam kam Josef hoch. Der Wärter löste auch die Handfesseln und gab ihm einen Schubs. Im Dämmerlicht konnte Josef eine niedrige, schmale Tür erkennen, dahinter eine steile Treppe.

Er begann den Aufstieg. Mit jedem Schritt wurde es heller.

Oben wartete eine Schüssel mit Wasser auf ihn und ein Napf Linsensuppe. Nachdem er sich Hände und Gesicht gewaschen hatte, nahm er den Suppennapf und begann zu trinken. Die geschwollene Lippe brannte wie Feuer, aber er verbiss den Schmerz und schluckte tapfer. Der Kerkermeister rülpste und knurrte: „Bist ein hübscher Kerl, hat dir das schon jemand gesagt?" Er schlug sich auf den Schenkel und lachte dröhnend.

Josef schob den Unterkiefer vor und spannte die Fäuste an.

„Keine Sorge, mein Junge", grinste der Kerkermeister. „Von mir hast du nichts zu befürchten. Ich bin gut verheiratet. Sagt meine Frau." Wieder lachte er, aber dann wurde er ernst.

„Du warst Verwalter bei Potiphar", stellte er fest. „Bis du dich an die Herrin herangemacht hast."

„Aber ich habe mich nicht –", begann Josef, doch der Wärter hob beide Hände.

„Du kennst unser Gesetz. Schon der Versuch ist strafbar – tausend Stockschläge auf die Fußsohlen. Danach läufst du keiner Frau mehr nach."

Josef schloss die Augen und ließ den Kopf sinken. Tausend Stockschläge auf die empfindlichen Sohlen, wie sollte er das ertragen? Vor Angst zog sich sein Magen zusammen und er schmeckte die bittere Säure. *El Shaddai, hilf mir!,* flehte er im Stillen.

Plötzlich senkte sich etwas auf ihn wie ein warmer Mantel, und im selben Augenblick kam eine große Ruhe über ihn. Seine Angst verflog.

Er hob den Kopf und sagte ruhig: „Ich habe Frau Potiphar wirklich nichts angetan."

„Erzähl mir nicht, was du getan oder nicht getan hast! Ich *kenne* Frau Potiphar ...", sagte der Kerkermeister. Er schüttelte den Kopf. „Wie kann man nur so dumm sein und sich erwischen lassen! Dafür hast du wirklich Prügel verdient."

„Die habe ich schon bekommen", sagte Josef und sah dem Wärter fest in die blutunterlaufenen Augen.

Der senkte den Blick und brummelte: „Also gut. Wir wollen nicht mehr darüber reden. Komm her, ich brauche Hilfe. Wir sind überbelegt, und ich komme nicht mit den Vorräten aus. Wo kann ich etwas einsparen?"

Josef beugte sich über die Papyri und begann zu rechnen. Schon bald war ihm klar, dass der Kerkermeister einen großen Teil des Budgets für seinen eigenen Bedarf abzweigte. Man musste kein Hellseher sein, um zu erkennen, wofür: flüssiges Brot – er war dem Trinken zugeneigt.

Josef ließ sich auf einen Schemel sinken. Mehrere Stunden lang arbeitete er, dann hatte er einen neuen Plan erstellt, bei dem die Mittel ausreichen würden und trotzdem einiges für den Wärter übrig blieb. Der Kerkermeister rieb sich die Hände.

„Das ist gute Arbeit. Du bist ein tüchtiger Bursche. Morgen hole ich dich wieder. Und jetzt geh!"

„Muss ich wieder dort – hinab?", flüsterte Josef. Er schaute seine Fußknöchel an, die blutig gerieben waren, die Wunden waren frisch verkrustet. Auch seine Handgelenke waren aufgeschürft von den rauen Ketten. Er dachte an das moderige Stroh, doch am meisten graute ihm vor der Schwärze, die sich wie eine Klammer um seine Seele legte, so dass er kaum atmen konnte.

„Gefällt dir da unten nicht, wie?", grinste der Kerkermeister.

Josef schüttelte den Kopf und blickte ihn flehend an.

„Also gut. Ich suche dir eine andere Zelle, wo du Licht hast und frische Luft. Da kannst du mir immer zur Hand gehen, wenn ich Hilfe brauche. Aber du musst versprechen, nicht zu fliehen."

„Ich verspreche es!", rief Josef schnell.

Wohin hätte er denn auch fliehen können? Hier in Avaris kannte ihn jeder, und keiner hätte einem entlaufenen Sklaven des berühmten und gefürchteten Potiphar Obdach und Schutz gewährt, schon gar nicht einem Häftling, der unter einem schlimmen Verdacht stand.

Den Gedanken an Flucht hatte Josef schon vor vielen Jahren aufgegeben. Selbst wenn sie ihm geglückt wäre, wo sollte er hin? Nach Hause zu der Familie, dem Vater, der ihn schon seit zehn Jahren tot glaubte? Zu den neidischen, grausamen Brüdern? Zur todtraurigen Schwester, den zankenden Nebenfrauen, zu Lea mit den harten Händen? Würde er es ertragen, wieder in einem Zelt zu wohnen, den beißenden Rauch eines Lagerfeuers in den Augen, zitternd im Morgenwind aufstehen, um nach den Lämmern zu sehen?

Er betrachtete seine Hände mit den ovalen Nägeln und der feinen, glatten Haut. Würde er jemals wieder grobe Arbeit tun *wollen*, nachdem er sich an das Leben als Kopfarbeiter gewöhnt hatte? Und doch – ein großes Stück seines Herzens war in Kanaan geblieben. Er fühlte sich mitten entzweigeschnitten.

Als er die neue Zelle betrat, staunte er über den bescheidenen Luxus: Ein Bett stand da, zu kurz für seine Beine, aber er hatte sich schon beinahe daran gewöhnt, die Knie bis unter das Kinn hochzuziehen, wie es ägyptische Sitte war. Die Kopfstütze war aus gebranntem und blau glasiertem Lehm. Eine Holzkiste stand in der Ecke, an dem Haken an der Wand hing ein Leinentuch, das früher einmal weiß gewesen sein musste. Ein niedriger Stuhl und ein Tisch an der Wand – verglichen mit dem dunklen Loch im Verlies war das ein Palast!

Er schenkte dem Wärter einen strahlenden Blick und sagte: „Ich danke dir sehr."

Und als er – endlich – allein in seinem neuen Zuhause war, dankte er noch einem anderen, der auch hier im Kerker seine gütige Hand über ihn hielt.

6. Der Manager

Das nächste Jahr flog an Josef vorüber. In den ersten Wochen seiner Haft wurde er bei Sonnenaufgang mit groben Worten geweckt und musste sich schinden und plagen, bis er abends erschöpft auf sein Bett fiel.

Doch der Kerkermeister wusste, was er an Josef hatte, und übertrug dem jungen Häftling immer mehr Verantwortung – nicht nur für den Einkauf von Lebensmitteln und die Einteilung der notwendigen Arbeiten, sondern auch bei der Betreuung der Gefangenen.

„Du hast ein Händchen dafür“, befand er. Und so kam es, dass Josef allmählich immer mehr zu entscheiden hatte. Er suchte die Zellen für die Häftlinge aus, er bestimmte, wie stark sie eingeschränkt wurden und welche Vergünstigungen ihnen gewährt wurden. Das dunkle, schimmelige Verlies ganz unten im Kerker wurde verrammelt. Josef schaffte auch die Fußbretter ab und verbot den Wärtern, die Gefangenen zu foltern und zu prügeln. Darüber murrten die Wärter, doch der Kerkermeister hatte in nüchternen Augenblicken erkannt, dass es ihm nur nützen konnte, wenn die Häftlinge weniger aufsässig waren. Früher war ihm ein Drittel der Gefangenen nach wenigen Wochen verstorben, nun überlebten alle, denn sie bekamen bessere Kost und wurden einmal am Tag auf den Hof geführt, wo sie sich an der Luft und in der Sonne bewegen konnten.

Nach und nach gewöhnten sich alle, die mit Josef zu tun hatten, an das neue Regiment.

„Jeder Mensch hat seinen Wert“, sagte er, „wir müssen ihm seine Würde lassen.“

Das waren seltsame Worte für einen Häftling, fand der Kerkermeister. Er erzählte seinem Oberherrn Potiphar davon, wie er ihm überhaupt alles berichtete, was Josef tat. Potiphar bestand darauf, über alle Einzelheiten informiert zu werden, denn schließlich war er für dieses Gefängnis verantwortlich.

Potiphar wiegte den Kopf, wenn er von Josef hörte, und sagte oft: „Jaja, der alte Antef hat mir einen weisen Rat gegeben.“

* * *

Und dann kam ein großer Tag für Josef. Potiphar bemühte sich höchstpersönlich zum Kerker und ließ seinen ehemaligen Verwalter rufen.

„Gut hast du dich herausgemacht", sagte er beifällig, während er Josef musterte. „Ich habe es von dir auch nicht anders erwartet."

„Herr, warum –", begann Josef, doch Potiphar hob die Hand.

„Keine Fragen, keine Antworten", sagte er. „Was geschehen ist, ist geschehen, und wir haben noch etwas Gutes damit erreicht."

„Das kann ich kaum glauben", stieß Josef hervor. Seine Stimme klang wie eine Bogensehne, die man allzu straff gespannt hat.

Potiphar zuckte die Achseln. „Was du glaubst oder nicht glaubst, bleibt dir überlassen. Jedenfalls habe ich einen besonderen Auftrag für dich. Komm einen Schritt näher, hier haben die Wände Ohren."

Er beugte sich vor und sagte leise in Josefs Ohr: „Ich bringe dir zwei wichtige Personen in Untersuchungshaft. Jemand hat ein Attentat auf den Pharao geplant, doch die Pläne wurden aufgedeckt, der Anschlag vereitelt. Hauptverdächtige sind die beiden Vorkoster – der Getränkemeister und der Chefkoch[1]."

Josef zog scharf die Luft ein. „Ein Giftanschlag?"

„Ja, aber wir sind nicht sicher, ob die beiden davon wussten. Die Vorkoster haben natürlich die letzte Verantwortung für die Speisen und Getränke, die dem Pharao vorgelegt werden. Deshalb stehen beide unter Verdacht. Sie könnten aber auch unschuldig sein."

„Worin besteht meine Aufgabe?"

„Ich möchte, dass du dich persönlich um diese beiden Männer kümmerst. Eure Wärter sind grobe Kerle, die wissen nicht, wie man mit feinen Leuten umgeht."

„Ich aber wohl?"

„Du aber wohl!", lächelte Potiphar. „Das hast du in meinem Hause gelernt. Du verstehst dich zu benehmen. Und du weißt, was die Menschen brauchen, bevor sie es noch selbst begriffen haben. Also

[1] Die Bibel bezeichnete sie als „Mundschenk" und „Bäcker"; wir haben uns darunter die Männer vorzustellen, die dafür verantwortlich waren, dass die Getränke und die Speisen des Pharao giftfrei waren.

versorge die beiden gut. Und wenn es dir gelingt, ihr Vertrauen zu erringen, dann ..."

„Herr, zum Spion eigne ich mich nicht!", warf Josef ein. „Ich werde Vertrauen niemals missbrauchen."

Wieder lächelte Potiphar. „Auch diese Antwort habe ich erwartet." Er verschränkte die Arme auf dem Rücken und wanderte auf und ab. „Keine Sorge, ich werde die Wahrheit auch ohne deine Hilfe herausfinden. Der Pharao ist außer sich vor Zorn. Er will wissen, wer ihm nach dem Leben trachtet, und wenn es der Chefkoch ist, dann wird er seinen Kopf die längste Zeit auf seinen eigenen Schultern getragen haben!" Er war laut geworden, absichtlich, wie Josef an seinem Zwinkern erkannte.

„Und wenn einer von den beiden unschuldig ist?", fragte Josef.

„Dann wird er bald wieder aus diesem Loch herauskommen", sagte Potiphar. „In diesem Land werden gerechte Urteile gesprochen."

Josef räusperte sich, und Potiphar senkte den Blick. „Meistens jedenfalls ... Also keine Misshandlung, keine Folter, keine Prügel. Ich möchte später keine Klagen hören."

„Ich werde dafür sorgen, dass den beiden Männern kein Haar gekrümmt wird", versprach Josef.

„Ich verlasse mich auf dich!", sagte Potiphar. Halb im Gehen rief er über die Schulter zurück: „Ach, übrigens – kann ich etwas für dich tun?"

Josef schluckte schwer, dann sagte er leise: „Ich denke oft an Antef, meinen Lehrer."

„Möchtest du ihn sehen? Soll er dich einmal besuchen? Ich werde darüber nachdenken, ob ich dir diesen Wunsch erfüllen kann." Er lachte halblaut. „Und ich dachte schon, du hättest mich um deine Freilassung angefleht. Aber das geht nicht. Ich brauche dich hier. Mein Gefängnis war noch nie so gut in Schuss wie in diesem Jahr. Ich kann auf deine Dienste nicht verzichten."

Josef hatte keine Zeit, über dieses Gespräch nachzugrübeln. Er musste die Luxuszelle für die berühmten Gefangenen herrichten. Potiphar hatte angeordnet, die beiden Männer zusammenzulegen. Durch einen Luftschacht konnte man ihre Gespräche belauschen. Josef ließ den Raum fegen und lüften, er besorgte frische Laken und ließ gepolsterte Kopfstützen bringen. Als die beiden Gefangenen eingeliefert wurden, brachte er ihnen persönlich Wasser und Handtücher und fragte, ob sie Hunger oder Durst hätten.

Die Männer schauten sich an, dann sagte der Getränkemeister zum Chefkoch: „Wo sind wir hier? In einer Herberge? Diesen Empfang hatte ich nicht erwartet."

„Warum nicht?", fragte der Chefkoch. „Schließlich sind wir *unschuldig*!"

Josef sah ihn prüfend an, der Chefkoch wirkte gar zu selbstsicher und hatte diese Worte in einem beschwörenden Tonfall ausgestoßen, als müsste er alle Welt davon überzeugen und zuerst sich selbst.

„Natürlich sind wir unschuldig", sagte der Vorkoster, „der Oberst von der Leibwache wird bald herausgefunden haben, was für ein Schurke da am Werk war." Er schüttelte den Kopf. „Den Pharao vergiften! Unseren Pharao! Die Güte in Person! Ich kann mich nicht erinnern, je einem so klugen und besonnenen Herrscher gedient zu haben, dabei bin ich schon ein alter Mann. Ich kann mir gar nicht vorstellen, dass ihm einer ans Leben will."

„Nun ja, er ist kein Ägypter ...[2]", murmelte der Chefkoch.

„Und? Spielt das eine Rolle? Er regiert das Land gut", beharrte der Getränkemeister.

„Jaja, überaus gut", versicherte der Chefkoch hastig. „Und sobald sich unsere Unschuld erwiesen hat, werden wir freigelassen, nicht wahr?"

Josef biss sich auf die Lippen. Er hatte dazu seine eigene Meinung ...

---

[2] Vermutlich war Josef zur Zeit der Hyksos in Ägypten. Sie waren Semiten. Mose weist in seinem Bericht darauf hin, dass Potiphar ein Ägypter war. Diese Erwähnung legt den Schluss nahe, dass in dieser Zeit hohe Regierungsämter nicht von Ägyptern, sondern von den Hyksos besetzt waren.

7. Der Tröster

Die Tage vergingen, und die beiden prominenten Häftlinge wurden immer unruhiger. Josef versuchte ihnen Mut zu machen, beschaffte besser gewürztes Essen für die beiden Gourmets, aber das half nur wenig.

„Inzwischen müsste sich doch unsere Unschuld längst herausgestellt haben", klagte der Getränkemeister. „Was ist nur mit unserer Geheimpolizei los? Wofür werden sie vom Pharao bezahlt? Warum vernachlässigen sie ihre Pflichten?"

Der Chefkoch brummte nur dazu und zog eine Grimmasse. „Dieser Fraß hier bei euch ist eine Zumutung ... Das allein wäre Strafe genug. Ich habe schon alle meine Sünden abgebüßt."

Josef verschwieg den Männern, dass er und die übrigen Häftlinge schon seit vielen Tagen nur noch Gerstenbrot aßen, weil der Kerkermeister die zusätzlichen Kosten für das feine Essen an den gewöhnlichen Häftlingen einsparte.

Eines Morgens waren die berühmten Gefangenen besonders verdrießlich.

„Was ist nur mit euch los?", wunderte sich Josef. „Warum seid ihr so niedergeschlagen?"

„Wir haben schlecht geträumt", knurrte der Chefkoch.

„Seltsam geträumt", verbesserte der Getränkemeister, „und dabei hatten wir ganz ähnliche Träume. Sie haben bestimmt etwas zu sagen."

„Aber hier ist kein Wahrsager, der uns weiterhelfen könnte", murrte der Chefkoch.

„Nein, ein Wahrsager könnte nichts nützen", sagte Josef. „Nur Gott weiß, was Träume wirklich bedeuten." Und er dachte an seine Träume von damals ... wie lange war das her ...

„Nur Gott ...", seufzte der Getränkemeister.

Josef hob die Schultern. „Erzählt mir von euren Träumen. Ich kann Gott bitten, dass er mir die Deutung zeigt."

„Du *redest* mit Gott?", staunte der Getränkemeister.

„Ja, schon seit ich ein kleiner Junge war", gestand Josef. „Ich weiß, dass er mich hört, und manchmal antwortet er mir."

„Also gut“, setzte der Getränkemeister an. „Dann erzähl ich dir meinen Traum. Ich sah im Traum einen Weinstock. Er trug drei Reben, die schlugen aus und brachten grüne Blätter hervor. Ich sah, wie die Reben Blüten trugen, die Trauben ansetzten. Und die Trauben reiften heran, und ich hielt den Becher in der Hand, aus dem der Pharao am liebsten trinkt. Ich nahm die Beeren und drückte sie in den Becher und reichte dem Pharao seinen frischen Trunk.“

Josef hatte die Augen geschlossen, seine Lippen bewegten sich stumm. Dann öffnete er die Lider und sagte: „Die drei Reben sind ein Sinnbild für drei Tage. In drei Tagen wird der Pharao zu dir sagen: ‚Kopf hoch!‘ Er wird dich wieder in dein Amt einsetzen und du wirst ihm den Becher zureichen wie vorher.“

„Das ist – das ist fantastisch!“, brach es aus dem Getränkemeister hervor. „Meine Unschuld ist erwiesen! Ich bin bald wieder frei! Hörst du – frei!“ Er packte Josef an den Schultern und schüttelte ihn.

„Ja“, sagte Josef. „Du bist bald wieder frei. Wenn es dir dann wieder gut geht, dann vergiss mich nicht. Bitte erzähle dem Pharao von mir. Ich bin nämlich ein Hebräer. Man hat mich entführt und hierher verschleppt. Und nun sitze ich auch noch unschuldig im Gefängnis.“

„Unschuldig?“, fuhr der Getränkemeister auf.

„Ja. Ich habe nichts Böses getan. Ich wurde das Opfer einer Intrige. Wenn du mir nicht glaubst, dann frag Potiphar. Er kennt die Wahrheit.“

„Potiphar kennt die Wahrheit und lässt dich weiter im Gefängnis schmachten? Das ist unerhört“, erregte sich der Getränkemeister.

„Er – er hat seine Gründe“, sagte Josef leise. „Ich glaube, er kann nicht anders. Aber wenn der Pharao befiehlt, muss er sich fügen.“

„Natürlich werde ich mich für dich einsetzen, darauf kannst du dich verlassen!“, schwor der Getränkemeister.

Der Chefkoch hatte die ganze Zeit geschwiegen, doch nun hob er die Hand und sagte: „Ich habe etwas ganz Ähnliches geträumt. Ich trug drei Körbe mit feinem Gebäck auf dem Kopf. Im obersten Korb lagen die Kuchen für den Pharao. Da kamen Vögel herangeflogen und fraßen das Gebäck auf. Was hat das zu bedeuten?“

Diesmal blieb Josef lange still. Als er den Kopf hob, waren seine Augen dunkel vor Mitgefühl. Er legte dem Chefkoch die Hand auf den Arm und sagte: „Ich darf es dir nicht verschweigen ... Also, drei Körbe sind drei Tage. In drei Tagen wird der Pharao sagen: ‚Kopf ab!' Dein Leichnam wird auf eine Stange gehängt, und die Vögel werden davon fressen."

Der Chefkoch starrte Josef an. „Bist du – bist du ganz sicher?"

Josef nickte. „Ohne Zweifel. Dir bleiben noch drei Tage, dann ist dein Leben zu Ende. Bereite dich darauf vor."

Der große Mann sank in sich zusammen, als hätte man ihm alle Knochen zerbrochen. Josef und der Getränkemeister bemühten sich um ihn, doch sie konnten ihn zu nichts bewegen: nicht zum Essen, nicht zum Trinken oder Schlafen. Er verkroch sich in eine Ecke der Zelle und stierte vor sich hin.

„Er ist außer sich vor Kummer, weil er kein anständiges Begräbnis bekommt", seufzte der Getränkemeister. „Sein Ka[1] wird ruhelos von Ort zu Ort wandern. Für ihn gibt es kein Leben danach."

„Das weiß allein der Gott des Himmels", sagte Josef. „Er kennt jeden Menschen durch und durch, er spricht ein gerechtes Urteil."

„Aber sein Ka ..."

„Woher weißt du, ob es dieses Ka überhaupt gibt?", fragte Josef. „Hast du es schon einmal gesehen?"

„Aber irgendwohin muss doch der Geist gehen, wenn der Mensch stirbt", wandte der Getränkemeister ein.

„Er geht zurück zu Gott, der das Leben geschenkt hat. Und der Körper wird zu Staub und ruht, bis Gott den Menschen eines Tages wieder aufweckt – zu einem neuen Leben. Das wird ganz anders sein, als wir es uns vorstellen."

Der Getränkemeister warf ihm einen zweifelnden Blick zu.

* * *

Drei Tage später wurde des Pharaos Geburtstag gefeiert. Davon spürte man auch in Potiphars Gefängnis etwas: Es gab ein Festessen.

---

[1] Nach ägyptischer Vorstellung trennte sich beim Tod die „Seele" vom Körper und musste die Chance bekommen, den Körper im „Leben danach" wieder zu bewohnen. Deshalb wurden die Verstorbenen sorgfältig einbalsamiert und mit üppigen Grabgeschenken bestattet, damit sie im „Leben danach" keine Not zu leiden hatten.

Danach kam Potiphar selbst mit einer Abordnung königlicher Beamter zum Kerker. Der Getränkemeister wurde aus seiner Zelle gerufen. Der Haushofmeister des Pharao überreichte ihm einen goldenen Becher zum Zeichen, dass der Pharao ihn rehabilitiert hatte.

„Du wirst wieder in dein Amt eingesetzt!", verkündete er feierlich, und der Getränkemeister ging mit hoch erhobenem Kopf aus dem Gefängnis, ohne sich ein einziges Mal umzusehen.

So hörte er auch nicht die verzweifelten Schreie seines Zellenkameraden, den die Wachen zur Hinrichtung abführten.

Josef sah den beiden Männern nach und seufzte tief und erleichtert auf. Bald – vielleicht morgen schon? – würde der Pharao seinen Boten senden und ihn aus dem Gefängnis holen. Das lange Jahr in diesem Kerker war überstanden, und vielleicht – wer konnte es wissen? – Vielleicht gab es für ihn sogar einen Weg zurück nach Kanaan, nach Hause – zum Vater!

8. Der Träumer

In dieser Nacht konnte Josef nicht schlafen. Vor Sonnenaufgang stand er auf und putzte seine Zelle, er wusch sich in der kleinen Schüssel, die er abends mit Wasser gefüllt hatte. Dann suchte er den grobzinkigen Hornkamm heraus, den ihm der Getränkemeister überlassen hatte. Damit bearbeitete er sein rotes Haar, bis es knisterte.

Es wurde Zeit, die anderen Häftlinge zu wecken und das Frühstück zu verteilen. Er schenkte seine Ration einem besonders schlecht gelaunten Häftling. Seine Morgenpflichten erledigte er langsamer als sonst, er war mit den Gedanken weit weg.

Zwischendurch lief er immer wieder nach draußen. Da der Kerkermeister zu Ehren des königlichen Geburtstagsfestes drei Krüge mit starkem Wein geleert hatte, war er an diesem Tag nicht fähig, aufrecht zu gehen. Er schnarchte auf der Liege in seinem Privatraum und merkte gar nicht, wie oft Josef oben am Gefängnistor stand, das Gesicht an die Stäbe gepresst, und die Straße entlangspähte, hinüber zum Königspalast. Wenn er die Augen gegen das grelle Sonnenlicht abschirmte, konnte er die Palmen und Lebensbäume sehen, mit denen der Schlosspark von Avaris[1] bepflanzt war.

Die Straße zum Palast war belebt, Menschen strömten ins Schloss und kamen wieder heraus, elegante Zweispänner preschten an Josef vorbei, hin und wieder sah er auch einen Kampfwagen vorüberjagen.

Doch kein Wagen hielt vor dem Gefängnis, sie fuhren so rasch weiter, dass die kleinen Steine und der Kies unter ihren Rädern aufspritzte. Josef seufzte und ging zurück an seine Arbeit.

Das wiederholte sich bis zum Abend. Als sich die Sonne neigte und Josef die zweite Mahlzeit verteilte, nahm er sich seine Ration, denn sein Magen knurrte so laut, als wäre er ein ungestümer Hirtenhund. In dieser Nacht schlief er unruhig und fühlte sich wie zerschlagen, als er bei Sonnenaufgang sein Bett verließ. Doch

[1] Avaris war die Hauptstadt der Hyksos, es ist anzunehmen, dass Potiphar in der Nähe des Königspalastes wohnte und auch das Gefängnis nicht allzu weit entfernt war.

dann dachte er daran, dass er der Freiheit wieder um einen Tag näher gekommen war. Heute würde der Bote ganz gewiss kommen!

Die Vorfreude verlieh ihm Flügel; er arbeitete schnell, mit einem Lied auf den Lippen. Der Kerkermeister schimpfte und war mit sich und der Welt unzufrieden, doch Josef nahm sich diesmal die groben Worte nicht zu Herzen.

„Nur noch heute!“, beruhigte er sich. „Diesen Tag werde ich wohl überstehen!“

Aber auch an diesem Tag kam der Bote nicht, der Josef endlich aus dem Kerker befreien sollte. Und auch nicht am nächsten, am übernächsten, ja nicht einmal in jener Woche.

Josef sank der Mut, und als ein Monat vergangen war, musste er sich eingestehen, dass er vergeblich gehofft hatte: Der Getränkemeister hatte ihn vergessen. Josef wankte unter diesem Schlag, als hätte er ihn körperlich verspürt.

Er schmeckte Magensäure, und sein Herz zog sich zusammen vor Kummer. Würde er sein ganzes Leben in diesem Loch verbringen müssen? Eingesperrt mit Schurken und politischen Ränkeschmieden, deren Bosheit die ohnehin schwere Luft im Kerker vollends verpestete? Einem häufig betrunkenen Vorgesetzten ausgeliefert, der rücksichtslos nur den eigenen Vorteil suchte? Er war es leid, die rauen Scherze der Wächter zu ertragen, die ihm nur widerwillig gehorchten und keine Gnade kannten, falls Josef ein Fehler unterlief. Er musste ständig auf der Hut sein, er durfte keine Schwäche zeigen, nicht vor diesen harten Männern.

Bitterkeit überschwemmte ihn wie eine heiße Woge. Was hatten ihm seine Treue, seine Zuverlässigkeit, sein tadelloser Lebensstil bisher eingebracht? Er dachte an den Kerkermeister, der durch Josefs Sachkenntnis und Fleiß viel Lob erhielt, aber den Ruhm wie auch die Geldprämien für sich selbst verbrauchte. Er dachte an Potiphar, der ihm grenzenloses Vertrauen geschenkt hatte und ihn für unentbehrlich hielt; er würde ihn im Leben nicht aus diesem Kerker herausholen, weil er ihn hier brauchte. Josef dachte auch an die schöne, lüsterne Frau an Potiphars Seite, die ihm seine Selbstbeherrschung und Loyalität übel vergolten hatte. Und Antef, sein einziger Freund in Ägypten? Der kluge Lehrer mit dem Vogelhals kannte die Wahrheit – und schwieg. Weshalb? Warum hatte er seinen Lieblingsschüler nicht verteidigt?

Und dann flogen seine Gedanken zurück nach Kanaan, zu den heimatlichen Hügeln. Er sah im Geist seine Schwester Dina, die mit wirrem Blick und blassem Gesicht durch die Tage schlich, als lebte sie in einer fernen Welt. Warum hatte man ihm die Schwester, die geliebte, so verstört? Was war in seinen Brüdern, dass sie immer nur zerreißen, hassen, töten mussten? Was mochten sie dem Vater erzählt haben? Natürlich eine Lüge. Für seine Familie war er tot.

Aber dann fielen ihm seine Träume ein. Er hatte sich diese Träume nicht gewünscht; sie waren über ihn gekommen, ungefragt und ungebeten. Wenn er die Augen schloss, dann sah er das Bild vor sich, als wäre es ihm gerade erst gezeigt worden: Elf Korngarben standen im Kreis und neigten sich vor der einen, die er gebunden hatte.

Und dann das mächtige Bild, das ihn beinahe zu überwältigen drohte: Die Sonne flog vom Himmel herab, in ihrem Gefolge der Mond, und sie zogen elf Sterne mit sich herab und lagen ihm zu Füßen, ihm, Josef ...

Die Brüder hatten ihn wegen dieser Träume gehasst, der Vater hatte ihn gescholten, aber die Bilder wollten sich nicht vertreiben lassen.

Und nun winkten sie ihm zu, als wollten sie sagen: „Gib nicht auf, Josef. So wie sich der Traum des Getränkemeisters erfüllt hat – und der Traum des Chefkochs –, so wird auch dieser Traum zur Wirklichkeit. Warte nur – warte."

9. Der Traumdeuter

Zwei Jahre waren vergangen. Josefs ungestüme Hoffnung hatte sich zu einer beharrlichen Geduld gewandelt. Er verrichtete seine Arbeit treu und zuverlässig, er versuchte allen Häftlingen das Leben zu erleichtern und achtete darauf, dass auch der ewig trunkene Kerkermeister nicht zu kurz kam. Inzwischen verbrachte er die meiste Zeit in den oberen Räumen und konnte sich überall im Gefängnisgelände frei bewegen. Er war gerade im Hof beschäftigt, als ein Bote des Pharao winkte und einen Papyrus schwenkte.

„Ich suche einen Mann namens Josef!", rief der Bote, atemlos vom raschen Lauf. „Der Pharao braucht ihn. Er soll sofort kommen."

„Das bin ich." Josef sah an sich herunter. „Aber so kann ich nicht vor dem Pharao erscheinen."

„Da hast du Recht", nickte der Bote. „Gib dies dem Kerkermeister. Er muss dich sofort freilassen. Ich werde dafür sorgen, dass du frische Kleider bekommst."

„Und ein Bad und eine Rasur", erinnerte Josef.

„Auch das. Wir machen einen neuen Mann aus dir!", grinste der Bote und warf einen bewundernden Blick auf Josefs brandrotes Haar.

In aller Eile brachte man Josef in einen Nebenflügel des Palastes. Dort wartete ein Becken mit warmem Wasser auf ihn. Duftende Kräuter nebelten ihn ein. Dann wurde er in weiche Tücher gehüllt. Ein Sklave rieb ihm die rauen Ellenbogen und Knie mit Bimsstein ab, ein anderer massierte Zedernholzöl in seine Haut, bis sie schimmerte. Der Barbier rasierte ihn glatt und verwandelte seine rote Mähne in einen kurzen Pagenkopf und bürstete das Haar so lange, bis es genau so seidig und glatt fiel wie die schwarzen Perücken, die man bei Hofe trug.

Man reichte ihm eine kurze weiße Hose und eine frisch gewaschene und gefaltete Tunika, die ihm fast bis zu den Knien reichte. Er suchte sich passende Sandalen aus. Noch ein kurzes Stoßgebet, und er war bereit. Der Diener führte ihn vor die großen Flügeltüren. Sie schwangen auf, und Josef prallte zurück, geblendet vom Schein der unzähligen Fackeln im Thronsaal des Pharaos: Sie strahlten heller als hundert Sonnen.

Wie im Traum durchschritt Josef diese Tür und ging langsam auf den Thron zu. Von seiner Lehrzeit bei Potiphar wusste er, dass man dem Pharao nicht in die Augen sehen durfte, denn er galt als Inkarnation der Götter. Doch einen kurzen Blick riskierte er. Der Pharao, ein großer, schlanker Mann, saß kerzengerade auf seinem Thron. Um den Hals hing der Ankus, das Symbol seiner Macht. Josef erinnerte sich an Potiphars Worte: „Der Ankus gibt dem König Macht, Leben zu schenken und Leben zu nehmen. Er darf nur von Königen, Königinnen und Priestern getragen werden."

Der Hofbeamte, der Josef hereinführte, gab ihm einen kleinen Schubs. Josef ließ sich in einer tiefen Verneigung nach vorne fallen und küsste den Boden, wie es vorgeschrieben war. Aber der Pharao ließ ihn nicht lange so liegen. „Steh auf und komm her!", befahl er, und Josef gehorchte.

Noch hielt er den Kopf gesenkt, wie es die Etikette forderte, doch der Pharao winkte ihn näher. Nun konnte er nicht anders, als das blau-golden-gestreifte Kopftuch zu sehen, das über der Stirn mit der Schlangenkrone zusammengehalten wurde.

Der Pharao wirkte ernst, besorgt. „Ich hatte einen Traum, der mich beunruhigt. Keiner meiner Weisen kann ihn deuten. Und ich habe viele weise Berater."

Ein Raunen ging durch die Reihen der Minister, der Priester und Hofbeamten. Auch sie machten ernste Gesichter.

„Nun habe ich erfahren, dass du Träume deuten kannst. Mein Getränkemeister hat mir das erzählt. Stimmt das?"

Träume?

Träume!

Wie ein Blitz durchzuckte es Josef. Die Träume aus seiner Kindheit fielen ihm ein, auch der Traum des Getränkemeisters und des Küchenchefs standen lebendig vor seinem inneren Auge. Sicher waren das keine zufälligen, beliebigen Träume, die den Pharao und seinen Hofstaat so sehr beunruhigten, dass sie einen Sklaven aus dem Kerker holen und ihn um Hilfe bitten mussten. Auf einmal konnte er hinter all dem die starke Hand Gottes erkennen, die ihn Schritt um Schritt geführt hatte.

Josef schöpfte Atem, dann deutete er eine kleine Verneigung an und sagte: „Aus eigener Kraft und Weisheit kann ich solche Träume nicht deuten. Aber mein Gott, dem ich gehöre, möchte dem Pharao gute Nachrichten verkünden."

Der Pharao lächelte mit schmalen Lippen, aber seine Augen blieben besorgt. „Also gut. Dann lass uns hören, was mir dein Gott mit diesem Traum sagen will. Ich stand am Nilufer und sah, wie sieben schöne, wohlgeratene Kühe aus dem Wasser stiegen. Sie gingen hinauf auf die Wiese und weideten dort. Nach einer Weile kletterten sieben andere Kühe aus dem Wasser. Sie waren knochig und dürr, ich habe in ganz Ägypten keine Kuh gesehen, die so jämmerlich und elend aussieht. Diese hässlichen Kühe stürzten sich auf die runden und wohlgenährten Kühe und fraßen sie auf. Aber sie wurden davon nicht dicker. Sie sahen danach genauso abgemagert aus wie zuvor. Da wachte ich auf."

Wieder raunten die Berater, nickten sich zu, stießen sich an, zuckten mit den Achseln. Der Pharao seufzte, dann sprach er weiter. „Ich muss dann doch noch einmal eingeschlafen sein. In einem zweiten Traum sah ich sieben Ähren auf einem Weizenhalm. Sie waren fett und üppig gewachsen. Dann gingen sieben dürre Ähren auf. Sie sahen vertrocknet aus, als hätte die Hitze sie versengt. Diese dünnen Ähren verschlangen die sieben dicken Ähren." Der Pharao zog die Schultern hoch, als schauderte ihm. „Ich habe diese Träume meinen Wahrsagern erzählt, aber sie können sie mir nicht deuten", sagte er leise.

Josef schloss die Augen und hob die Hände, um Gott zu danken, denn schon während der Pharao sprach, hatte ihm Gott die Bedeutung der Träume in den Sinn gegeben. Es war still im großen Thronsaal, während er betete. Keiner regte sich, keiner wagte auch nur laut zu atmen, um Josef nicht zu stören.

Dann öffnete Josef die Augen und straffte sich. „Beide Träume des Pharao bedeuten das Gleiche. Gott zeigt dem Pharao, was in nächster Zukunft geschehen wird. Diese sieben gut genährten Kühe sind ein Symbol für sieben Jahre. Auch die dicken Ähren sind ein Hinweis auf diese sieben Jahre. Die sieben hässlichen und abgemagerten Kühe wiederum sind dieselben sieben Jahre, die durch die dürren und vertrockneten Ähren angedeutet werden. Damit will Gott dem Pharao zeigen, was er vorhat."

Ein Seufzen lief durch die Menge, und auch der Pharao hob den Kopf, die Augen hellwach.

„Sprich weiter!"

Josef fuhr fort: „Ägypten wird sieben Jahre lang so üppige Ernten erleben, dass alle davon reich werden. Aber danach kommen sieben Jahre lang Missernten. Der Hunger wird herrschen, und man wird den Überfluss der sieben reichen Jahre bald vergessen haben."

„Und weshalb hatte ich zwei Träume mit derselben Bedeutung?", fragte der Pharao.

„Das bedeutet, dass Gott dies ganz bestimmt tun wird, und zwar schon sehr bald. Deshalb sollte sich der Pharao nach einem klugen und vorausdenkenden Mann umsehen, der im ganzen Land Beamte einsetzt, die den fünften Teil der Ernte einsammeln. Wenn sie dies in den sieben reichen Jahren tun und das Getreide in Silos sammeln, dann wird in den sieben Hungerjahren genügend Vorrat da sein, und die Bürger des Landes werden überleben."

Der Pharao stand auf. „Nun, was sagt ihr dazu?", rief er in den Saal hinein. „Gefällt euch dieser Rat genauso gut wie mir?"

Der Beifall brandete auf, Hochrufe auf Josef wurden laut. Die höchsten Beamten und Minister des Landes drängten sich um den Pharao und redeten halblaut auf ihn ein. Nach kurzem Palaver richtete der Pharao eine Frage an die Versammlung:

„Gibt es in unserem Land einen Mann wie diesen, der Gottes Gedanken und Pläne kennt und direkt mit ihm reden kann?"

Wieder wurde es still im Thronsaal. Die Minister und Wahrsager, die Hofbeamten und Fürsten senkten die Köpfe, denn keiner von ihnen hätte solchen Rat geben können.

„Also beschließe ich Folgendes – ihr Schreiber, haltet das fest! Keiner hier in meinem Land ist so weise und klug wie du, Josef, denn dein Gott ist dein Lehrer und hat dir dies alles gezeigt. Deshalb setze ich dich als Kanzler meines Landes ein. Was du anordnest, wird im ganzen Land ausgeführt werden. Du bist mein Stellvertreter."

Josef wurden die Knie weich. Er biss die Zähne zusammen und hielt sich krampfhaft aufrecht. Diese hohe Verantwortung ließ ihn schwindeln.

Der Pharao kam die fünf Stufen vom Thron herab und lächelte breit. „Ich habe dich jetzt zum Herrn über ganz Ägypten gemacht.

Gib mir deine Hand!“, befahl er, zog seinen breiten Siegelring vom Finger. Er drehte den Skarabäus einige Male hin und her, dann steckte er ihn Josef an. Danach gab er seinem Leibsklaven einen Wink und flüsterte ein paar Worte. In Windeseile war der Bote wieder zurück und trug eine Toga über dem Arm und ein goldenes Kästchen in der Hand. Sie zogen Josef die schneeweiße Toga aus hauchfeinem Leinen über die Schultern, und der Pharao selbst öffnete das Kästchen und nahm eine schwere Goldkette heraus, legte sie Josef um den Hals und schnippte mit dem Finger: „Lasst meinen zweiten Wagen vorfahren!“

Als er neben Josef auf die Flügeltüren zuschritt, sanken die Würdenträger in die Knie und beugten sich weit vornüber, küssten den Boden. Und diese Ehrenbezeugung, die sonst nur dem Pharao galt, wurde an diesem Tag auch dem neuen Kanzler zuteil.

Bevor Josef den Saal verließ, warf er einen kurzen Blick zurück und sah einen einzelnen erhobenen Kopf: Potiphar sah ihn mit flammenden Augen an, und Josef war sich nicht sicher, ob er Zorn oder Furcht darin las.

10. Die Karriere

Die nächsten Wochen flogen vorüber wie im Traum. Josef wurde im ganzen Land herumgezeigt. Überall jubelten ihm die Menschen zu, denn Josef war mit seinen dreißig Jahren noch attraktiver geworden als je zuvor, sein Charme und seine Freundlichkeit eroberten die Nation im Sturm. Außerdem hatte sich die Nachricht von dem geheimnisvollen Mann, der mit den Göttern sprach und das Land vor dem Hungertod bewahren sollte, verbreitet wie der Nilschlamm zur Überschwemmungszeit.

Bei Hof behandelte man ihn wie eine kostbare Orchidee, von der man befürchten muss, sie könne bei grober Behandlung plötzlich eingehen. Ein Heer von Dienern und Sklaven umschwärmte ihn und versuchte ihm die Wünsche von den Augen abzulesen. Die Beamten des Pharao überschütteten ihn mit Einladungen und kleinen Geschenken, um sich seine Gunst zu sichern. Josef behandelte alle höflich, aber er hütete sich davor, mit einem von ihnen eine engere Freundschaft zu beginnen oder sich in eins der Netze hineinziehen zu lassen, die am Hof gesponnen wurden.

Nur Potiphar wich ihm beharrlich aus und vermied es, in seine Nähe zu kommen. Zwei Monate nach Josefs überraschender Ernennung begegneten sie sich in einem engen Gang. Potiphar verneigte sich knapp und wollte durch eine Seitentür verschwinden. Aber Josef ließ es nicht zu.

„So sehen wir uns also wieder ...", sagte er. „Wir sollten offen miteinander reden."

Potiphar hatte die Augen gesenkt und die Fäuste geballt. „Ich werde den Pharao um meine Entlassung bitten", murmelte er.

„Dafür sehe ich keinen Grund."

„Du musst mich hassen ...", presste Potiphar hervor.

„Hassen? Nein. Obwohl mich dein Misstrauen tief getroffen hat."

Endlich hob Potiphar das Gesicht, aber immer noch vermied er Josefs Blick. „Ich konnte nicht anders handeln ... Meine Frau ... meine Diener ... ich musste mein Gesicht wahren."

Josef seufzte. „Du wusstest also, dass ich unschuldig war."

„Ich ahnte es ... Antef gab es mir auch zu verstehen. Aber was sollte ich machen? Alle hatten meine Frau schreien gehört. Hätte ich sie als Lügnerin bloßstellen können? Du wirst das nicht verstehen, du bist nicht verheiratet ... Frauen können einem Mann das Leben zur Hölle machen."

Josefs Mundwinkel zuckten. „Mein Vater hatte vier Frauen."

Potiphar verdrehte die Augen. „Vier ... bei Isis ... das würde mich töten."

„Aber erkläre mir eins. Wenn du doch wusstest ... und Antef wusste – "

„Antef ist tot. Er starb vor einem Jahr", warf Potiphar ein.

„War er krank?"

Potiphar hob die Hände. „Wer weiß, was in ihm vorging? Er magerte ab, als hätte ihn ein innerer Kummer aufgefressen."

„Warum hast du mir das nicht früher gesagt? Ich hätte ihn so gern noch einmal gesehen", flüsterte Josef.

„Ich durfte deinen Namen nicht vor ihm erwähnen, das machte ihn wütend", gestand Potiphar. „Er hat mir nie verziehen, dass ich dich im Kerker ließ."

„Das ist auch schwer zu verzeihen", sagte Josef langsam.

„Ach Josef ... du bist einfach zu tüchtig. Einen solchen Sklaven lässt man nicht laufen. Wo sollte ich dich denn unterbringen? Auf unserem Landgut? Da wäre ich zum Gespött der Diener geworden. In meinem Gefängnis warst du außerdem vor den Giftmischereien meiner Frau sicher, denn glaube mir, sie wollte deinen Kopf! Ich war mit dir sehr zufrieden. Du hast dich auch an diesem Platz gut bewährt. Ich wollte dich ein wenig später zum Gefängnisverwalter befördern. Du hättest bei mir Karriere machen können, aber du hattest ja einen höheren Beschützer ..."

„Ja, Potiphar, den höchsten, den es gibt", sagte Josef und lächelte kurz. „Aber nun wollen wir die Vergangenheit ruhen lassen. Versuche mich nicht mehr als den zu sehen, den du früher kanntest. Nimm mich so, wie ich heute bin. Wir müssen zusammenarbeiten, wenn Ägypten in der kommenden Zeit überleben soll."

Potiphar streckte die Hand aus. „Ich garantiere die Sicherheit des Pharao, und du sicherst Ägyptens Brot."

„Der allmächtige Gott im Himmel wird mir dabei helfen", sagte Josef und schlug in die Hand ein.

* * *

Dann kam der Tag, an dem Josef offiziell in sein Amt eingeführt werden sollte. Die königliche Barke brachte Josef nach On[1], der Stadt des großen Sonnentempels am Ostufer des Nils. Hier wohnten die einflussreichen Priesterfamilien, die seit Jahrhunderten das religiöse Leben Ägyptens prägten. In einer feierlichen Tempel-Zeremonie wurde Josef zum Kanzler des Landes eingesetzt und bekam vom Pharao einen neuen Namen: Zafenat-Paneach.[2] Dieser Name sollte an den Gott erinnern, der durch seine Warnung vor den Jahren der Missernte dem ganzen Land das Überleben gesichert hatte. Deshalb durfte Josef auch den Tempel betreten, was den Bürgern normalerweise verwehrt wurde. Josef ließ die Riten über sich ergehen, aber im Stillen betete er zu El Shaddai, dem Gott seiner Väter, und bat um Weisheit und Takt, damit er die Großen des Landes nicht vor den Kopf stoßen und gleichzeitig seinem Glauben treu bleiben könnte.

Nach der Zeremonie verbrachte Josef einige Stunden im Gespräch mit dem alten Hohenpriester Potiferas[3]. Potiferas war ein schlanker, durchgeistigter Mann. Er sprach mehrere Sprachen und hatte eine volltönende Baritonstimme, was bei den Zuhörern großen Eindruck machte, wann immer er einen Singsang im Tempel anstimmte.

Josef genoss die Unterhaltung mit dem Hohenpriester, denn dieser wusste zu jedem Thema etwas zu sagen – ein Mann von großer Bildung, die ihn aber nicht hochmütig gemacht hatte. Er war freundlich und würzte seine Rede mit einer Spur Humor, und Josef wurde an seinen Großvater Isaak erinnert, denn auch Potiferas war blind. *Vielleicht hat ihn dies so weitsichtig gemacht?*, überlegte Josef. In der Gesellschaft dieses Mannes fühlte sich Josef zum ersten Mal seit Jahren wohl und zu Hause und bedauerte sehr, dass man ihn

[1] Liegt in der Nähe von Memphis, die Griechen nannten diese Stadt später Heliopolis.

[2] Dieser Name hieß auf Ägyptisch Djed-pa-netjer-iuf-ank, das heißt: „Der Gott spricht, damit er leben kann“, wobei sich das „er“ vermutlich auf den Pharao oder auch auf das ganze Land Ägypten bezog. Der Ägyptologe Kitchen ist der Ansicht, dass der Name auf Ägyptisch „Ipiank(u)“ ausgesprochen wurde. Dieser Name war im Mittleren Reich, der 13. Dynastie, gar nicht selten.

[3] Leider gibt uns die Bibel keine weiteren Informationen über Potiferas.

am Abend aus dem Audienzzimmer des Priesters wegholte, weil der Pharao noch große Pläne mit ihm hatte.

Der Pharao hatte ein Festbankett arrangiert. Bei diesem Anlass sollte Josef dem Hochadel von Ägypten vorgestellt werden. Deshalb waren sämtliche Adelsfamilien des Landes mit ihren heiratswilligen Töchtern geladen.[4]

Als Josef mit den anderen Würdenträgern den Festsaal betreten hatte, spürte er ein Zupfen am Ärmel seiner Toga. Apis, der Kammerdiener des Pharao, winkte Josef in eine Nische, von der aus der ganze Saal gut zu überblicken war.

„Mein Herr, heute Abend werden viele schöne Damen hier sein. Junge schöne Damen. Adelige junge, schöne Damen ...", murmelte er beschwörend.

Josef starrte ihn an. „Was meinst du damit ...?"

Apis flüsterte: „Die Heirat mit einer dieser Damen wird deine Stellung bei Hof sichern."

„Ich soll mir eine Frau auswählen? Hier, bei diesem Fest?"

Apis nickte. „So wünscht es unser erhabener Pharao."

„Aber ich kenne diese Mädchen noch gar nicht", wandte Josef ein.

Der Diener winkte ab. „Eine ist so gut wie die andere. Es spielt keine Rolle. Sie sind alle reich und schön und kommen aus guten Familien."

„Aber woher soll ich in der kurzen Zeit herausfinden, welche davon für mich richtig ist?", seufzte Josef.

„Die Jungfrauen tragen Gewänder, die nicht durchsichtig sind", grinste Apis. „Daran kannst du sie erkennen. Also Augen und Hände weg von den verheirateten Frauen."

„Das musst du *mir* nicht sagen", knurrte Josef, und ein bitterer Ton schwang in seiner Stimme.

„Schau dich um und triff deine Wahl. Das Fest dauert lange genug", versicherte Apis.

„Heute Abend soll ich mich entscheiden? Das ist unmöglich! Wie soll ich in so kurzer Zeit ein Mädchen kennen lernen? Wie soll ich ihre Seele finden? Und um ihre Liebe werben?"

---

[4] Diese Geschichte ist frei erfunden.

„Du wirst ein leichtes Spiel haben. Diese Mädchen himmeln dich an", lachte Apis. „Ohne Ausnahme!"

Josef runzelte die Stirn. „Woher weißt du das?"

Apis holte eine Hand voll glitzernde Steine aus einer eingenähten Tasche seiner Tunika und kicherte. „Diesem Zeug kann keine Zofe und keine Sklavin widerstehen. Ich habe sie ausgefragt. Du kannst mir glauben: Sie sind alle verrückt nach dir, du Glücklicher. Und jetzt geh und amüsiere dich! Morgen kannst du Hochzeit feiern!"

Verwirrt und benommen, als hätte er einen Schlag auf den Kopf bekommen, trat Josef aus der Nische. Die Augen aller Festgäste waren auf ihn gerichtet: neugierig, freundlich, kritisch, bewundernd, manche auch abschätzend, taxierend. Josef musste sich zwingen, den Kopf zu heben und diesen Blicken standzuhalten, während er seinen Platz an der Tafel aufsuchte – an der rechten Seite des Pharao. Er fühlte sich gläsern und ausgeliefert und sehnte sich nach einem Gesichtsschleier, hinter dem er die Röte seiner Wangen verbergen könnte.

Am liebsten hätte er die ganze Zeit über auf seinen Teller, seine Schale gestarrt, aber das wäre unhöflich gewesen. Er musste ja diesen vielen Augen begegnen und mit ihnen Zwiesprache halten, ohne zu verraten, wie fremd er sich fühlte unter diesen Ägyptern, die Katzen und Raubvögel und Schlangen als Götter verehrten und doch den einen großen Gott des Himmels nicht beachten wollten. Im Stillen flehte er zum Allmächtigen: „Herr, mein Gott, gib mir Weisheit! Du hast mich in dieses Amt gebracht, nun hilf mir, es recht auszuführen. Und zeige mir die Frau, die mir zur Seite stehen kann. Bewahre mich vor einer falschen Wahl!"

Dann hob er den Kopf und sah hinüber zur Riege der heiratswilligen Jungfrauen.

Wie ein Schwarm bunter Schmetterlinge waren sie anzusehen, manche noch blutjung, kaum der Kindheit entwachsen. Ihre Gewänder waren mit Perlenketten und üppigen Goldbehängen dekoriert. Ihre Perücken waren zu kunstvollen Türmen auftoupiert, einige trugen Früchte und Blumen in den aufgesteckten Locken, andere hatten das Haar zu Nestern gedreht, in denen künstliche Vögel nisteten. Josef studierte die geschminkten Münder, die schwarz umrandeten Augen, die gepuderten Gesichter, eins ebenmäßiger als das andere, wie mit dem Zollstock abgemessen und kunstvoll in Szene gesetzt – perfekt, aber leer ...

Er betrachtete ihre makellosen Hände mit den überlangen, gepflegten Nägeln und dachte an seine Schwester Dina, deren Hände rau waren und braun von der Gerbsäure, mit der sie die Schaffelle weich und geschmeidig gemacht hatte, deren Nägel kurz und abgekaut waren vor Kummer über den einen Tag, den ihr Herz nie vergessen konnte. Was mochten Mädchen mit solch unbeschädigten Händen wohl den ganzen Tag lang tun?

Er hörte die Mädchen lispeln und kichern, es klang wie Vogelgezwitscher, fröhlich, unbekümmert, ja albern. Da sank ihm das Herz. Wie konnte er einer solchen Kindfrau seine Seele öffnen, seinen Schmerz, sein Heimweh, seine Träume mit ihr teilen?

Er schreckte auf, denn der Pharao räusperte sich und wies ihn mit einer ungeduldigen Geste darauf hin, dass sich sein Gegenüber, der Fürst von Theben, erhoben hatte und ihm feierlich zutrinken wollte. Gehorsam nahm Josef seinen Kelch und führte ihn an die Lippen. Ihn ekelte vor dem bitteren, schaumigen Getränk, er hatte sich in all den Jahren nicht an das Gerstenbier gewöhnt, aber er wollte nicht unhöflich sein.

Er hatte seinen Kelch kaum abgestellt, als ein schlanker, braun gebrannter Arm das Trinkgefäß fortnahm und durch ein anderes ersetzte, das mit rotem Traubensaft gefüllt war. Josef wandte den Kopf, um dem Diener zu danken, der so aufmerksam gewesen war. Er sah die Gestalt nur noch von hinten, während sie hinauseilte: eine hoch gewachsene Frau mit dunkelbraunem langem Haar, das mit einem Kranz von Anemonen zusammengehalten wurde und in seidigen Wellen über den halben Rücken fiel. Das war ungewöhnlich, denn die Ägypterinnen trugen ihr Haar gewöhnlich kurz geschnitten oder versteckten es unter kunstvollen Perücken.

Nun war er neugierig geworden. Er verrückte seinen Sessel ein wenig, so dass er die Tür im Auge hatte, durch die die aufmerksame Dienerin fortgeeilt war. Gespannt schaute er immer wieder dorthin, wollte ihren Auftritt um keinen Preis verpassen.

Da, da war sie wieder! Diesmal trug sie einen Krug auf der Schulter. Sie schenkte den Gästen ein, räumte gebrauchte Teller fort und brachte große Körbe mit frischen Trauben herein. Josef konnte nicht anders, er musste immer wieder aus den Augenwinkeln zu dieser interessanten Erscheinung hinüberschauen, die hin und her ging und neue Schüsseln auftrug. Sie war groß und schlank, bewegte sich mit der Anmut einer Tänzerin. Josef beobachtete ihre Hände. Sie wirkten stark, als wären sie das Zupacken gewohnt. Als sie an seinem Tisch bediente, bemerkte er eine Spur von Tusche unter ihren kurz gefeilten Nägeln.

Hm ... eine Sklavin, die schreibt ..., dachte Josef amüsiert. *Und die Aufseherin hat wohl versäumt, ihre Hände zu kontrollieren, bevor sie die Frau zum Bedienen schickte ...*

Josef dachte an seine ersten Jahre als Sklave bei Potiphar, an seinen verehrten Lehrer Antef, der ihm geduldig beigebracht hatte, wie man korrekt serviert und die Speisen vorlegt. Und nun war Antef tot und Josef konnte ihm nicht mehr danken für alles, was er von ihm gelernt hatte. Wie hätte sich sein alter Lehrer gewundert, wenn er ihn hier sehen könnte ... Auf einmal hatte sich Josef so tief in seine Erinnerungen verstrickt, dass er nicht bemerkte, wie die Gespräche um ihn her verebbten, weil er auf die Fragen seiner Tischnachbarn nicht geantwortet hatte – ja, er hörte sie nicht einmal.

Ein Rascheln weckte ihn aus seinen Träumen. Die geheimnisvolle Dienerin stand nun neben ihm und sagte leise: „Ich möchte dir vorlegen ..."

Ihre Stimme ließ ihn erbeben wie der Klang einer tiefen Flöte. Er rückte ein Stück beiseite, um ihr Platz zu machen. Ihr Arm streifte seine Schulter, und es durchzuckte ihn wie ein Stromschlag. Er roch ihren Duft, ein Gemisch aus Baumharz und einem Gewürz, das ihn an die heimatlichen Hügel erinnerte – war es Rosmarin? Er konnte den Blick nicht von ihr wenden, und sein Puls begann zu jagen, als sie es spürte und die Augen zu ihm aufschlug: Sie waren dunkelbraun, fast schwarz, so dass die Iris mit der Pupille verschmolz, und er meinte, noch nie in solch rätselhafte Augen geblickt zu haben. Ihr Gesicht war bräunlich, als hielte sie sich oft in der Sonne auf, und sie war ungeschminkt. Nur um die Augen trug sie einen Hauch Bleiglanz, wie es die meisten Ägypter taten, um sich vor den Sonnenstrahlen zu schützen. Ihre Augenbrauen schwangen sich wie Schwalbenflügel auf die hohe Stirn. Die Nase sprang kühn hervor, darunter ein voller Mund, die Unterlippe halb eingezogen wie im

Zweifel. Er wagte nicht, seinen Blick über ihre Gestalt huschen zu lassen, spürte jetzt schon den Herzschlag gegen die Rippen donnern.

Inzwischen war Josefs Teller gefüllt und die junge Frau trat einen kleinen Schritt zurück. Josef spürte einen kühlen Luftzug, wo er gerade noch ihre warme Nähe gefühlt hatte. Auf einmal sehnte er sich danach, mit dieser jungen Frau zu sprechen, sie anzusehen, ihre Stimme zu hören. Er versuchte sich auszumalen, was der Pharao dazu sagen würde ... sein Kanzler und eine Sklavin ...

Mit bitterem Lächeln senkte er den Kopf und stocherte ein wenig auf seinem Teller herum.

Der Pharao gab ein Zeichen. Alle legten das Besteck nieder und lehnten sich zurück, denn wenn der Pharao nicht mehr aß, war das Festmahl beendet. Der König stand auf und winkte dem Zeremonienmeister. Die beiden schritten aus dem Saal, und die anderen Gäste verließen den Tisch und stellten sich in lockeren Gruppen zusammen, um zu plaudern.

Josef ging zum Fenster und sah hinaus. Hinter dem Palast hatte man ein Labyrinth aus Lebensbäumen angelegt, und plötzlich bekam Josef einen unbezwingbaren Drang nach frischer Luft. Er öffnete die Verandatür und ging hinaus.

Es war beinahe dunkel, ein halber Mond beschien den Garten. Josef umrundete den Irrgarten, bis er den Eingang gefunden hatte. Dann ließ er sich von seinem Instinkt leiten, folgte dem hell bekiesten Pfad, geriet in Sackgassen, bis er vor der Heckenmauer stand, kehrte um, suchte hier und dort. Er vergaß aber nie, bei jeder Abzweigung mit der Sandalenspitze ein kleines Zeichen in den Kies zu machen, damit er den gleichen Weg nicht zweimal ginge und den Rückweg leichter fände.

Schließlich war er im Innern des Labyrinths angelangt. Ein kleiner Teich und eine geschnitzte Ruhebank aus Ebenholz luden zum Rasten ein. Er setzte sich hin und zog die Beine hoch, legte den Kopf auf die Knie und seufzte.

An Tagen wie diesem fühlte er sich einsamer denn je, und seine Gedanken flogen zurück nach Kanaan, zu den heimatlichen Hügeln, den Zelten des Vaters. Er dachte an den Gott seiner Väter, der ihn in diesem fremden Land nicht verlassen hatte, sondern ihm immer wieder neu seine Gunst zuwandte.

„Herr, mein Gott“, betete er leise. „Du kennst mein Herz. Bis heute war es ungeteilt auf dich gerichtet. Doch nun habe ich eine Frau gesehen, die mich unruhig macht und mich bewegt wie noch nie ein Mensch zuvor. Noch nie habe ich so gefühlt, noch nie war ich so verwirrt. Was ist das, was ich spüre? Ist es die Liebe? Ist es Begehren? Oder beides? Ist diese Neigung, die meine Gedanken zu ihr hinzieht, ein Wink von dir? Oder wird mich dieses Wünschen und Sehnen von dir trennen? Wird es mich in eine Spirale des Elends hinabziehen, in der ich versinken muss?“

Er dachte eine Weile darüber nach. Nein, es war kein böses Wünschen in ihm, keine Gier, nur Staunen und Bewunderung. Er fragte sich: *Wie habe ich denn vorher ohne sie gelebt? Ich war arm, ich war nur ein halber Mensch!* Bei dem Gedanken, bald wieder abzureisen, überwältigte ihn der Kummer wie eine dunkle Woge. Er stöhnte auf.

11. Im Irrgarten

Da, mitten in seine Verwirrung hinein, drang eine dunkle, tiefe Stimme: „Was ist dir, Zafenat-Paneach?"

Er hob den Kopf, und sie stand vor ihm, die Arme vor der Brust verschränkt, als müsse sie sich schützen. Vor ihm? Vor sich selbst? Er rückte auf der Bank beiseite, und sie setzte sich neben ihn, als wäre es selbstverständlich, dass sie neben ihm Platz nahm.[1] Auf einmal spürte er eine wilde Freude in sich aufsteigen und einen Mut, der wie ein frischer Morgenwind in die Wolke seiner Zweifel hineinfährt.

„Ich habe mir gewünscht, dass du kommst", sagte er kühn.

Sie nickte. „Ich weiß ..."

„Wie kommt es, dass du meine Wünsche kennst, bevor ich sie äußern kann? Du hast mich schon bei Tisch so aufmerksam bedient."

Sie erwiderte seinen Blick ohne zu lächeln, und nun konnte er sie in aller Ruhe betrachten: die kühne Nase, die schrägen Wangenknochen, die mandelförmigen Augen. Ein starkes Gesicht, zu kräftig, um nach ägyptischen Maßstäben als schön zu gelten ...

„Und? Hast du genug gesehen?", fragte sie nach einer Weile.

„Noch lange nicht", sagte Josef. „Ich fange ja erst damit an."

Da warf sie den Kopf zurück und lachte und ließ die Barriere ihrer Arme sinken.

„Du hast Tusche unter den Fingernägeln", sagte er, um etwas zu sagen. „Wer hat dir das Schreiben beigebracht?"

„Mein Vater", sagte sie. „Er ist der Meinung, dass Frauen genauso klug sein können wie Männer."

„Das denke ich auch!", sagte Josef und beugte sich vor, um ihren Blick zu finden. „Und genauso geschickt. Du bedienst besser, als es mir in meinen besten Tagen gelungen ist. Meine Bewunderung!"

„Richtig. Unser Kanzler hat seine Karriere als Sklave Potiphars begonnen ..."

„Woher weißt du das?"

---

[1] In Ägypten hatten Frauen eine fast gleichberechtigte Stellung – zumindest theoretisch –, man könnte die Zustände mit unseren heutigen vergleichen.

„Oh, die Wände haben Ohren ... Ich weiß fast über alles Bescheid, was in Ägypten geschieht."

„Dann gib mir einen Rat", sagte Josef.

„Warum befragst du nicht das Orakel? Wir haben hier im Tempel einen Ziegenbock, der dir antworten kann."

„Mit Ziegen kenne ich mich aus, ich stamme aus einer Hirtenfamilie. Aber ich habe noch nie erlebt, dass mir eine Ziege antworten kann. Wie soll das zugehen?"

„Unsere Ziege ist heilig. Das behaupten jedenfalls die Priester. Sie können aus den Bewegungen der Ziege die Antwort herauslesen."

„Also geben sie selbst die Antwort – nach ihrem Gutdünken. Da kann ich geradewegs auch dich um Rat fragen."

Sie zog die Augenbrauen hoch und schürzte die Lippen. „Wie könnte ich einen Mann beraten, der mit den Göttern redet?"

„Ich spüre, dass du es kannst", sagte Josef. „Du weißt, was der Pharao von mir erwartet."

„Ja. Du sollst dir heute ein Mädchen aus dem Adel wählen und dadurch deine Stellung im Reich sichern."

„Diese Aufgabe ist nicht zu lösen", sagte Josef. „Außerdem gefällt mir keins dieser Mädchen."

„Warum nicht? Sie sind doch nett, diese Mädchen", fragte sie, und ihre Augen blitzten.

„Nett – das mögen sie sein, aber mir ist das zu wenig", gestand er.

„Sie sind gut erzogen und wissen, wie man ein großes Haus führt. Sie sind reich, sie sind ganz hübsch, die meisten können tanzen oder singen, was willst du noch mehr?"

Er schüttelte den Kopf. „Es genügt mir nicht ..."

Die Frau sah ihn aufmerksam an. „Was erwartest du? Wie soll das Mädchen aussehen, das du wählen wirst? Groß oder klein? Schlank oder rundlich? Was soll es besitzen – Häuser und Äcker, Berge und Hügel, Gold und viele Stallungen?"

„Das ist unwichtig. Ich suche eine Frau, mit der ich sprechen kann, weil sie meine Träume begreift, meine Ängste trägt und meiner Seele Flügel schenkt. Nicht mehr und nicht weniger!"

„Und eine solche Frau hast du noch nicht gefunden", sagte sie leise.

„Vielleicht doch ...?", sagte er und sah sie voll an. Sie erwiderte seinen Blick, ohne zu zwinkern. Nach einem langen Schweigen seufzte sie: „Du meinst, ich könnte diese Frau sein? Du weißt nichts über mich ..."

„Mich kümmert deine Herkunft nicht. Ich fühle mich zu dir hingezogen ... ich weiß nicht, warum, doch du rührst mein Herz an wie noch keine zuvor."

Sie sah ihn lange an, dann stand sie langsam auf. „Schau mich an. Ich bin genauso groß wie du – viel zu groß für eine Frau. Sieh dir meine Füße an. Sie sind zu plump, um schön zu sein. Betrachte meine große Nase, mein knochiges Gesicht. Und meine Hände – da: Du hast schon bemerkt, dass ich viel schreibe. Außerdem male ich, ich webe, ich forme Tontöpfe. Ich grabe mit diesen Händen im Garten und pflanze Zwiebeln und Lauch. Ich liebe es, wenn die rote Erde zwischen meinen Fingern zerkrümelt. Und ich mag den Brotteig zwischen meinen Fäusten. Ich walke und schlage ihn, bis er bebt und Blasen wirft. Und wenn der Sandsturm um das Haus jagt, dann hält es mich nicht drinnen, ich muss hinaus, muss mich dem Wind entgegenstemmen. Nicht einmal der Wüstenwind kann mich vertreiben. So bin ich ..."

„Und so gefällst du mir!", sagte Josef und streckte die Hand aus. Sie legte ihre hinein, und er drückte sie. Es fuhr ihm wie Feuer ins Blut. Er atmete tief ein und versuchte sich zu fassen. Dann setzte er hinzu: „Aber ich weiß nicht, ob ich auch dir gefalle. Meinst du, dass du mich lieben könntest?"

„Was kümmern dich die Gefühle einer Frau?", fragte sie überrascht.

„Wie sollen zwei Herzen zu einem einzigen verschmelzen, wenn sie nicht die gleiche Liebe teilen?", fragte Josef zurück.

Sie schwieg, und er sagte: „Ich möchte keins dieser Mädchen heiraten. Seit ich dich gesehen habe, sind sie mir alle verleidet. Stehst du zu mir, wenn ich den Zorn des Pharao riskiere? Willst du meine Frau werden?"

Endlich sagte sie: „Ich werde heute Nacht darüber nachdenken. Morgen bekommst du meine Antwort – wenn du mich bei hellem Tageslicht immer noch zur Frau haben willst."

„Dich oder keine!", rief Josef und hob die Hand zum Schwur. Sie huschte davon.

12. Die Verhandlung

Als Josef nach einigen Fehlversuchen aus dem Irrgarten herauskam, fand er den Garten übersät mit Sklaven, die Fackeln trugen und aufgeregt hin und her eilten.

„Ist etwas geschehen?", fragte er den Aufseher, der oben an der Treppe stand.

„Herr! Da bist du ja! Wir haben alles nach dir abgesucht! Wir dachten, es sei dir etwas zugestoßen – was Ra und Amun verhindern mögen!", rief der Aufseher und klatschte in die Hände. Laut trompetete er in den Garten hinein: „Kommt alle zurück, der Kanzler hat sich wieder eingefunden!" Und zu Josef gewandt – vorwurfsvoll: „Wo warst du nur so lange? Das Festessen ist schon lange vorüber!"

„Ich musste unter dem freien Himmel sein. Dort höre ich die Stimme meines Gottes besser", lächelte Josef.

Respektvoll verneigte sich der Aufseher. „Natürlich, Herr. Wir sind froh, dass die Götter mit dir sprechen."

„Nur ein Gott – einer, der wirklich lebt", berichtigte Josef. Der Aufseher verdrehte die Augen, aber er widersprach nicht.

Im Saal wurde es still, als Josef eintrat und seinen Platz neben dem Pharao aufsuchte. Der Pharao winkte gebieterisch, und sofort nahmen die Gäste ihre Gespräche wieder auf.

„Du warst lange fort", sagte der Pharao mit mildem Tadel. „Das Volk wurde ungeduldig."

„Mein Pharao, ich muss eine Wahl treffen, das kann ich nicht allein entscheiden", sagte Josef, sobald sich sein Herzschlag beruhigt hatte.

„So hast du dich also beraten ...?", murmelte der Pharao und zog die Augenbrauen hoch.

„Ja, mein Pharao. Ich habe mich beraten."

„Ich hoffe für dich, dass du gute Berater hattest."

„Das glaube ich fest. Ich fragte Gott, und ich fragte das Mädchen."

„Welches Mädchen? So viel ich sehe, sind sie alle hier."

„Nicht alle, mein Pharao. Die Frau, die mein Herz erobert hat, ist nicht in diesem Raum."

„Dann ist sie keine von den Fürstentöchtern?"

„Wahrscheinlich nicht ..."

„Keine Adelige?" Der Pharao zog die Augenbrauen bis zum Haaransatz hoch. „Du bist dir doch darüber im Klaren, dass eine Heirat mit einer Bürgerlichen ausgeschlossen ist!"

„Aber, mein Pharao ..."

„... kommt überhaupt nicht in Frage! Du musst eine von den adeligen Damen heiraten. Nur so ist deine Stellung gesichert."

„Aber diese Mädchen ... sind alle zu jung. Ich könnte ihr Vater sein! Nein, ich brauche eine Frau, die mir eine echte Gefährtin ist!"

„Unsinn!", schnaubte der Pharao. „Befreunde dich mit klugen Frauen, aber heirate eine, die reich ist und aus gutem Hause kommt. Alles andere führt zu nichts."

„Mein Pharao!", flehte Josef. „Lass es mich erklären. Ich habe heute Nacht eine Frau gefunden, die mir so gut gefällt wie noch keine."

„Wer ist sie? Hol sie her, damit ich sie ansehen kann!", bellte der Pharao.

„Mein Pharao, ich bitte um Geduld. Sie will mir ihre Antwort morgen geben."

Der Pharao starrte Josef an, dann warf er sich in seinem Sessel zurück und lachte, lachte, bis ihm die Tränen über das hagere Gesicht liefen und seine Schultern bebten.

„Das ist gut! Das ist das Beste, was ich seit langem gehört habe!", keuchte er, immer noch lachend. „Apis, bring mir mein Tuch, ich muss mich trocknen!"

Die nahe sitzenden Gäste waren inzwischen auf den Tumult aufmerksam geworden und spitzten die Ohren, obwohl sie so taten, als ginge sie das Gespräch überhaupt nichts an. Apis half dem Pharao beim Aufstehen und winkte Josef, und die drei gingen hinüber in die kleine Nische, wo sie ungestört sprechen konnten.

„Apis, komm und lach mit mir. Unser Kanzler hier, die beste Partie des Landes, hat sich in ein dreistes Mädchen verguckt. Sie will ihm die Antwort morgen geben, hörst du, Apis – morgen! Und das Mädchen ist nicht mal vom Adel. Wahrscheinlich eine Küchenmagd oder ein Bauernkind. Hahaha – hohoho ... eine Sklavin und stolz dazu! Haha ..."

Apis stimmte höflich in das Gelächter ein, aber seine Augen blieben ernst, und es war, als wollten sie Josef etwas sagen, was man mit Worten nicht ausdrücken kann.

Nachdem der Pharao sich wieder beruhigt hatte, befahl er Apis: „Bring mir den Hohenpriester her. Wenn unser junger Kanzler keinen Verstand annehmen will, müssen wir an seiner Stelle entscheiden."

„Aber der Hohepriester ist alt und blind!", wagte Apis einzuwenden.

„Er sieht mit dem Herzen", knurrte der Pharao. „Er hat mehr Verstand als alle anderen Priester zusammen."

Potiferas wurde von zwei Sklaven auf einer Sänfte hereingetragen. Er neigte den Kopf vor dem Pharao und nahm Josefs Hand in seine beiden alten Hände, auf denen die Adern lagen wie blaue Bänder auf einem gelbfleckigen Tuch.

„Du bist Zafenat-Paneach, der neue Kanzler", sagte er leise. „Du hast dir heute deine Frau erwählt, und ich soll euren Bund segnen und dich mit den besten Familien des Landes verbünden. Dadurch wirst du einer von uns, ein Ägypter nicht vom Blut, aber von der Seele."

„Ehrwürdiger Herr", sagte Josef, „die Frau, die mein Herz gewählt hat, will mir erst morgen ihre Antwort geben. Ich will sie nicht drängen."

„Was ist das für ein eigensinniges Mädchen, das unseren Kanzler nicht freudig heiraten will, einen Mann, mit dem der Gott des Himmels redet?", fuhr der alte Priester empört auf.

„Ehrwürdiger, ich glaube, sie wollte den Aufschub um meinetwillen. Sie möchte, dass ich sie bei hellem Tageslicht sehe, nicht nur im Mondschein", erklärte Josef.

„Eigensinnig und hässlich dazu!", stöhnte der Pharao.

„Und weise ...", sinnierte der alte Priester. „Nenn mir ihren Namen!"

Josef senkte den Blick. „Ich weiß nicht, wie sie heißt ...", gestand er. „Sie hat bei Tisch bedient."

Apis zog scharf die Luft ein und hob die Hand, doch keiner achtete auf ihn.

„Eine Sklavin?! Das ist unmöglich!", murrte der Pharao. „Diese Heirat verbiete ich!"

„Du kannst diese Sklavin in deinen Haushalt aufnehmen, und keiner wird dich deswegen schelten", schlug der Priester vor. „Aber du musst deine Wahl jetzt verkünden, alle warten auf deine Entscheidung, du darfst diese Mädchen und ihre Eltern nicht länger in Ungewissheit lassen. Such dir eine aus, oder ich werde es für dich tun!"

„Aber du bist blind", gab der Pharao zu bedenken.

„Das weiß ich, das weiß ich", lächelte der Alte. „Aber es spielt ohnehin keine Rolle, eine ist so gut wie die andere."

Josef seufzte schwer. „Für mich spielt es eine große Rolle ..."

Wieder winkte Apis mit der Hand. Der Pharao neigte den Kopf zu seinem Diener. „Möchtest du etwas sagen?"

„Ich habe einen Vorschlag", sagte der Kammerdiener des Pharao. „Wenn unser Kanzler keines von den Mädchen heiraten möchte, weil sie ihm zu jung sind, wie wäre es dann mit einer Frau in seinem Alter?"

„Die sind doch alle längst verheiratet", sagte der Pharao müde.

„Nicht alle. Ich denke an die Tochter des Priesters."

„Seine Tochter ist keine Partie für den Kanzler dieses Reiches", sagte der Pharao. „Sie ist vor Jahren dem Fürsten von Avaris versprochen worden. Doch er hat sie damals verschmäht. Seither hat sie keiner haben wollen. Nicht hübsch genug."

„Wie kannst du so etwas über meine Tochter sagen?", fuhr der Hohepriester auf. „Meine Tochter hat eine Schönheit, von der viele Frauen nur träumen können."

„Wie kannst du das wissen, alter Mann? Du kannst schon seit zwanzig Jahren nichts mehr sehen!", winkte der Pharao ab.

Der Hohepriester richtete sich in seiner Sänfte auf und klopfte sich auf die Brust. „Ich sehe sie hier drin ... Sie *ist* schön, und sie ist ein gutes Mädchen, besser als alle, die ich sonst kenne."

„Da spricht der Vaterstolz", seufzte der Pharao. „Aber sieh es ein, deine Tochter ist wirklich nicht die Richtige für den jungen Kanzler. Denke daran, dass der Fürst von Avaris sie zurückgeschickt hat."

„Der Fürst von Avaris ist ein Dummkopf, das weiß jeder", murrte der Hohepriester. „Sie hat ihm widersprochen, das konnte er nicht vertragen."

Apis hüpfte von einem Bein auf das andere. „Vielleicht könnte man sie trotzdem rufen lassen ...", drängte er.

„Was meinst du, Josef? Möchtest du dir die Tochter des Hohenpriesters einmal ansehen?", fragte der Pharao. „Das ist deine letzte Chance."

Josef war unter seiner Sommerbräune blass geworden. „Ich werde mich zu einer Entscheidung nicht zwingen lassen, mein Pharao. Mein Entschluss steht fest. Wenn meine Erwählte morgen Ja sagt, dann werde ich sie heiraten. Sie oder keine!"

„Und wenn sie Nein sagt?", fragte der Hohepriester und beugte sich in seiner Sänfte vor.

„Dann bleibe ich allein. Für immer! Das ist mein letztes Wort!"

Der Zeremonienmeister schlug die Hände zusammen, der Hohepriester schüttelte resigniert den Kopf und der Pharao seufzte: „Du bist der Kanzler, ein Mann, mit dem die Götter reden ... Ich halte das für einen großen Fehler, aber du sollst deinen Willen haben ... Junger, eigensinniger Heißsporn!"

Josef lief hinaus aus dem Palast, eilte hinüber zum Labyrinth, als könne er nur dort wieder zur Ruhe kommen. Lange irrte er zwischen den Büschen umher, bis er endlich die Bank aus Ebenholz gefunden hatte. Todmüde zog er die Beine an und schmiegte sich an das Holz, das noch ein wenig die Wärme des vergangenen Tages in sich trug.

Er hörte den leichten Tritt auf dem Kies nicht mehr, er war in den tiefen Schlaf eines Menschen gesunken, der seinem Herzen folgt. So bemerkte er auch nicht, dass sich jemand über ihn beugte und ein weiches Tuch über ihn breitete. Er spürte die Tränen nicht, die auf ihn herabtropften. Die ganze Nacht wachte sie über seinen Schlaf und eilte rasch davon, als er die Augen aufschlug. Nur das Tuch blieb ihm, das Tuch mit ihrem Duft.

* * *

Aufgeregtes Raunen erfüllte alle Winkel des Raumes, als Josef am nächsten Morgen mit dem Pharao den Festsaal betrat. Die Mädchen hatten sich wieder herausgeputzt und standen aufgereiht an der gegenüberliegenden Wand. Die Fürsten und Edlen des Landes hatten sich in Grüppchen in verschiedenen Ecken postiert und besprachen das Für und Wider jeder einzelnen Option. Ein Hofschreiber eilte von einer Gruppe zur anderen und kritzelte Zeichen auf sein kleines Schreibbrett.

„Er nimmt Wetten entgegen", schmunzelte der Pharao amüsiert.

Josef verzog keine Miene, während sein Blick die eine suchte, die ihm heute Antwort geben sollte. Noch hatte er sie nicht gefunden, obwohl er den ganzen Garten abgesucht und alle Gänge des Palastes kontrolliert hatte. Wo war sie nur? Hatte sie ihn genarrt? Aber das hätte er doch fühlen müssen! Und er hatte immer noch das Tuch, das nach ihr roch.

Dann wurde der Hohepriester in der Sänfte hereingetragen. Hinter ihm schritt eine dicht verschleierte Gestalt. Josef runzelte die Brauen. Diese Art zu gehen hatte er doch schon einmal gesehen ... war *sie* es? Wagte sie sich hier in diesen Saal – eine Sklavin? So musste es wohl sein. Er straffte die Schultern und trat einen Schritt vor.

Der Pharao hob den Stab, und alles wurde still. „Mein Kanzler hat sich gestern eine Frau erwählt, wie wir es ihm befohlen hatten. Er wird seine Entscheidung heute vor unseren Ohren verkünden, und dann wird der Ehebund geschlossen."

Josef wurden die Knie weich, doch er presste die Kiefernmuskeln zusammen, bis sie schmerzten. Er trat vor und rief: „Ich frage die Frau, die mir dieses Tuch zum Pfand gegeben hat, ob sie die Meine werden will!"

Alle im Raum erstarrten. Keiner wagte zu lächeln, auch nur einen Finger zu rühren. Drei bange Atemzüge lang blieb es still. Dann hob die verschleierte Gestalt den Kopf und ging einen Schritt auf Josef zu.

„Ja, ich will – wenn du mich willst!", rief sie mit ihrer warmen, kehligen Stimme und warf den Schleier ab.

Josef sah sie an und liebte sie noch mehr als zuvor: die bebenden, blutroten Lippen unter der kühnen Nase, die braunen, mandelförmigen Augen unter fein gezeichneten Brauen. Er ließ den Blick langsam an ihr heruntergleiten und fühlte, wie sein Blut zu tanzen begann.

Der Pharao rieb sich verblüfft das Kinn. „Aber sie ist keine Sklavin ... Das ist ja Asenat[1], die Tochter des Hohenpriesters!", keuchte er.

---

[1] Ägyptisch: Iusenat, ein gebräuchlicher Name während der 13. Dynastie; leider sagt uns die Bibel nichts weiter über sie.

„Warum auch nicht? Adel vom Feinsten! Was wollen wir noch mehr? Ich bin einverstanden! Ich gratuliere! Hiermit ist das Bündnis geschlossen! Der Thron Ägyptens hat sich mit dem Adel des Landes und der Priesterschaft auf ewig verbunden!"

Applaus brandete auf, die Fürstentöchter lächelten höflich-verkrampft, ihre Mütter zuckten die Schultern, bei allem Ärger doch erleichtert, dass keine Familie der anderen vorgezogen worden war, die Väter lachten polternd und schlugen sich gegenseitig auf den Rücken und nickten, denn der Hohepriester war nun wirklich außer Konkurrenz.

Apis war vor Freude ganz rot geworden, der Hofschreiber dagegen blass; er hatte bei seiner Wette ein Vermögen an den Kammerdiener des Pharao verloren ...

Josef und Asenat standen inmitten des Aufruhrs still und sahen sich in die Augen.

„Glaubst du, dass du mich lieben kannst?", fragte Josef und nahm Asenats Hände in seine.

Sie lächelte, und mit ihren Worten sprach sie aus, was die meisten Menschen dieses Landes fühlten: „Dich muss man einfach lieben."[2]

---

[2] Die Schilderung dieser Liebesgeschichte und von Asenats Charakter in den folgenden Kapiteln ist frei erfunden. Ihr Name sowie ihre Hochzeit mit Josef sind jedoch biblisch belegt (1. Mose 41,45) – ebenso die Tatsache, dass der Pharao bei dieser Heirat seine Finger im Spiel hatte ...

Fünftes Buch
Josef und seine Brüder

1. Die Ankunft

Josef stand am Fenster seines Amtssitzes und ließ seinen Blick über die Gruppe von Bittstellern schweifen, die sich im Hof versammelt hatten. Die meisten waren Ägypter, an ihren weißen Lendenschurzen sofort zu erkennen. Doch hier und da sah er auch bunt gekleidete Menschen aus den Nachbarländern. Sie alle wollten Getreide kaufen.

Auf seinen Rat hin hatte der Pharao während der guten sieben Jahre den fünften Teil der üppigen Ernten in großen Vorratshäusern einsammeln lassen. Als dann schon zum zweiten Mal hintereinander die Nilüberschwemmung zur falschen Zeit gekommen war und in der Folge die Ernte verdorrte, kamen die Menschen zu Josef und wollten Getreide kaufen. Es war genug für alle da, und es würde noch für die kommenden fünf Missernten-Jahre reichen, kalkulierte Josef, als er den Bedarf einschätzte.

Ganz hinten stand ein Trupp von zehn Männern. Ihre Kleidung und die Art, wie sie die Schultern hochzogen, wenn sie miteinander tuschelten, war ihm seltsam vertraut. Er beobachtete sie eine Weile – war das möglich? Nein, er täuschte sich nicht ... Tatsächlich, da waren sie, seine Brüder ... Er hatte geahnt, dass sie kommen würden – was blieb ihnen übrig, wenn sie nicht verhungern wollten? Seit Monaten schon hatte er diesem Wiedersehen entgegengefiebert, und nun wusste er nicht, wie er mit ihnen reden sollte. Würden sie ihn überhaupt erkennen? Wahrscheinlich nicht, sie mussten ihn für tot halten – nach 22 Jahren ohne Nachricht... Er ließ sich auf ein Ruhebett niedersinken und schlug die Hände vor die Augen, als könne er so die Bilder zurückdrängen, die mit Urgewalt in ihm aufstiegen.

Die Szene von damals wurde lebendig, die er schon lange vergessen glaubte:

Viele Tage lang reist er seinen Brüdern nach, er verirrt sich, und als er sie endlich findet, empfangen sie ihn mit Wut im Blick. Als „Willkommensgruß“ zischen sie spitze Worte aus zusammengepressten Kiefern, er spürt ihre harten Fäuste, die ihm das Kleid vom Leib reißen und ihn zu Boden werfen, dann schleudern sie ihn in eine leere Zisterne. Er bebt vor Angst, vor Kälte, die endlose

Nacht im Brunnen ist ihm wieder gegenwärtig, der eisige Morgen, an dem sie ihn mit einem Seil hinaufzerren – aber nicht aus Erbarmen: Sie wollen ihn an die Sklavenhändler verschachern. Die erfahrenen Finger des Händlers, die seine Muskeln abtasten, ihm durch die roten Locken fahren, seine Kiefer auseinander zwingen, um seine Zähne zu prüfen ... da hilft kein Sträuben, kein Flehen, kein Betteln. Die Männer schleppen ihn fort, und der letzte Blick, den er noch über die Schulter werfen kann, zeigt ihm die Brüder im Kreis, wie sie die Beute aufteilen ...

Josef seufzte und lockerte die Schultern, die ihm hart geworden waren wie Lehmziegel in der Sonne. Es wollte ihm heiß in die Augen steigen, doch er presste die Lider zusammen, bis es schmerzte, und zwang sich, tief zu atmen. Langsam wurde er ruhiger.

Er klatschte in die Hände und rief seinen Diener. „Hilf mir beim Ankleiden. Ich muss mich zurechtmachen. Heute besonders viel Bleiglanz auf die Augenlider! Und meine Faltentunika. Die weiße."

„Ich bringe dir auch das Kopftuch", sagte der Diener eifrig. Er hieß Hamor[1] und stammte aus Kanaan. Er war schmächtig und wirkte etwas verhuscht, als hätte er ständig ein schlechtes Gewissen – zu Recht, denn ihm folgte das Missgeschick auf dem Fuß wie ein folgsamer Hund seinem Herrn.

Josef hatte ihn aus Mitleid gekauft, weil er durch den Jungen an den Tag erinnert wurde, an dem er als 17-Jähriger ganz verloren auf dem Sklavenmarkt gestanden hatte, voller Angst und Ungewissheit. Erst später erfuhr er, warum sein Diener so oft mit den Gedanken weit fort war: Er hatte als kleines Kind zu viel Schlimmes gesehen. Sein Vater und alle männlichen Verwandten waren bei dem Blutbad ums Leben gekommen, das Josefs Brüder in Sichem angerichtet hatten. Die Mutter konnte entkommen und hatte sich mit dem kleinen Sohn eine Zeit lang auf eigene Faust durchgeschlagen. Ohne den Rückhalt einer Familie war sie jedoch Sklavenhändlern in die Hände gefallen, die sie mit ihrem Kind nach Ägypten verschleppt hatten. Dort hatte sie in unterschiedlichen Häusern gedient, und der Junge war in den Unterkünften der Sklaven herumgeschubst worden, bis sein Besitzer diesen Unglückswurm auf dem Markt zum Verkauf anbot.

[1] Die Gestalt des Hamor wie auch des Taharka sind frei erfunden.

Allerdings wusste Hamor nicht, dass Josef seine Sprache verstand. Das ahnte keiner seiner Männer, höchstens sein Verwalter Taharka, und der würde nie ein Wort darüber verlieren. Josef hielt diesen Mann für besonnen und klug und absolut loyal, und er hatte sich bisher nur selten in Menschen getäuscht.

Josef seufzte noch einmal und stand auf. Im Ankleidezimmer hatte Hamor schon die Kleidung vorbereitet und strich frischen Bleiglanz auf eine kleine Palette. Josef rief einen zweiten Diener und befahl: „Hol mir Taharka."

Während Hamor die schwarze Schminke auf Josefs Lidern verteilte und seine Augen zum Schutz gegen die Sonne mit einem dicken schwarzen Strich umrandete, kam Taharka herein und räusperte sich.

Josef wandte sich seinem Verwalter zu. „Taharka, hast du dir schon die heutigen Bittsteller angeschaut?"

Taharka erwiderte den Blick seines Herrn und nickte. „Mir sind zehn Männer in bunten Überröcken aufgefallen. Ganz eindeutig Semiten. Stehen hinten in der Ost-Ecke des Hofes."

Josef unterdrückte ein Lächeln. „Diese Männer möchte ich besonders gründlich überprüfen."

„Jawohl. Ich werde sie sofort von den anderen trennen und sie in einen Nebenraum bringen. Soll ich eine Wache vor der Türe aufstellen?"

Josef wiegte den Kopf hin und her. „Ja, tu das. Wir wollen sichergehen. Ich werde mich dann persönlich um sie kümmern."

„Sie kommen aus Kanaan", sagte Taharka gleichmütig, und wäre dieser kurze Blitz in seinen Augen nicht gewesen, dann hätte nicht einmal Josef sein Interesse bemerkt.

Dafür flog Hamors Kopf in die Höhe. Er zog scharf die Luft ein. Seine Hand mit dem Pinsel zitterte.

„Was ist? Möchtest du eine Nachricht an deine Verwandten in Kanaan schicken?", fragte Josef.

Hamor schüttelte den Kopf. „Nein, Herr. Sie sind alle tot. Aber ich würde gerne einmal dorthin reisen und das alles sehen. Ich kenne meine Heimat nur aus den Erzählungen meiner Mutter.

„Eines Tages wirst du das Land deiner Väter sehen", versprach Josef. „Aber heute und morgen noch nicht. Gedulde dich ..."

Hamor biss sich auf die Lippen, dann tauchte er den Pinsel wieder in die Farbe, um Josefs linkes Auge noch ein wenig sorgfältiger zu umranden. Seine Hand zitterte noch immer, doch Josef unterließ es, ihn deswegen zu tadeln.

Dann ließ sich Josef das Kopftuch anlegen und die Falten seiner weißen Tunika zurechtzupfen. Hamor legte ihm die schwere Goldkette mit dem Ankus um den Hals, das Zeichen der Macht. Immer, wenn Josef dieses Symbol ansah, kroch ihm ein Schauer über den Rücken: Nur Könige und Priester durften den Ankus tragen[2] ... Er empfand Ehrfurcht und Dankbarkeit. Mit einer Handbewegung schickte er Hamor aus dem Raum.

Josef hob die Hände zum Gebet. „Bis hierher hast du mich gebracht, mein Gott", flüsterte er. „Ich wäre im Kerker verfault und verschimmelt, wenn du mich nicht herausgebracht hättest. Und du gabst mir nicht nur meine Freiheit zurück. Du hast mich seither mit Gutem überschüttet. Wie kann ich dir danken für Asenat, die Perle unter den Frauen. Und für meinen ersten Sohn Manasse, der mich mein Unglück für einige Zeit vergessen ließ – und für Ephraim ... ja, du hast mich fruchtbar gemacht. Du schenktest mir noch mehr: Erfolg und Einfluss und ein hohes Amt. Du wolltest Ägypten retten und mich hast du als dein Werkzeug gebraucht. Und jetzt kommen meine Brüder und wollen Korn von mir kaufen, damit sie nicht verhungern. Was soll ich jetzt mit ihnen tun? Soll ich sie ihrer gerechten Strafe zuführen? Und was wird mein Vater sagen, wenn er erfährt, was sie ihm angetan haben? Wird er vor Freude tot umfallen? Oder wird ihm das Herz stillstehen, weil ihm vor der Brutalität und Boshaftigkeit seiner Söhne graut?"

Er wartete eine Weile, aber in ihm blieb alles still. Schon so oft hatte er Gott in den vergangenen Jahren um Rat gefragt, weil er seine Sehnsucht nach dem Vater kaum noch bezwingen konnte. Aber er wusste nicht, ob es gut war, eine Botschaft nach Mamre zu schicken. Was hätte er denn auch sagen können: „Vater, ich lebe

---

[2] Die überlebensgroße Statue, die David Rohl im Palastgarten in einer Grabanlage am Yussuf-Kanal in Avaris ausgegraben hat, trägt den Ankus. Farbspuren lassen auf ein buntes Streifengewand schließen und auf eine rote Pagenfrisur – oder Perücke. Viele Indizien deuten darauf hin, dass es sich bei dieser Figur um eine Darstellung des Kanzlers Josef handeln könnte.

noch ... aber deine anderen Söhne sind Mörder und Lügner und Betrüger?" Hätte das dem Vater echten Trost gebracht? Lebte der Vater überhaupt noch? Er wagte es nicht, hier eigenmächtig zu handeln. Er hatte keine Gewissheit ... vielleicht war es noch zu früh?

Mit fünf raschen Schritten durchquerte er den Raum und lief durch den Korridor zu einer kleinen Tür, die hinter einem Relief verborgen war. Das war sein geheimer Weg zu den Räumen seiner Familie. Er drückte den versteckten Knopf und stemmte sich gegen die Steinplatte, bis sie sich geräuschlos drehte. Er schlüpfte hindurch und eilte zum Arbeitszimmer seiner Frau.

Asenat bemalte gerade eine große Tonvase. Ihre Augen wurden groß, als sie Josef herankommen sah. „Josef, du? Um diese Zeit?" Sie warf den Pinsel auf die Palette und wischte sich die Hand an ihrem Schultertuch ab.

„Bleib sitzen, mein Herz, Liebe meines Lebens", flüsterte Josef. „Ich muss gleich weiter."

„Soll ich unsere Söhne ..."

Er hob die Hand. „Lass sie, stör sie nicht beim Spiel. Ich möchte dich etwas fragen."

Asenat legte die Hände im Schoß zusammen und sah ihn erwartungsvoll an. „Frage nur immer, mein Geliebter", sagte sie, und Josef spürte, wie sein Herz einen wilden Wirbel trommelte. Sie war in all den Jahren noch schöner geworden, und er liebte sie mehr, als er es durch Worte ausdrücken konnte.

„Asenat, meine Brüder sind gekommen ...", sagte er leise.

Sie suchte seine Augen, und er verbarg nichts vor ihr. Endlich fragte sie: „Was fühlst du?"

Immer noch hielt er ihrem forschenden Blick stand. „Was liest du?"

„Schmerz ... Trauer ... Angst ... Sehnsucht", zählte sie auf.

„Und Rache? Oder Hass? Groll?", wollte er wissen.

„Vielleicht von jedem ein bisschen ...", räumte sie ein.

„Das ist nicht gut", seufzte er auf. „Ich dachte, ich hätte das alles längst vergessen. Als ich Manasse im Arm hielt, diesen wunderbaren Sohn, den du mir geboren hast, meinte ich, ich wäre mit meiner Vergangenheit fertig. Ich glaubte, es gäbe nichts auf der Welt, was mich je wieder bekümmern könnte, wenn ich nur dich habe und den Jungen. Und dann hast du mir noch einen zweiten Sohn geschenkt, unseren geliebten Ephraim. Ich war außer mir vor Glück. Aber jetzt ..."

Sie hob die Hand und berührte seine Wange. „Auch alte Narben können wieder aufbrechen und von neuem bluten."

„Ich weiß nicht, was ich tun soll", gestand Josef. „Ein Teil von mir möchte meine Brüder umarmen und küssen. Ein anderer Teil schreckt davor zurück. Wer weiß, was sie inzwischen getrieben haben? Haben sie meinen Vater vor Kummer längst unter die Erde gebracht? Und meinen jüngsten Bruder, den Sohn meiner Mutter – ob sie ihn auch ermordet haben? Oder als Sklaven verkauft? Aus Neid und Missgunst?"

„Du wirst es herausfinden", sagte Asenat. „Beobachte sie. Lass sie verhören."

„Das werde ich! Denn bevor ich mich zu erkennen gebe, muss ich wissen, wie sie heute denken und fühlen. Ob sie immer noch die hartgesottenen Verbrecher sind, die mich damals verstoßen und verraten haben", murmelte er.

„Menschen können sich ändern", sagte Asenat. „Vielleicht sind sie inzwischen noch grausamer geworden. Aber es kann auch sein, dass sie reif und erwachsen geworden sind und ihre Taten von damals bitter bereuen."

„Ja. Das hoffe ich. Das hoffe ich sehr!", sagte Josef und nahm Asenats Hände in die seinen.

„Ich werde für dich beten", sagte Asenat, entzog ihm ihre Hand und legte sie ihm sachte auf die Stirn. „Gottes Segen auf dein Haupt."

Josef schloss die Augen und atmete tief ein und aus. Zu all dem Guten, mit dem ihn Gott überschüttet hatte, kam noch die Freude, dass seine Frau begonnen hatte, zum lebendigen Gott zu beten, dem Schöpfer des Himmels und der Erde. Ihr weiser Vater hatte sie gelehrt, hinter die Dinge zu schauen, und so hatte sie sich von ganzem Herzen von der Anbetung von Fantasie-Götzen, von Katzen, Schlangen und Vögeln abgekehrt und dem wahren Gott zugeneigt. So waren sie denn auch im Glauben eins geworden, und es gab keinen Gedanken, den Josef nicht mit seiner Frau teilen konnte, weil er wusste, dass sie ihn in allem verstand.

Josef sah ihr lange in die Augen, dann straffte er die Schultern und ging mit elastischen Schritten hinaus.

2. Das Verhör

Josef schritt mit Taharka und einem Dolmetscher an den Wachen vorbei in den Nebenraum. Als er mit seinem Gefolge durch die Tür trat, warfen sich seine Brüder der Länge nach zu Boden. Er schluckte bei diesem Anblick; sofort hatte er den Traum von damals vor Augen: Zehn Weizengarben verbeugen sich vor seiner Garbe ... Wie hatten sie ihn deshalb verspottet und beschimpft! Und nun war alles wahr geworden. Josef spannte die Kiefernmuskeln an, damit man ihm die innere Bewegung nicht ansah, und setzte sich auf seinen Sessel.

Taharka stellte sich rechts neben ihm auf, links wartete der Dolmetscher. Das Verhör konnte beginnen.

„Wo kommt ihr her?", bellte Josef. Der Dolmetscher übersetzte.

„Wir kommen aus Kanaan", sagte Ruben. „Wir möchten Getreide kaufen."

Josef drehte den Kopf zum Dolmetscher und hörte mit unbewegtem Gesicht dessen Übersetzung zu. Dann runzelte er die Stirn und sagte finster: „Das glaube ich euch nicht. Ihr seid Spione. Ihr wollt das Land auskundschaften!"

Die Brüder rissen bei den Worten des Dolmetschers die Augen auf. Juda wurde unter seinen dunklen Locken blass und schüttelte heftig den Kopf. „Nein, mein Herr! Wir sind deine untertänigen Diener und wir sind wirklich nur zu einem Zweck gekommen: Wir wollten Korn kaufen. Wir gehören zu einer Familie und – "

„Ihr alle?", herrschte Josef die Männer an. „Das wollt ihr mir weismachen?"

„Wir sind wirklich Brüder", beteuerte Ruben. „Wir sind Söhne Jakobs, der auch Israel genannt wird. Bitte glaube uns. Wir sind ehrliche Männer und keine Spione."

Josef widersprach. „Ich bleibe bei meiner Überzeugung: Ihr wollt unser Land ausspionieren, damit ihr uns später überfallen könnt."

Nun machte sich Levi zum Sprecher. „Herr, wir sind einfache Hirten. Wir sind insgesamt zwölf Brüder und wohnen mit unserem Vater im Land Kanaan. Der Jüngste ist beim Vater geblieben. Unser Vater hängt sehr an seinem jüngsten Sohn. Er würde eine Trennung kaum überleben."

„Und was ist mit dem zwölften Bruder?“, fragte Josef und beobachtete die Gesichter seiner Brüder scharf, als der Dolmetscher diese Frage übersetzte. Sie senkten die Köpfe, seine Brüder, sie rangen die Hände, als müssten sie sie waschen, sie kneteten die Finger, Juda biss sich auf die Unterlippe.

„Jetzt habe ich euch beim Lügen ertappt!“, rief Josef und sah, wie Simeons Gesicht rot anlief.

„Ihr seid Spione, ich habe euch durchschaut.“

Juda trat einen Schritt vor und sagte leise und demütig: „Nein, Herr, wir lügen nicht. Aber den zwölften Bruder gibt es nicht mehr ...“, und die anderen nickten dazu.

Ein kalter Schauder fuhr Josef über den Rücken und er musste ein paar Mal tief einatmen, um ruhig zu bleiben. Er presste die Zähne zusammen und legte Härte in seine Stimme. „Ihr habt mich nicht überzeugt. Ich halte euch nach wie vor für Spione. Ich schwöre euch beim Leben des Pharao, dass ihr mir nicht mit diesen Lügen davonkommt. Ich behalte euch solange in Haft, bis euer jüngster Bruder hergekommen ist. Schickt einen Boten nach Hause, damit er euren Bruder holt. Wenn ihr die Wahrheit gesagt habt, dann könnt ihr das beweisen. Wenn nicht, dann mache ich mit euch kurzen Prozess, wie es Spionen gebührt! Beim Leben des Pharao!“

Er stand auf und schritt hinaus, während der Dolmetscher noch die letzten Worte übersetzte.

Taharka lief ihm nach und fragte: „Was wird jetzt mit ihnen geschehen?“

„Stecke sie in Untersuchungshaft, alle in einen Raum. Hast du einen Dolmetscher zur Hand, der etwas Menschenkenntnis besitzt? Wir könnten ihn als Diener einschleusen.“

„Und dir berichten, was sie miteinander reden“, ergänzte Taharka. Er überlegte eine Weile, schüttelte den Kopf. „Wir haben einen im Amt für Ausländerfragen. Er eignet sich aber nicht als Diener. Die Arroganz schaut ihm aus allen Poren. Er wäre auch zu ungeschickt ...“

„Dann werden wir ihn als Mithäftling in die Zelle bringen. Lass ihn ein wenig herrichten. Biete ihm den angemessenen Lohn. Ich werde ihn dann später rufen, er soll mir alles erzählen ... “

Nach drei Tagen ließ er die Häftlinge vorführen. Sie sahen verhärmt aus. Ihre knochigen Hunger-Gesichter waren durch die ausgestandene Angst eingefallen, die Augen flackerten unruhig und so manche Lippe war blutig gebissen. Josef kämpfte sein aufkeimendes Mitgefühl nieder und bemühte sich um einen strengen Tonfall.

„Ich will euch eine Chance geben, denn ich bin ein Mann, der den Gott des Himmels respektiert und gerecht handeln will. Vielleicht seid ihr ja wirklich ehrliche Männer. Zieht nach Hause und bringt euren Leuten Korn, damit sie nicht länger hungern müssen. Dann bringt ihr euren jüngsten Bruder hierher, damit ich weiß, dass ihr die Wahrheit gesagt habt. Nur so könnt ihr euer Leben retten. Und damit ich sicher bin, dass ihr auch wirklich wiederkommt, werde ich einen von euch als Geisel festhalten."

Bei den letzten Worten des Dolmetschers hellten sich die Mienen ein wenig auf; sie nickten ihr Einverständnis. Josef drehte ihnen den Rücken zu und unterhielt sich leise mit Taharka, horchte aber auf jedes Wort seiner Brüder. Da sie nicht wussten, dass er sie verstand, sprachen sie ungeniert.

„Jetzt kommt die gerechte Strafe über uns", sagte Juda. „Wir müssen für das büßen, was wir unserem Bruder angetan haben".

„Ja", fiel Levi ein, „er hatte solche Angst, ich sehe immer noch seine Augen vor mir, als er uns anflehte."

„Aber wir haben die Ohren verstopft vor seinen Bitten ...", murmelte Naftali. „Wir waren hart zu ihm, und diese Härte erleben wir jetzt am eigenen Leib."

Und dann Rubens Stimme: „Ich habe euch gewarnt. ‚Versündigt euch nicht an dem Jungen!', hab ich gesagt. Aber ihr wolltet nicht auf mich hören. Jetzt müssen wir dafür bezahlen. Leben für Leben, Blut für Blut."

Josef konnte die Tränen nicht länger zurückhalten. Mit einem Ruck drehte er sich weg und ging hinüber in die Galerie, die durch Arkaden vom Saal abgetrennt war. Taharka kam ihm nach und bot Sichtschutz. Nach einer Weile hatte sich Josef beruhigt und beobachtete die Brüder aus den Augenwinkeln; durch einen geschickt aufgestellten Spiegel konnte er aus dieser Ecke alles überblicken, auch wenn er den Leuten im Saal den Rücken zukehrte.

Die Brüder redeten leise miteinander, nur einer stand abseits, hatte die Fäuste geballt und das Kinn trotzig vorgeschoben: Simeon.

Josef graute vor diesem Bruder. Er winkte dem Dolmetscher und kehrte in den Saal zurück, stellte sich vor seinen Brüdern auf.

„Ich habe einen Entschluss gefasst. Ich bin kein Unmensch. Eure Familien hungern. Deshalb lasse ich euch auf Bewährung frei. Reitet nach Hause und bringt euren Leuten Brot. Einer von euch bleibt als Geisel hier. Und zwar .... der da!!!“ Er zeigte auf Simeon.

Sofort traten die Wachen heran und fesselten ihm Hände und Füße. Josef trat einen Schritt vor und sah, dass Simeon einen kleinen Anhänger um den Hals trug: ein geschnitztes Lamm. Mit einem Ruck riss er Simeon die Schnur vom Hals.

„Das nehme ich einstweilen in Verwahrung ...“, murmelte er.

Simeon ließ den Kopf hängen und ließ sich abführen. Die Brüder machten betroffene Gesichter.

Dann schickte Josef die Männer hinaus. Taharka kümmerte sich darum, dass für jeden ein Kornsack gepackt wurde. Auf Befehl Josefs hatte er aber in jeden Sack das Geld für das Korn hineingelegt und noch ein wenig Proviant dazugesteckt. Er ließ die Säcke zubinden und verteilte sie an die neun Brüder. Sie beluden ihre Esel und ritten eilig davon. Josef beobachtete sie vom Fenster aus, bis die kleine Karawane hinter einer Staubwolke verschwunden war.

3. Familiengeschichten

Gegen Abend kam Asenat in Josefs privates Arbeitszimmer und setzte sich neben ihn an das Schreibpult. Josef drehte das kleine Lamm in den Fingern. Seine Hände zitterten dabei.

„Schau nur ... Benjamins Anhänger[1]", flüsterte er.

Asenat beugte sich vor und strich mit der Fingerspitze über das winzige Kunstwerk. „Aus Elfenbein, nicht wahr? Es ist wunderschön ... wo hast du das her?"

„Vor vielen Jahren habe ich diesen Anhänger meinem kleinen Bruder geschenkt, als ich noch – als ich noch zu Hause lebte. Der Kleine liebte es so sehr, dass er es immer bei sich trug. Auch beim Schlafen ... er hätte es freiwillig nie aus der Hand gegeben ..."

„Aber woher hast du es jetzt? Benjamin war doch nicht dabei?"

Josef hob die Augenbrauen. „Woher weißt du das?"

Asenat lächelte. „Ich war ein wenig neugierig auf deine Brüder. Aber mach dir keine Sorgen, ich war sehr vorsichtig. Niemand ahnt etwas."

„Hat Taharka ...?"

Sie legte ihm die Hand auf den Arm. „Nein! Taharka doch nicht! Ich habe andere Quellen angezapft ... aber wie war das mit dem Anhänger?"

„Simeon hatte ihn an einer Schnur um den Hals hängen ..."

„Simeon ... das war der Schlimmste von allen, nicht wahr? Hatte er nicht damals den Bräutigam deiner Schwester Dina ermordet, während sie ihn in den Armen hielt?"

„Er ist ein Raubtier!", stieß Josef zwischen verkrampften Kiefern hervor. „Er hat Levi aufgestachelt und aufgehetzt, bis er vor Zorn außer sich geraten war, und dann haben die beiden alle Männer von Sichem abgeschlachtet wie Vieh."

Asenat zog die Schultern hoch. „Mir wird kalt, wenn ich an solche Grausamkeit nur denke ... Wie mag Simeon zu diesem Amulett gekommen sein?"

„Es ist kein Amulett, es sollte dem Kleinen Freude machen", seufzte Josef. „Benjamin liebte die Lämmer so sehr. Hoffentlich haben sie

[1] Diese Episode ist frei erfunden.

meinem Bruder nichts angetan. Ich werde keine Ruhe finden, bevor ich ihn nicht mit eigenen Augen gesehen habe. Bitte ruf mir Taharka."

Asenat stand mit einer fließenden Bewegung auf und küsste ihn leicht auf die Stirn. „Arbeite nicht zu lange. Deine Söhne warten auf dich."

Als Taharka in die Kanzlei trat, sagte Josef: „Inzwischen müssten sie das Geld in ihren Säcken gefunden haben."

Taharka nickte. „Warum sollte ich ihnen das Geld zurückgeben, Herr?", fragte er.

„Ich bringe es nicht übers Herz, von diesen Männern Geld zu verlangen. Ich habe den Betrag aus meiner eigenen Tasche für sie bezahlt."

„Das weiß ich, Herr. Aber die Männer werden sich fürchten", gab Taharka zu bedenken. „Sie werden es für ein großes Unglück halten und meinen, du würdest sie später des Diebstahls bezichtigen."

Josef überlegte eine Weile, dann stimmte er zu. „Ja, wahrscheinlich werden sie sich große Sorgen machen. Ihr Gewissen ist wach geworden und mahnt sie, und all die Erinnerungen, die sie so lange versteckt hielten, drängen ans Tageslicht."

„Der Mann namens Simeon, den du in den Kerker geworfen hast, hat sich erst vor kurzer Zeit beruhigt. Der Wärter sagte mir, dass er jetzt nicht mehr schreit und gegen die Wände schlägt, sondern still in einer Ecke sitzt, als würde er nachdenken."

„Das ist gut", sagte Josef. „Er hat viel nachzuholen. Er hat sein Leben lang immer zuerst zugeschlagen und erst viel später nachgedacht."

Taharka lächelte wissend. „Du kennst diese Männer gut ..."

„Noch nicht gut genug", sagte Josef. „Es ist lange her ... 22 Jahre, da verändert sich vieles."

„Zum Guten wie zum Schlechten", nickte Taharka. „Wie lange wird es dauern, bis sie wieder hier sind?"

Josef stand auf und ging hinüber zur großen Landkarte, die die ganze Wand des Raumes einnahm. „Hier sind wir – in Avaris. Und dort ist Mamre in Kanaan, der Ort, in dem diese Männer mit ihrer Sippe wohnen. Wenn sie sich beeilen, dann können sie in zwei Wochen zu Hause sein."

„Werden sie sofort zurückkehren?", fragte Taharka.

„Ich glaube nicht. So wie ich meinen Vater kenne, wird er Benjamin nicht fortlassen wollen. Und ohne Benjamin dürfen mir die – meine Brüder nicht unter die Augen kommen.“ Jetzt war es heraus.

Taharka rührte keine Miene und neigte den Kopf. „Du musst dir keine Sorgen machen, Herr. Niemand würde auf die Idee kommen, diese armen, halb verhungerten Männer für deine Brüder zu halten. Und du weißt, dass du auf meine Verschwiegenheit zählen kannst.“

„Ja, das weiß ich ... Taharka, ich möchte es noch eine Weile geheim halten. Ich habe meine Gründe.“

Wieder neigte Taharka den Kopf und lächelte. „Du hast sie in einen großen Konflikt gestürzt. Sie fühlen sich dem älteren Bruder verpflichtet, den du als Geisel hier behalten hast, aber wenn sie zu uns zurückkehren, gefährden sie den jüngsten Bruder. Zumindest werden sie das befürchten.“

„Mein Vater klammert sich an Benjamin, weil er ihn an unsere Mutter erinnert.“

„Sie muss eine schöne Frau gewesen sein“, murmelte Taharka.

„Sie war ihm die Liebste“, erklärte Josef. „Deshalb hing mein Vater so sehr an uns beiden.“

„Und die anderen Söhne waren neidisch“, ergänzte Taharka. „Sie wollten dich loswerden ...“

Josef wechselte einen langen Blick mit Taharka. Dann seufzte er: „Ja, und jetzt werfen sie sich vor mir nieder und flehen mich um Hilfe an ...“

Taharka schwieg lange. Dann sagte er: „Der Gott des Himmels hat das alles im Voraus gewusst und seine weisen Pläne gelegt ... Ich habe großen Respekt vor deinem Gott. Er muss deine Familie sehr schätzen, dass er das alles für euch tut.“

„Er hatte meinem Urgroßvater Abraham versprochen, seine Nachkommen zu einem großen Volk zu machen. Und er sagte voraus, dass alle Länder durch diese Nachkommen gesegnet würden“, sagte Josef leise.

„Durch dich hat sich das bereits erfüllt“, versicherte Taharka. „Du rettest viele Menschen vor dem Hungertod. Doch was wird nun mit deiner Familie geschehen?“

„Meine Brüder werden auf jeden Fall hierher zurückkehren. Sie werden das Getreide aufessen, und dann wird sie der Hunger wieder zu mir treiben."

„Vielleicht auch die Sorge um ihren Bruder Simeon?", meinte Taharka.

„Das wäre immerhin etwas Neues ...", sagte Josef und stand auf. Er verabschiedete seinen Verwalter und ging dann durch die Geheimtür hinüber in die privaten Gemächer.

Manasse und Ephraim hatten sich schon bettfertig gemacht, aber als sie die Stimme ihres Vaters hörten, rannten sie zu ihm und kletterten auf seinen Schoß. Sie quietschten vor Entzücken, während er mit ihnen herumtollte. Schließlich brachte er die beiden in ihre Betten und gab ihnen ihre Gute-Nacht-Küsse.

Dann folgte er Asenat in ihr gemeinsames Schlafzimmer. Sie schlug gerade die Baumwolldecken zurück, die das riesengroße Bett bedeckten.

„Ich hatte vorher noch nie ein so großes Bett gesehen wie unseres", bemerkte sie im Plauderton. „In unserem Bett hat eine große Familie Platz ..."[2]

Josef warf sich aufs Bett und dehnte die Glieder. „Es war immer mein Ziel, ein Bett zu besitzen, auf dem man sich nach allen Richtungen strecken kann", gähnte er. „Wie soll man in einem schmalen und kurzen ägyptischen Bett richtig schlafen und träumen können? Mit den Knien unter dem Kinn und der ständigen Angst, rechts oder links aus dem Bett zu fallen?"

„Du hast Recht, mein Liebster", lachte Asenat und fuhr ihm zärtlich durch die roten Locken. „Träume brauchen Raum, damit sie wachsen können."

„Auch Kinder brauchen Freiheit und Raum zum Wachsen ... nur so werden sie groß und stark", ergänzte Josef.

Er war beinahe eingeschlafen, als Asenat sagte: „Und deine Familie in Kanaan? Auch sie braucht Platz zum Wachsen. Soll nicht später

---

[2] David Rohl beschreibt in seinem Buch „Pharaonen und Propheten" den Palast des Wesirs Josef, der 1987 von einem österreichischen Archäologenteam unter Leitung von Bietak ausgegraben wurde: „Die Plattform aus Schlammziegeln, die als Sockel für Josefs Schlafstatt diente – die größte, die je in Ägypten gefunden wurde, die aus den königlichen Palästen eingeschlossen ..." (S. 414, Droemer-Knaur 1995)

einmal ein großes Volk aus euch werden? Du hast mir davon erzählt."

„Ja, das hat der Allmächtige meinem Urgroßvater Abraham vorausgesagt. Aber was für ein Volk wird das sein? Die Menschen in Kanaan haben schreckliche Bräuche. Sie bringen ihren Götzen Menschenopfer, sie schneiden den Opfern das Herz bei lebendigem Leibe heraus. Sie werfen ihre neugeborenen Kinder ins Feuer. Sie sind gierig und haben keinen Respekt vor dem Besitz und vor der Ehe der Nachbarn. Sie greifen sich einfach, was sie haben wollen."

Asenat setzte sich im Bett auf und zog die Schultern hoch, als wäre ihr plötzlich kalt geworden. „Das ist keine gute Nachbarschaft", murmelte sie. „Bei diesen Barbaren möchte ich meine Kinder nicht großziehen."

„Meine Brüder haben in Kanaan das Falsche gelernt ... Wenn ich sie hier in Ägypten ansiedeln könnte ... vielleicht im Gartenland Goschen, in einer Gegend, wo sie unter sich wären", überlegte Josef.

„Dort könnten sie in Ruhe ihre Schafe züchten, ohne Anstoß zu erregen. Sie hätten wenig Kontakt mit Ägyptern. Und wir müssten gute Lehrer für ihre Kinder finden, damit sie lernen, was gut und was böse ist. Auch unsere Schrift und Sprache sollten sie erlernen und erfahren, wie man sich in unserem Land benimmt", stimmte Asenat zu.

Josef küsste sie auf die Stirn. „Ich bin so froh, dass du mitdenkst, mein Herz! Das sind gute Vorschläge. Aber bevor ich sie hierher hole, muss ich sicher sein, dass sie es wert sind. Ich kann es mir nicht leisten, eine Horde von Mördern und Betrügern in unser Land zu holen."

„Aber Josef – sie gehören nun einmal zu dir, ob sie gute Menschen sind oder boshaft, ob sie Rücksicht nehmen oder nur an sich selber denken. Sie *sind* deine Familie. Willst du sie nur dann retten, wenn sie dessen würdig sind?", gab Asenat zu bedenken.

Diese Frage verfolgte Josef die ganze lange Nacht hindurch. Er wälzte sich unruhig von einer Seite des großen Bettes auf die andere, und als im Osten der erste helle Schimmer aufstieg, hatte er noch immer keine Antwort gefunden.

4. Fragen und Antworten

Gegen Mittag hatte Josef die vordringlichen Arbeiten in seiner Kanzlei erledigt. Er beschloss, eine kurze Pause zu machen, und ließ den Dolmetscher rufen, der die kanaanäischen Häftlinge im Gefängnis belauscht hatte. Der Mann hatte ein Schreibbrett am Gürtel und trug ein Bündel Papyrusstreifen in der Hand.

„Wie heißt du?"

„Peret, Herr. Meine Familie stammt aus dem Westreich. Schon meine Vorfahren haben dem Pharao gedient. Mein Vater hieß –"

„Das tut nichts zur Sache. Berichte mir von den Gesprächen der Häftlinge, die du einige Tage lang überwacht hast", verlangte Josef.

Peret ließ sich im Schneidersitz neben Josef nieder und blätterte mit feinmanikürten Fingern in einem Stapel Notizen. Dann lehnte er sich zurück, zuckte hochmütig mit der rechten Augenbraue und sagte:

„Ich wurde beauftragt, zehn Männer zu observieren, die in Untersuchungshaft saßen. Eine solche Aufgabe hat man mir noch nie zugemutet. Der direkte Kontakt mit solchem Abschaum war überaus belastend. Meine Familie hat seit Generationen für Leute von Rang und Namen gearbeitet, aber nun musste ich –"

„Komm zur Sache. Was hast du gehört?"

Peret blies die Wangen auf. „Die Häftlinge waren anfangs sehr misstrauisch und sagten kein lautes Wort. Genau genommen war es eine Demütigung, mit solchen Verbrechern in einen Raum gepfercht zu sein. Außerdem hatten sie eine sehr strenge Ausdünstung ..."

„Sie kamen von einer langen Reise, und es ist heiß", gab Josef mit unbewegtem Gesicht zurück.

„Wenn sie nur nach Schweiß gerochen hätten, aber nein! Sie – sie stanken nach *Tier!*" Er verdrehte die Augen und hob pikiert die Hände. „Ich kam mir vor, als wäre ich mit Ziegen in einen Stall gesperrt. Nicht nur das Aroma von nassem Fell hing in ihren Kleidern, sie rochen auch nach Kameldung, ja sogar nach Eselsmist!!! Es war kaum zu ertragen."

Josef knurrte unwillig. „Ich bezahle dich nicht für Aroma-Studien.

Du solltest ihre Gespräche belauschen. Was ist dabei herausgekommen?"

Peret schloss die Augen, als müsse er sich konzentrieren. Dann sagte er in einem monotonen Singsang: „Zunächst schwiegen die Männer. Erst als ich mich schlafend stellte, begannen sie zu reden. Sie gehören alle zu einer Familie und leben mit ihren Frauen und Kindern und Knechten alle zusammen in einem Zeltdorf. Außer – ja, außer einem, der hat wohl längere Zeit in einer kleinen Stadt in der Nähe gelebt. Ich glaube, er heißt Juda."

„Du glaubst?"

„Ich erinnere mich. Er heißt wirklich so. Er ist aber vor einiger Zeit wieder ins Zeltdorf zurückgekehrt. Diese Männer sind Hirten und Viehzüchter. Außerdem Räuber. Extrem gefährlich!"

Er beugte sich vor und flüsterte im Verschwörerton: „Ich habe herausgefunden, dass sie ein furchtbares Geheimnis hüten. Sie machten hin und wieder eine Andeutung, aber ich bin groß im Kombinieren. Ich vermute, sie haben an einem jüngeren Bruder ein Verbrechen begangen, das sie aber erfolgreich vertuschen konnten." Peret lehnte sich zurück und schloss die Augen. „Wahrscheinlich haben sie ihn aus Neid ermordet oder aus dem Weg räumen lassen. Das hat wohl ihrem alten Vater das Herz gebrochen."

Josef drehte sich weg, weil seine Lippen zu zucken begannen.

„Ich muss aber zu ihren Gunsten erwähnen, dass sie doch nicht ganz herzlos sind", verkündete Peret. „Sie machen sich um den alten Vater Sorgen. Sie erwähnten immer wieder, dass der Vater seit Jahren ein gebrochener Mann sei. Mein Scharfsinn sagt mir, dass der liquidierte Bruder sein besonderer Liebling gewesen war. Aber Herr, wie unklug von dem alten Mann, einen seiner Söhne so offen zu bevorzugen. Hätte die anderen Burschen doch kennen müssen, der alte – "

„Du sollst berichten, nicht interpretieren oder kluge Ratschläge erteilen!", rief Josef dumpf. Er hatte die Hände vor das Gesicht geschlagen und atmete schwer.

„Bitte um Entschuldigung, Herr." Der Dolmetscher war offensichtlich aus dem Konzept geraten und vertiefte sich eine Weile in seine Notizen. Dann berichtete er weiter. „Der Älteste der Brüder, ein Mann namens Ruben, machte den anderen wegen dieses äh – beiseite geschafften Bruders große Vorwürfe. Er beschuldigte vor allem einen schwarzlockigen Mann namens Juda. Er behauptete, Juda wäre ein habgieriger und gewissenloser Mensch, den das Schicksal aber für seine Verbrechen bereits bestraft habe."

„Konntest du herausfinden, was er damit meinte?", fragte Josef.

„Natürlich, Herr!", lächelte der Dolmetscher selbstgefällig. „Juda musste erst seine Frau und einige Jahre später die beiden ersten Söhne zu Grabe tragen. Ruben meinte, es sei ihm ganz recht geschehen. Aber er hat wohl nicht daraus gelernt, denn danach ließ er sich auch noch mit der eigenen Schwiegertochter ein! Skandalös, nicht wahr?"

Josef hatte das Gesicht abgewandt, so dass es im Schatten lag. Er regte sich nicht. Peret schluckte seine Enttäuschung hinunter und plauderte weiter. „Die Schwiegertochter Tamar hatte sich wirklich und wahrhaftig als Hure verkleidet und kam mit Juda ins Geschäft. Juda hatte kein Geld bei sich und gab ihr stattdessen ein Pfand, doch sie löste das Pfand nicht ein. Sie behielt es. Und dann wurde sie schwanger. Als ihr Zustand nicht mehr zu übersehen war, gab es eine Gerichtsverhandlung, und Juda forderte, man solle Tamar zur Strafe verbrennen. Dabei hatte er sie doch selbst geschwängert, der alte Heuchler! Stell dir vor, Herr, was für ein grausames Urteil! Barbarische Sitten!", explodierte der Dolmetscher. „Man hätte diesen Juda mit auf den Scheiterhaufen werfen sollen, denn er ..."

„Ich möchte einen Bericht hören und kein Verdammungs-Urteil!" Josefs Stimme schnitt durch den Raum wie eine Peitschenschnur.

Der Dolmetscher lief dunkelrot an und schluckte.

„Was wurde aus Tamar?", herrschte ihn Josef an.

„Tamar ... ja, Tamar ... Also, als man sie auf den Holzhaufen zerren wollte, schickte sie einen Boten zu Juda, der ihm das Pfand des Kindsvaters zeigte. Juda erkannte seinen Siegelring mit seiner Halskette und auch seinen Stock."

„Und? Was tat er?"

Peret zuckte die Achseln. „Natürlich hob er das Urteil auf. Er sagte dazu, sie sei ja im Recht gewesen. Das konnte ich nicht begreifen. Herr, was ist das für eine seltsame Rechtsprechung?"

„Im Allgemeinen urteilen sie in Kanaan nach dem Gesetzbuch des

Hammurabi“, sagte Josef. Seine Stimme klang, als hätte man sie zwischen zwei Ziegelsteinen eingeklemmt. „Wenn ein Mann kinderlos stirbt, dann ist sein Bruder verpflichtet, die Schwägerin zu heiraten. Der erste Sohn gilt als Erbe seines Bruders und trägt dessen Namen.“

Der Dolmetscher pfiff durch die Zähne. „Richtig! Juda erwähnte so etwas. Er hatte Angst, seine Schwiegertochter mit dem jüngsten Sohn Sela zu verheiraten, weil er dachte, Tamar hätte seine Söhne ermordet. Oder verhext. Vielleicht beides ...“ Er schnaubte. „Hexen und Mörderpack!“

Josef stand auf und drehte dem Dolmetscher den Rücken zu. „Wie oft muss ich dich noch daran erinnern, dass du *berichten* sollst – nicht richten!“

„Also, diese Tamar brachte Zwillinge zur Welt. Der eine hieß Sera, der andere fast wie ich: Perez.“ Er kicherte.

„Perez und Sera ... Ersatz für die beiden toten Söhne“, murmelte Josef.

„Ersatz? Wie meinst du das, Herr? Man kann doch ein totes Kind nicht durch ein anderes ersetzen!“, entrüstete sich der Dolmetscher.

Josef presste die Kiefer aufeinander, bis die Sehnen weiß hervortraten, aber er schwieg.

Der Dolmetscher plusterte sich auf und schnaufte: „Diese Kanaaniter sind Barbaren, Herr! Es ist unglaublich, welche Verbrechen da noch zur Sprache kamen! Dieser Ruben, der Älteste, spielte sich dauernd zum Schulmeister seiner Brüder auf, dabei war er genauso schlimm wie alle anderen. Er hatte eine Affäre mit seiner Stiefmutter! Unter den Augen seines Vaters! Unvorstellbar!“ Er fächelte sich mit der weißen, gepolsterten Hand Luft zu.

Josef schwieg, und Peret erzählte weiter. „Ich habe noch mehr herausbekommen, Herr ... Zwei dieser Männer haben eine ganze Stadt ausgerottet, und das alles nur, weil der Sohn des Stadtfürsten ihrer Schwester Dina zu nahe kam. Anstatt sich geehrt zu fühlen und ein Bündnis zu schließen, überfallen sie die Stadt! Alle Männer, alle Jungen ausgerottet. Und die Frauen und alle Beute mitgeschleppt. Wie überaus schrecklich!“ Peret tupfte sich mit einem hauchdünnen Byssustuch die Stirn. „Nein, das ist eine Bande von Verbrechern! Wenn die Kanaaniter alle so sind, dann sollten wir sie besser verhungern lassen. Am Ende überfallen diese Horden eines Tages unser schönes Ägypten! Sie werden unsere Kultur zerstören. Sie werden alles vernichten, was uns wertvoll und teuer ist! Du musst das verhindern, Herr! Wie konntest du diese Wilden überhaupt laufen lassen?"

„Ich hatte meine Gründe. Im Übrigen habe ich dich nicht darum gebeten, meine Entscheidungen zu kritisieren", sagte Josef scharf.

„Vergib mir, Herr! Möglicherweise habe ich meine Kompetenzen überschritten", murmelte der Dolmetscher. „Zumindest ein wenig ...".

„Ein wenig?", fragte Josef, und eine Ader begann auf seiner Stirn zu pochen.

„Nun ja ...", räumte Peret ein, „ich war vielleicht etwas zu offen, aber das tat ich nur aus Sorge um unser Vaterland, in dem du ja eigentlich auch nur ein – ein Fremder bist."

„Ein Fremder, meinst du? Ein Fremder? Das sagst du *mir*, der ich aus Sorge um das Wohlergehen unseres Landes kaum noch zur Ruhe komme?", donnerte Josef.

„Der Pharao hat dich zum Vater unseres Landes gemacht, doch vielleicht solltest du –"

Josef hob gebieterisch die Hand und schnitt ihm das Wort ab. „Was bildest du dir eigentlich ein? Habe ich dich zu meinem Berater ernannt? Du bist unverschämt. Geh mir aus den Augen, ich will dich hier nicht mehr sehen. Du bist entlassen!"

Peret wurde grün im Gesicht. Er ließ sich zu Boden fallen und umklammerte Josefs Füße.

„Herr, ich bitte dich um Milde!", jammerte er. „Es tut mir Leid, vergib mir! Ich hatte doch nur aus Besorgnis um mein Land gesprochen."

„Um unser Land, wolltest du wohl sagen!", schnaubte Josef. Er stand auf und ging im Zimmer auf und ab. Die Ader an seiner Schläfe pochte. Es dauerte eine Weile, bis sein Zorn verebbt war. Schließlich setzte er sich wieder an seinen Tisch und seufzte. „Also gut. Ich werde dich nicht davonjagen, aber ich versetze dich nach Noph."

„Ich danke dir, Herr", lispelte der Dolmetscher. „Du bist sehr gütig. In Noph muss ich nicht unter völlig Fremden leben, weil einige meiner Verwandten dort wohnen."

„Das ist mir bekannt." Josef nahm den Tuschepinsel und warf einige Zeichen auf einen Papyrus und markierte ihn mit seinem Siegel. „Hier hast du dein Versetzungspapier. Ich brauche dir nicht zu sagen, dass ich von dir strenges Stillschweigen über alles erwarte, was du gehört hast. Schwöre beim Leben des Pharao!"

Der Dolmetscher erhob sich und hob die Schwurhand. „Ich schwöre, über all das zu schweigen. Wenn ich diesen Eid breche, möge mein Körper lebend verfaulen und mein Leib nicht bestattet werden. Mein Geist soll rastlos wandern und keine Ruhe finden ..."

„Genug!", rief Josef und entließ ihn mit einem Winken.

Als sich die Tür hinter dem Mann geschlossen hatte, ließ Josef den Kopf in den verschränkten Armen auf die Tischplatte sinken und weinte bitterlich.

* * *

So fand ihn Asenat am Nachmittag.

„Ich schäme mich so sehr – für meine Brüder", stöhnte er. Mehr brachte sie nicht aus ihm heraus. Sie ließ ihm Früchte bringen und frisch gebackenes Fladenbrot, doch er ließ das Essen unberührt stehen und wollte an diesem Abend nichts hören, nichts sehen, noch nicht einmal seine Söhne.

5. Vergebung

In den nächsten Wochen lief Josef mit verstörtem Gesicht umher, so dass die Sklaven schon zu tuscheln begannen und der abergläubische Hamor behauptete, einer von den kanaanitischen Besuchern hätte seinen Herrn ganz gewiss mit dem bösen Blick verhext. Taharka versuchte das Geschwätz zu unterbinden und bemühte sich, die Fehler auszugleichen, die Josef unterliefen, weil er sich nicht auf seine Tagesarbeit konzentrieren konnte. Nur Asenat wusste, was ihn umtrieb, wenn er sich schlaflos auf dem Lager herumwälzte oder halbe Nächte lang in seinem Arbeitszimmer auf und ab wanderte.

Nach drei Wochen kam sie ungerufen in seine Kanzlei und stellte ihn zur Rede.

„Du isst nicht. Du schläfst nicht. Du taumelst durch die Tage wie ein Schlafwandler“, sagte sie. „Deine Söhne sind bekümmert, weil du sie kaum noch beachtest. Taharka hat schon tiefe Sorgenfalten auf der Stirn, weil du nicht bei der Sache bist. Was bewegt dich?“

Josef ließ sich auf einen Stuhl fallen. Sie trat hinter ihn und massierte seine verkrampften Nackenmuskeln.

„Hart wie Lehmboden im Hochsommer“, sagte sie mit sanftem Tadel. „Sag mir, was dich nicht zur Ruhe kommen lässt.“

„Es ist die alte Frage, ob ich meine Familie hierher holen soll ...“

„Was will der Allmächtige?“, fragte Asenat.

„Wenn ich das wüsste!“, seufzte er.

„Wie denkt El Shaddai? Wie fühlt er?“, bohrte Asenat. „Was hat dein Großvater und dein Urgroßvater über den Allmächtigen erzählt?“

„Meine Gedanken verwirren sich ... da sind so viele verschiedene Szenen ... wie Gott die Erde durch die große Flut von allem Bösen reingewaschen hat ... oder wie er den Turm von Babel zerstörte ... oder die Feuersbrunst, die Sodom und Gomorrha ausgelöscht hat. Unrecht muss gesühnt werden.“

„Aber mein Liebster, das ist nicht das ganze Bild“, sagte Asenat und kniete sich vor ihn auf den Boden, so dass er ihrem Blick nicht ausweichen konnte. „Geh ganz an den Anfang. Du hast mir erzählt, wie der Allmächtige einen herrlichen Garten pflanzte, dem Menschen zur Freude. Er formte den ersten Mann aus einem Tonklumpen, voller Liebe gab er ihm seine Gestalt und beugte sich über ihn und küsste ihn ins Leben. Er brachte die Tiere zu ihm als Gefährten, und als der Mann Sehnsucht bekam nach einem Gegenüber, da versetzte ihn der Schöpfer in einen tiefen Schlaf und nahm ihm eine Rippe weg. Dort, wo vorher harter Knochen gewesen war, pulsierte nun weiches Fleisch über seinem Herzen. Und aus der Rippe baute er die Frau."

Josef hatte den Kopf gehoben und hing wie gebannt an Asenats Lippen. Sie sprach so zärtlich, dass er keine Silbe verpassen wollte.

„Der Mann spürte, dass dieses schöne Geschöpf sein Gegenstück war, Fleisch von seinem Fleisch und Bein von seinem Bein. Er wollte für immer mit seiner Frau zusammen sein. Nichts sollte sie künftig trennen. So hat es Gott gewollt. Ein Mann und eine Frau werden eins, werden zum Ebenbild des Allmächtigen, und wenn sie eins sind, wächst daraus neues Leben – eine Familie."

Josef streckte die Hände aus, und Asenat nahm sie in ihre und zog sie an die Lippen. Dann sprach sie weiter. „Als unsere Ureltern ihre Freiheit missbrauchten und von der verbotenen Frucht aßen, da hat der Schöpfer sie nicht getötet. Sie hatten den Tod verdient, doch er ließ sie am Leben. Unschuldige Tiere mussten sterben, damit sie mit ihren Fellen ihre Blöße bedecken konnten und sich nicht mehr schämen mussten."

„Und doch vertrieb der Allmächtige die Menschen aus dem Paradies ...", murmelte Josef.

„Sie hatten sich den freien Zugang zum Baum des Lebens selbst verscherzt", nickte Asenat. „Aber sie blieben nicht ohne Trost. Gott versprach ihnen einen Retter, der sie selbst und die ganze Welt wieder mit ihm versöhnen würde. Und dieser Retter wird aus deiner Familie kommen, Josef. Das hast du mir erzählt."

„Aber wir sind nicht würdig ...", stöhnte er.

„Keiner ist würdig!", sagte Asenat fest und drückte Josefs Hände. „Kain war unwürdig. Er missachtete Gottes Befehl und brachte sein Opfer nach eigenem Gutdünken. Und dann grollte er seinem Bruder und ließ sich von Gott nicht warnen, bis ihn die rote Wut befiel und er zum Mörder wurde. Auch da hat ihn Gott nicht verlassen. Er sprach mit ihm. Er gab ihm sogar ein Schutzzeichen, damit sein Leben bewahrt blieb."

„Trotzdem führte Kain sein Leben ohne Gott ..."

„Ja, aber das war seine eigene Entscheidung. Er wollte es nicht anders. Er kehrte Gott den Rücken zu. Und doch schenkte Gott seinen Nachkommen Geschick und Kunstfertigkeit."

„Jubal und seine herrlichen Zithern und Flöten und Thubal-Kain, der Bronze- und Eisenschmied", murmelte Josef.

„Sie alle waren unwürdig. Auch dein Urgroßvater Abraham war unwürdig. Bei seinem Besuch in Ägypten verleugnete er seine Frau. Er ließ deine Urgroßmutter in den Harem des Pharao wandern, aus Angst um seine Haut. Und später benutzte er die Sklavin Hagar als Leihmutter, weil er Gott nicht glaubte. Und doch nannte der Allmächtige diesen Mann seinen Freund und redete mit ihm."

„Ja. Er hat ihm all diese Fehler verziehen. Er vergab ihm seine Zweifel und seine Irrwege", murmelte Josef dumpf.

„Und so hat er auch deinem Vater vergeben. Du hast mir erzählt, wie Jakob seinen Vater belog und betrog und seinen Bruder um sein Erbe bringen wollte. Trotzdem ist ihm Gott erschienen und hat ihm seinen Schutz versprochen und seinen Segen geschenkt. War er würdig? War er heilig? War er unfehlbar?"

Josef schüttelte den Kopf und vergrub sein Gesicht in Asenats Händen. „Der Allmächtige schloss einen Bund mit ihm und gab ihm den Namen Gotteskämpfer. Das tat er, weil er meinen Vater liebte ...", sagte er leise.

„Auch du bist von Gott geliebt", sagte Asenat sanft und beugte sich vor, um Josef auf die Stirn zu küssen. „Du wurdest von ihm auserwählt, um deine Familie zu retten. Nicht weil sie es wert wären, sondern weil sie zu dir gehören. Und weil er jeden von deinen Brüdern liebt – so wie er ist. Mit allen Fehlern."

Josefs Schultern begannen zu zucken und Asenat fühlte Josefs Tränen heiß auf ihre Hände rinnen. Sie stand auf und drückte seinen Kopf fest gegen ihre Brust. Während sie ihm den Kopf streichelte, summte sie die leise Melodie, mit der sie ihre Söhne in den Schlaf wiegte. Nach einer Weile war das Schluchzen verebbt, und Josef hob den Kopf. „Komm und bete mit mir zum Allmächtigen, damit er mir hilft, meinen Brüder zu vergeben."

Beide knieten sie auf dem kalten, harten Stein. Josef flehte: „Allmächtiger Gott, gib mir Liebe zu meinen Brüdern. Gib mir Erbarmen. Herr meines Lebens, nimm mir den Groll weg, die Bitterkeit, den Schmerz, der mich jedes Mal überschwemmen will, wenn ich an früher denke. Lass mich von ganzem Herzen vergeben."

Als Josef endlich von den Knien aufstand, fühlte er sich erschöpft, aber endlich zufrieden. Asenat führte ihn durch die geheime Drehtür in sein Schlafzimmer und half ihm aus den Kleidern. Er schlief, bevor sein Kopf die Nackenstütze berührte, und sie breitete wieder einmal das Tuch aus federleichter Baumwolle über ihn, das sie ihm vor Jahren im Labyrinth zur Decke gegeben hatte. Dann setzte sie sich an seine Seite und bewachte wie damals seinen Schlaf.

6. Neue Begegnung

Josef rief nach Taharka, als die Männer in seinen Hof traten. „Sie sind da!"

Der Verwalter nickte. „Auch dein jüngster Bruder ist bei ihnen", sagte er, und seine Augen blitzten erwartungsvoll. Die beiden Männer wechselten einen langen Blick.

Dann sagte Josef: „Als ich ihn da unten im Hof sah, hat mich die Freude überwältigt. Ich muss mich erst noch fangen. Ich brauche etwas Zeit ... Führe sie inzwischen hinüber zum anderen Eingang. Ich will sie in meinen Privaträumen empfangen. Sie sollen mit mir zu Mittag essen. Lass ein Festessen vorbereiten. Und – und behandle sie freundlich ..."

Taharka neigte zustimmend den Kopf und sagte: „Ich werde dir berichten."

Nach einer Stunde kehrte er zurück und erzählte: „Deine Brüder glauben, du willst sie als Diebe aburteilen. Sie fürchten, du würdest über sie herfallen und sie berauben und dann zu Sklaven machen."

Josef hob die Schultern. „Warum sind sie so misstrauisch?"

„Vielleicht meinen sie, sie hätten eine schlechte Behandlung *verdient*", meinte Taharka. „Ich habe ihnen versichert, sie könnten unbesorgt sein; das Geld in ihren Säcken wäre ein Geschenk des Allmächtigen gewesen, der es doch gut mit ihnen meine. Aber sie beruhigten sich erst, als ich Simeon zu ihnen brachte. Sie haben ihn vor Erleichterung halbtot gedrückt. Ich gab ihnen Wasser, damit sie sich waschen können, und ich versorgte ihre Esel. Als ich ging, waren sie gerade dabei, ihre Mitbringsel auf einem Tisch zu arrangieren."

„Was für Mitbringsel?", wunderte sich Josef.

„Ich habe noch nicht alles betrachtet, aber es war Honig dabei, Harz, Balsam und Myrrhe, auch Nüsse und Mandeln. Außerdem haben sie das Geld vom letzten Mal wieder mitgebracht und neues Geld dazugelegt."

„Und der Jüngste? Wie gehen sie mit ihm um?"

Taharka lächelte. „Sie behandeln ihn so vorsichtig, als wäre er eine Vase aus mundgeblasenem Glas. Dabei ist er ein großer, starker Kerl – wie ein junger Löwe kommt er mir vor."

Josef atmete tief und erwiderte das Lächeln. „Du weißt, wie du die Männer am Tisch platzieren sollst?"

Taharka warf einen Blick auf sein Schreibbrett: „Die Männer sitzen an einer gesonderten Tafel, dir gegenüber. Zuerst kommt Ruben, dann Simeon, Levi, Juda, Dan, Naftali, Gad, Asser, Issaschar, Sebulon und ganz am Rand Benjamin."

„Richtig. Und denke daran, dass Benjamin fünfmal so viel Essen bekommt wie die anderen."

Taharka machte große Augen. „Möchtest du sein Leben gefährden?"

„Davor bewahre ihn der Allmächtige! Nein, ich möchte meine Brüder prüfen."

Taharka sagte: „Wenn sie diese Probe bestehen, dann haben sie inzwischen viel gelernt."

„Das hoffe ich", sagte Josef. „Aber jetzt lass uns gehen, ich kann es kaum mehr erwarten!"

Die Gespräche verstummten, als Josef mit seinem Gefolge den Saal betrat. Alle elf Brüder warfen sich vor Josef auf den Boden und warteten darauf, dass er das Gespräch eröffnete.

„Ich wünsche euch Frieden", sagte Josef freundlich und hieß sie mit einer Handbewegung wieder aufstehen. „Ihr wart zu Hause bei euren Familien. Geht es eurem Vater gut, von dem ihr mir erzählt habt? Er lebt doch noch?" Der Dolmetscher übersetzte.

„Ja, er lebt noch", sagte Ruben, und Juda fiel ihm ins Wort: „Es geht ihm gut."

Und wieder beugten sich alle elf vor ihm bis auf den Boden. Josef ließ seinen Blick über die gebeugten Rücken wandern bis zum Ende der Reihe. Hier war er – sein Bruder, sein kleiner Benjamin ...

„Ist das euer jüngster Bruder, von dem ihr mir erzählt habt?", fragte Josef durch den Übersetzer.

Juda nickte, und Ruben sagte: „Ja, Herr. Das ist unser jüngster Bruder. Benjamin, richte dich auf, damit dich der Herr anschauen kann."

Benjamin hob den Oberkörper und kam zum Knien, so dass Josef ihm ins Gesicht sehen konnte. Ein hartes Männergesicht ... wo waren die Grübchen geblieben? Wo war die Unterlippe, die so schnell zu zittern begann, wenn der kleine Bruder Angst hatte? War dieser Benjamin noch derselbe, den er in seinen Armen gewiegt hatte, wenn der Kleine nicht schlafen konnte? Oder hatte ihn der Umgang mit diesen brutalen Brüdern rau und herzlos gemacht?

Josef rief ihm zu: „Gottes Gnade auf dein Haupt“, und lief hinaus, weil er seiner inneren Bewegung nicht mehr Herr wurde. Er eilte in seine kleine Kammer, wo ihn keiner stören durfte, nicht einmal Asenat, und dort weinte er, bis er keine Träne mehr fand.

Dann wusch er sich das Gesicht und legte selbst Bleiglanz auf die Lider, denn Hamor war der Letzte, den er jetzt gebrauchen konnte! Als er meinte, sich wieder in der Gewalt zu haben, ging er zurück in den Saal und befahl den Dienern, das Essen aufzutragen. Er nahm mit seinem Gefolge an seinem Tisch Platz; den Brüdern hatte man einen anderen Tisch gedeckt, und dort saßen sie ihm gegenüber in einer Reihe, an dem einen Ende Ruben, der Älteste, und am anderen Ende Benjamin, der Jüngste.

Er hörte, wie sich die Brüder darüber wunderten und einander fragten: „Woher kennt er unser Alter? Simeon, hast du geplaudert?“

Doch Simeon beschwor seine Unschuld. Taharka machte sein Steingesicht, und nur Josef bemerkte die Lichter, die in seinen Augen tanzten.

Josef ließ einige Platten von seinem Tisch hinüber zum Tisch der Besucher tragen und beobachtete die Brüder genau, als sie bemerkten, dass Benjamin fünfmal mehr bekam als die anderen. Aber er sah keinen Neid, keine Missgunst in ihren Augen flackern, hörte kein scharfes Wort.

Da fiel eine Last von ihm ab, und er ließ die Schultern sinken, die er in Anspannung bis hoch ans Kinn gezogen hatte. Er stellte den Silberbecher auf den Tisch, mit dem er die ganze Zeit gespielt hatte, weil er sich an irgendeinem Gegenstand festhalten musste. Sofort füllte der Diener roten Traubensaft hinein. Josef schwenkte den Becher und hielt den Becher ins Licht, um wie gewöhnlich die Giftprobe zu machen. Dann winkte er Benjamin, bis er seine Aufmerksamkeit hatte. Er hob den Kelch an die Lippen und trank ihm zu und ließ Benjamin dabei nicht aus den Augen.

Der junge Mann wurde rot, aber er erwiderte die Geste, nachdem er eine kleine Verbeugung gemacht hatte. Josef lächelte ihm zu, Benjamin lächelte zurück, und diese Fröhlichkeit sprang auf alle über, die hier aßen: Hebräer und Ägypter.

Nun wurde an allen Tischen gelacht und geplaudert. Die Diener schleppten neue Platten und Körbe herbei, füllten die Kelche und räumten gebrauchtes Geschirr weg. Schließlich lehnten sich die Gäste aus Kanaan satt und zufrieden zurück, keiner konnte auch nur noch einen Fingerhut voll Essen herunterbringen.

Schließlich stand Josef auf und gab mit einem Handzeichen zu verstehen, dass das Fest vorüber war. Sofort sprangen alle Brüder auf und verneigten sich vor ihm. Er winkte ihnen zu mit einer Geste, die huldvoll wirken sollte, dann verließ er den Raum und gab einem Diener die Anweisung, die Gäste in ihr Quartier zu führen.

Bevor sich Josef zur Ruhe legte, rief er seinen Verwalter: „Taharka, du weißt, was du zu tun hast. Wir verfahren wieder so wie beim letzten Mal."

Taharka nickte. „Das Geld vom letzten Einkauf und von diesem ..."

„Ja. Und außerdem – " Er beugte sich vor und flüsterte ihm etwas ins Ohr.

Der Verwalter pfiff durch die Zähne. „Ich habe verstanden ..." Vergnügt ging er hinaus.

7. Die Probe

Josef schlief in dieser Nacht tief und fest wie ein Säugling, und Asenat musste ihn morgens bei Sonnenaufgang wachrütteln. Er eilte ans Fenster und beobachtete, hinter einem Vorhang verborgen, wie seine Brüder ihre Esel sattelten.

„Willst du dich nicht von ihnen verabschieden?", fragte Asenat.

Josef schüttelte den Kopf.

„Du hast ihnen noch nicht gesagt, wer du bist?"

„Nein. Ich habe mich zurückgehalten. Ich weiß nicht genug über sie. Es steht noch eine Probe aus ...", murmelte Josef und warf einen prüfenden Blick zur Sonne. „Aber bald werde ich es wissen."

Er rief nach Taharka. Der kam schon in Reisekleidung. „Mein Pferd steht unten, ist aufgezäumt und gesattelt", sagte der Verwalter.

„Gottes Segen auf dein Haupt", sagte Josef und entließ ihn.

Die nächsten Stunden vergingen quälend langsam. Josef konnte sich nicht auf seine Arbeit konzentrieren. Er ging hinüber in die Privaträume und spielte eine Weile mit Ephraim und Manasse, aber seine Söhne spürten, dass er nicht bei der Sache war. Schließlich schickte er sie mit Hamor nach draußen in den Park und besuchte Asenat in ihrem Arbeitszimmer. Sie saß gerade am Webstuhl und summte eine ruhige Melodie. Im Takt dazu ließ sie das Weberschiffchen hin und her fliegen. Er lehnte sich an den Türrahmen und sah ihr schweigend zu.

Plötzlich hob sie den Kopf und sagte unvermittelt: „Und wie sieht die Probe aus, mit der du deine Brüder erforschen willst?"

Josef schöpfte tief Atem. „Taharka reitet meinen Brüdern nach. Er wird sie zum Anhalten bringen und ihr Gepäck untersuchen."

„Oh! Was wird er finden?"

„Das Geld, das oben in den Säcken liegt."

„Das Geld, das sie für das Korn bezahlt haben? Haben sie das gestohlen?"

„Aber nein! Taharka hat es selbst hineingepackt."

„Das wird ihnen Angst einjagen ...", murmelte Asenat.

„Wirklich? Ich dachte, sie würden sich darüber freuen", sagte Josef überrascht.

Asenat schüttelte den Kopf. „Beschenke einen Menschen, der an dir schuldig geworden ist, und er wird sich elend fühlen. Ist es das, was du willst? Sollen sie zerknirscht vor dir am Boden kriechen? Wird dich das zufrieden stellen?"

Josef runzelte die Stirn und stieß sich am Türrahmen ab. „Aber nein, hör doch zu! Es geht gar nicht um das Geld, es geht um meinen Silberbecher!"

„Der Kelch, mit dem man Gift erkennen kann? Den du von meinem Vater bekommen hast?"

„Ja. Diesen Kelch wird Taharka suchen. Er beginnt mit dem Gepäck des Ältesten und durchsucht alle Kornsäcke."

„Ich verstehe ... du willst deine Brüder in tausend Ängste stürzen. Ein jeder wird den anderen mit argwöhnischen Blicken beobachten. Ist es ein Teil deiner Rache, Zwietracht zu säen unter deine Brüder?"

„Du verstehst mich nicht!", klagte er. „Du tadelst meinen Plan, bevor du ihn kennst!"

Asenat ließ das Weberschiffchen sinken und stand langsam auf. „Wie kann ich deine Pläne kennen, wenn du mir nichts davon erzählst?"

Josef konterte: „Wie kann ich mit dir über das reden, was mich bewegt, wenn du schon vorher ein Urteil über mich gefällt hast?"

„Mit Taharka redest du! Er ist in alles eingeweiht! Ich wünschte, ich wäre an seiner Stelle!" Sie schob das Kinn vor und kreuzte die Arme über der Brust.

Josef presste die Kiefer aufeinander, dann sagte er langsam: „Natürlich berate ich mich mit Taharka. Er vertraut mir. Er unterschiebt mir keine böse Absicht. Er steht immer auf meiner Seite, hörst du? Immer!"

„Weil er dich grenzenlos bewundert! Er würde nie eine deiner Entscheidungen in Frage stellen!", keuchte Asenat. Sie war nun hochrot im Gesicht.

„Warum sollte er auch? Er weiß, dass ich Recht habe!", erwiderte Josef scharf.

„Jaja. Du hast immer Recht. Der Mann, der mit den Göttern redet!"

Schwer atmend standen sie sich gegenüber und starrten einander an. Josef hatte die Augen geschlossen und die Lippen fest aufeinander gepresst. Er knetete seine Hände, als müsse er sie festhalten. Nach einer Weile sagte er heiser: „Verzeih mir. Ich bin gereizt."

Sofort schossen Asenat die Tränen in die Augen. Sie stürzte auf ihn zu und warf sich an seine Brust. „Nein, Josef. Es ist meine Schuld. Was ist nur in mich gefahren? Ich glaube, ich bin eifersüchtig auf Taharka. Du verbringst so viel Zeit mit ihm, und mich sperrst du aus deinem Leben aus."

Er schloss sie in die Arme und wiegte sie. „Aber meine Liebste, mein Herz! Das ist doch nicht böse gemeint! Ich möchte dich schonen. Ich will dich nicht mit meinen Sorgen belasten. Du bist eine kostbare Blume, wie kannst du die kalten Winde ertragen, denen ich mich Tag für Tag entgegenstemmen muss?"

„Ich vertrage Wind, ich mag den Sturm. Mach mich nicht schwächer, als ich bin!", weinte Asenat. „Ich will wissen, was du denkst und was du fühlst, ich bin doch ein Teil von dir."

„Es ist gut, dass du mich daran erinnerst", sagte Josef leise.

Lange hielten sie sich umschlungen, bis Asenats Schluchzen verebbt war.

* * *

Josef stand am Fenster seiner Kanzlei, als der Trupp der bunt gekleideten Männer in seinen Hof geführt wurde. Sie drängten ihre Esel eng aneinander, als müssten sie sich gegenseitig schützen. Taharka ritt hinter ihnen ein, sprang mit einem kühnen Satz von seiner Stute, warf dem Torhüter die Zügel zu und lief mit langen Schritten die Treppen hinauf. Der Torhüter band die Stute an einem Geländer fest, verriegelte das Tor hinter den Männern und half ihnen beim Absatteln. Die Männer wirkten bedrückt; keiner sprach mit dem anderen, sie warfen sich besorgte Blicke zu. Josef beobachtete sie, bis die Tür seines Arbeitszimmers aufflog und Taharka hereinstürmte.

„Berichte mir alles", sagte Josef. „Wie haben sie reagiert, als du sie Diebe nanntest?"

Taharka war außer Atem vom schnellen Lauf. „Sie waren – empört. Sie – erinnerten daran, dass sie das Geld vom letzten Mal wieder mitgebracht hatten ... Sie sagten, so etwas hätten sie nicht nötig. Und sie waren sich ihrer Sache so sicher, dass sie beschworen, wenn einer von ihnen den Becher gestohlen habe, dann müsse er sterben und sie alle würden deine Sklaven sein."

„Ein hartes Urteil ... "

„Ungerecht dazu. Man kann doch nicht Unschuldige mit dem Schuldigen bestrafen. Ich sagte: ‚Nur der Dieb ist mein Sklave, alle anderen gehen frei aus.'"

Josef nickte. „Natürlich ..."

„Und dann fand ich den Becher in Benjamins Sack!", erzählte Taharka.

Ein Aufschrei!

Die Männer fuhren herum. Asenat stand in der Geheimtür und hatte die Augen weit aufgerissen. „Benjamin! Dein Lieblingsbruder! Wie konnte er so etwas tun? Und dabei hat er so sanfte Augen ..."

Josef zog die Augenbrauen hoch. „Woher weißt du denn das schon wieder? Wo und wann hast du ihn gesehen?"

Asenat schlug die Augen nieder. „Gestern ... beim Festessen ... Ich hatte mich unter die Diener gemischt ... ich wollte doch deine Brüder aus der Nähe sehen. Und diesen – diesen Benjamin hatte ich besonders ins Herz geschlossen, weil du ihn so lieb hast. Außerdem ist er wirklich reizend. Und jetzt höre ich, dass er dich bestohlen hat und –"

„Urteile nicht so schnell, meine Liebe", warnte Josef. „Benjamin hat den Becher *nicht* gestohlen."

„Nicht gestohlen? Aber wer hat ihn dann in seinem Sack versteckt?"

„Das war Taharka."

„Taharka?!", fragte sie, die Augen groß vor Staunen.

„Ja. Er handelte auf meine Anweisung."

„Den Kelch meines Vaters? Den gibst du einfach fort?", flüsterte Asenat und hatte schon wieder Tränen in den Augen.

Josef seufzte. „Ich wusste doch genau, dass ich ihn wiederbekommen würde. Aber nun unterbrich nicht ständig, sondern hör zu, was Taharka erzählt. Es ist sehr wichtig."

Asenat schluckte und setzte sich auf einen Hocker, und Taharka berichtete weiter.

„Benjamin wurde blass vor Schreck, als ich den Kelch aus seinem Sack zog. Er versuchte nicht, sich zu rechtfertigen. Er stand vor mir wie ein hilfloses Kind und ließ den Kopf hängen."

„Vielleicht ist er es gewohnt, für die Fehler der anderen den Kopf hinzuhalten“, murmelte Josef.

„Er wehrte sich nicht einmal, als ich ihm Fesseln anlegte. Dabei wusste er doch, dass er unschuldig ist.“

„Die anderen wussten es nicht. Was sagten sie, was taten sie?“, drängte Josef.

Taharka rieb sich das Kinn. „Das hat mich überrascht. Sie sagten nicht ein einziges Wort. Ich hörte keinen Vorwurf, keine Anklage, nur dieses seltsame Ritsch-Ratsch, als sie ihre Oberkleider zerrissen. Sie betrachteten ihren jüngsten Bruder mit Trauer, fast mitleidig. Ohne Absprache luden sie die Säcke wieder auf die Esel und wollten aufsteigen. Ich sagte: ‚Nein, Leute, ihr müsst nicht wieder zurückkehren. Kehrt heim zu euren Familien, damit sie zu essen haben. Ich nehme nur diesen einen mit!‘ Aber sie hörten nicht auf mich. Sie ritten schweigend hinter uns her, und da sind sie nun.“

Josef wandte sich an Asenat. „Was sagst du? Haben meine Brüder die Probe bestanden?“

Sie wiegte den Kopf. „Sie halten zusammen. Sie wollen ihren jüngsten Bruder nicht seinem Schicksal überlassen. Obwohl sie meinen, er habe Strafe verdient.“

„Vielleicht haben sie auch Angst vor ihrem Vater“, gab Taharka zu bedenken. „Dieser Benjamin ist sein besonderer Liebling.“

„Er ist auch besonders – charmant“, versicherte Asenat.

Josef warf ihr einen zärtlichen Blick zu. „Wir werden hören, was sie zu sagen haben“, schloss er. „Taharka, du führst sie in den Empfangssaal. Und Asenat, du setzt dich in die Nische, damit du alles hören kannst, aber verhalte dich still.“

Josef ging in sein Ankleidezimmer, ließ sich von Hamor die Augen mit Bleiglanz umranden und zog seine Robe mit der Goldkette an. Dann rief er sein Gefolge und betrat den Empfangssaal. Bei seinem Anblick warfen sich die elf Männer zu Boden. Sie lagen da wie gefällte Terebinthen, und keiner regte auch nur eine Hand. Josef schritt die Reihe auf und ab und ließ sie eine Weile da liegen. Dann setzte er sich auf seinen Thron und gab ihnen durch ein Zeichen die Erlaubnis zum Aufstehen.

„Wie konntet ihr nur!“, herrschte er sie an. „Wusstet ihr nicht, dass einem Mann wie mir so etwas nicht verborgen bleibt?“

Der Dolmetscher übersetzte und die Männer zogen die Köpfe ein.

Aber dann trat Juda vor. „Was können wir sagen? Womit können wir uns rechtfertigen? Gott hat das Verbrechen deiner Knechte aufgedeckt. Hier sind wir, der Dieb und wir anderen. Wir sind jetzt deine Sklaven."

„Nein, das kommt nicht in Frage", rief Josef, nachdem er die Übersetzung gehört hatte. „Ein solches Urteil wäre ungerecht! Ihr anderen zieht in Frieden zu eurem Vater. Nur der Dieb bleibt als mein Sklave hier."

Einen Augenblick lang war es still. Die Brüder wechselten Blicke. Benjamin hatte die Augen geschlossen. Er zitterte, und Josef musste sich auf die Lippen beißen, weil sie vor Anspannung bebten. Würden die Brüder ihre Chance nutzen, um das Schoßkind des Vaters ein für alle Mal loszuwerden? Auf eine ehrbare Art und Weise, ohne sich dabei Hände und Gewissen zu beschmutzen?

Juda trat vor und kam drei zögernde Schritte auf ihn zu. „Mein Herr, ich möchte dir etwas sagen. Bitte sei nicht zornig, wenn ich mit dir rede, denn du bist hier der Herrscher, fast wie der Pharao."

Der Dolmetscher übertrug die Worte ins Ägyptische, und Josef bemühte sich beim Zuhören um eine strenge, unnahbare Miene.

„Mein Herr hat uns gefragt, ob wir noch einen Vater oder einen Bruder hätten. Wir haben deine Frage bejaht. Wir erzählten von unserem alten Vater und von seinem jüngsten Sohn, der ihm im hohen Alter geboren wurde. Sein Bruder ist tot, und er ist die einzige Erinnerung an seine Mutter, die unser Vater über alles liebte. Deshalb hängt er so sehr an diesem Sohn."

Während der Übersetzer sich redlich mit diesen Worten abmühte und versuchte, nicht nur die Bedeutung der Worte wiederzugeben, sondern auch das Gefühl, das darin schwang, betrachtete Josef seine Brüder. Er sah keinen Zorn in den Gesichtern, keinen Neid, nur Traurigkeit und Kummer und – ja, und Liebe! Liebe zu Benjamin! Das war sicherlich etwas Neues im Leben dieser grimmigen Männer.

Wieder wandte er sich Juda zu und ließ ihm durch den Dolmetscher sagen, er solle weitersprechen.

„Du hast von uns verlangt, unseren jüngsten Bruder mitzubringen. Wir erklärten dir, dass der Junge seinen Vater nicht verlassen kann, das würde unser Vater nicht überleben. Aber du wolltest unbedingt, dass wir ihn hierher bringen. Ohne unseren jüngsten Bruder durften wir nicht vor dir erscheinen. Doch unser Vater wollte das nicht zulassen. Als er uns befahl: ‚Reitet nach Ägypten und kauft uns Getreide', da erinnerten wir ihn daran und sagten: ‚Wir bekommen das Getreide nur dann, wenn unser jüngster Bruder mit uns reist. Ohne Benjamin dürfen wir dem Kanzler nicht unter die Augen kommen.'"

Der Dolmetscher verhaspelte sich beinahe, und Josef nickte. „Richtig."

Juda trat noch einen Schritt vor. „Mein Vater sagte: ‚Ihr wisst, dass meine Lieblingsfrau zwei Söhne geboren hat. Einer ging fort, und ich musste annehmen, dass er von einem Raubtier zerrissen wurde, denn seither habe ich ihn nicht mehr gesehen. Nehmt ihr mir diesen zweiten Sohn auch noch weg und geschieht ihm ein Unglück, dann bringt ihr meine grauen Haare mit Jammer ins Grab!'"

Die letzten Worte hallten durch den Saal; einige der Männer zogen die Schultern hoch und seufzten.

Josef wandte schnell den Kopf ab und zog sich den Seitenschleier seines Kopftuches über das Gesicht. Mit den Fingern seiner Hand drückte er fest gegen die Augen, um die Tränen zurückzudrängen. Noch musste er seine Fassung bewahren ...

Juda atmete tief und schwer ein und fuhr fort: „Wenn ich ohne den Jungen heimkäme, an dem mein Vater mit ganzer Seele hängt, dann überlebte er das nicht. Wir wären dann daran schuld, dass unser Vater vor Kummer stürbe. Ich selbst habe mich für den Jungen verbürgt. Ich habe gesagt: ‚Wenn ich ihn dir nicht heil zurückbringe, dann will ich mein Leben lang diese Schuld tragen!' Deshalb bitte ich dich um eins: Lass mich hier bleiben. Ich will an seiner Stelle dein Sklave sein. Lass den Jungen zu seinem Vater heimkehren. Denn wie soll ich den Schmerz ansehen, den mein Vater fühlt, wenn er seinen geliebten Jungen nicht mehr hat? Ich – ich könnte das nicht ertragen. Es würde mich umbringen!"

Still war es im Saal, nachdem der Dolmetscher Judas Rede übersetzt hatte. Nur aus der Nische, wo Asenat sich verborgen hielt, drang unterdrücktes Schluchzen. Josef spürte, dass er sich nicht mehr lange zurückhalten konnte, und sprang auf. Auf Ägyptisch befahl er den Dienern: „Alle hinaus! Sofort!"

Seine Beamten und Diener gehorchten sofort, auch Asenat huschte zur Tür. Taharka war der Letzte, der ging, nachdem er Josef einen viel sagenden Blick zugeworfen hatte.

8. Die Enthüllung

Die Tür fiel ins Schloss, und die Männer vor Josef waren erschrocken und duckten sich. Da stieg das Weinen wie eine haushohe Woge in ihm hoch und brach sich Bahn in einem wahren Wolfsgeheul. Es kümmerte ihn nicht, dass man ihn auf dem Gang hören konnte, ja dass auch der Pharao davon erfahren würde. Das gesammelte Heimweh der letzten 22 Jahre wurde wach und vereinigte sich mit der Freude des Wiedersehens. Er schrie: „Ich – bin – Josef. Hört ihr? *Josef!* ... Lebt mein Vater noch?"

Die Brüder standen wie erstarrt. Keiner wagte sich zu rühren.

Josef streckte die Arme aus. „Kommt näher! Juda! Benjamin! Ruben! Kommt her ... Ich bin doch euer Bruder."

Juda war der Erste, der einen winzigen Schritt wagte. Die anderen folgten ihm zögernd.

„Ich bin wirklich Josef, euer Bruder! Ihr habt mich damals nach Ägypten verkauft. Aber macht euch deshalb keine Sorgen und denkt nicht, dass ich euch deshalb noch böse wäre. Das ist vergeben. Dies alles hat Gott so geplant. Gott hat mich vor euch hergeschickt, damit ich euch jetzt das Leben retten kann!", erklärte Josef. „Die Hungersnot dauert jetzt schon zwei Jahre, und es liegen noch fünf harte Jahre vor uns, in denen man weder pflügen noch ernten wird. Aber Gott hat mich hierher geschickt, damit ich alles für euch vorbereite. Gott will unsere Sippe am Leben erhalten. Er will uns alle retten."

Da senkten die Brüder die Köpfe, und manche Träne suchte sich ihren Weg über stoppelige Wangen.

Josef legte Juda die Hand auf den Arm. „Nicht ihr habt mich hierher geschafft, sondern Gott stand dahinter. Er hat dafür gesorgt, dass ich in Ägypten Kanzler wurde. Ich bin der Verwalter über das ganze Land. Jetzt macht euch auf den Weg und holt unseren Vater her. Richtet ihm Folgendes aus: Das sagt dir dein Sohn Josef: Gott hat mich zum Herrn über Ägypten gesetzt, also komm zu mir, komm so schnell wie möglich. Du wirst mit deiner Familie im Land Goschen wohnen. Da seid ihr in meiner Nähe. Ich werde gut für euch alle sorgen, denn in den nächsten fünf Jahren herrscht noch Hungersnot in all diesen Ländern."

Immer noch schwiegen die Männer. Josef rüttelte Ruben am Arm. „Ihr seht mich doch mit eigenen Augen. Auch du, Benjamin, du erkennst mich doch hoffentlich wieder? Sagt es Vater. Erzählt ihm, wie gut es mir geht. Und bringt ihn her zu mir! Eilt euch!"

Benjamins Unterlippe zitterte. Er zwinkerte ungläubig und schüttelte den Kopf.

„Du warst damals noch ziemlich klein, als wir uns zum letzten Mal gesehen haben", flüsterte Josef. „Aber vielleicht erkennst du das hier wieder ..." Er zog die Schnur mit dem kleinen Lamm aus seiner Innentasche und hängte sie dem Bruder um den Hals.

Benjamin betastete den Anhänger, dann seufzte er auf und warf sich in Josefs Arme.

Sie standen lange eng umschlungen und lachten und weinten. Endlich wagten sich auch die anderen Brüder näher heran und streckten zögernde Hände aus, um Josefs Gewand zu berühren. Erst als Josef jeden einzelnen seiner Brüder umarmt und geküsst hatte, löste sich die Starre, und sie stammelten die ersten Laute: „Du – du bist es wirklich ..." – „Ich kann es kaum fassen ..." – „Gut siehst du aus!" – „Aber in dieser Position ..." Nun redeten sie schon alle durcheinander, das Stimmengewirr wurde lauter, jeder wollte erzählen, was er inzwischen erlebt hatte, jeder wollte mit seinen Söhnen prahlen, von seinen Erfolgen berichten ...

Josef wusste nicht, wie lange sie so miteinander gesprochen hatten, als sich leise die Tür öffnete. Taharka gestikulierte, und Josef winkte ihn herein.

„Unser Pharao hat davon gehört, dass deine Brüder gekommen sind", sagte Taharka. „Er hat eine Sitzung einberufen und möchte dich sofort sprechen." Er sprach aramäisch, so dass ihn jeder verstehen konnte.

Juda runzelte die Stirn und wich zurück, auch die anderen Brüder sahen ängstlich aus, aber Josef hob die Hände und sagte laut: „Macht euch keine Sorgen. Unser Pharao ist ein gerechter und gütiger Herrscher. Von ihm habt ihr nichts zu befürchten. Taharka, ruf Asenat her. Meine Brüder sollen meine wunderbare Frau kennen lernen. Und sie soll unsere Söhne mitbringen!"

Taharka nickte und eilte hinaus. Bevor Josef den Raum verließ, sagte er: „Alles wird gut, das verspreche ich euch."

Der Pharao hatte den ganzen Hofstaat versammelt. Er winkte Josef gnädig zu, als der den Thronsaal betrat, und begann zu sprechen, so dass der Kanzler keine Gelegenheit fand, sich auf den Boden zu werfen, wie es die Etikette erfordert hätte: „Man sagte mir, deine Brüder wären gekommen."

„Mein Pharao lebe ewig! Ja, meine Brüder sind von Kanaan herkommen, um Getreide zu kaufen."

„Es geht nicht an, dass die Familie unseres Lebensretters Not leidet", sagte der Pharao, und die Fürsten und Berater murmelten zustimmend.

„Wir haben Folgendes beschlossen: Deine Brüder sollen ihre Tiere beladen und nach Kanaan ziehen. Dann sollen sie euren Vater und alle Verwandten zusammenrufen und hierher bringen. Ich gebe euch die besten Grundstücke in ganz Ägypten. Sie sollen sich hier satt essen. Deine Familie soll es gut haben in meinem Land."

„Mein Pharao, du bist voller Güte", setzte Josef an. „Wenn du es erlaubst, werde ich also veranlassen, dass meine Familie hierher kommt, damit sie nicht in Kanaan verhungern."

„Wie groß ist deine Familie?"

„Ich habe elf Brüder und eine Schwester, einen Vater, seine Frau, die beiden Nebenfrauen, dazu kommen die Frauen und Kinder meiner Brüder ..."

Der Finanzminister räusperte sich: „Ich schätze, es werden etwa 70 Personen sein, grob gerechnet."

Der Pharao wandte sich an den Grundstücksverwalter. „Kümmere dich um geeignete Grundstücke und Häuser für diese Leute. Wir brauchen Platz für zwölf Familien. Und du – ", winkte er dem Aufseher über die Wagen, „du stellst Reisewagen und Pferde zur Verfügung. Den Frauen und Kindern kann man nicht zumuten, die ganze Strecke auf dem Eselsrücken zu bewältigen. Und auch euer Vater muss bequem reisen, damit er nicht unnötig strapaziert wird. Wie lange habt ihr euch nicht mehr gesehen?"

„Zweiundzwanzig Jahre", sagte Josef leise. „Ich war 17, als ich – als ich hierher kam."

Der Pharao schenkte ihm einen herzlichen Blick. „Deine Familie soll das Beste bekommen, was Ägypten zu bieten hat. Keiner soll sich um den Hausrat kümmern ... sie werden hier mit allem versorgt, was sie sich wünschen. Und jetzt geh und sorge dafür, dass meine Befehle befolgt werden!“

9. Die Abreise

Die Brüder weinten vor Bewegung, als sie die Wagen sahen, die Josef für sie beladen hatte: Nahrungsmittel für unterwegs, Futter für ihre Esel und für die Pferde. Für seinen Vater hatte Josef zehn Esel mit den kostbarsten Speisen und Gütern aus Ägypten beladen und außerdem zehn Eselinnen, die Säcke mit Getreide und Brot und Reiseproviant trugen.

Bevor die Karawane aufbrach, kam Asenat nach draußen. Sie hatte elf Diener bei sich, und jeder trug ein Bündel.

Asenat ging auf Juda zu und überreichte ihm ein Bündel. Juda verneigte sich und nahm das Päckchen entgegen. Er tastete daran herum, und als Asenat seine Neugier spürte, lächelte sie und reichte ihm ein kleines Messer, damit er die Schnüre durchschneiden konnte.

Gespannt wickelte er die Umhüllung ab. Zum Vorschein kam ein leuchtend blauer Stoff mit goldenen Streifen, und als er den Stoff schüttelte, stellte sich das Ganze als ein Festgewand heraus. Es hatte weite Ärmel und war so lang, dass es bis auf die Knöchel fiel.

„Ahh!", rief Juda. „So etwas Schönes habe ich noch nie besessen!"

„Das stammt aus der Werkstatt meiner Frau", sagte Josef stolz. „Sie entwirft die Muster selbst und hat ihre Dienerinnen beim Weben angeleitet."

„Oh!", sagte Juda und verneigte sich vor Asenat. „Du bist eine Künstlerin. Ich fühle mich geehrt."

Simeon brummte: „Das ist gerade die richtige Kleidung für die Schafschur!"

Asenat zuckte zusammen, und Juda sagte schnell: „Ich bin dir sehr dankbar. Ich werde dieses Gewand in Ehren halten und tragen, wenn ich hier in Ägypten zu einem Fest eingeladen werde."

„Und das wird öfter geschehen, als ihr denkt", sagte Josef. „Als meine Brüder werdet ihr auch bei Hof vorgestellt und müsst angemessene Kleidung haben."

Einer nach dem anderen erhielt sein Bündel und packte ein Festgewand aus: grün, rot, gelb, ocker, cremefarben ... und jedes hatte eine andere Borte oder eine Stickerei oder eingewebte Gold- und Silberfäden.

Dann kam Benjamin an die Reihe. Sein Bündel war fünfmal größer als das der anderen, und als er das Sackleinen abstreifte, mit dem es verpackt war, lagen fünf Feierkleider zu seinen Füßen. Er starrte auf diese Pracht und brachte kein Wort heraus.

„Diese fünf sind die kostbarsten von allen Festkleidern, die ich in der letzten Zeit gemacht habe", erklärte Asenat. „Dein Bruder Josef hat sie für dich ausgesucht, weil du etwas ganz Besonderes für ihn bist. Das weißt du, nicht wahr?"

Benjamin wollte sich vor ihr zu Boden werfen, doch sie hielt ihn auf, und Josef trat dazu und nahm ihn in die Arme. „Ich hatte solche Sehnsucht nach dir", flüsterte er dem jüngeren Bruder ins Ohr. Er hielt ihn lange fest, und als er ihn schließlich losließ, fand Benjamin in seiner Hand einen dicken Ledersack, in dem es klimperte.

Während die Brüder ihre Bündel auf die Esel banden und die Sattelriemen nachzogen, winkte Josef Juda beiseite. „Ich habe eine Bitte an dich. Dort hinten auf dem kleinen Esel sitzt mein Kammerdiener. Er heißt Hamor und hat großes Heimweh nach Kanaan. Nimm ihn mit und gib auf ihn Acht. Er ist ein wenig – äh, ungeschickt ..."

Juda blickte sich nach dem jungen Mann um. „So sieht er aus ... ängstlich und verwirrt. Sein Name erinnert mich an die Tragödie von Sichem", murmelte er.

Josef nickte. „Ja. Er stammt aus Sichem. Seine Mutter konnte damals fliehen. Er hat ein elendes Leben hinter sich, war ein Sklave, seit er denken kann. Ich möchte etwas an ihm gutmachen."

„Wir alle haben etwas gutzumachen", sagte Juda langsam. „Weiß er schon ...?"

Josef schüttelte den Kopf. „Ich habe es ihm noch nicht gesagt."

Juda seufzte. „Ich werde ihn vorsichtig darauf vorbereiten müssen. Soll ich ihn wieder hierher zurückbringen?"

„Überlass es ihm." Josef reichte Juda einen versiegelten Papyrus. „Das ist sein Freibrief. Wenn es Hamor in Kanaan gefällt, dann kann er bei euren Hirten bleiben. Vielleicht findet er unter den jungen Leuten Bekannte oder sogar Verwandte, die Simeon und

Levi damals aus Sichem verschleppt haben. Dann kann er eine eigene Familie gründen und ist nicht mehr allein."

„Wir werden die Zelte und unseren Hausrat und einige der Zuchttiere zurücklassen, damit die Leute etwas zum Leben haben", sagte Juda.

„Ja. Ihr werdet hier in Ägypten mit allem versorgt, was ihr braucht."

Juda streckte die Arme aus und umarmte Josef. „Ich danke dir, mein Bruder. Du hast ein großes Herz."

„Wir haben einen großen Gott", sagte Josef.

Der Abschied der Brüder dauerte lange. Endlich hatte sich die kleine Karawane formiert, Taharka hatte die Reihenfolge festgesetzt und Hamor ermutigend auf die Schulter geklopft. Josef legte Asenat den Arm um die Schulter und drückte sie an sich, während sie zusahen, wie einer nach dem anderen aus dem Hof hinausritt.

Hamor war der Letzte. Er wandte sich zu Josef um und winkte heftig. Sein langes Gesicht, das sonst immer wie die Verkörperung des schlechten Gewissens aussah, leuchtete heute vor Unternehmungslust und Vorfreude.

„Danke, Herr! Danke für diese Reise!", rief er. „Ich werde meine Heimat sehen!"

„Ich wünsche dir Glück auf deinem Weg!", antwortete Josef.

„Weiß er schon, dass du ihn freigelassen hast?", fragte Asenat, während sie die Treppe hinaufstiegen.

„Nein. Juda wird spüren, wann der rechte Augenblick gekommen ist."

„Juda ist der richtige für eine solche Aufgabe", nickte Asenat. „Er kann mit anderen fühlen."

„Er hat es unter Tränen gelernt", sagte Josef.

„Ja, ich weiß. Er verlor seine Frau und zwei Söhne."

„Woher weißt du das schon wieder?"

Asenat lächelte geheimnisvoll. „Ich habe meine Quellen ..."

10. Das Wiedersehen

Die nächste Zeit verbrachte Josef in freudiger Spannung. Kein Tag verging, an dem er nicht über Plänen brütete und mit seinen Baumeistern verhandelte, denn die Häuser für seine Familienangehörigen sollten möglichst bald fertig sein. Asenat wählte Stoffe und Möbel aus, nachdem ihr Josef ausführlich beschrieben hatte, welche Farben jeder seiner Brüder mochte und welche Eigenarten er hatte. Anfangs hatte er sich nur schwer an solche Einzelheiten erinnern können, doch nach einigen „Sitzungen“ dieser Art dachte er wieder mit Wohlwollen und Vergnügen an seine Brüder und malte sich ihre Freude und Überraschung in lebhaften Bildern aus.

„Sie sollen sich hier wohl fühlen!“, sagte er dann.

Einmal seufzte er: „Jetzt könnte ich Antefs Rat gebrauchen. Er war ein Meister der Gartenkunst.“

Asenat zeigte ihm lächelnd ihre eigenen Entwürfe, und wieder staunte er über ihr künstlerisches Geschick und ihren Reichtum an Ideen.

„Für deine Schwester Dina habe ich ein kleines Haus auf einer Insel entworfen“, erklärte sie. „Die Insel liegt mitten in einem See, und am Ufer wohnen deine Brüder. So kann sie sich immer zurückziehen, wenn sie die Einsamkeit sucht.“

Josef studierte ihre Pläne. „Sie sind hervorragend, sogar besser als meine“, gestand er. „Aber hast du daran gedacht, dass ich elf Brüder und eine Schwester habe? Und dass mein Vater in einem eigenen Haus wohnen wird?“

„Natürlich habe ich daran gedacht. Ich habe keinen deiner Brüder vergessen, aber ich dachte, du würdest Benjamin vielleicht gern in unserer Nachbarschaft ansiedeln? Dann ist er immer in deiner Nähe.“

Josef stand auf und zog Asenat in die Arme. Er drückte sein Gesicht in ihr volles Haar, das nach Rosmarin duftete. „So sehr liebst du mich?“

„Ja“, flüsterte sie. „Ich will dich glücklich sehen.“ Sie schmiegte sich an ihn und blieb eine Weile reglos in seiner Umarmung stehen.

Dann rückte sie von ihm ab und murmelte: „Obwohl es vielleicht für ihn ein Nachteil sein könnte, wenn du ihn so offen bevorzugst."

„Genau das habe ich auch gerade gedacht", stimmte Josef zu. „Wir werden ihm das Grundstück neben Vater zuteilen. Er soll wie die anderen aus der Familie in Goschen wohnen. Er kann uns oft besuchen."

„Ich bin schon gespannt auf Dina", verriet Asenat. „Ich habe mir immer eine Schwester gewünscht. Vielleicht verstehen wir uns so gut, dass wir Freundinnen werden!"

„Das würde mich freuen", lächelte Josef. „Dina war mir immer sehr nahe, bevor ..."

Josef stockte und Asenat ergänzte: „... bevor ihre Seele verwüstet wurde. Aber das ist lange her. Vielleicht hat sie inzwischen das Lachen wieder gelernt. Ich werde sie oft zu uns einladen. Manasse und Ephraim sind schon ganz neugierig auf ihre Tante. Und vor allem auf ihren zweiten Großvater!"

Mit solchen Plänen und Gesprächen verflogen die nächsten Wochen.

Und dann kam ein Tag, an dem Taharka meldete: „Dein Bruder Juda ist gekommen."

Sofort unterbrach Josef seine Sitzung mit den Verwaltern der Kornspeicher. Deren Anliegen waren wichtig, aber noch wichtiger war ihm jetzt die Familie. Er eilte in sein privates Audienzzimmer.

Juda sprang auf, als Josef hereinkam, und wollte sich zu Boden werfen, doch Josef ließ es nicht zu und umarmte ihn.

„Wie geht es Vater?", platzte er heraus.

Juda lächelte. „Deine allererste Frage ... keiner von uns liebt ihn so wie du. Kein Wunder, dass er dich uns vorgezogen hat."

„Lass doch diese alten Geschichten", stöhnte Josef. „Sag endlich, wie geht es ihm? Ist er gesund?"

„Zuerst wollte er uns nicht glauben, dass du am Leben bist. Er dachte, wir erzählen Märchen. Aber dann sah er die Wagen, die du uns mitgegeben hattest. Da lebte er auf. Du hättest seine Augen sehen sollen! Er sah plötzlich um Jahre jünger aus.[1] Er wäre am liebsten sofort in einen der Wagen gestiegen und zu dir gefahren.

[1] Eine ähnliche Wirkung ist noch heute bei Männern aller Altersgruppen zu beobachten, wenn sie einen schnittigen Wagen sehen!

Wir konnten ihn nur mit Mühe zurückhalten. Wir mussten ja vieles einpacken und das Lager auflösen. Das ging nicht ohne ihn, denn er musste als Familienoberhaupt die wichtigen Entscheidungen treffen. Er war aber nicht richtig bei der Sache, seine Gedanken eilten voraus zu dir ..."

Josef wischte sich verstohlen über die Augen. „Ich kann es auch kaum erwarten, ihn endlich wieder zu sehen. Wo ist er?"

„Er wartet mit den anderen an der Grenze nach Goschen. Er hat mich hergeschickt, damit ich uns anmelde und den genauen Weg erkunde."

„Ich begleite dich!" Josef klatschte in die Hände und rief nach Taharka. Der Verwalter war sofort zur Stelle, und Josef gab ihm Anweisungen für die restlichen Anliegen des Tages.

„Und jetzt komm, ich spanne meinen schnellsten Wagen an!" Mit diesen Worten lief Josef aus dem Raum und überließ es Juda, ihm hinterherzulaufen.

Der Stallknecht schreckte aus seiner Mittagsruhe auf, als sein Herr so plötzlich auftauchte und den schnellsten Wagen verlangte. Mit fliegenden Händen holte der Knecht die beiden weißen Stuten aus ihren Boxen, legte ihnen das Zaumzeug an und schrie nach seinem Helfer, der die leichte Zweierkutsche vorbereiten und herüberbringen sollte.

Juda staunte über die prachtvollen Pferde und bewunderte den Schimmelhengst, der die größte Box von allen hatte und nervös auf und ab tänzelte, weil sich die allgemeine Hektik auf ihn übertrug.

„Anta ist mein Lieblingspferd", erklärte Josef. „Ich habe ihn von einem Händler aus Arabien gekauft. Er ist schneller als alle anderen."

Anta rollte wild mit den Augen und schnaubte.

„Er weiß, dass er besser ist als die anderen. Er ist stolz und eigensinnig. Lässt sich ungern vor einen Wagen spannen, schon gar nicht mit anderen Pferden. Deshalb werden wir heute mit den beiden Stuten fahren." Josef tätschelte ihm die Flanke: „Ruhig, mein Guter, ruhig."

Inzwischen hatten die Reitknechte den Wagen angespannt. Josef sprang in das leichte Gefährt, das hinten offen war, und reichte Juda die Hand. „Komm herauf und halt dich gut fest, es geht los!"

Die Knechte öffneten die Stalltür, Josef lockerte die Zügel und schnalzte mit der Zunge. Die beiden Stuten zogen an und fielen in einen leichten Galopp. Juda klammerte sich an das vordere Geländer des Wagens und atmete verkrampft.

„Ist dir das zu schnell?“, lachte Josef. „Warte, bis wir erst die Straßen von Avaris hinter uns gelassen haben.“

Am belebten Marktplatz zügelte Josef die Pferde und führte sie im Schritt an den Händlern vorbei. Überall verneigten sich die Menschen, wenn sie Josef erkannten. Die Kinder riefen ihm zu und winkten.

„Sie verehren dich ...“, murmelte Juda. „Ich glaube sogar, sie lieben dich!“

Josef lächelte und sagte, ohne die Augen von der Straße zu nehmen: „Sie sind dankbar. Hätte Gott mich nicht rechtzeitig nach Ägypten geschickt, wäre heute keiner von ihnen am Leben. Ägypten wäre ein einziges Leichenhaus, alle wären verhungert.“ Er warf Juda einen flüchtigen Seitenblick zu. „Unsere Familie wahrscheinlich auch.“

Juda nickte. „Ja. Ohne das Getreide, das wir von dir bekommen haben, hätten wir nicht überlebt. Du hast uns vor dem Hungertod bewahrt. Aber wie kamst du überhaupt an den Hof des Pharao?“

„Das ist eine lange Geschichte. Ich war Sklave bei Potiphar, dem Führer der königlichen Leibwache. Nach einiger Zeit machte er mich zu seinem Verwalter. Ich hatte Umgang mit den führenden Männern des Landes und lernte viel über Politik und Ökonomie.“

„Und dann kam der Pharao und fragte dich um Rat? Aber woher wusste er von der kommenden Dürrezeit?“

Wieder lächelte Josef. „Der Pharao wird hier im Land wie ein Gott angebetet. Unter normalen Umständen hätte er niemals einen Sklaven um Rat gefragt. Doch der Allmächtige hat ihm zwei Träume geschickt, die ihn äußerst beunruhigten. Keiner konnte ihm erklären, was die Träume bedeuten.“

„Doch du konntest es?“, fragte Juda.

„Nicht durch eigene Klugheit. El Shaddai, der Allmächtige, zeigte mir, was er dem Pharao durch diese Träume sagen wollte.“

„Aber woher wusste der Pharao, dass ausgerechnet *du* die Antwort auf seine Fragen wusstest?“, beharrte Juda.

Josef seufzte. „Ich war damals durch eine Intrige im Kerker gelandet. Eines Tages kam der Getränkemeister des Pharao in

Untersuchungshaft. Er hatte einen seltsamen Traum, den ich ihm mit Gottes Hilfe erklären konnte. Und als sich der Traum erfüllte, wurde er freigelassen und rehabilitiert."

„Jetzt verstehe ich! Er erzählte dem Pharao von dir und du wurdest an den Hof geholt!", rief Juda.

„Nicht sofort, das dauerte noch einige Zeit, aber als der Pharao von seinen Träumen beunruhigt wurde, da erinnerte sich der Getränkemeister an mich und man ließ mich holen."

„Dich, einen Sklaven und einen Häftling ..."

„Es war ein Wunder. Als ich dem Pharao von den kommenden Jahren erzählt hatte, war er bewegt und erschüttert. Er spürte, dass der Allmächtige zu ihm gesprochen hatte, und da nahm er nur zu gern den Rat an, den Gott ihm durch mich geben wollte. Er begriff, dass er sofort handeln musste, und er ernannte mich zum Kanzler des Landes, zum zweiten Mann im Staat. Ohne meine Erlaubnis geschieht hier nichts."

„Du und deine Träume ...", sagte Juda nachdenklich. „Sie sind wirklich wahr geworden."

Inzwischen hatten sie die Stadt hinter sich gelassen. Josef ließ die Pferde ausgreifen und sie fielen bald in einen rasenden Galopp. Juda hielt sich mit beiden Händen am Wagen fest und betrachtete den Bruder. Die Würde und das hohe Amt hatten Josef geprägt, aber nicht hochmütig gemacht. Ein Netz von kleinen Fältchen um die Augen zeigte, dass er immer noch zu lachen wusste. Aber auch die schweren Jahre der Sklavenarbeit und die Zeit im Kerker hatten ihre Spuren in sein Gesicht gegraben, die Schmerzenslinien, die sich von der feinen Nase zum Mund zogen, erzählten von Kummer und Sehnsucht, und hier und da war eine Spur von Grau in den roten Locken zu erkennen.

Die Hände, immer noch so zart und feingliedrig wie die einer Frau, hielten die Zügel sicher, und Juda ahnte etwas von der geheimnisvollen Kraft, die Josef beseelte. Er wirkte konzentriert und hingegeben.

„Ich muss daran denken", sagte Juda, „dass du schon als kleiner Junge so warst: Was du getan hast, das hast du richtig und gründlich gemacht. Halbe Sachen hat es bei dir nie gegeben. Ob dies das Geheimnis deines Erfolges ist? Oder hat auch hier der Allmächtige seine Hand im Spiel, hat er selbst dafür gesorgt, dass du von allen geschätzt und geliebt wirst?"

„Es ist ein Geschenk, Juda", murmelte Josef.

Juda flüsterte: „Vielleicht muss es so sein. Josef, du bist ein Begnadeter, ein Beschenkter, damit wir von deinem Reichtum leben können." Und er sagte es ohne Neid ...

Und dann stießen sie auf die Karawane, die von Kanaan hergekommen war. Josef zog die Zügel an und sprang vom Wagen, bevor er ganz zum Stehen gekommen war. Er drängte sich durch die Männer, Frauen und Kinder, die ihn mit offenem Mund bestaunten.

„Wo ist Jakob?", rief er gebieterisch. „Wo ist mein Vater?"

Sie machten eine Gasse für ihn frei, und Josef rannte wie ein kleiner Junge auf seinen Vater zu und fiel ihm um den Hals.

Lange hielten sie sich in den Armen, Vater und Sohn, und weinten, und ihre Tränen trugen den Schmerz, die Sehnsucht und den Kummer von Jahrzehnten ans Licht. Stumm standen die anderen, sprachlos betrachteten sie diese Liebe und Treue, schämten sich ihrer Niedertracht, ihrer engen Herzen ...

Endlich ließ Jakob seinen Liebling los. „Jetzt kann ich in Ruhe sterben, weil ich dich noch einmal gesehen habe", seufzte er.

Josef widersprach: „Aber Vater, wer denkt ans Sterben? Ich habe dich zu mir geholt, damit du am Leben bleibst! Euch wird es gut gehen! Ich versorge euch mit allem, was ihr braucht! Hab keine Angst!"

„Ich *habe* keine Angst!", sagte Jakob ruhig. „El Shaddai hat zu mir gesprochen, als ich ihm in Beer Scheba ein Opfer brachte. Er sagte: ‚Fürchte dich nicht, denn ich begleite dich auf dem Weg nach Ägypten. Dort wird deine Familie zum großen Volk anwachsen, und eines Tages führe ich dein Volk wieder zurück nach Kanaan. Und Josef wird dir die Augen zudrücken, wenn du tot bist.' Das hat Gott zu mir gesagt, und deshalb bin ich ohne Angst auf diese Reise gegangen. Der Allmächtige ist bei mir – auf jedem meiner Schritte."

„Das weiß ich, Vater. Er ist auch bei mir und hat mich bis hierher geführt", sagte Josef bewegt.

Dann trat er einen Schritt zurück und wandte sich an die anderen, begrüßte seine Brüder, ihre Frauen und Kinder, die Nebenfrauen seines Vaters. Als er Dina in die Arme nehmen wollte und sie vor ihm zurückwich, krampfte sich sein Herz zusammen, aber dann dachte er an Asenat und ihre sanfte Güte, die schon auf manches wunde Herz Balsam geträufelt hatte.

Simeon war der Einzige, der ihm nicht in die Augen sah, sondern grimmig auf seinem Bart herumkaute und Josef nicht einmal die Hand reichen wollte.

Juda musste gespürt haben, wie weh diese Zurückweisung tat, denn er zog Josef beiseite und flüsterte: „Hab Geduld, lass ihm Zeit. Er ist noch nicht damit fertig, dass wir auf deine Gnade angewiesen sind."

„Nicht auf die meine", wandte Josef ein, „wir alle sind von der Gnade des Allmächtigen abhängig, denn er ist es, der uns Luft gibt zum Atmen und Brot schenkt zum Leben. Er ist es, der uns die Sehnsucht nach einem höheren Dasein ins Herz gesenkt hat, damit wir nicht wie Tiere vor uns hinvegetieren, sondern damit wir ihn suchen und finden."

„Ja, Bruder, das habe ich inzwischen auch begriffen. Hat lange gedauert ... früher dachte ich in erster Linie an Reichtum, wollte meine Herden vergrößern, lief dem Geld hinterher. Heute weiß ich, dass es mich nicht stützt und nicht trägt. Ich war viel zu lange blind gewesen, war ein Sklave meiner Habsucht, meiner Gier. Doch der Allmächtige hat mich gelehrt, was wichtig ist ..."

Josef sah ihn liebevoll an. „Weil wir gerade von Sklaven sprechen – was ist aus Hamor geworden?"

„Dort hinten steht er. Er ist in meine Haushälterin verliebt und hat nur noch Augen für sie. Er wollte unbedingt nach Ägypten zurückkommen."

„Wie ich sehe, sind auch die meisten eurer Hirten dabei. Ihr seid viel mehr, als ich erwartet habe."

Juda senkte den Kopf. „Keiner wollte zurückbleiben, obwohl wir ihnen die Freiheit angeboten haben. Sicheres Brot war ihnen lieber ..."

„Da denken sie wie die Ägypter", murmelte Josef. „Nun gut, ich werde sehen, wie wir sie alle unterbringen. Bis jetzt stehen nur die Häuser für Vater und für euch Brüder, natürlich auch für Dina."

„Ich freue mich, dass du an Dina gedacht hast. Sie hat nie

geheiratet. Du weißt warum ... Sie wohnt zwischen allen Zelten ... ist nirgendwo so richtig zu Hause ...“

„Ich werde ihr ein eigenes Heim geben und alles, was sie sich wünscht. Vielleicht kann sie das Schlimme vergessen, wenn sie ein wenig Glück erlebt.“

„Ja, vielleicht. Du brauchst dich aber um unsere Knechte nicht zu sorgen. Wir kümmern uns um sie und ihre Familien. Sie sind das Leben in Zelten gewöhnt, mach dir keine Gedanken. Übrigens habe ich Hamor zu meinem Verwalter gemacht.“

Josef lachte auf, und Juda ergänzte: „... als ich noch nicht wusste, was für ein Pechvogel er ist.“

„Ja, das sieht man ihm auf den ersten Blick nicht an“, sagte Josef und legte Juda die Hand auf den Arm, als wollte er ihn trösten.

Dann wandte er sich an alle: „Dem Allmächtigen sei Dank, dass er euch sicher hierher geführt hat.“

Sie murmelten zustimmend.

Als es wieder still geworden war, sprach Josef weiter: „Ihr seid hier in Goschen am besten aufgehoben. Ich habe Häuser und Wohnungen für euch bereitgestellt, alles ist vorbereitet. Juda hat die genaue Wegbeschreibung erhalten. Er wird euch führen.“

„Kommst du nicht mit uns?“, fragte Benjamin, Enttäuschung im Blick.

„Ich werde euch bald besuchen“, versprach Josef. „Aber jetzt muss ich dem Pharao eure Ankunft melden. Er wird euch demnächst zu sich rufen und nach eurem Beruf fragen. Dann sagt ihm, dass ihr Hirten seid, damit man euch in Goschen wohnen lässt. Das ist übrigens der fruchtbarste Bezirk des Landes. Hier könnt ihr unter euch bleiben. Die Ägypter werden euch nicht belästigen, weil sie Hirten – ähm – verachten.“

Levi wollte empört auffahren, doch Josef hob beschwichtigend die Hände. „Seid froh, dass ihr in Goschen unbehelligt leben könnt. Ich werde euch gute Lehrer schicken, damit ihr die ägyptische Sprache lernt und über Land und Leute besser Bescheid wisst. Aber die Götzenreligion und ihre dekadenten Sitten sollt ihr nicht übernehmen. Bleibt unserem Gott treu, und er wird euch segnen. Und nun wünsche ich euch viel Freude an eurer neuen Heimat. Friede mit euch und Gottes Segen auf eure Häupter.“

Ergriffen und gerührt sanken die Brüder in die Knie, die Frauen und Kinder taten es ihnen nach, und selbst Jakob verbeugte sich vor Josef. Der stieg mit frohem Herzen auf seinen Wagen und jagte zurück nach Avaris zum Palast des Pharao.

11. In Sicherheit

Josef hielt sein Versprechen und versorgte seine Sippe mit allem, was sie brauchten. Fünf seiner Brüder stellte er dem Pharao vor, der seine Abneigung gegen Hirten taktvoll im Zaum hielt und ihnen eine Anstellung als Viehzucht-Minister anbot. Ansonsten ließ man die Familie Israels in Ruhe. Da sie von vornherein angekündigt hatten, das Land später wieder zu verlassen, verlangte keiner von ihnen, dass sie sich der ägyptisschen Lebensart oder gar der Religion des Landes anpassten. Die guten Lehrer, die Asenat beschafft hatte, brachten etwas „Kultur“ und „Moral“ in den Trupp, und Jakob sorgte dafür, dass das Alltagsleben und die religiösen Riten wieder vom Glauben an den Gott des Himmels, den Allmächtigen, bestimmt wurden. Mit seinen 130 Jahren war Jakob – oder Israel, wie er sich nun nannte – eine starke Persönlichkeit, von der selbst der Pharao sehr beeindruckt war; er ließ sich von dem ehrwürdigen Greis segnend die Hände auflegen.

Israel waren nun 17 sorgenfreie Jahre vergönnt, und er genoss die Gemeinschaft mit seinen Kindern und Enkeln. Ephraim und Manasse hatte er besonders ins Herz geschlossen und adoptierte sie als eigene Söhne, wobei er jedoch den jüngeren Ephraim dem erstgeborenen Manasse vorzog. Josef hätte das gern verhindert, doch sein halb blinder Vater bestand darauf. Durch diese „Adoption“ konnte Israel seinen Herzenswunsch verwirklichen, ohne gegen die Regel der Erbfolge zu verstoßen: Josef – das heißt seine Söhne – bekamen auf diese Weise einen doppelten Anteil am Erbe, der gewöhnlich dem erstgeborenen Sohn zustand. Doch Israel hatte nicht vergessen – und nicht verziehen? –, was ihm sein ältester Sohn Ruben angetan hatte ...

* * *

Josef musste von Monat zu Monat schärfer kalkulieren, damit die gehorteten Vorräte auch für die restlichen Hungerjahre ausreichten. Als den Ägyptern das Geld ausging, verkauften sie der Regierung ihr Vieh, aber als die Dürre anhielt, brauchten sie neues Getreide und verkauften dem Pharao ihre Grundstücke. Schließlich verkauften sie sich selbst an den Staat, so dass nach den sieben Jahre der Missernten das ganze Land dem Pharao gehörte und all seine Bewohner fronpflichtige Untertanen waren.

Für Josef war das die Chance zu einer grundlegenden Boden- und Siedlungsreform, durch die er Land und Leute so verteilen konnte, wie es für alle am besten war. Dadurch hatte er nicht nur der Dynastie des herrschenden Pharao[1] den Thron gesichert, sondern auch für die Zukunft ausreichende Mittel für den Staat beschafft. Die Ägypter mussten nun ein Fünftel ihrer Ernte abgeben und für gelegentliche Hilfsarbeiten zur Verfügung stehen. Sie leisteten ihren Staatsdienst entweder als Soldaten ab oder als Bauarbeiter und im Transportwesen. Ausgenommen war die Priesterkaste, die nach wie vor aus der Staatskasse versorgt wurde. Auch Josef und seine Verwandtschaft behielten ihre Sonderstellung.

So hatte Josef am Ende der sieben Hungerjahre das Staatswesen Ägyptens völlig neu geordnet und dafür gesorgt, dass alle Bürger am Wohlergehen ihres Landes mitbeteiligt waren. Und wer ihn sah, der verneigte sich gern vor ihm, denn er war ein guter und tüchtiger Landesvater geworden.

---

[1] Es ließ sich bisher nicht eindeutig klären, um welchen Pharao es sich handelte. Man nimmt aber an, dass er der 13. Dynastie angehörte.

12. Letzte Worte

17 Jahre waren seit der Einwanderung Jakobs vergangen. Josef traf sich oft mit Benjamin und Juda, und ab und zu besuchte er auch seinen Vater Jakob. Die Staatsgeschäfte nahmen ihn stark in Anspruch, und er hatte täglich wichtige Sitzungen anberaumt, um alle Probleme möglichst rasch bewältigen zu können.

Wieder einmal saß er mit den Gouverneuren der verschiedenen Provinzen zusammen. Sie sprachen gerade über das Loch im Steuersack, das durch Fehlplanung und Korruption eines Beamten entstanden war. Ein Bote betrat den Sitzungssaal und winkte Josef hinaus.

„Eminenz, dein Vater lässt dich rufen. Er spürt, dass er bald sterben wird. Er möchte dich sehen."

Josef nickte und schickte den Boten in den Pferdestall. „Lasst den schnellen Wagen anspannen. Ich muss Taharka verständigen, dann fahre ich sofort los."

Er übertrug seinem Verwalter die Tagespflichten und alle nötigen Vollmachten, dann eilte er zu Asenat.

„Mein Vater liegt im Sterben. Ich fahre hin. Warte nicht auf mich mit dem Essen ..."

Sie umarmte ihn und fragte leise: „Soll ich dich begleiten? Sollen unsere Söhne mitkommen?"

„Besser nicht. Ich glaube, es wird ein Gespräch nur unter Männern", sagte Josef.

Asenat küsste ihn auf die Wange und legte ihm die Hand auf den Scheitel.

„Gottes guter Segen sei auf dir", flüsterte sie. Er riss sich los und lief hinunter zum Stall.

Die beiden Stuten scharrten ungeduldig mit den Hufen, als er auf den halb offenen Wagen sprang. Er griff nach den Zügeln, die der Reitknecht um den Knauf gewickelt hatte. Das Tor flog auf und Josef jagte hinaus auf die Straße.

Als er in Jakobs Haus eintraf, waren die Brüder schon an seinem Bett versammelt.

Israel richtete sich auf und begann mit klarer Stimme: „Ich will euch sagen, was euch in Zukunft erwartet. Hört gut zu."

Er wandte sich an Ruben. „Du bist mein Erstgeborener. Eigentlich solltest du der Erste unter deinen Brüdern sein. Doch du kanntest deine Grenze nicht. Wie ein Fluss zur Zeit der Schneeschmelze über die Ufer tritt, so hast du deinem Trieb freien Lauf gelassen. Du hast mein Ehebett bestiegen, hast es entweiht."

Der harte Tadel war verdient, und Ruben verbarg das Gesicht in den Händen. Die anderen räusperten sich, tauschten verlegene Blicke: Sollten jetzt etwa all ihre Untaten aufgezählt werden?

Und richtig, schon ging die Strafrede weiter: „Simeon und Levi! Ihr seid Männer der Gewalt. Mit eurer Art will ich nichts zu tun haben. Im blinden Zorn hab ihr Männer erschlagen und aus Lust am Quälen habt ihr Stiere verstümmelt. Euer Zorn sei verflucht! Er ist brutal und eure Rache ist grausam!"

Wie Donnergrollen drangen die Worte aus der Brust des Sterbenden, und die beiden Männer zogen die Köpfe ein, als fürchteten sie das Gericht eines Höheren. Israel sagte ihnen das Urteil voraus: „Ihr werdet im ganzen Volk zerstreut sein. Eure Nachkommen werden kein eigenes Gebiet im Land besitzen."[1]

Das waren düstere Aussichten für Levi und Simeon. Levi zeigte eine betretene Miene, doch Simeon schob trotzig das Kinn nach vorn und ballte die Fäuste.

Der alte Vater schwieg eine Weile. Zehn der Brüder hielten den Atem an, weil sie fürchteten, dass nun ihr Mordversuch an Josef zur Sprache kommen würde, ihr niederträchtiger Schachzug, mit dem sie den verhassten Günstling loswerden wollten, und die Lüge, mit der sie den Vater viele Jahre lang hintergangen hatten.

Auch Josef kaute auf seiner Lippe und knetete die Finger. Schließlich sagte er leise: „Vater, werden deine letzte Worte nur

---

[1] Simeon hatte so wenig Nachkommen, dass sie keinen unabhängigen Stamm bilden konnten, sondern sich an den Stamm Ruben anschlossen. Bei Levis Nachkommen wirkte sich die Zerstreuung positiv aus: Levi war der Stammvater von Aaron, Mirijam und Mose, die das Volk viele Jahre später zurück nach Kanaan führten. Die religiösen Führer und Priester des Volkes Israel wohnten im ganzen Land verteilt und sorgten für die religiöse Unterweisung und seelsorgerliche Beratung und Betreuung im Volk.

Tadel und Rüge enthalten, keinen Segen? Hast du keinen hoffnungsvollen Ausblick auf die Zukunft für uns? Nichts, was Mut macht?"

Hatte Israel diese Worte gehört? Sein Gesicht strahlte auf, und er rief: „Juda![2] Du bist's! Dich werden deine Brüder preisen. Du wirst der Erste unter deinen Brüdern sein, du wirst alle Feinde niederwerfen! Wie ein junger Löwe wirst du der Führer unseres Volkes sein, bis der Retter kommt, der König über alle Völker."[3]

Juda ... Also von Juda würde der Erlöser kommen. Josef atmete zitternd ein und schluckte. So sehr hatte er sich gewünscht, der Stammvater des Weltretters zu werden. Diesen Traum musste er nun begraben. In seine Trauer mischte sich die Einsicht, dass er eigentlich schon genügend ausgezeichnet worden war durch die Aufgabe, der Lebensretter seiner Familie zu sein. Mehr noch: Ganz Ägypten und die Nachbarländer waren durch seine Umsicht vor Hunger und Elend bewahrt worden. Und das alles, weil er zur rechten Zeit am richtigen Ort gewesen war und weil er gelernt hatte, auf Gott zu warten und sich von ihm führen zu lassen! Nein, er hatte keinen Grund zur Unzufriedenheit: Gott hatte ihn mit Gutem beschenkt und fügte ständig noch mehr Gutes hinzu.[4] Und doch fühlte er sich niedergeschlagen.

Nur mit Mühe konnte er sich auf das konzentrieren, was der Vater über die Zukunft der anderen Brüder vorhersagte: Sebulon würde die Küstenstreifen in Richtung der Hafenstadt Sidon besiedeln, Issaschar wäre zu bequem, um seine Unabhängigkeit zu verteidigen, und würde sich bald in Frondienste zwingen lassen. Ganz anders sein Bruder Gad, der sich schon jetzt nichts wegnehmen ließ und auch später im Land Kanaan für seinen Besitz kämpfen würde. Asser, der üppiges Essen liebte und ein Meister der feinen Küche war, der flinke Naftali, der die Worte wie ein Dichter zu

---

[2] Lobpreis

[3] Diese Vorhersage erfüllte sich zunächst durch die ersten Könige Israels und letztlich durch Jesus Christus, den Sohn Gottes, der als Mensch auf die Erde kam und von Juda abstammte. Die Bibel sagt voraus, dass Jesus eines Tages zur Erde zurückkehrt, diesmal als König des Universums, und eine Herrschaft aufrichtet, die ewig dauern wird. Alles Böse wird dann ausgerottet sein, nur noch Freude und Glück werden das Leben bestimmen.

[4] Josef heißt „er füge hinzu".

setzen verstand, Benjamin, der junge Wolf, der von den rücksichtslosen Brüdern viel Wildes übernommen hatte ... Die Worte flogen an Josef vorüber, während er immer noch gegen seine Enttäuschung ankämpfte.

Nur ein Spruch setzte sich in ihm fest: Dan, der Richter, der kritische unter den Brüdern, der immer alles besser wusste und dessen Urteile meist vernichtend ausfielen ... Was sagte der Vater über Dans Zukunft voraus? „Du bist eine Schlange am Weg, eine Giftschlange auf dem Pfad, beißt dem Pferd in die Ferse, bis es sich aufbäumt und den Reiter abwirft, der rückwärts aus dem Sattel stürzt!“[5]

„Wie furchtbar ...“, murmelte Josef. „Kann denn keiner diesem Unheil etwas entgegensetzen?“

Juda flüsterte: „Jemand müsste dieser Schlange den Kopf zertreten ...“[6]

Israel hatte die Augen weit aufgerissen wie vor Entsetzen über das, was seinem inneren Auge gezeigt wurde. Er stöhnte auf: „Herr! Ich warte auf dein Heil, auf deine Hilfe, deine Rettung!“

Tröstlich aber waren die Worte, die Jakob über seinen Liebling Josef aussprach: „Ein junger Obstbaum ist Josef, an der Quelle gepflanzt, der seine Zweige über die Mauer ranken lässt.“

„Das bist du wirklich“, lächelte Benjamin. „Von deinen Früchten leben so viele Menschen! Nicht nur Ägypter, auch wir und Leute aus anderen Völkern.“

Jakob sprach weiter: „Auch wenn Josef angefeindet und bedroht wird, bleibt er fest, denn der Allmächtige stützt ihm die Hände ...“

An dieser Stelle senkten einige der Brüder beschämt die Köpfe und erinnerten sich an ihre Feindseligkeit, während Jakob den Faden

---

[5] Der Stamm Dan brachte den Richter „Simson“ hervor, den legendären „Superman“, der die Feinde des Volkes Israel in die Grenzen verwies. Leider verstrickten sich die Daniten bald darauf in den Götzendienst primitivster Art, indem sie ein Bild verehrten und es als Ziel der Anbetung benutzten. Sie verließen die Grenzen des Landes, das ihnen von Mose zugewiesen worden war, und zogen in den Norden. Dort überfielen sie die friedliche Stadt Lachisch und siedelten sich dort an. Sie waren die Ersten, die im 7. Jh vor Chr. von den Assyrern ins Exil verschleppt wurden, und vermischten sich durch Heirat mit anderen Völkern, bis keine Spur mehr von ihnen übrig blieb.

[6] In 1. Mose 3, 15 findet sich der erste Hinweis auf den kommenden Retter.

weiterspann: „ ... der wahre Hirte, der mein Fels und meine Zuflucht ist. Es helfe dir der Gott deines Vaters, der Allmächtige, er gebe dir, was im Himmel ist, und mache dich fruchtbar und schenke dir Erfolg auf Erden. Was sich ein Mensch nur wünschen und ersehnen mag, das komme auf dein Haupt, Josef, denn du bist etwas ganz Besonderes unter deinen Brüdern."

Still war es nach diesen Worten. Und dann rief Jakob noch einmal jeden seiner Söhne zu sich und legte ihm segnend die Hände auf den Kopf. Er schärfte ihnen allen ein: „Begrabt mich nicht hier in der Fremde, sondern bringt mich in die Höhle, wo Abraham und Sara und Isaak und Rebekka bestattet sind und meine Frau Lea."

„Das habe ich dir versprochen", sagte Josef. „Du kannst dich auf mich verlasssen."

„Diese Höhle liegt auf einem Grundstück, das unserer Familie gehört!", sagte Jakob.

„Ja, Vater, ich weiß. Dort wirst du bestattet."

„Gut!", sagte Jakob und zog die Beine aufs Bett herauf. Er ließ sich zurücksinken und atmete tief ein, aber keiner hörte ein Ausatmen. Seine Hand fiel schlaff herab, sein Blick weitete sich, wurde starr.

Josef weinte auf und warf sich über seinen Vater, bedeckte sein Gesicht mit Küssen, mit Tränen und wollte sich lange nicht trösten lassen.

Juda seufzte: „Keiner von uns hat Vater so sehr geliebt wie Josef."

Und Ruben gab wehmütig zurück: „Es ist aber auch keiner von uns von Vater so sehr geliebt worden wie Josef ..."

13. Die Bestattung

Am gleichen Tag ließ Josef die Balsamierer kommen. Sie holten den Leichnam ab. Josef begleitete die Männer und ordnete an, seinen Vater nach allen Regeln der ägyptischen Kunst einzubalsamieren. Josef sah zu, wie die Leiche seines Vaters auf den Tisch gelegt und entkleidet wurde. Dann stürzte er hinaus. Er konnte nicht mit ansehen, wie sie den Schädel aufsägten, um das Gehirn herauszunehmen, und wie sie den ganzen Körper aufschnitten, um die Organe herauslösen zu können. Als Josef in seinem Haus ankam, warteten die berühmtesten Steinmetzen des Landes in seinem Audienzzimmer.

„Wir haben gehört, dass dein verehrter Vater gestorben ist", begann der Innungsmeister. „Wir möchten dir unser tief empfundenes Mitgefühl ausdrücken. Wenn es dir etwas besser geht und du wieder geschäftliche Dinge regeln kannst, erwarten wir deinen Auftrag für ein Grabmal, das eines so berühmten Mannes würdig ist. Ehrlich gesagt wundert es mich ein wenig, dass dein Vater zu seinen Lebzeiten kein Grabmal erbauen ließ ..."[1]

„Ich danke euch für eure Anteilnahme", sagte Josef höflich. „Der Tod meines Vaters trifft mich tief, denn ich empfinde große Achtung vor ihm, er wird mir fehlen."

„Natürlich!", beteuerte der Innungsmeister. „Er war eine große Persönlichkeit. Und er soll würdig bestattet werden."

„Er hat mir seine Wünsche mitgeteilt und ich werde sie erfüllen", sagte Josef.

„Wünschte dein Vater eine Höhle, die aus einem Fels gehauen wird? Oder sollen wir ein Steinhaus entwerfen?", fragte der führende Steinmetz, der bisher alle Grabanlagen der Hofbeamten gebaut hatte.

„Mein Vater besitzt bereits eine Grabhöhle", sagte Josef.

---

[1] Die Ägypter nahmen die Vorbereitung auf das „Leben danach" sehr ernst, indem sie jahrelang, wenn nicht sogar jahrzehntelang an ihren Gräbern bauten. Nach ihrer Überzeugung war das die Voraussetzung für ein ewiges Leben in Glück und Wohlstand.

Die Handwerker wechselten bestürzte Blicke. „Oh! Das wussten wir nicht", sagte der Innungsmeister. „Wo wurde diese Anlage gebaut?"

„Im Land Kanaan, in der Heimat meiner Vorfahren", sagte Josef. „Er besitzt dort eine Höhle, in der schon sein Großvater bestattet wurde, auch seine Mutter, sein Vater und seine Frau liegen dort."

Erleichtert murmelte der führende Steinmetz: „Nun, wenn das so ist, dann werden wir uns zurückziehen."

„Ich werde auf euer Angebot zurückkommen, falls ich eure Hilfe benötige", sagte Josef, stand auf und geleitete die Handwerker zur Tür.

Die Steinmetze verabschiedeten sich, und Josef gab Taharka den Auftrag, die weiteren Tagesgeschäfte zu erledigen, damit er selbst in Ruhe trauern konnte. Denn es war endlich Zeit, Asenat und die beiden Söhne in die Arme zu schließen und mit ihnen gemeinsam zu weinen.

Die ersten Tränen waren getrocknet, da fragte Ephraim: „Vater, lassen wir Großvater nach allen Regeln der Kunst einbalsamieren?"

„Ja. Es würde die Ägypter vor den Kopf stoßen, wenn ich meinen Vater nicht nach ägyptischer Sitte bestatten ließe."

„Ich habe schon einmal zugesehen", murmelte Manasse. „Ich fand es grässlich. Mir wurde schlecht, als sie den Rumpf von oben bis unten aufschnitten. Sie haben alle Organe und Eingeweide herausgezogen."

Ephraim schauderte. „Ja, ich weiß. Das Gehirn und das Herz und der Magen, alles wird in getrennte Krüge gepackt und versiegelt, damit der Körper nicht verwest und verfault."

„Aber zuerst wird Großvater in eine Wanne mit Natron gelegt, bis das Gewebe völlig vertrocknet ist. Innen wird der Rumpf mit Leinentüchern ausgestopft und mit langen Binden umwickelt. Dann bleibt die Mumie gut erhalten", deklamierte Manasse.

„Und wozu das alles?", fragte Ephraim. „Wozu macht man den Körper haltbar? Weißt du das auch, mein schlauer Bruder?"

„Die Ägypter glauben, dass man das ewige Leben nur mit dem intakten Körper genießen kann. Und Großvaters Seele, sein Ka, muss in die Barke steigen und über den Todesfluss fahren und dann kämpfen die Dämonen gegen ihn, und er muss sie besiegen. Das kann er nur mit den Zaubersprüchen schaffen, die im Totenbuch stehen."

„Aber wie kann er denn lesen, wenn er keine Augen hat? Und was sollen Zaubersprüche helfen?", wandte Ephraim ein.

Josef schaltete sich ein. „Die Zaubersprüche bieten keinen Schutz gegen böse Geister, nur das Gebet zu unserem Schöpfergott rettet uns."

„Unser Lehrer hat erzählt, dass wir uns gut auf das Leben nach dem Tod vorbereiten müssen", sagte Manasse. „Wenn der Großvater endlich am anderen Ufer gelandet ist und alle Dämonen besiegt hat, dann muss er noch die 42 Richter davon überzeugen, dass er keine Todsünde begangen hat."

„Wie viele Todsünden gibt es denn?", fragte Ephraim.

„Du hast im Unterricht damals nicht richtig aufgepasst!", tadelte Manasse.

„Ach, das ist so lange her", seufzte Ephraim. „Und warum soll ich mir solche Dinge einprägen, wenn ich sowieso nicht daran glaube?"

„Das ist eine Frage der Allgemeinbildung. Du hast zu oft mit unseren Cousins herumgetobt, anstatt den Stoff zu lernen", bemerkte Manasse.

„Spiel dich nicht so auf", knurrte Ephraim. „Du bist nicht mein Lehrer. Und ich kann mir diese Einzelheiten so schwer merken. Jetzt sag schon, wie viele Todsünden gibt es?"

„Es gibt 42, und wenn man etwas Derartiges getan hat, dann wird man bestraft und bekommt kein ewiges Leben. Aber wenn man keine von diesen Sünden begangen hat, dann darf man den Gerichtssaal betreten. Dann wird das Herz auf eine Waagschale gelegt und auf die andere Schale kommt eine Feder, die Feder der Wahrheit, und wenn das Herz leichter ist als die Feder, dann wird man belohnt. Sonst wird man bestraft."

„Mein Herz wiegt bestimmt viel schwerer als eine Feder", jammerte Ephraim. „Vater, ich habe Angst. Ich will nicht sterben. Ich möchte nicht bestraft werden."

„Wer will das schon ...", seufzte Josef und legte Ephraim den Arm um die Schultern. „Aber du brauchst dich nicht zu fürchten. Gott, der Allmächtige, ist gütig und fühlt mit uns. Er wird uns alle Sünden vergeben, wenn wir ihn darum bitten. Die Ägypter haben ein falsches Bild von Gott und von der Religion. Aber in einem Punkt haben sie Recht: Die Vorbereitung auf das Leben nach dem Tod, die geschieht jetzt. Solange wir leben, haben wir Konflikte zu bestehen, und was uns dabei hilft, das sind nicht die Zaubersprüche aus dem Totenbuch, sondern das, was unser guter Gott gesagt hat und wie er mit unseren Vorfahren gehandelt hat. Das sind lebendige Worte, die uns Kraft geben."

„Wogegen kämpfen wir denn?", fragte Manasse.

„Wir kämpfen gegen böse Gedanken, gegen den Neid, gegen die Habsucht, gegen Bitterkeit und schlimme Erinnerungen", sagte Josef leise. „Wir kämpfen gegen den Wunsch nach Rache, gegen das Begehren, wenn wir etwas haben wollen, was einem anderen gehört. Wir kämpfen gegen den Zweifel an Gott und an seiner Güte. Das sind unsere Gegner, und wir müssen sie jetzt besiegen, solange wir leben. Am Ende siegt unser Vertrauen zum Allmächtigen, der unser Leben in seiner Hand hält."

„Dann gibt es also gar keine Gerichtsverhandlung, in der unsere Taten beurteilt werden?", fragte Ephraim.

„Doch, die wird es geben, aber in der anderen Waagschale wird keine Feder liegen, sondern die Vergebung und Sühne, die der Allmächtige selbst für uns bereitgestellt hat. Ich habe euch doch von meinem Großvater Isaak erzählt, der geopfert werden sollte?"

„Ja, und dann durfte er am Leben bleiben, weil an seiner Stelle ein Widder geopfert wurde", sagte Ephraim, an dem zwar viele Unterrichtsstunden der ägyptischen Lehrer spurlos vorübergezogen waren, doch die Erzählungen seines Vaters hatte er begierig aufgesogen und kein Wort davon vergessen.

„Solch ein stellvertretendes Opfer wird auch für uns gebracht. Der Allmächtige verzeiht uns unsere Schuld und bezahlt selbst den Preis der Wiedergutmachung. Wenn wir ihm vertrauen, dann sind wir in seiner Hand geborgen, auch wenn wir sterben."

„Also brauchen wir keine Totenbarke", sagte Manasse.

„Nein. Auch Großvater fährt mit keiner Totenbarke. Er ruht jetzt aus, er spürt nichts mehr, er kämpft nicht mehr. Es ist, als wäre er bewusstlos oder eingeschlafen. Und wenn der Allmächtige unsere

Welt besucht, dann wird er den Großvater aufwecken mit all den anderen Toten, die zu ihm gehören."[2]

„Dann brauchen wir dem Großvater auch keine Grabgeschenke zu bringen", überlegte Ephraim. „Er hat ja nichts davon."

„Ich lasse Großvater noch aus einem anderen Grund einbalsamieren", erklärte Josef. „Er möchte in Kanaan begraben werden, in der Höhle, in der auch unsere anderen Verwandten bestattet wurden. Ich möchte eines Tages auch dort zur Ruhe gelegt werden."

„Aber nach Kanaan ist es weit, da ist man lange unterwegs", meinte Ephraim.

„Ja. Wir werden nicht den direkten Weg nehmen, sondern einen Umweg machen müssen, damit die Volksstämme in Kanaan nicht denken, wir wollten einen Krieg anzetteln."

„Ich finde es gut, dass du Großvater nach ägyptischem Brauch bestatten lässt. Du bist der zweite Mann in Ägypten, du kannst den Pharao und seine Beamten nicht beleidigen", sagte Manasse.

„Ja. Wir wollen ja die Menschen in diesem Land nicht vor den Kopf stoßen", nickte Ephraim. Da er oft mit seinen Cousins zusammensteckte, fühlte er sich als Hebräer und nicht als Ägypter.

„Wir haben Ägypten viel zu verdanken", sagte Josef. „Ich respektiere ihren Glauben, auch wenn ich ihn an vielen Stellen für falsch halte."

„Man muss ja nicht immer alles sagen, was man weiß", fügte Ephraim hinzu.

* * *

Das Einbalsamieren der Leiche dauerte vierzig Tage. Anschließend verordnete Josef dem Land weitere siebzig Tage Staatstrauer.

Als diese Zeit verstrichen war, bat er den Pharao: „Lass mich meinen Vater in Kanaan begraben, wie er es befohlen hat. Ich habe ihm versprochen, seine Mumie im Grabmal unserer Vorfahren beizusetzen."

Der Pharao gab die Erlaubnis, ja, er ließ Josefs Vater sogar ein

---

[2] Das Alte wie das Neue Testament der Bibel vermitteln diese Zuversicht, z.B. Daniel 12, 13; Römer 8, 31-39; Off. 13,13; 1. Thesalonicher 4, 13-18; dieses Wissen war schon sehr früh bekannt. Henoch, aus der siebten Generation nach Adam, hat diese Information von Gott erhalten und weiterverkündet: Judas 14

Staatsbegräbnis zukommen, bei dem alle wichtigen Führer des Landes teilnehmen mussten. Natürlich kamen alle Mitglieder der Sippe Jakobs mit, nur die Kinder blieben in Goschen zurück. Eine berittene Truppe schützte den Wagenzug, der das Tote Meer umrundete[3] und bis nach Goren Atad reiste. Das laute Klagen und Trauern der Ägypter erregte im Land Kanaan großes Aufsehen. Man benannte dieses Gebiet später nach der großen Bestattungszeremonie „Abel-Mizraim“[4]. Nach sieben Tagen ließ Josef den Trauerzug dort zurück und brachte mit seinen Brüdern die Mumie des Vaters in die Höhle bei Machpela, das gegenüber vom Hain Mamre lag.[5] Sie rollten den schweren Stein beiseite, der den Eingang der Höhle verschloss, und legte Jakobs einbalsamierten Leichnam zu den Gebeinen von Abraham, Sara, Isaak, Rebekka und Lea.

Der ewige Wanderer hatte endlich zur Ruhe gefunden.

---

[3] Die Bibel schweigt darüber, aus welchem Grund Josef einen solchen Umweg wählte, vielleicht gab es dafür politische Gründe.

[4] Wiese der Ägypter; enthält ein Wortspiel mit dem Wort „ebel“ = Trauer.

[5] Wahrscheinlich ließ er die Ägypter an der Grenze zurück, damit nicht der Eindruck einer Invasion entstehen konnte. So wurde deutlich, dass es wirklich nur um eine Bestattung ging.

14. Das Vermächtnis

Josef war gerade mit seinem Gefolge nach Avaris zurückgekehrt, da erreichte ihn eine Nachricht aus Goschen: Die Brüder wollten ihn sprechen, sie hätten ihm eine letzte Botschaft des Vaters zu überbringen. Er nannte ihnen den nächsten Besuchstermin und grübelte den ganzen Tag darüber nach, was das wohl für eine Botschaft sein könnte.

Abends fragte er Asenat: „Kannst du dir denken, was mir der Vater ausrichten lässt? Ich war vor seinem Tod öfter mit ihm zusammen als die Brüder. Er hatte mir nichts Besonderes zu sagen. Als er starb, kniete ich an seinem Bett. Warum hat er mir nicht selbst gesagt, was er mir sagen wollte? Was mag das für eine rätselhafte Botschaft sein?"

Asenat lächelte und schwieg.

„Wenn du es weißt, dann sag es mir!", bestürmte Josef sie. „Hat dir Dina etwas davon verraten? Ihr seid doch befreundet!"

„Deine Schwester spricht sehr offen mit mir", räumte Asenat ein. „Doch von diesem Vermächtnis deines Vaters sagte sie nichts. Vielleicht eine Sache unter Männern?"

Am nächsten Morgen fragte Josef seinen Vertrauten Taharka, der schon oft als Vermittler gedient hatte, wenn jemand es nicht wagte, den viel beschäftigten und berühmten Kanzler persönlich zu bemühen. Taharka blickte aus dem Fenster, als fände er die Antwort irgendwo draußen im Land. Dann kehrte sein Blick zu Josef zurück.

„Sie fürchten deine Rache", sagte er leise.

„Waaaas? Meine *Rache???*" Josef stützte sich auf den Arbeitstisch, weil ihn plötzlich die Beine nicht mehr trugen. Fassungslos starrte er seinen Verwalter und Vertrauten an. „Das kann ich nicht glauben! Nach allem, was ich für sie getan habe, müssten sie doch wissen, dass ich ihnen nichts nachtrage!"

Taharka wiegte den Kopf. „Vielleicht denken sie, du hättest dich nur so lange zurückgehalten, wie dein Vater am Leben war. Aber frag sie selbst, sie warten nebenan."

Diesmal nahm sich Josef nicht die Zeit, seine Garderobe zu richten. Er stürmte hinüber zum Audienzsaal und riss die Türe auf.

Fremd und steif standen die Brüder vor ihm, als sähen sie ihn zum ersten Mal. Sie starrten zu Boden und schwiegen.

Hamor, sein ehemaliger Kammerdiener, trat einen Schritt vor und verneigte sich. „Deine Brüder haben mich zu ihrem Sprecher gemacht“, sagte er demütig.

Josef runzelte die Brauen. „Seit wann braucht ihr einen Sprecher?“, fragte er. Die Ader an seinem Hals pochte.

Hamor wich zurück und stotterte: „Bitte, Herr, lass mich weiterreden ...“

Josef winkte und ließ sich auf seinen Stuhl sinken.

Hamor schluckte, sein Adamsapfel hüpfte auf und nieder, dann hatte er genügend Mut gesammelt und sagte mit fester Stimme: „Dein Vater hat deinen Brüdern vor seinem Tod einen Auftrag gegeben. Sie sollten dich um Verzeihung bitten für das Verbrechen, das sie dir angetan haben. Bitte vergib ihnen, die ja dem gleichen Gott dienen wie dein Vater ...“

Langsam stand Josef auf und schaute in die verschlossenen Gesichter seiner Brüder. Da war keiner, der seinen Blick suchte oder ihn vertrauensvoll erwiderte, nicht einmal Juda. Benjamin, der ja an der Untat überhaupt keinen Anteil hatte, hatte ein hochrotes Gesicht und fühlte sich offenbar genauso unwohl wie alle anderen.

Josef wollte etwas sagen, doch er brachte kein Wort heraus. Die Tränen schossen ihm in die Augen, und er floh nach draußen, rannte in ein Arbeitszimmer, ließ den Kopf auf die Tischplatte sinken und weinte hemmungslos.

So fand ihn Asenat, die der vorausschauende Taharka zu Hilfe gerufen hatte. Sie legte Josef die Hände auf die zuckenden Schultern und knetete sie sanft. Dazu summte sie eine traurige Melodie, die sie während der siebzig Tage Trauerzeit täglich gesungen hatte.

Nach einer Weile sagte sie: „Du weinst immer noch um deinen Vater, nicht wahr?“

„Er war bis zu seinem Tod darum bemüht, Versöhnung zu schaffen“, stieß Josef hervor. „Er wollte, dass mich die Brüder um Verzeihung bitten.“

„Haben sie das immer noch nicht getan?“, wunderte sich Asenat.

Josef schüttelte den Kopf. „Ich habe es auch nicht von ihnen gefordert. Sie mussten ja spüren, dass ich ihnen nicht mehr grollte.“

„Woher sollten sie wissen, dass du ihnen verziehen hast, wenn du es nie gesagt hast?“, fragte Asenat.

Josef hob den Kopf und sah sie aus nassen Augen an. „Sind Worte nötig, wenn man Taten sieht?“

„Oh ja, Worte sind nötig, denn sie schaffen Tatsachen. Ohne Worte bleibt alles im Nebel“, sagte Asenat langsam.

„Auch wenn ich durch meine Taten gezeigt habe, dass ich ihnen nicht böse bin?“

„Manche Taten brauchen eine Deutung. Sonst werden sie missverstanden.“

„Du meinst also, meine Brüder hätten ihre Schuld beim Namen nennen sollen?“

„Ja, um ihrer selbst willen, denn solange man Schuld nicht zugibt, bleibt sie in der Seele kleben und lässt sich nicht beseitigen. Man hat dann keine Hand frei, um etwas Gutes anzunehmen.“

„Und was habe ich damit zu tun?“, stöhnte Josef.

„Du bist das Opfer, dir wurde Unrecht getan. Du wärst im Recht, wolltest du dich rächen. Doch wenn du vergibst, dann überträgst du dieses Recht auf Vergeltung einem Höheren, du verzichtest auf dein Recht zu grollen, zu wüten, zu strafen. Auch du hast nun die Hand frei, die Schuld des anderen klebt nicht mehr an dir. Du kannst die Hand dem anderen reichen, damit das Band erneuert wird, das euch verbindet.“

„Das sind sehr weise Worte“, murmelte Josef. „Der Allmächtige selbst hat sie dir eingegeben.“

„Ja“, sagte Asenat. „Der lebendige Gott will, dass wir uns versöhnen. Das ist sein Vermächtnis.“

Josef wischte sich die Tränen aus dem Gesicht und stand auf. „Die Brüder tun mir Leid. So viele Jahre tragen sie diese Last mit sich herum und fürchten sich vor Strafe.“

„Sie kennen dich noch immer nicht, wie furchtbar, wie bitter für dich!“, warf Asenat ein.

„Und wie bitter für sie! Seit 39 Jahren quälen sie sich damit herum.“

„Was für ein elendes Leben“, seufzte Asenat. „Und nun leben sie schon seit 17 Jahren in den schönen Häusern, die du für sie erbaut hast. Täglich essen sie Nahrung, die du ihnen bezahlt hast. Sie leben von deiner Fürsorge, und ihre Familien wachsen und gedeihen, weil du sie hütest wie ein treuer Hirte – und sie vertrauen dir immer noch nicht? Sie fürchten dich?“

Nun hatte Asenat die Augen voller Tränen. Langsam liefen sie über ihre Wangen und tropften auf die Hände, die sie vor der Brust verkrampft hielt.

„Du weißt, was ich fühle, nicht wahr?“, stöhnte Josef. „Dieses Misstrauen, ihre Angst – das schmerzt am tiefsten!“

Asenat zog ihn in die Arme und wiegte ihn wie ein Kind, bis sein Schluchzen verebbt war. Dann sagte sie: „Mein Liebster, nun ist es Zeit, den eigenen Schmerz loszulassen und an die Brüder zu denken. Sie müssen vor Angst halb von Sinnen sein. Erkläre ihnen, was du fühlst und wie du über sie denkst. Bevor die Sonne untergeht, müssen sie wissen, dass ihnen vergeben ist. Sie dürfen keinen Tag länger unter dieser Last stöhnen, die sie sich selbst aufgeladen haben. Sie müssen endlich begreifen, dass du sie lieb hast – trotz allem, was war und was sie getan haben. Sie müssen verstehen, dass du sie liebst, weil sie deine Brüder sind.“

„Deshalb – und weil der Allmächtige dies alles im Voraus wusste und in seinen Meisterplan eingebaut hat“, sagte Josef mit fester Stimme.

„Sag ihnen genau das“, schlug Asenat vor, „es wird sie trösten.“

Als Josef mit frisch gewaschenem Gesicht und einer neuen Tunika in den Sitzungssaal zurückkehrte, warfen sich die Brüder vor ihm auf den Boden.

Juda rief: „Wir sind deine Knechte! Mach mit uns, was du willst.“

Wieder kamen Josef die Tränen. „Was tut ihr da? Steht auf! Ihr seid doch meine Brüder! Habt keine Angst!“

Zögernd erhob sich einer nach dem anderen.

Josef sagte eindringlich: „Ich bin nicht Gott, der Unrecht bestraft und Verbrechen heimsucht. *Ihm* müsst ihr euch unterwerfen, nicht mir!“

Die Brüder schwiegen immer noch, und Josef beschloss, ihnen eine Brücke zu bauen. „Ja, es stimmt, ihr wolltet mir Schlimmes antun. Doch der Allwissende hat euren bösen Plan zum Guten gewendet. Seht ihr das nicht? Gott hat dafür gesorgt, dass viele Menschen am Leben blieben. Denn er will unsere Familie zu einem großen Volk machen. Wovor fürchtet ihr euch also?“

Nun endlich suchten sie seinen Blick. Er lächelte unter Tränen: „Juda! Benjamin! Ruben! Ich bin doch auf eurer Seite! Gad! Asser! Naftali! Ich sorge doch für euch und eure Kinder! Dan! Simeon! Levi! Ihr könnt euch darauf verlassen, von mir habt ihr nur Gutes zu erwarten! Ja, auch ihr, Sebulon und Issaschar! Nur Gutes!"

Während Josef so zu ihnen redete und ihnen immer wieder versicherte, dass ihnen längst verziehen war, wurden die Augen der Männer hell. Die verkrampften Kiefer lockerten sich, Juda wagte ein halbes Lächeln, Benjamin fiel Josef um den Hals, und einer nach dem anderen fasste Mut und begann zu glauben, endlich zu glauben, dass ihnen vergeben war, vor Jahren schon!

Denn nun hatte Josef zu Herzen gesprochen, die nicht länger gegen ihn verhärtet waren. Der Eispanzer, der ihre Seelen so lange zusammengepresst hatte, war zersprungen und geschmolzen, sie waren endlich, endlich frei.

Epilog

Viele Jahre vergingen. Jakobs Sippe wuchs und wurde zum großen Volk. Josef starb und wurde in einem Grab in seinem Garten beigesetzt. Eine überlebensgroße Statue, die ihn als Kanzler des Landes zeigte, sitzend auf einem Thron, die Goldkette mit dem Ankus um den Hals, ein Zepter in der Hand, sollte seinen Sarkophag bewachen.

Aber dann änderten sich die Machtverhältnisse im Land. Ein ägyptischer Pharao[1] bestieg den Thron, der nichts von Josef und seinen Verdiensten wusste – oder wissen wollte? Das fremde Volk in Goschen war ihm lästig. Er entzog den Hebräern ihre Sonderrechte und machte sie zu fronpflichtigen Sklaven.

Doch je mehr er die Israeliten unterdrückte, um so stärker vermehrten sie sich. Sie waren anspruchslos und zäh geworden. Das machte ihm Angst. Er ordnete an, alle männlichen Babys der Hebräer im Nil zu ertränken. Und er befahl den beiden hebräischen Hebammen, die männlichen Säuglinge gleich nach der Geburt zu töten. Doch sie widersetzten sich seinem Befehl, Leben war ihnen heilig.

Und so konnten zwei Jungen aus dem Stamm Levi überleben: Aaron und sein kleiner Bruder Mose, den die Mutter aus Angst vor Pharaos Häschern in einem gepolsterten Schilfkorb im Nil aussetzte, wo er von seiner Schwester Mirijam gehütet wurde, bis er schließlich von der Tochter des Pharaos entdeckt wurde.

Sie war von dem hübschen Baby entzückt und adoptierte den Jungen, nannte ihn „Mose“ (aus dem Wasser gezogen). Dieser Mose, Prinz von Ägypten, fand zu seinen Wurzeln und führte sein Volk Israel auf Gottes Befehl aus der ägyptischen Sklaverei in die Freiheit und zurück nach Kanaan, ihrer Heimat.

Josefs Mumie nahmen sie mit und bestatteten den zu Lebzeiten so hoch verehrten Kanzler im Familiengrab in Mamre. Deshalb fanden die Archäologen sein Grab in Avaris leer, nur die stark beschädigte Statue gab den Hinweis auf den Besitzer dieser Gruft: Zafenat-Paneach – Gott redet, er lebt.

[1] Etwa siebzig Jahre nach Josefs Tod; vielleicht Neferhotep I oder Sobekhotep II?

Anhang
Das Leben in Ägypten zur Zeit Josefs

Gesellschaftliches Leben

Das Leben in Ägypten wurde für die ärmeren Menschen durch einen harten Überlebenskampf bestimmt. Ende Juli begann das Nilhochwasser, die Dämme mussten instand gehalten werden, damit jedes Feld genügend Nilschlamm als Dünger bekam (Muttererde aus Abessinien /Äthiopien). Sobald das Wasser ablief, wurden die Felder eingesät und mussten bis zur Ernte im März bewässert werden. Danach musste der durchschnittliche Bauer erst einmal Frondienst für den Pharao leisten, entweder als Soldat oder im Zivildienst als Bauarbeiter oder im Transport.

Die wohlhabenden Menschen hatten Pächter, Sklaven und Diener, die die schweren Arbeiten für sie erledigten.

Frauen wurden in Ägypten keineswegs unterdrückt. Im Ägypten der 18. Dynastie, das ein wenig dekadent geworden war, spürt man eine Überbewertung der Frau und eine Verweiblichung der Gesellschaft. Die Männer neigten dazu, sich ähnlich zu kleiden und zu schmücken wie ihre Frauen. Die Königinnen, die schon oft eine wichtige Rolle gespielt hatten, nahmen noch direkter Einfluss auf die Politik.

Echnaton ist auf den Reliefs immer von Nofretete und den Prinzessinnen begleitet, und er selbst lässt sich mit seltsam weiblich anmutenden Formen darstellen. Aber auch schon in den früheren Dynastien verherrlichten die Künstler das Weibliche in einer Weise, dass der Eindruck entsteht, als hätten an den Ufern des Nils nur schlanke, anmutige Frauen mit vollkommenen Körpern und einer verhaltenen Sinnlichkeit gelebt.

So wie der König konnten auch die reichen Männer Konkubinen halten, doch es gab nur eine offizielle und legale Ehefrau. Man sieht sie auf den Grabwänden an der Seite ihres Mannes, den sie liebevoll umarmt. Als Gemahlin und Mutter wurde die Frau als beinahe gleichberechtigt betrachtet.

Religion

Die Religion spielte in Ägypten eine wichtige Rolle. Die alten Ägypter besaßen eine vielfältige Götterwelt und außerdem ganz unterschiedliche Mythen zur Erklärung des Unerklärlichen. Jedes religiöse Zentrum hatte seine eigene Version von der Entstehung der Welt.

Die Priester von Heliopolis schrieben die Schöpfung ihrem Gott Atum zu, den sie mit dem Sonnengott Re identifizierten und in menschlicher Gestalt darstellten. Ihre Theorie hatte das Erscheinen des Lichts in der Dunkelheit zum Mittelpunkt. Die Begründer des Mittleren Reiches dagegen waren davon überzeugt, dass ihr Gott Ammon die Welt geschaffen hatte.

Die Priester in Memphis hatten wieder eine andere Theorie aufgestellt. Sie behaupteten, dass Ptah die Welt mit Werken seines Herzens und seiner Zunge geschaffen hatte, das sind Symbole für Vernunft und Sprache. Sie drückten damit aus, dass der Schöpfer die Idee des Universums erdacht und durch Befehle verwirklicht hatte.

Amun Re, der „Schöpfer", wurde im Neuen Reich zum Hauptgott. Die Katzengöttin Bastet war die Tochter des Sonnesgottes Re. Daneben hatte jeder der 42 Gaue seinen eigenen Gott und außerdem noch viele andere, häufig wechselnde Götterfiguren. Für jede Phase des Lebens machte man verschiedene Götter verantwortlich. Die mächtigsten Götter – Amun, Hathor und Osiris – wurden im ganzen Land verehrt. Für sie hatte man riesige Tempel gebaut. Daneben wurden auch untergeordnete Götter verehrt, die sich um Angelegenheiten des täglichen Lebens kümmerten, wie z.B. um die Geburt. Sie wurden an Hausaltären verehrt.

Einige dieser Götter wurden in menschlicher Gestalt dargestellt, andere durch Tierbilder oder durch einen menschlichen Körper mit einem Tierkopf. Sobek, der Gott des Wassers, wurde durch ein Krokodil symbolisiert, Anubis, der Gott der Balsamierer, trug einen Schakalkopf.

Der Tempel war die irdische Wohnung der Gottheit, in der die „Götter" mit den Menschen in Kontakt traten. Die Priester und Priesterinnen wohnten in Räumen um den Tempel herum. Dort gab es auch Schreibräume, wo Papyri abgeschrieben und aufbewahrt wurden. Zum Tempelgelände gehörte ein See, aus dem man „heiliges

Wasser“ für die verschiedenen Zeremonien holte. Eine hohe Mauer sollte alles Unreine und Böse abhalten.

Die ethische Idee in der ägyptischen Religion wurde Maat genannt. Es umfasste Wahrheit, Ordnung, Gerechtigkeit und Rechtschaffenheit. Maat war keine menschliche Tugend, sondern eine Eigenschaft der Welt, die von den Göttern im Augenblick der Schöpfung in die Welt eingebaut wurde. Maat repräsentierte den Willen der Götter. Um den Göttern zu gefallen, musste der Ägypter diesen Wert zur Richtlinie seines Handelns machen. Für den Bauern bedeutete Maat harte Arbeit und Ehrlichkeit, für den Beamten faires, gerechtes Handeln.

Die Ägypter glaubten an eine unsterbliche Seele (Ka), die im Jenseits dieselben Freuden genießen würde wie im Dieseits; das ewige Leben wurde als Fortsetzung des irdischen Lebens betrachtet. Jeder Ägypter bereitete sich schon zu Lebzeiten sorgfältig auf das Jenseits vor, indem er sein Grab herrichten ließ. Der Bau eines standesgemäßen Grabmales konnte Jahre oder Jahrzehnte dauern. Künstler mussten alle Freuden, die man im Jenseits fortsetzen wollte – wie segeln, jagen, Feste feiern – und die Dienste der Sklaven an die Wände malen oder in Holzmodellen darstellen.

Die Ägypter betrachteten das irdische Leben als einen Traum, der im Nu vergeht, während das eigentliche Leben im Reich des Totengottes Osiris ewig währen würde. Deshalb verwandten sie viel Sorgfalt auf die Vorbereitung. Der Körper musste vollständig erhalten bleiben. Wenn ein Ägypter starb, holten Balsamierer den Leichnam ab und präparierten ihn.

Dazu wurde das Gehirn entfernt, auch die inneren Organe, die alle in Kanopen (krugähnliche Gefäße) aufbewahrt wurden. Der Körper wurde in Natron gepackt, um auszutrocknen. Manchmal wurden auch konservierende Öle verwendet. Dann wurde der ausgehöhlte Körper mit Leinen ausgestopft und mit langen Binden umwickelt.

Die persönlichen Habseligkeiten des Toten wurden mit ins Grab gelegt, außerdem Speisen und Getränke, damit es der Verstorbene auch im nächsten Leben gut und bequem haben sollte.

Einfache Gräber waren Gruben im Sand, doch die reicheren Ägypter bauten Steinhäuser oder meißelten Höhlen in den Fels, die dann mehrere möblierte Räume enthielt. Die Angehörigen brachten regelmäßig Nahrungsmittel und Wein und Korn in die Grabkammern, um die Verstorbenen im „ewigen Leben" zu versorgen. Die Grabkammern der Reichen und der Pharaonen wurden versiegelt und zugemauert. Bei den Königsgräbern wurden z.T. raffinierte Systeme von Gängen und Fallen konstruiert, um Grabräuber zu täuschen und abzuhalten. An den Wänden der Grabstätten wurden Szenen aus dem täglichen Leben aufgemalt oder auch Bilder vom Begräbnis. Diese bunten Bilder sollten als Zauber wirken.

Nach Ansicht der Ägypter war der Verstorbene über den „Fluss des Todes" gebracht worden und musste nun die Unterwelt durchqueren, wobei er viele Gefahren zu überwinden und gegen böse Geister zu kämpfen hatte. Dabei konnte er von den Zaubersprüchen und Ratschlägen Gebrauch machen, die im „Totenbuch" aufgeschrieben waren, das man ihm mit ins Grab gelegt hatte. Hatte der Verstorbene schließlich die „42 Richter" erreicht, dann musste er sie davon überzeugen, dass er keine der 42 Sünden begangen hatte, die in Ägypten als „Todsünden" galten. Nun durfte er den Gerichtssaal des Osiris betreten. Dort wurde das Herz des Verstorbenen gegen die Feder der Wahrheit aufgewogen und die endgültige Bestrafung oder Belohnung festgelegt.

Jeder Ägypter, vom einfachen Bauern bis zum Pharao, befragte Orakel. Durch diese Methode löste man Probleme. Eine Form des Orakels war der Zettel, den man am Tempeltor einreichte. Auf diesem Zettel hatte ein Schreiber die Frage festgehalten – und zwar so formuliert, dass sie mit Ja oder Nein zu beantworten war. Der Priester brachte die Frage zur Statue eines Gottes in den Tempel und brachte anschließend die „Antwort des Gottes" dem Bittsteller zurück. An Feiertagen wurde die Statue des Gottes aus dem Tempel getragen und in ein Boot gestellt, so dass jeder den Gott befragen konnte. Die Antwort ergab sich aus dem Schaukeln des Bootes: Vorwärts hieß ja, rückwärts hieß nein. Manche befragten auch lebendige Tiere, die zu diesem Zweck im Tempel gehalten wurden. Ihre Bewegungen wurden dann vom Priester als Antwort gedeutet.

Ein wichtiger Ritus war das Stieropfer. Die Stiere oder Kälber wurden mit Blumengirlanden bekränzt, bevor man sie tötete.

Ein Kalenderpapyrus zeigt die abergläubischen Vorstellungen: Die Glück verheißenden Tage wurden mit schwarzer Tinte markiert, die Unglück bringenden Tage mit roter Tinte gekennzeichnet.

Überall im Land waren Obelisken aufgestellt. Die Spitze eines Obelisken symbolisierte den Hügel, auf dem angeblich der Sonnengott Re stand, als er das Universum schuf. Die Verehrung der Sonne spielte eine große Rolle.

Priester

Der Hohepriester der Ägypter hatte großen Einfluss, er kontrollierte den riesigen Besitz an Ländereien und Schätzen des Tempels. Viele Jahrhunderte lang war das Priesteramt erblich. Es gab eine feste Rangordnung im Tempel; die Gottesdiener vom 1. bis zum 4. Priester der unteren Klassen nannte man Gottesväter oder die „Reinen". Sie leisteten Schichtdienst und mussten monatsweise für das Tempeleigentum sorgen und die Verwaltungsakten führen.

Priester mussten ihr Haar scheren – typische Gemälde zeigen sie mit Stirnfalten und Tränensäcken, was auf ein meditatives Leben schließen lässt.

Die Priesterinnen sangen zu Ehren des Gottes Amun. Ihre Aufgabe war es, heilige Rituale durchzuführen und Weihrauchgefäße zu schwenken. Sie mussten die Götterstatuen neu dekorieren und nach den Riten die Tempelböden fegen.

Darüber hinaus arbeitete ein ganzes Heer von Bäckern, Köchen, Metzgern, Tänzern, Brauern und Handwerkern für den Tempelkult. Sie wurden aus den Pachtzinsen bezahlt, die durch die verpachteten Tempelländereien erwirtschaftet wurden.

Einfache Ägypter durften das Innere des Tempels nur ausnahmsweise betreten. Sie richteten ihre Gebete am Tempeltor an große Standbilder des regierenden Königs. Als „Kind der Götter" war der König ein Vermittler zwischen ihnen und den „Göttern".

Bildung und Berufe

Alle Ägypter bemühten sich darum, ihre Kinder zur Schule zu schicken. Arme Familien sandten wenigstens einen Sohn dorthin. Die Dorfschulen wurden meist vom ansässigen Priester geführt oder von einem Schreiber, der nebenbei die Kinder im Grundwissen unterrichtete. Außerdem gab es Tempelschulen, in denen auch anspruchsvolle Fächer gelehrt wurden.

Für die Jungen begann die Schule mit sieben Jahren. Mädchen wurden zu Hause unterrichtet. Es wurde auf strikte Disziplin geachtet. „Das Ohr eines Jungen befindet sich an seinem Rücken, wenn er geschlagen wird, hört er zu", so heißt es in der Papyrusschrift mit dem Titel: „Eine Warnung für Schuljungen".

Um Hunderte von Hieroglyphen und deren Kurzschriftform zu erlernen, mussten die Schüler immer wieder Texte auf Stein- oder Tonscherben oder auf Holzbretter schreiben, die mit einer Wachschicht bedeckt waren. Die Wachsschicht wurde geglättet und konnte neu beschrieben werden.

Begabte Jungen, deren Eltern die Schulgebühren aufbringen konnten, lernten Mathematik, Geschichte, Geografie, Fremdsprachen, Zeichnen, Baukunst, Medizin, Astronomie und Literatur. Sogar Prüfungen mussten sie ablegen.

Die professionellen Schreiber benutzen für kurze Notizen auch Stein- oder Tonscherben, doch die endgültige Fassung der Dokumente wurde auf Papyrusrollen geschrieben.

Ägypter arbeiteten als Handwerker, Bauern, Soldaten, Schreiber, Transportarbeiter, Ärzte, Hebammen, Bäcker, Metzger, Tänzer, Musiker, Architekten, Beamte, Maler (die Farben wurden aus zerriebenen Mineralien hergestellt), Akrobaten, Geschichtenerzähler, Schlangen- oder Skorpionbeschwörer, Fährmänner, Jäger und Lehrer.

Die ägyptische Woche umfasste zehn Tage: acht Arbeitstage und zwei freie Tage. An den Arbeitstagen wurde morgens sehr früh mit der ersten Schicht begonnen. Während der heißen Mittagszeit ruhten alle aus und erst am Nachmittag wurde die zweite Schicht angefangen. Die Bauleute der Königsgräber waren selbstbewusste und qualifizierte Handwerker. Sie hatten reichlich Freizeit. Als man ihnen z.B. die Knoblauchrationen kürzen wollte, legten sie die Arbeit nieder und traten kurzfristig in den Streik.

Löhne wurden in Form von Nahrungsmitteln, Öl, Leinen und Brennholz sowie in Sonderprämien wie Salz, Wein, zusätzlichem Fleisch und Silber gezahlt. Die schwere körperliche Arbeit wurde von Sklaven verrichtet.

Am Wochenende ruhten die Männer aus, feierten Feste und arbeiteten in ihren Grundstücken oder an ihren eigenen Grabmälern. Zusätzlich gab es noch 65 arbeitsfreie Tage im Jahr, dazu gehörten vier Tage für lokale Festlichkeiten und fünf Tage Neujahrsfeiern. Manche Arbeiter verlängerten ihren Urlaub eigenmächtig. Die Schreiber hielten ihre Entschuldigungen fest: Krankheit, Streit mit der Frau, Bierbrauen für ein Fest, Kater nach dem Fest, Kindergeburtstag u.a.

Transport

Der Nil war der einfachste Transportweg für Lasten, Waren und Menschen. Kleine Fähren brachten Bauern und ihre Waren von einem Ort zum nächsten. Größere Schiffe beförderten Beamte und Geschäftsleute. Flache Kähne hatten schwere Güter geladen, und schlankere Schiffe waren für weite Reisen in andere Gewässer gebaut.

Reiche Ägypter ließen sich in Sänften tragen, die meisten Menschen waren zu Fuß unterwegs. Später hatten die Hofbeamten auch Pferde und Pferdewagen.

Handel

Den größten Teil des Überseehandels organisierte der Pharao mit seiner Außenpolitik. Die Könige der benachbarten Staaten baten z.B. um ägyptisches Gold, wofür ein Pharao dann als Gegenleistung „vierzig Konkubinen“ haben wollte, die alle „makellos“ sein sollten und „keine schrille Stimme“ haben durften.

Auch die Tempelpriester und unabhängige Händler betrieben Außenhandel, exportierten Gold, Weizen, Leinen, Papyrus und Kunsthandwerk. Sie wagten sich bis Südafrika und Libyen, nach Griechenland und in den Libanon und brachten Baumaterial, Kupfer, Sklaven, Pferde, Weihrauch, Wein, Rinder und viele Luxusgüter von ihren Reisen mit.

Freizeit

Die alten Ägypter waren Genießer. Schon die Kinder hatten viele Freizeitangebote. Sie spielten mit Spielzeugbooten und -tieren, Bällen, Schleudern und Kreiseln, hatten aber auch komplizierte Spielsachen wie z.B. Gliederpuppen. Spiele wie Fangen, Verstecken und Mannschaftskämpfe waren sehr beliebt.

Die Erwachsenen gingen gern auf die Jagd, zu einem Picknick oder zum Schwimmen zu krokodilfreien Gewässern. Auf dem Nil wurden Bootsspiele durchgeführt, wobei man die gegnerische Mannschaft mit Stangen ins Wasser zu werfen versuchte.

Brettspiele waren sehr beliebt: „Hunde und Schakale" (so ähnlich wie unser Dame-Spiel) oder „Zwanzig Quadrate". Der absolute „Schlager" war das „Senet-Spiel", ähnlich unserem Schach. Jeder Haushalt besaß ein Senet-Brett, das es in einfachen Ausführungen aus Schilf und getrocknetem Schlamm gab, aber auch aus Ebenholz oder Elfenbein und Gold.

Wer lesen konnte, machte es sich mit einer Lektüre aus Reiseberichten, Erzählungen oder Romanen bequem, oder man hörte einem Geschichtenerzähler zu. Die Ägypter liebten Haustiere und hielten Katzen, Äffchen, Gänse und Gazellen. Der Haushund wurde mit seinem Halsband begraben, damit er nach seinem Tod wieder mit dem Besitzer vereint würde.

Zwar gab es keine Theater oder öffentlichen Wettkämpfe, doch die königlichen oder religiösen Prozessionen sorgten für Prunk und Abwechslung. In den großen Tempeln wurden von Priestern und Priesterinnen an Festtagen „Dramen" mit religiösem Inhalt aufgeführt. Wallfahrten zu einem der großen Kultorte waren für viele Ägypter Höhepunkte im Jahr. Sie liebten Feste und Unterhaltung, aßen gern komplizierte Gerichte und waren dem Gerstenbier und dem Wein sehr zugetan. Bei allen religiösen Festen floss der Alkohol in Strömen, weil die Ägypter meinten, dass ihre Götter Freude daran hätten, ihre Anbeter berauscht zu sehen.

Medizinische Versorgung

Die medizinischen Bücher zeugen von detaillierten Anatomiekenntnissen. Durch die Mumifizierung der Toten wussten die Ägypter über die Anatomie des Menschen genau Bescheid. Sie wussten, dass das Herz das Blut durch den Körper pumpt und dass der Puls „Nachrichten vom Herzen" übermittelt. Sie wussten auch, dass Verletzungen der einen Hirnseite Auswirkungen auf die entgegengesetzte Körperseite haben.

Die Ärzte lernten, dass sie bei der Diagnosestellung zunächst den Patienten sehr genau beobachten sollten. Dann wurde er befragt, untersucht, berochen und abgetastet. Meinte der Arzt, diesen Patienten heilen zu können, dann sagte er: „Eine Krankheit, die ich behandeln werde." Befürchtete er einen unsicheren Ausgang, weil die Krankheit komplizierter erschien, dann sagte er: „Eine Krankheit, mit der ich ringen werde."

Ägyptische Ärzte waren sich aber auch ihrer Grenzen bewusst und vermieden es, ihren Patienten unnötige Schmerzen zuzufügen. Oft mussten sie sich sagen: „Eine Krankheit, die nicht behandelt werden kann."

Sie machten sich Fallnotizen, um bei späteren Fällen darauf zurückgreifen zu können.

Daneben waren die medizinischen Kenntnisse aber auch mit magischen Vorstellungen durchsetzt. Die ägyptischen Ärzte arbeiteten eng mit den Medizinmännern zusammen. Zum Beispiel galt die Göttin Taweret wichtig für Geburten. Sie sah aus wie ein schwangeres Nilpferd und sollte durch ihren Furcht erregenden Anblick alles Übel vertreiben, das einer schwangeren Frau gefährlich werden könnte.

Die Ärzte führten auch komplizierte Operationen durch. Vorher wuschen sich der Chirurg und seine Helfer sorgfältig und desinfizierten die Instrumente im Feuer. Sie öffneten verletzte Schädeldecken, um den Druck auf das Gehirn zu vermindern. Vor einer Operation gab der Chirurg dem Patienten ein Schmerzmittel zu trinken. Im Neuen Reich könnte es Opium gewesen sein, das aus Zypern importiert wurde.

Die ägyptische Medizin hatte einen guten Ruf bei den Nachbarländern. Angehende Ärzte lernten bei einem bewährten Meister. Es gab aber auch Medizinschulen, die den Tempeln angeschlossen waren, und außerdem gab es mindestens eine Hebammenschule.

Medikamente wurden äußerlich angewendet, eingenommen oder inhaliert. Die Bücher beschreiben Heilmittel gegen Augenleiden, Tumore und Frauenleiden. Wacholderbeeren und Knoblauch wurden reichlich verwendet. Die ägyptischen Pasten und Pulver, die man heute noch identifizieren kann, scheinen sinnvolle Kräutermischungen gewesen zu sein. Einige Arzneien enthielten aber auch Zutaten wie Mäuse, Käfer und Kot, um die Dämonen auszutreiben, die die Krankheit angeblich verursacht hatten. Neben den Medikamenten wurden Gebete eingesetzt. In schweren Fällen nahm man Zuflucht zur Zauberei und Magie. Man konnte auch den Tempel eines Gottes aufsuchen, z.B. des Imhotep, dessen Priester ausgebildete Ärzte waren. In einigen Tempeln durften die Kranken eine Nacht neben dem Heiligtum des „Gottes" verbringen; der Tempelschlaf sollten ihnen seelische Stärkung bringen und die Heilung fördern.

Hausbau und -einrichtung

Die Häuser der einfachen Leute bestanden aus Lehmziegeln mit einem flachen Dach aus Lehm, den man in Lagen über Akazienholzstäbe und Schilfmatten gestrichen hatte. Eine Öffnung diente als Tür, eine andere als Fenster. Als Rollos hatte man Schilfmatten, die hochgerollt werden konnten.

Solch ein Haus enthielt nur wenige Möbel: Ein Bett – bestehend aus einem Holzrahmen auf vier Beinen, der zur Federung mit Lederriemen bespannt war, einer Kopfstütze aus Holz oder gebranntem Lehm –, ein paar niedrige Stühle und kleine Tische, eine Holzkiste für Wertsachen, ein paar Stoffbahnen und Vorratsbehälter aus Ton mussten ausreichen. Neben etwas Werkzeug hatte man in einem einfachen Haushalt in der Regel zwei Mühlsteine, eine Bronzesichel, Messer aus Bronze, Netze zum Vogelfang und einen Webstuhl.

Die Villa eines Aristokraten oder Regierungsbeamten war gewöhnlich von einer hohen Mauer umgeben, hatte verschiedene Schlafzimmer, ein Wohnzimmer, ein Badezimmer und eine Küche, die in einem getrennten Anbau untergebracht war. Balkone und Terrassen waren nach Norden gerichtet, die Räume hatten große offene Fenster, um auch die leichteste Brise einzufangen. Dort waren auch die Quartiere für die Diener und die Vorratsräume platziert. Innerhalb der Mauer gab es einen gepflegten Garten mit Teich, umgeben von symmetrisch gepflanzten Bäumen und Blumenbeeten. Der adelige Ägypter liebte Schönheit, Symmetrie und die Natur.

Die Betten der Edelleute hatten geschnitzte Löwenfüße und

Elfenbein-Intarsien. Das Bett war gewöhnlich nur 1,20 m lang, da die Ägypter mit angezogenen Beinen schliefen. Gewöhnlich übernachteten sie im Himmelbett und benutzten die Vorhänge als Moskitonetz.

Das Badezimmer hatte hinten eine halb hohe Wand, hinter der ein Diener stand, der dann die badende Person mit Wasser übergoss.

Beim Essen saßen die Leute auf Stühlen an Tischen, sie hatten auch Spieltische und spielten „Senet".

Haushaltsgegenstände

Die Ägypter hatten zahlreiche Haushaltsgegenstände für den täglichen Gebrauch: Weinkrüge und Trinkbecher, eine mit Öl gefüllte Taube (den Inhalt konnte man durch ein Loch oberhalb der Flügel ausgießen), Obstkörbe aus Palmenblättern oder Papyrusstreifen mit Mustern oder Bilder von Menschen. Zum Feueranzünden diente ein Fächer; es gab nicht nur Kochfeuer, sondern Kamin-ähnliche Feuerstellen, die im Wohnraum Gemütlichkeit und Wärme verbreiten sollten.

Das dunkle afrikanische Ebenholz wurde für Möbel, Harfen, Spielbretter und Statuen sehr geschätzt. Holzhandwerker genossen großes Ansehen. Beliebt waren Kopfstützen in Gestalt eines Wüstenhasen: Der hölzerne Hase war mit einem Kissen gepolstert. Man legte den Kopf darauf, die Luft wehte kühl am Nacken, der Kopf lag außerhalb der Reichweite von Käfern und Skorpionen und wurde in einer entspannten Stellung gestützt.

Ernährung

Die Nahrungsmittel der armen Bevölkerung bestanden hauptsächlich aus Emmer (einer Weizenart), Roggen, Linsen, Zwiebeln und Knoblauch, gelegentlich gab es etwas Fleisch oder dünnes Bier.

Die Wohlhabenden aßen Gemüse, Fleisch, Emmer und Früchte und tranken viel Bier und Wein.

Musik und Tanz

Die Ägypter liebten die Musik. Sie benutzten Rhythmusstöcke, Harfen, Salti, verschiedene Blasinstrumente, Bronzebecken, Klappern, Lyren und Doppelflöten aus Rohr oder Holz. Die Harfen hatten zwischen vier und zwanzig Saiten und waren z.T. aufwändig verziert mit einem Königskopf am Holzkörper und Falkenkopf am Stimmende. Die heilige Rassel (Sistrum) wurde von Edelfrauen und Priesterinnen bei Festen getragen.

Stoffe und Kleidung

Dazu wurde hauptsächlich Flachs zu kühlenden Leinenstoffen verarbeitet. Die Ägypter konnten im Altertum so hauchdünne Stoffe aus Leinen oder Baumwolle herstellen, dass man ein solches Kleid durch einen Ring ziehen konnte. Natürlich waren solche Kleider transparent und dienten kaum zur Verhüllung. Der Pharao trug ein Gewand aus außergewöhnlich reinem Leinen, in späterer Zeit auch leichte Überwürfe. Frauen trugen lange, meist eng anliegende Kleider, die die Brust bedeckten und durch dünne Träger gehalten wurden, darüber oft plissierte Umhänge. Dabei wurden die Kleiderfalten mithilfe eines Holzbrettes mit geriffelter Oberfläche in die Stoffe gepresst. Weiß wurde bevorzugt; Techniken zum Stoff-Färben kamen später aus dem Mittleren Osten durch semitische Einwanderer ins Land. Männer trugen einen Lendenschurz aus weißem Leinen, in späterer Zeit dazu auch ein kurzärmeliges Hemd.

Es gab auch Riedsandalen aus Papyrus, deren Riemen aus Papyrusschnur war. (Priester durften kein anderes Schuhwerk tragen.)

Ägyptische Bilder zeigen Mädchen beim Spinnen: Mit einer Hand hält das Mädchen eine Spindel, mit der anderen verzwirnt sie zwei Fäden aus verschiedenen Gefäßen.

Schmuck

Die Ägypter hatten eine Schwäche für Schmuck. Die Frauen liebten breite Halsbänder aus mehreren Reihen Perlen oder Glasperlen, sie trugen Armbänder und auf der Perücke ein Diadem. Dabei wurde viel Gold verarbeitet, das aus den Minen zwischen Nil und Rotem Meer stammte. Der Goldschmied hämmerte es in Form oder goss es in Formen. Auch die Granulationstechnik war bekannt, wo kleine Goldkörnchen aufgelötet wurden. Blattgold war ebenfalls in Gebrauch. Die Juweliere arbeiteten auch mit Halbedelsteinen: orangerotem Karneol, grünem Feldspat und violettem Amethyst. Aus den Bergwerken der Sinai-Halbinsel wurde blaugrüner Türkis und aus Afghanistan der blaue Lapislazuli importiert. Dagegen waren Diamanten, Smaragde und Rubine unbekannt.

Viele ägyptische Gemälde zeigen Ohrringe mit Steckern aus Jaspis und aus Glas, Glücksgürtel mit vergoldeten Kaurimuscheln, Türkisperlen, Silber, Anhänger in Käferform (Skarabäus) mit Gold oder Silber.

Die Motive der Schmuckstücke hatten religiösen Charakter, so z.B. ein Anhänger in Form der Geiergöttin. Auf unzähligen Amuletten wurden die Hieroglyphen für Leben oder Gesundheit dargestellt, was zeigt, dass man diesen Schmuckstücken magische Kräfte zuschrieb. Auch die Farbe der Edelsteine hatte wohl einen Symbolwert.

Schönheitspflege

Großer Wert wurde auf Reinlichkeit gelegt. Es gab Puder aus rötlichem Lehmstaub oder Mehl, Schminkbehälter für Augen-Pinselchen. Man nutzte Bronze- oder Kupferspiegel. Haare wurden mit Henna gefärbt. Die Augen wurden zum Schutz gegen die Sonne mit Bleiglanz umrundet. Daneben nutzte man Eisenoxid oder blaugrünen Malachit als Make-up. Kosmetiklöffel, Kämme, Pinzetten, Locken mit Haarzangen, Rasiermesser aus Bronze oder Kupfer, Haarnadeln, Holzkämme – die große Auswahl an Schminkutensilien würde auch jeder heutigen Boutique Ehre machen!

Die Männer waren sorgfältig rasiert und widmeten ihrer Frisur genauso viel Aufmerksamkeit wie die Frauen. Das Haar wurde kurz geschnitten, darüber trug man eine Perücke. Männerperücken waren gewöhnlich kurz und gelockt, die der Frauen waren lang und schwer, oft in Zöpfen oder Hochfrisuren frisiert, die dann mit Blumen oder Schmuck dekoriert wurden. Manchmal gab es drei Schichten Locken! Zeitweise war die Seitenlocke für Jugendliche in Mode.

Tiere

Man kannte alle Mittelmeertiere wie Pferd, Wildschaf, Katze, Krokodil, Löwe, Kuh, Nilpferd (dem ein schlechter Ruf vorauseilte), Gans, Fisch, Raubvogel, Schlange, Wasservögel wie z.B. den Ibis, Kranich, Käfer, Frosch und Kröte, Fliegen, Stechmücken und anderes Ungeziefer.

Währung
Die gängigen Münzen waren Kupferstücke. 1 Deben wog ursprünglich 14 g, später 91 g, und wurde in 10 Kite unterteilt.
Eine Ziege war 1 Deben wert, für ein Bett zahlte man den Gegenwert von 2,5 Deben.

Papyrus
Der Vorläufer unseres „Papiers" wurde aus einer Schilfart hergestellt, die bis zu 3 m hoch am Nilufer wuchs. Die Rohre wurden geschnitten, das weiße Innere wurde herausgenommen und eingeweicht, dann in Streifen nebeneinander gelegt. Quer darüber kam eine zweite Schicht. Beide Schichten wurden geklopft und gepresst, bis sie sich verbanden. Dann schnitt man die Bogen zurecht und glättete sie, so dass man mit Pinsel und Tinte oder mit Tusche darauf schreiben konnte.

Hofetikette
Wenn sich jemand dem König näherte, küsste er den Boden. Bei großen Feiern versammelten sich König, Hofstaat, die hohen Beamten, Diplomaten und Priester. Einige Höflinge waren mit dem König verwandt, andere wurden wegen ihrer Fähigkeit berufen. Der König trug den „Ankus" (oder Anch). Dieses Symbol der Macht, Leben zu schenken und Leben zu nehmen, durfte nur von Königen, Königinnen und Göttern getragen werden. Das königliche Kopftuch nannte man „Nemes", darüber wurde die Schlangenkrone getragen.

Quellenvermerk

Geschichtliche und kulturelle Daten und Informationen im Buch stammen aus der Bibel und aus dem SDA-Bible-Commentary Band 1, Review and Herald Publishing Association, Washington DC 1978 Informationen aus dem Anhang sind folgenden Büchern entnommen:

- „Menschen in ihrer Zeit", Verlag „Das Beste", Stuttgart 1993
- „Pharaonen und Propheten" von David Rohl, Droemer Knaur, München 1996
- „Auf der Suche nach der Vergangenheit", Kapitel „Amarna" (Aufsatz von Hubert de Novion), Verlag „Das Beste", Stuttgart 1982
- „Ägypten" – rororo-Sachbuch, Reinbek bei Hamburg 1976

Terry Blackstock
Das Versprechen
Bestell-Nr. 330 626
ISBN 3-86122-626-X
272 Seiten, gebunden

Die Presse nannte sie die „Millionen-Babys“.
Sie sind Erben eines märchenhaften Vermögens, das in den Klauen ihrer Stiefmutter Amanda ruht bis zum Tag ihrer Volljährigkeit. Solange sie denken können, hat man ihnen das gesagt. Bis dahin fristen die Zwillinge Kara und Lizzie ein armseliges Leben ohne Liebe bei ihren Großeltern in einem klapprigen Wohnwagen am Rande eines schäbigen Kaffs.
Doch dann kommt der große Tag, als Amanda eintrifft – in ihrem Gepäck besondere Geschenke, eine unfassbare Geschichte und ein noch unglaublicheres Angebot: Sie hatte ihrem Mann versprochen, wie eine Mutter für die Zwillinge zu sorgen. Doch die habgierigen Großeltern hielten sie auf Distanz, um über die Mädchen an das Vermögen heranzukommen.
Nun hat sie so viel mehr zu bieten als nur Geld – ein Herz und ein Heim voller Liebe.
Lizzies Zorn vergeht wie ein Rauch, doch Kara bleibt misstrauisch. Zu lange wurde sie belogen und gedemütigt, um sich nun der Wahrheit öffnen zu können.
Es ist ein schwerer Kampf, der nun entbrennt um die verwundete Seele eines Menschen, der sich immer wertlos glaubte ...

Karen Kingsbury
Melodie unseres Lebens
Bestell-Nr. 330 592
ISBN 3-86122-592-1
384 Seiten, gebunden

Die Würfel sind gefallen für die Ehe von Abby und John. Was ist geblieben von den besten Jahren ihres Lebens, die sie mit ihren drei wundervollen Kindern in ihrem Haus am See verbrachten? Fremd sind sie sich geworden. So fremd, dass John den Platz in seinem Herzen an eine andere vergibt und Abby einen Schlussstrich will.
Was soll ihre Scheidung jetzt noch aufhalten?

Als sie ihre Kinder versammeln, um sie mit dem den traurigen Nachrichten zu konfrontieren, ändert sich ihre Situation schlagartig, denn ihre Tochter ergreift zuerst das Wort. Sie ist im siebten Himmel, in sechs Monaten will sie vor den Traualtar treten. Ihre Ehe soll so wundervoll werden wie die ihrer geliebten Eltern ...

Und so spielen Abby und John das Spiel mit und machen sich aus Liebe zu ihren Kindern auf ihre letzte gemeinsame Wegstrecke. Doch sechs Monate können eine endlos lange Zeit sein ...